LES FLAMMES DE LA PASSION

Kathleen Woodiwiss

LES FLAMMES DE LA PASSION

FRANCE LOISIRS

Titre original : *A Season beyond a Kiss*.

Traduction de Catherine Moran.

Édition du Club France Loisirs,
avec l'autorisation des Presses de la Cité.

France Loisirs,
123, boulevard de Grenelle, Paris
www.franceloisirs.com

ISBN : 2-7441-5010-X

A ma sœur aînée, Evelyn, qui
fut pour moi une seconde
mère durant notre enfance.
Je l'aime profondément.

K. E. W.

1

Près de Charleston, Caroline du Sud
29 juillet 1803

Raelynn Birmingham souleva paresseusement une paupière et fixa les portes-fenêtres d'un regard menaçant. Un bruit de marteau répétitif s'insinuait dans la pièce, troublant son sommeil. Bien que le soleil fût à peine sorti du giron de la terre, la touffeur ambiante, renforcée durant la nuit par une brève averse, avait déjà envahi la chambre. En dépit de la chaleur humide, Raelynn comptait bien se rendormir ; mais elle devait pour cela s'arracher au grand lit à baldaquin et aller fermer les panneaux vitrés. Pendant des heures, dans l'obscurité, elle s'était tournée et retournée sur sa couche, frustrée de s'y retrouver seule, tourmentée par les désirs sensuels que son époux avait éveillés en elle, mais qui quinze jours après ses noces attendaient encore d'être apaisés. Elle n'aurait pas dressé une barrière entre elle et son mari si, le soir de son mariage, une jeune fille enceinte n'était pas venue clamer qu'il était le père de l'enfant. Raelynn aurait alors déjà partagé avec lui tous les délices d'une union maritale. En l'occurrence, ignorer l'existence de cette jeune fille, prénommée Nell, eût été une bénédiction.

L'idée de s'attarder au lit perdit de son attrait quand elle constata qu'elle était en nage dans sa chemise de nuit en fine batiste. Le linon collait tant à son corps que Raelynn l'écarta de sa poitrine et s'éventa, créant ainsi un léger courant d'air sur sa peau moite. Elle se sentit aussitôt soulagée ; elle savait cependant que ce rien de fraîcheur s'évaporerait dès qu'elle laisserait retomber le tissu.

Dans un long bâillement de contrariété, elle s'extirpa de son lit et alla, toute somnolente, remplir la cuvette de porcelaine. Puis, les mains en coupe, elle prit de l'eau et s'y plongea le visage, espérant ainsi se revivifier. Mais le bien-être fut là aussi passager, et elle était de nouveau étourdie lorsqu'elle entreprit de se brosser les dents.

Pressentant que sa léthargie persisterait si elle ne réussissait pas à récupérer un peu de son sommeil perdu, Raelynn s'avança vers les portes-fenêtres donnant sur le balcon du premier étage pour les fermer. Mais bien vite elle songea que la pièce risquait de devenir étouffante.

Entre la perspective de suffoquer et celle de souffrir encore du bruit, Raelynn opta pour la seconde. La plantation Oakley, sise en Caroline du Sud, était soumise en été à des températures très élevées ; un climat oppressant contre lequel Raelynn, qui venait d'Angleterre, avait été mise en garde. Elle savait qu'il fallait tenir compte de l'inconfort et des risques que pouvait engendrer une telle touffeur.

Déconcertée, elle laissa échapper un soupir et s'appuya au chambranle d'une porte ; elle balaya alors du regard le décor qui s'offrait à ses yeux au-delà de la balustrade blanche du balcon. La brume épaisse qui avait recouvert la terre après l'averse semblait isoler le domaine du reste du monde. Enveloppée par les vapeurs laiteuses, une rangée de majestueux chênes verts élevait un rempart d'ombres masquant le quartier des domestiques ; celui-ci se composait d'un ensemble de maisons en bois de diverses tailles, construit parmi d'autres arbres. Raelynn n'avait nul besoin de scruter les brumes pour localiser l'endroit d'où s'élevait le tintamarre. Comme tout le monde sur la plantation, elle savait que l'on était en train de bâtir une nouvelle maison pour la gouvernante noire et sa petite famille. Une dizaine de jours plus tôt, un incendie avait réduit à néant l'habitation de Cora.

Dans un second bâillement, Raelynn souleva ses longues boucles auburn sur son cou. Avec ce climat, sa crinière devenait aussi lourde et épaisse qu'une toison de mouton, et, à l'approche des grandes chaleurs d'août, la jeune femme s'apprêtait à natter ses cheveux pour dormir, afin de s'éviter un surcroît d'inconfort.

A l'époque où son père, James Barrett, comte de Balfour, était encore considéré comme un sujet loyal et un émissaire de George III, roi d'Angleterre, sa famille avait reçu quantité d'invités dans sa propriété londonienne. A l'occasion de ces réceptions, la chambrière de Raelynn l'avait coiffée avec tant de talent que la couleur, la texture, l'arrangement de ses cheveux lui avaient attiré de multiples compliments.

Mais cette époque était révolue. Maintenant Raelynn devait s'occuper elle-même de sa crinière, superbe certes, mais indisciplinée. C'était tout un travail que de la lisser après chaque lavage puis de faire un chignon sage. D'ailleurs, elle avait récemment songé à la raccourcir de moitié, mais, craignant la réaction de son mari devant un tel changement, elle s'était ravisée. Osant déjà se soustraire à l'intimité du lit conjugal, elle prenait soin de ne pas contrarier davantage l'humeur de son époux. Bien qu'elle n'ait eu jusque-là qu'un seul aperçu de sa détermination, et cela lors de sa confrontation avec Nell, elle n'en avait pas moins acquis la certitude que le supportable avait des limites pour Jeffrey Birmingham. Des limites qu'elle n'entendait pas mettre à l'épreuve après avoir osé demander à faire chambre à part. Une pure folie, probablement.

Raelynn préféra se détourner de ce sujet sensible et, désireuse d'étirer ses muscles, pivota plusieurs fois sur ses hanches d'un côté puis de l'autre avant de se courber jusqu'à plaquer ses paumes sur le plancher. Puis, s'étant redressée, elle se cambra résolument et recommença ses exercices.

Elle avait traversé l'Atlantique avec sa mère sur un entrepont bondé, et il y avait eu si peu de place pour bouger, dans ce trou noir aux cloisons suintantes, qu'elle avait été condamnée pendant trois mois à un immobilisme qui lui avait laissé une raideur persistante qu'elle ressentait chaque matin en quittant son lit. Néanmoins, Raelynn considérait qu'elle avait eu de la chance de survivre à un tel inconfort et à de maigres repas. Sa mère n'en avait pas eu autant.

— Vous êtes bien matinale, ma douce.

Surprise, Raelynn se redressa aussitôt et se tourna vers l'extrémité du balcon d'où s'était élevée la voix profonde de son époux. Il s'avança vers elle, et elle songea qu'il avait dû passer devant sa chambre pendant son sommeil pour aller observer, à l'angle du premier étage, les progrès des charpentiers. Torse et pieds nus, il portait simplement un pantalon soyeux, d'un gris taupe, qui soulignait la sveltesse musclée de ses hanches et de sa taille. Ses cheveux noirs, courts, étaient humides et en bataille, et on devinait, à la serviette passée autour de son cou, qu'il venait de prendre un bain.

Elle trouva une allure particulièrement virile à l'homme qui lui avait évité de passer sous une calèche dans une rue de Charleston, alors qu'ils venaient juste de se heurter par mégarde sur le trottoir. Les épaules larges, les bras admirablement sculptés, le torse fuselé, les hanches assez étroites pour susciter la jalousie d'une femme, ce bel homme était un cavalier émérite qui s'adonnait aussi à la lutte avec des amis proches. Il devait d'ailleurs ses muscles vibrants de fermeté à cette activité.

La noblesse de ses traits lui venait d'une mâchoire bien ciselée sous une peau brunie, d'un nez fin, légèrement aquilin, d'un menton discrètement fendu. Quand il souriait, apparaissaient sur ses joues deux fossettes qui, en même temps que le vert translucide de ses yeux, captivaient les femmes, immanquablement. Il avait aussi un sourire en coin susceptible de réduire à néant toute tentative de résistance. Raelynn en avait fait l'expérience et, à plusieurs reprises, avait été contrainte de se ressaisir sous peine de succomber. Elle était mariée à un représentant exceptionnel de la gent masculine.

Si le mariage avait été consommé, Raelynn aurait cédé à l'envie de faire glisser sa main sur ce torse large, musclé, couvert de boucles noires, comme elle l'avait fait la nuit de leurs noces en découvrant, émerveillée, la grâce et la beauté de ce corps.

— Jeffrey, vous m'avez fait sursauter ! dit-elle avec un petit rire nerveux.

Savoir que sous ce masque séduisant pouvait se cacher un coureur de jupons sans scrupules n'aidait nullement Raelynn à garder son sang-froid. Même après l'altercation qui avait opposé Jeff et Nell, elle se rendait compte qu'elle était encore très sensible au charme de cet homme ; si sensible qu'elle ne cessait d'évoquer en secret les brefs instants passés dans ses bras.

Jeff eut un sourire amusé.

— Vraiment, madame ?

D'un seul regard glissant sur elle, il lui donna la sensation de la déshabiller. Le rose aux joues, elle se sentit en proie à l'envie de retenir l'attention de son époux. Ah, qu'elle eût aimé envoyer aux quatre vents le souvenir de Nell !

— N'avez-vous pas pour habitude, Jeffrey, d'être déjà dehors, à cette heure ?

— C'est exact. Mais mon comptable voulait que je me penche sur les livres de comptes de ma compagnie maritime, et je viens juste de terminer. Un travail ennuyeux qui m'a poussé à me détendre quelques instants avant de me rendre à Charleston. Et vous, madame, est-ce votre habitude de vous lever de si bonne heure ?

Raelynn rougit. Ses portes-fenêtres restant ordinairement ouvertes toute la nuit afin de laisser entrer l'air nocturne, légèrement rafraîchi, elle avait déjà eu l'occasion, en se réveillant avant l'aube, de constater que son mari allait et venait volontiers sur le balcon à cette heure-là. Il devait donc savoir qu'elle se levait beaucoup plus tard que lui.

— J'ai été réveillée par les coups de marteau.

La main qu'elle porta à sa gorge tremblait imperceptiblement. La présence de Jeffrey suscitait toujours en elle un émoi irrépressible. Mais elle éprouvait aussi une sensation de faiblesse devant lui, comme une écervelée sensible aux ruses d'un libertin. Si elle avait été un peu plus sensée, elle se serait sauvée sur-le-champ, au lieu d'attendre qu'il lui déchirât le cœur. Quelle folie que de s'exposer à des tentations chaque jour renforcées ! Seule la crainte persistante d'avoir affaire à un homme beaucoup moins honorable qu'il semblait l'être la retenait de s'abandonner dans les bras de son mari. Toutefois, l'idée de préserver sa virginité, de s'enfuir avant de devenir l'une des victimes de Jeffrey Birmingham, lui procurait une sensation de vide misérable qui l'obligeait à lutter contre un flot de larmes et révélait combien elle désirait rester auprès de lui, en dépit des tourments qu'il suscitait en elle.

Les nerfs mis à rude épreuve, Raelynn se voyait telle une jeune fille éblouie par un homme plus âgé qu'elle. A trente-trois ans, Jeffrey était effectivement de quatorze ans son aîné et, à l'alliance de la séduction et de l'expérience, comment une novice pouvait-elle espérer résister ?

Il lui suffisait de passer quelques instants en sa présence pour être troublée. Elle n'avait pourtant pas été privée de courtisans en Angleterre, mais, comparés à Jeffrey, ces jeunes et charmants aristocrates n'avaient jamais été que des dandys immatures. Par conséquent, était-il si étrange qu'elle se sentît vulnérable devant un gentilhomme de grande allure, à la silhouette superbe et aux traits d'une particulière beauté ? Il n'y aurait eu qu'un simple d'esprit pour s'en étonner.

Tout en restant sur ses gardes, Raelynn se devait de constater que le charisme et le physique renversant de Jeffrey exerçaient sur elle une fascination de plus en plus grande. Peut-être fallait-il également tenir compte de la situation qu'elle-même avait créée. Le fait de le tenir à distance devait en quelque sorte renforcer sa séduction. De même, elle représentait pour lui une sorte de gourmandise, d'autant plus convoitée qu'elle restait inaccessible.

Sous le regard de braise de ces yeux émeraude qui s'attardaient sur sa silhouette à peine voilée, Raelynn se sentit de nouveau rougir. Elle revoyait l'instant où Jeffrey Birmingham s'était apprêté à consommer leur union. Avant cette nuit-là, jamais elle n'avait connu pareille expérience, jamais elle ne s'était retrouvée nue dans les bras d'un homme tout aussi dévêtu. Si elle avait dû décrire la vision qui s'était offerte à elle, elle aurait évoqué un jeune dieu dans la force de l'âge et le feu de la passion. Son regard s'était délecté de cette beauté masculine, et, même après avoir entendu les accusations de Nell, il lui suffisait de fermer les yeux pour revoir le corps et le visage de Jeffrey, cette nuit-là.

Avec un sourire en coin qui creusa une jolie fossette sur sa joue, Jeff s'avança vers elle à pas mesurés, comme s'il cherchait à s'approcher d'une biche effarouchée.

— Devrais-je être fouetté, tel un gredin, pour vous avoir fait sursauter, madame ?

— Certes, non, Jeffrey. Quelle absurdité !

Raelynn plongea son regard dans les yeux lumineux de Jeff. Elle s'aperçut soudain qu'elle lui rendait malgré elle son sourire, se sentant brusquement pleine de vie. Décidément, il émanait de cet homme une séduction irrésistible.

— Je voulais dire qu'à cause de vous, je me sens... commença-t-elle alors.

Elle chercha vainement à expliquer son désarroi, sans pour autant donner l'image d'une gamine sous le charme. Cependant, pour décrire l'enchantement qui s'était emparé d'elle, il lui aurait fallu dépasser les comparaisons ordinaires.

Il n'était pas question de lui révéler ses tourments. Si elle réussissait à se soustraire aux caresses de Jeffrey, ce n'était pas sans difficulté. Les souvenirs sensuels qu'elle gardait de ces instants passés dans les bras de son mari ne pouvaient s'oublier. Depuis qu'elle l'avait vu au sommet du désir, le contrôle de ses pensées lui échappait. Et le fait que Jeff eût fini par prendre ses distances ne l'avait en rien apaisée. Souvent, au cours de ses absences, tandis qu'elle se sentait seule parmi une pléiade de serviteurs, elle s'était surprise à se remémorer avec délectation l'aventure de ce début de nuit. Mais, pour l'heure, elle n'avait nul besoin de s'en remettre à ses souvenirs. Jeffrey était là, devant elle, assez près pour qu'elle pût subir les effets de l'intense magnétisme qui se dégageait de lui.

— Comment vous sentez-vous ? s'enquit Jeff en retrouvant son sourire en coin.

Incapable de se montrer impassible, Raelynn leva les yeux au ciel, avec un air de jeune fille faussement intimidée. Rien au monde n'aurait pu la persuader de nier l'émoi charnel qu'elle ressentait en présence de Jeff.

— Je me sens merveilleusement bien.

— Merveilleusement bien ?

Le regard émeraude chercha visiblement à comprendre la signification de ce flirt. Jeff restait circonspect. Il s'était noyé dans l'éclat amoureux des yeux bleu-vert aux longs cils noirs de sa jeune femme, mais l'immense plaisir qu'il avait éprouvé dans la chambre nuptiale avait finalement été brisé, au moment crucial, par l'apparition de deux brigands qui s'étaient emparés de son épouse pour la conduire dans le repère de Gustav Fridrich. Le cuir chevelu égratigné par une balle que ces vauriens avaient crue mortelle, il s'était lancé à leur recherche avec l'aide de son frère et d'un groupe d'amis, dont le shérif, Rhys Townsend, assisté de ses adjoints. Ensemble, ils avaient pris d'assaut l'entrepôt où l'Allemand et son armée de gredins retenaient Raelynn captive. Mais, par la suite, Jeff avait été déçu de s'entendre dire que Fridrich ne pouvait être arrêté, pour la simple raison qu'il avait agi sur ordre de Cooper Frye, oncle de Raelynn, lequel avait persuadé l'Allemand que Jeff avait acheté la jeune femme.

Puis, quelques heures seulement après le retour de son épouse à Oakley, Jeff avait été l'objet d'une agression d'un autre genre, de la part d'une ancienne servante dont les accusations avaient entamé la confiance de Raelynn et l'avaient conduite à se refuser à lui. Au bout du compte, ce qu'il avait considéré comme le début d'une union consacrée à la passion, avec la femme de ses rêves, était devenu une relation de façade.

Au cours des deux semaines qui venaient de s'écouler, il n'avait partagé avec Raelynn que des rapports polis, en faisant chambre à part. Cet arrangement le faisait grincer des dents, et il avait traversé des moments où sa tolérance avait été singulièrement mise à l'épreuve. Il avait dû se résigner à passer de longues heures loin de sa séduisante épouse et à se plonger dans ses activités d'homme d'affaires : sa compagnie de transports maritimes, sa scierie, son haras, les prochaines récoltes sur ses terres. Ces efforts lui avaient effectivement permis d'oublier ses désirs voluptueux, du moins jusqu'à un certain point ; mais dès qu'il rentrait et revoyait Raelynn, une partie fort sensible de son corps le faisait aussitôt singulièrement souffrir.

— Pourriez-vous être plus précise, ma chère ?

Raelynn préféra hausser ses épaules délicates plutôt

que d'avouer le trouble intense qui la submergeait. Mais elle éprouvait un véritable déchirement à se sentir ainsi partagée entre la crainte de s'abandonner dans ses bras et la perspective de se refuser à lui obstinément.

— Je ne peux que répéter ce que je viens de vous déclarer.

— Dans ce cas, permettez-moi de vous dire, madame, qu'en dépit de l'heure très matinale, je vous trouve magnifique, murmura Jeff en enveloppant du regard les formes que révélait le délicat linon de la chemise de nuit.

Sensible à l'attention soutenue de son mari, au désir qui incendiait l'émeraude de ses yeux, comme au parfum de son eau de Cologne, Raelynn se sentit aussi nerveuse qu'un poussin convoité par un renard. Mais, sachant que le moindre sourire de sa part encouragerait Jeffrey à mettre sa résistance à l'épreuve, elle écouta la petite voix qui lui conseillait de maintenir ses distances en dépit de ses émois, tant qu'elle ne serait pas assurée d'avoir affaire à un vrai gentilhomme. Cependant, son corps de jeune femme réclamait l'exaltation dont elle n'avait eu qu'une si brève expérience. Que faire ? Que faire ? s'écria-t-elle intérieurement, en proie à la plus grande indécision.

Malgré ces douloureuses hésitations, Raelynn opta prudemment pour une attitude digne et sereine, dans l'espoir d'échapper à la tentation.

— Au train où vont les travaux, Cora aura sa nouvelle maison à la fin de la semaine. Je suis sûre que vous savez avec quelle impatience elle attend de retrouver un toit pour elle et sa famille.

Elle s'interrompit, consciente de parler sans réfléchir, telle une écervelée. Mais comment aurait-elle pu faire preuve de logique, quand elle sentait Jeff la dévorer du regard ? A chaque fois que ses yeux se posaient sur la batiste humide, collée à ses seins, le souvenir des lèvres de son mari, de leur jeu savant sur ses tendres mamelons, resurgissait aussitôt. En outre, constater qu'il suscitait en elle une attente dévorante ne manquait pas de lui paraître extrêmement exaltant.

Jeff s'approcha encore plus près d'elle, le regard fixé sur les délicates pointes roses qui transparaissaient malicieusement sous le tissu diaphane. Sachant qu'il était à la torture dès qu'il cédait à la tentation de contempler la beauté de sa femme, il avait fait en sorte de la voir seul à seul le moins possible. Lorsqu'ils avaient dû se rendre à une réception, un mariage, un baptême, ou toute autre cérémonie de ce genre, Jeff s'était abstenu, dans la mesure du possible, de poser les yeux sur elle. Mais, si elle lui avait paru enchanteresse à chaque fois qu'ils étaient sortis, jamais elle n'avait été ainsi vêtue d'un simple voile qui ne laissait plus place à l'imagination. Attirée par le doux gonflement de ses seins ou par l'ombre vaguement dissimulée par la chemise de nuit, son attention ne se laissait pas détourner. Un homme tenu à l'abstinence, bien qu'en proie à un désir lancinant, ne pouvait raisonnablement résister à de tels attraits. Le spectacle que Raelynn lui offrait pouvait-il être autre chose qu'une invite ? Il se prenait à espérer.

— Les travaux sont effectivement sur le point de s'achever, finit-il par répondre.

Raelynn se sentait également envahie par une tension grandissante. Après la nuit pitoyable qu'elle venait de passer, elle ne pouvait que s'avouer combien elle était fatiguée de jouer l'épouse offensée qui se refuse à son mari en attendant la preuve irréfutable de sa noblesse. Harcelée par des désirs ardents, se sentait-elle, pour sa part, tellement irréprochable ? Et puis que faisait-elle ainsi, devant lui, offerte à ses regards, sinon le pousser à consommer leur mariage ?

Toutefois, il fallait reconnaître, se dit-elle, que Jeffrey demeurait quasiment un étranger pour elle : ils s'étaient rencontrés depuis à peine quinze jours. Elle venait de s'enfuir de chez son oncle, Jeffrey lui avait proposé de la soustraire aux plans pervers de Cooper Frye, et elle avait accepté sans hésiter. C'était seulement plus tard, en entendant les accusations proférées par Nell, qu'elle avait commencé à redouter un engagement trop précipité. Nell avait introduit l'incertitude dans son esprit, et ses propos ne cessaient de lui revenir en mémoire, l'empêchant de satisfaire des aspirations si naturelles pour une jeune mariée. Par moments, la frustration était telle qu'elle se sentait comme un yacht naufragé sur une plage après la tempête.

Consciente de faiblir en dépit des images harcelantes d'un Jeff séduisant Nell, Raelynn avait l'impression de vaciller au bord du précipice séparant l'engagement du rejet. Il était grand temps de mettre fin à ses atermoiements, d'opter pour une solution raisonnable, si elle voulait s'éviter une conduite totalement inconsidérée, sous l'influence grandissante de ses désirs.

Elle devait commencer par s'apaiser et rompre ce silence qui menaçait de s'éterniser, laissant son imagination s'enflammer au point qu'elle en rougissait toujours plus.

— Il me semble que la nouvelle maison de Cora sera deux fois plus grande que la première. Elle va apprécier tout cet espace, je pense.

Jeff inclina la tête sur son épaule, comme s'il essayait de comprendre ce qui faisait rougir sa femme et la rendait aussi nerveuse qu'une brebis face au bec vorace d'un oiseau de proie. A n'en pas douter, il l'avait vue plus maîtresse d'elle-même lorsqu'elle lui avait annoncé qu'elle ferait chambre à part. Fallait-il y voir les signes d'un revirement de situation, sinon immédiat, du moins proche ?

— Si j'en crois l'amour que ma gouvernante porte aux enfants, j'imagine qu'elle va aussi agrandir sa famille. Clara ne restera certainement pas longtemps fille unique.

Penché vers sa femme, Jeff respira un parfum subtil,

enivrant, qui évoquait un bouquet de fleurs printanières. Raelynn sentit sa nervosité s'accroître.

— Vous avez secouru Clara d'une façon admirable, dit-elle. Mais je ne voudrais à aucun prix assister de nouveau à un tel spectacle, Jeffrey. Quand je vous ai vu vous précipiter dans la fournaise, simplement protégé par cette moitié de tonneau, j'ai bien cru que vous alliez être carbonisé avec la maison et l'enfant.

Lorsque Jeff se redressa, les yeux fixés sur le ruban qui fermait l'encolure de sa chemise de nuit, Raelynn s'interrompit pour esquisser un sourire nerveux.

— Tant de choses sont arrivées depuis notre mariage, reprit-elle, que vous comprendrez aisément combien je vous suis reconnaissante d'avoir pu goûter à la sérénité de votre domaine. Mais je redoute que ce soit juste une accalmie avant l'orage. Un jour ou l'autre, Gustav, que vous avez blessé à l'épaule, tentera de se venger en oubliant qu'Olney Hyde est le seul fautif.

— J'aimerais pouvoir me dire que j'ai tué ce gredin, murmura Jeff.

Il passa machinalement sa main sur la cicatrice qu'il portait au cuir chevelu depuis qu'Olney avait tiré sur lui.

— Cela me serait moins pénible que de savoir Fridrich intouchable, et ce petit morveux d'Olney toujours dans la nature malgré le mandat d'arrêt lancé contre lui.

— Soyez assuré que Kingston n'a rien oublié de l'incident qui a failli vous être fatal, affirma Raelynn dans un fragile éclat de rire.

Aussitôt elle se reprocha son manque de dignité. Alors que son mari restait maître de lui-même, elle réagissait au gré de ses émotions et se faisait l'effet d'une gamine au discours inepte. Pourtant elle s'empressa de continuer, soucieuse de ne pas lui laisser le temps de s'interroger sur son embarras.

— Bouleversé parce qu'il vous croyait mort, Kingston a

failli tomber à la renverse en vous voyant vous redresser. La scène paraît très drôle quand il la raconte, mais l'horrible désarroi qui m'avait saisie ne me permet pas d'en rire.

De ces instants où il avait repris conscience, Jeff ne gardait que le souvenir de son maître d'hôtel qui le regardait revenir à lui, bouche bée ; il était probable que cette image le suivrait jusqu'à la fin de ses jours.

— Je crois me rappeler que Kingston a parlé d'un ange. Il a dû croire à un miracle.

— Mais c'en était un ! Si la balle vous avait atteint quelques millimètres plus bas, vous auriez eu le crâne transpercé, et aujourd'hui je serais veuve.

Jeff eut un sourire amusé tandis qu'il jouait avec le ruban de la chemise de nuit de sa femme.

— Je me demande combien de jeunes vierges, au cours de ces cent dernières années, ont souffert de la disparition prématurée de leur mari. On doit pouvoir les compter sur les doigts d'une seule main.

Raelynn laissa échapper un soupir d'émoi en sentant les lèvres de son mari effleurer sa joue. Puis la bouche de Jeff sema ses doux baisers le long du cou laiteux de la jeune femme. Posant prudemment une main tremblante sur le torse de son époux, Raelynn ferma les yeux, au bord de l'abandon. Sous sa paume, le cœur de Jeff, battant presque aussi fort que le sien, trahissait une ardeur grandissante.

— Je ne peux imaginer que notre situation soit si particulière, Jeffrey.

— Qui n'en serait persuadé, mon ange ? murmura Jeff.

Plus d'une fois depuis leur mariage il avait soupçonné être le seul mari sur terre dont l'épouse fût encore vierge.

Bien qu'émerveillé de la voir accepter ses baisers, il n'en redoutait pas moins une rebuffade soudaine. Relevant la tête, il scruta son visage, anxieux d'y lire une émotion révélatrice. Sa beauté le frappa de nouveau. Elle possédait une peau satinée, un teint de lys, et le joli rose qui colorait délicatement ses joues donnait à ses yeux bleu-vert un éclat qui les transformait en une source lumineuse, à l'ombre de ses lourds cils noirs. Le nez était retroussé et fin, la bouche dessinée à la perfection et faite pour tous ces baisers qu'elle s'entêtait à refuser. Aucun signe de défiance ne s'inscrivait pour l'heure sur ce visage au teint si pur, et, si elle gardait timidement les yeux baissés, elle semblait l'encourager à mettre à l'épreuve sa résistance et celle du ruban de soie avec lequel il continuait de jouer.

Elle retint une exclamation lorsqu'elle sentit sa chemise de nuit glisser sur ses épaules, révélant la naissance de ses seins.

— Jeffrey, je vous en prie...

Une fois de plus, elle perdait le contrôle d'elle-même. Cependant, ce n'était pas au désir dont elle avait été la proie dans la solitude de sa chambre qu'elle cédait, mais bien aux incertitudes que lui inspirait sa situation.

— Je doute d'être prête, ajouta-t-elle.

Jeff se redressa, un sourire crispé aux lèvres. Il s'était attendu à ce refus, le trouvait regrettable, mais n'était pas homme à s'emporter quand son ardeur était contrariée. Toutefois il aurait juré que Raelynn ne manifestait pas la froideur que ses paroles laissaient entendre, et il aurait aimé comprendre.

Sans doute ne fallait-il pas en rester là. Mais il devait d'abord apaiser les appréhensions de sa femme, s'il voulait se donner une chance de faire tomber la barrière qu'elle avait dressée entre eux. Pour cela, un peu plus de subtilité dans ses assauts ne pouvait nuire. Dans ce but, Jeff aborda un sujet qui lui était venu à l'esprit ces derniers jours.

— Vous plairait-il de m'accompagner aujourd'hui à Charleston, madame, afin de vous choisir une nouvelle robe ?

Raelynn trouva cette invitation si inattendue qu'elle le regarda comme s'il venait de lui annoncer que la lune était tombée du ciel. Il était vrai qu'en raison des circonstances, il ne l'avait jusqu'ici conviée à l'accompagner en ville qu'à l'occasion de réceptions où ils se devaient de paraître ensemble. Son attitude avait été extrêmement courtoise, bien que Raelynn eût senti chez lui une certaine impatience. Mais aurait-elle pu lui en faire reproche, étant donné la situation ?

Quant à l'achat d'une nouvelle robe, à vrai dire, rien ne lui paraissait plus inutile. Jeff avait déjà dépensé une fortune pour l'habiller. Elle s'étonna aussi qu'il se montrât d'une telle magnanimité, après avoir réagi à son comportement par de longues absences et une évidente désapprobation.

— Vous voudriez encore enrichir ma garde-robe, Jeffrey ? Après tout ce que vous m'avez déjà offert ?

Il eut un haussement d'épaules indolent.

— Nous sommes tenus de donner un bal en l'honneur de notre mariage, afin que nos voisins et amis de Charleston fassent votre connaissance, madame. Le fait d'avoir enfin trouvé la femme de mes rêves me procure un plaisir que je tiens à manifester au grand jour. Un tel événement exige que vous portiez une robe aussi étincelante que vous l'êtes vous-même, et seul mon ami Farrell Ives est en mesure de confectionner cette merveille. Toutes les femmes de la région vous l'envieront.

A la perspective de ses présentations officielles, les yeux de Raelynn brillèrent d'un éclat particulier. Elle avait hâte de prouver à toutes ces femmes élégantes, pleines de regards de convoitise à l'égard de son époux, que Jeffrey Birmingham lui appartenait désormais.

— Je n'ai pas besoin de porter une robe somptueuse pour attirer la jalousie de vos admiratrices, Jeffrey. L'on doit m'envier depuis le jour de notre mariage.

— N'exagérons rien, Raelynn, protesta Jeff avec un petit rire.

— J'avais cru comprendre que vous étiez le parti le plus recherché de la région.

Raelynn s'efforçait de prendre un ton badin. Il ne lui était cependant pas facile de se sentir le cœur léger, car en pensant à toutes celles qui étaient amoureuses de Jeffrey, elle entendait de nouveau les accusations de Nell et se demandait de combien de femmes Jeff avait été l'amant.

— Aurais-je mal interprété les regards que certaines demoiselles vous adressent quand nous les rencontrons ? N'exprimeraient-ils qu'une simple déception ? Exempte de rancœur et de jalousie ?

— Si vous pensez à Nell, ma chère, laissez-moi vous assurer...

— J'essaie d'oublier cette petite traînée, et je vous serais reconnaissante de ne plus mentionner son nom. Votre maître d'hôtel a la curieuse habitude de parler de cette fille dès que je m'approche. A l'évidence, il vous croit innocent dans cette affaire et s'emploie à le répéter.

Bien qu'elle ne partageât pas cette certitude, Raelynn parvint néanmoins à jouer de son regard et de son sourire en lançant à Jeffrey :

— Mon cher mari, s'il était dans ma nature d'entretenir de perpétuels soupçons, je penserais que Kingston agit ainsi sur votre ordre.

— Je lui dirai de se faire plus discret, promit Jeff.

Une nouvelle fois il déshabilla Raelynn du regard puis l'observa tandis qu'il redessinait lentement le contour de son visage. Ni réticence ni aversion ne s'inscrivirent sur ses traits. Enhardi, il posa un baiser sur sa tempe. Le soupir tremblant qu'elle laissa échapper l'encouragea à faire glisser sa main jusqu'à son décolleté ; il repoussa doucement la fine batiste de la chemise de nuit et frôla la naissance des seins. D'un bref regard il put constater que les lèvres entrouvertes de sa jeune épouse semblaient révéler un plaisir sensuel, et, d'un geste rapide et léger, il écarta le voile qui couvrait sa poitrine.

Surprise, Raelynn s'empressa de retenir de son mieux le linon qui glissait dangereusement. Mais un sein était déjà découvert tandis que le tissu arachnéen dissimulait à peine l'autre. Le ravissant spectacle d'un mamelon au rose délicat rappela à Jeff une ivresse qu'il ne demandait qu'à retrouver.

Voyant Jeffrey s'incliner vers elle, Raelynn comprit, le souffle coupé, qu'il ne désirait plus attendre. Frissonnante, elle se laissa aller à la volupté dès qu'il prit la pointe d'un sein entre ses lèvres, s'enflamma tout entière quand il joua avec l'aréole, mais n'en garda pas moins un œil de spectatrice. Elle avait conscience du contraste entre sa peau laiteuse et le teint solaire de Jeff ; elle voyait une jolie fossette sur sa joue et de magnifiques sourcils qu'elle rêvait de redessiner. Néanmoins, elle finit par s'abandonner aux vagues de plaisir qui ne cessaient de la submerger et se sentit prête à fondre dans les bras de son mari.

Alors qu'il s'apprêtait à lui faire lâcher sa chemise de nuit et à la déposer nue sur son lit, Raelynn se ressaisit. Si elle consentait enfin à s'offrir entièrement, ce ne pouvait être que dans le lit de Jeff, dans ce lit où elle lui donnerait des enfants.

Elle s'étonna soudain de s'être libérée de sa nervosité, comme si Jeff l'avait aidée à sortir de l'impasse où l'enfermait son indécision. Ce n'était pas en vierge effarouchée qu'elle allait se comporter, mais en femme déterminée qui espérait simplement ne pas être trahie.

Elle eut un sourire poignant tandis qu'elle glissait ses doigts dans les cheveux noirs de son mari. Penchée sur lui, elle effleura sa tempe de ses lèvres puis lui mordilla si bien l'oreille qu'il sursauta et se redressa en se protégeant d'une main.

Le sourcil levé, il adressa à sa jeune femme un regard étonné. Si elle croyait avoir trouvé un nouveau moyen de le tourmenter, il n'entendait pas entrer dans son jeu. Elle pouvait garder sa virginité jusqu'à ce que l'enfer se mît à geler !

Il s'étonna de plus belle lorsqu'il lui vit un sourire provocant et aucune intention apparente de rajuster sa chemise de nuit. Se détournant, elle s'éloigna de lui avec un déhanchement impudique qui lui fit craindre d'avoir épousé une fieffée allumeuse. Lorsque, quelques instants plus tard, elle lui lança une œillade coquine par-dessus l'épaule, il crut que son appréhension se confirmait. Le désir commençait sensiblement à décliner. Mais quand, d'un seul mouvement, elle fit glisser sa chemise jusqu'à ses reins puis se retourna en la remontant afin de mieux se dévoiler, Jeff se dit qu'il y avait des moments dans la vie d'un homme où la délicatesse n'est plus de mise, au risque certes de courir à sa perte... Le regard brillant, il estima que faire l'amour à sa femme devenait la chose la plus naturelle en de telles circonstances.

Toutefois, jouant les femmes hautaines, Raelynn lui lança pompeusement :

— Vous bavez de concupiscence, mon fripon. Sortez de ma chambre. J'ai besoin d'être seule pour prendre tranquillement mon bain. Ce n'est qu'une fois vêtue que je pourrai réfléchir à la proposition que vous m'avez faite de me conduire chez votre couturier.

— Coquine ! marmonna Jeff.

Puis, feignant de grogner, il s'élança vers Raelynn, qui se réfugia en criant derrière une chaise.

Cherchant en vain un refuge plus sûr, elle contourna une table, juste à l'instant où Jeff bondissait derrière la chaise. Elle se précipita alors vers la porte communiquant avec la chambre de son mari et eut à peine le temps de l'ouvrir afin de poursuivre son jeu. Dans sa hâte, elle laissa sa chemise de nuit lui échapper. Jeff s'en saisit aussitôt, et, l'instant suivant, le linon se déchirait entre ses mains.

— Oh, horrible satyre ! lui cria Raelynn dans un éclat de rire.

Tout en cherchant à s'abriter précipitamment derrière une chaise, elle voulut jeter un coup d'œil par-dessus son épaule. Mais sa longue chevelure balaya son visage et l'empêcha d'apprécier la distance qui la séparait de Jeff.

— Vous êtes donc capable d'arracher le vêtement d'une femme sans aucun souci de bienséance...

Elle s'interrompit en se heurtant au corps musclé de son mari et, sans avoir le temps de pousser une exclamation de surprise, se retrouva prisonnière de ses bras. Une main glissa jusqu'à ses reins, puis Jeff la plaqua si bien contre lui qu'elle ne put rien ignorer du désir qu'elle lui inspirait.

— Oh !

Elle chercha son regard, pendant que la sensualité torride de Jeff pénétrait son corps. Les pointes de ses seins durcirent contre les boucles noires du torse viril. D'une main, il l'incita à se presser tout entière contre lui et, haletante, elle en oublia ce qu'elle s'était promis. Alors, jetant ses bras autour de son cou, elle l'étreignit à son tour. Cet homme qui embrasait sa chair ne lui laissait plus le loisir d'attendre.

— Les portes-fenêtres sont ouvertes, remarqua-t-elle d'une voix tremblante.

De sa crainte de voir surgir une servante, Jeff conclut qu'elle envoyait enfin ses réticences aux orties.

— La première personne qui passera sur le balcon pourra nous surprendre, crut-elle bon d'ajouter.

— Ne vous tourmentez pas, madame, murmura Jeff d'une voix rauque, en se penchant sur son cou. Aucun serviteur n'oserait s'aventurer par ici, au risque de perturber notre intimité. C'est une règle absolue. Soyez sans crainte. Nous sommes seuls, madame.

Jeff prit sa bouche avec avidité et, l'ayant incité à lui

répondre, put bientôt savourer tout le nectar d'une réaction passionnée.

Quand il releva la tête, il la sentit s'appuyer contre son torse, les genoux tremblants, tandis qu'elle attendait que le vertige cessât. Quand enfin elle s'écarta légèrement de lui, il posa un regard brûlant sur ses seins. Cédant à une envie longtemps retenue, Raelynn caressa le torse de son mari puis, d'une main languide, titilla un moment les mamelons qui bourgeonnaient entre les boucles noires, avant de s'aventurer jusqu'à la taille, d'une remarquable fermeté.

Admirative, elle redessina ses muscles puis, hardiment, commença à défaire une rangée de boutons.

— Pourquoi faudrait-il que vous gardiez votre vêtement quand je suis entièrement nue ? susurra-t-elle, la voix chaude.

— Je vous laisse faire, madame.

Jeff se recula d'un pas afin qu'elle achevât plus aisément ce qu'elle avait commencé. Quand le dernier bouton fut détaché, Raelynn releva un instant la tête, intimidée, en se mordant la lèvre.

— Aidez-moi, lui demanda Jeff afin de la mettre plus à l'aise.

Elle lui prêta assistance tandis qu'il retirait son pantalon, jusqu'au moment où son regard rencontra sa pleine nudité. A cette seconde, elle recula, les joues brûlantes, comme tout son être.

Jetant son vêtement sur le sol, Jeff lança un coup d'œil à sa jeune femme, le temps de lire dans son regard la soudaine incertitude qui trahissait une peur grandissante.

— Ne vous inquiétez pas, Raelynn, murmura-t-il. Je ne suis fait que de chair et de sang. Et vous m'avez déjà vu ainsi.

Il mêla ses doigts aux siens et l'attira vers lui, afin que son corps pût comprendre qu'elle n'avait rien à craindre.

— Rassurez-vous. Nous sommes faits l'un pour l'autre.

Si Raelynn tremblait, craignant la pénétration qui allait

déchirer sa chair virginale, Jeff ne laissa pas à son anxiété le temps de s'accentuer. Ses lèvres l'incitèrent à partager sa fièvre, et elle s'abandonna à ses baisers qui lui donnèrent bientôt le sentiment de s'offrir à une passion dévorante.

Lorsque finalement Jeff se redressa, ce fut avec la ferme détermination de ne plus souffrir la moindre attente. Il avait besoin d'elle comme de l'air qu'il respirait.

Il la souleva, la porta vers son lit et la déposa sur les draps froissés. Les caresses savantes de sa bouche sur ses seins embrasèrent Raelynn jusqu'aux reins où une faim étrange réclamait l'apaisement.

Allongés l'un face à l'autre, ils s'embrassèrent, se caressèrent, se découvrirent. Jeff égrena des perles de braise sur les seins laiteux, puis, après avoir fait glisser une jambe claire sur sa hanche brune, il provoqua des frissons en jouant lentement avec l'ultime voile. Cependant, ces frémissements n'exprimaient ni peur ni aversion, mais plutôt une excitation ravageuse, haletante, et qui devait s'apaiser sans que Raelynn sût encore très bien comment.

Poursuivant ses assauts avec application, Jeff, les yeux brûlants, fit courir une longue caresse des seins au ventre de sa femme. Puis, s'insinuant entre ses cuisses, il la sentit sursauter légèrement avant qu'elle se laissât emporter par les sensations qu'il provoquait en elle. Elle commença à se tordre, à haleter et, brusquement gênée par tant de réactions incontrôlables, chercha à se tourner de côté. Mais Jeff l'en empêcha, bien décidé cette fois-ci à ne plus tolérer de contretemps. Soudain envahie par une sorte de frénésie, Raelynn se caressa les seins, se cabra, s'offrit à lui avec une impudeur qu'elle ne se connaissait pas.

— Jeffrey, je vous en prie... supplia-t-elle.

Ce qu'elle attendait, elle n'aurait su le dire. En revanche, elle constatait que Jeffrey provoquait un embrasement auquel elle ne pouvait résister. Glissant une main sur sa nuque, elle l'attira vers sa bouche et l'embrassa avec toute la passion qu'il suscitait en elle. Dans une étreinte fougueuse, ils roulèrent sur le lit, mêlés l'un à l'autre.

Emportée par le vertige de leur passion, Raelynn glissa une main tremblante sur le ventre de Jeff. Le souffle suspendu, il attendit l'instant où elle achèverait de s'enhardir. Comme elle semblait craindre de lui faire mal, il prit la main qui effleurait timidement sa chair et la guida. Mais il était déjà trop tard pour qu'il pût résister encore longtemps.

— Oh, mon amour, mon amour ! Nous ne pouvons plus reculer, maintenant, souffla-t-il.

Se soulevant à demi, il plongea ses yeux dans les siens afin de s'assurer de son consentement total. Submergée par son propre désir, Raelynn lui répondit sans ambiguïté en se tendant vers lui.

Jeffrey eut un soupir de soulagement émerveillé, puis il prit la bouche de sa jeune femme dans un baiser à la fois ardent et doux tandis qu'il pénétrait sa chair. Une douleur vive traversa le ventre de Raelynn. Les paupières crispées, elle enfouit son visage dans le cou de son mari, s'accrocha à ses épaules, secouée par les élancements provoqués par la déchirure. Jeff chercha sa bouche, afin de la distraire de la douleur, et se fit si pressant qu'elle ne tarda pas à entrer dans le jeu subtil de ses lèvres.

Bientôt le mal fut oublié, relégué aux confins de sa mémoire. Raelynn ne sut jamais à quel moment précis tout devint caresses, mouvements lents et fluides, tel un massage langoureux qui faisait disparaître les sensations douloureuses. Un plaisir exaltant, scintillant, baigna leurs corps mêlés. Leurs sens furent portés par la houle que soulevait le vent de la passion. Ils glissèrent au-dessus de la crête des vagues, au-dessus des brisants à l'écume d'une blancheur aveuglante, vers une extase éblouissante qui semblait sans fin.

Rejetés sur les draps froissés comme sur une plage blanche,

ils reposèrent dans les limbes roses de leur passion. La tête de Raelynn sur son épaule, Jeff enlaçait sa hanche tandis qu'elle laissait son bras en travers de son torse et une jambe lisse sur ses cuisses musclées. Au bord de l'évanouissement, ils ne songeaient à se plaindre.

Avec un sourire rêveur, Raelynn fit glisser un doigt sur le torse bouclé de son mari puis redessina un mamelon, tout en songeant, émerveillée, à ce qu'elle venait de vivre.

— Je crois que je pourrais maintenant dormir une semaine entière, murmura-t-elle. Mais à la condition que vous restiez auprès de moi.

Jeff posa un baiser sur son front.

— Il faudra que nous rapportions vos vêtements dans cette chambre. Mais si nous commencions par prendre un bain ensemble ?

Raelynn se souleva et lui sourit, le regard plongé dans ses yeux brillants.

— N'avez-vous pas déjà pris un bain ce matin ?

Un sourire apparut lentement sur les lèvres de Jeff, creusant ses jolies fossettes.

— C'est vrai. Cependant l'idée de partager ma baignoire avec vous, madame, me séduit infiniment. Y consentez-vous ?

— Sans réserve, monsieur, bien que je souhaite, en échange, que vous m'accordiez quelques privilèges.

— Demandez-moi ce que vous voulez, du moment que je puis vous tenir dans mes bras.

2

Nombreuses et élégantes, les petites boutiques de Charleston attestaient de la prospérité d'une ville qui comptait parmi les ports les plus importants de la côte Est. Agréable, bien entretenue par ses habitants, les rues et les docks bourdonnant d'activité, Charleston était célèbre pour le charme de son atmosphère.

La compagnie maritime de Jeff se situait près de l'embarcadère. C'était également un centre dynamique où l'on voyait sans cesse charger ou décharger des cargaisons. Ce fut là que s'arrêta en premier lieu la voiture des Birmingham, afin de permettre à Jeff de déposer les livres de comptes qu'il avait étudiés la veille.

— J'en ai pour une minute, mon ange, assura-t-il à sa femme, en serrant tendrement sa main dans la sienne avant de descendre du landau.

Par la portière, Raelynn le regarda se diriger vers le bâtiment en brique de deux étages. Des dockers le saluèrent, tantôt d'un signe de la main, lorsqu'ils étaient éloignés de lui, tantôt d'un mot d'humour ou d'une plaisanterie qui témoignait de la sympathie que Jeffrey Birmingham suscitait parmi ses employés. Raelynn observa même qu'après s'être arrêté auprès d'un homme entre deux âges, il ne repartit pas sans échanger avec lui une poignée de main, partager un petit rire et recevoir une tape enthousiaste dans le dos.

Ravie, Raelynn se rejeta contre le dossier du siège confortablement rembourré. En attendant le retour de Jeff, elle ne demandait pas mieux que de revivre en pensée sa matinée. Depuis, elle avait acquis la certitude de n'entretenir aucun regret. Après leur union charnelle, tout avait continué à l'enchanter. Même le simple fait de prendre un bain et de s'habiller s'était avéré infiniment plus agréable avec la participation d'un homme séduisant et audacieux, qui ne dédaignait pas les jeux dignes d'adolescents. Elle lui avait fouetté le dos avec une serviette. Il s'était vengé, mais sans lui laisser les marques rouges qu'elle lui avait involontairement infligées. Alors les excuses et les caresses apaisantes de Raelynn les avaient conduits à un regain de baisers et de tendresse passionnés, ainsi qu'à la conclusion qu'il n'y avait rien à regretter. Désormais, Raelynn connaissait la félicité de toute jeune mariée, totalement conquise par un époux débordant d'amour.

La séduction de Jeffrey Birmingham agissait sur elle comme un puissant aimant dont l'attraction s'était renforcée de jour en jour, et avait encore acquis une puissance toute particulière au cours des dernières heures. Elle en arrivait à se dire que nulle femme ne devait être plus sensible qu'elle aux attraits de Jeff. Pourtant elles avaient dû être fort nombreuses à avoir rêvé de devenir son épouse.

Une ombre glissant le long du landau attira son attention, juste au moment où un homme, vêtu grossièrement, venait de passer devant sa portière. Elle ne le vit que de dos, sans y prêter une attention particulière, étant donné qu'elle connaissait très peu de monde à Charleston. Mais, l'instant d'après, elle eut l'occasion de regretter son absence de curiosité. Si elle avait été plus attentive, elle aurait au moins eu le temps de quitter précipitamment le landau, de rejoindre son mari et d'éviter une confrontation avec Olney Hyde. Car ce dernier, revenant sur ses pas, eut le culot d'inspecter du regard l'intérieur de la voiture.

— Mais, si je ne me trompe pas, c'est madame Birmingham ! Et quelle élégance ! Vous êtes à croquer, ma parole ! lança le vaurien en enlevant son couvre-chef, la mine faussement surprise.

Aussi assuré qu'en présence de Gustav, il laissa son regard glisser du petit chapeau de Raelynn vers la mousseline fleurie qui couvrait sa poitrine, où ses yeux s'attardèrent.

Rougissante, la jeune femme se félicita de porter une robe boutonnée jusqu'au cou. Quand les regards insistants de Jeff éveillaient en elle une chaude sensualité, ceux de cette racaille n'étaient qu'insultes. Probablement de cinq ans son aîné, Olney paraissait certes plus jeune, surtout comparé à Jeff. Elle ne voyait cependant pas là motif à considérer ses paroles comme un compliment. Elle ne voulait rien entendre de ce parfait voyou, surtout lorsqu'elle n'avait d'autre protecteur qu'un vieux cocher. Rassemblant son courage, elle parvint tout de même à rétorquer au vaurien :

— Eh bien, Olney, je suis surprise de constater que vous ne songez même pas à vous cacher ! Je vous imaginais rasant les murs, dans quelque ruelle, loin d'ici. Le shérif Townsend sera certainement intéressé d'apprendre que vous êtes toujours en ville. Vous devez savoir qu'il vous recherche. A la première occasion, je ne manquerai pas de lui dire que je vous ai vu.

— Ouais, c'est ça, madame Birmingham ! Et moi, je dirai à M. Fridrich que vous voilà bien chic ! Bien plus que la dernière fois que je vous avais devant moi. Faut que je vous dise qu'il regrette que j'aie pas fait de vous une veuve. Même par accident, comme ça s'est passé. Il n'aime pas beaucoup qu'on lui prenne quelque chose, surtout une fille ! Et encore moins une comme vous, aussi prétentieuse et, de ce fait, encore plus attirante que les autres. On peut dire qu'il est vraiment en pétard. D'autant qu'il peut même plus se servir de ses deux bras.

— Par accident ! releva Raelynn. Ha ! Si j'en crois Kingston, vous avez délibérément visé mon mari. Vous avez voulu le tuer. Sans nul doute afin d'apaiser votre employeur.

Olney haussa nonchalamment les épaules.

— Dites-vous qu'il faut être malin pour se contenter d'égratigner le cuir chevelu d'un type. Je sais viser, moi. En revanche, je parierais que votre M. Birmingham n'aurait même pas été capable de tuer M. Fridrich s'il l'avait vraiment voulu.

— Mon mari ne serait capable de tuer quelqu'un que s'il devait défendre sa maison et sa famille ! Il n'est pas comme vous, qui semblez prêt au meurtre à la moindre provocation. Je me souviens très bien de la façon dont vous m'avez menacée, votre pistolet sur la tempe, simplement parce que je refusais de me conformer aux ordres de Gustav.

— Je devais vous rappeler qui était le vrai patron. M. Fridrich, à cause de son bras, était bien misérable, et le docteur Clarence avait besoin de votre aide. Mais non ! Vous, vous vous moquiez de M. Fridrich. Vous êtes qu'une garce sans cœur.

Olney secoua la tête en ricanant.

— Franchement, je comprends pas ce que M. Fridrich vous trouve. Je reconnais que vous êtes un joli petit lot, mais moi je préfère les femmes qui ont du cœur.

Olney posa un regard lubrique sur la poitrine de Raelynn et, les mains en coupe sous les seins, ajouta :

— Avec des melons bien gros et bien mûrs !

— Epargnez-moi votre vulgarité, Olney. Elle témoigne de votre manque d'éducation.

— Oh, ça ! rétorqua Olney avec une grimace de dérision. Je veux bien croire qu'une élégante de votre espèce s'intéresse plus à l'éducation d'un lascar qu'à ce qu'il y a dans son pantalon.

Raelynn lui lança un regard indigné. Si elle pouvait parler avec Jeff de certaines parties intimes, les entendre évoquer par un vaurien était une tout autre affaire.

— Vous feriez mieux de passer votre chemin avant que mon mari revienne, lui dit-elle. S'il vous trouve ici, vous allez le regretter.

— J'ai pas peur du richard que vous avez épousé. Un vieux comme lui, j'en fais qu'une bouchée. Et puis je sais faire gaffe. Mes vieux sortaient des bas quartiers de Southwark quand ils sont venus ici. C'étaient des durs. D'ailleurs, on devait pas habiter très loin de cet hôtel particulier où vous êtes née, paraît-il, si j'en crois Cooper Frye. Je comprends que vous soyez arrogante ! Ces rues n'ont aucun secret pour moi. J'ai pas peur de me promener sur les trottoirs de Charleston, et je peux les regarder de haut, votre dandy et son copain de shérif.

Apercevant une silhouette familière qui sortait du premier étage de la compagnie maritime, Raelynn adressa à son ennemi un sourire confiant.

— Vous allez avoir l'occasion de le prouver dans un instant, Olney. Mon vieux mari, comme vous dites, s'approche de nous.

Olney oublia aussitôt ses fanfaronnades pour déguerpir. Mais sa hâte attira l'attention de Jeff qui, n'ayant aucun mal à reconnaître les boucles blondes du vaurien, dégringola les dernières marches de l'escalier extérieur pour se lancer à sa poursuite. Affolée, Raelynn descendit en tremblant du landau.

— Jeffrey, revenez ! lui cria-t-elle.

Mais, les basques au vent, il continua de courir après le scélérat.

— Il risque d'être armé, Jeffrey ! Je vous en prie ! Revenez !

Une charrette lourdement remplie et tirée par six chevaux obligea Jeff à interrompre sa course, et, quand il eut contourné l'obstacle, Olney avait disparu.

Bien décidé à retrouver le jeune voyou, Jeff reprit néanmoins sa poursuite le long de l'avenue, tout en jetant un coup d'œil dans les ruelles et les boutiques dont la porte était ouverte. Sans aucune idée de la direction empruntée par Olney, frustré et en colère envers lui-même, Jeff dut se résoudre à abandonner sa recherche. Avant de rejoindre le landau, il alla devant ses bureaux ramasser son haut-de-forme. Il en enleva la poussière en avançant vers la voiture, puis le remit d'un geste désinvolte tandis qu'il adressait à sa femme un sourire malicieux.

— Et le voilà comme neuf !

— Votre chapeau n'a peut-être subi aucun dommage, Jeffrey Birmingham, mais moi, en revanche, j'ai considérablement vieilli en quelques minutes. Je souhaiterais que vous m'évitiez ce genre de frayeur. Olney a déjà prouvé qu'il pouvait tirer sur vous quand il lui en prenait l'envie. Vous lancer à sa poursuite, c'est le pousser à recommencer. Imaginez combien Gustav serait heureux d'apprendre votre mort.

Jeff savait parfaitement que l'Allemand ne reculerait devant rien pour récupérer Raelynn, et le simple fait d'y penser le mettait hors de lui.

— Oh, oui ! J'imagine le bonheur qu'éprouverait ce malotru, mais je n'ai nullement l'intention de laisser Olney me tuer, du moins si nous sommes face à face. Si je ne le voyais pas venir, ce serait une tout autre histoire.

La prenant par le coude, Jeff aida Raelynn à remonter dans le landau.

— Je ne peux supporter l'idée que ce crapaud soit encore en liberté alors qu'il a tenté de me tuer et vous a menacée de mort lorsque vous étiez entre ses griffes, expliqua-t-il.

Puis il s'adressa à son cocher, un Noir vêtu d'une élégante livrée.

— Thaddeus, je vous prie de nous conduire à l'atelier de couture de M. Ives.

— Entendu, missié Jeff'ey. J'vous y emmène tout d'oit dès que vous avez pris place.

Le landau tangua légèrement lorsque Jeff s'installa à côté de sa jeune femme qui, aussitôt, se rapprocha de lui. Souriant, il mêla ses doigts aux siens et fit en sorte de se serrer contre elle.

— Maintenant, dites-moi, mon ange, ce que vous a raconté cet énergumène.

Bien que rougissante de honte, Raelynn ne lui épargna aucun détail, puis conclut :

— Les menaces arrogantes de ce gredin ne l'ont pas empêché de se sauver en vous voyant. Je l'ai vu déguerpir comme un lapin. Peut-être la prochaine fois réfléchira-t-il à deux fois avant de vous traiter de vieux. Il est évident que vous êtes en mesure de courir plus vite que lui.

— J'ai tout de même l'impression qu'il fait fi de l'avis de recherche lancé contre lui. Il est possible que Gustav lui ait ordonné d'agir à sa place en attendant de retrouver l'usage de son bras. Je n'aurais jamais dû vous laisser seule.

Raelynn caressa le bras qui frôlait sa poitrine.

— Je n'étais pas seule, Jeffrey, il y avait Thaddeus.

— Ma chère, rétorqua Jeffrey avec un petit rire, Thaddeus a deux fois mon âge. Si Olney vous avait enlevée, notre vieux cocher en aurait été réduit à s'essouffler derrière lui.

— Je me sentirais évidemment plus en sécurité, observa Raelynn dans un soupir, si Gustav et Olney se retrouvaient derrière les barreaux pendant dix bonnes années.

Elle se mit à caresser la main qui serrait la sienne, tout en revivant le chagrin qu'elle avait éprouvé en croyant que Jeff avait été tué. Le regard admiratif posé sur son profil, elle murmura doucement :

— Au cours des sept derniers mois, j'ai perdu mon père et ma mère, et, il y a une quinzaine de jours, j'ai cru vous perdre également. Si vous étiez assassiné, je ne le supporterais pas. Je vous en conjure, épargnez-moi tant d'angoisse. Laissez votre ami le shérif arrêter Olney lui-même.

Un petit sourire amusé aux lèvres, Jeff frotta malicieusement son bras contre la douce poitrine de sa femme, puis dénoua leurs doigts afin de poser la main sur sa cuisse.

— Fort bien, madame. Cessez de vous inquiéter. Désormais, je me retiendrai de prêter attention à ces deux malfaiteurs en votre présence.

— Et en mon absence ? Sachez, Jeffrey, que je suis déjà arrivée à la conclusion que vous n'êtes pas homme à vous laisser faire. Je vous imagine mal ignorer ces individus, même si je suis avec vous. Si vous êtes exaspéré, rien ne vous arrête. Les pirates qui se mettraient en tête de vous voler une cargaison, comme ils l'ont fait avec d'autres, vous verraient sans nul doute arriver avec canons, sabres d'abordage, et la détermination qui était la vôtre quand vous m'avez arrachée à mes ravisseurs.

Jeff éclata de rire puis secoua la tête.

— Mon ange, je crois que vous parlez plutôt de mon frère.

— A mon avis, vous et Brandon vous ressemblez beaucoup plus que vous ne le croyez.

— D'où vous vient ce jugement, madame ? demanda Jeff en souriant. Vous nous connaissez depuis à peine deux semaines.

— Certes. Mais lorsque le docteur Clarence m'a sortie de l'entrepôt de Gustav et que j'ai compris ce que vous et Brandon prépariez, j'en ai conclu que vous partagiez la même audace. Finalement, en dépit de l'arsenal qu'ils possédaient, vous n'avez laissé aucune chance à Gustav et à tous ces rats qui étaient sous ses ordres.

— Gustav méritait amplement ce qui lui est arrivé, Raelynn. Et même plus, selon moi.

— Je le reconnais, monsieur. Mais admettez qu'une femme ne peut se réjouir de voir son mari prendre plaisir à se battre comme s'il était à la tête d'une unité de cavalerie.

— Pour ma part, je me suis toujours considéré comme un être plutôt paisible, rectifia Jeff en haussant brièvement les sourcils.

Puis, se tournant vers Raelynn, il lui permit d'étudier son visage et de lire dans son regard émeraude. Du bout des doigts, elle caressa sa joue, s'arrêta une seconde sur l'une des charmantes fossettes qui se creusaient au moindre sourire.

— Vous donnez en effet l'impression d'être paisible, Jeffrey Birmingham. Du moins tant que rien ne s'oppose à vous.

— Je reconnais que votre enlèvement, mon ange, m'avait rendu fou. Comprenez que je ne voudrais pas que cela se renouvelle.

— Vous m'avez mal comprise, Jeffrey. Je ne vous reproche pas d'avoir pris d'assaut le repère de Gustav, je dis simplement que si une femme découvre derrière le charme débonnaire de son mari une âme de guerrier, elle ne peut qu'être inquiète.

Attiré par les douces lèvres de sa femme, Jeff se pencha vers elle, et, Raelynn se pressant aussitôt contre lui, il se mit à savourer le miel de sa bouche, doucement, puis avec une ardeur grandissante.

Quand il s'écarta, il entendit des reproches.

— Vous ne devriez pas m'embrasser ainsi hors de l'intimité d'une chambre. Vous savez très bien ce que vos baisers provoquent en moi.

— Je connais un charmant hôtel, dit Jeff, le regard brillant. Nous pourrions y passer une heure ou deux.

— Oh, vous plaisantez !

— L'idée est tout de même assez tentante pour que nous y réfléchissions.

Raelynn eut un regard ébahi en pensant aux rumeurs que leur vaudrait ce genre d'intermède.

— Imaginez simplement les regards que nous nous attirerions si nous quittions la chambre au bout d'un moment. Toute la ville en entendrait parler.

— Sans doute, mais au moins les gens auraient quelque chose à raconter et ne s'en plaindraient pas.

— Certes. Toutefois, je préfère un peu plus de discrétion.

Jeff laissa échapper ostensiblement un soupir de regret.

— Comme vous voulez, madame.

Le menton appuyé sur l'épaule de son mari, Raelynn admira son profil aristocratique.

— Vous déplairait-il que je vous caresse ici même ?

— De quelle façon ? demanda Jeff, amusé, en scrutant le joli visage de sa jeune femme.

Raelynn dirigea son regard sur l'objet de ses désirs, sans laisser place à l'ambiguïté.

— Comme une épouse peut le faire, monsieur.

Le plaisir que Jeff anticipa à cet instant faillit lui couper le souffle. Après avoir tant redouté, au cours de son célibat prolongé, que sa femme n'appréciât guère les délices d'un lit conjugal, il pouvait désormais être rassuré. Aussitôt il enleva son haut-de-forme pour le poser sur son giron et glissa sous cet abri la main de sa femme.

— Sentez-vous combien je réponds à votre attente, madame ?

Raelynn susurra son admiration, mais remarqua néanmoins :

— Votre pantalon ne me permet cependant que d'imaginer...

Le sourcil levé, Jeff la regarda du coin de l'œil.

— Vous savez le défaire aussi bien que moi, ma douce.

Ne le voyant que de profil, elle pencha la tête, intriguée.

— Ne suis-je pas trop audacieuse ? Nous sommes en pleine rue, après tout.

— Ne renoncez pas. J'en serais déçu.

Raelynn sourit comme une enfant à qui l'on vient d'offrir un nouveau jouet. Qu'elle pût prendre ce genre d'initiative sans le choquer lui apportait la preuve rassurante qu'elle n'outrepassait aucunement ses droits d'épouse.

— Je vais essayer de vous libérer de ce vêtement, monsieur.

Obligée de se battre avec les boutons, elle ajouta bientôt :

— Vous ne m'aidez nullement, Jeffrey.

Soulevant son chapeau, Jeffrey contempla le gonflement qui rendait l'opération difficile.

— Ce sont les difficultés que rencontre une épouse, ma chère. Il eût été déraisonnable de penser que j'allais rester impassible pendant que vous cherchiez à ouvrir mon pantalon.

Raelynn finit par défaire une rangée de boutons, et sa petite main, glissant dans l'ouverture, prit dans sa paume la chair épanouie. Jeff s'abandonna à son inspection mais faillit en oublier de respirer.

L'influence qu'elle exerçait sur le corps de Jeff procurait à Raelynn une satisfaction sans mélange. Elle en omettait de se sentir mal à l'aise face à un homme mûr et de grande expérience. Ce fut une joie de le voir captivé, offert à ses caresses, nageant dans un plaisir dont il semblait avoir été privé depuis des années. Etonnée, elle le fut aussi en constatant qu'elle trouvait autant de bonheur à donner qu'à recevoir. Et, en suivant avec une sorte de ferveur ce qu'il lui avait enseigné quelques heures plus tôt, elle fit la preuve d'un intérêt grandissant pour leur intimité.

Enivré, Jeff faillit ne pas remarquer qu'ils approchaient de leur destination. S'éclaircissant la gorge, il se pencha vers la petite ouverture qui lui permettait de parler à son cocher et en fit glisser la vitre.

— Thaddeus, oubliez pour l'instant l'atelier de M. Ives. Faites-nous faire un petit tour en ville.

3

Une demi-heure plus tard, Jeffrey descendit du landau avec le calme d'un moine. Mais il ne put cacher son regard brillant, tandis qu'il offrait une main courtoise à sa femme. Quand elle eut quitté à son tour la voiture, tout en échangeant avec lui des sourires complices, il lui donna le bras et la conduisit au bâtiment de deux étages que son ami couturier possédait depuis cinq ans, ainsi qu'il le lui expliqua en franchissant le seuil.

Farrell Ives vivait sur place et ne réservait que le rez-de-chaussée à son commerce. En temps normal, il employait huit personnes, dont une jeune veuve, Elizabeth Dalton, qui réalisait les patrons et supervisait en même temps le travail des autres couturières.

En dépit de ce personnel limité, l'atelier habillait la plupart des femmes de la bonne société de Charleston. Celles-ci venaient y renouveler leur garde-robe à chaque nouvelle saison, soit en commandant des modèles exclusifs, soit en choisissant ceux que leur offrait un prêt-à-porter prestigieux.

Raelynn aperçut dans l'un des box de l'atelier deux mannequins revêtus de robes d'une beauté stupéfiante qui ne laissaient aucun doute sur le talent du couturier. A l'entrée du dernier box, une jeune femme d'environ vingt-cinq ans, grande, les cheveux noirs, parlait à quelqu'un que l'on ne voyait pas. Lorsqu'elle aperçut les nouveaux arrivants, elle s'excusa et, le sourire radieux, se précipita à leur rencontre.

— Monsieur Birmingham, quelle joie de vous revoir ! fit-elle d'une voix suave.

Ses yeux noirs brillaient du même éclat que son sourire. En fait, tout en elle était radieux : la grâce de ses gestes, la beauté de son visage, ainsi que celle de sa silhouette, rehaussée par une robe Empire d'un jaune pâle.

— Vous êtes toujours aussi enchanteresse, Elizabeth, déclara Jeff en se courbant devant la jeune femme, le haut-de-forme à la main.

Puis son sourire trahit sa fierté lorsqu'il glissa une main dans le dos de son épouse et fit les présentations.

— Voici ma femme, Raelynn. Ma chère, je vous présente Mme Elizabeth Dalton, l'excellente modéliste de Farrell.

Devant un tel compliment, Elizabeth eut une exclamation et un geste gracieux de la main, comme pour balayer sa confusion. Puis elle se tourna vers Raelynn.

— Je suis enchantée de vous rencontrer enfin, madame. M. Ives n'a cessé de chanter vos louanges depuis ce qui s'est produit devant notre boutique.

— Oh, mon Dieu ! J'espérais que cet incident était oublié. Mais, étant donné le nombre de spectateurs qui s'étaient amassés autour de nous ce jour-là, je ne pouvais sans doute que me tromper.

Amusée, Elizabeth pencha la tête en riant.

— Je vous dirai que tout ce qui concerne un membre du clan Birmingham attire l'attention de la ville entière. Cependant, il suffit d'être aussi ravissante que vous l'êtes pour capter l'intérêt de chacun. Quels que soient le lieu et les circonstances.

— Merci, madame. Vous êtes d'une grande amabilité. Ce qui renforce encore le plaisir que j'éprouve de découvrir enfin la maison de couture de M. Ives.

Raelynn balaya d'un regard enthousiaste l'intérieur élégant et les rouleaux de tissu d'une grande qualité qui l'entouraient.

— J'ai vraiment l'impression que c'est ici un paradis pour les femmes.

— Oh, absolument ! s'écria la modéliste dans un éclat de rire chaleureux. Mais, je vous en prie, madame, faites-moi l'honneur de m'appeler Elizabeth.

— Avec le plus grand plaisir, Elizabeth. Et je serais tout aussi heureuse que vous fassiez de même.

Elizabeth se fit un instant plus grave.

— Vous avez un très joli prénom, madame. Mais, si vous n'y voyez pas d'inconvénient, devant les autres employées, je resterai plus formelle avec vous. M. Ives tient à ce que ses couturières manifestent un respect sans faille à nos clientes. Je ne voudrais pas les encourager à devenir familières. M. Ives les prie même, ajouta Elizabeth avec un petit rire, de m'appeler « madame Dalton ». Il fait régner ici autant de discipline que sur un navire. Je me demande parfois s'il n'a jamais été capitaine au long cours.

Cette idée amusa Jeff.

— Je crois bien que votre employeur serait incapable de se servir d'un compas et d'un sextant, Elizabeth. Il ne sait naviguer que sur la terre ferme.

Tous trois éclatèrent de rire avant qu'Elizabeth laissât glisser son regard sur la robe de Raelynn. Une robe qui comptait parmi les plus jolies créations récentes de la maison et qui seyait parfaitement à la jeune femme.

— Les affaires de M. Ives vont certainement prospérer de plus belle lorsque l'on vous verra porter ses robes, madame Birmingham, commenta Elizabeth. Je dois vous dire que M. Ives ne peut pas parler de vous sans affirmer que vous êtes aussi ravissante que votre belle-sœur. Aujourd'hui j'en ai la preuve.

Un tel compliment fit rougir Raelynn.

— Heather est d'une telle beauté que je considère comme un immense honneur de lui être comparée, observa-t-elle.

— Je le comprends aisément. Et je vous assure que je ne connais aucune femme plus séduisante que vous deux.

Songeant soudain qu'Elizabeth doutait de sa propre beauté, Raelynn voulut aussitôt la rassurer.

— Vous êtes-vous regardée dans un miroir récemment, Elizabeth ?

La belle jeune femme brune plaqua une main sur sa joue, brusquement inquiète.

— Oh, mon Dieu ! Ai-je une tache sur le visage ? Un bouton ?

— Pas du tout, lui assura Raelynn, impressionnée par ce manque de confiance en soi.

Elizabeth Dalton, une beauté aux yeux noirs, trouvait facilement sa place au royaume de la séduction féminine.

— Je ne vous posais cette question que pour vous rendre hommage.

Devant sa méprise, Elizabeth devint écarlate mais s'empressa de refuser toute comparaison avec Raelynn et sa belle-sœur.

— Votre gentillesse me touche, madame. Cependant il me semble que vous ignorez combien vous êtes belle. Je ne vous arrive pas à la cheville. Ni à celle de Heather.

— A votre place, répondit Raelynn en posant sa main sur le bras de son interlocutrice, je ne parierais rien de précieux sur un tel jugement. Vous seriez perdante à coup sûr.

— Raelynn ne se veut pas simplement aimable, Elizabeth, intervint Jeff. Elle dit la vérité, et c'est bien sur le jugement inverse qu'il vous conviendrait de parier, à mon avis.

Cherchant à dissiper le rouge de ses joues, la jeune femme agita la main devant son visage.

— Oh, ayez pitié de moi, l'un et l'autre ! supplia-t-elle dans un éclat de rire. Vous me faites rougir.

Raelynn s'empressa de la secourir en changeant de sujet.

— Depuis que je possède un échantillon de votre travail,

je ne cesse d'être admirative. Il y a peu de temps encore, j'aimais dessiner moi-même la plupart de mes robes. C'était avant la mort de mon père, et mon couturier londonien avait l'amabilité de se servir de mes croquis. Par la suite, lorsque nous avons connu une période difficile, il m'a demandé de travailler pour lui. Je lui faisais donc des croquis pour lesquels il me rémunérait. Mais jamais je n'aurais eu assez de talent pour imaginer des parures aussi somptueuses que celles créées ici. J'ai cru comprendre que M. Ives lui-même a choisi celles que l'on m'a livrées.

— Oh, il n'aurait jamais laissé quelqu'un d'autre le faire à sa place ! Vous êtes la femme de l'un de ses plus proches amis. Mais il me faut vous dire que nous n'avions pas, alors, un très grand choix. Cependant vous avez bénéficié d'une situation exceptionnelle puisque ordinairement nous ne travaillons que sur commande.

« Sans mentionner de nom, je vous dirai que nous avions confectionné ces robes pour une jeune femme qui n'a finalement pas été en mesure de les payer. Il semble que son frère ait engagé tout leur héritage sur un cheval de son haras qui promettait de lui faire gagner sur le champ de courses deux fois le montant de sa mise. Malheureusement, le cheval a été retrouvé mort le matin de la course, si bien que le propriétaire de l'autre favori, M. Fridrich, a remporté le gros lot sans même faire courir son cheval. Comme M. Ives, je soupçonne les hommes de main de M. Fridrich d'avoir empoisonné l'animal. On devrait cravacher ce sinistre personnage.

— Vous voulez certainement parler de Gustav Fridrich, avança Jeff.

Devant le hochement de tête de la jeune femme, il exprima son opinion avec un profond dédain.

— Que cet homme mérite la cravache, je vous l'accorde volontiers, Elizabeth. Mais je pense aussi qu'on aurait dû le mettre sous les verrous dès son arrivée ici. Il a déjà fait souffrir plus d'un habitant de cette ville, et j'ai le sentiment que ce n'est pas fini.

— J'ai cru comprendre qu'il était responsable de l'enlèvement de votre femme. C'est un véritable gredin.

— Un individu maléfique et sournois, ajouta Raelynn.

Elle soupira en pensant aux deux personnes qui avaient trouvé la mort dans cette entreprise, puis ajouta :

— Je pense à cette jeune femme brusquement ruinée, et je me sens un peu coupable d'avoir profité de la situation. Mais j'avoue que j'ai tant de plaisir à porter ses robes que mes regrets sont limités. Elles sont magnifiques et confectionnées avec tant de soin ! Même en Angleterre je n'avais jamais vu un travail aussi soigné.

Jeff glissa un bras autour des épaules de sa femme et lui sourit.

— C'est précisément Elizabeth qui supervise ce travail, ma chère. Il faut savoir qu'elle avait elle-même sa maison de couture avant de perdre son mari. Maintenant elle fait profiter les ouvrières de mon ami Farrell de son savoir-faire.

— Oh, mon Dieu ! Tant de flatterie risque de me monter à la tête ! s'écria Elizabeth en riant. M. Ives ne va pas être content. Je ferais mieux d'aller lui annoncer votre arrivée. Mettez-vous à l'aise, proposa-t-elle en désignant les fauteuils et le canapé disposés dans un coin du hall. Je reviens tout de suite.

— Un instant, Elizabeth, dit Raelynn. Pourrais-je aller regarder de plus près les ravissants tissus que j'aperçois depuis que je suis entrée ? Est-ce permis ?

— Oh, certainement, madame Birmingham ! Vous en trouverez peut-être un qui vous subjuguera.

Elizabeth jeta un regard malicieux à Jeff avant de conseiller Raelynn.

— N'oubliez pas que c'est le moment de penser à votre garde-robe d'automne. Nous avons de merveilleux velours aux teintes chaudes qui se marieraient parfaitement avec vos cheveux auburn. Et un autre dans un ton turquoise qui serait superbe sur vous. Sans compter que le noir, réservé trop souvent à tort au veuvage, serait divin avec votre peau laiteuse et votre chevelure.

Jeff leva les yeux au ciel dans un soupir de feinte détresse.

— Je me sens déjà au bord de la ruine...

— Oh, monsieur Birmingham ! s'écria Elizabeth, les yeux rieurs. Pensez au bonheur de votre ami. M. Ives vous serait si reconnaissant de faire de lui un homme fortuné !

— Comme s'il ne l'était pas déjà, rétorqua Jeff d'un ton badin.

Tandis qu'Elizabeth allait chercher son patron, Raelynn s'approcha des rouleaux de brocart qui avaient attiré son attention. Elle en admira la texture et la beauté, tout en pensant au prix que représenterait une seule robe confectionnée dans ce genre de tissu.

Elle remarqua aussi, alignée sur le haut d'une bibliothèque, une collection de poupées qui, servant de mannequins, portaient les modèles que l'on pouvait commander. Derrière les vitres, se trouvaient d'innombrables albums de dessins de mode, sous de belles reliures de cuir. Sans doute pouvait-on y trouver facilement son bonheur. Mais si d'aventure ce n'était pas le cas, songea Raelynn, le talentueux M. Ives se chargeait probablement de réaliser votre rêve avec la collaboration d'Elizabeth.

Le regard ébloui, Raelynn désigna à Jeff, qui venait de la rejoindre, tous les rouleaux de satin, mais aussi de lainage et de velours entassés sur plusieurs tables.

— Je dois dire que j'ignorais qu'on importait autant de tissus à Charleston. Votre ami doit investir une fortune pour offrir un tel choix.

— Farrell se fait un point d'honneur d'allier la dernière

mode à la perfection des matières. Il donne à ses clientes ce que lui-même tient à s'offrir.

Pour Raelynn, Farrell Ives était d'abord l'homme qui avait avancé à son mari l'argent que Jeff voulait proposer à son oncle, après que ce dernier eut tenté de la vendre à Gustav Fridrich. Cooper Frye n'avait pas pu résister à cette somme exorbitante. D'autant que le prêt de Farrell, en évitant à Jeff de courir jusqu'aux bureaux de sa compagnie maritime, avait permis de régler l'affaire sur-le-champ.

Raelynn se souvenait peu de la foule qui avait fait cercle autour d'elle, de ses ravisseurs et de Jeff, ce jour-là. Il n'y avait guère que Farrell Ives qu'elle revoyait facilement. De haute taille, comme les hommes du clan Birmingham, il avait dépassé d'une bonne tête tous les curieux. Et puis sa barbe à la Van Dyck, qui soulignait la beauté de ses traits, ses cheveux blondis par le soleil, coupés presque au ras du crâne, ses yeux d'un bleu vif lui donnaient une séduction égale à celle de Jeff et de son frère, Brandon. Pour le reste, seul Jeff pourrait lui en dire plus.

— Vous m'avez bien affirmé que M. Ives et vous-même étiez très liés, n'est-ce pas ?

— Oui, mon amour. Je connais Farrell depuis l'enfance. C'est son propre souci d'élégance qui l'a conduit à devenir modéliste et à choisir ses tissus. Ses parents étaient beaucoup moins aisés que ceux de ses cousins, et il faisait souvent l'objet de moqueries de leur part, parce qu'il portait leurs vêtements usés. En guise de revanche, il a appris à se servir de ses poings, ce qui lui a finalement assuré une réputation de boxeur redoutable et des gains lui permettant bientôt d'engager une couturière. Dès le début, son talent de modéliste s'est imposé, et, au bout du compte, ceux qui autrefois riaient de lui se mirent à l'appeler respectueusement « *monsieur* Farrell Ives ». J'ai eu la chance de l'avoir à mes côtés quand nous avons envahi l'entrepôt occupé par Gustav. Sans lui, nous ne serions pas sortis vainqueurs de la bagarre.

— Quel mensonge es-tu en train de raconter à ta femme, mon cher Jeffrey ? demanda une voix profonde et amusée qui fit sursauter Raelynn.

Quand elle se retourna, Farrell Ives baissait la tête sous le linteau qui marquait l'entrée du couloir où Elizabeth avait disparu un peu plus tôt.

— Je disais que tu savais te servir de tes poings et d'une paire de pistolets, répondit Jeff en riant, tandis qu'il s'avançait, la main tendue vers son ami. Sais-tu que tu dois fasciner toutes tes employées ? Tu devrais être sur tes gardes.

Les deux hommes échangèrent une poignée de main chaleureuse.

— Ce ne sont pas mes couturières qui m'inquiètent, remarqua alors Farrell. Mais une veuve qui a visiblement l'intention de se dénicher un autre mari.

Jeffrey aurait certainement demandé une explication s'il n'avait été accompagné de sa femme et désireux de faire les présentations.

— Ma chère, dit-il en incitant Raelynn à s'approcher, il est temps que vous fassiez en bonne et due forme la connaissance de mon excellent ami, M. Farrell Ives... Farrell, voici ma femme, Raelynn.

— Enchanté, madame Birmingham.

Les moustaches de Farrell Ives se relevèrent en accentuant le dessin de ses favoris finement taillés qui effleuraient sa barbe en pointe. Incliné vers Raelynn, il lui baisa la main.

— J'ai rarement eu l'occasion de voir l'une de mes créations portée avec tant de grâce.

— Je suis ravie de vous rencontrer enfin, monsieur Ives.

Le maître de maison s'empressa de rectifier :

— Laissons de côté ce genre de formalité, si vous le voulez bien. Appelez-moi Farrell.

— J'y consens, Farrell. Mais à la condition que vous m'appeliez Raelynn.

— Sachez, Raelynn, que votre mari et moi avons fait une acquisition exceptionnelle en vous achetant à votre oncle.

La jeune femme exprima spontanément sa gratitude d'un bref signe de tête, puis expliqua :

— Je vous remercie de votre intervention, Farrell, mais permettez-moi de vous préciser qu'il m'est difficile de considérer Cooper Frye comme mon oncle. Rien ne me paraît plus invraisemblable en fait. Autrement dit, j'espère bien que je ne suis pas de la même race que lui.

Elle vit s'élargir le sourire de son interlocuteur.

— Je comprends. Il me semblait également difficile d'apparenter un ange à une canaille.

— Si tu cessais un instant de couvrir ma femme de compliments, cher Farrell Ives, intervint Jeff d'un ton amusé, je pourrais enfin passer commande de la robe que j'aimerais voir portée par Raelynn à l'occasion du bal que je vais donner pour fêter nos noces.

— J'y emploierai tout mon talent, cher ami. A condition, toutefois, que je sois invité.

Jeff poussa un énorme soupir en roulant les yeux.

— Que me faut-il supporter pour que ce gaillard consente à m'être agréable !

— Pour ta femme, je suis prêt à faire n'importe quoi. Mais, en l'occurrence, étant donné ton insolente fortune, Jeffrey, ne compte pas sur moi pour satisfaire tes désirs sans qu'il t'en coûte une jolie somme.

Un tintement de porcelaine détourna au même moment l'attention de Jeffrey. Se retournant, il vit Elizabeth arriver avec un plateau chargé d'un service à thé et à café, le regard suppliant Farrell de l'aider.

— Mon Dieu, Elizabeth ! Laissez-moi prendre ce plateau

avant que vous le lâchiez, dit-il en se précipitant vers son employée. Je me demande comment vous avez fait pour le porter jusqu'ici.

Une fois déchargée, Elizabeth soupira de soulagement.

— Pardonnez-moi, monsieur Ives. Je ne m'étais pas rendu compte de son poids avant de le soulever. Ensuite je n'ai pas trouvé un coin de table où le poser. J'ai pensé que Mme Birmingham préférerait du thé.

— Vous êtes toujours aussi prévenante, Elizabeth.

Devant le sourire de son patron, la jeune femme rosit. Mais déjà Farrell déposait le plateau sur la table basse, au milieu des sièges, se redressait et se frottait les mains de plaisir.

— Je ne refuse pas une tasse de café. Et toi, Jeffrey ? Raelynn et Elizabeth, prendrez-vous toutes les deux du thé ?

— J'aurais encore quelques instructions à donner à la nouvelle, monsieur Ives.

— Voyons, Elizabeth... Quelqu'un d'autre peut la mettre au courant. J'aimerais que vous cherchiez avec nous des idées pour une robe de bal que doit porter Mme Birmingham.

— Oh, bien sûr, monsieur ! Si vous le souhaitez.

— Je le souhaite vivement.

— Dans ce cas, dit Elizabeth dont les joues rosissaient un peu plus, je vais aller demander à Mme Murphy de me remplacer. En même temps, je prendrai une quatrième tasse.

— Faites vite.

— J'en ai pour un instant, monsieur.

Alors qu'Elizabeth quittait le salon, Jeff remarqua que son ami suivait du regard le gracieux déhanchement de son employée. Farrell semblait particulièrement apprécier le spectacle. Il avait tout d'un célibataire en quête, sinon d'une épouse, du moins d'une partenaire pour la nuit. Mais, pour autant que Jeff pût en être certain, Farrell évitait depuis toujours de mêler vie privée et vie professionnelle. Cela dit, il avait tout comme lui courtisé la plupart des jeunes filles de la région, sans s'être une seule fois engagé sérieusement.

En ce qui concernait Elizabeth, son veuvage prolongé ne signifiait nullement qu'elle fût ignorée des hommes. Bien au contraire. Depuis la mort de son mari, Emory Dalton, elle avait décliné autant de propositions que Farrell avait d'employées, si l'on en croyait la rumeur. Car Elizabeth était d'une discrétion absolue en la matière.

A vrai dire, elle avait été tout aussi réservée au sujet de son époux. A peine marié, Emory Dalton s'était adonné au jeu, et il ne lui avait pas fallu plus de deux ans pour perdre ce qu'il avait gagné avec sa ferme et son haras, ainsi que l'héritage conséquent de sa femme et les revenus de sa maison de couture. Devant cette catastrophe, Emory s'était mis à boire, puis, dans son ivrese, à battre son épouse.

A plusieurs reprises, au cours de cette période, Farrell avait confié à Jeff ses doutes au sujet du comportement d'Emory à l'égard d'Elizabeth. Et un jour, Farrell était passé du doute à la certitude et avait cessé de fréquenter cet homme. C'était à l'époque où Farrell, commençant à se servir de ses poings, avait été appelé à la rescousse dans une taverne où Emory était en train de tout casser après avoir perdu une grosse somme aux cartes. Prié de ramener le joueur malchanceux chez lui, Farrell avait vu ce dernier gifler Elizabeth, alors enceinte, avec une force qui l'avait projetée contre un mur. Dégoûté, Farrell avait envoyé son poing dans la figure d'Emory. Pendant que la brute gisait, inconscient, la mâchoire en capilotade, Farrell avait conduit Elizabeth dans sa chambre au premier étage, posé une compresse sur sa joue et essuyé ses larmes. Lorsqu'il était redescendu, Emory, encore à demi sonné, l'avait accusé de courtiser sa femme, le couvrant d'injures. Farrell, excédé, avait alors prévenu son ex-mari que s'il levait encore la main sur Elizabeth il ne lui resterait plus qu'à faire sa prière. Une semaine à peine s'était écoulée lorsque

Emory, accusé de tricher au cours d'une partie de cartes, avait sorti un revolver mais, pris de vitesse, avait été abattu par son accusateur.

Jeff suivit Raelynn du regard tandis qu'elle allait de table en table admirer tous les tissus avant de faire son choix. Mais craignant que Farrell ne surprît une lueur de concupiscence dans ses yeux, il se tourna vers lui.

— Tu me dis que ce ne sont pas tes couturières qui t'inquiètent, mais une certaine veuve qui chercherait à se remarier. Parlerais-tu d'Elizabeth ?

— Seigneur, non ! déclara Farrell en riant. Avec Elizabeth, je n'ai absolument aucun problème. Non, je parlais de la modiste qui tient la boutique de l'autre côté de la rue. Depuis que tu lui as demandé de venir ici acheter des robes pour Raelynn, elle me prépare des desserts ou me mijote des petits plats qu'elle m'apporte à toute heure. Mais elle débarque aussi bien sans rien dans les mains. Je peux t'assurer, Jeffrey, que je ne me suis jamais autant réfugié dans mes appartements que ces deux dernières semaines.

— Ha ! Ha ! Thelma Brewster s'est entichée de toi, mon vieux !

— Ecoute, elle a vingt ans de plus que moi, et elle se conduit comme une vierge folle avec un coquin en rut. N'importe qui pourrait croire que j'ai essayé de me glisser sous ses jupons ! Comme si elle m'intéressait !

— Ainsi elle te harcèle.

— C'est peu dire, mon cher. Elle a le don de surgir dès qu'elle voit une jolie petite cliente entrer ici. J'ai demandé à Elizabeth de me prévenir dès qu'elle approche, mais elle est souvent trop occupée pour observer la rue. Et je ne peux compter sur la discrétion de mes autres employées. Il y a à peine une heure, cette chère Mme Brewster est venue avec les petits gâteaux que tu vois là, sur ce plateau. Comme je l'ai vue arriver, je suis monté au premier. Si je mangeais tout ce qu'elle apporte, je serais déjà une vraie barrique.

Jeff eut du mal à contenir son amusement.

— Je voudrais bien t'aider, bel ami, mais je ne sais comment. Je ne peux tout de même pas détourner sur moi l'attention de cette dame.

— Etant donné que tu es marié, maintenant, tu ne risques rien. Mais moi, je n'ose même plus sortir par la porte de devant. Tu sais que je n'ai jamais sérieusement pensé au mariage. Eh bien depuis quelque temps j'y songe, histoire d'échapper à cette femme. Ce qui, évidemment, serait une piètre raison d'abandonner le célibat. Tu vois où j'en suis arrivé ! Je vais malgré tout essayer de tenir bon, en attendant de rencontrer, peut-être, celle qui ne me fera pas pleurer d'ennui.

— Elizabeth te fait pleurer d'ennui ?

— Non. Seulement elle travaille pour moi.

— Ah, bien sûr ! ironisa gentiment Jeff. C'est là que le bât blesse.

Farrell jeta un regard circonspect à son ami.

— Que veux-tu dire, mon cher ?

— Je pense que tu t'aveugles. N'as-tu jamais remarqué combien elle est belle ?

— Oh, je le sais, mais je m'en tiens là ! Elle m'avait entendu menacer Emory, et, quand je lui ai rapporté son corps quelques jours plus tard, elle m'a regardé comme si j'étais un monstre bicéphale. J'ai cru pendant quelques instants qu'elle m'accusait d'être le meurtrier. Puis, alors que je creusais la tombe, elle s'est assise sur une chaise devant la maison et m'a regardé avec un air solennel, distant, sans une larme, sans un mot. Ensuite elle est rentrée, et, quand je l'ai rejointe, elle était à genoux en train de laver le sol. Il m'a fallu un moment pour comprendre qu'elle avait perdu les eaux. Elle ne m'a pas laissé la conduire dans sa chambre, ni même m'approcher d'elle. Je me suis précipité en ville afin de trouver une sage-femme. J'ai ensuite fait les cent pas sur la véranda jusqu'à ce que cette dernière vienne me montrer Jake, comme persuadée que j'étais le père. Elle connaissait pourtant la famille, mais je me suis demandé si Emory, dans l'un de ses accès de colère, n'avait pas raconté que je courtisais sa femme. Ce qui ne m'a pas empêché, après avoir payé la sage-femme, de passer la nuit auprès d'Elizabeth avant de rentrer chez moi.

« Plus tard, quand toute la ville a appris la mort d'Emory, les créanciers ont commencé à harceler sa femme, la menaçant de lui prendre tout ce qui leur tomberait sous la main, alors qu'elle n'avait même pas de quoi se nourrir décemment. C'est à ce moment-là que je lui ai proposé de travailler pour moi. Elle a d'abord refusé en disant que les commérages allaient s'aggraver. Puis, quand elle a su ce qu'elle gagnerait en faisant la cuisine et le ménage à l'auberge de Charlie, elle a finalement accepté. J'ai alors payé quelqu'un pour s'occuper du petit pendant qu'elle serait à l'atelier. Ensuite, le jour où elle a vendu la ferme, elle est venue s'installer à deux pas d'ici. Je peux te dire que sans elle je n'aurais jamais eu de modèles aussi magnifiques. Mais nos relations n'ont jamais excédé le cadre de notre activité commerciale. Aujourd'hui, elle supervise le travail des ouvrières et dessine tous les modèles. Il y a quelques jours, elle m'a fait embaucher une jeune fille qu'elle trouve très douée...

Jeff, soudainement frappé d'appréhension, se raidit.

— Cette personne ne s'appellerait-elle pas Nell, par hasard ?

— Si, je crois. Tu la connais ?

— Suffisamment pour savoir qu'elle ne doit pas s'occuper de la robe de ma femme.

— Elle te trouve à son goût ?

— Oh, si tu savais ! Elle m'a accusé d'être le père de son enfant devant Raelynn.

Farrell lança à son ami un regard inquisiteur, puis, sceptique, leva un sourcil.

— Pour tout te dire, Jeffrey, je te croyais trop raffiné pour t'intéresser à une fille comme elle. Elle est ton type ?

— Certes non.

— Que veux-tu que je fasse ?

— Rien. Je n'ai pas voulu céder à son chantage en lui donnant de l'argent. Mais elle a besoin de quelques ressources pour elle et son bébé. Elle devrait accoucher dans quelques mois.

Voyant Raelynn s'approcher du box où Elizabeth avait installé Nell, Farrell échangea un regard préoccupé avec Jeff qui se leva, embarrassé. Mais, à l'évidence, s'il appelait Raelynn, Nell reconnaîtrait sa voix et se montrerait.

— Elizabeth, s'écria Farrell en faisant signe à Jeff de se rasseoir, voudriez-vous demander à notre charmante invitée de venir nous rejoindre avec vous ? Son thé l'attend.

Elizabeth réapparut et reconduisit Raelynn vers son mari anxieux. Puis elle servit avec grâce le thé et le café avant de s'installer elle-même dans un fauteuil, une tasse à la main. Le plateau de pâtisseries circula, chacun dégusta une friandise, et Elizabeth profita de cette pause pour faire quelques suggestions à propos de la robe de bal de Raelynn.

— Je crois que le teint clair de Mme Birmingham serait parfaitement mis en valeur par une couleur très douce.

Farrell hocha la tête tout en étudiant Raelynn par-dessus sa tasse de café.

— Il faudrait un rose délicat comme celui de ses joues.

— Et une superposition de soies avec un dessus parsemé de minuscules perles brillantes, murmura Elizabeth, le regard rivé sur l'objet de son étude.

Farrell acquiesça de nouveau d'un signe de tête.

— Oui, j'imagine très bien une robe qui souligne la sveltesse de la silhouette, avec des manches à volants et une courte traîne brodée de perles. Il faudra faire faire des souliers de satin et prévoir un éventail de dentelle, entièrement perlé lui aussi. L'ensemble sera éblouissant.

Raelynn regarda avec admiration le couturier et sa modéliste. Puis, souriante, elle se tourna vers son mari, tout aussi ravi qu'elle.

— Je n'aurais jamais cru que l'on puisse imaginer une robe de bal pour une personne avec tant d'aisance. Quand moi-même j'étais modéliste, je jetais beaucoup de croquis avant d'arriver à quelque chose.

— Vous avez été modéliste ? s'étonna Farrell, de plus en plus intéressé.

— Oui. Mais brièvement. Je m'y étais mise par plaisir. Ensuite, ce fut pour nous permettre de garnir notre table, à ma mère et à moi, quand nous étions encore en Angleterre.

Farrell lui adressa un regard rieur puis, tout en regardant Jeff en coin, demanda sur un ton malicieux :

— Est-il trop tard pour vous soustraire à votre mari ?

Comprenant qu'il s'agissait d'une plaisanterie entre les deux hommes, Raelynn feignit de le prendre au sérieux.

— Je le crains. Vous savez, je suis déjà très attachée au domaine, et je me verrais mal m'en éloigner...

— Au domaine ? s'écria Jeff, comme s'il se sentait vexé.

Le regard brillant, Raelynn lui sourit joliment.

— Bien sûr, vous me manqueriez aussi, Jeffrey.

— Vraiment ?

Jeff croisa les bras et prit l'attitude du mari insulté, mais l'hilarité de ses compagnons lui fit perdre son sérieux.

— Je crois, dit-il néanmoins, que j'ai intérêt à faire plus grande impression sur ma femme si je veux la retenir de se mettre en quête d'une plantation plus importante que la mienne.

Penchée vers lui, Raelynn lui caressa le bras.

— N'ayez crainte, très cher. Une femme ne peut rêver d'un plus beau domaine que celui d'Oakley.

— Dieu soit loué... marmonna Jeff, renforçant ainsi l'hilarité générale.

Se rejetant au fond de son fauteuil, Raelynn porta sa tasse à ses lèvres. Ce fut à ce moment-là qu'elle vit sortir d'un box une très jeune femme, enceinte, petite, mais ravissante avec ses yeux clairs et ses cheveux d'or. Les mains tremblantes, elle parvint néanmoins à reposer sa tasse sur la soucoupe sans la renverser, tandis que le regard plissé et menaçant de la jeune personne s'adoucissait en découvrant Jeff.

Stoïque, celui-ci lui adressa un petit signe de tête.

— Nell.

Elle releva le menton, aussi tremblant que les mains de Raelynn, comme si le ton distant de Jeff l'avait profondément blessée, et, pendant un bon moment, les yeux ourlés de larmes, elle donna l'impression de dominer difficilement un tumulte intérieur. Figée dans son fauteuil, Raelynn la vit poser de nouveau son regard sur elle et caresser son ventre rond avec un petit sourire maladroit mais néanmoins arrogant.

— Quelque chose ne va pas, Nell ? intervint Elizabeth, intriguée.

La jeune femme sembla sortir d'un rêve.

— Non, madame Dalton, répondit-elle d'une voix étranglée par l'émotion. J'avais cru entendre des voix familières, mais j'ai dû me tromper.

Nell jeta un dernier regard hostile à Raelynn avant de retourner dans le box.

S'apercevant qu'il n'avait cessé de retenir son souffle, Jeff se détendit, heureux d'avoir échappé à une nouvelle altercation. Mais pouvait-il se dire qu'il avait enfin retrouvé sa tranquillité ? Il en doutait. Nell était une jeune femme imprévisible, et il le savait depuis qu'un soir elle s'était glissée dans son lit.

— Je regrette de ne pouvoir m'attarder en si bonne compagnie, annonça-t-il. Mais ma femme et moi avons encore quelques courses à faire.

Il posa sa tasse et prit la main de Raelynn. D'une pâleur inhabituelle, elle semblait frappée de stupeur. Il était facile de comprendre que l'apparition de Nell avait fait resurgir l'anxiété et la tristesse, en dépit de ce qu'ils avaient partagé un peu plus tôt.

— Si vous voulez bien m'accorder encore quelques instants, monsieur, dit Elizabeth, je pourrais prendre les mesures de votre épouse.

— Ce serait en effet une bonne chose, répondit Jeff. La robe de bal de Raelynn passe avant tout, bien entendu. Les jolies boutiques où j'aimerais la conduire nous attendront encore un peu.

— Dois-je considérer comme un honneur le fait que tu sois venu d'abord chez moi ? demanda Farrell avec un large sourire. Ou faut-il que je comprenne que tu m'aimes trop pour rester longtemps sans me voir ?

— Comment ? Penses-tu que je puisse aimer un nouveau riche dans ton genre ? Qui plus est dandy et vaniteux, ajouta Jeff en feignant d'être scandalisé. Aurais-tu perdu la tête ?

Le sourire de Raelynn prouva qu'elle commençait enfin à se détendre. Quant à Elizabeth, la main sur la bouche, elle tenta d'étouffer le rire provoqué par le spectacle de Farrell qui avait pris un air désespéré et semblait écroulé au fond de son fauteuil.

— Ah, Jeffrey ! Serais-tu jaloux de mon physique au point de m'insulter devant ta femme ? Que doit-elle se dire ? Que tu n'es qu'un mufle, rien d'autre !

Farrell se leva et s'inclina devant Raelynn avec un cérémonial appuyé.

— Madame, si vous souhaitez vous débarrasser de ce malotru, ce serait pour moi un honneur de lui remettre le double de la somme qu'il a donnée à votre oncle, en échange d'un sourire de votre part.

Distraite de ses incertitudes par l'humour de Farrell, Raelynn entra dans son jeu.

— Il me semble que vous avez déjà ce que vous voulez, monsieur. Même sous la menace, je ne pourrais offrir un plus large sourire, affirma-t-elle.

Puis elle se leva, imitée par Elizabeth ; Farrell la pria de l'excuser un instant et entraîna son assistante à l'écart. On le vit lui parler à mi-voix. Elizabeth l'écouta attentivement, hocha la tête, puis se tourna vers Raelynn et lui demanda de l'accompagner dans une cabine d'essayage.

Retournant vers Jeff qui suivait son épouse du regard avec une lueur d'admiration, Farrell capta son attention dès que la porte de la cabine se fut refermée sur les deux femmes.

— N'aie aucune inquiétude. Nell ne se vengera pas sur la robe de Raelynn. Elizabeth va lui parler. Elle sait s'occuper des petites employées et prend à cœur de les remettre dans le droit chemin quand elles commettent des erreurs. Je lui ai demandé de prodiguer ses conseils à Nell, de l'aider à comprendre que tu es un homme inaccessible maintenant. Cette fille a de la chance de travailler sous les ordres d'Elizabeth, qui sait pardonner, mais qui tient à ce que tout le monde se conforme aux règles que nous avons établies. La première consistant à ne pas déplaire aux clients. Chacune a parfaitement conscience qu'elle perdra un travail bien payé si elle ne sait pas rester à sa place. Nell a encore besoin de se l'entendre rappeler, mais je suis certain qu'elle en tiendra compte. Elle vous évitera, toi et ta femme, du moins entre ces murs. Ailleurs, je ne peux rien garantir.

— Tu as de la chance, mon ami, qu'Elizabeth travaille pour toi, assura Jeff. Dis-toi que ce serait un désastre si elle acceptait de se remarier.

Une telle idée laissa visiblement Farrell pantois.

— Mon Dieu, Jeffrey ! Ne parle pas de ça ! Ce serait la ruine !

— Dans ce cas, je te conseillerais de réfléchir à ce que tu serais prêt à faire pour garder ton assistante, mon ami. Un galant risque un de ces jours de la séduire et de te l'enlever.

— Je me demande si on ne devrait pas te couper la langue, mon cher Jeffrey, riposta Farrell, l'œil noir. Et ça, je me fais fort de le réaliser !

La tête rejetée en arrière, Jeff éclata de rire, convaincu que le message était passé.

4

Sa jeune femme stimulant sa générosité naturelle, Jeff ne demandait qu'à la couvrir de cadeaux, et, avide de célébrer leur union charnelle, il l'entraîna vers une petite joaillerie spécialisée dans la vente de bijoux d'une valeur rare. Mais, intimidée, Raelynn s'immobilisa devant l'entrée et le tira par le bras.

— Oh, je vous en prie, Jeffrey ! dit-elle avec un petit rire gêné. Vous m'avez déjà tellement gâtée ! Quand une femme a un mari comme vous, elle n'a nul besoin de pierres précieuses. Continuons à regarder les vitrines. Cela ne m'était pas arrivé depuis très longtemps. J'en avais déjà perdu l'habitude bien avant l'arrestation de mon père.

Galamment, Jeff lui désigna le trottoir qui s'offrait à eux.

— Vos désirs sont des ordres, madame.

Leur promenade fut fréquemment interrompue par des voisins ou des amis de longue date de Jeff qui voulaient présenter leurs vœux aux jeunes mariés. Parmi toutes ces personnes qui lui étaient encore étrangères, Raelynn fut heureuse de reconnaître Thelma Brewster. En les apercevant, elle était sortie de sa boutique de modiste, le sourire chaleureux.

— Oh, que vous êtes charmants, tous les deux ! Dire que je ne vous ai pas vus depuis presque deux semaines ! Tout à l'heure, quand vous êtes entrés dans le magasin de M. Ives, j'aurais bien aimé venir vous saluer et demander de vos nouvelles, mais j'ai été retenue par des clientes. Je me suis laissé dire que vous vous étiez mariés. J'ai failli m'évanouir de surprise. Mais vous avez eu raison. C'était ce que vous aviez de mieux à faire, étant donné les commérages qui circulaient en ville. Et puis, vous allez si bien ensemble !

— J'ai tenu compte de vos conseils, madame Brewster, l'informa Jeff, bon enfant. Vous aviez parfaitement raison. Oakley n'est plus un lieu solitaire, et je n'ai jamais été si heureux.

Riant comme une petite fille, la main sur sa joue rebondie, Mme Brewster avoua :

— Quand je vous poussais à vous marier, monsieur Jeffrey, je ne pensais pas que vous le feriez si vite. Mais la nouvelle m'a ravie.

— Nous vous sommes reconnaissants d'avoir mis votre appartement à notre disposition après la confrontation avec Cooper Frye, répondit Jeff. Pour tout vous dire, madame Brewster, j'ai formulé ma demande en mariage pendant que nous prenions le thé chez vous.

— Oh, quel romantisme ! Quand je pense que c'est arrivé dans *ma* cuisine !

Raelynn prit la main de Mme Brewster et la serra dans la sienne avec affection.

— Je n'oublierai jamais la gentillesse que vous m'avez manifestée. Merci d'être si prévenante.

— Oh, ne me faites pas rougir ! Vous savez, je me suis contentée de vous offrir du thé et une chaise. Tout le reste est l'œuvre de M. Jeffrey. Il vous a d'abord évité de passer sous une voiture puis, quelques instants plus tard, vous a soustraite au plan mercantile de votre oncle. Vous aurez compris, maintenant, que nous avons dans cette ville de vrais gentilshommes.

— Certes, madame Brewster. Mais c'est bien vous qui nous avez donné l'hospitalité au moment où nous en avions le plus besoin, insista Raelynn. Nous avons envers vous une dette éternelle.

La modiste souriait, enchantée par ces marques de gratitude. Jeff en ajouta encore en observant que sa femme aurait besoin d'un ou deux chapeaux afin de parfaire son élégance. Ayant remarqué quelques modèles particulièrement ravissants en vitrine, Raelynn s'empressa de manifester son accord. Elle n'eut aucun mal à sélectionner une dizaine d'entre eux, qu'elle essaya aussitôt sous le regard brillant de Jeff, manifestement satisfait de son nouveau statut d'époux. Quand elle lui demanda son avis, il choisit sans hésiter les deux chapeaux les plus seyants, pour le plus grand bonheur de Raelynn qui acquiesça en souriant.

Avant de poursuivre leur promenade, Jeff déposa les achats dans le landau, et Thaddeus les suivit, en se rangeant le long du trottoir lorsque son allure d'escargot gênait la circulation. Mais cela ne l'empêcha jamais de rester à proximité, au cas où son maître souhaiterait remonter en voiture ou changer de quartier.

Dans la charmante auberge où ils s'arrêtèrent pour déjeuner, des couples vinrent les féliciter et leur présenter leurs vœux de bonheur. Quand ils ressortirent, ils virent Thaddeus, jovial, adresser un au revoir de la main à un autre cocher avant de reprendre les rênes de l'attelage. En chemin, Jeff eut l'occasion de faire de nouvelles présentations. Devant la pléiade de noms et de visages dont elle devrait se souvenir, Raelynn eut le tournis. Plus l'après-midi avançait, plus elle se rendait compte que son mari connaissait énormément de personnes ; elle n'avait d'ailleurs jamais rencontré quelqu'un qui eût tant d'amis.

S'il semblait adoré des vieilles dames, Raelynn ne s'en étonnait pas. Il leur prêtait une telle attention qu'elles devaient soudain se sentir indispensables. Les appelant par de petits noms charmants, il leur baisait la main ou posait un baiser sur leur joue ridée, provoquant, en dépit de la grande dignité de ces dames, des petits rires de jeunes filles ou des sourires rêveurs.

A l'égard des hommes, Jeff manifestait une sympathie qui éblouissait également Raelynn. Et, qu'ils fussent ses compagnons de chasse, ses associés en affaires ou de grands experts en diverses matières, tous donnaient le sentiment d'apprécier la vivacité d'esprit de son mari et s'engageaient facilement avec lui dans des conversations pleines d'humour.

Avec les anciens, dont certains avaient été ses maîtres, Jeff faisait preuve d'un grand respect. Chacun avait quelque chose à raconter sur le jeune homme qui, très tôt, avait essayé de tempérer les emportements de son aîné, prompt à se bagarrer, lui prêtant main-forte à l'occasion.

Quand ils rencontraient des hommes de l'âge de Jeff, ceux-ci félicitaient le jeune marié avec un enthousiasme accompagné de grandes claques dans le dos, mais n'oubliaient pas de se moquer gentiment d'une décision précipitée, en prétendant que Jeff avait eu peur de se voir voler sa belle par un autre.

Les jeunes femmes montraient généralement plus de réserve. Celles qui étaient au courant de son mariage le regardaient à la dérobée, d'un air nostalgique. Les autres lui jetaient des regards en coin en battant des cils, faussement effarouchées. La présence de Raelynn aux côtés de Jeff ne manquait pas de les intriguer. Quand il faisait les présentations, elles tombaient de haut. Certaines parurent même frappées de stupeur, et leur réaction renforça les soupçons de Raelynn. Nell n'avait pas été la seule à vouloir retenir l'attention de Jeff, puis à espérer devenir sa femme.

N'ayant, cet après-midi-là, aucun engagement, Jeff pouvait savourer en toute tranquillité la compagnie de sa jeune épouse. Dans la douceur de l'air, Raelynn à son bras, il s'arrêtait dès qu'une vitrine attirait son regard et demandait à sa femme si quelque chose l'intéressait. Devant la boutique d'un antiquaire, Raelynn se pencha quelques instants vers la vitrine pleine d'objets divers. Elle allait se redresser et poursuivre son chemin avec Jeff lorsqu'elle aperçut à l'intérieur du magasin, posé sur une table, un coffret de bois aux armatures de cuivre. Incrédule, elle colla son nez à la vitrine, au risque d'abîmer son joli chapeau à rubans. Si d'autres coffrets étaient visibles, celui qui avait capté son regard était bien le plus beau. Même si elle n'avait pas reconnu la cassette dans laquelle son père avait un jour mis à l'abri des pièces d'or, elle eût souhaité acquérir ce très bel objet.

— Jeffrey, regardez ce coffret, là, sur la table.

A son tour, Jeff se pencha vers la vitrine.

— Oui, mon amour. Il est superbe. Voulez-vous que nous l'achetions ?

— Il a appartenu à mon père, Jeffrey. Peu de temps avant son arrestation, il avait fait promettre à ma mère de le conserver soigneusement, parce qu'il aurait un jour besoin de son contenu. Il parlait de pièces d'or. Mais il a disparu avant de pouvoir s'en servir. Au cours de notre traversée de l'Atlantique, maman a eu peur que le coffret lui soit volé. Alors, elle l'a remis à Cooper Frye, en pensant qu'elle pouvait naturellement faire confiance à son frère. Toutefois, quand elle a voulu le reprendre, il a prétendu qu'on le lui avait volé. Or, il a mené la grande vie par la suite, pendant que nous étions réduites à la misère. Il me suffit de voir ce coffret, ici, près des quais, pour que resurgissent mes soupçons à l'encontre de ce gredin. Il a dû le vendre dès qu'il est descendu du bateau. Ou alors quelqu'un d'autre l'a fait à sa place.

— Vous pouvez le récupérer sans difficulté, mon ange. Au moins aurez-vous un souvenir tangible de votre père.

— J'en serais ravie, Jeff, répondit Raelynn en serrant affectueusement le bras de son mari.

— Eh bien, il va être à vous tout de suite !

A peine étaient-ils entrés dans la boutique, où régnait une agréable fraîcheur, qu'un homme corpulent à la belle chevelure argentée apparut.

— Bienvenue ! annonça-t-il avec un sourire discret, de bon aloi. Que puis-je faire pour vous ? Mais peut-être souhaitez-vous simplement jeter un coup d'œil.

— En fait, nous sommes intéressés par ce coffret, expliqua Jeff en montrant l'objet.

— Belle pièce, n'est-ce pas ? Sans fioritures superflues. Anglaise, bien entendu. Datant probablement du siècle dernier. Tout à fait le genre de cassette qu'un gentilhomme pourrait utiliser pour y déposer, par exemple, des papiers importants.

— Lorsque vous avez acquis ce coffret, contenait-il quelque chose ? demanda Raelynn.

— Non. Absolument rien, assura l'antiquaire, brusquement intrigué. Connaissez-vous cet objet, madame ?

Lentement, Raelynn avança la main vers le coffret et en caressa le couvercle.

— Oui. Je le connais bien. Il a appartenu à mon père.

— C'est visiblement une pièce unique, commenta Jeff, rêveur. Je ne peux pas imaginer qu'on en trouve deux comme cela dans cette ville.

Emue, Raelynn montra une indentation dans le cuivre, à un coin du coffret.

— Regardez. J'avais cinq ans lorsque ce petit accident s'est produit. Mon père me tenait sur ses genoux, quand ma mère m'a appelée ; j'ai voulu descendre, mais j'ai glissé, et j'aurais pu me fendre le crâne sur le bord de la cheminée si mon père ne m'avait pas rattrapée à temps. Seulement, dans sa précipitation, il a fait tomber le coffret avec son coude. Mon père n'était pas du tout contrarié. Ce qui comptait pour lui, c'était d'avoir secouru sa fille. J'étais très fière de lui.

Les larmes aux yeux, Raelynn chercha à se ressaisir, mais elle avait la gorge si serrée qu'elle dut s'interrompre.

Discret, l'antiquaire changea la disposition de petites figurines de porcelaine sur une étagère, tandis que Jeff passait un bras autour des épaules de sa femme. Les yeux embués, Raelynn rencontra le regard compatissant de ses beaux yeux verts, puis accepta le mouchoir qu'il lui offrait pour essuyer ses larmes.

— Ça va, affirma-t-elle en s'arrachant un pâle sourire. Je n'ai que de bonnes raisons de me réjouir, en fait.

Prenant sa main, Jeffrey la porta à ses lèvres et y posa un baiser avant de la glisser sous son bras. Il s'adressa alors au commerçant qui se retourna, sourit à Raelynn puis rencontra le regard de Jeff.

— J'aimerais acheter ce coffret pour ma femme, monsieur. Mais avant cela, je serais curieux de savoir dans quelles circonstances vous l'avez acheté. Vous souvenez-vous de la personne qui vous l'a proposé ?

L'antiquaire se caressa le menton pendant qu'il faisait appel à ses souvenirs.

— Il me semble que cette pièce m'a été apportée par un homme qui venait d'arriver d'Angleterre. Il disait que sa sœur le lui avait donné et qu'il avait besoin d'argent pour s'occuper de sa nièce. Dois-je comprendre, jeune dame, que vous êtes cette nièce ?

Raelynn refusait de se reconnaître la moindre parenté avec un personnage qui avait laissé sa mère mourir tandis qu'il se vautrait dans la boisson et le jeu.

— Il m'est difficile d'admettre que cet homme soit mon oncle, monsieur. Je ne vois en lui qu'un escroc qui a cherché à profiter de sa famille.

— Si j'avais pu me douter que ce coffret ne lui appartenait pas, madame, je ne l'aurais pas acheté. Je ne commerce jamais avec un voleur. Quand j'ai entendu cet homme me dire qu'il avait une nièce dans le besoin, je l'ai pris pour un être charitable. Je vous supplie de pardonner mon erreur.

— Vous n'êtes pas la seule victime de Cooper Frye, monsieur. Cet individu, j'en suis certaine, a dupé beaucoup de monde. Vous n'étiez pas le premier, et vous n'avez pas été le dernier. Même ma mère s'est laissé prendre, et elle en est morte.

— C'est une tragédie, murmura l'antiquaire, compatissant.

— Mon chagrin s'amenuise peu à peu. Mais le fait de retrouver le coffret de mon père est une joie. Je vous remercie de l'avoir acheté. Sans vous, j'aurais continué à me demander ce qu'il était devenu... Maintenant, grâce à mon mari, je vais pouvoir l'emporter avec moi, en me disant qu'un jour nos enfants en hériteront à leur tour.

— Votre bonté n'a d'égale que votre beauté, madame, observa le commerçant avec un sourire attendri. Je souhaite que cet objet vous devienne de plus en plus précieux au fil des ans.

— Les voilà qui ressortent ! annonça Olney Hyde.

Appuyé contre la vitre de la voiture de louage où il se sentait en sécurité, il eut un petit rire sarcastique en désignant le couple qui réapparaissait sur le trottoir.

— Regardez ça ! M. Birmingham a encore acheté quelque chose à sa femme.

— *Dummkopf !* vociféra Gustav Fridrich. Recule-toi avant qu'on te voie. Aurais-tu déjà oublié que tu es toujours recherché par le shérif ?

Olney haussa les épaules en adressant un sourire suffisant à Fridrich, qui semblait écraser de son imposante carrure la banquette de la vieille voiture. La quarantaine, les traits grossiers, le crâne chauve, les sourcils broussailleux, l'Allemand avait les yeux bleu pâle et, d'ordinaire, un regard d'une froideur réfrigérante. Mais, pour l'heure, fixé sur Olney, celui-ci brûlait d'une rage incendiaire.

— Ça sert à rien de vous en faire à cause de ce crétin de shérif, monsieur Fridrich, le rassura Olney. Il m'attrapera jamais. Je connais cette ville et ses environs comme le dos de ma main. Je peux me balader où je veux sans qu'il s'en rendre compte.

— C'est le dos de la mienne que tu vas te prendre sur la figure si tu me causes encore des ennuis, riposta Gustav. Si tu n'avais pas tiré sur *Herr* Birmingham, je n'aurais pas le bras en écharpe à présent ! Et je ne crois pas que le shérif soit aussi idiot que tu le prétends. C'est toi, l'idiot. Sans cette charrette et mon intervention, tout à l'heure, *Herr* Birmingham t'aurait attrapé et aurait commencé par te réduire en charpie avant de t'emmener chez le shérif.

— Qui sait ? rétorqua Olney en ricanant. C'est pas parce que Birmingham a une tête de plus que moi que je peux pas lui mettre la pâtée. Il aurait reçu mon poing dans le ventre avant de pouvoir me toucher. Mais ça empêche pas que je vous remercie d'avoir arrêté votre voiture pour me faire monter.

Revoyant Jeffrey le chercher désespérément, Olney fut secoué de rire et ajouta :

— Ah, on l'a bien eu, ce beau monsieur ! Mais vous savez quoi, monsieur Fridrich ? Vous devriez pas vous énerver. C'est mauvais pour votre foie.

— Crétin ! Qu'est-ce que tu sais de mon foie ?

— Seulement ce que le docteur Clarence vous a dit.

Mais ça me suffit pour en conclure qu'il va devenir tout vert à cause de toute cette bile que vous vous faites.

— Ne parle pas de ce qui te passe au-dessus de la tête. Tu me fatigues.

— Plus que M. Birmingham ?

La moue dédaigneuse, Gustav se tourna vers la rue et fixa

d'un œil noir l'homme élégant, de haute taille, qui déambulait sur le trottoir d'en face, sa ravissante épouse à son bras. Remarquant le coffret que son bel adversaire tenait serré contre lui, Gustav ronchonna :

— Qu'est-ce que cet imbécile a encore acheté ? Il ne se rend pas compte qu'il pourrit cette fille, avec tous ses cadeaux. Quand je l'aurai récupérée, je lui remettrai les idées en place.

— Comment vous allez vous y prendre ? demanda Olney. Apparemment, Frye a pas réussi à coller Nell à M. Birmingham. Sa femme était supposée le haïr une fois que Nell aurait raconté qu'elle avait le ballon à cause de lui. Et regardez-la, cette rouquine qui s'accroche à son bras et lui fait des sourires ! Faut pas me dire qu'elle lui en veut.

— Tu vas trouver Cooper Frye et tu lui diras de ma part que s'il veut voir la fin de l'été, il a intérêt à inventer quelque chose de plus efficace. Dis-lui aussi que s'il réussit à dresser *Frau* Birmingham contre son mari, je saurai le récompenser grassement.

Incapable de saisir la portée d'un tel plan, Olney secoua la tête comme un enfant qui refuse d'écouter ses parents.

— Pourquoi vous avez besoin de Frye ? Je suis là, moi, et je vaux mieux que ce crétin. D'après les rumeurs, il a la tête dans la bassine plus souvent qu'à son tour. Il est plus bon à rien. Tout ce whisky qu'il descend ne doit pas lui arranger le foie. S'il continue comme ça, il sera mort avant la fin de l'année.

— Encore une histoire de foie ! Je te dis que ce n'est pas ton rayon.

— Mais je vous le demande, monsieur Fridrich : pourquoi vous avez besoin de cet ivrogne ?

— Il est peut-être capable d'avoir une bonne idée. Surtout s'il sait que je suis prêt à le tuer.

— Une bonne récompense peut intéresser n'importe qui,

remarqua Olney avec une lueur de convoitise dans le regard. Elle serait de combien ?

— De mille dollars, indiqua Gustav.

Sous le coup de la surprise, Olney haussa les sourcils.

— Ah, vous y tenez à cette fille ! Elle s'est pourtant bien moquée de vous alors que vous aviez drôlement mal !

Vexé, Fridrich releva le menton. Mais Olney, toujours incrédule, ajouta :

— Vous n'êtes pas rancunier, monsieur Fridrich. A moins que vous ayez l'intention de lui donner plus qu'une bonne leçon, à cette rouquine.

— Je n'accepterai jamais qu'on prenne ce qui m'appartient sans réagir, lança Fridrich. Si je laissais *Herr* Birmingham, et en même temps Cooper Frye, continuer à vivre tranquillement alors qu'ils m'ont roulé, plus personne ne m'écouterait. Si on me croyait clément, les affaires seraient terminées.

— Mais vous donneriez tout cet argent à Cooper Frye ?

C'est pourtant lui qui vous a mis dans cette situation. Vous avez dû oublier qu'il vous a vendu la fille alors qu'il avait déjà encaissé les sept cent cinquante dollars de Birmingham. Il vous a truandé volontairement. Comment vous pouvez lui pardonner ?

— S'il m'amène la fille, ce sera du beau travail. Maintenant, remarqua Fridrich après une moue dédaigneuse, s'il échoue, les poissons se nourriront de sa carcasse avant la fin de l'année. Mais de toute façon il me paiera sa traîtrise. J'attendrai le bon moment, quand il ne me sera plus d'aucune utilité. Quand j'aurai récupéré la fille. Et s'il tuait Birmingham pour me faire plaisir... ajouta-t-il en haussant les épaules pour marquer son indifférence, ce ne serait pas plus mal. Comme ça, on le prendrait, et j'en serais débarrassé sans lever le petit doigt.

Songeant à l'argent que son patron était prêt à dépenser

pour une seule femme, Olney restait perplexe. Habituellement, Fridrich avait besoin d'une demi-douzaine de créatures pour satisfaire sa lubricité.

— Pardon, monsieur Fridrich, mais vous êtes bien sûr de vouloir traiter avec un homme comme lui ? Ce vieux gredin de Frye risque de vous rouler encore une fois.

— Je lui donne une dernière chance. Enfin, pour un certain temps. Sinon il meurt. Et puis, sur les mille dollars, je retiendrai ce qu'il m'a volé. Va lui dire que je l'attends cet après-midi.

Olney porta deux doigts à son front.

— Vos désirs sont des ordres, ô grand seigneur, dit-il avec emphase.

La promenade des Birmingham dans les rues commerçantes de Charleston s'acheva dès que Jeff remarqua les premiers signes de fatigue de sa jeune épouse. Il héla la voiture et demanda à Thaddeus de les conduire dans un autre quartier de la ville. Cette fois, Jeff put satisfaire la curiosité de sa femme en lui servant de guide. Un peu plus tard, il lui proposa de dîner avant de regagner la plantation.

— Si vous n'êtes pas trop lasse, mon ange, je vous emmène dans l'une de mes auberges favorites. Je crois qu'elle vous plairait beaucoup. Elle est à deux pas d'ici, et nous pourrions nous y rendre à pied.

Reposée après leur promenade en landau, et bien qu'elle ne pût imaginer un meilleur repas que ceux servis à Oakley, Raelynn accepta. Flâner au bras de son séduisant mari était un vrai plaisir, quoiqu'elle préférât encore partager son lit.

Dans la rue, elle serra le bras de son époux contre ses seins.

— La soirée est particulièrement agréable, Jeffrey, observa-t-elle. Si je ne me sentais pas affamée, je me contenterais de poursuivre notre promenade.

— De quoi avez-vous si faim, madame ?

L'œil pétillant, Jeff frotta son bras contre les formes charmantes de Raelynn.

Elle leva vers lui un regard de jeune fille prude, malgré l'émoi qu'il éveillait en elle et qu'elle ne songea pas à lui cacher.

— De tout !

Jeff feignit d'être dans l'embarras.

— Eh bien, c'est réussi, madame ! Vous me donnez envie de prendre une chambre en ville et d'apaiser mon trouble.

D'un geste familier, elle caressa le revers de sa veste. Elle songea soudain que, pour la première fois depuis qu'ils étaient officiellement mariés, elle allait passer toute une nuit dans le lit de son époux. Si elle en croyait l'extase qu'ils avaient partagée au petit matin, elle imaginait difficilement qu'ils eussent envie de dormir un seul instant.

— Oh ! Mais je préférais alors rentrer sans attendre et retrouver votre chambre. Nous pourrions verrouiller toutes les portes et rester au lit jusqu'à ce que nous soyons prêts à faire autre chose. Vous savez, j'ai une chemise de nuit que vous n'avez pas encore vue. Je la gardais pour notre première nuit.

Les yeux verts de Jeff pétillèrent de plus belle.

— Vous me tentez plus que de raison, madame.

— Tiens, tiens ! Qui je vois là ? fit une voix vulgaire.

Jeff et Raelynn, regardant autour d'eux, virent Cooper Frye s'approcher d'un pas chancelant avec son sourire d'ivrogne.

— Ce sont les Birmingham, si je peux encore croire mes pauvres yeux !

— Je constate que vous ne savez pas tenir vos engagements, Frye, riposta Jeff. Nous étions convenu que vous nous laisseriez tranquilles.

Débraillé, les joues mangées par ses favoris, Frye tenta de s'approcher de Raelynn, mais aussitôt son mari s'interposa.

Au regard abasourdi de Frye, Jeff répondit par une expression des plus glaciales.

Oubliant qu'il empestait le whisky, Cooper s'étonna :

— Qu'est-ce qu'il y a ? On peut pas s'approcher de vous ? vous êtes trop bien pour les gens de mon espèce ?

— Vous êtes ivre, Frye, lui lança Jeff. Trouvez-vous une porcherie et allez y cuver votre whisky.

Les yeux roulant dans leur orbite, Cooper Frye ferma ses paupières. Quand il les rouvrit, il se mit à hocher la tête, l'air peiné, et poussa un soupir tremblotant.

— On me flanquerait dehors, et encore en me réclamant de l'argent.

La tête baissée, il sembla très abattu tandis qu'il ruminait ses déboires, puis, un rot sonore lui échappant, il se frotta le nez avec une manche dégoûtante et regarda Jeff, les yeux plissés.

— Ça vous contrarierait de me prêter quelques pièces, mon cher neveu ?

— Je ne suis pas votre neveu, rectifia Jeff d'un ton cinglant. Et oui, ça me contrarierait de vous prêter de l'argent. Je vous ai déjà donné bien plus que ce que vous méritiez. Mais seulement parce que je n'avais pas d'autres moyens d'arracher Raelynn à vos griffes. Votre empressement à la vendre m'a largement démontré votre égoïsme.

— Oh, mais vous oubliez ce que j'ai fait pour vous en vous donnant ma nièce !

Frye observa Jeff de son regard d'ivrogne, comme s'il pensait avoir fait preuve d'une logique digne de compassion.

— Vous ne m'avez pas *donné*, Frye. Je l'ai achetée.

Ce dernier se tourna vers sa nièce, les yeux glauques, le regard vacillant.

— Ce bon vieux Cooper a pas été gentil avec toi, ma petite fille ? Regarde comme tu es toute belle, maintenant. Tu voudrais pas te montrer ingrate, quand même ?

— Passez votre chemin, Frye, intervint Jeff. Ma femme ne veut plus entendre parler de vous.

— Quoi ? La fille de ma propre sœur se croirait trop bien pour ce bon vieux Cooper ? observa Frye.

Revenant à Jeff, les paupières de plus en plus lourdes, il ajouta :

— Et vous valez pas mieux ! Je vous ai donné une femme, et j'aurais pas droit à des remerciements ? Je sens que ça vous plairait de m'envoyer votre main sur la figure. Je suis dans le besoin, moi, et on me traite comme un moins que rien !

— Il se peut que votre état vous fasse oublier les termes de notre contrat, Frye. Si tel est le cas, je vais vous rafraîchir la mémoire. Au moins trente témoins sont en mesure d'attester qu'en toute connaissance de cause vous avez signé un contrat stipulant que vous seriez dans l'obligation de me rendre mon argent, si je vous trouvais sur mon chemin. Recommencez à nous importuner encore une fois, et je vous reprends les sept cent cinquante dollars que vous avez empochés. Croyez-moi, Frye, si vous ne pouviez me rembourser, il ne vous resterait plus qu'à travailler sur ma plantation ; mon intendant, Frank Fergus, se chargerait de vous faire obéir. Et je veillerais à être remboursé jusqu'au dernier dollar avant que vous puissiez toucher à une goutte de whisky. Alors, à votre place, je disparaîtrais au plus vite.

Le crétin ouvrit plusieurs fois la bouche mais n'en laissa échapper qu'une haleine fétide. Puis, retrouvant la parole, il finit par marmonner :

— Je sais pas garder un sou. Je suis un vrai panier percé. C'est une vraie malédiction de vivre dans la pauvreté !

Se frappant le front d'une main tremblante, il donna le sentiment de ne se considérer nullement responsable d'une telle situation.

— Je crains pour ma propre vie. Voilà ce qui passe. Elle va me glisser entre les doigts si j'ouvre pas les yeux.

Incapable de trouver un sens à ces élucubrations, Jeff glissa le bras de sa femme sous le sien et contourna avec elle le scélérat imbibé d'alcool.

Frye était apparu dans la vie de Raelynn cinq mois plus tôt, alors qu'elle s'était réfugiée avec sa mère dans une humble maison, afin d'échapper au mépris soulevé par les accusations dont son père était l'objet. Au grand étonnement d'Evalina Barrett, Frye s'était présenté comme étant son frère. Un frère que l'on avait cru perdu en mer dans son jeune âge, mais que des pirates avaient sauvé, puis réduit en esclavage, avant de le vendre à un Espagnol. Il avait ensuite été abandonné à un Anglais qui rejoignait son pays. Raelynn n'avait jamais cru à l'authenticité de ce récit, et, tout comme elle, Jeff ne parvenait pas à imaginer qu'il y eût entre elle et Frye la moindre parenté. Ils étaient le jour et la nuit.

Quand ils eurent tourné à l'angle de la rue, Jeff se dirigea vers une auberge séparée des autres maisons par de jolis jardins et des chênes majestueux. Les pelouses, impeccables, créaient l'atmosphère d'une résidence privée, mais des cuisines s'échappaient des arômes délicieux qui donnaient envie aux voisins et aux passants de se pencher sur le menu. Ayant fréquemment dîné dans les jardins de l'auberge, parmi de multiples parfums floraux dominés par celui des roses et des jasmins, Jeff s'était dit que Raelynn apprécierait autant le décor que la délectable cuisine des lieux.

Jovial, le propriétaire s'empressa de les accueillir avec un enthousiasme manifeste.

— Oh ! Entrez, entrez, monsieur Birmingham. Je savais déjà que vous aviez amené votre ravissante épouse en ville. Et, songeant que vous risquiez de venir, j'avais pris la liberté de vous réserver votre table habituelle.

Jeff ne s'étonna guère de constater que la nouvelle était parvenue jusque dans ce quartier et s'en félicita.

— Vos clients veillent à ce que rien de ce qui se passe dans Charleston ne vous échappe, n'est-ce pas, Bertrand ?

— C'est ma foi vrai, monsieur Birmingham, admit l'aubergiste avec bonne humeur.

Il conduisit sans tarder Jeff et Raelynn vers le patio séparé de la rue par un rideau de lierre et de glycine, savamment mêlés. Une table les attendait derrière un treillis fait pour sauvegarder l'intimité d'un couple.

— C'est ravissant, murmura Raelynn, soulagée, en s'asseyant sur la chaise que Bertrand lui présentait.

Bien qu'elle eût rencontré avec plaisir les amis de Jeff et ses connaissances, elle se sentait lasse des regards curieux, des présentations sans fin, et n'avait plus qu'un désir : terminer l'après-midi en tête à tête avec son époux.

— Voudriez-vous commencer par un verre de votre vin préféré, monsieur Birmingham ? En ce qui concerne le menu de ce soir, mon chef vous recommande sa bisque de crabe.

— Dans ce cas, nous allons y goûter, accepta Jeff en riant.

Il se tourna vers Raelynn dès que leur hôte s'éloigna.

— Croyez-moi, ma chère. Vous n'avez jamais mangé une bisque pareille.

— Je suis impatiente de la découvrir ! avoua Raelynn, l'eau à la bouche.

Venant de la mer, le zéphyr soulevait légèrement les coins de la nappe blanche. Sur la table, une lampe-tempête très décorative enveloppait le couple d'une lumière douce. D'autres îles lumineuses, derrière les treillis, ajoutaient leur magie à celle d'une soirée où l'on voyait voler les lucioles, tandis que se répandaient à travers les jardins les sons mélodieux d'une harpe.

Raelynn soupira d'aise en regardant autour d'elle.

— Quel endroit enchanteur, Jeffrey ! Notre escapade en ville ne pouvait se terminer plus agréablement. Merci de m'avoir amenée ici.

Jeff sourit, heureux que l'apparition de Cooper Frye semblât oubliée. Raelynn avait pourtant de bonnes raisons d'éprouver une haine profonde envers cet homme qui avait fait tant de mal à sa mère.

Le regard plongé dans celui de sa femme, il revit l'instant où ils avaient repris contact avec la réalité, après l'amour. Il lui avait paru évident que Raelynn n'avait jamais soupçonné qu'une telle extase fût à la portée de simples mortels. Elle l'avait regardé comme s'il était une sorte de dieu. Mais lui-même s'était étonné de tant de perfection. Avec elle, il avait atteint un éblouissement indicible témoignant d'une rencontre exceptionnelle. Jeff était certain d'avoir trouvé la compagne idéale, celle qui avait hanté ses rêves pendant près de la moitié de sa vie.

Par le passé, il n'avait jamais souffert de solitude. Après tout, il avait un frère, une belle-sœur, des amis proches qu'il tenait en grande estime, et de multiples connaissances qui l'invitaient à la chasse et à des réceptions. Mais, maintenant, il éprouvait le sentiment d'avoir sans cesse attendu l'âme sœur chantée par les poèmes, sa moitié, celle qui ne ferait qu'un avec lui. Tout au long de cette journée, la présence de Raelynn lui avait procuré un plaisir immense, et il avait adoré susciter des sourires amoureux et des murmures d'admiration. La réserve qu'il avait affichée pendant quinze jours, lorsqu'il l'avait emmenée à des réceptions, s'était complètement évanouie. Aujourd'hui, les regards tendres et la voix mélodieuse de sa femme l'avaient convaincu qu'il n'aurait pu être davantage gâté par la vie.

Raelynn suivait dans les yeux de son mari le reflet de ses émotions, mais échouait à interpréter ses pensées. Y renonçant, elle pencha la tête, dubitative, et lui sourit.

— A quoi pensez-vous donc, Jeffrey ?

— Je songeais à tous les bonheurs qui me sont accordés,

ma douce, murmura-t-il en lui prenant la main. Jamais je n'aurais cru trouver un jour la femme de mes rêves. Quelquefois, ajouta-t-il en caressant sa paume, les yeux dans les siens, j'en arrive à penser que, depuis toujours, nous étions faits l'un pour l'autre. Récemment, j'avais dressé la liste des qualités que j'attendais d'une femme, sans vouloir y croire. Depuis que vous êtes entrée dans ma vie, mon scepticisme m'abandonne. Vous me faites même découvrir que ma liste était incomplète.

Emue par ses paroles, troublée par sa caresse, Raelynn révéla ses propres réflexions.

— Certains matins, avant que le soleil soit levé, je me réveille et je pense au cours pris par ma vie. Il m'arrive de me demander si la situation qui était devenue la nôtre aurait fini par s'améliorer si nous étions restées en Angleterre, ma mère et moi, et si mon père avait été réhabilité après sa mort. La traversée de l'Atlantique dans des conditions effroyables a tué ma mère. Mais peut-être aurait-elle eu une crise cardiaque si nous n'avions pas quitté Londres... Et dans ce cas, nous ne nous serions pas rencontrés, Jeffrey. Alors jamais je n'aurais su ce que j'avais raté. C'est étrange, mais j'éprouve vraiment le sentiment d'être à ma place... auprès de vous.

Un sourire captivant se dessina sur les lèvres de Jeff, creusant ses ravissantes fossettes.

— Je remercie le Ciel de vous avoir permis d'entrer dans ma vie, madame. Même si j'ai d'abord failli me faire écraser...

— Et moi qui étais sur le point de vous gifler lorsque vous m'avez soulevée dans vos bras, monsieur, commenta Raelynn en riant. Vous m'avez paru d'une audace extrême, jusqu'à ce que je me rende compte que vous veniez de me sauver la vie.

Jeff se pencha vers elle.

— Ce sera toujours pour moi un plaisir de vous être utile, madame Birmingham.

— Madame Birmingham, répéta Raelynn avec ravissement. Que cela sonne bien dans votre bouche ! Je sens l'homme possessif, mais tant mieux.

Les yeux brillants, elle lissa la serviette de lin blanc sur ses genoux et ajouta :

— Après tout, nous devrions peut-être la prendre, cette chambre en ville.

Amusé, Jeff secoua lentement la tête.

— Non, madame. N'y pensons plus. Vous avez si bien éveillé ma curiosité en me parlant de cette chemise de nuit que je me sens prêt à affronter toute une clique d'ennemis plutôt que de me priver de la voir au plus vite. En fait, j'attends même avec impatience de vous l'enlever, de la faire glisser sur vos formes pleines, si appétissantes, puis sur vos cuisses blanches et lisses...

Raelynn jeta autour d'elle un coup d'œil anxieux.

— Chut ! On risque de vous entendre et de penser les pires choses de nous.

— Ne sommes-nous pas de jeunes mariés, mon ange ? Seul un pharisien pourrait nous considérer comme des dépravés, observa Jeff, le regard brillant plongé dans celui de sa jeune femme.

La voyant pencher légèrement la tête, il comprit que le serveur s'approchait de leur table et se laissa retomber contre le dossier de sa chaise, sans cependant lâcher la main de Raelynn ni abandonner un sourire tentateur.

Après la bisque, ils dégustèrent des magrets de canard au porto, accompagnés d'un riz sauvage et d'un assortiment de légumes. Raelynn trouva chaque plat délicieux, mais le pudding la séduisit plus que tout le reste. Quand le repas s'acheva et que le café fut servi, Jeff constata qu'il avait oublié de demander du thé pour sa femme.

— Je vais essayer le café, dit-elle avant qu'il ait pu rappeler le serveur.

— Vous y tenez vraiment ? Attention, il risque de vous empêcher de dormir !

— Avez-vous l'intention de me laisser dormir, Jeff ?

— Buvez donc votre café, madame ! s'empressa-t-il alors de conseiller à sa femme.

Ah, ce sourire, avec ces charmantes fossettes ! Il fit d'autant plus d'effet à sa jeune épouse qu'elle était déjà au bord de l'envoûtement.

— Nous avons une longue nuit devant nous, déclara Jeff en levant sa tasse.

5

Rafraîchi par la pluie, le zéphyr entrait dans la chambre du maître par les portes vitrées, gonflant les voilages de dentelle entre les doubles-rideaux de velours vert retenus par des tresses de soie. A travers ces voiles dansants, filtraient les rayons de soleil qui avaient réussi à traverser les branches des chênes verts. De temps en temps, entraient des rais de lumière dont l'éclat ne s'était pas heurté au feuillage agité par la brise. Parfois, la verdure frémissante dispersait les rayons solaires dans toutes les directions, et l'on croyait voir des lucioles folâtrant à cœur joie.

Mais, d'une manière ou d'une autre, la lumière semblait chercher à révéler quelque sublime nectar, tandis qu'elle venait se poser sur le corps endormi parmi les draps froissés. Elle rehaussait l'auburn des boucles répandues sur l'oreiller moelleux et jouait sur les paupières aux cils sombres, fermées par un sommeil serein. Quand elle faisait tomber une pluie de minuscules pépites d'or, elle donnait l'impression de danser avec bonheur sur une gorge pigeonnante, à demi dissimulée par le drap neigeux bordé de dentelle.

De longs doigts effilés firent délicatement glisser le linon blanc et exposèrent ainsi le corps laiteux à la lumière pommelée. Debout près du lit, entièrement nu, Jeff laissa son regard errer sur les formes soudain illuminées par les rayons capricieux du soleil. Comme devant un festin succulent, il ne sut par où commencer.

Un genou sur le bord du lit, Jeff se laissa glisser vers sa femme puis, appuyé sur un coude, il admira longuement ses traits délicats, sa bouche aux lèvres entrouvertes. Mais la tentation fut trop forte pour qu'il restât plus longtemps immobile. Ses lèvres papillonnèrent sur celles de Raelynn, et à peine commença-t-elle à réagir qu'il se pencha sur son cou et, de baiser en baiser, suivit le chemin menant à un mont délicatement ombré. Encore endormie, Raelynn mêla ses doigts aux cheveux noirs de Jeff et s'offrit en se cambrant vers lui. Il lui répondit avec une ardeur qu'il manifesta sans fléchir un instant. La jeune femme se tordit bientôt de délice sous ses assauts.

— Jeffrey, je vous en prie, arrêtez, supplia-t-elle.

Sans l'avoir voulu, elle se retrouvait au bord de cette même extase à laquelle Jeff l'avait conduite plusieurs fois au cours de la nuit.

— Je vais m'évanouir, ajouta-t-elle.

Jeff chercha son regard ; un regard brillant de désir auquel il répondit par un sourire.

— Pour quelle raison voudriez-vous que je m'arrête, maintenant, madame ?

Admirative et enivrée par les riches effluves d'eau de Cologne de qualité, Raelynn caressa le visage de son mari. La lumière du soleil matinal sculptait sa joue brunie, son épaule et son bras musclés. On eût dit un dieu grec sorti du marbre pour prendre vie.

Poursuivant son exploration, elle redessina ses charmantes fossettes. Ce que, de loin, un étranger aurait pu confondre avec de petites cicatrices, nullement disgracieuses au demeurant, disparaissait totalement lorsque Jeff devenait grave, mais réapparaissait dès que son visage s'éclairait.

Décidément Raelynn avait du mal à croire à sa chance. Un tel homme ne méritait-il pas une femme plus posée, plus altière, et non une jeune fille à peine sortie des années difficiles de la puberté ? Et si tout cela n'était qu'un rêve ? Elle risquait d'un instant à l'autre de retrouver une réalité bien différente.

— J'ai envie de vous attendre, lui expliqua-t-elle finalement.

— Etes-vous sûre d'aimer les caresses ? demanda Jeff, intrigué, la tête penchée sur l'épaule.

Sous son regard brillant, elle se mit à rougir.

— Je les apprécie tellement, Jeffrey, que j'en oublie tout le reste. J'en perds la tête. Toutefois, le plaisir est encore plus grand lorsque nous ne faisons plus qu'un.

Jeff scruta son visage. Ce désir d'union absolue l'émerveillait, et cet engagement total ne pouvait que combler un époux. Deux jours plus tôt, il avait encore bien des raisons de s'attendre à tout autre chose.

— N'êtes-vous pas encore un peu trop sensible, après notre première nuit d'amour ?

Raelynn baissa les yeux, mais sur ses lèvres se dessina un petit sourire engageant.

— Vous savez si bien apaiser la douleur...

— Ainsi vous n'avez plus peur, madame ?

Les joues rouges, elle hocha la tête avec assurance, puis regarda Jeff à travers ses cils.

— Vous me donnez envie de vous tout entier, Jeffrey.

Ne demandant qu'à satisfaire sa ravissante femme, Jeff se glissa sur elle. Raelynn se surprit alors à penser à autre chose lorsqu'elle vit le regard de Jeff : c'était celui d'un garçonnet malicieux tirant sur les nattes d'une petite fille. Seulement, ils ne se livraient pas à des jeux d'enfants. Ils étaient un couple, marié et engagé dans la recherche de plaisirs érotiques, et Raelynn s'abandonna au savoir-faire de son mari, tandis qu'il éveillait la zone la plus sensible de son corps. Elle retrouva vite la même excitation haletante que la veille dans le landau.

Néanmoins, ce qu'ils avaient dû repousser jusqu'au moment où ils s'étaient coulés dans ce lit d'amour, elle espérait bien, cette fois-ci, que l'un et l'autre l'atteindraient avant l'heure du petit déjeuner.

Se soulevant légèrement, elle couvrit de baisers le visage qui la ravissait. Jeff prit sa bouche et lui répondit avec une ardeur sans limites, tout en continuant d'enflammer le reste de son corps. Assaillie de frissons, elle laissa échapper un gémissement étouffé et s'ouvrit, avide de le recevoir en elle. Heureux de la sentir vibrer ainsi, Jeff céda à son impatience et la pénétra. Le souffle coupé par le déferlement du plaisir, ses mains fébriles sur les flancs musclés de son mari, Raelynn lui murmura sa conviction d'être faite pour lui. L'instant d'après, elle répondit à ses mouvements de plus en plus rapides par l'ardent désir de le satisfaire et de trouver l'apaisement en même temps que lui.

Enveloppée dans le drap de linon, Raelynn s'approcha d'une des fenêtres. En attendant que le bain tiédît, elle avait envie de redécouvrir le monde extérieur, de se familiariser avec son domaine, de le voir tel qu'il se révélait depuis la chambre du maître. Dans la salle de bains, tout en préparant son rasoir, Jeff chantonnait gaiement, transporté par leur nuit de délices sensuels. A en juger par ces quelques vocalises, Raelynn prêta à son mari une belle voix de baryton. Il ne lui restait plus qu'à attendre une vraie démonstration. Toute jeune mariée doit apprendre à connaître son mari, et elle savait encore bien peu de choses du sien. Ne s'étaient-ils pas unis pour le meilleur et pour le pire quelques heures seulement après s'être rencontrés pour la première fois ?

Elle repoussa un voile de dentelle et embrassa du regard le prairie où gambadaient les jeunes poulains, apparemment très à l'aise dans la fraîcheur matinale. Les voyant se poursuivre les uns les autres, elle se proposa de demander à Jeff de l'emmener faire une promenade à cheval afin de découvrir au moins une partie de ses terres. Etant donné la superficie du domaine, elle se doutait qu'elle ne pourrait tout voir en une seule fois. D'autant qu'elle ne serait peut-être pas en mesure de rester en selle longtemps, après avoir passé près d'un an sans faire d'équitation.

Lorsqu'elle se détourna finalement de la fenêtre, son regard tomba sur le secrétaire. Installé de façon à recevoir le moindre rayon de soleil, il donnait envie de s'y asseoir et d'y travailler. Sur le sous-main de cuir fin était posé un double encrier de cristal dans un support de bronze surmonté d'une petite sculpture équestre et muni d'une plume d'oie dans sa gaine. A côté se trouvait un couteau incurvé, au manche en forme de tête de bélier, qui, en dépit de sa largeur, servait sans doute de coupe-papier. A condition, toutefois, de le tenir avec prudence, la lame semblant fort tranchante.

Sur le haut du meuble, elle remarqua un livre à la belle reliure de cuir. Poussée par la curiosité, Raelynn prit le volume, le retourna et découvrit qu'elle avait entre les mains une copie d'un recueil de poésies de sir Walter Scott intitulé *Chansons de la frontière écossaise*. Publié l'année précédente en Angleterre, cet ouvrage avait rencontré un énorme succès. Voir ce livre, ici, en Caroline du Sud, suscita son admiration pour les multiples intérêts de son époux.

Elle feuilleta le recueil en observant que ses pages avaient été coupées avec un soin extrême, sans doute à l'aide du couteau qu'elle venait de remarquer. A l'évidence, Jeff se préparait à lire tout le livre. Et le signet, glissé au milieu du volume, indiquait que sa lecture était déjà bien avancée.

L'idée que son mari, cet homme dont elle ne pouvait évoquer secrètement certains aspects de sa virilité sans rougir, pût s'intéresser à la poésie donna à Raelynn un sourire ravi. Contrairement au séducteur, à l'éleveur de chevaux, l'amateur d'armes, le propriétaire d'une plantation, d'une compagnie de transport maritime, et d'une scierie, le lecteur de poèmes devait être beaucoup moins connu.

— Notre bain est maintenant à bonne température, madame, annonça Jeff en ressortant de la salle de bains, une serviette nouée autour des hanches. Vous venez ?

— Votre servante vous obéit, monsieur, lui répondit Raelynn en lui faisant la révérence.

Les poings serrés, le sourcil levé tel un pharaon contrarié, Jeff la regarda de haut :

— Une servante, avez-vous dit ?

Raelynn entra dans son jeu.

— Oui, mon seigneur. Je suis à votre entière disposition.

— Du matin au soir ?

Raelynn lança à Jeff un regard soupçonneux et décida de se méfier de la lueur diabolique qui brillait dans ses yeux.

— Une femme, monsieur, ne peut se départir d'une certaine réserve, précisa-t-elle avec un sourire angélique.

— Je vois, fit Jeff, songeur. Si je vous demande de me frotter le dos, que me répondrez-vous ?

Raelynn hocha la tête.

— Cela peut se faire, monsieur. Mais à condition que vous donniez l'exemple.

— J'y consens.

Pivotant sur ses talons, Jeff retourna dans la salle de bains, suivi de près par son épouse. A demi empêtrée dans le drap, elle dut cependant marquer une pause, le temps de le relever jusqu'à la taille.

Immense, la baignoire en cuivre pouvait visiblement accueillir deux personnes à la fois. Jeff retira sa serviette et la laissa négligemment tomber sur le sol, permettant ainsi à sa jeune femme de redécouvrir le spectacle de sa virilité épanouie. La rougeur de Raelynn n'eut rien à voir avec la honte. Elle éprouvait plutôt une grande admiration pour ce qu'elle voyait.

— Vous semblez distraite, madame, lui lança Jeff en la regardant du coin de l'œil, un sourire provocant aux lèvres.

— Vous paraissez également distrait, monsieur.

— Certes. J'ai cette faiblesse quand vous êtes dans les parages.

— Je suis loin de constater un quelconque signe de faiblesse, observa Raelynn.

Elle laissa glisser le drap sur le sol, s'approcha de lui puis, sans hésiter, saisit ce qui l'attirait. Jeff en eut le souffle coupé.

— J'ose espérer que vous n'exposez pas votre nudité aussi facilement devant d'autres femmes, monsieur, s'inquiéta-t-elle. S'il le fallait, je sortirais mes griffes pour vous rappeler que vous êtes maintenant un homme marié.

— Ce que vous tenez dans votre main, madame, n'appartient qu'à vous, lui assura Jeff, faisant table rase du passé. Si vous pensiez à Nell, n'ayez plus aucune inquiétude. Je vous en prie, croyez-moi.

Raelynn lui sourit tandis qu'il glissait un bras autour de sa taille.

— Au moins, vous savez ce qui me met hors de moi, n'est-ce pas ? Sachez en tenir compte, monsieur.

— Je vous comprends, madame. Moi-même je serais profondément blessé si vous vous intéressiez à un autre homme. Venez. L'eau va refroidir si nous tardons encore à nous y plonger.

Soudain hésitante, Raelynn regarda la baignoire, puis les longues jambes de Jeff.

— Vous devriez y entrer le premier, il me semble. Hier, nous nous sommes installés face à face, mais nous serions plus à l'aise si nous nous asseyions dans le même sens.

Jeff acquiesça aussitôt.

— Je voulais me montrer galant en vous laissant la priorité, madame. Mais vous avez raison, bien sûr. De cette manière, ce sera plus confortable.

Quelques instants plus tard, appuyée contre le torse de son mari, Raelynn le laissa savonner les monts et les vallées de son corps.

— Je devrais permettre à nos amis de découvrir le charmant spectacle que vous offrez en ce moment, madame Birmingham.

Par-dessus son épaule recouverte d'une jolie mousse de savon, elle jeta à son époux un regard de coquette.

— En ce moment, Jeffrey ? Vous voudriez que l'on me voie entièrement nue ?

— Absolument, murmura-t-il.

Lui mordillant l'oreille, il lui caressa un sein avant de titiller la pointe rose qu'il regarda durcir entre ses doigts. Il s'émerveilla ensuite du contraste de leur peau, l'une brune, l'autre d'une somptueuse blancheur.

— Il y a quelques jours, lorsque je l'ai vu à Charleston, le révérend Parsons m'a fait promettre d'assister avec vous à l'office de dimanche prochain. Vous aurez ainsi une nouvelle occasion de rencontrer une partie des invités de notre bal.

— Et peut-être Nell aussi ?

— Ne soyez pas stupide, madame... gronda Jeff en riant.

Il tapa sur l'eau, et Raelynn, éclaboussée, lui rendit la pareille. Ils jouèrent si bien à ce jeu que l'eau gicla autour de la baignoire. Un peu plus tard, enveloppés dans des serviettes, ils se lancèrent dans une compétition où il s'agissait d'essuyer les flaques le plus rapidement possible.

Raelynn ne se gêna nullement de passer son éponge sur les pieds de son mari ou de le pincer pour le faire reculer.

Elle ne se priva pas non plus, pendant que Jeff épongeait le sol, de glisser la main sous sa serviette. Jeff se redressait alors tel un ressort. Mais quand il entreprenait une manœuvre similaire, Raelynn poussait des cris, tapait du pied et le menaçait des pires conséquences s'il ne cessait de se conduire comme un satyre ; et, bien sûr, cela n'avait d'autre effet que d'inciter Jeff à recommencer.

Vêtue d'un simple déshabillé vaporeux, Raelynn quitta finalement les appartements du maître pour regagner sa chambre d'où elle sonna Cora, la gouvernante. En l'attendant, elle sortit de sa penderie une robe de mousseline blanche, ornée, dans le sens de la longueur, d'étroites bandes de satin bleu brodées de petites fleurs. Elle enfila ses sous-vêtements, ses bas, et la robe glissait déjà sur ses épaules quand la gouvernante apparut, suivie d'une jeune fille noire.

— Voici ma cousine, Tizzy, madame 'aelynn. Le maît'e dit que vous avez besoin d'une chamb'iè'e. Tizzy t'availlait dans une famille, en Vi'ginie. Et puis, la semaine de'niè'e, missié Jeffrey a envoyé le pè'e de Tizzy la che'cher, avec une lett'e d'engagement et de l'a'gent pou'lui acheter des papiers.

— Vous voulez dire que Tizzy est une esclave ? demanda Raelynn tout en remarquant une balafre sur la joue de la jeune Noire.

— Oui, et elle dev'a t'availler pour rembou'ser le maît'e de l'a'gent qu'il a débou'sé pour elle. Mais avec un v'ai gentilhomme comme lui, ce se'a pas t'op dur. Il fe'a jamais d'histoi'es.

Raelynn prit la jeune fille par le menton et examina sa balafre.

— Qu'est-il arrivé à ton visage, Tizzy ?

— Mon maît'e est 'ent'é un soir aussi soûl qu'un 'ougego'ge qui s'est bou"é de baies fe'mentées. Il s'est mis à fouetter tout c'qu'il 'encont'ait. Même la maît'esse y a eu d'oit. J'ai voulu aider madame Cla'e. C'était un ange avec moi. Mais missié Ho'ace a att'apé un couteau et m'a entamé la joue. J'ai pas eu le temps de me sauver. Et si madame Cla'e l'avait pas assommé avec un vase, sû' que je se'ais plus là. Elle a ensuite envoyé quelqu'un chez moi pou' qu'on t'ouve un moyen de m'enlever de là. Mon pè'e est tout de suite venu demander de l'aide à missié Jeff'ey. Et me voilà, conclut Tizzy en souriant et en ouvrant les bras.

Le naturel de la jeune fille plut à Raelynn.

— Mon mari est un homme d'un grand secours, Tizzy. Il m'a moi-même arrachée à un oncle retors qui voulait me vendre à un horrible personnage. Je peux vous affirmer qu'il est venu à la rescousse au bon moment.

— Vous aussi on pouvait vous acheter... comme moi, madame 'aelynn ? demanda la jeune servante, interloquée.

Raelynn hocha la tête.

— Oui, Tizzy. Tout comme toi. J'ai appris que, dans ce pays, autant de Blancs que de Noirs ont été vendus. Seulement, la plupart du temps, les Blancs sont devenus des serviteurs, et non de vrais esclaves. Beaucoup étaient des prisonniers irlandais et écossais que les Anglais avaient emmenés ici. C'est triste à dire, mais quelques-uns de ces pauvres êtres ont été condamnés à une vie de souffrance par leurs maîtres. Toi et moi, nous avons eu la chance de trouver refuge chez M. Jeffrey.

Tizzy restait visiblement incrédule.

— Je savais qu'on avait vendu des Blancs. Mais je peux pas c'oi'e, madame 'aelynn, que je vais êt'e au service d'une femme qui a p'esque été une esclave.

Raelynn eut un rire charmant.

— Je dois ma bonne fortune à mon mari. Non seulement il m'a soustraite aux manigances de mon oncle, mais, en plus, il me procure une jeune servante qui va m'aider à me coiffer. Je ne sais plus que faire de mes cheveux.

— Vous avez plus de souci à vous fai'e, madame 'aelynn. Maintenant, grâce à missié Jeff'ey, c'est moi qui vous coiffe. Mon pè'e a toujou's dit que votre époux est un v'ai gentilhomme.

— Je suis ravie qu'il nous ait achetées toutes les deux, Tizzy.

— Oh, moi aussi, madame 'aelynn ! Moi aussi !

Tizzy entreprit sans tarder de coiffer sa maîtresse. Le résultat fut enchanteur. Des boucles qui moussaient sur le dessus de la tête, Tizzy fit tomber d'étroits rubans de satin d'un bleu tendre qui, par contraste, rehaussait l'éclat de la luxuriante chevelure auburn.

Devant le miroir sur pied, Raelynn virevolta.

— Comment me trouves-tu, Tizzy ?

— Supe'be, madame 'aelynn.

Le somptueux décor en trompe-l'œil de la salle à manger créait l'illusion d'entrer dans un jardin autour d'une fontaine qui se dessinait sur le mur du fond, au-delà de la longue table en acajou entourée de chaises chippendale. Toujours impeccable avec son col blanc et empesé, sa culotte noire, ses bas blancs et ses souliers à boucle, le maître d'hôtel disposait déjà le couvert.

Raelynn s'avança vers lui en le saluant joyeusement :

— Bonjour, Kingston !

Un grand sourire fendit le visage noir. Toute la maison savait déjà que la jeune maîtresse s'était longuement attardée, comme la veille, dans la chambre du maître. Kingston en conclut donc que l'on était, à Oakley, sur le chemin de la perfection ; autrement dit, sur le point d'entendre bientôt des cris d'enfant dans la maison.

— Bien le bonjou' à vous, madame 'aelynn. La jou'née s'annonce t'ès belle.

— J'ai l'impression qu'il fait moins chaud aujourd'hui, observa Raelynn en se laissant tomber sur une chaise, près de l'extrémité de la table. Me tromperais-je, Kingston ?

— Non, madame. C'est exact.

Le maître d'hôtel prit une théière en argent et servit la jeune femme.

— J'ai entendu dire missié Jeff'ey que vous venez d'un pays où il fait toujou's beaucoup plus f'ais qu'ici. Missié Jeff'ey était encore un enfant la p'emière fois qu'il est allé là-bas. Mais quand il est 'evenu ici avec sa famille, ils ont dû tous se 'éhabituer au climat, ajouta Kingston avec un petit rire. Je suppose que vous souff'ez aussi de la chaleu', madame 'aelynn. Vous vous demandez sû'ement ce qui vous a fait t'ave'ser l'Océan.

— Il y a effectivement des moments où je n'en peux plus, reconnut Raelynn. Il faut dire qu'en Angleterre, même l'été, la chaleur n'atteint jamais un tel degré. Là-bas, une température comme celle d'aujourd'hui est déjà très élevée.

Kingston médita un instant sur la réponse de Raelynn.

— A p'opos de la chaleu' que nous avons eue ces de'niers temps, que di'ait un Anglais ? demanda-t-il.

— Il dirait que c'était l'enfer même, Kingston ! répondit Raelynn dans un éclat de rire que partagea le maître d'hôtel. Vous savez, on dit que si les colons ont réussi à gagner leur guerre d'indépendance, c'est en partie parce que les soldats envoyés par l'Angleterre portaient des uniformes inadaptés au climat. Ils devaient étouffer dans leurs grosses chaussettes, leurs pantalons de laine, et ces vestes rouges boutonnées jusqu'au cou !

Raelynn s'interrompit pour choisir un petit pain chaud dans la corbeille que lui présentait Kingston.

— A mon avis, reprit-elle, la chaleur a tué autant d'Anglais que les balles et les boulets de canon. Pour ma part, ce mois-ci, il y a eu au moins deux jours pendant lesquels j'ai cru connaître le même sort.

Kingston s'esclaffa, la tête rejetée en arrière.

— Oh, vous n'avez enco'e 'ien vu, madame 'aelynn !

Attendez le mois d'août... J'ai aussi entendu parler de ces soldats. Y a des gens qui 'acontent que les Habits-'ouges allaient à la bataille, épaule cont'e épaule, pendant que les nôt'es, cachés de"iè'e des buissons, les cueillaient comme des f'uits mû's. Les Yankees copiaient les Indiens. Ils étaient aussi'usés qu'eux au temps où ils nous tombaient dessus. J'en ai vu beaucoup de ces Habits-'ouges, madame 'aelynn, mais j'ai toujou's 'éussi à dégue'pi' avant qu'ils me p'ennent pou' cible.

A l'entrée de la salle à manger, Jeff s'était immobilisé pour admirer le spectacle qui s'offrait à lui. Jusque-là, ce décor de jardin ne lui avait inspiré que du dédain. Lorsqu'il avait acheté le domaine, il en avait fait adoucir les couleurs flamboyantes, nullement en accord avec son goût. Pourtant, aujourd'hui, il se réjouissait de la présence de cette fresque, de cette paisible atmosphère de jardin qui servait d'écrin à la beauté sereine de sa femme. Quand elle posa son regard sur lui, il eut le sentiment d'être béni des dieux, et il vit dans son sourire tout l'éclat d'une étoile.

Raelynn sentit la fierté l'envahir en redécouvrant son mari. Sa haute silhouette et la beauté de ses traits ne pouvaient qu'attirer l'attention des femmes. De toutes les femmes. Il avait été constamment l'objet de regards, discrets mais néanmoins éloquents tandis qu'ils se promenaient dans les rues élégantes de Charleston. Plus tard, dans l'après-midi, quand le landau s'était arrêté un moment près des docks afin de permettre à Jeff de discuter avec ses employés, d'autres yeux s'étaient tournés vers lui : ceux des prostituées. Elles avaient pris le temps de le détailler ouvertement, sans aucune gêne. Où qu'il se rendît, les femmes s'intéressaient à lui. Au cours d'une incursion dans une partie résidentielle de la cité, Raelynn avait surpris le trouble d'une jeune fille charmante qui était restée bouche bée devant Jeff, ne sachant comment cacher sa confusion. Quelques instant plus tard, une ombrelle s'était abaissée rapidement devant les joues rosies d'une dame, certainement très digne par ailleurs.

Bien que plus mince, Jeff n'en était pas moins aussi athlétique et bien proportionné que son frère. Récemment, Raelynn avait étudié les portraits de leurs parents ; si les deux fils avaient hérité des traits et de la couleur de peau de leur père, Jeff, en revanche, possédait l'ossature de sa mère qui, selon lui, était encore mince comme un roseau à l'heure de sa mort.

Il portait ce matin-là une tenue décontractée : chemise blanche à manches longues, culottes gris taupe et bottes noires de cavalier. Elle le vit s'approcher d'elle, hypnotisée par son sourire nonchalant qui lui faisait l'effet d'une caresse.

Prenant sa main, il se pencha vers elle et posa un baiser sur son front, la présence de son maître d'hôtel lui interdisant de céder à la fougue qu'elle lui inspirait.

— Je vous trouve radieuse, ce matin, ma douce, observa-t-il. J'imagine que vous êtes satisfaite de votre chambrière.

— Oh, oui ! Absolument.

De ses yeux émeraude, il la détailla de la tête aux pieds.

— Je dirais que Tizzy vous a permis d'atteindre au sublime. Vous avez tout simplement l'air d'un ange, madame.

Raelynn baissa la tête en riant.

— Je vous remercie doublement, monsieur. D'abord pour votre compliment, ensuite pour m'avoir envoyé cette jeune personne. Tant que Tizzy s'occupera de moi, je n'aurai plus aucun souci à me faire quant à mes cheveux, mes toilettes ou quoi que ce soit d'autre.

— Cora était une gouvernante déjà très occupée. Et puis, je devais penser à mon orgueil. Il n'est jamais autant flatté que lorsque je descends un boulevard au bras d'une jeune femme ravissante et élégante qui attire tous les regards.

Dans un éclat de rire, Raelynn balaya d'un geste de la main un tel argument.

— Vous n'avez nullement besoin de moi pour vous sentir flatté. La prochaine fois que vous irez à Charleston, regardez donc autour de vous. Vous remarquerez alors toutes ces jeunes personnes qui se troublent dès qu'elles vous aperçoivent, monsieur Birmingham. Si vous n'y avez pas prêté attention, hier, moi je peux en témoigner. Et je vous avouerai que je me suis sentie un peu dépréciée.

— Oublieriez-vous les hommes qui vous convoitent ouvertement ?

Raelynn sourit, feignant de prendre ce sujet à la légère. Car si les femmes s'intéressaient tant à Jeff, elles ne devaient pas vouloir s'en tenir à de simples regards.

— J'ai observé plus de convoitise à votre égard qu'au mien, rectifia-t-elle. Et, bien évidemment, cela me conduit à me demander avec combien de cœurs vous osez jouer...

— Rassurez-vous, madame, murmura Jeff en se penchant vers elle, le regard brûlant et le sourire séducteur. Je ne vois plus que vous.

En guise de conclusion, il embrassa ses lèvres. Remarquant alors que le maître d'hôtel avait quitté la pièce, il s'accorda un nouveau baiser, beaucoup moins sage.

Lorsqu'il s'écarta finalement d'elle, Raelynn s'aperçut qu'elle avait instinctivement mêlé ses doigts aux mèches noires qui bouclaient sur la nuque de Jeff. Se basculant contre le dossier de sa chaise, elle adressa à son mari un regard lumineux.

— Vos baisers me font défaillir, souffla-t-elle. Comme un vin capiteux, ils me vident de ma volonté et de mon énergie.

Jeff porta la main de Raelynn à ses lèvres.

— Vos sourires me font le même effet, avoua-t-il. Tout en la regardant avec insistance, Jeff alla prendre place près d'elle, en bout de table. Le soir de leurs noces, il avait décidé qu'elle s'assiérait toujours à proximité de lui, et non à l'autre extrémité de la longue table. Ainsi lui suffisait-il de tendre le bras pour la toucher, et cette idée le ravissait.

— Avez-vous réussi à dormir un peu la nuit dernière, ma chère ? demanda-t-il tout en dépliant sa serviette sur ses genoux.

Le souvenir de leurs derniers ébats amoureux raviva un plaisir qui la fit rougir, tandis qu'elle portait sa tasse de thé à ses lèvres.

— Oui. Je me sens suffisamment reposée. Et vous ?

Jeff eut un regard caressant.

— En vérité, je ne me souviens pas d'avoir dormi... et, de ce fait, de vous avoir laissée dormir. Toutefois je dois me tromper, car je me sens réellement en pleine forme. Détendu. Revigoré. Il se peut cependant que cet état très agréable ne soit pas dû au sommeil.

Devant l'exquise rougeur de sa femme, Jeff devina qu'elle avait vu surgir des images troublantes de leur intimité nocturne. Le sourcil interrogateur, le regard insistant mais rieur, il la vit sourire en haussant une épaule. Oui, il avait raison, et elle l'admettait... Les yeux dans les siens, il reprit sa main pour la couvrir de baisers, doux, caressants, légers comme du duvet, troublants au point que Raelynn sentit des frissons monter de ses reins.

— Seigneur, monsieur... murmura-t-elle, ébahie par son propre trouble. Quelle femme pourrait avoir l'esprit serein avec vous ? Vous êtes un véritable danger. Il y a un instant, je pensais prendre tranquillement mon petit déjeuner. Mais, maintenant, je me demande si je ne vais pas vous entraîner dans votre chambre, au risque de choquer les serviteurs.

Jeff fronça les sourcils et prit un air sérieux.

— Madame ! Il nous faut manger quelque chose.

Laissant alors échapper un petit rire, il ajouta aussitôt :

— Vous aurez besoin de vos forces quand je recommencerai à vous prodiguer toute mon attention.

— Je suis affamée, admit-elle, penchée en avant, un petit sourire provocant aux lèvres. Je crois même que je n'ai jamais eu aussi faim de ma vie... sauf au cours du voyage qui m'a conduite ici. On dirait, monsieur Birmingham, que nos récentes activités me font un drôle d'effet.

— Apaisez votre faim, madame, l'encouragea son mari. Nous allons avoir un emploi du temps chargé. J'ai pensé que vous aimeriez commencer la journée par une promenade à cheval à travers la plantation. Cela vous convient-il ?

— Oh, oui, Jeffrey ! J'avais justement l'intention de vous demander de m'accorder cette faveur. Vous avez dû lire dans mes pensées.

Savourant leur bonheur tout neuf, ils prolongèrent plus qu'à l'ordinaire leur petit déjeuner. Bien que Kingston fût présent, les incitant à faire honneur aux plats confectionnés par le cuisinier, ils se comportèrent presque comme s'ils étaient seuls. Les regards qu'ils ne cessèrent d'échanger étaient porteurs de messages qu'il convenait de soustraire aux oreilles des serviteurs. Leurs mains se rencontrèrent souvent, et si l'on avait pu déchiffrer la signification secrète de ces petites caresses, l'on aurait assurément rougi. Mais qui, en dehors d'eux, aurait pu comprendre ce langage privé, cette prose mystique de l'amour qui rend les lèvres humides et comble les cœurs ?

Mme Brewster n'avait pas prévu de tenue de cavalière lorsqu'elle était allée, dans l'urgence, acheter chez Ives des vêtements pour Raelynn. Par conséquent, quand Jeff conduisit son épouse vers les écuries, elle portait toujours la robe de mousseline blanc et bleu qu'elle avait mise pour le petit déjeuner. Elle avait en revanche complété sa tenue d'un chapeau de paille à larges bords, agrémenté de rubans bleus joliment noués sur le côté.

— Il vous faut un gentil cheval, bien calme, dit Jeff en

lui lançant un coup d'œil taquin. Et n'hésitez pas à me prévenir dès que vous êtes fatiguée. Je ne voudrais pas vous épuiser quand j'ai l'intention de vous entraîner, ce soir, dans d'autres activités.

Raelynn caressa le bras que lui avait offert Jeff, puis eut un soupir inquiet.

— Je n'ai pas fait d'équitation depuis longtemps, Jeffrey. Je crains d'être fatiguée plus vite que prévu. Il vous faudra peut-être faire appeler une voiture pour me reconduire à la maison.

— N'ayez crainte, madame. Je vous promets qu'avec moi vous n'en aurez pas besoin.

Raelynn lança un regard interrogateur à Jeff, mais ce fut sans la moindre explication qu'il l'entraîna vers les écuries.

Le bâtiment aux bardeaux blancs faisait penser à une halle au toit pentu. Une allée large, dotée d'un portail aux deux extrémités, le traversait en son milieu. Derrière et sur les côtés des écuries, s'étendaient plus de cent hectares de prairie, où paissaient les chevaux dans des enclos aux barrières également blanches.

Des paddocks individuels étaient réservés aux étalons. Même à distance, on devinait qu'il s'agissait de chevaux remarquables. Raelynn ne tarda pas à apprendre que la plupart avaient été sélectionnés par son mari dans les meilleurs élevages d'Irlande et d'Angleterre.

— Quand j'ai entrepris de restaurer Oakley, expliqua Jeff en tapant machinalement sur ses bottes avec sa cravache, je me suis d'abord intéressé à la partie agricole du domaine. J'ai choisi les terrains susceptibles de donner les meilleures récoltes. Mais même pendant ce temps-là, je pensais déjà que des chevaux pourraient participer à la renommée de ce domaine.

— Vous êtes sur la bonne voie, assura Raelynn, totalement confiante.

Elle était persuadée qu'il suffisait à son mari de se fixer un but pour l'atteindre. Elle avait rarement rencontré quelqu'un d'aussi déterminé. Son père avait été un homme de cet acabit, et il s'était entêté jusqu'au bout à penser que justice lui serait un jour rendue. On finirait sans doute par lui donner raison. Mais lui, qui pourrissait dans sa tombe, ne pourrait jamais s'en réjouir. Il n'y aurait plus que sa fille et ses petits-enfants pour être fiers de ce nom, traîné dans la boue du fait d'une prétendue trahison à laquelle Raelynn n'avait jamais pu croire.

Revenant aux chevaux, elle se dit qu'ils annonçaient sans conteste l'écurie hors pair dont rêvait Jeff. Cela se voyait à leur col racé, au trot léger des poulains qui suivaient leurs mères. En outre, l'ambition de Jeff semblait s'être communiquée aux grooms et entraîneurs qui s'affairaient comme s'ils avaient engagé de l'argent dans le haras.

Dès l'instant où elle pénétra dans les écuries, Raelynn fut impressionnée par l'ordre qui y régnait. En dehors de l'équipement en service, tout était impeccablement rangé et entretenu. Les immenses portails étant ouverts, la brise balayait tout le bâtiment. Même par les jours de grosse chaleur, cette ventilation naturelle et l'ombre procurée par les arbres proches devaient assurer une fraîcheur bénéfique aux animaux comme aux employés.

Une épaisse couche de sciure, venant de la scierie familiale, recouvrait entièrement le sol de terre battue. La bonne odeur de propreté qui flottait dans l'air venait du vent et du paillis, mais également des petits tas de chaux, judicieusement mélangés à la litière.

Ici aussi, chacun travaillait avec une belle énergie. Les uns préparaient les chevaux de deux et trois ans à leurs exercices matinaux, les autres nettoyaient les box ou lavaient les bêtes. Tous saluèrent Raelynn à leur manière : en portant la main à leur casquette ou en lui adressant simplement un sourire, tantôt franc, tantôt intimidé. Une fois de plus, elle entendit tant de noms nouveaux qu'elle en eut le tournis. En revanche, elle n'eut aucun mal à reconnaître le jeune homme qui s'était précipité à la rencontre de Jeff, quand il était revenu d'une course folle à travers la campagne, monté sur Brutus, son étalon noir. Il avait ainsi voulu apaiser sa frustration après que Raelynn lui eut annoncé que les accusations de Nell l'obligeaient à réfléchir avant de consentir ou non à la consommation de leur mariage.

— Voici Sparky, l'un de mes entraîneurs, annonça Jeff en lui présentant le jeune homme.

Sparky tordait entre ses larges mains calleuses la vieille casquette qu'il avait enlevée par déférence devant elle. Tandis qu'il la regardait timidement, Jeff expliqua :

— Sparky discipline les chevaux pour moi. Y compris Brutus qui est, sans nul doute, le plus rebelle que j'aie eu à monter. Parfois je jurerais que Sparky est né sur le dos d'un coursier. Il a le don de mater ces bêtes. En le regardant faire, on a l'impression que rien n'est plus facile.

L'entraîneur secoua sa tête aux cheveux roux, le visage cramoisie sous les taches de son. Son large sourire témoignait du plaisir que lui procurait le compliment de son patron.

— Ah, monsieur Jeffrey, je vois que vous recommencez à laisser croire que je fais des miracles. Un de ces jours, quelqu'un finira par être déçu, et j'aurai de gros ennuis.

— Ne vous inquiétez pas, Sparky, intervint gaiement Raelynn. Je ne vous demanderai jamais l'impossible. Ça vous va ?

— Oui, madame Raelynn. C'est très honnête, acquiesça Sparky en hochant vigoureusement la tête.

— Je suis heureuse d'avoir fait votre connaissance. Maintenant, dites-moi : y a-t-il dans les écuries de mon mari un cheval idéal pour une femme ?

Un petit homme maigre et nerveux, aux jambes arquées, arriva soudain au pas de course. Tout souriant, il s'inclina devant Raelynn puis devant Jeff, empêchant Sparky de répondre.

— Ah, monsieur ! commença-t-il avec l'accent chantant de son Irlande natale. Je vois que vous faites découvrir le haras à votre charmante dame, pas vrai ? Vous avez l'air en forme, monsieur ! Aussi en forme qu'une souris tombée sur un sac de blé.

L'homme éclata de rire, accompagné par tous les autres employés. Puis il regarda Jeff, les yeux plissés.

— Vous auriez pas l'intention par hasard de proposer à votre dame une promenade sur le dos de Kelton ? Sûr que la jument ferait une agréable monture.

— Gerald O'Malley est responsable depuis des années de l'élevage de mes chevaux, expliqua Jeff. Il était venu conduire jusqu'ici des étalons et des juments poulinières que j'avais achetés en Irlande, et il est resté avec nous. Grâce à lui, les chevaux avaient très bien voyagé. Depuis, il a achevé de faire ses preuves. Je ne pourrais plus me passer de ses services.

Une multitude de rides plissa le visage du vieil Irlandais lorsqu'il se tourna en souriant vers Raelynn.

— Pour tout le monde je suis O'Malley, madame. Vous m'honoreriez en m'appelant ainsi.

— J'y consens sans difficulté, O'Malley. Mais, dites-moi, où est cette Kelton dont vous venez de parler ?

Jeff lui désigna un box.

— Kelton est une monture docile, c'est vrai, dit-il. Elle a le pied sûr et est toujours d'humeur égale. Si vous pensez avoir besoin d'un cheval qui prenne soin de vous, elle fera assurément l'affaire.

— C'est sûr, insista l'Irlandais. Elle prend son temps, ça, oui ! Elle ne s'affole pas, et on peut compter sur elle.

Ces propos qui se voulaient rassurants eurent l'effet inverse sur Raelynn. Inquiète, elle jeta un rapide regard à la jument et la vit se frotter paresseusement le col contre une planche. Aussitôt la jeune femme s'imagina à la traîne, derrière un Jeff chevauchant allègrement son étalon. Surprenant soudain le sourire malicieux de son mari, sans doute réjoui par ses réticences, elle se tourna vers lui en riant.

— Je ne détesterais pas un peu plus d'excitation, Jeffrey. Je ne suis tout de même pas complètement débutante en matière d'équitation.

— Ma femme requiert votre opinion, Sparky, dit Jeff. Quelle monture lui suggérez-vous ?

L'humeur taquine du maître devenant contagieuse, Sparky entra dans le jeu.

— Eh bien, il y a Fortuna. Avec elle votre dame aurait l'occasion de montrer qu'elle n'a pas peur de...

— Où est-elle ? l'interrompit Raelynn.

Surpris, Sparky lança un regard inquiet à Jeff dont l'expression trahissait maintenant une évidente appréhension. A contrecœur, le jeune homme désigna le troisième box derrière eux. Raelynn s'y précipita aussitôt, sans laisser à Jeff le temps de la retenir.

Une belle jument à la robe marron foncé, qui devait avoir trois ans, renâcla et se réfugia au fond de son étroit domaine.

— C'est elle ?

— C'est bien Fortuna, oui, admit Jeff.

La tête penchée, Raelynn l'interrogea :

— Pourquoi ce nom ?

— Etant donné son pedigree, elle devrait faire une excellente poulinière, assura Jeff. Mais elle est fougueuse, difficile à monter, et en aucun cas elle ne peut convenir à une novice.

— Elle est magnifique.

Admirative, Raelynn passa la main à travers les planches du box.

La jument recommença à renâcler, mais, rapidement

séduite par la voix douce de Raelynn, elle s'ébroua puis, curieuse, s'avança vers elle et se laissa caresser, le regard calme.

— Je regrette de ne pas avoir une pomme à te donner, Fortuna. Mais si tu me laisses te monter aujourd'hui, je te promets de t'en apporter une quand nous serons de retour. Tu serais contente ?

La jument souffla dans la paume tendue vers elle, pencha le col et fit entendre un hennissement très doux qui suscita le rire de Raelynn. Heureuse, elle continua de caresser Fortuna, alors que Jeff posait une main sur son épaule.

— Ne vous fiez pas à elle, annonça-t-il. Elle est nerveuse. On ne peut lui faire confiance. Je vous conseille vraiment de ne pas la monter. Je ne tiens pas à ce que vous vous blessiez.

— L'équitation était l'un de mes plus grands plaisirs avant nos revers de fortune, Jeffrey. Si nous avons perdu notre maison et notre argent, nous avons également vu nos chevaux partir, sur ordre du roi. Ils devaient être offerts en récompense aux hommes qui avaient dévoilé la prétendue trahison de mon père, dès que la preuve en serait donnée. Malheureusement, papa étant décédé avant le procès, les accusations continuent de courir.

Jeff comprenait parfaitement que la beauté de Fortuna pût faire l'effet d'un baume pour une âme en détresse.

Soucieux de la consoler, il glissa son bras autour des épaules de sa femme.

— Vous pourrez sans doute monter Fortuna dans quelques mois, dit-il. Elle a besoin d'être assagie avant que l'on puisse lui faire confiance.

Raelynn lui adressa un regard suppliant.

— Ne serait-ce pas aujourd'hui une occasion de commencer son apprentissage ?

— Laissez faire les entraîneurs, madame. Du moins pour

un certain temps. Nous verrons plus tard si vous pouvez la prendre en main.

— Mais voyez comme elle m'accepte. Il ne lui a fallu que quelques minutes pour changer d'attitude envers moi.

— Non, madame. Je ne peux pas vous laisser prendre le risque de faire une chute qui pourrait être grave. Vous m'êtes trop précieuse.

A l'évidence, il devenait inutile d'insister. Jeff connaissait la jument beaucoup mieux qu'elle, et, même si elle était déçue, Raelynn se devait de respecter une décision, uniquement motivée par le désir de lui épargner un accident. Elle avait épousé un homme volontaire, certes, mais également plus attentionné que tous ceux qu'elle avait eu l'occasion de croiser dans sa jeune existence. En outre, il était toujours disposé à respecter ses désirs s'il les jugeait raisonnables.

Se rendant compte que le silence s'éternisait entre eux, elle regarda Jeff avec un sourire charmeur.

— Eh bien ! Dites-moi donc quel cheval vous me suggérez de choisir, Jeffrey.

Il fut soulagé de la voir garder sa bonne humeur malgré son refus.

— Je pense à un gentil hongre. Je suis certain qu'il vous assurera une promenade agréable.

Jeff se tourna vers O'Malley.

— Prépare Stargazer avec la selle d'amazone qu'utilise Mlle Heather quand elle vient nous rendre visite.

— Tout de suite, monsieur, répondit l'Irlandais.

Quelques instants plus tard, Raelynn resta bouche bée devant le magnifique cheval bai qu'O'Malley conduisit vers elle. Jamais elle n'avait vu un hongre aussi étonnant. La courbure du col était parfaite, les oreilles petites et pointées vers l'intérieur, la tête et les yeux sans le moindre défaut. Il avait de plus une allure admirable. Il donnait tout simplement l'impression de danser.

— Oh, Jeffrey, il est superbe !

— Je pensais qu'il vous plairait. Il est très fringant, mais en même temps il est fiable et toujours très doux avec Heather.

— Vous voulez que je selle aussi Brutus, monsieur ? demanda l'Irlandais.

— Je préférerais jouir de cette promenade avec ma femme plutôt que de passer mon temps à maudire cette bête. Prépare Majestic, s'il te plaît, O'Malley.

Le petit homme nerveux sourit et acquiesça en se touchant le front.

— J'y vais, monsieur.

Quelques instants plus tard, Jeff fit monter Raelynn sur Stargazer, puis se mit en selle sur le bel étalon qu'O'Malley venait de lui amener. Ils se mettaient en route lorsqu'ils virent Cora qui attendait près de la maison, avec un panier et une vieille courtepointe de coton jetée sur le bras. Ils arrêtèrent leurs chevaux à sa hauteur.

— Je me suis dit que ça vous plai'ait sû'ement de fai'e un petit pique-nique dans la natu'e, missié Jeff'ey, annonça-t-elle en souriant à son maître. Alo's je vous ai p'épa'é du poulet f'it, des épis de maïs g'illés et de la ta'te au cit'on. Y a aussi de la limonade glacée dans une ja"e, au cas où vous au'iez soif. Mais peut-êt'e qu'aujourd'hui il fe'a plus f'ais pou'une fois.

Cora regarda autour d'elle et prit une longue inspiration, comme si elle se délectait des parfums du matin.

— On peut di'e que vous avez choisi vot'jou'pou'vous détend'e, missié Jeff'ey. Ces de'niers temps, vous n'avez pas p'is beaucoup de'epos, pas vrai ? Vous mé'itez bien de fai'e un bon pique-nique.

— Tu es un ange, Cora, dit Jeffrey en descendant de cheval.

Il prit le panier et la courtepointe, les attacha derrière la selle de Raelynn, et remonta d'un seul mouvement sur son étalon.

Accordant le pas de Majestic à celui du fringant Stargazer, Jeff conduisit sa femme vers les champs de coton, à proximité de la maison. Bien que seules les graines fussent pour l'instant visibles, il descendit de cheval, en cueillit une, l'ouvrit et en montra l'intérieur à Raelynn. Dans les semaines suivantes, les fleurs neigeuses sortiraient des cosses, et l'on enverrait les ouvriers faire la cueillette ; un travail difficile, car les cosses étaient piquantes, et le soleil brûlant sur les dos courbés.

Aux plantations de cotonniers succédèrent les rizières. Sur plusieurs hectares, la terre baignée d'eau offrait les conditions favorables à des récoltes fertiles. Au-delà, ils empruntèrent un sentier qui serpentait entre des champs de blé et des pâturages. Ils chevauchèrent lentement pendant deux heures avant de s'arrêter dans un bosquet, à l'ombre d'un chêne vert qui dominait un tertre, au bord d'un cours d'eau scintillant de soleil.

Jeff mit pied à terre puis alla aider Raelynn à descendre de sa monture. Il la fit glisser contre lui en la tenant par la taille, jusqu'à ce qu'il pût atteindre ses lèvres. Mais après un long baiser, quand il voulut la poser sur le sol, elle refusa de se tenir debout sans son aide et, telle une poupée de chiffon, s'abandonna contre son torse en soupirant d'aise. Comme elle ne lui laissait pas le choix, il la jeta sur son épaule, puis lui caressa les reins en provoquant des rires de petite fille. Il n'en oublia pas pour autant de détacher de sa main libre le panier et la courtepointe et de les emporter sous son bras.

Tout en maintenant Raelynn sur son épaule, il déposa les provisions sous les branches feuilles et étala la courtepointe de son mieux, en lissant les coins sur l'herbe du bout de sa botte. Alors seulement il se pencha en avant pour se décharger de son fardeau secoué de rire.

— N'est-ce pas l'endroit idéal pour batifoler sur une courtepointe, mon ange ? demanda-t-il, le regard brillant.

— Peut-être, répondit Raelynn en feignant une certaine réserve.

Jeff eût repris sa bouche si elle n'avait aussitôt ajouté :

— Mais notre repas sent si bon que j'aimerais déjeuner sans attendre. Je me sens en appétit.

— Madame, vous êtes décidément un petit diable, gronda Jeff, faisant mine d'être contrarié.

Dès qu'il se fut assis sur ses talons, elle se redressa, s'agenouilla et l'embrassa soudain avec ardeur. Cependant, quand il voulut l'enlacer, elle lui échappa avec un rire espiègle. Se mordillant la lèvre, elle lui lança un regard coquin tandis qu'elle retirait son chapeau et le jetait négligemment sur l'herbe. Puis elle se retourna et ouvrit le panier.

— Démon ! la tança Jeff.

Il tendit le bras et lui pinça les fesses.

— Aïe ! cria-t-elle en tournant la tête vers lui, une grimace aux lèvres. Vous avez dû me faire un bleu.

— Laissez-moi voir.

Alors qu'il tentait de soulever ses jupes, il reçut une tape sur la main. Il n'en fut pas découragé pour autant et la fit aussitôt basculer sur ses genoux.

— Je vous tiens, petite coquine, déclara-t-il, une main possessive enveloppant un sein. Et cette fois-ci vous ne m'échapperez pas.

La tête posée sur l'épaule de Jeff, elle ferma les yeux et se laissa embrasser le cou, titiller la pointe d'un sein jusqu'à le sentir durcir entre les doigts de son mari. Baignée d'un plaisir sublime, elle se rendit à peine compte qu'il déboutonnait sa robe dans son dos.

— Et notre déjeuner ? parvint-elle à chuchoter.

— Il attendra, madame.

Jeff défit les petites perles de nacre de sa chemise, achevant ainsi de la dénuder et d'offrir son corps à ses caresses. Le scintillement lumineux renvoyé par le cours d'eau donnait aux seins de sa jeune femme une pâleur d'albâtre qu'il redécouvrait avec ravissement. Il s'empara alors de son corps et la fit haleter de plaisir, tandis qu'elle acceptait, enchantée, de répondre à ses désirs.

Après avoir savouré leur plaisir, puis le déjeuner préparé par Cora, Jeff conduisit Raelynn vers le cours d'eau. S'ils étaient tous deux nus comme à l'instant de leur naissance, Jeff se sentait plus à l'aise que sa jeune épouse. Jamais elle ne s'était aventurée ainsi hors d'une chambre, si bien que lorsqu'il se mit à nager en la laissant près de la berge, elle se plongea dans l'eau jusqu'au cou.

— Venez, mon amour, l'invita-t-il en se retournant. L'eau est plus agréable ici.

— Je ne sais pas nager, avoua-t-elle.

Il eut un sourire démoniaque.

— Dans ce cas, je vais vous apprendre. Je viens vous chercher.

— Vous n'oseriez pas ! s'écria-t-elle.

Devant la lueur concupiscente qui brillait dans le regard de son mari, elle chercha à regagner la rive. L'entendant approcher rapidement, elle poussa des cris de détresse, jeta un regard en arrière et constata qu'il était sur le point de la rattraper. Cependant, plus elle redoublait d'efforts afin de lui échapper, plus la berge lui semblait lointaine.

Soudain, il encercla sa taille et la plaqua contre lui. La coinçant alors entre ses hanches, il put de sa main libre lui caresser les seins.

— Je vous tiens, petit démon.

— Non, Jeffrey, non ! Ne me faites pas perdre pied. Je vais m'enfoncer dans l'eau. Que penseront les domestiques quand ils verront mes cheveux mouillés ? Ils comprendront, c'est sûr.

— N'ayez pas peur, mon amour, murmura Jeff en lui mordillant l'oreille. Je veux simplement vous tenir contre moi. Il est rare que je puisse vous voir entièrement nue dans la lumière du soleil.

Riant de soulagement, Raelynn lui donna un coup de coude dans les côtes.

— Monstre ! Vous vouliez me terroriser ! C'était votre seul but.

— Non. J'aime voir vos seins bouger quand vous essayez de courir dans l'eau, avoua Jeff avec un petit rire taquin. Cela dit, je serais heureux de vous apprendre à nager.

Raelynn se raidit, inquiète.

— Jeffrey Birmingham, si vous me lâchez au milieu de cette rivière, je ne vous le pardonnerai jamais.

— Je n'ai aucunement l'intention de vous lâcher, madame. Enfin, pas avant que vous parveniez à flotter sur le dos. Ensuite, je verrai si je peux vous donner une leçon de natation.

— J'aurai les cheveux mouillés, gémit-elle.

— Nous nous glisserons dans la maison sans que personne nous voie.

Non sans réticence, Raelynn posa sa tête sur l'épaule de Jeff.

— Vous savez être rusé quand vous voulez parvenir à vos fins, monsieur.

— Pour obtenir ce que j'attends de vous, mon amour, je pourrais même être pervers...

Sentant que Jeff la tenait fermement, elle céda à son désir et se laissa flotter à la surface de l'eau. Devant le spectacle qu'elle lui offrait, le sourire de son mari devint de plus en plus évocateur. Jamais il n'avait eu l'occasion de contempler un tel tableau : deux jolis melons et une île auburn flottant sur des eaux calmes et ensoleillées. Ce genre de scène avait jusque-là été strictement réservé au domaine du rêve. Et, pourtant, il ne s'était jamais privé de certaines fantaisies de sa propre création.

Bientôt, en battant doucement des bras, Raelynn parvint à se maintenir sur l'eau sans son aide. Il resta néanmoins près d'elle, admiratif mais vigilant, jusqu'au moment où il s'aperçut que la peau laiteuse rosissait dangereusement.

— Ne vous exposez pas plus longtemps au soleil, madame, la prévint-il. Sinon vous allez hurler de douleur. Espérons qu'il n'est pas déjà trop tard.

Dès qu'elle eut regagné la rive et se fut rhabillée, Raelynn eut l'impression de se trouver enfermée dans un corset de fer.

— Allez chercher une voiture, gémit-elle. Je ne crois pas pouvoir me remettre en selle avant un mois. Je ne sens plus mon dos.

Jeff la souleva et la porta vers son cheval.

— Nous n'avons pas besoin d'une voiture. Je vais mettre la courtepointe sur la selle de Stargazer, et nous allons rentrer tous les deux avec lui.

Soulagée, elle appuya son front sur la joue de Jeff.

— J'accepte que vous preniez soin de moi à tout moment, monsieur.

— Vous m'en faites la promesse ?

— Oui.

Quand ils arrivèrent au domaine, Raelynn était toute grimaçante. Mais c'était aux heures passées sur la selle d'amazone plus qu'au soleil qu'elle devait ses douleurs. Imaginant la honte qu'elle éprouverait si Tizzy découvrait qu'elle s'était entièrement dénudée hors de sa chambre, elle refusa de prendre son bain en sa présence. Elle dut par conséquent laisser Jeff l'assister. Avec des gestes d'une grande tendresse, il l'aida à se plonger dans l'eau tiède, lui passa un baume apaisant sur la peau, massa ses muscles douloureux et son postérieur endolori.

— Je crois que vous ne serez pas en état de m'accompagner à la messe, dimanche, observa-t-il avec amusement.

Tandis qu'il achevait ses soins en appliquant sur les fesses de la jeune femme le baume rafraîchissant, il retint difficilement un éclat de rire.

— D'ici à dimanche, reprit-il, vous assurez l'air d'une Indienne. Ou bien vous serez couverte de taches de rousseur, et vous ressemblerez à une grenouille. Vous savez, je crains même que vous ne retrouviez jamais la perfection de votre peau.

Incapable de se contenir plus longtemps, Jeff pouffa. Aussitôt Raelynn lui lança un regard noir par-dessus son épaule.

— Jeffrey Birmingham, vous trouvez le moyen de plaisanter alors que je me sens mortifiée par ce qui m'arrive. Je ne peux ni me tenir debout ni m'asseoir, et encore moins m'allonger confortablement. Et vous, vous riez, comme si vous n'aviez jamais rien vu de plus drôle. Croyez-moi, monsieur, si j'avais tous mes esprits, je ferais en sorte de quitter votre chambre pour me réfugier dans la mienne.

— Lissez vos plumes, ma jolie colombe, murmura Jeff contre sa joue. Votre peau peut prendre n'importe quelle couleur, se couvrir de taches, je continuerai à vous aimer.

Raelynn s'empressa de saisir un oreiller et de le jeter de toutes ses forces à la tête de son mari, qui partit d'un rire tonitruant. Alors, cédant à sa propre gaieté, elle l'imita tout aussi bruyamment. Jamais l'on n'avait entendu résonner dans cette maison autant d'éclats de rire. Cependant, Jeff espérait bien que, dans les mois et les années à venir, beaucoup d'autres réjouiraient leur esprit et leur cœur.

6

Ce fut avec une immense fierté que Jeff fit franchir à sa très élégante jeune femme le seuil de l'église et qu'il l'emmena rejoindre Heather, Brandon et Beau, leur fils de trois ans. Dès qu'il vit son oncle, le garçonnet sourit et, dans sa hâte de venir s'installer sur ses genoux, passa hardiment devant sa mère et Raelynn.

— Oncle Jeff, tu veux voir ma grenouille ? chuchota-t-il.

Son regard bleu chercha celui de Jeffrey, tandis qu'il plongeait sa main dans la poche de sa petite veste de lin.

— Je l'ai cachée pour que maman ne la voie pas.

Une main ferme sur le dos de l'enfant, Jeff se pencha en avant et sourit à sa belle-sœur, visiblement intriguée. Cette lueur malicieuse dans les yeux de son beau-frère, elle ne la reconnaissait que trop bien. Il y avait assurément de la farce dans l'air.

Une seconde plus tard, Heather, horrifiée, vit son garçon mettre une grenouille sous le nez de son oncle. Pour ne rien arranger, l'animal coassa si fort que son cri attira l'attention de toute l'assemblée de paroissiens. Des rires fusèrent, et l'on se tordit le cou en attendant la suite. Jugeant qu'elle se devait d'intervenir, Heather croisa pudiquement son châle de dentelle sur son ventre rond et se leva.

Comprenant soudain ce qui se passait, Brandon l'invita aussitôt à se rasseoir.

— Laisse-moi faire, ma chérie, lui dit-il en étouffant un éclat de rire. Je m'occupe de cette grenouille.

Brandon quitta sa place, contourna les bancs devant le leur et s'approcha de son frère.

— Je devrais te laisser régler ce problème, mon cher. Ce serait un bon apprentissage pour l'avenir, murmura-t-il à l'oreille de Jeff.

— N'ai-je pas besoin d'une démonstration ? demanda ce dernier à mi-voix tandis que Brandon soulevait Beau dans ses bras. Tu as eu le temps de devenir un exemple, n'est-ce pas ?

— Si le prochain est une fille, je devrai repartir de zéro, dit Brandon en souriant. Hatti prétend que garçons et filles sont le jour et la nuit.

Jeff eut une moue pensive avant de hocher la tête.

— Ça vaut mieux, non ? Imagine dans quelle confusion on se retrouverait si l'on ne pouvait distinguer une fille d'un garçon. Et la vie serait d'un ennui...

— Mon cher frère, je ne parlais pas de différences anatomiques, rectifia Brandon. Je parlais de tempéraments.

Jeff pointa un doigt sur son aîné puis sur lui-même.

— Comme entre toi et moi ?

— On ne t'a jamais dit combien tu peux être exaspérant quand tu t'y mets ? soupira Brandon.

— Tu me l'as fait régulièrement savoir, il me semble.

— Ça n'a pas changé grand-chose, apparemment. Quand on a la tête dure...

Jeff eut un sourire plein de malice.

— Tu parles bien de moi ?

— De qui d'autre pourrait-il s'agir, enquiquineur ?

Coincée dans la main du petit garçon, la grenouille coassa tout au long de l'allée centrale, entraînant des applaudissements et des rires dans l'assemblée. Raelynn, un mouchoir sur la bouche, étouffa tant bien que mal son fou rire. Du coin de l'œil elle aperçut Heather qui secouait la tête, le sourire aux lèvres.

L'ordre enfin rétabli, et bien qu'il eût du mal à retrouver

son calme, le révérend Parsons se prépara à officier. Il dut s'éclaircir la gorge à plusieurs reprises et jeter des regards autour de lui en attendant que le silence se fasse.

— Nous allons entonner un hymne, annonça-t-il. Mais avant je suggère à la personne qui avait du mal à chanter de bien vouloir s'abstenir. Sa voix de grenouille n'avait rien de particulièrement agréable.

Un énorme rire déferla jusqu'à l'autel lorsque l'on entendit Brandon marmonner haut et fort :

— Amen !

Quand le sermon fut achevé et que l'assemblée eut la permission de se retirer, tous se regroupèrent à l'extérieur de l'église. La vieille Mme Abegail Clark se fraya un chemin sur le parvis, appuyée sur son ombrelle qui lui servait avant tout de canne, et interpella Jeff.

— Jeffrey Birmingham, je suis extrêmement déçue que vous ne soyez pas venu chez moi me présenter votre ravissante épouse. Je croyais pourtant que vous m'aimiez.

Jeff retira son haut-de-forme pour le mettre sur son cœur, comme pour attester d'un serment éternel.

— Mais je vous aime, chère madame Clark ! Vous êtes la lumière de mes yeux, la chaleur de mon cœur...

— Blablabla, jeune freluquet ! lui rétorqua la vieille dame dans un petit rire, tout en pointant son ombrelle vers Raelynn. Faites donc les présentations, sinon je serai encore plus fâchée contre vous.

D'un geste galant, Jeff s'inclina devant son interlocutrice avant de s'exécuter.

— Madame, je vous présente, ainsi qu'à tous ceux qui m'entendent, ma charmante femme, Raelynn.

Se tournant vers la jeune beauté qui se tenait à ses côtés, il lui sourit et lui prit la main.

— Ma chère, voici madame Abegail Clark, exubérante

douairière et amie de longue date de la famille. Madame Clark avait pratiquement adopté ma mère, Catherine.

Raelynn fit à l'aïeule une gracieuse révérence.

— Je suis ravie de faire votre connaissance, madame.

— Tout le plaisir est pour moi, ma chère enfant. J'attendais depuis si longtemps de voir qui ce jeune homme prendrait pour épouse ! J'ai entendu parler des difficultés que vous avez rencontrées depuis votre arrivée. Mais il me paraît évident que vous les avez surmontées à la perfection, et sans dommage pour vous. Permettez-moi de vous souhaiter de tout cœur la bienvenue dans notre Etat, ma chère. Et je prierai pour que Dieu vous bénisse et vous assure une vie heureuse, longue et fructueuse.

Raelynn s'avança spontanément vers la vieille dame et pressa sa joue contre la sienne.

— Merci, madame. J'espère que je comblerai vos vœux.

Mme Clark s'empressa de refouler les larmes qui lui montaient aux yeux. S'éclaircissant la gorge, elle regarda autour d'elle et s'aperçut qu'elle était entourée de Birmingham. Enthousiaste, elle tendit la main à Heather et l'attira plus près d'elle.

— Je suis si contente de vous voir, mon enfant. Il y avait quinze jours que je ne vous voyais pas à la messe. Je craignais que vous n'ayez une grossesse difficile. Mais tout va bien, n'est-ce pas ?

— Oui, madame Clark, la rassura Heather, radieuse. Beau a simplement eu un peu de fièvre. Et puis il y a eu toute cette histoire, la semaine précédente. Vous avez dû en avoir des échos.

— Vous parlez de ce Fridrich ? fit la vieille dame avec dégoût. Une vraie brute, celui-là.

— A cause de lui, nous n'avons pu dormir avant que tout le monde soit rentré sain et sauf à la maison. Brandon aurait pu ronfler, le lendemain, à la messe, ajouta Heather, le regard rieur tourné vers son séduisant mari. Cela aurait fait une grenouille de plus dans l'église du révérend Parsons !

Laissant ses traits s'affaisser brusquement, Brandon prit un air si offensé qu'il provoqua autour de lui un éclat de rire général.

— Madame, je proteste. Vous m'accusez à tort. Je ne ronfle jamais.

Heather roula des yeux incrédules, puis, se pinçant le nez, donna une idée du volume sonore des ronflements de son mari. Elle feignit d'avoir peur quand il s'approcha d'elle, mais ne fut plus que petits rires allègres dès qu'il fit mine, en la tenant par le bras, de vouloir la mordre dans le cou.

— Oncle Jeff, dit Beau, la tête renversée afin de voir le visage de son oncle. Tu m'aideras à attraper une autre grenouille ? Papa a fait s'enfuir celle que j'avais.

Jeff donna son haut-de-forme à Raelynn, puis il se pencha vers l'enfant et le souleva dans ses bras.

— Ton papa te laissera peut-être en chercher une au bord de l'étang, près de ma maison. Il y en a beaucoup là-bas. Mais tu dois me promettre que tu ne l'apporteras pas à l'église. Tu sais, les grenouilles n'aiment pas être enfermées. Elles ne se sentent bien que dans la nature.

— Mais quand elles sont dehors, elles se sauvent.

— Ce n'est pas difficile d'en attraper une quand tu en as envie. Alors, tu promets ?

Le petit garçon leva un regard inquiet vers son oncle.

— Oui, d'accord, oncle Jeff.

Brusquement, Jeff découvrit quelque chose qui le surprit et s'adressa à son frère.

— Beau a les yeux bleus ! Je croyais qu'ils étaient...

— Verts ? demanda Heather.

Dans un éclat de rire, elle lança à Jeff un regard espiègle.

— Il y a plus de trois ans qu'ils sont bleus. Je pensais que vous aviez eu le temps de le remarquer, Jeffrey.

— Mais ils ont été verts, non ?

— Je soupçonne ma femme de parler aux fées, intervint Brandon en souriant. Elle a dû les convaincre de changer la couleur des yeux de notre fils. Attention, Jeffrey, méfie-toi des pouvoirs de Heather. Tu pourrais bien te réveiller un matin avec les yeux bleus !

Heather regarda Jeff, l'air ravi.

— Votre frère raconte n'importe quoi.

Elle fronça le nez et grimaça tandis que Brandon renâclait tel un taureau contrarié.

— Il faut savoir, expliqua-t-elle, que chez les enfants la couleur de l'iris change au cours de la première année. Nous avions pris pour des yeux verts des yeux qui étaient en train de devenir bleus.

Une telle logique provoqua le rire des Birmingham et d'Abegail Clark. Entourée de tous ces visages joyeux, Heather haussa les épaules comme une adolescente, avec un sourire si charmant que Brandon, sous le regard des paroissiens encore assemblés sur le parvis de l'église, attira sa femme plus près de lui et lui vola un baiser.

Confuse, Heather s'écarta de son mari pour découvrir l'effarement des vieilles filles qui, non contentes d'avoir l'œil éternellement rond comme un bouton de bottine, restaient bouche bée.

— Brandon, vous vous égarez. On nous regarde, remarqua-t-elle.

Toutefois, lorsque son mari glissa un bras autour de ses épaules tout en souriant au trio de vieilles demoiselles, elle s'appuya contre lui, radieuse. Alors, devant le spectacle de sa docilité, ses trois juges levèrent les sourcils et échangèrent des regards entendus.

Raelynn, pour sa part, avait trouvé tant de fraîcheur à ces marques d'affection qu'elle eut envie de prendre la main de Jeff. Il chercha son regard sans un mot, certain de comprendre la signification de ce geste. Sa femme manifestait simplement sa joie de faire partie de la famille.

Vers la fin septembre eut lieu pour Raelynn le dernier essayage de sa robe de bal. Sachant que Nell serait à l'atelier, et probablement avec son bébé non loin d'elle, Jeff songea à éviter une confrontation entre sa femme et la jeune couturière. En vrai gentilhomme, il fit en sorte de se ménager le temps nécessaire pour accompagner lui-même Raelynn chez Farrell. Mais il eut la bonne surprise d'apprendre, en arrivant à l'atelier, que Nell avait demandé sa journée afin de faire des courses. Peut-être prendrait-elle finalement l'initiative de quitter la région. Il l'espéra, bien décidé à ne jamais la revoir, même s'il devait la plonger dans la plus grande détresse.

Les hommes n'étant pas admis dans les cabines d'essayage, Jeff rongea son frein en attendant de voir réapparaître Raelynn. En plus de la robe de bal, il avait commandé pour elle toute une garde-robe d'automne. L'attente risquait par conséquent de lui sembler très longue, d'autant qu'il était le seul homme dans les murs.

Sa surprise et son soulagement furent visibles lorsque Raelynn sortit de la cabine, vêtue d'une robe éblouissante. Il la suivit du regard, émerveillé, tandis qu'elle s'avançait vers le miroir en donnant l'impression d'être portée par un nuage.

— Ferme la bouche, lui conseilla Farrell en le rejoignant. Tu en as la mâchoire qui pend, mon cher.

— Elle est sublime, remarqua Jeff.

— Evidemment, observa Farrell. C'est moi qui l'ai dessinée.

Jeff lança un long regard oblique à son voisin.

— Je parlais de ma femme, bel ami.

Loin de perdre son aplomb, Farrell haussa nonchalamment les épaules.

— Elle mérite le même compliment, c'est sûr. En réalité,

il est difficile de dire qui, de la robe ou de Raelynn, est la plus belle. J'affirmerai néanmoins que ma création rehausse sans conteste la beauté de ton épouse. C'est l'écrin parfait pour une femme, grande, svelte, et qui se meut comme dans un rêve.

— Cesse de baver en la regardant, conseilla Jeff, l'air outragé, mais l'œil malicieux. Elle n'est pas libre.

— Oui, je m'efforce de m'en souvenir. Je me le dis, me le répète, et en réfléchissant à ce genre de choses, j'ai songé que je devrais te demander ton avis...

— Mon avis ? A quel propos, exactement ?

— Je compte venir à ton bal avec Elizabeth. Ça t'ennuie ?

— Je veux bien être pendu si je me trompe en t'affirmant que c'était prévisible !

— Etant donné que je ne te veux aucun mal, Jeffrey, je ferais mieux de ne pas venir, répliqua Farrell en redressant le cou.

Les yeux rieurs, Jeff expliqua à son ami :

— Je suis heureux de constater que tu consens enfin à faire appel à ton bon sens. Je savais que tu en avais, mais je ne te voyais pas l'utiliser.

Eprouvant quelques difficultés à verser dans les confidences, Farrell Ives commença par s'éclaircir la gorge.

— De fait, j'ai invité deux fois Elizabeth à dîner depuis la dernière fois que nous nous sommes vus, toi et moi. Je lui ai simplement proposé de parler affaires. C'était d'ailleurs la seule façon, étant donné les heurts du passé, de la convaincre d'accepter mes invitations. Mais je n'avais pas prévu les regards audacieux que certains personnages lui ont lancés en ma présence. Crois-moi, Jeff, je les ai vus littéralement baver de convoitise, et je leur aurais bien flanqué mon poing dans la figure.

— Aurais-tu craint qu'on t'enlève ta talentueuse assistante pour la mener devant l'autel ? demanda Jeff, réjoui.

Offensé, Farrell glissa un doigt nerveux entre son col et sa nuque, comme s'il avait la sensation d'étouffer.

— Bon sang, Jeffrey ! A t'entendre, on pourrait me croire capable de courtiser Elizabeth, voire de l'épouser, uniquement dans le but de sauvegarder mon commerce !

— Tu n'irais pas jusque-là ?

Un grognement révéla toute l'irritation de Farrell.

— Tu me prends pour un abominable rusé, Jeffrey. Et tu fais fausse route. Elizabeth est une très belle femme, que j'admire depuis des années. Pas une seule de mes conquêtes ne peut lui être comparée. J'ai enfin compris que je me laissais influencer, à son égard, par certains souvenirs pénibles. Pour l'instant, néanmoins, je ne suis pas certain qu'elle me laisserait assouplir nos rapports. Mais une chose est sûre : il me serait beaucoup plus agréable d'avoir des vues sur la colombe qui est dans mon jardin que sur les poulettes de mes voisins.

— Cesse d'avoir le poil hérissé, mon ami. Je suis absolument ravi de découvrir tes nouvelles dispositions. Il y a encore peu de temps, Elizabeth n'était pour toi qu'une employée. Ou, du moins, tu agissais en ce sens. Maintenant tu y vois plus clair, et j'en suis soulagé.

— Plus clair, dis-tu ? Je crois que j'en louche, à trop la regarder.

— Et ça ne te plaît pas ? Ne me fais pas rire !

— Diable, Jeffrey ! Tu peux vraiment être aussi mordant qu'un alligator de trois mètres ! Je n'ai pas dit que la situation me pesait.

— Ah ? s'étonna Jeffrey de plus en plus perplexe. Alors que dois-je comprendre ?

Exaspéré, Farrell soupira, essayant de trouver une explication limpide.

— J'ai tellement eu Elizabeth sous la main qu'il m'a fallu du temps pour me rendre compte de mon attitude envers elle.

— Tu veux dire que tu n'étais pas attentif ?

— N... non. Pas exactement. Toi aussi tu as été longtemps célibataire. Tu devrais comprendre ce qui m'arrive. Je sais comment tu détaillais une femme quand elle ne te voyait pas. Tous les célibataires font la même chose. C'est instinctif. Je ne parle pas du désir à proprement parler. Un désir qui ne s'apaise vraiment que si l'on va voir une prostituée ; ce qui n'est pas mon genre. Et ce n'était pas non plus le tien, il me semble. En revanche, quand on voit une belle femme, on la déshabille du regard, on l'imagine au lit, parfois même machinalement. Avec Elizabeth, que j'avais constamment sous les yeux et que je trouvais sans pareille, je faisais de même, la plupart du temps sans m'en rendre compte. Mais, sans nul doute, plus souvent qu'à mon tour ! Je pense même que je n'avais pas attendu qu'elle soit veuve pour cela. C'est probablement aussi pour cela que j'avais voulu frapper l'homme qui me le faisait remarquer.

— Que comptes-tu faire maintenant ?

Farrell soupira, visiblement frustré.

— Mon cher Jeffrey, je me sens coincé. J'ignore vraiment s'il y a quelque chose à faire.

Jeff regarda son ami, perplexe. Farrell avait donc du bon sens, mais il était hanté par de vieux ressentiments. Personne ne pouvait savoir ce que l'avenir lui réservait.

En fin d'après-midi, le landau des Birmingham s'arrêta devant le perron de la maison d'Oakley afin d'en laisser descendre le maître du domaine et sa femme. A peine la voiture était-elle repartie qu'une voix en colère, provenant de l'arrière de la maison, attira l'attention de Jeff et de Raelynn.

— Je vous 'épète que vous n'avez 'ien à faire ici. Tout ce que vous che'chez, c'est causer des ennuis au maît'e. Je sais ce que vous avez fait y a un an. Maintenant, vous dispa'aissez avant que le maît'e 'evienne et vous t'ouve en t'ain de t'aîner pa' ici.

Reconnaissant la voix du maître d'hôtel, mais effarée par le ton qu'il avait pris, Raelynn regarda Jeff. D'ordinaire, Kingston était l'exemple même de la bienséance et se montrait toujours extrêmement patient.

— A qui Kingston parle-t-il de cette façon, Jeffrey ?

Jeff s'était rembruni et dans ses yeux brillait une lueur noire qui glaça Raelynn jusqu'aux os. La prenant par le bras, il plongea son regard dans le sien.

— Attendez ici, Raelynn, la pria-t-il d'une voix ferme. Je vais arranger ça.

Elle acquiesça de mauvaise grâce, désolée de laisser Jeff affronter seul une situation qui rappelait ce soir maudit où Gustav et ses acolytes avaient fait irruption à Oakley. A ceci près qu'il s'agissait cette fois-ci de l'intrusion d'une femme. Ou, plus exactement, songea-t-elle, d'une jeune fille nommée Nell.

Se mordant la lèvre, elle regarda Jeff s'éloigner puis disparaître à l'angle de la maison. Comment allait-il s'y prendre pour apaiser le conflit ? S'il avait effectivement débauché Nell, ainsi qu'elle le prétendait, finirait-il par le reconnaître ? Ou bien préférerait-il crier au scandale ?

Au bout de quelques instants, elle sursauta en l'entendant crier sa colère.

— De quel droit êtes-vous venue ici ?

— Oh, Jeffrey ! Je vous attends depuis plus d'une heure, répondit une douce voix féminine. Je commençais à me dire que je ne pourrais supporter plus longtemps les insultes de Kingston. Pensant que vous voudriez avoir des nouvelles de notre fils, je suis venue avec lui. Je l'ai baptisé Daniel, comme mon père. J'espère que vous ne m'en voudrez pas.

Raelynn porta la main à sa gorge nouée. C'en était fini du soulagement qu'elle avait éprouvé en entendant Farrell annoncer que Nell avait pris sa journée. De fait, la jeune couturière avait dû longuement élaborer ce plan qui lui permettait de lancer sa bombe sans risque de perdre son travail.

— Ecoutez, Nell. Vous auriez pu donner à cet enfant n'importe quel nom. C'est votre fils, pas le mien. Cessez de m'importuner, ou je vous fais reconduire à Charleston sur une charrette, et, cette fois-ci, soyez sûre que je ne demanderai à personne de vous trouver une chambre. La dernière que j'ai louée pour vous a dû vous servir à recevoir je ne sais quel vaurien.

— Regardez-le, Jeffrey, insista Nell avec des inflexions câlines. Regardez ce beau petit garçon. Je n'ai jamais vu de bébé plus adorable, et avec ces cheveux noirs et ces sourcils dessinés comme les vôtres, il sera votre portrait craché. Je ne serais pas surprise que ses yeux deviennent verts. Parfois je me demande s'il aura quelque chose de moi. Oui, regardez-le, votre fils, Jeffrey ! Vous ne voyez donc pas la ressemblance ?

— Arrêtez de vouloir défendre une cause perdue, Nell ! hurla Jeff. J'ignore qui est le père de cet enfant, mais je suis bien certain que ce n'est pas moi.

Raelynn luttait contre une envie de dormir. Les échos de la scène lui rappelaient trop ce qu'elle avait vécu le soir où Nell avait fait irruption dans sa vie. La jeune fille était tout aussi insistante, et Jeff pareillement ulcéré. Ou presque. Car enfin c'était la deuxième fois que Nell osait venir l'accuser chez lui. Même si Raelynn était convaincue que Jeff sortirait indemne de cet affrontement, son explosion de rage l'effrayait. D'ordinaire si maître de lui, d'humeur égale, son mari savait néanmoins manifester une violence qui la poussait à se demander qui il était en vérité.

Elle chercha autour d'elle quelque chose qui fût susceptible de la distraire, tout en sachant qu'elle perdait son temps.

Espérer que la terre s'arrêtât de tourner sur son axe eût été aussi ridicule.

— Vous n'avez pas besoin de hurler, Jeffrey, remarqua Nell d'un ton brusquement irrité. Je suis juste devant vous.

— Effectivement, jeune fille, rétorqua Jeff, sarcastique. Et je serais ravi que vous me fassiez le plaisir de rentrer à Charleston avec votre bébé. Ou même de disparaître de la surface de la terre. Je ne veux plus vous voir.

— Vous avez surtout peur de ce que penserait votre femme si elle voyait notre fils.

Jeff acheva de perdre son sang-froid.

— Partez ! Immédiatement ! Je ne tiens pas à gaspiller ma salive plus longtemps. Et ne revenez jamais, sinon je vous promets que votre vie sera en danger. Je me sens déjà des envies de vous étrangler. Alors déguerpissez avant que je passe à l'acte, vociféra Jeff.

Puis il se radoucit en s'adressant à son maître d'hôtel.

— Kingston, y a-t-il une voiture qui l'attende ?

— Oui, missié Jeff'ey. Juste à l'ent'ée.

— Dans ce cas je te prie de reconduire Mlle Nell à cette voiture. De force, au besoin, et dis au cocher de ne s'arrêter sous aucun prétexte avant d'être sorti du domaine.

— Oui, missié Jeff'ey. Vous pouvez compter su'moi.

Raelynn attendit de voir apparaître la jeune fille en se composant tant bien que mal une apparence sereine. Nell déboucha à l'angle de la maison d'un pas furieux, tandis que Kingston tentait vainement de l'attraper. Quand elle croisa son regard, Raelynn eut la sensation d'être transpercée par deux dagues bleues.

Nell s'avança vers sa rivale, la moue dédaigneuse.

— Vous croyez que Jeffrey vous appartient maintenant, et avec lui tout son argent, n'est-ce pas ? Eh bien, non ! Je n'en ai pas fini avec lui. Je vais vous faire tellement honte à tous les deux que vous n'oserez plus vous montrer en public. Alors peut-être qu'à ce moment-là, ce radin de lord Birmingham finira par me donner ce que je lui réclame. C'est pas comme s'il avait rien en poche, il me semble.

Sur cette dernière remarque, Nell releva la tête avec arrogance et se dirigea vers la voiture de louage qui l'attendait dans l'allée. Kingston, qui l'avait suivie de près, lui offrit une main secourable, tandis qu'elle remontait au creux de son bras son petit paquet. Après un dernier regard noir en direction de Jeff, venu rejoindre sa femme, elle accepta l'aide du maître d'hôtel pour monter dans la voiture.

Dès que l'attelage démarra, Raelynn fit entendre un long soupir. Encore tremblante, elle leva les yeux vers son mari. La veste ouverte, les poings dans les poches de son pantalon, il semblait préoccupé et l'observait, visiblement sur ses gardes, dans l'attente d'une remarque. Etant donné les circonstances, elle aurait peut-être dû trouver quelques mots sérieux ou profonds. Mais rien de percutant ne lui venait à l'esprit. Distraite, elle regarda autour d'elle.

— Décidément, il semble bien que nous soyons ici exposés à voir le ciel nous tomber sur la tête, conclut-elle finalement. Ce n'est jamais que la deuxième fois...

7

Suivant le rythme mélodieux de la valse qui se répandait dans les grands salons de la demeure, le maître de la plantation faisait virevolter sa jeune épouse parmi les candélabres et les bouquets de fleurs. La robe scintillante de la belle Raelynn frôlait les bas noirs de son époux avec autant de légèreté que sa main caressant le revers de sa veste. Le noir profond de l'habit soyeux de Jeff, souligné par la blancheur de sa chemise à jabot, contrastait à merveille avec le rose pâle de la robe couverte de pierreries. De même, ses cheveux de jais et son teint solaire rehaussaient la beauté d'une peau ivoirienne et le lustre des boucles auburn.

Les yeux dans les yeux, ils évoluaient sur la piste de danse, apparemment seuls au monde en dépit des regards fixés sur eux. La plupart étaient admiratifs, parfois fascinés, mais certains trahissaient une tout autre disposition. Pendant des années, voisins et amis n'avaient cessé d'entendre parler de l'attrait que les frères Birmingham exerçaient sur les femmes. Une fois Brandon marié, ses admiratrices avaient rejoint celles de Jeff et assistaient ce soir-là au bal, en tant que filles d'amis de longue date. Amis parfois fort intéressés, qui se seraient réjouis de s'allier à une famille si fortunée. Ainsi l'on voyait des mères et leurs filles jeter des regards dépités tantôt vers l'ancien objet de toutes leurs convoitises, tantôt vers la cause de leur frustration. Depuis quelque temps, on racontait qu'une brute d'Allemand, un certain Gustav Fridrich, voulait s'approprier la jeune épouse de Jeffrey Birmingham. Il avait dans ce but fait irruption à Oakley et tenté de s'emparer d'elle. Aussitôt les anciennes admiratrices de Jeff, soutenues par leurs parents, avaient fait courir la rumeur selon laquelle la jeune Mme Birmingham avait été déflorée par l'Allemand. Et seule la noblesse d'âme de son mari lui avait évité d'être rejetée.

D'autres invités, en revanche, ne pensaient qu'à la beauté du couple et à la robe de Raelynn. Ceux-là s'interrogeaient un temps sur le prix qu'avait dû coûter ce chef-d'œuvre, puis admettaient qu'un homme aussi fortuné que Jeffrey Birmingham pouvait bien couvrir de cadeaux somptueux sa délicieuse épouse.

Farrell Ives et Elizabeth Dalton échangeaient des regards ravis en surprenant les commentaires flatteurs concernant leur création. A un moment donné, Elizabeth, soucieuse de rendre un hommage silencieux au talent de son patron, pressa le bras de Farrell. Le couturier remarqua son geste, mais s'il l'apprécia, il en fut surtout surpris : jamais sa loyale assistante ne l'avait touché ni même effleuré, volontairement ou par distraction.

Intrigué, il baissa les yeux vers la belle Elizabeth. Dès que leurs regards se rencontrèrent, une chaude lueur brilla dans les pupilles de la jeune femme. C'était la première fois qu'elle se retenait de détourner les yeux, la première fois qu'elle lui donnait l'occasion d'espérer qu'un jour elle lui ouvrirait son cœur. L'espace d'un instant, il en fut convaincu et caressa légèrement sa main délicate, en tentant de lui communiquer ce qu'il éprouvait pour elle depuis longtemps. Il l'entendit retenir son souffle et la vit hésiter entre un sourire et une expression craintive. Puis ses lèvres se mirent à trembler, et un léger soupir s'en échappa.

Au plus profond d'elle-même, Elizabeth semblait habitée par une nostalgie poignante. Avide de répondre au regard interrogateur de Farrell, elle n'en oubliait pas moins le danger qui pouvait se cacher derrière l'attrait de ces yeux bleus au charme hypnotisant. Elle avait trop souvent été témoin de leurs effets sur les jeunes filles insouciantes. Cependant, les adolescentes n'étaient pas les seules à se sentir défaillir devant de tels yeux. Des veuves d'âge mûr succombaient également à leur fascination, comme Mme Brewster l'avait récemment prouvé. Pour sa part, le fait d'être son employée n'arrangeait rien. Elizabeth était persuadée que si elle baissait sa garde, Farrell s'empresserait de trouver un moyen de garder malgré tout ses distances. Comme il lui avait été difficile d'ignorer ce qu'elle ressentait à chaque fois que Farrell exerçait son pouvoir de séduction sur quelque jeune innocente ! La tristesse qui s'emparait régulièrement d'elle après ce genre de spectacle ne laissait aucun doute : plus que toute autre, elle attendait que Farrell Ives consentît à s'intéresser un tant soit peu à elle.

Elizabeth parvint à feindre l'insouciance et retira sa main, en espérant que Farrell ne l'avait pas sentie trembler. Puis elle détourna son regard dans le but de s'apaiser. Les tables où attendaient les rafraîchissements et les victuailles attirant son attention, elle y trouva l'excuse dont elle avait besoin pour s'éloigner de son chevalier servant.

— Si vous n'y voyez pas d'inconvénient, monsieur Ives, je vais m'approcher du buffet. En voulant être à l'heure, j'en ai oublié de me restaurer avant de venir. Et puis je vois plusieurs de vos jeunes clientes qui vous regardent. Elles doivent attendre que vous les invitiez à danser. Et je suis certaine que vous ne demandez pas mieux.

Indifférent à cette suggestion, Farrell glissa sa main sous le coude de la jeune femme.

— Voyez, je préfère vous accompagner, Elizabeth. J'aimerais d'ailleurs que vous abandonniez ces relations formelles lorsque nous sommes en dehors de l'atelier. Mieux que quiconque vous connaissez mon prénom, et j'aimerais que vous en fassiez usage.

Constatant, à l'instant de lui répondre, que sa voix avait perdu sa force, Elizabeth dut s'éclaircir la gorge.

— Croyez-vous qu'une telle familiarité serait bienvenue parmi cette assistance ? Nous avons jusqu'ici réussi à déjouer les commérages en évitant de paraître ensemble en public. Alors si l'on m'entendait vous appeler par votre prénom, plus d'un en ferait des gorges chaudes !

Farrell fut sur le point de maudire toutes les mauvaises langues de la région. Il accepta cependant l'excuse d'Elizabeth en se disant qu'il serait trop laborieux de lui faire changer d'avis. Elle pouvait parfois être intraitable, en particulier sur des questions personnelles, et probablement plus encore lorsqu'il s'agissait d'affaires de cœur.

Dans une autre partie de la salle de bal, une grande et belle femme d'une cinquantaine d'années suivait à travers son face-à-main les évolutions du couple Birmingham. Levant un sourcil hautain, elle se pencha soudain vers la femme, plus petite, qui se tenait à ses côtés.

— Je n'ai pas dû très bien vous comprendre, madame Brewster. J'ai cru que vous m'expliquiez que M. Birmingham avait trouvé sa femme sous une voiture... Vous auriez pu aussi bien me dire qu'il l'avait trouvée sous une feuille de chou, dans le jardin de son voisin. Les célibataires, du moins ceux de son rang, ne cherchent pas une femme de si curieuse manière en Caroline du Sud. Ni en Caroline du Nord, j'imagine.

Le raisonnement de sa compagne étonna la femme charnue au visage rond qui, d'un geste brusque, agita si bien son éventail de dentelle que les plumes ornant sa chevelure en frémirent.

— Chère madame Winthrop, je n'ai jamais dit que

Mlle Raelynn se trouvait sous une voiture. M. Jeffrey lui a justement évité cette mésaventure.

L'homme de haute stature qui se tenait à côté des deux femmes se tourna vers la modiste.

— Me voilà intrigué, madame Brewster ! Racontez-nous donc toute l'histoire maintenant.

— Certainement, milord, répondit Mme Brewster, prise d'un petit rire nerveux.

Les cils battants, avec des airs de mijaurée, elle se mit à relater en détail la rencontre des jeunes mariés.

Loin de se soucier des commentaires que leur couple suscitait, Jeff continuait à faire valser sa femme, les yeux brillants d'adoration. Il semblait baigné dans la chaleur d'un soleil bienvenu sur une terre gelée.

— Vous ai-je déjà dit ce soir, mon ange, que vous êtes un enchantement ? Il est vrai que vous êtes encore plus merveilleuse lorsque vous n'avez rien sur vous... Passez-vous un agréable moment ?

— Oh, oui ! C'est extraordinaire !

Danser avec son séduisant mari donnait à Raelynn l'impression d'être redevenue une toute jeune fille s'imaginant dans les bras de son prince charmant. Elle fit glisser sa main vers le revers satiné de sa veste et, feignant de le lisser, caressa discrètement son torse.

— Dans vos bras, j'ai le sentiment d'être une princesse, Jeffrey.

— Qui ne le croirait en vous regardant, ma chérie ? Cette robe est merveilleuse, mais vous l'êtes encore plus. Sur une autre, elle ne pourrait être aussi seyante. Elle vous va comme un gant, épouse votre silhouette à la perfection, et je me réjouis que Farrell ait compris que vous pouviez vous passez de tous ces jupons que les femmes empilent sous leur robe.

Raelynn, souriante, songea aux préparatifs auxquels Jeff était venu assister dans sa chambre. A demi allongé sur sa méridienne, il avait donné l'image d'un sultan admirant sa concubine favorite. Sous son œil vigilant, Tizzy avait eu le plus grand mal à la coiffer sans trembler. Elle avait si souvent laissé tomber le peigne que Jeffrey avait fini par lui accorder un répit en entraînant son épouse sur la véranda.

— Le satin de ma chemise est si doux qu'il me donne la sensation d'être une femme exquise, lui confia soudain Raelynn.

La main sur sa nuque, Jeff attira sa jeune femme plus près de lui.

— Vous l'êtes, madame. Depuis que vous m'avez laissé seul dans mon bain, j'ai eu sans cesse envie de vous dévorer.

A travers ses cils joyeux, Raelynn lança à Jeff un regard malicieux. C'était bien dans ses habitudes de retourner une phrase à son avantage.

— Je voulais dire intérieurement, Jeffrey.

— Savez-vous que j'aimerais jeter un autre coup d'œil à cette chemise ? la taquina Jeff en posant les yeux sur ses seins.

— Nous avons des invités, monsieur.

— Leur présence ne m'empêche pas de songer à la beauté de votre corps ; à votre séduction infinie lorsque vous êtes dans mes bras, débordante de désir.

Raelynn rosit en pensant à ces moments où elle s'abandonnait à la fougue de leurs étreintes. Bien qu'elle n'eût jamais eu la moindre expérience de l'amour avant de le rencontrer, elle ne doutait pas que Jeff fût un amant accompli. N'osant lui demander comment il avait acquis tant de savoir-faire, elle en était réduite à s'interroger ; et à chaque fois elle souffrait, harcelée par le doute au sujet de Nell. Cependant, dès que les yeux émeraude de son mari se posaient sur elle en exprimant un désir communicatif, elle ne ressentait plus qu'une passion grandissante pour cet homme. Il était clair qu'habillé ou nu comme s'il venait de naître, Jeffrey Birmingham la fascinait.

— J'ai des pensées tout aussi séductrices, monsieur.

Un sourire narquois se dessina sur les lèvres de Jeff.

— J'ai l'impression que nous nous ressemblons, madame. Presque à chaque heure du jour, je revois les ébats auxquels nous nous sommes livrés dans notre chambre. J'aime savoir qu'ils vous séduisent autant que moi.

— Je me suis posé une question, monsieur, avoua Raelynn, la tête penchée sur son épaule.

— Laquelle, chère amie ?

— Notre lit pourrait accueillir toute une famille. A quoi pensiez-vous lorsque vous en avez passé commande ?

— Maintenant que vous m'y faites songer, ses dimensions ont sans doute laisser croire qu'il était destiné aux ébats d'un couple.

— Voudriez-vous dire que ce n'était pas le cas ?

Jeff leva brièvement les sourcils, une flamme dansant dans ses yeux verts.

— De fait, si. Voyez-vous, au cours de ces dernières années, je prenais plaisir à imaginer la déesse nue, à la peau claire, qui pourrait me faire pénétrer dans un rêve extatique. Je la voyais avec des seins doux et ronds, aux aréoles roses, un ventre nacré, et les cuisses jointes, si serrées l'une contre l'autre qu'elles semblaient attendre d'être écartées. Elle m'inspirait un tel désir que j'aspirais de plus en plus à la rencontrer et, d'un baiser, à l'éveiller à l'amour.

— Vos baisers seraient capables d'émouvoir la plus réticente des vierges, monsieur.

— Réticente, vous l'avez été, madame.

— Uniquement parce que j'ignorais quels délices m'attendaient dans vos bras.

La tête rejetée en arrière, Jeff éclata de rire. Raelynn, confuse, se demanda comment leurs invités allaient réagir. Elle pensait surtout aux femmes déçues, envieuses, parfois plus jeunes qu'elle, quelquefois veuves, et dont elle avait brisé l'espoir de conquérir le plus convoité des célibataires.

— Jeffrey Birmingham, que vont penser nos invités ? murmura-t-elle en mimant la consternation. Regardez. Personne d'autre ne danse. Nous sommes vraiment l'attraction de la soirée. On va sûrement imaginer le pire !

— Rien de tel pour enflammer les esprits, ma chère.

Continuant à l'entraîner dans le tourbillon de la valse, Jeff adressa à sa jeune épouse un sourire frôlant la concupiscence.

— Si nos hôtes pouvaient lire dans mes pensées, madame, plus d'un serait profondément offusqué.

Raelynn eut un petit sourire en coin tandis qu'elle recommençait à jouer avec le revers de la veste de son époux.

— A l'évidence, votre imagination n'a pas besoin d'être stimulée, monsieur.

— En effet. Et tant que vous serez ma femme, mon amour ; car il me suffit de vous regarder pour qu'elle s'embrase. Et le reste avec...

Raelynn feignit de ne pas comprendre.

— Le reste ? fit-elle.

— Madame, vous vous moquez ! Je me demande bien pour quelle raison. Si vous souhaitez une démonstration, nous pourrions facilement trouver un endroit où je vous prouverais mon ardeur sans que vous soyez gênée.

La main de Raelynn frôla le cou de son mari.

— Comparé aux autres hommes, il est aisé d'affirmer que vous avez soit un tailleur hors pair, soit un physique exceptionnel, monsieur. Une exhibition en privé ne me dérangerait nullement.

Jeff parut soudain intrigué.

— Souhaiteriez-vous voir une partie spécifique de mon corps, ma chère ?

— Vous savez, Jeffrey, vous ne devriez pas seulement regarder vers le bas, observa Raelynn d'une voix douce.

Chez un homme, il n'y a pas qu'une seule chose digne d'admiration.

— Vous ne m'avez pas répondu, insista Jeff qui rechignait à s'écarter d'un sujet affriolant. Par ailleurs, vous m'inquiétez. Vous suffirait-il d'être mariée depuis quelques mois pour vous autoriser à détailler les hommes et à établir des comparaisons avec moi ?

— Oh, Jeffrey ! Je ne détaille pas les hommes.

— Vous me détaillez, madame.

— Avec vous, c'est différent.

— J'aime quand vous le faites, murmura Jeff à son oreille.

Dans un sourire fascinant, Raelynn lui jeta un regard oblique.

— Le plaisir est partagé, monsieur.

— Oh, oh ! Nous y voilà !

— Que voulez-vous dire ?

— Changeons de sujet avant que je ne sache plus où me mettre, suggéra Jeff. Ces pantalons peuvent si facilement vous trahir...

Les yeux bleu-vert de Raelynn jetèrent un regard rapide sur les vêtements incriminé.

— Je vous y prends ! gronda Jeff.

Telle une enfant vexée de se faire surprendre, Raelynn parut nier l'évidence, hocha la tête, mais retint difficilement un sourire ravi en voyant Jeff le regard rivé sur son décolleté.

— Moi aussi, monsieur. Et je ne m'en étonne pas. Je sais que j'ai épousé un débauché.

— Je le suis devenu le jour où vous êtes entrée dans ma vie, madame.

— Et moi, monsieur, je deviens dans votre lit une obsédée. Je ne pense plus qu'à ça.

Les serviteurs presentaient des plateaux chargés de rafraîchissements, les musiciens tiraient de leurs instruments des accords mélodieux, les invités, élégamment vêtus, parlaient sur un ton feutré... Mais tout cela semblait à mille lieux de l'univers privé des deux époux. Et quand Jeff eut accepté de laisser danser Raelynn dans les bras d'un gentilhomme d'un âge certain, il s'aperçut que sans elle à ses côtés, le temps se traînait tel un escargot. Même lorsqu'il fut engagé dans une conversation avec quelques-uns de ses compagnons de chasse, il eut sans cesse tendance à la suivre des yeux, à observer la grâce de son jeu de parfaite hôtesse à l'égard du vieil homme. Mais bientôt il surprit le regard amusé de son frère et en rougit de contrariété.

— Elle te plaît, n'est-ce pas ? remarqua gentiment Brandon en se rapprochant de lui.

— C'est peu de le dire, rétorqua Jeff avec un bref signe de tête.

Il s'accorda un dernier regard vers sa femme avant de se tourner vers son aîné et de le suivre, comme il en avait eu l'habitude au cours de son enfance.

Assise dans un grand fauteuil à oreillettes, les pieds chaussés de ravissants escarpins posés sur un tabouret bas, Heather s'était drapée dans un châle de dentelle de façon à dissimuler son ventre rond. Peu de temps avant le début de la réception, Jeff avait demandé que ce fauteuil fût installé de manière que la future maman pût jouir d'une vue d'ensemble de la salle. A la condition, bien sûr, comme l'avait fait remarquer Kingston, qu'aucun invité ne vînt se placer dans son champ de vision. « Il y a peu de risque que cela se produise, avait répondu Jeff. Malgré sa grossesse avancée, ma belle-sœur a encore un cercle d'admirateurs et d'amis qui veilleront au grain. »

Ainsi qu'il l'avait prédit, un petit groupe d'invités, soucieux de lui présenter leurs respects, entouraient Heather. Parmi eux se trouvait Farrell Ives, avec Elizabeth Dalton à son bras. Thelma Brewster s'était jointe à eux, dès que le couturier s'était approché de Heather. La jeune veuve était accompagnée d'un lord, également veuf, et de Lydia Winthrop, tous deux âgés d'une cinquantaine d'années.

Après avoir vécu jusqu'à la fin de son adolescence dans les environs de Charleston, Mme Winthrop, devenue l'épouse d'un riche Anglais, s'était installée à Londres avec son mari. Elle avait récemment traversé l'Atlantique afin de rendre visite à des amis, dans la région. Quant au noble Anglais, il était en voyage d'affaires et résolu à retrouver au plus vite la banlieue londonienne, où il vivait depuis des décennies.

— Chers amis, connaissez-vous lord Marsden ? demanda Lydia Winthrop en incitant le vieil homme grand et maigre à s'avancer. Nous nous sommes rencontrés sur le bateau. Ah, quel temps détestable nous avons eu ! Quel insupportable tangage ! Mais c'est une autre histoire. Lord Marsden est à la recherche d'un terrain qu'il veut offrir en cadeau de mariage à sa fille. Mme Brewster nous a assurés qu'il pouvait nous accompagner ici sans importuner notre hôte et que, peut-être, les frères Birmingham accepteraient de le conseiller pour cet achat.

Lord Marsden s'éclaircit la gorge, comme s'il s'apprêtait à se lancer dans un long discours.

— Je ne voulais pas m'imposer, voyez-vous, mais ces charmantes dames ont beaucoup insisté pour que je les accompagne. J'espère sincèrement que je n'abuse pas de l'hospitalité du maître des lieux.

Heather leva la tête vers l'Anglais en souriant. De son fauteuil, elle le voyait dominer les deux femmes qui l'encadraient, en particulier la corpulente Mme Brewster, plus petite que l'élégante Lydia Winthrop. De haute stature, donc, dégingandé, le cheveu brun, raide et terne, l'homme avait le visage austère d'un aristocrate pompeux. Et son habit, par ailleurs d'excellente coupe, était d'une égale austérité.

— N'ayez aucune crainte, s'empressa-t-elle de répondre.

Je suis certaine que votre présence honore mon beau-frère. Quant à votre recherche, Jeffrey et Brandon sont effectivement en mesure de vous conseiller. Mais si le temps ne vous presse pas outre mesure, je vous en prie, profitez des festivités. N'hésitez pas à goûter à notre buffet. Jeffrey a un cuisinier exceptionnel qui a dû nous préparer des plats délectables.

— Merci, madame, de mettre si aimablement un étranger à l'aise, fit lord Marsden d'un ton affable.

— C'est un plaisir, milord. Faites, je vous en prie, insista Heather. Participez à la fête, et, à l'occasion, visitez la maison. Afin de répondre au désir de nombreux invités de découvrir les restaurations effectuées récemment à Oakley, plusieurs pièces sont accessibles. Cette demeure représente bien les maisons de planteurs de la région. Elle est devenue un véritable bijou, d'ailleurs, depuis que mon beau-frère a permis ces réfections. Seuls ses appartements privés resteront réservés à ses besoins personnels et à ceux de ses parents proches.

Lord Marsden s'inclina brièvement devant Heather et observa :

— Votre famille est infiniment courtoise, madame.

Puis il pivota sur ses talons et s'engagea dans le sillage de ses deux compagnes qui se frayaient un chemin à travers la foule des invités.

Quand Lydia Winthrop s'immobilisa afin de faire admirer les frises fleuries des plafonds et des murs, lord Marsden se fit un devoir de suivre son regard.

— Je me souviens de cette maison, à l'époque où vivaient ici les parents de Louisa, expliqua Lydia. Elle était déjà remarquable, mais ce n'était rien en comparaison de ce qu'elle est devenue. Jamais je ne l'aurais imaginée aussi somptueuse qu'aujourd'hui.

— Certes, elle l'est, admit lord Marsden. Reconnaissez

cependant qu'on ne saurait la comparer à certains hôtels particuliers de Londres. Elle me fait plutôt penser à quelque modeste domaine anglais. Cela dit, nous sommes évidemment loin des simples logis qui fleurissent en Caroline.

Soudain, le sourire épanoui de Mme Brewster s'évanouit. En songeant que la superficie de son petit appartement et de sa boutique de modiste était inférieure à celle de cette salle de bal, elle imagina le dédain de son interlocuteur s'il venait à lui rendre visite. Aussitôt elle jugea plus sage de détourner la conversation.

— Mlle Heather est une femme rare, dit-elle. Peut-être la plus belle de la région... à l'exception de Raelynn, bien sûr.

L'Anglais sortit une tabatière et répandit un peu de poudre sur le dos de sa main. Inhalant quelques fines particules, il leva la tête puis les sourcils, un mouchoir de dentelle pressé contre une narine.

— Elle a la couleur de cheveux de ces ignobles Irlandais, n'est-ce pas ?

Muette d'effarement, Thelma Brewster fouilla dans ses souvenirs.

— En... en effet, oui. Je crois avoir entendu dire que sa mère était irlandaise.

— C'est parfaitement regrettable, observa lord Marsden en relevant le menton.

Son interlocutrice ressentit un picotement désagréable sur la nuque. Si cet homme se jugeait supérieur à Heather Birmingham, que devait-il penser des Charlestoniens en général, et d'elle en particulier ?

— Si vous en avez l'occasion, vous constaterez que les gens d'ici se préoccupent peu de titres et de noblesse, lord Marsden, intervint Lydia Winthrop avec un sourire narquois. N'oubliez pas que si cet Etat fut sous autorité britannique, cette époque est révolue. Nous avons voulu nous libérer de la tutelle de la monarchie, et nous avons versé notre sang pour y parvenir.

— Rebelles... Yankees... C'est du pareil au même, en effet, rétorqua impérieusement Marsden.

La modiste en perdit si bien le souffle que d'un seul coup ses joues rebondies se creusèrent. A l'admiration que l'Anglais lui avait inspirée jusque-là succédait une colère indignée. Elle se sentait capable, si elle devait écouter une minute de plus des propos d'une telle arrogance, de lui renverser un saladier de punch sur la tête. Elle désigna d'un geste de la main le somptueux buffet offert par leur hôte.

— Nous avons ici des mets d'une qualité rare, lord Marsden. Voudriez-vous y goûter ?

Telle une coquette, l'Anglais se tapota la narine avec son mouchoir de dentelle, puis grimaça.

— Je n'oserais demander ce qui entre dans la composition de ces plats, déclara-t-il. Ils me semblent d'une lourdeur qui pourrait bien m'envoyer dans la tombe.

— Ah ! Certes ! Vous aurez du mal à trouver par ici l'une de vos tourtes traditionnelles, lord Marsden, lui rétorqua Mme Brewster en lui lançant un regard réprobateur.

Fatiguée de l'arrogance de cet homme et convaincue que ses manières n'étaient pas à la hauteur de son titre de noblesse, elle ajouta :

— Pour ma part, j'en ai l'eau à la bouche et je ne peux plus attendre.

Lydia lui tendit une assiette.

— Je suis de votre avis. Servons-nous.

De son fauteuil, Heather aperçut Jeff qui fendait la foule des invités pour venir la rejoindre. Tendant la main vers lui dès qu'il fut à proximité, elle éclata de rire comme une collégienne enthousiaste.

— Je me demandais ce que je devais faire pour attirer votre attention ! Vous avez tant dansé avec Raelynn que je me suis dit qu'il me faudrait intervenir et vous prier de m'accorder une danse si je voulais avoir une chance de parler avec vous. Votre bal est très réussi, monsieur. Je vous remercie de votre invitation.

Jeff porta la main de sa belle-sœur à ses lèvres avant de reculer d'un pas pour la détailler.

— Madame, laissez-moi vous dire que vous avez tout l'air d'une poule en train de couver son œuf.

Heather pianota avec un air satisfait sur son ventre.

— C'est pour très bientôt, maintenant.

— En pleine forme, princesse ?

— Absolument, répondit-elle, le sourire de plus en plus épanoui.

Puis elle jeta vers son mari un regard amoureux et poussa un petit soupir lorsqu'il s'appuya à son fauteuil.

— Enfin, je le serais, précisa-t-elle, si votre frère consentait à se détendre un peu, au lieu de me surveiller tel un chien devant son os.

Son ton joyeux, sans la moindre trace de reproche, provoqua le sourire de son mari, qui lui caressa aussitôt l'épaule.

— Pardonnez-moi, ma douce. Mais il me semble qu'un peu d'anxiété de ma part soit justifiée, quand vous êtes sur le point de mettre au monde notre deuxième enfant.

— Oh, cher ami ! Vous savez parfaitement que notre fille ne naîtra pas avant dix ou quinze jours. Hatti nous l'a encore confirmé. Vous avez dû oublier à quoi je ressemblais, quelques semaines avant la venue au monde de Beau. J'avais tout d'une frégate, sa proue puissante lancée à l'assaut des vagues.

Alors que le rire s'emparait de tous ceux qui se tenaient à proximité, Jeff remarqua chez Brandon une certaine tension, comparable à celle qu'il avait manifestée trois ans plus tôt lorsqu'ils attendaient leur garçon. Plus que quiconque, Jeff savait combien Brandon aimait sa femme et se préoccupait des douleurs de l'accouchement, voire d'un éventuel accident fatal. Si tout s'était très bien passé la première fois, un risque de complications n'était néanmoins pas exclu, et Brandon n'aurait pas l'esprit en paix tant que l'accouchement n'aurait pas eu lieu.

— Mon ange, dit Brandon en prenant la main de sa femme, le souvenir de l'épreuve que j'ai traversée me poursuit et explique ma nervosité.

Quand Heather leva vers son époux un regard humide de tendresse, Jeff eut le sentiment de violer leur intimité. Se tournant de côté, il fit face à Farrell, témoin comme lui de la dévotion que se vouait le couple. Il avait rarement eu l'occasion de surprendre tant de connivence entre un mari et sa femme. C'était là le spectacle d'un amour partagé qu'un célibataire comme Farrell ne pouvait qu'envier.

— Jeffrey, mon cher, tu arbores pour une fois une tenue recherchée, remarqua malicieusement le couturier.

— Et toi, beau garçon, tu ferais presque de l'ombre à ma femme, plaisanta Jeff.

Il regarda son ami de la tête aux pieds sans relever la moindre maladresse dans la confection du pantalon étroit à fines rayures, du gilet de soie brochée, de la chemise, de la cravate et de la redingote.

Fier comme un paon, Farrell fit glisser ses pouces sur le revers de sa veste en feignant de s'étonner.

— Réellement ?

— Oh, oui !

— Viens à ma maison de couture dès que tu en as le temps, mon cher, et je te ferai découvrir ce que l'on appelle le style. Tu ne peux que bénéficier de mes conseils.

— Je prendrai ton offre en considération le jour où j'aurai envie de me travestir en dandy, rétorqua Jeff en souriant.

Laissant ses traits s'affaisser sous sa barbe tandis qu'il

mimait une déception absolue, Farrell provoqua ainsi le rire de tous ceux qui observaient ses mimiques.

— Franchement, Jeffrey, ce que tu peux être agressif quand la jalousie te chatouille !

— Allons, ne fais pas cette tête ! Je n'ai pas voulu te blesser. En fait, tu es aussi beau qu'une pêche de nos célèbres vergers.

Elizabeth, découvrant du coin de l'œil le sourire brusquement réjoui de Farrell, parut soudain accablée par les conséquences prévisibles d'une telle appréciation.

— Je vous prie, monsieur, dit-elle à Jeff, ne cherchez pas à flatter un peu plus la vanité de M. Ives. Je le vois se rengorger, et je m'inquiète. N'oubliez pas que je travaille pour lui.

— C'est un grand prétentieux ?

— Je ne saurais me permettre un tel commentaire, monsieur, répondit Elizabeth en roulant exagérément les yeux. J'en suis pourtant entièrement convaincue.

Farrell prit alors la main de sa collaboratrice et, avec un rire amusé, remarqua :

— Je crois qu'il est temps pour nous de prouver à notre mufle d'hôte que nous savons aussi valser. De plus, ma chère, j'aimerais que chacun voie votre nouvelle robe.

— Encore l'une de tes nouvelles créations, bel ami ? demanda Jeff, le sourire en coin.

— Plutôt celle de mon assistante, ici présente, répliqua Farrell. Une belle réussite, n'est-ce pas ?

La robe d'un somptueux rouge magenta soulignait le contraste entre la peau claire et les cheveux noirs d'Elizabeth, et Jeff rendit hommage à la beauté de ce spectacle en s'inclinant profondément devant la jeune veuve.

— Vous êtes absolument ravissante, ce soir, mademoiselle Elizabeth. Votre employeur fait pâle figure, à vos côtés.

La jeune femme laissa échapper un petit rire tandis qu'elle exécutait devant Jeff une charmante révérence.

— Merci, monsieur Birmingham.

— Jeff, rectifia son hôte. Ou Jeffrey, si vous préférez. J'insiste pour que vous m'appeliez ainsi lorsque nous sommes hors de la maison de couture, Elizabeth.

L'œil malicieux, Jeff jeta un bref regard à Farrell avant d'ajouter :

— Dites-lui que je souhaite qu'il en soit ainsi.

Radieuse, Elizabeth acquiesça d'un hochement de tête.

— Je le ferai, Jeffrey.

— Maintenant, amusez-vous, mes amis, leur proposa leur hôte en désignant d'un geste ample la piste de danse. Je vous rejoins dès que j'aurai retrouvé ma femme.

Il n'eut aucun mal à la repérer, comme si elle aimantait son regard. Pendant quelques instants il admira sa beauté majestueuse, tandis qu'elle valsait avec le shérif Rhys Townsend, un autre de ses amis. L'homme dominait Raelynn de sa haute taille et de sa forte carrure, mais n'en dansait pas moins avec une légèreté surprenante. Ainsi, malgré sa petite taille, la jeune femme parvenait à le suivre aisément. Raelynn était sensiblement plus grande que Heather, mais moins svelte qu'il n'y paraissait, comme aurait pu en témoigner Jeff, amoureux des formes de sa jeune femme. Quant à ses qualités intérieures, elles le séduisaient un peu plus chaque jour. Non sans surprise, il constatait qu'au-delà du plaisir que lui apportaient la passion et ses privautés maritales, il sentait grandir dans son cœur une émotion plus profonde et plus riche, dont il faisait l'expérience pour la première fois et qu'il ne savait encore nommer. Mais, en attendant, il était sûr de la satisfaction qu'il éprouvait en songeant que Raelynn lui appartenait.

Tandis qu'il prolongerait le plaisir de l'admirer, il eut soudain la vision d'une Raelynn au ventre rond, à l'image de sa belle-sœur. Il lui était arrivé, une fois, de lui prédire un nombre incalculable de grossesses. Mais, ce soir-là, il lui suffit de l'imaginer une seule fois enceinte pour qu'il en eût le souffle presque coupé. Alors, à peine conscient de ce qu'il faisait, il se fraya un chemin parmi les couples qui dansaient sur la piste.

Lorsqu'il prit Rhys par l'épaule, celui-ci mima une surprise renversante.

— Par exemple ! Que fais-tu donc seul ici, Jeffrey ? demanda le shérif, comme si l'idée qu'un homme pût désirer danser avec sa propre épouse ne l'eût jamais effleuré. Tu devrais te trouver une petite, si tu veux valser.

— Bien sûr, mon ami. Je le sais, et c'est bien pour cela que je viens chercher ma femme. Va donc retrouver la tienne avant qu'elle demande à ses frères de t'attraper au collet pour te conduire vers elle.

Rhys pouffa en posant son regard sur la petite jeune femme blonde qui faisait tapisserie, les yeux fixés sur lui.

— Ce ne serait pas la première fois ! admit-il. Je crois qu'il va falloir que je lui apprenne à danser, si je ne veux pas me retrouver un de ces jours le derrière cloué à la porte de la grange. Mary est capable de montrer du ressentiment quand je mets le pied sur une piste de danse avec une autre femme.

Au moment où Raelynn regarda dans sa direction, la jeune et jolie femme du shérif croisa sur son ventre un châle brodé, comme pour dissimuler pudiquement un ventre arrondi.

— Je crois que c'est le cas, observa Raelynn avec humour. Vous avez intérêt à aller lui faire des excuses, sinon c'est Mary elle-même qui va venir vous sortir de cette piste de danse. Je l'imagine très bien vous attraper par l'oreille, tel un garnement.

— Moi aussi, grogna Rhys dans un éclat de rire.

Puis, portant deux doigts à son front, il laissa ensuite lourdement retomber ses bras et manifesta un empressement comique à rejoindre son épouse. Celle-ci, le nez relevé, feignit une attitude profondément offensée.

Après s'être incliné devant elle, Jeff invita Raelynn à danser. Elle acquiesça, bras ouverts, et, pendant un long moment, ils tournoyèrent sur la piste en silence, charmés par la musique, heureux de se retrouver dans les bras l'un de l'autre. Si bien que lorsque la jeune femme leva les yeux vers son mari, elle rencontra un regard interrogateur.

— J'ai trouvé bien audacieux de votre part, Jeffrey, de venir m'arracher à mon cavalier. Aviez-vous tant besoin de moi ? demanda-t-elle avec un petit sourire.

— Je tiens simplement à danser avec vous quand j'en ai envie. Ce n'est pas une attitude audacieuse, mais...

Il s'interrompit, réfléchit, chercha le mot juste, hocha la tête avec détermination et acheva sa phrase :

— ... logique.

Le regard ourlé de longs cils noirs et soyeux, sa femme hésita entre le doute et l'amusement. L'idée d'avoir une certaine incertitude quant à ses prérogatives d'époux ne déplaisait pas à Raelynn. Rien ne devait jamais être figé, considéré comme acquis et définitif dans les liens du mariage.

La voyant se mordiller la lèvre, Jeff sentit son assurance céder la place à un certain embarras. Si ses penchants naturels le conduisaient à accorder à ses réactions une part de liberté, voilà que soudain le désir le prenait de rassurer sa femme, de faire en sorte qu'elle se sentît toujours en sécurité et en confiance auprès de lui.

— Raelynn, mon amour, je ne suis pas d'une jalousie féroce, surtout lorsque ce sont mes amis qui vous accordent leur...

Devant le sourire suggestif de sa femme, il se tut brusquement.

— Vous comprenez tout, murmura-t-elle en caressant sa nuque. Je préfère tellement danser avec vous, Jeffrey.

Tout à coup, la musique prit les accents d'une joyeuse rhapsodie, et Jeff se concentra sur le plaisir de tenir dans ses bras celle qui faisait battre son cœur comme il n'avait jamais battu auparavant.

Quelques instants plus tard, le couple se dirigea, main dans la main, vers le buffet où la modiste leur présenta lord Marsden et Lydia Winthrop.

— C'est une magnifique réception, déclara cette dernière.

— Absolument, renchérit l'Anglais.

Redevenu d'humeur cordiale, il fit naître un sourire d'approbation chez Mme Brewster pendant que Lydia entreprenait d'expliquer à Jeff la mission que son compagnon s'était assignée.

— Nous avons pensé que vous-même ou M. Brandon pourriez peut-être conseiller lord Marsden, conclut Lydia.

— Mais certainement, affirma Jeff en se tournant vers l'Anglais. Je vous laisse libre de revenir chez moi à votre convenance, lorsque vous me savez présent. Vous pouvez également passer me voir dans les bureaux de ma compagnie de transport maritime. J'y suis en général tous les mercredis. Et certains autres jours, mais qui eux sont variables. J'ai également d'autres affaires qui me prennent du temps, mais je n'en suis pas moins enclin à rester à la maison pour m'occuper de mes récoltes, de mon haras et de bien d'autres choses encore, que je considère comme de la plus haute importance.

Discrètement, Jeff prit la main de sa femme. La serrant tendrement, il signifia qu'il accordait en premier lieu toute son attention à sa jeune épouse.

— Je serai néanmoins heureux, précisa-t-il, de vous apporter toute l'assistance dont vous aurez besoin, lord Marsden.

— Je vous en remercie du fond du cœur, monsieur. Et je vous serais grandement redevable de m'aider à conclure l'affaire qui me préoccupe, de façon que je puisse retourner en Angleterre le plus rapidement possible et y rester. Je me verrais mal entreprendre de nouveau une traversée comme celle que Mme Winthrop et moi-même avons dû subir. C'est le genre d'épreuve capable de vous dégoûter à jamais des voyages en mer.

Le rire qui saisit l'assistance permit à Mme Brewster de retrouver son admiration pour l'Anglais, cet homme de haute noblesse qui n'avait pas dédaigné, après tout, de l'inviter à danser.

Etre le cavalier de sa femme à un bal élégant, et non plus simplement celui d'une maîtresse plus ou moins temporaire, constituait pour Jeff une expérience inédite, laquelle lui donnait envie de s'accorder des privautés particulières. Quant à Raelynn, elle ne demandait visiblement qu'à entrer dans son jeu. S'ils se devaient de respecter une certaine discrétion, toutes les occasions d'agir en secret étaient bonnes. La jeune femme posait une main possessive sur les reins de son mari dès qu'ils se retrouvaient en conversation avec des invités, dans un coin de la salle, le dos au mur. Ou bien c'est Jeff qui frôlait ses seins de son bras dès qu'il le pouvait. Et ces petites gâteries les faisaient échanger des sourires de connivence.

Lorsque Mme Brewster eut accidentellement renversé du punch sur sa chemise immaculée, Jeff ne fut nullement contrarié de devoir retourner dans sa chambre, dans la mesure où il entraîna Raelynn avec lui. Quelques minutes plus tard, il eut même le bonheur de la surprendre en train d'enlever un bas filé, assise au bord d'un fauteuil, sa robe relevée jusqu'aux hanches. Tout en retirant sa veste, il admira ses cuisses fuselées, puis alla se pencher sur elle avec un regard plein de désir. Il lui fit alors des suggestions affriolantes, provoquant chez Raelynn un rire joyeux. Enivré par ses propres murmures, Jeff conçut bientôt l'idée de s'adonner à un moment d'intimité maritale. S'agenouillant devant sa femme, il couvrit sa gorge et ses seins de baisers languides pendant que sa main s'aventurait sous sa robe. Le souffle d'abord coupé, Raelynn laissa ensuite échapper un soupir de plaisir et s'abandonna contre lui. Quand ses lèvres prirent les siennes, elle répondit à la sensualité de son baiser avec une complicité provocante.

Jeff releva la tête, désireux de lire sur le visage de sa femme le reflet de sa fièvre. Un regard humide, langoureux, rencontra le sien, et un long frisson parcourut le corps de Raelynn tandis qu'elle découvrait la passion brûlant dans les yeux émeraude. Alors Jeff la prit par les hanches, l'approcha un peu plus du bord du fauteuil, puis ouvrit ses cuisses tout en défaisant son pantalon.

Ils étaient tout à leur partage passionné lorsqu'ils entendirent soudain un petit groupe de femmes qui entraient dans la pièce voisine en s'extasiant sur les restaurations réalisées récemment. Saisi d'appréhension, figé au bord de l'extase, étroitement enlacé, le couple tendit l'oreille. Avant le bal, on avait tiré les doubles-rideaux dans les appartements du maître, mais en laissant les portes-fenêtres ouvertes afin que pût entrer la brise rafraîchissante. Les époux n'étaient donc pas à l'abri d'un coup d'œil indiscret.

Perturbée par la proximité de ce groupe d'invitées, Raelynn pressa une main tremblante sur le torse de son mari, le regard suppliant.

— Plus tard, murmura-t-elle. Quand nous serons tranquilles.

Jeff posa ses lèvres près de son oreille.

— Dans ce cas, redescendons et laissez-moi valser dans vos bras jusqu'à ce que mon ardeur s'apaise.

— Comme si c'était possible...

Raelynn ne put s'empêcher de rire, enfouissant aussitôt son visage dans le cou de Jeff. Une fois son sérieux retrouvé, elle regarda l'horloge qui faisait entendre son joli carillon sur la cheminée.

— Dix heures, dit-elle. Nous n'aurons plus longtemps à attendre pour être seuls.

— Descendez la première, lui murmura Jeff d'une voix rauque en se retirant. Si je me montre maintenant, je vais choquer nos invités.

Raelynn se leva avec lui, lui vola un baiser et s'écarta en souriant.

8

Jouant avec la plus grande grâce son rôle d'hôtesse accomplie, Raelynn accepta toutes les invitations à danser et, dans les intervalles, conversa avec la plupart des femmes présentes. Elle découvrit rapidement combien Heather, radieuse et d'une grande vivacité, enchantait tous ceux qui l'approchaient. Manquant encore d'assurance, Raelynn apprécia la présence rassurante de sa belle-sœur, s'inspira de son aisance et, consciente d'être devenue un objet de curiosité en épousant le plus beau parti de la région, s'efforça de répondre à toutes les questions avec le plus de courtoisie et de précision possible. Cependant, elle devinait le ressentiment qu'éprouvaient certaines femmes à son égard. Un ressentiment que ces personnes dissimulaient derrière des petits sourires et des insinuations plus ou moins sibyllines et qui parvenaient à leurs fins en lui donnant le sentiment d'être une véritable étrangère, venue pour accaparer Jeffrey Lawrence Birmingham, l'homme qu'elles convoitaient depuis des années.

Toutefois, alors même qu'elle se heurtait à la mesquinerie de ces femmes et luttait afin de l'ignorer, Raelynn ne cessait d'éprouver une euphorie grandissante. Après une traversée de l'Atlantique des plus pénibles et la tentative de Gustav Fridrich de la réduire en esclavage, elle était finalement devenue, du jour au lendemain, l'épouse d'un extraordinaire gentilhomme en tout point semblable au prince de ses rêves. Et Jeff n'avait rien d'une illusion. Il était bel et bien un être de chair et de sang, élégant, courtois, au charme étonnant, et d'une compagnie exaltante. Jamais elle n'aurait imaginé rencontrer quelqu'un de semblable dans cet Etat de Caroline qu'elle avait cru situé au bout du monde. Il était le partenaire idéal pour elle. Tous deux se complétaient. Il avait la force qu'elle ne possédait pas, la fermeté, voire l'agressivité dont elle manquait. Si elle savait être une femme d'intérieur, lui était habile à mener des affaires, à élever des chevaux, à s'occuper d'une plantation. Mais, avant tout, ils partageaient une passion sans pareille, une même fascination l'un pour l'autre. Au fond, la seule crainte était peut-être que tout fût trop parfait. N'y avait-il pas toujours un défaut quelque part ?

Pour l'instant, elle vivait tout simplement un conte de fées. La salle de bal, illuminée par des lustres en cristal et des chandeliers en métal précieux et animée par une foule d'invités d'une rare élégance, avait tout d'un lieu enchanté. Les senteurs des jardins apportées par la brise ajoutaient à l'ivresse ambiante, et Raelynn avait l'impression d'être une petite sylphide, aux ailes translucides, volant dans un monde invisible. Mais bien que tout fût incroyablement magique et superbe, elle savait qu'elle ne rêvait pas. La féerie était réelle ; Raelynn n'avait pas cédé à une illusion enfantine.

Une fois encore, elle dut faire un effort afin de reporter son attention sur son cavalier du moment, un gentilhomme qui venait de lui parler sans qu'elle l'eût écouté. Elle lui sourit en espérant que son commentaire n'attendait pas de réponse. Elle ne songeait, en effet, qu'au moment où elle serait avec Jeffrey libre de retrouver leur chambre. Une agréable chaleur monta de ses seins tandis qu'elle évoquait secrètement le corps de son mari ondulant au rythme de leur passion. La vision fut si prenante que Raelynn, ratant un pas, marcha sur le pied de son partenaire. Elle vit apparaître sur le visage ridé une grimace de douleur.

Tapotant gentiment sa main, le vieil homme s'empressa de la rassurer.

— Ne vous inquiétez pas, ma petite. Ce n'est rien.

Raelynn s'en voulut de cette distraction. Elle se reprocha le vagabondage de ses pensées qui l'avait conduite à se comporter comme une gamine écervelée, et elle espéra que le vieux monsieur n'avait pas fait le lien entre sa maladresse et la rougeur de ses joues. Ou, du moins, qu'il n'avait pas songé à lui prêter des pensées concupiscentes...

— Ma chère petite, vous devriez vous reposer un peu, lui conseilla-t-il avec sollicitude, en remarquant finalement son extrême confusion. A trop danser, vous allez défaillir.

Saisissant l'occasion, Raelynn laissa son cavalier la raccompagner parmi ses invités. Son soulagement fut complet lorsqu'elle vit Jeff venir vers elle, un verre de vin à la main.

— Tenez, mon amour, voici de quoi vous remettre. Vous en avez visiblement besoin. En ce qui me concerne, je ne crois pas pouvoir avaler une gorgée de plus tant que je ne me serai pas soulagé.

— De quoi parlez-vous, Jeffrey ?

Son sourire radieux creusant ses fossettes, il se pencha vers sa femme.

— Votre naïveté me ravit, madame, murmura-t-il. Mais sachez que j'ai un besoin urgent de me retirer.

— Il pleut. Vous ne pouvez sortir, observa Raelynn.

Elle était à peine consciente de la caresse de son propre regard. Admirer son mari était devenu une habitude, presque une seconde nature, dont elle oubliait la manifestation sans cesse renouvelée.

— De fait, mon amour, il ne pleut plus depuis un moment déjà. Et puis, de toute façon, je suis tout simplement victime d'une urgence.

— Revenez vite, Jeffrey.

Avant de s'éloigner, Jeff lui adressa un clin d'œil complice, qui ravit une fois de plus le cœur de Raelynn.

Lorsqu'elle voulut se retourner, son talon lui fit soudain si mal qu'elle grimaça de douleur. A l'évidence, elle s'était fait une ampoule en dansant. Elle s'apprêtait à s'éclipser afin de mettre des escarpins plus confortables quand elle entendit derrière elle une voix profonde lui demander :

— M'accorderiez-vous cette danse, madame ?

Faisant volte-face, Raelynn découvrit Farrell Ives.

— Elizabeth m'a abandonné pour danser avec votre beau-frère, expliqua-t-il en la conduisant sur la piste. Elle espère ainsi apaiser l'anxiété qui le mine dans l'attente de l'accouchement de Heather. Mais je doute qu'elle puisse y parvenir. Je suis moi-même passé par ce genre d'épreuve, et je m'en souviens comme si c'était hier ! Je comprends donc tout à fait Brandon.

Raelynn pencha la tête de côté, étonnée.

— J'ignorais que vous étiez marié, Farrell.

— Je ne le suis pas et je ne l'ai jamais été.

— Oh, alors vous devez avoir des sœurs...

— Pas une seule. Je suis le dernier d'une famille de sept garçons.

— Dieu ! Votre père a dû être fier d'avoir tant de fils.

— Ah, certes ! Mais bien qu'aussi séduisants les uns que les autres, nous n'en avons pas moins connu des temps difficiles.

L'humour du couturier amusa Raelynn.

— Vous savez, Farrell, si je croyais à la vanité que vous affichez, je mettrais les femmes en garde contre vous. Car dans ce cas vous penseriez qu'aucune d'entre elles ne vous arrive à la cheville.

— Je me savais bel homme, observa Farrell, l'œil malicieux. Mais j'ignorais que je risquais aussi de rivaliser avec les femmes.

Raelynn éclata de rire.

— Vous êtes incorrigible !

— C'est ce que tout le monde me répète, avoua Farrell en feignant d'être navré.

— Vous devriez vous méfier, plaisanta Raelynn. Un de ces jours, quelqu'un croira sérieusement que vous êtes imbu de vous-même.

Farrell pouffa.

— Seul un idiot pourrait en arriver là.

Quand ils eurent virevolté une fois de plus autour de la piste, Raelynn leva vers Farrell un visage au front plissé.

— Vous avez soulevé ma curiosité, Farrell, remarqua-t-elle.

— Comment cela, madame ?

— Si vous n'avez jamais été marié et n'avez pas de sœurs, comment avez-vous pu connaître le sentiment qu'éprouve Brandon aujourd'hui ? Auriez-vous assisté à un accouchement ? Ou avez-vous évoqué tout autre chose ?

— J'étais présent lorsque Elizabeth a mis Jake au monde. A l'époque, son mari et moi étions d'excellents amis. C'est moi qui ai ramené son corps chez eux quand il a été tué. Ce même soir, Elizabeth a perdu les eaux devant moi, et je me suis sentis comme un poisson au bout d'un hameçon jusqu'à ce que la sage-femme vienne me montrer le bébé. Elizabeth a accouché sans le moindre cri, mais j'entendais ses gémissements de douleur. A la fin, j'avais les genoux comme de la guimauve.

— Ainsi, vous connaissez Elizabeth depuis pas mal de temps.

— J'avais rencontré son mari, Emory, lorsque je commençais à boxer. Nous nous sommes liés d'amitié à ce moment-là. Puis Emory est parti travailler en Géorgie, et, à son retour, il m'a présenté sa fiancée, le jour où elle est venue lui rendre visite avec ses parents. Je me suis dit qu'Elizabeth était la plus belle femme que j'avais jamais vue : mais évidemment elle n'était plus libre. C'est moi, en tant que témoin au mariage, qui leur ai acheté leurs alliances. Le reste est une longue histoire. Avant d'être assassiné, Emory a perdu tout l'argent du ménage au jeu. Après sa mort, Elizabeth est venue travailler pour moi et m'a aidé à faire de mon commerce ce qu'il est aujourd'hui. Mais elle doit encore se priver et économiser afin d'assurer l'avenir de son garçon. Elle veut lui éviter les difficultés qu'a connues son père à ses débuts.

— Je suis certaine qu'Elizabeth vous est très reconnaissante de l'avoir secourue quand il le fallait. Mais vous avez dû depuis lui prouver votre amitié de diverses autres manières.

Farrell ne répondit pas. Que pouvait-il dire, alors qu'il ne savait à quoi s'en tenir avec la belle Elizabeth ?

Les invités s'attardèrent beaucoup plus longtemps que Raelynn ne l'avait prévu ; il était minuit passé lorsqu'ils se décidèrent à prendre congé de leurs hôtes. Aux côtés de son époux, la jeune femme les remercia avec grâce de leur présence, mais à plusieurs reprises elle dut s'appuyer au bras de Jeff ou même contre lui. La journée avait été longue et exténuante, et bien qu'elle eût beaucoup rêvé de la nuit qui les attendait, elle n'était plus du tout certaine de pouvoir rester éveillée, ne serait-ce que pour se dévêtir.

Dans le ciel nocturne, la lune semblait lutter contre les nuages qui s'amoncelaient. Elle finit par disparaître complètement derrière une masse turbulente tandis que le vent se renforçait, empreint de l'odeur d'une pluie imminente. Les branches des arbres commençaient à s'agiter et les portes-fenêtres claquaient. Les serviteurs s'empressèrent d'aller les fermer, tandis que les invités se précipitaient vers leurs voitures. Des hauts-de-forme s'envolèrent, roulèrent dans les allées, et les manteaux se soulevaient presque à la verticale dans le dos de leurs propriétaires.

Brandon et Heather furent parmi les derniers à quitter Oakley. Raelynn observa avec un sourire attendri la touchante sollicitude dont son beau-frère entourait son épouse. Depuis qu'elle avait épousé Jeff, tant de choses étaient arrivées que Raelynn n'avait guère eu le temps de considérer la chance qu'elle avait de faire désormais partie du clan Birmingham. Elle en avait pris conscience pour la première fois à l'église, lorsqu'elle avait été séduite par la charmante famille de Brandon. Elle s'était sentie pleinement acceptée par son beau-frère et avait apprécié sa courtoisie affectueuse. Quant à la ravissante Heather, elle voyait déjà en elle une amie, une sœur.

— Vous nous avez tous enchantés, lui murmura cette dernière en l'embrassant.

— Votre présence m'a été précieuse, et je vous en remercie du fond du cœur, confia Raelynn à l'oreille de sa belle-sœur. Je me suis rendu compte que quelques demoiselles m'en veulent encore d'être la femme de Jeffrey.

— Oh, c'est certain ! acquiesça Heather en désignant d'un geste gracieux de la main le défilé de voitures qui disparaissaient dans la nuit. La frustration se lit sur le visage de ces personnes qui ont encore bien du mal à accepter le fait que mon beau-frère soit à jamais perdu pour elles.

Jeff attira Raelynn plus près de lui et observa :

— Notre mariage précipité a fourni aux Charlestoniens un sujet de conversation qu'ils entretiendront encore bien après Noël.

— Crois-moi, mon frère, intervint Brandon. Ils en ont pour plus longtemps que cela.

— Je sais, reconnut Jeff dans un soupir appuyé. Nous en entendrons encore parler lorsque nous aurons les cheveux gris.

— Voilà qui est plus juste, en effet ! répondit Brandon en tapant sur l'épaule de son cadet. Je dirais même, Jeffrey, que les commérages iront encore bon train jusqu'à ce que nous soyons dans la tombe. Et au-delà, peut-être.

— Merci pour ces paroles d'encouragement, Bran, plaisanta Jeff. Franchement j'aurais pu attendre une vingtaine d'années avant de les entendre.

— Il faut savoir regarder la réalité en face, insista Brandon, le sourire ironique.

Heather éclata de rire et glissa son bras sous celui de son mari.

— Ne soyez pas si arrogant, mon cher. Ne sommes-nous pas tout aussi sensibles aux commérages ?

— Oh, que si ! admit Brandon en posant la main sur le ventre de sa femme. Nous avons de la chance avec cet enfant. Il n'aura pas fait parler autant que Beau.

— Grâce à Jeff et Raelynn qui sont l'objet de toutes les curiosités, expliqua Heather.

Brandon prit la cape de sa femme, que lui tendait un serviteur, la posa sur ses épaules et attacha les brandebourgs de soie. En voyant Heather lui adresser une moue mutine, il lui prit le menton en riant.

— Oui, j'éprouve de plus en plus le besoin de prendre soin de vous, mon ange.

— Je sens qu'au lendemain de l'accouchement, vous m'interdirez de marcher, dit Heather en regardant son ventre.

A peine eut-elle fini sa phrase que Brandon la soulevait dans ses bras. Ignorant son cri de surprise, il remarqua :

— Pourquoi attendrais-je jusque-là, madame ? Voyez, même en ce moment, je vous trouve aussi légère qu'une plume. Et puis, j'ai plus d'autorité sur vous lorsque je vous tiens dans mes bras.

Quelle que fût la répartie de Heather, personne ne l'entendit. Elle se perdit dans les joyeux au revoir de Brandon, qui dégringolait les marches du perron en emportant sa femme vers leur voiture. La dernière image qu'offrit le couple fut celle d'une jeune femme penchée à la portière de la calèche, faisant des signes de la main et riant comme une écolière, tandis que son mari essayait de l'attirer dans ses bras.

Alors qu'un serviteur amusé fermait la porte d'entrée, Jeff, imitant son frère, souleva Raelynn et s'éclipsa avec son tendre fardeau sous le regard enchanté de Cora et de Kingston.

— Y a toujou's quelqu'un pou'mett'e quelque chose de fe'menté dans le punch, remarqua le maître d'hôtel, les épaules secouées par des petits rires saccadés.

Les appartements de Jeff offrirent au couple un repos bien doux après le tumulte de la soirée. D'autant plus doux que l'odeur rafraîchissante de l'averse flottait encore dans les pièces. La chambre leur assurait une intimité qu'aucun domestique n'aurait osé troubler. Jeff et sa jeune épouse se retrouvaient enfin à l'abri des regards.

Si Raelynn avait beaucoup songé à ce moment, elle se sentait maintenant absolument épuisée. Dès que son mari la déposa sur le lit, qu'une femme de chambre avait pris soin d'ouvrir un peu plus tôt, elle soupira d'aise, se débarrassa de ses escarpins, sourit et s'étira voluptueusement entre les draps.

— Vous devrez me déshabiller, annonça-t-elle d'une voix enjôleuse. Autrement je serai obligée d'appeler Tizzy.

— Ce ne sera pas nécessaire, madame. Je ne demande qu'à vous servir.

D'un geste familier, Jeff retourna Raelynn sur le ventre et, faisant fi de son exclamation offusquée, entreprit de défaire la longue rangée de boutons fermant la robe.

Dès qu'il eut terminé, Raelynn descendit son corselet et sa chemise de satin au niveau de sa taille. Puis, prenant un oreiller entre ses bras, elle y appuya son menton avec bonheur.

— Savez-vous, monsieur, que si vous me donnez satisfaction, je ferai de vous ma chambrière ?

Jeff lui répondit par une petite claque sur le postérieur.

— Brute ! s'écria Raelynn.

— Moi, une brute ? s'étonna Jeff.

Alors, sans la prévenir, il fit glisser d'un seul geste la robe scintillante le long de ses jambes.

— A la réflexion, déclara-t-elle dans un petit rire, je vais garder Tizzy.

Elizabeth ayant remarqué au cours d'un essayage que les pantalons faisaient une marque, sous la robe moulante, Raelynn avait choisi de ne porter que ses bas et sa chemise de satin. Jeff put donc admirer la façon charmante dont le sous-vêtement soulignait ses formes si désirables, et, pendant un long moment, il ne fut que caresses avant de poursuivre son effeuillage. Une main glissée sous un sein, il redessina de l'autre la somptueuse cambrure qui s'offrait à lui, repoussant peu à peu la chemise de plus en plus bas. Puis, quand Raelynn n'eut d'autre voile que ses bas, Jeff la retourna sur le dos et acheva de la dénuder.

Penché sur elle, il chercha son regard. Les yeux noyés de langueur, elle leva la main vers lui et caressa sa joue avec une sorte de vénération émerveillée. Elle semblait subjuguée. Emu par sa tendresse, il prit sa main et posa lentement un baiser au creux de sa paume. Des mots étranges vinrent aux lèvres de Raelynn, des mots qu'elle n'avait jamais adressés à personne jusque-là, sinon à ses parents. Elle était elle-même surprise de les prononcer aussi naturellement en de telles circonstances.

Bien qu'il fût conscient de la fatigue de sa femme, Jeff céda à la tentation d'une longue caresse. Raelynn retint son souffle, le corps en émoi. Quand la caresse se fit plus intime, elle s'ouvrit, s'offrit à lui, les yeux assombris par le désir. Elle le regarda se déshabiller, puis, les bras tendus dans sa direction, l'invita à s'allonger sur elle.

Beaucoup plus tard, la tête sur l'épaule de son mari, une

jambe pliée en travers de ses cuisses musclées, elle glissa dans le sommeil en murmurant quelque chose. Tendant l'oreille, Jeff ne perçut finalement que le doux soupir qui s'échappait de ses lèvres.

Calant plus confortablement l'oreiller sous sa nuque, il sourit, le regard levé vers le plafond. Il devinait ce que Raelynn avait murmuré, mais peut-être se laissait-il influencer par son imagination.

9

Soudain Raelynn s'éveilla, parcourue d'un sentiment étrange. Les doubles-rideaux que l'on avait tirés sur les portes-fenêtres étaient maintenant ouverts, et elle pouvait voir la lune d'octobre, que masquaient par intermittence des nuages vaporeux poussés par le vent d'est. Les arbres bruissaient, et les branches des chênes verts tapaient doucement sur la façade de brique de la maison. En dehors de ces bruits légers, régnait un silence de mort.

Espérant être vite réconfortée, elle étendit le bras sur le côté. Malheureusement, la place de Jeff était vide, et ce fut en vain qu'elle scruta les coins les plus sombres de la chambre.

— Jeffrey ? appela-t-elle à voix basse.

La confusion s'empara d'elle devant l'absence d'un écho. S'éclaircissant la gorge, elle prit une voix plus forte.

— Jeffrey ? Où êtes-vous ?

Là encore elle se heurta au silence. Intriguée, elle se leva, enfila précipitamment le déshabillé que Jeff avait laissé sur un fauteuil, chercha à tâtons le briquet à amadou sur la table de nuit et parvint à allumer la lampe à pétrole. En jetant un coup d'œil à l'horloge, sur le manteau de la cheminée, elle constata qu'il était seulement une heure et demie du matin.

Elle avait dû dormir trois quarts d'heure, pas plus. Mais où était donc Jeffrey ? Pourquoi s'était-il levé ?

Surprise par la fraîcheur de la nuit, elle avança vers le balcon en se frottant les bras. Il était inutile de s'habiller. Jeffrey ne devait pas être loin, se dit-elle afin de se rassurer.

Mais elle ne trouva personne dehors et, de plus en plus troublée, elle dut admettre qu'elle était seule, tout à fait seule.

Jeffrey n'avait encore jamais quitté ainsi leur lit en plein milieu de la nuit. Elle ne comprenait pas ce qui avait pu se passer. Avait-il entendu un bruit suspect ? Elle pensa aussitôt à Gustav et frissonna. Ce butor avait peut-être osé revenir avec ses acolytes pour se venger de Jeff.

— Jeffrey, où êtes-vous ? appela-t-elle désespérément.

Soudain, elle fut en proie à une émotion aussi bouleversante que le chagrin qu'elle avait éprouvé à la mort de ses parents. Craignant pour la sécurité de Jeff, elle se sentit perdue, abandonnée. Sa vie semblait avoir basculé en un instant. La féerie avait cédé la place au vide et à la misère.

Elle porta une main tremblante à sa gorge. Alors qu'elle scrutait les ombres qui l'entouraient, une évidence se fit jour dans son esprit.

— Oh, Jeffrey... murmura-t-elle. Qu'as-tu fait à mon cœur ?

Cette fois-ci, elle n'attendit pas de réponse. Son émotion l'instruisait suffisamment. Tout ce qu'elle avait éprouvé jusque-là se trouvait transcendé par cette chaleur qui se répandait en elle comme un cours d'eau nourricier, chargé de joie, de sérénité, de bienveillance, de dévotion, et... Raelynn pencha la tête de côté, tandis qu'elle cherchait à nommer avec justesse ce qu'elle ressentait. Elle n'était plus simplement séduite, fascinée par un homme. Mais était-ce bien cela que l'on appelait l'amour ?

Du coin de l'œil, elle aperçut un court instant une lueur lointaine et vacillante. Mais elle disparut aussitôt pour se fondre dans l'obscurité à peine pommelée par la clarté de la lune jouant dans le feuillage des grands chênes. Intriguée, Raelynn plissa les yeux, fouilla les ombres, mais ne vit plus rien. Le vent agitait les branches, et les dernières gouttes de pluie tombaient des frondaisons. Elle balaya une dernière fois du regard le fond de la nuit, et les branches basses d'un chêne vert, en plongeant vers le sol sous le souffle du vent, lui révélèrent alors une faible lueur semblant venir des écuries.

Habituellement, à cette heure, les entraîneurs et les grooms dormaient. Cependant, s'ils percevaient quelque chose d'anormal, ils n'hésitaient jamais à interrompre leur sommeil.

Raelynn rentra précipitamment dans la chambre et, résolue à aller voir ce qui se passait, enfila des escarpins. Tremblante de la tête aux pieds, elle courut à travers la pelouse jusqu'au seuil des écuries dont la porte était ouverte. La lumière provenait d'une lanterne suspendue à une poutre, dans le box de Fortuna. Mais la jument était invisible. Une brusque angoisse saisit Raelynn à l'idée que la belle Fortuna, peut-être prise de coliques, s'était effondrée sur sa litière.

Pétrie d'anxiété, Raelynn s'élança vers le box. Mais, soudain, elle perçut un braillement et s'immobilisa.

Un bébé ? Il y avait un bébé dans les écuries ? Comment était-ce possible ?

Elle courut vers le box, fit glisser le loquet, s'apprêta à entrer, mais se figea de nouveau brutalement. A la place de Fortuna s'étalait un spectacle cauchemardesque. Il y avait du sang partout : sur la sciure qui servait de litière ; sur une robe jaune ; sur une main aux doigts à demi recourbés qui ressemblait à la main d'une poupée de chiffon ; sur le petit paquet de linges d'où sortaient les hurlements d'un bébé.

Une main sur sa bouche, Raelynn étouffa un cri d'horreur pendant qu'elle attardait son regard sur le corps frêle étendu sur la litière. Bien que la jupe fût entièrement couverte de sang, la blessure semblait située au niveau du ventre.

Quand son regard remonta vers le visage de la victime, Raelynn reconnut Nell et ses cheveux blonds, Nell et ses traits presque enfantins.

— Nell...

Sous le choc, l'exclamation de Raelynn ne fut qu'un

murmure effaré. A peine eut-elle le temps de se ressaisir qu'une haute silhouette masculine se dressa soudain dans l'ombre. Raelynn laissa échapper un cri d'effroi et recula en vacillant, persuadée que l'assassin de la jeune fille allait maintenant s'attaquer à elle. Puis la lanterne éclaira le visage de l'homme.

— Jeffrey ? Que faites-vous... ?

Stupéfaite, Raelynn remarqua le couteau que Jeff tenait encore à la main, un couteau à la lame aiguisée et au manche en forme de tête de bélier.

— Raelynn... dit-il d'une voix qui semblait venir d'un vallon lointain.

Il fit alors un pas en avant, sa main libre tendue vers elle, le visage blafard, la bouche crispée, les yeux étrangement obscurcis par une émotion que sa femme ne lui connaissait pas. Moins de deux heures plus tôt, ils avaient fait l'amour comme un couple passionné. Et, sur le balcon, ne venait-elle pas de s'avouer que cet homme avait fait chavirer son cœur à jamais ?

Elle regarda de nouveau l'arme qu'il ne songeait pas à lâcher, puis le cadavre de la jeune fille. En l'espace d'une seconde, tout ce qu'elle avait éprouvé pour ce séduisant mari, la révélation d'un bouleversement de tout son être, la joie qu'elle avait connue dans les bras de cet homme et dans sa splendide demeure, tout cela venait d'être balayé par le retour de frayeurs et de doutes cruels, par le souvenir de la trahison qui avait frappé ses parents chéris, par la certitude que le conte de fées était terminé. Son bonheur tout neuf s'était brusquement noyé dans une mare de sang. Un cri désespéré monta du plus profond de son être, un cri que, cette fois-ci, elle fut incapable de contenir.

— Nooooon !

Horrifiée par le doute qui l'assaillait, Raelynn recula. Jeff resta un instant pétrifié, puis, marmonnant un juron, il jeta le couteau ensanglanté sur la litière et s'avança vers sa femme.

— Ecoutez-moi, Rae...

D'un geste de la main, elle lui intima l'ordre de se taire. Aveuglée par les larmes, elle se détourna et, rassemblant ses forces, s'élança hors des écuries en direction de la maison. Mais oui, elle aurait dû s'en douter ! Jeffrey, leur mariage, l'amour qu'elle se découvrait pour lui : tant de perfection ne pouvait être qu'un leurre ! un mensonge ! une illusion perfide !

Le cœur battant à se rompre, des sanglots dans la gorge, Raelynn lança un coup d'œil embué de larmes par-dessus son épaule et vit son mari la poursuivre d'un pas précipité. Affolée, elle monta les marches du perron, et, reprenant son souffle entre deux sanglots, elle essuya d'un geste du bras son visage inondé de pleurs avant de rejoindre leur chambre en quête d'un recoin où se cacher. Mais Jeff connaissait trop bien la pièce pour qu'elle pût s'y sentir en sécurité. En attendant de trouver un moyen sûr de lui échapper, elle devait donc imaginer une astuce pour empêcher son mari d'aller droit au but.

Accablée de peur, exténuée d'avoir tant couru, elle fit claquer les portes-fenêtres derrière elle, traversa la chambre, puis se précipita dans le corridor en refermant doucement la porte après son passage. A peine s'était-elle enfermée à double tour dans sa propre chambre qu'elle entendit des pas dans le couloir. En moins de trois minutes, Jeff avait découvert sa ruse.

Il vérifia que la porte était fermée avant de frapper. Conscient de l'état d'esprit dans lequel se trouvait sa jeune femme, il s'efforça de parler avec douceur à travers les panneaux de chêne.

— Raelynn, mon amour, je vous en prie, n'ayez pas peur de moi. Je n'ai pas tué Nell. Vous devez me croire.

Recroquevillée sur le lit, frissonnante de frayeur, rompue par des émotions déchirantes, Raelynn étouffa ses sanglots d'une main tremblante. Dans l'obscurité qui l'entourait, elle fixa aveuglément les battants de la porte qui faisait barrière entre elle et l'homme qui était devenu son époux et son amant. Il marmonna un juron, puis elle l'entendit avec soulagement regagner sa chambre. Une porte s'ouvrit et se referma. L'oreille tendue, elle ne discerna plus aucun bruit, et le silence semblait s'éterniser quand un pas feutré sur le balcon et l'éclat d'une lampe qui se rapprochait la firent se relever d'un bond. Elle avait oublié qu'à l'usage des serviteurs une porte-fenêtre restait toujours ouverte.

Une seconde avant que son mari atteignît la porte vitrée, Raelynn poussa le verrou, assurant ainsi sa sécurité, du moins temporairement. Dans la lumière de la lampe à pétrole, ils se firent face, à deux doigts l'un de l'autre, mais séparés par les vitres et, surtout, par l'horrible suspicion qui s'était installée dans le cœur de Raelynn.

Il eût suffi à Jeff d'un coup de botte pour casser la porte, mais il savait parfaitement que ce serait le meilleur moyen d'augmenter la frayeur de Raelynn et de renforcer le doute épouvantable qu'elle nourrissait à son égard. Il devait d'abord commencer par apaiser sa peur.

Rencontrant son regard voilé par les larmes, Jeff s'appliqua à s'exprimer calmement.

— Mon amour, je comprends que vous ayez eu un terrible choc, mais vous n'avez aucune raison de me redouter. Quand je suis arrivé au haras, Nell était déjà morte. Je l'ai entendue crier alors que je tombais de sommeil, et je suis allé voir ce qui se passait. Ouvrez-moi votre porte, Raelynn, et laissez-moi vous parler. Je ne vous ferai aucun mal. Jamais je ne vous en ferai.

Obsédée par la vision de la jeune fille étendue sans vie dans le box de la jument, Raelynn écoutait à peine. Pourquoi

Nell était-elle revenue à Oakley alors que Jeff lui avait fermement recommandé de ne plus jamais se montrer chez lui ? Evidemment, dans l'agitation de l'arrivée puis du départ des invités, la présence de Nell avait très bien pu passer inaperçue. D'autant que l'on avait réquisitionné les grooms pour abreuver les nombreux attelages venus de l'extérieur. Et, une fois leur tâche accomplie, les employés avaient dû rejoindre leurs quartiers respectifs pour y passer la nuit.

Il était possible que Nell fût revenue afin de quémander un soutien financier pour l'enfant, cet enfant dont elle attribuait la paternité à Jeff. Après tout, pourquoi l'homme qui donnait un bal aussi somptueux en l'honneur de sa femme ne pouvait-il pas lui accorder une pension pour le bébé ? Raelynn avait déjà constaté que la jeune fille ne comprenait pas le refus catégorique de Jeff. Mais ce que Jeff refusait, c'était évidemment de céder à un chantage. S'il avait déboursé une somme importante pour soustraire une jeune Noire aux mauvais traitements de son maître, il n'avait aucune envie de donner un seul centime sous la menace. La résolution dont il avait fait preuve, Raelynn l'avait aussi observée, autrefois, chez son père, et elle n'y avait rien vu d'inquiétant. Mais Nell avait peut-être poussé Jeff à bout. N'avait-il pas menacé de l'étrangler, la dernière fois ? Et sous l'effet de la colère, il avait pu perdre son sang-froid et mettre un terme au harcèlement dont il était l'objet.

Raelynn eût aimé croire plus longtemps que son séduisant mari était incapable de faire du mal à une femme, de quelque façon que ce fût, mais elle ne pouvait oublier ce qu'elle avait découvert de ses propres yeux. C'était bien l'arme du crime qu'elle avait vue dans la main de Jeff, ce couteau qui lui appartenait et qu'il gardait d'habitude sur le secrétaire de sa chambre. Comment aurait-elle pu effacer de sa mémoire ces faits incontestables ?

Son extrême désarroi se refléta sur son visage baigné de

larmes intarissables. Jeff était son mari. Il l'avait arrachée au destin sordide que lui réservait Gustav Fridrich, lui avait ouvert les portes d'un monde luxueux et l'avait initiée aux joies du mariage et de la chair. Cependant, pour l'heure, elle éprouvait l'impression de ne rien connaître de son si bel époux. Elle savait par expérience combien l'on peut se tromper sur les gens et les laisser facilement vous trahir. Elle avait vu son père accusé de traîtrise par des gentilshommes de son propre entourage. Quant à sa mère, qui avait cru retrouver Cooper Frye le frère que l'on disait disparu en mer, sa confiance imméritée en ce gredin lui avait été fatale. Au bout du compte, se fier à quelqu'un, d'une façon générale, était une entreprise fort risquée...

— Je vous en prie, Jeff, laissez-moi, articula Raelynn entre deux sanglots, en évitant le regard de son mari.

Derrière la vitre, les yeux d'émeraude qui la suppliaient de comprendre n'avaient-ils plus le pouvoir de la troubler jusqu'à l'âme ?

— J'ai besoin de temps pour essayer d'y voir un peu plus clair. En tout cas pour surmonter le choc.

Quand Jeff leva la main pour tenter une nouvelle fois de l'apaiser, il suivit le regard de sa femme, fixé sur ses doigts, et remarqua des taches de sang. Lentement il baissa le bras et soupira, désormais convaincu qu'il était inutile d'insister. A l'évidence, il terrifiait Raelynn. Il s'éloigna alors à pas lents, abattu, laissant sa jeune épouse se débattre avec ses sombres pensées.

A bout de forces, parcourue de tremblements si violents qu'elle tenait à peine debout, Raelynn tituba jusqu'à son lit et s'y écroula en sanglotant, le visage enfoui dans l'oreiller. Une horrible sensation lui nouait l'estomac et refusait de céder la place à la raison et à la confiance. C'était comme si Jeff avait déjà été jugé, condamné, et qu'il ne restait plus qu'à attendre sa pendaison.

Fatiguée par tant de tourments, Raelynn finit par sombrer dans une sorte de stupeur, où sa conscience de plus en plus obscurcie la fit bientôt pénétrer dans le profond vallon de l'oubli.

— Seigneu', missié Jeff'ey ! Vous êtes blessé ?

Tombé de son lit, Kingston avait attrapé sa robe de chambre, s'était précipité dans l'escalier, et ses paupières lourdes de sommeil papillonnaient encore quand il vit son maître approcher. La vue du sang lui fit écarquiller les yeux, tandis que sa mâchoire s'affaissait.

Bien que sa chambre fût située au dernier étage, il avait été réveillé par des claquements de portes et avait pris le temps de s'emparer du robuste bâton qu'il gardait sous son lit depuis l'irruption à Oakley de Gustav Fridrich. Mais en voyant Jeff, Kingston se demanda s'il n'aurait pas été mieux avisé d'emporter la petite pharmacie de secours.

Conscient du spectacle morbide qu'il offrait avec ses vêtements et ses mains tachées de sang, Jeff commença par rassurer son maître d'hôtel en quelques mots avant de lui communiquer ses instructions.

— Ce n'est pas mon sang, Kingston. Mais celui de Nell. Elle a été poignardée dans les écuries. Son bébé est là-bas. Il hurle mais il n'est pas blessé, pour autant que je sache. Ce que je te demande, c'est d'aller le chercher et de lui trouver une nourrice. Mais attends-toi à découvrir une scène horrible. L'assassin de Nell a fait un sale travail.

Jeff s'interrompit, le temps de dissiper dans son esprit le tableau macabre qu'il évoquait. Puis il poussa un soupir troublé.

— Envoie un des grooms à Charleston prévenir le shérif. En attendant qu'il arrive, demande à Sparky et à Thaddeus de fouiller le box. Ils trouveront peut-être quelque chose qui nous mettra sur la piste de l'assassin.

Kingston l'avait écouté, bouche bée.

— Oui, missié Jeff'ey, finit-il par répondre après avoir avalé sa salive avec difficulté. Je vais fai'e ça tout de suite. Mais vous avez peut-êt'e besoin de quelque chose, d'abo'd ? Vous avez l'ai' bien cont'a'ié.

Jeff tentait d'imaginer à cet instant-là les motivations du criminel, dont il se jurait de trouver rapidement le nom.

— Je le suis, en effet, Kingston, mais il n'y a pas de remède. Il me faudra sans doute un certain temps pour me remettre d'une vision si brutale. Et quand je repense à ma dernière confrontation avec Nell, j'imagine qu'il se trouvera plus d'une personne pour m'accuser.

— Oh, non, missié Jeff'ey ! le rassura Kingston en secouant vigoureusement la tête. En tout cas, aucun d'ent'e nous se di'ait une chose pa'eille. Ça ne vous 'essemble pas. Vous avez jamais été violent avec un se'viteu'. Même pas, non plus, avec cette tête de mule de B'utus. On vous a jamais vu assez en colè'e pou' so'ti' vot'e c'avache, missié Jeff'ey.

— J'étais très en colère contre Nell, observa Jeff.

— Ça, c'est sû'. Et moi aussi. Mais vous aviez une bonne 'aison de l'êt'e, ap'ès ce qu'elle vous avait fait. Se glisser comme ça dans vot'e lit et ensuite 'aconter que vous lui avez fait un enfant ! J'étais si en colè'e que je l'au'ais bien fouettée moi-même.

— Il y a un bébé dans les écuries qui crie parce qu'il est affamé, Kingston, rappela Jeff à son serviteur. Nous ne devrions pas prendre le temps de discuter ainsi quand ce petit garçon a besoin d'être nourri.

— Oui, missié Jeff'ey. Je vais le che'cher.

Dès qu'il fut de retour dans ses appartements, Jeff retira ses vêtements ensanglantés. Puis il se savonna les mains, le visage et le torse, en songeant qu'il aimerait pouvoir se débarrasser aussi facilement de la scène macabre qui le hantait.

Vêtu de frais, il prit une lampe, sortit sur le balcon et se dirigea vers les portes-fenêtres de la chambre où sa femme s'était réfugiée. La pièce était plongée dans l'obscurité, mais la lampe lui permit d'apercevoir Raelynn, lovée sur le lit, sans que le faible éclairage provoquât de réaction. Traumatisée, elle avait dû sombrer dans le sommeil, supposa Jeff.

C'était tout aussi bien, conclut-il. Dormir ne pouvait que l'apaiser, et s'il avait pensé trouver le sommeil, lui aussi, il serait allé se coucher immédiatement. Mais les suppliques que lui avait adressées Nell résonnaient encore à ses oreilles, et le remords le taraudait maintenant. Après tout, il aurait pu venir en aide à cette jeune fille égarée, sans pour autant avoir le sentiment de céder à un chantage.

Pensif, Jeff laissa échapper un soupir douloureux qui lui permit de se rendre compte à quel point il était crispé. Il lui fut ensuite facile de comprendre le choc qu'avait dû subir Raelynn. Ne l'avait-elle pas vu, le couteau à la main, ce couteau qu'on lui avait évidemment subtilisé pendant qu'ils dansaient ? N'importe qui, au cours de la soirée, avait pu entrer dans ses appartements et s'en emparer. Et c'était bien ce qu'avait fait le meurtrier de la jeune Nell.

Inquiet du sort de l'enfant, Jeff redescendit et tomba sur Kingston à l'instant même où celui-ci revenait avec le bébé dans ses bras.

— Quelle ho"eur, missié Jeff'ey ! commenta Kingston en couvrant les hurlements du nourrisson. J'avais jamais vu jusqu'ici une femme poigna'dée. Et je pensais pas qu'une petite femme comme Mlle Nell pouvait pe'd'e tant de sang. J'ai bien c'u que son ga'çon était blessé lui aussi, avec tout ce sang su' ses linges et ces c'is à soulever le toit. Mais, comme vous l'aviez dit, missié Jeff'ey, il a 'ien. Sinon t'ès faim.

Jeff jeta un coup d'œil au bébé qui faisait de son mieux pour manifester sa détresse. Il était impossible d'émettre un jugement précis quant à la ressemblance de l'enfant. En dehors des cheveux noirs, Jeff ne voyait pas en quoi les déclarations de Nell pouvaient être fondées.

— Tu as trouvé une nourrice ? demanda-t-il finalement à son serviteur.

— Oui, missié Jeff'ey. La femme de l'intendant a p'oposé d'allaiter missié Daniel en même temps que son petit. Faut pas s'en fai'e, qu'elle a dit.

Kingston jeta un coup d'œil vers le corridor en entendant un bruit de pas précipité. Il fit un signe de tête à l'adresse de la gouvernante dès qu'il la vit apparaître.

— Voilà Co'a. Elle vient che'cher le bébé pou' Mme Fergus.

Cora prit dans ses bras le nourrisson qui ne cessait de hurler et vérifia à son tour que le sang sur la couverture n'était pas celui de l'enfant.

— Ne vous inquiétez pas, missié Jeff'ey. On va p'end'e soin de ce pauv'e petit bonhomme.

Rassuré au sujet de l'enfant, Jeff retourna aux écuries et éprouva un certain soulagement en constatant qu'un drap recouvrait le corps de Nell. Sparky, qui venait de fouiller la litière avec Thaddeus, s'avança vers lui.

— On n'a rien trouvé, monsieur Jeffrey.

L'entraîneur regarda du coin de l'œil le cadavre recouvert.

— On a cherché partout, sauf sous le corps de Mlle Nell, précisa-t-il.

Jeff eut pitié des deux hommes.

— Le shérif le fera, assura-t-il.

Visiblement soulagé, mais encore nerveux, Sparky eut une succession de hochements de tête. Thaddeus sortit à son tour du box en haussant les épaules.

— Monsieur Jeffrey, on a interrogé tous les grooms, mais pas un n'a entendu ou vu quelque chose pendant la nuit.

Jeff jeta un regard vers les autres box, puis revint à Sparky, les sourcils froncés.

— Mais où est Fortuna ?

— On avait mis la jument dans le paddock d'à côté hier soir, expliqua le jeune homme. Mais, depuis, elle a disparu.

— Pour quelle raison, grands dieux, l'aviez-vous sortie ? Vous savez bien, les uns et les autres, que si l'envie la prend, elle est capable de sauter par-dessus toutes les clôtures de la propriété.

— C'est qu'elle n'arrêtait pas de donner des coups de pied contre le box voisin. Elle était tellement nerveuse qu'on a cru qu'elle allait tout démolir. Je vous assure, monsieur Jeffrey, elle était plus folle qu'une chienne en chaleur. A la minute où j'ai ouvert le box, elle est sortie comme si elle avait le poil en feu. J'ai cru qu'elle allait me piétiner.

— Aurais-tu remarqué quelqu'un dans le box ?

— Vous savez, monsieur Jeffrey, j'ai eu juste le temps de l'attraper pour qu'elle ne se sauve pas. J'ai pas eu l'idée de prendre une lanterne et de regarder dans le box. Surtout que j'avais aucune raison de le faire.

— Tu te souviens de l'heure à laquelle c'est arrivé, Sparky ? demanda Jeffrey.

L'entraîneur se gratta le menton en réfléchissant.

— Peut-être bien autour de onze heures. Ou un peu plus tard. Je ne sais plus exactement.

— Fouille le box voisin. Tu trouveras peut-être quelque chose. Si un étranger s'y cachait, cela pourrait expliquer la nervosité de Fortuna.

— Sûr ! Elle se laisse pas approcher comme ça.

Thaddeus jeta un regard accablé à la forme humaine qui gisait sous le drap et secoua la tête.

— Qu'est-ce qu'on peut avoir dans le ventre pour faire une chose pareille, monsieur Jeffrey ? Tuer une petite qui vient d'avoir un bébé, faut être le diable en personne !

Effectivement, songea Jeff. Assassiner une jeune mère était l'acte le plus sauvage qui fût. Les gens allaient être horrifiés. Et, pour comble de malheur, il avait fallu que cela se produisît chez lui. Il devait se rendre à l'évidence : Raelynn ne serait pas la seule à le suspecter dans cette affaire.

Les larmes de sa femme et la frayeur qu'elle avait éprouvée en le découvrant dans le box revinrent frapper son esprit. Que lui restait-il à faire, sinon tenter encore de la persuader de son innocence ?

— D'autres chevaux ont-ils disparu, Sparky ?

— Pas que je sache.

— Ecoute. Envoie quelqu'un chercher Elijah, Le Fils du Loup. Je voudrais savoir ce qu'il peut faire.

— Tout de suite, monsieur Jeffrey.

De retour à la maison, Jeff s'installa devant son secrétaire et se plongea dans ses livres de comptes en attendant l'arrivée du shérif Townsend. Une heure plus tard, on frappa à sa porte. Dès qu'il eut répondu, Kingston apparut.

— Elijah est ici, missié Jeff'ey.

— Fais-le entrer.

Un homme d'environ vingt-cinq ans, grand et mince, pénétra dans la pièce, le chapeau à la main. Visiblement, on l'avait arraché à son sommeil, mais il avait néanmoins eut le réflexe de revêtir son costume traditionnel : vêtements de daim et mocassins. Le nez aquilin, les traits taillés à la serpe, il avait les cheveux lisses et coupés à grands coups de ciseaux au niveau de la nuque. Légèrement cuivrée, sa peau sombre révélait son métissage. On disait que sa mère, une belle esclave mulâtre, avait été enlevée par un guerrier indien qui l'avait ensuite épousée. Deux ans plus tard, une tribu voisine avait saccagé le campement de son mari, qui avait été tué au cours du raid, et la belle métisse s'était enfuie avec son enfant. Par la suite, elle avait mené une vie difficile avec son fils dans les faubourgs de Charleston. Une pneumonie l'avait emportée, alors qu'Elijah n'avait que douze ans.

La voix profonde du jeune homme, traqueur renommé, résonna dans la pièce.

— Vous m'avez envoyé chercher ?

— Oui. Et je te remercie d'être venu immédiatement. T'a-t-on mis au courant des événements ?

— Sparky m'a donné des détails en chemin.

— La jeune fille a été assassinée dans mes écuries. Le corps est encore dans l'un des box. Vois ce que tu peux trouver sur place. Commence par les empreintes sur le sol. Si certaines n'appartiennent pas à mes employés, tu essaieras de voir où elles mènent. Si elles s'arrêtent là où a stationné une voiture ou une charrette, on pourra déjà se dire que notre homme est venu ou reparti avec un attelage. Et si, à côté de ces empreintes, se trouvent aussi celles de Nell, il sera possible d'en conclure qu'elle est venue avec son assassin. Mais je te laisse faire ton travail.

Toute trace de sommeil avait disparu dans les yeux d'Elijah. Il avait maintenant le regard alerte du traqueur.

— Sparky m'a dit qu'il a plu ici, la nuit dernière. Des empreintes ont peut-être été effacées.

Jeff sourit. L'habileté d'Elijah était légendaire, aussi bien en Caroline du Nord qu'en Caroline du Sud. Quelques années plus tôt, le jeune homme avait été amené à rechercher un enfant disparu dans une zone rocheuse, et pas un seul instant il n'avait perdu sa trace. Le petit avait été remis à sa famille sain et sauf. D'autres histoires semblables témoignaient de son talent de traqueur, c'est pourquoi Jeff était persuadé que le jeune homme pouvait découvrir ce qui échappait aux autres.

— Fais de ton mieux, Elijah. Le shérif Townsend ne va pas tarder à arriver. Si tu trouves quelque chose, cela l'aidera dans son enquête sur cet ignoble assassinat.

Quand Elijah fut ressorti, Jeff se mit à arpenter son bureau. Sans cesse il revoyait le visage horrifié de Raelynn, et il devait se retenir pour ne pas monter quatre à quatre les escaliers et la prier de lui expliquer comment elle pouvait voir en lui un assassin. Il se sentait profondément offensé par son refus de l'écouter. Certes, ce qu'elle avait vu aurait bouleversé n'importe quelle femme, et il admettait qu'il ne servirait à rien de la brusquer. S'il devait la revoir tremblante de peur devant lui, il en aurait le cœur arraché. Non, songea-t-il, non ! Il valait mieux lui laisser le temps de faire la part des choses. Peut-être alors retrouverait-elle la confiance inébranlable qu'une épouse doit à son mari.

Tout en buvant à petites gorgées la tasse de café que Kingston lui avait apportée, Jeff se tourna vers les fenêtres. Jamais il n'aurait imaginé qu'à une soirée magique succéderait une journée comparable à l'enfer. Tristement il regarda l'aube se lever sur Oakley et poussa un soupir de lamentation.

10

Le soleil venait d'apparaître au-dessus de l'horizon boisé quand deux cavaliers arrivèrent à Oakley : le messager que l'on avait dépêché en ville et le shérif Rhys Townsend. Ce dernier s'empressa de mettre pied à terre et se dirigea à grands pas vers le perron. Quand il monta les marches, Jeff était déjà là pour l'accueillir.

— Merci d'être venu si rapidement, Rhys.

Le shérif enleva son chapeau tandis qu'il suivait son ami dans le grand hall.

— Ton homme m'a expliqué qu'une femme avait été poignardée chez toi. Comment cela a-t-il pu arriver ?

Jeff fit signe à Rhys d'entrer dans son bureau.

— Allons discuter ici, si tu veux bien.

Le shérif acquiesça et, une fois dans la pièce, se laissa tomber dans son fauteuil favori. Quelques instants plus tard, Kingston leur apporta du café et remplit les tasses. Rhys Townsend le remercia avec gratitude et demanda même au serviteur de laisser la cafetière.

— Si je dois rester éveillé, Kingston, je vais avoir besoin de boire quelques tasses. Certaines personnes n'ont aucun scrupule à retenir un bonhomme jusqu'au petit matin, pour le faire ensuite sortir de son lit une heure après qu'il est enfin couché !

En dépit de l'état de choc dans lequel il se trouvait encore, Kingston parvint à esquisser un sourire.

— Ah, ça, missié'hys, je vous comp'ends !

Alors que Kingston se retirait et que le shérif avalait d'une traite sa tasse de café, Jeff alla s'appuyer contre son secrétaire, sollicitant ainsi l'attention de son ami. Dès qu'il rencontra son regard, il lui exposa les faits.

— J'allais m'endormir quand j'ai entendu un cri de femme. Il était environ une heure, et j'ai eu l'impression que cela venait des écuries. Je suis descendu, armé d'une lampe, pour voir ce qui se passait, et j'ai découvert Nell dans un box avec son bébé. Elle était mourante, mais elle a trouvé la force de me supplier de lui enlever le couteau. Ce que j'ai fait, tout en essayant d'arrêter l'hémorragie. Mais la pauvre s'en allait. Elle m'a aussi demandé de la serrer contre moi, comme si elle voulait partir en se disant que j'avais de l'affection pour elle. J'ai accepté. Elle est morte dans mes bras.

Jeff secoua la tête en revoyant la scène.

— Je n'arrive pas à imaginer comment on peut commettre un crime si monstrueux. Quel âge avait-elle ? Seize ans, je pense. Pas plus.

— Est-ce qu'elle t'a dit quelque chose au sujet de son assassin ? Quelque chose qui pourrait nous aider à l'identifier ?

— Non. Elle se préoccupait du sort de son enfant. Elle m'a demandé de lui trouver quelqu'un qui puisse s'en occuper.

— Elle se rendait donc compte qu'elle était en train de mourir.

— Oui. Probablement. Elle avait perdu beaucoup de sang.

— Et pourtant elle n'a pas cherché à te parler du criminel ?

— Non. Elle n'y a fait aucune allusion. Elle semblait simplement être un peu réconfortée par ma présence.

Le visage de Jeff s'assombrit, tandis qu'il revoyait l'image de la jeune fille mourante qui lui avait été reconnaissante d'être présent au moment de sa mort.

— Elle a passé sa main sur ma manche et a tenté de me sourire, ajouta-t-il finalement.

— Et qu'as-tu fait ensuite ?

Jeff hésita, peu disposé à parler des soupçons de Raelynn à son égard. Il ne pouvait cependant pas s'abstenir de répondre.

— Je me suis tenu dans un coin du box, les yeux fixés sur le corps de Nell, effaré par la sauvagerie de cet assassinat. Et puis ma femme est arrivée. Elle avait elle aussi été réveillée. Mais par quoi, je ne sais pas exactement. Elle me cherchait sans doute. Evidemment, elle a été bouleversée quand elle a vu Nell.

— Où est-elle en ce moment ?

— En haut. Elle dort. Enfin, elle dormait quand je suis redescendu. Je préférerais pour l'instant qu'on la laisse tranquille, Rhys.

— D'accord. Je lui parlerai plus tard.

Le shérif se pencha vers la cafetière en argent, la prit et se servit.

— Tu crois que Nell serait venue jusqu'ici, par curiosité, pour voir le bal et tes invités ?

Le regard perdu au fond de sa tasse, Jeff se demanda ce qu'il devait dire. Mais, au risque de devenir le premier suspect, il préféra parler des accusations proférées par Nell, quelques semaines plus tôt.

— En ce qui concerne hier soir, je ne sais pas, expliqua-t-il à Rhys. Mais elle était déjà venue, mi-juillet, peu après que tu as fouillé l'entrepôt de Fridrich avec tes hommes. Ici, sur le perron de cette maison, elle m'a accusé d'être le père de son enfant. Quand ma femme est sortie, Nell a eu l'audace de nous dire que nous devrions nous séparer. Fin juillet, je l'ai entraperçue à la maison de couture de Farrell, où elle venait d'être embauchée. Et puis, il y a environ une semaine, elle est revenue dans le but de montrer que son nourrisson me ressemblait.

Devant l'air circonspect du shérif, Jeff leva la main pour l'empêcher de parler. Rhys savait pousser les gens à la confidence par de simples mimiques. Toutefois, il n'avait pas eu besoin d'exercer son talent pour que Jeff parlât des accusations de Nell. Celui-ci avait tout simplement craint qu'il en fût informé tôt ou tard par les serviteurs. Sous ses airs d'amuseur public qu'il se donnait parfois, le shérif Townsend était en vérité un fin limier.

— Tu sais, Rhys, s'il y a effectivement une certaine ressemblance entre le bébé et moi, c'est sans doute parce que son géniteur me ressemble. Moi, je ne suis en rien concerné.

Après un soupir, Jeff décida de reprendre ses explications au début.

— Il y a plus d'un an, j'avais engagé Nell pour broder des monogrammes sur du linge. On m'avait dit qu'elle était habile dans ce domaine. Et d'ailleurs j'en étais très satisfait, et je la payais bien. Malheureusement, une nuit, pendant mon sommeil, elle s'est glissée dans mon lit et a commencé à m'entreprendre. Je me suis réveillé en croyant que je rêvais, mais quand j'ai compris ce qui se passait, j'ai aussitôt prié la demoiselle de prendre la porte.

— Les choses ne sont donc pas allées jusqu'au bout.

— Oh, non ! Si elle était vierge en se glissant dans mon lit, elle l'était encore quand elle est partie. Mais comme j'avais quand même bien failli passer à l'acte alors que je n'avais pas encore ouvert les yeux, j'ai jugé bon de me séparer d'elle. Je ne voulais pas m'exposer à une défaillance. Dès que son baluchon fut prêt, Thaddeus l'a conduite à Charleston et lui a loué une chambre. A l'évidence, il ne lui a pas fallu longtemps pour se trouver un homme, puisqu'elle a eu son bébé pratiquement neuf mois après que je l'ai renvoyée.

— Crois-tu qu'elle ait cherché à être enceinte dans l'unique but de te faire porter le chapeau ?

— Je n'en sais rien. Je n'ai jamais fait l'effort de

comprendre son raisonnement. Pour moi, elle n'était rien de plus qu'une enfant. Crois-moi, Rhys, quand je me suis rendu compte qu'elle était dans mon lit, j'ai eu l'impression de faire un plongeon dans de l'eau glacée.

— Apparemment, elle était amoureuse.

— Elle s'était peut-être entichée de moi, oui. Mais ça lui aurait passé avec le temps...

— Ta femme s'est-elle réveillée en même temps que toi, cette nuit ?

— Non. Quand je suis sorti, elle dormait.

— Elle t'a rejoint au haras presque immédiatement ?

— Ma foi, non... Elle est venue plus tard, à un moment où les apparences étaient trompeuses...

— Dois-je comprendre qu'elle t'a pris pour l'assassin ?

— Exactement.

— Tu t'es expliqué avec elle ?

— J'ai essayé, mais elle s'est enfuie et s'est enfermée dans sa chambre.

— Et c'est là qu'elle dort en ce moment ?

— Oui.

— Parle-moi des serviteurs. Ils étaient tous couchés ?

— Tous. A l'exception des hommes chargés de surveiller les accès au domaine, dans l'éventualité d'une nouvelle intrusion de Fridrich. Mais ils se trouvaient trop loin des écuries pour entendre ou voir quelque chose.

— A ton avis, l'Allemand pourrait être impliqué dans cette affaire ?

— Il ne pouvait pas se charger de cette sale besogne à cause de son bras ; il aura peut-être engagé un sbire pour tuer Nell et me mettre dans l'embarras. Mais ça, je ne peux pas te le prouver. Et même si je ne suis pas loin d'en être convaincu, j'ai tout de même du mal à croire qu'on puisse trouver quelqu'un pour tuer une jeune mère, uniquement dans le but de me nuire.

— Olney Hyde avait-il menacé Raelynn de la tuer quand il la retenait captive ?

— Oui.

— Je crois me souvenir que Fridrich tenait à récupérer ta femme. Or, l'assassinat de Nell vous a éloignés l'un de l'autre. C'était peut-être ce que voulait Fridrich. Provoquer un conflit qui pourrait conduire à un divorce, voire à ta pendaison.

— Oh, ça, il s'en réjouirait !

— En ce qui concerne Olney Hyde, je peux dire qu'il est à la hauteur de sa réputation de vaurien. Je sais qu'il circule en ville, mais je n'ai encore pas réussi à lui mettre la main dessus.

— Comme je te l'ai dit fin juillet, il a abordé ma femme sur les docks pendant que j'étais à mes bureaux. A cette occasion, il lui a fait savoir que Fridrich regrettait de me savoir encore en vie. Il lui a dit également que ses parents avaient quitté l'Angleterre pour s'installer ici quand il n'était encore qu'un enfant. Et il s'est vanté de connaître les marais de la région comme sa poche et de pouvoir y trouver facilement refuge, le gredin !

« D'après ce que j'ai appris dernièrement, continua Jeff, Olney connaît effectivement la région mieux que quiconque. Il est donc vraisemblable qu'il puisse se cacher comme il veut. Mais il y a tout de même quelqu'un capable de le retrouver où qu'il soit. Il s'agit d'Elijah. Et il est déjà là. En ce moment, il inspecte les parages des écuries.

Rhys posa sa tasse à café sur le plateau et, prenant appui sur les bras de son fauteuil, se leva.

— Il est temps que je fasse comme lui, annonça-t-il.

— Je t'accompagne.

Elijah vint vers eux dès qu'il les vit aux abords du haras.

— La pluie a effacé certaines traces, les informa-t-il aussitôt. Mais j'ai tout de même pu identifier deux sortes d'empreintes. Celles de bottes de belle qualité, et celles d'une autre paire moins bonne. Deux hommes sont sortis par l'arrière des écuries et sont allés dans le premier paddock, où il y avait un cheval. Les belles bottes couraient après les autres.

— S'il s'agit de bottes de qualité, ce ne doit pas être les empreintes d'Olney Hyde, marmonna Rhys en jetant à Jeff un coup d'œil en coin.

— Non. Ce serait plutôt les miennes, reconnut ce dernier. Mais je n'ai pas pénétré dans le paddock depuis plusieurs jours.

— Montre-moi un peu, Elijah, suggéra le shérif. Ensuite, tu me feras part de tes conclusions.

Jeff et Rhys constatèrent l'existence des traces observées par le jeune homme. Celles des belles bottes ressemblaient à s'y méprendre aux empreintes que Jeff lui-même laissait sur son passage. Elles étaient non seulement d'une forme identique mais aussi de la même taille. Les autres appartenaient à un homme dont la pointure était sensiblement plus grande, et qui marchait les pieds en dehors.

Rhys regarda attentivement Jeff.

— Est-ce que tu as fait attention aux pieds d'Olney quand nous avons investi le hangar de Fridrich ?

— Tu crois que je pensais à ses pieds à ce moment-là ? ironisa Jeff. Que déduis-tu de ces empreintes ? ajouta-t-il à l'adresse d'Elijah.

— Les belles bottes sont venues après. Sur les traces des autres. Ensuite, elles sont retournées dans les écuries. Les autres sont allées jusqu'à l'endroit où des sabots se sont beaucoup enfoncés dans la boue. Comme ceux d'un cheval monté par un cavalier.

Le shérif balaya du regard le terrain qui les entourait.

— Tu as trouvé d'autres traces autour de la maison ? Ou dans l'allée ?

— Beaucoup de chevaux et de gens sont passés. On peut

pas repérer la trace de la fille. Surtout à cause des pelouses autour de la maison. L'herbe est trop courte, trop serrée.

— A ton avis, quelle paire de bottes appartient à l'assassin ? demanda Jeff en revenant au sujet essentiel.

Elijah haussa les épaules.

— Peut-être que l'homme qui a tué a volé le cheval pour s'enfuir. Quelqu'un l'a vu dans les écuries et l'a poursuivi. Peut-être, je dis. Seulement peut-être. Cela a aussi pu se passer différemment.

— Suis les traces de la jument, dit Jeff. Vois où elles mènent. En attendant, je vais montrer au shérif le box où Nell a été tuée.

Rhys fit signe au jeune homme de poursuivre sa tâche puis se tourna vers Jeff.

— Bon. Finissons-en avec ce sale boulot. Allons-y.

Les deux hommes pénétrèrent dans les écuries, mais Jeff resta dans l'allée pendant que Rhys examinait le corps de Nell. Au bout d'un moment, le shérif, encore accroupi, regarda son ami.

— Elle a été poignardée trois fois. L'assassin se tenait tout près d'elle. Une des blessures n'a pas saigné longtemps. Ce sont les deux autres qui ont été fatales. Ou peut-être même une seule. Personne n'a touché ni bougé le corps ?

— Non. J'avais spécifié à Sparky de n'en rien faire.

Jeff désigna d'un geste bref l'arme du crime au milieu de la litière.

— Le couteau est là, à l'endroit où je l'ai laissé tomber quand j'ai vu Raelynn s'affoler.

Le shérif prit l'arme ensanglantée du bout des doigts.

— N'ai-je pas déjà vu ce couteau quelque part ?

— Si. Certainement. Quand nous chassons ensemble. Je le prends toujours avec moi. Et à la maison, je le garde sur mon secrétaire. Je m'en sers pour couper les pages de mes livres. Avant mon mariage, j'avais l'habitude de lire au lit.

Hier soir, je m'en suis servi pour couper un fil qui pendait à ma chemise. Par conséquent, on a dû me le voler au cours de la soirée.

Passant un doigt sur la lame, Rhys remarqua :

— Elle est sérieusement affûtée, dis-moi.

— Evidemment, puisque comme je te l'ai expliqué je prends ce couteau pour la chasse, au cas où j'aurais un gros gibier à achever.

— Bel objet. D'où vient-il ?

— C'est un cadeau de mon père pour mon douzième anniversaire. J'y tiens. Il représente un souvenir du temps passé. A l'époque, Brandon et moi, nous partions pêcher et chasser pendant des jours. Nous dressions notre tente, et comme j'avais le couteau le mieux aiguisé, c'était toujours moi qui étais chargé de couper des branches pour faire un feu de camp.

Rhys regarda de nouveau le cadavre et secoua tristement la tête.

— Quel terrible gâchis ! dit-il.

Après un long silence, il soupira douloureusement, comme s'il n'avait jamais été confronté à une affaire plus pénible.

— De temps à autre, je la voyais aller à l'église de mon bureau. Si je peux t'emprunter une charrette et demander à tes hommes d'envelopper le corps dans une couverture, je vais l'emmener à Charleston et voir avec le pasteur s'il accepte de célébrer un service religieux. Je pense que ça te soulagerait l'esprit.

On entendit Jeff soupirer à son tour.

— En effet, Rhys.

— Pendant que Thaddeus et Sparky se chargent du corps, on pourrait peut-être aller jeter un coup d'œil dans ta chambre ?

A l'instant où ils arrivèrent sur le balcon du premier étage, ils virent Cora sortir de la chambre de Jeff, une paire de bottes boueuses à la main.

— Je vais vous fai'e nettoyer ces bottes, missié Jeff'ey, annonça-t-elle en accélérant le pas.

Mais Jeff la retint en la prenant par le bras.

— Attends une minute. Où les as-tu trouvées ?

— Dans vot'e salle de bains. De"iè'e la po'te, missié Jeff'ey. Je suis tombée dessus en faisant le ménage. C'est pas dans vos habitudes d'avoi' des bottes si sales. Vous faites toujou's attention à vos affai'es. Vous voulez pas qu'on les nettoie, missié Jeff'ey ?

— Je ne suis pas allé dans la boue avec ces chaussures, assura Jeff en se tournant vers le shérif, le regard inquiet.

— Du calme, mon ami, le rassura Rhys en lui tapant sur l'épaule. On ne va pas t'accuser d'un crime à cause d'une paire de bottes pleines de boue. Mais, dis-moi, elles t'appartiennent vraiment ?

— Oui. Elles sont à moi. Mais il y a une semaine que je ne les ai pas portées. Alors que cette boue est fraîche, comme tu le vois.

— Donc, durant ces derniers jours, quelqu'un est venu les prendre dans ta chambre sans que tu t'en aperçoives, réfléchit le shérif à haute voix. Ou, alors, simplement au cours de cette nuit, en prenant en même temps ton couteau. Les portes-fenêtres n'étaient pas fermées ?

— Non. On les laisse entrouvertes quand le temps le permet. Hier soir, il faisait bon, il me semble, et par conséquent je n'ai pas jugé nécessaire de les fermer.

— As-tu trouvé autre chose d'inhabituel en faisant le ménage ? demanda Rhys à la servante.

— Oh, oui ! Une tabatiè'e su' le plancher, p'ès du bu'eau de missié Jeff'ey. Ça m'a fait d'ôle. Je sais que missié Jeff'ey p'end pas de p'ise.

Intrigué, le shérif examina la petite tabatière que venait de lui remettre Cora puis, reprenant l'expression de la gouvernante, demanda à Jeff avec un demi-sourire :

— Tu ne prends pas de prise, n'est-ce pas, mon ami ?

— Dieu, non ! assura Jeff en manquant d'éclater de rire.

— Et ta femme ?

Jeff roula les yeux, agacé.

— Mais bon sang, non ! Du moins, pas que je sache.

— Olney Hyde non plus, se dit Rhys à haute voix.

— Y a aut'e chose que j'ai t'ouvé plutôt biza"e, intervint spontanément Cora.

— Quoi donc ? demanda Jeff, intrigué.

— Vous savez, missié Jeff'ey, la boîte en bois que vous avez achetée à Mme 'aelynn en juillet...

— Le coffret de son père ?

— Cette boîte, g'ande comme ça, poursuivit Cora en montrant d'un geste la dimension de la cassette. Celle qui était sur la commode, dans la chamb'e de madame.

— Je vois ce dont tu parles, lui assura Jeff avec un sourire amusé. Eh bien, qu'est-ce qu'elle a, cette boîte ?

— Je l'ai t'ouvée su' vot'e bu'eau, et, à mon avis, quelqu'un a essayé de fo'cer le fond avec un couteau.

— Le fond ?

— Y a des t'ous dans le fond, missié Jeff'ey.

Jeff chercha vainement du regard le coffret sur son secrétaire.

— Où est-elle maintenant, la boîte ?

— En bas. Je l'ai descendue pou' demander à Kingston s'il pouvait fai'e quelque chose.

— J'aimerais voir ce coffret, intervint le shérif. Tu peux aller me le chercher, Cora ?

— Sû', missié 'hys. J'y vais tout de suite.

— Tu as bien dit que cette cassette avait appartenu au père de Raelynn, n'est-ce pas ? demanda Rhys à son ami.

— Oui. Nous l'avons retrouvée dans une boutique de Charleston. De toute évidence, elle avait été vendue par Cooper Frye, dès son arrivée sur les docks.

— Cooper Frye est l'oncle de Raelynn, non ?

— Elle s'en défend, mais lui l'affirme. Il se serait perdu en mer lorsqu'il était tout jeune et aurait réapparu quelque temps avant la mort du père de Raelynn. Il a fait la traversée avec elle et sa mère.

Cora revint avec le coffret qu'elle remit au shérif. Comme elle l'avait expliqué, le fond avait été sérieusement abîmé.

Après l'avoir longuement examiné, Rhys le secoua près de son oreille.

— Je ne comprends pas pourquoi on s'est acharné sur ce coffret. Apparemment il n'a pas de double fond. Et s'il en a un, il est vide.

Jeff examina brièvement la cassette et parvint à la même conclusion.

— Je dois voir Raelynn, Jeff, insista Rhys. Elle a peut-être une explication.

Raelynn s'éloigna de la porte-fenêtre en laissant retomber le rideau soyeux qu'elle avait légèrement écarté. Elle avait entendu arriver le shérif puis l'avait vu accompagner son mari au haras. Lorsqu'ils étaient revenus, elle avait espéré que Townsend ne s'attarderait pas. Il lui fallait encore du temps pour se ressaisir avant de discuter avec Jeff de ce qui s'était passé. Mais, apparemment, ce répit lui était refusé. Des pas empressés résonnaient dans le corridor, et, un instant plus tard, Cora frappait à sa porte.

— Madame 'aelynn, missié Jeff'ey dit que le shé'if voud'ait vous pa'ler. Il aime'ait que vous descendiez dans son bu'eau.

— Que Tizzy vienne m'aider à m'habiller. Je suis encore en chemise de nuit, répondit Raelynn sans ouvrir sa porte.

— Oui, madame 'aelynn. Je vais p'éveni' le shé'if qu'il doit attend'e un peu.

Une demi-heure plus tard, Raelynn descendit et s'arrêta un instant, au pied de l'escalier, l'oreille tendue vers les voix masculines qui résonnaient dans le bureau. Se retrouver face à Jeff en ayant en tête la vision qu'il lui avait offerte dans les écuries s'annonçait comme une rude épreuve. Etant sa femme, elle aurait dû lui témoigner sa confiance, le croire incapable de commettre un assassinat. Mais elle l'avait vu, le couteau à la main, près du corps de Nell, et cette image s'était gravée au fer rouge dans sa mémoire.

Dès qu'elle entra dans la pièce, Jeff se leva et, galamment, vint lui avancer un fauteuil. Rhys, qui s'appuyait sur le bord du bureau, s'en écarta aussitôt. Son regard la suivit tandis qu'elle s'asseyait avec une certaine raideur dans le fauteuil.

— Madame Birmingham, commença-t-il cérémonieusement, je vous remercie d'être descendue. Je comprends parfaitement que vous ayez été bouleversée par ce que vous avez vu.

— Votre sollicitude me touche, shérif Townsend, murmura Raelynn, soucieuse de partager le formalisme du shérif.

Le fait qu'elle évitât de rencontrer le regard de Jeff creusait encore le fossé qui les séparait, et elle en tremblait tellement qu'elle serra ses mains sur ses genoux.

— Voudriez-vous commencer votre interrogatoire, shérif Townsend ?

— Oui, madame.

Rhys s'éclaircit la gorge, jeta un rapide regard à Jeff et se mit à questionner Raelynn.

— Jeff m'a expliqué que vous étiez arrivée dans les écuries après qu'il eut découvert le corps de Nell. Pourriez-vous me dire pour quelle raison vous vous êtes rendue là-bas et ce que vous y avez vu ?

— Je me suis réveillée en me rendant compte que Jeff

n'était plus dans le lit. Je me suis levée, j'ai aperçu une lumière dans les écuries, et j'ai pensé que peut-être un cheval était malade et que mon mari, en voyant la lumière, s'était inquiété. Quand je suis arrivée là-bas, j'ai entendu un bébé crier. J'ai couru vers la lanterne qui brillait dans le box de Fortuna, et j'ai vu Nell.

Serrant ses mains plus fort et fermant les yeux, Raelynn tenta de chasser l'horrible vision de son esprit. Quand elle reprit son récit, sa voix était à peine audible, mais elle avait au moins réussi à refouler ses larmes.

— Il y avait du sang partout.

— Jeff m'a dit que Nell l'avait supplié de retirer le couteau, révéla Rhys.

Il tenait compte du fait que ce jeune couple s'était marié sans avoir eu le temps de se connaître vraiment. Mais il était convaincu que si Raelynn retrouvait sa confiance en Jeff, elle ne regretterait jamais cette union. Jeff, qu'il connaissait depuis l'enfance, était à ses yeux bien incapable de commettre un tel crime. On ne peut aimer les chats sans être tolérant et bon, songeait Rhys. Mais était-ce raisonnable de penser ainsi, quand soi-même l'on déteste les félins ?

— Votre mari a fait ce qu'elle lui demandait en espérant l'aider. Malheureusement, elle n'avait plus que quelques minutes à vivre. Pouvez-vous me certifier qu'elle était déjà morte lorsque vous êtes arrivée ?

Raelynn réprima un frisson.

— Pour autant que je sache, oui, elle était morte, confirma-t-elle.

A la dérobée, elle jeta un regard vers Jeff qui s'était assis près d'elle. D'un calme presque étrange, il donnait l'impression d'être parfaitement attentif à ses réponses.

— Mon mari était agenouillé dans l'ombre, reprit-elle, non sans quelque difficulté. Je ne l'ai pas vu immédiatement. Quand il s'est relevé et qu'il a fait un pas vers moi, je l'ai d'abord pris pour quelqu'un d'autre. Et puis j'ai vu le couteau dans sa main, et j'ai été saisie de panique. Je suis retournée en courant à la maison. Je suis montée dans ma chambre, et j'y suis restée jusqu'à maintenant.

Rhys se retourna, le temps de prendre sur le bureau de Jeff le coffret qu'il ouvrit en attirant l'attention de Raelynn.

— Regardez le fond. D'après Cora, ça a été fait pendant le bal. Aviez-vous déjà remarqué ces entailles dans le bois ?

Meurtrie de voir son cher coffret abîmé, Raelynn s'étonna en même temps d'avoir pu l'oublier pendant des jours. Depuis qu'elle l'avait récupéré, elle se rendait soudain compte qu'à aucun moment elle ne s'était étonnée de ne plus le voir. C'était au moins la preuve que dans les bras de Jeff elle avait été capable d'oublier tout le reste.

— Non. J'ignorais complètement que ce coffret avait été endommagé. Et je ne m'en explique pas la raison. Qui a pu faire cela ? Et pourquoi ?

— C'est justement de votre part que nous attendions une explication, observa Rhys en reposant la cassette sur le bureau.

Il plongea alors sa main dans la poche de son manteau et en sortit la petite tabatière qu'il posa sur la table basse, à côté du fauteuil de Raelynn.

— Avez-vous déjà vu ceci ?

— Non. Ou alors je n'en ai aucun souvenir.

— Cora a trouvé cette tabatière par terre, près du secrétaire de votre mari. Le coffret, lui, était sur le bureau où, si j'ai bien compris, Jeff a l'habitude de laisser le couteau qui a servi d'arme à l'assassin. Il y a donc tout lieu de penser que c'est ce même couteau qui a abîmé l'intérieur de votre coffret.

S'apercevant qu'elle avait la bouche ouverte, Raelynn s'empressa de se ressaisir puis, en quête d'un semblant de logique, adressa au shérif un regard interrogateur.

— Voudriez-vous dire que quelqu'un est entré dans notre

chambre, s'est acharné sur la cassette de mon père avec le couteau de Jeff, a perdu sa tabatière, et ensuite a emporté le couteau pour tuer Nell ? Cela me paraît insensé.

— A moi également, avoua Rhys.

La moue pensive, le shérif contempla les moulures du plafond comme s'il les voyait pour la première fois.

— A moins, reprit-il finalement, que Nell soit montée jusqu'à la chambre de votre mari, en espérant le trouver seul, et soit tombée sur quelqu'un d'autre. Quelqu'un qui s'intéressait au coffret de votre père et qui aurait supprimé Nell pour l'empêcher de parler. Encore faut-il être certain que l'on ait pu s'intéresser à une cassette vide... Reste aussi l'hypothèse d'un crime gratuit ; l'œuvre d'un fou qui se serait amusé à tester la qualité de la lame d'abord sur du bois, et ensuite sur quelque chose de plus tendre.

Voyant Raelynn frémir, Jeff se leva avec sa souplesse et son élégance habituelles et se planta devant son ami.

— Franchement, Rhys, est-ce bien nécessaire ?

D'un geste de la main, le shérif rejeta la remarque de Jeff et, penché en avant, regarda Raelynn avec insistance.

— Dites-moi tout ce que vous savez à propos de ce coffret.

— J'ignore ce qui a pu pousser quelqu'un à l'endommager, murmura Raelynn.

La voix faible, elle expliqua néanmoins en détail comment son père avait remis ce coffret rempli de pièces d'or à sa mère, avant d'être emprisonné pour haute trahison. Elle évoqua ensuite sa mort dans sa cellule et la décision de sa mère de quitter l'Angleterre. Sur les conseils de Cooper Frye, brusquement réapparu dans leur existence, elle espérait commencer une nouvelle vie en Amérique. Puis, alors qu'elle lui avait confié la cassette, Frye s'était empressé de la vendre à un brocanteur de Charleston.

— Votre père avait demandé à votre mère de garder précieusement le coffret jusqu'à ce qu'il ait besoin de son contenu, remarqua Rhys. Est-ce qu'il parlait des pièces d'or ou de quelque chose d'autre ?

— A ma connaissance, il n'y avait que l'or.

— Pas de compartiment secret ?

Etonnée, Raelynn se renversa contre le dossier de son fauteuil.

— S'il y en avait un, je ne l'ai jamais su. Et ma mère non plus, je pense. En tout cas, mon père ne lui avait rien dit à ce sujet. Le jour où il l'a priée de sauvegarder le contenu de sa cassette, nous n'avons songé qu'à l'argent, dont il aurait eu besoin pour son procès.

— Peut-on imaginer qu'il préférait tenir secrète l'existence d'un double fond ?

— Je ne sais que vous dire de plus.

Décidément, les questions du shérif surprenaient Raelynn. L'importance soudaine prise par ce coffret lui semblait incroyable.

— S'il n'y avait rien de tel, poursuivit Rhys, comment expliquer que l'on se soit acharné sur le fond d'une cassette vide ?

— Je n'en sais rien ! Je n'en sais rien ! s'écria Raelynn. Je ne vois pas qui, dans ce pays, aurait pu chercher un compartiment secret dans le coffret de mon père.

Au bord des larmes, Raelynn porta une main tremblante à son front. Elle savait que le shérif était un ami proche de son mari et qu'il chercherait par tous les moyens à laver Jeff du moindre soupçon. Peut-être était-ce pour cette raison qu'il revenait sans cesse à la cassette... Quant au couteau, on avait effectivement très bien pu le dérober dans la chambre de Jeff. Mais cela ne prouvait pas pour autant l'innocence de son mari. Nell et ses revendications, le harcèlement auquel elle s'était livrée, ses accusations publiques avaient pu exaspérer Jeff au point qu'il ait voulu la supprimer...

Cependant, bien qu'elle ait vu son mari, le couteau à la

main, près du corps ensanglanté de la jeune fille, Raelynn ne détenait aucune preuve. Mais pourquoi ces faits qui lui avaient inspiré tant de terreur semblaient-ils laisser indifférent un shérif déterminé à accuser un coupable imaginaire ?

Sentant la nausée monter en elle, Raelynn ferma les yeux, les paupières crispées.

— J'ai besoin de me retirer dans ma chambre, murmura-t-elle. Je me sens mal.

— Je vous ai suffisamment importunée, reconnut Rhys, compatissant. Je m'en vais. Mais si vous vous souvenez d'un détail pertinent, madame Birmingham, veuillez m'en informer, je vous prie.

Raelynn hocha la tête puis, l'esprit engourdi, resta assise jusqu'au départ des deux hommes. Alors elle se leva lentement et sortit à son tour du bureau de Jeff. Dans l'entrée, les jambes flageolantes, elle s'appuya à un mur tandis que résonnait la voix du shérif depuis le perron.

— Je te remercie d'avoir fait venir une charrette, disait-il à Jeff. Si tu pouvais aussi me trouver quelqu'un pour la conduire, ça me permettrait de te la renvoyer sans délai.

— Arrête-toi devant les écuries en partant et emmène un groom avec toi.

— A propos de tes employés, ajouta Rhys, je vais avoir du mal à obtenir quelques informations de leur part. Avec le monde qu'il y avait hier soir, je serais étonné qu'ils aient remarqué quelque chose. En revanche, ce sont les commérages qui ne vont pas manquer. Etant donné que Nell a été tuée sur ton domaine, les gens chercheront un lien entre toi et cet assassinat. Je te conseille de ne pas laisser ta femme aller en ville. Tu sais combien certains peuvent être mauvaise langue. On va sans aucun doute raconter que je ne t'ai pas arrêté parce que tu es mon ami.

— Merci d'être venu si vite, Rhys, murmura Jeff. J'apprécie tout ce que tu as fait.

— Il faut bien que les amis servent à quelque chose, non ?

Ah, l'ami de Jeff ! grommela Raelynn intérieurement, à deux doigts de défaillir. Serait-il capable, au nom de leur amitié, de laisser un tel crime impuni ?

Tremblante, elle traversa le hall, monta l'escalier et alla se réfugier dans sa chambre. La porte verrouillée, elle s'assit au bord du lit et repensa aux remarques du shérif. A l'évidence, il tenait Jeff pour innocent ; mais, contrairement à elle, il ne l'avait pas vu, près du corps de Nell, la chemise, les mains, le couteau couverts de taches de sang. Du sang, il y en avait partout. Elle en avait tellement vu, cette nuit, qu'elle avait l'impression d'en avoir la tête pleine.

11

Il y avait quelque chose de parfaitement distrayant dans le fait de galoper à bride abattue à travers la campagne, sans se soucier ni de la vitesse ni des accidents du terrain. C'était exactement ce dont Jeff avait besoin pour tenter d'oublier le vide noir et froid qui avait pris possession de son corps. Il savait depuis des années qu'il n'existait pas de meilleur moyen de se remettre les idées en place que de se lancer dans une folle chevauchée pendant une bonne heure. Avec Brutus, il trouvait toujours un partenaire à sa mesure, et spécialement aujourd'hui, quand il en avait assez de se dire que sa femme voyait en lui le pire des hommes.

Il passa près de l'endroit où ils avaient fait l'amour en pleine nature, mais le souvenir de cet après-midi de bonheur ne fit qu'assombrir un peu plus son humeur ; il lui apportait la preuve douloureuse qu'une vie pouvait être bouleversée en l'espace de quelques heures. Les soupçons de sa femme condamnaient désormais leur mariage à n'être qu'une triste mascarade. Si elle refusait encore de lui parler, il en déduirait raisonnablement qu'elle attendait que tout un continent les séparât pour être satisfaite.

Marmonnant un juron, Jeff s'efforça de bannir cette pénible idée de son esprit, puis, d'un coup de talon sur les flancs de son coursier, il le fit galoper de plus belle. Devant eux se présenta bientôt un arbre imposant, déraciné par les vents violents qui avaient soufflé sur la plaine ces dernières heures. Un défi s'offrait à Jeff, et, décidé à le relever, il amena Brutus face au tronc couché, caressa son col soyeux et lui parla doucement. Devinant ce que son maître allait lui demander, l'animal pointa ses oreilles en avant, signe d'une attention redoublée, et caracola allègrement en attendant le signal. Une légère pression contre son flanc suffit pour qu'il s'élançât vers l'obstacle à toute allure. Les jambes avant repliées, Brutus se propulsa au-dessus de l'arbre mort en décrivant avec une parfaite grâce un arc assez large pour lui éviter le moindre accrochage.

Cette belle réussite, ce moment de pur plaisir volé, ce pied de nez à l'adversité, mit tant de baume au cœur de Jeff qu'il décida de se trouver un autre obstacle, un autre défi. Quelques instants plus tard, il perçut au loin quelque chose qui ferait sans doute l'affaire.

— Voyons ce dont tu es capable, mon garçon, dit Jeff en jouant de nouveau de son talon botté.

Arrivé à proximité de la barrière, Brutus décolla du sol avec une puissance qui l'envoya voler au-dessus de l'obstacle. Tel un cygne qui va se poser sur l'eau, il redescendit, reprit contact avec le sol, puis repartit au galop jusqu'à ce que son maître freinât légèrement son allure.

Dans un petit rire heureux, Jeff caressa d'une main affectueuse l'encolure de son bel étalon et lui murmura des compliments enthousiastes. L'animal agita sa queue et hennit doucement, particulièrement réceptif aux appréciations de son cavalier.

Jeff laissa le splendide cheval se détendre sur plusieurs kilomètres, avant de lui demander un galop plus soutenu. La docilité inhabituelle de Brutus émerveillait Jeff mais l'étonnait tant qu'il se demanda si elle n'était pas le fruit de son imagination. Puis il lui vint une idée étrange. Brutus semblait lui manifester une sorte de compassion, comme s'il ressentait l'humeur attristée de son maître.

Jeff trouva d'autres obstacles, et chacun fut abordé et franchi avec la volonté partagée d'en retirer le plus grand plaisir. Par deux fois l'étalon faillit tomber, et si Jeff resta en selle, il le dut à sa grande expérience. Mais quand l'un de ces moments périlleux resurgit à l'occasion d'un saut particulièrement audacieux, Jeff prit finalement conscience de trop tenter le destin. Flattant le col de son coursier, il renouvela une dernière fois ses compliments. Il pouvait cependant se féliciter d'avoir agi ainsi. Il avait évacué une bonne part de la tension et de l'amertume qui lui pesaient, et son esprit avait retrouvé de lui-même une clarté cristalline.

Quels que fussent les soupçons de Raelynn à son égard, il se devait de se comporter au mieux avec elle pendant cette période de trouble et d'incertitude. Etant donné les appréhensions qui la harcelaient, il serait malvenu de chercher à la persuader par n'importe quel moyen de son innocence, ou de lui imposer ses devoirs d'épouse. Une coercition de cette nature allait à l'encontre de tous les principes de Jeff. Malheureusement, il prévoyait qu'il faudrait du temps à Raelynn pour retrouver confiance en lui. Cette longue attente, et par conséquent cette longue abstinence, allait sembler bien cruelle à Jeff après l'harmonie qu'ils avaient vécue ensemble dans tous les domaines.

Quelques années plus tôt, il avait eu l'occasion de voir son frère tourmenté jusqu'au tréfonds de lui-même tandis que Heather le faisait languir. A l'époque, Jeff s'était juré de ne jamais connaître une telle épreuve. Et voilà que, pour la seconde fois, il se retrouvait plongé dans une situation semblable. Alors que Raelynn vivait sous son toit, qu'il respirait son parfum, elle se refusait à lui. Jamais il ne pourrait attendre des semaines, des mois, voire des années, qu'elle revienne, sans subir l'impression de se faire arracher les entrailles sur le seuil de sa propre maison.

Il avait également à se soucier de l'attitude des voisins et des amis qui, probablement, le soupçonneraient aussi de l'assassinat de Nell. Or il n'avait pas l'intention de clamer son innocence à qui voudrait l'entendre. S'il n'était pas exposé à une attaque directe, il se contenterait plutôt de se taire et de se tenir à distance des calomnies et des regards soupçonneux.

Lorsqu'il fut en vue des écuries, il dut reconnaître que ses tourments étaient loin d'être réellement apaisés. L'idée de faire chambre à part avec sa femme fit resurgir sa morosité. Ces réflexions lui avaient cependant permis d'y voir plus clair et de se préparer à des moments difficiles, non seulement avec Raelynn, mais avec les gens de la région. Il essaierait d'y faire face de son mieux en attendant que la vérité finît par éclater.

Dès que Sparky aperçut le cheval et son cavalier, il éprouva un immense soulagement. La randonnée de son maître avait tant duré que les employés, inquiets, n'auraient pas été étonnés de voir revenir Brutus, la selle vide.

— Doux Jésus, monsieur Jeffrey ! dit-il après avoir couru au-devant de son patron. On se disait tous qu'on allait vous retrouver quelque part avec la nuque brisée. Ah, heureusement vous êtes sain et sauf !

Jeff mit pied à terre.

— Aussi étrange que cela puisse paraître, Sparky, Brutus a été parfait aujourd'hui. Alors traite-le bien. Il l'a mérité.

— Sûr, monsieur Jeffrey. Peut-être que si je lui donne une petite ration supplémentaire il comprendra que ça paie d'être docile.

— Attention, Sparky. Ne sois pas trop généreux, ou on ne le tiendra plus.

— Il se prendra pour le roi des cracks, vous voulez dire, conclut Sparky en riant.

En dépit de ses tracas, Jeff réussit à esquisser un sourire.

— Quelque chose comme ça, oui.

Kingston apparut sur le perron à l'instant où Jeffrey

montait les marches. Il accueillit son maître avec le même soulagement que l'entraîneur.

— Ah, Seigneu', vous êtes de 'etou', missié Jeff'ey ! Spa'ky m'avait dit que vous étiez pa'ti avec B'utus, et je commençais à me demander si vous alliez'eveni' vivant.

— Elijah a-t-il laissé un message ? demanda Jeff sans faire de pause.

Il attendit d'être dans le hall pour jeter un regard par-dessus son épaule dans l'attente d'une réponse.

— Non, missié Jeff'ey, répondit le maître d'hôtel en se précipitant derrière lui, il a 'ien dit. Missié B'andon a app'is la nouvelle et il est venu voir. On lui a dit que vous étiez avec B'utus, et il m'a demandé de lui envoyer quelqu'un dès vot'e 'etou' pou' le 'assu'er. Il a dit aussi que Mme Heather allait se faire autant de mauvais sang que lui. Et il s'en faisait beaucoup. Il est 'esté un bon moment à aller et veni' et à 'ega'der par la fenêt'e.

Jeff s'éclaircit la gorge puis alla dans son bureau se verser un petit cognac.

— Je vais envoyer quelqu'un à Harthaven avec un message prévenant mon frère que je suis revenu et que je vais me retirer de bonne heure dans mes appartements. Mais il faut d'abord que l'on se préoccupe de la surveillance autour du domaine. Fais doubler la garde. Aucun étranger ne doit plus pénétrer chez moi sans qu'on en soit averti.

— Oui, missié Jeff'ey. Je m'en occupe. Mais il faut enco'e que je vous dise...

Jeff vida son verre d'un trait avant de se tourner vers son serviteur, dont il remarqua soudain le front soucieux.

— Que se passe-t-il, Kingston ?

— Co'a... Elle a f'appé plusieurs fois à la po'te de Mme 'aelynn pou'lui demander si elle voulait manger quelque chose. Mais madame ne 'épond pas.

— Ma femme doit probablement dormir. C'est ce qu'elle a de mieux à faire, après ce qui est arrivé.

— Ça, oui, c'est v'ai ! reconnut le maître d'hôtel.

Mais il avait encore autre chose à dire et finit par surmonter ses hésitations.

— Au sujet du bébé de Mlle Nell... reprit-il. Co'a dit qu'il est bien avec Mme Fe'gus, mais on a pensé que... peut-êt'e vous voud'iez le voir avant de vous'eti'er.

Alors qu'il était en train de se verser une seconde ration de cognac, Jeff suspendit son geste. S'il avait beaucoup d'affection pour son jeune neveu, les enfants en général ne l'intéressaient pas particulièrement. Plus exactement, il n'y pensait pas, mais il était évident qu'il changerait d'attitude lorsqu'il deviendrait père... si cela arrivait un jour. Etant donné le fossé qui le séparait en ce moment de Raelynn, il ne pouvait qu'en douter.

Reposant son verre, il adressa à son maître d'hôtel un regard extrêmement ferme.

— Kingston, j'aimerais être très clair à ce sujet. L'enfant de Nell est un orphelin, sans aucune famille, pour autant que je sache, et pour cette raison je consens à ce qu'il reste au domaine jusqu'à ce qu'il soit adopté. Je tiens à ce qu'il soit traité avec tendresse et compassion, aussi bien dans cette maison que chez Mme Fergus. Mais n'oublie jamais, Kingston, que Daniel n'est pas mon fils, et personne ne doit se comporter comme s'il l'était.

Kingston s'empressa de hocher vigoureusement la tête.

— Je le sais, je le sais, missié Jeff'ey. Je ne l'ai jamais pensé un seul instant.

— J'apprécie la confiance que tu me manifestes, Kingston. Mais je tiens à te dire que si le doute t'a effleuré lorsque tu as vu ce bébé, tu as eu tort. Il a avec moi une certaine ressemblance, certes, mais on pourrait aussi en trouver une avec mon frère, avec notre défunt père, et avec quelques parents que nous avons en Angleterre. Sans parler d'un certain nombre d'étrangers. Espérons simplement que son géniteur se décidera à réparer sa faute et viendra le chercher. Il a déjà perdu sa mère, si son père ne le reconnaissait pas, ce petit bâtard prendrait un bien mauvais départ dans la vie.

— C'est sû' que ce se'ait bien difficile pou' missié Daniel de su'viv'e dans ce monde sans sa mè'e et sans le nom de son papa !

— Pour le moment, Daniel a un foyer, et si j'entends dire que quelqu'un le maltraite parce qu'il n'a pas de père, je serai impitoyable. Que cela soit clair : je ne tolérerai aucune malveillance à l'égard de cet enfant, ni de la part de ceux qui travaillent pour moi ni de la part d'étrangers venant ici.

Un sourire flotta aux coins des lèvres de Kingston.

— On peut di'e que vous pouvez êt'e du', missié Jeff'ey, mais aussi que vous avez un g'and cœu', ça fait pas de doute. Ah non, ça, aucun.

— Un grand cœur ? reprit Jeff en se penchant vers Kingston. Et, pour l'heure, un grand appétit ! J'apprécierais beaucoup que tu m'apportes un plateau, ici, dans mon bureau, avant que je me mette à crier famine.

— Sû' ! Sû' ! fit Kingston.

Il partit en égrenant des petits rires derrière lui. Mais, dans le hall, il se reprit et cria sur un ton des plus humbles :

— Je me dépêche autant que je peux, missié Jeff'ey. Je cou's ! Je cou's !

Un pâle sourire se dessina sur les lèvres de Jeff avant qu'il ne vidât son verre. Tenté de se reverser du cognac pour la troisième fois, il préféra se diriger vers la fenêtre et contempla les arbres qui entouraient la maison. A travers leur feuillage, il vit apparaître les premières étoiles tandis que ses pensées vagabondes le ramenaient aux événements tumultueux de la matinée et à l'attitude de Raelynn à son égard. Il aurait tellement souhaité l'apaiser ! Mais tant que la preuve de son innocence n'aurait pas été établie, il doutait fort qu'elle fût prête à l'écouter. Pour le moment, il préférait ne rien brusquer. Si, par miracle, elle changeait d'attitude, il espérait qu'elle le lui ferait savoir sans délai.

Quand il eut fait honneur au dîner que lui avait apporté Kingston, il chercha à se distraire de ses préoccupations en se plongeant dans ses livres de comptes. Mais constatant qu'il refaisait la même erreur de calcul pour la troisième fois, il grogna de dégoût et referma ses livres, bien décidé à n'y revenir que lorsqu'il aurait l'esprit libre.

Un brusque besoin de se masser la nuque lui permit de se rendre compte qu'il était revenu de sa course d'obstacles avec une douleur sournoise, probablement renforcée par toute la tension qui l'habitait. Alors qu'il bougeait la tête d'un côté puis de l'autre afin de se décrisper, son regard tomba sur le coffret que Rhys avait laissé sur son bureau. Encore intrigué par cette fameuse cassette, il la prit, l'approcha de la lampe, l'ouvrit et en examina l'intérieur. Rien ne lui parut anormal, même lorsqu'il retourna la boîte, et il s'apprêtait à la reposer sur son bureau quand il remarqua que la rainure qui courait autour du fond était très légèrement plus large sur le côté droit. Prenant un coupe-papier, il en fit glisser la pointe dans cette entaille. A l'angle des deux parois de la cassette, la lame s'enfonça d'un millimètre dans une petite indentation. Mais rien ne se produisit jusqu'à ce que Jeff appuyât sur le bois. Un léger bruit se fit alors entendre, et, à son grand étonnement, Jeff vit une lamelle se soulever en basculant, comme actionnée par un levier. Penchant le coffret vers la lumière, il scruta par l'étroite ouverture le double fond ainsi découvert avec l'espoir de trouver enfin ce qui avait sans doute poussé quelqu'un à tuer une jeune mère. Hélas, le compartiment secret était vide !

Jeff marmonna un juron de dépit. Il n'avait rien découvert qui pût prouver que le coffret avait contenu un document secret de la plus haute importance ou, pour le moins, quelque chose qui eût permis à Raelynn de croire à l'hypothèse de Rhys. Bien qu'il n'eût aucune envie de se l'avouer, Jeff devait reconnaître qu'il n'avait pas avancé d'un pas.

Il se leva et, jetant un coup d'œil à l'horloge sur le manteau de la cheminée, s'aperçut qu'il était beaucoup plus tard qu'il ne l'avait cru. Par-delà les fenêtres, une myriade d'étoiles parsemait le ciel d'un bleu profond. La lune était si lumineuse que l'on voyait s'allonger sur les pelouses l'ombre des grands chênes verts.

Un étrange sentiment de nostalgie s'empara de Jeff tandis qu'il contemplait la nuit étoilée. Un sentiment dont il ne pouvait déterminer la cause exacte mais qui n'en était pas moins intense. Sans doute était-il en partie provoqué par le désir de retrouver le bonheur qui lui échappait depuis la découverte du corps de Nell. Mais il sentait que la véritable explication était beaucoup plus complexe. Raelynn lui était apparue comme cette part manquante de lui-même, cette moitié mythique qui permet de ne faire qu'un avec l'autre. La douleur de voir cette perfection s'écrouler l'obligeait évidemment à lutter contre une mélancolie insidieuse, émotion sinon nouvelle pour lui, du moins ressentie avec une force inhabituelle.

Etant donné les circonstances, il ne pouvait reprocher à Raelynn sa confusion et sa frayeur. Plusieurs années auparavant, il avait surpris son frère quittant Oakley alors que Louisa Wells, propriétaire du domaine en ce temps-là, venait d'être assassinée. Les soupçons qu'il avait alors éprouvés à l'égard de Brandon, pourtant innocent, lui permettaient de comprendre Raelynn. Mais il ne pourrait pour autant tolérer de lui inspirer peur et suspicion indéfiniment... Elle était son épouse. Il avait besoin de sa confiance et de sa loyauté. Plus simplement, il éprouvait le désir d'être à ses côtés. Se sentir séparé d'elle lui était intolérable. Il avait déjà pris goût à son rôle de mari attentionné et protecteur, et il attendait en retour des dispositions aimables de la part de sa femme.

Anxieux, Jeff se frotta le visage tandis qu'il cherchait désespérément une solution à ses problèmes de plus en plus lancinants. La seule façon de mettre rapidement un terme à cette situation qui l'éloignait cruellement de Raelynn était évidemment de confondre le criminel et de le faire condamner. Pour l'heure, fatigué, las, il préférait remettre à plus tard une nouvelle confrontation avec sa jeune femme. La nuit allait leur permettre de se reposer et de faire le point.

Parvenu à cette sage conclusion, il allait quitter son bureau lorsqu'il entendit Cora traverser le hall d'un pas précipité, suivie de Kingston qui tentait de la retenir. Mais, beaucoup plus jeune que le maître d'hôtel, Cora lui échappait facilement, et Jeff la vit bientôt franchir le seuil de son bureau.

— Tu n'as pas le d'oit de veni' embêter missié Jeff'ey à cette heu'e-ci ! lui cria désespérément Kingston. Il a eu assez d'ennuis aujou'd'hui. Et toi, tu vas enco'e le mett'e en colè'e.

— Ça va, Kingston, intervint Jeff en soulignant ses paroles d'un geste de la main.

Malgré le profond respect que le maître et le serviteur partageaient l'un pour l'autre, Jeff devait parfois rappeler son employé à l'ordre.

Restait à savoir si ce nouvel accrochage entre Kingston et Cora intervenait au sujet du bébé de Nell. Après avoir été un célibataire endurci, Jeff n'avait aucune envie de devenir un père adoptif en l'espace d'une nuit. Il oublia Kingston pour se tourner vers sa gouvernante.

— Qu'est-ce qui te met dans cet état, à une heure pareille, Cora ?

— C'est Mme 'aelynn, répondit Cora en se tordant les mains. J'ai f'appé et f'appé à sa po'te pendant des heu'es, et elle 'épond pas, missié Jeff'ey. Y a quelque chose qui va pas. Elle est peut-êt'e en colè'e, mais faut quand même qu'elle nou"isse le bébé.

Jeff resta stupéfait.

— Que diable veux-tu dire ? Qu'est-ce que ma femme a à voir avec le bébé de Nell ?

— Je pa'le pas du bébé de Nell, mais du vôt'e, missié Jeff'ey. Mme 'aelynn est enciente, et je c'ains qu'elle soit pa'tie.

En un éclair, Jeff sortit de son bureau sans un mot. Les deux serviteurs se précipitèrent alors derrière lui tandis qu'il montait l'escalier quatre à quatre. En quelques enjambées il fut devant la porte de Raelynn, fermée à double tour comme il s'y attendait. Pas le moindre bruit ne provenait de la chambre. Il tourna en vain la poignée, puis, pris de panique, hurla le nom de sa femme à travers les vantaux.

— Raelynn, ouvrez-moi immédiatement ! Si vous m'entendez, réagissez, ou je casse la porte !

N'obtenant aucune réponse, il colla son oreille au battant dans l'espoir de surprendre un signe de sa présence. Mais il avait déjà le pressentiment qu'il perdait son temps.

— Vous voulez que j'aille voi' du côté de la vé'anda, missié Jeff'ey ? proposa Kingston qui arrivait en courant.

Jeff se sentait prêt à tout pour retrouver sa femme, y compris démolir cette maison de haut en bas s'il le fallait.

— Recule, Kingston, dit-il, le regard sombre.

Devant ses serviteurs médusés, il leva une jambe musclée par des années d'équitation et donna un grand coup dans un battant. Mais la lourde porte résista à son assaut.

Epouvanté par cette violence chez un homme qu'il considérait depuis toujours comme un modèle de sang-froid, le maître d'hôtel laissa échapper une exclamation puis revint à sa proposition :

— Ça me p'end'ait qu'une minute d'aller vé'ifier...

Sans l'écouter, Jeff renouvela sa manœuvre, et, cette fois-ci, le bois se fendit autour de la serrure. Au troisième assaut, le panneau céda enfin. Dans la chambre, une lampe brûlait sur la table de nuit, les portes-fenêtres étaient ouvertes et, comme Jeff l'avait redouté, Raelynn avait disparu.

Cora porta une main tremblante à sa bouche quand elle se rendit compte à son tour que ses inquiétudes étaient fondées.

— Doux Jésus ! Cette petite est pa'tie. Qu'est-ce qui a pu lui passer pa' la tête, missié Jeff'ey ?

Le visage crispé, le sang glacé, Jeff pensait au danger que courait Raelynn, enceinte de leur premier enfant, hors des murs d'Oakley, alors qu'un assassin rôdait dans les parages.

Il se tourna vers Kingston et lui donna ses instructions.

— Va aux écuries demander à Sparky de préparer Majestic pour une longue course. Et qu'il accroche un fourreau de fusil à la selle. Allez ! Dépêche-toi.

— Vous aurez besoin de nou"itu'e, d'eau, de couve'tu'es, intervint Cora. Pou' deux. Et puis on sait pas combien de temps vous se'ez pa'ti. Tout se'a p'êt en même temps que vot'e équipement, missié Jeff'ey.

Sans prendre la peine de répondre, Jeff se dirigea à grands pas vers sa chambre où il enfila une veste épaisse, mit une casquette et glissa dans sa poche un fourreau contenant un couteau de chasse. Puis il redescendit, prit un fusil, deux pistolets et des munitions au râtelier d'armes.

Sparky était déjà en train de sortir Majestic des écuries quand il arriva. Il mit le fusil dans le fourreau et attacha les cartouchières au pommeau de la selle.

Jetant ensuite un coup d'œil à l'intérieur, Jeff demanda à Sparky :

— Est-ce qu'un cheval manque, en dehors de Fortuna ?

— Non. J'ai vérifié. Il manque même pas une couverture.

— Bon Dieu ! lâcha Jeff.

Sa jeune femme courait un véritable danger. Si au moins

elle était partie à cheval, elle aurait eu plus de chance d'échapper à une éventuelle rencontre avec le tueur.

Tandis qu'il équipait Majestic afin d'être en mesure de passer le nombre de jours nécessaires dans la campagne, Cora arriva au pas de course. Essoufflée, elle lui apportait les provisions de bouche qui lui manquaient encore.

— Vous nous la 'amène'ez, pas v'ai ?

— Oui, Cora, assura Jeff.

Il prit le temps de vérifier que Sparky n'avait oublié ni les couvertures ni le ciré. La selle, plus large que celle qu'il utilisait habituellement, était munie d'un pommeau dont il connaissait l'utilité dans certaines situations périlleuses. Il avait même suffisamment de place pour accrocher le rouleau de corde que Sparky avait eu l'intelligence d'inclure dans son paquetage.

— Vous avez besoin d'autre chose ? lui demanda son entraîneur, avec une pointe d'inquiétude dans la voix.

— Non. Je crois que tout y est, Sparky.

Esquissant un sourire, Jeff se mit en selle.

L'étalon fut manifestement réceptif à l'impatience de son cavalier. Dès que Jeff toucha ses flancs d'un coup de talon, le coursier se mit en mouvement. Quelques secondes plus tard, il partait au galop et se fondait dans la nuit avec son maître.

Sur un monticule, à proximité du cours d'eau dans lequel il s'était délecté d'une baignade voluptueuse en compagnie de Raelynn, Jeff tira sur les rênes et contempla la lune à l'instant où elle disparaissait derrière l'horizon boisé. Le peu de clarté qui lui avait permis jusque-là de se guider à travers la campagne s'évanouit.

Il devenait maintenant évident qu'il ne pouvait plus rien faire, sinon attendre l'aube.

Mettant pied à terre, il commença par faire un feu de camp,

au cas où Raelynn se trouverait dans les parages et voudrait revenir vers lui. Puis il dessella son cheval et le conduisit vers le cours d'eau. Pendant que Majestic se penchait pour s'abreuver, Jeff remarqua un morceau de mousseline accroché à un buisson. Il l'arracha aux ronces et alla l'examiner à la lueur du feu. Il s'agissait bien d'un fragment du déshabillé que Raelynn portait lorsqu'elle était descendue répondre aux questions de Rhys.

Jeff avait retenu certains principes fondamentaux des méthodes d'Elijah. Il avait quitté Oakley en effectuant un large cercle autour de la maison, à la recherche du moindre indice qui pourrait lui révéler la direction prise par Raelynn. A l'évidence, des pas précipités s'étaient dirigés vers les sous-bois, et, en espérant que sa femme n'avait pas pris un chemin menant aux marécages, il avait tout de même suivi la piste incertaine et s'était retrouvé là, au bord de la petite rivière, où cette découverte venait confirmer ses craintes.

Il scruta les ombres à l'entour en nourrissant le fol espoir d'y trouver Raelynn, nichée sous un buisson, à l'abri de la fraîcheur de la nuit. Déçu, il porta son attention sur un cercle plus large, le cœur meurtri à l'idée que sa femme, ayant plus peur de lui que de quiconque, n'avait pas hésité à se perdre dans la campagne. Mais il préférait encore l'imaginer seule, égarée, qu'en compagnie de l'assassin de Nell. Le voleur de Fortuna était parti dans la direction qu'elle-même avait empruntée, et même s'il pouvait avoir parcouru un long chemin, il pourrait aussi avoir fait demi-tour. Il lui faudrait alors peu de temps pour tomber sur les traces de Raelynn, et dans ce cas sa jeune épouse ne tarderait pas à être à la merci de cet affreux individu.

Ces sombres pensées se révélèrent bien encombrantes quand Jeff chercha à dormir un peu. Assailli par des visions morbides de sa jeune femme en péril, il rouvrit les yeux et regarda danser les flammes de son feu de camp. Qu'aurait-il choisi de faire si Raelynn avait été devant lui ? L'aurait-il secouée comme une enfant que l'on essaie de raisonner sans savoir comment s'y prendre ? L'aurait-il serrée dans ses bras, soulagé de la retrouver saine et sauve ? L'indécision le rongea si bien que le jour se leva sans qu'il eût dormi un seul instant.

12

La clarté lunaire se refléta sur l'eau que Raelynn retenait au creux de ses paumes. Mais dans le scintillement qui apparut entre ses mains surgit une fois de plus l'image de Jeff, debout près du corps de Nell, le couteau ensanglanté à la main. La jeune femme se souvenait vaguement d'avoir quitté sa chambre deux jours plus tôt, sans savoir où elle allait, à l'heure où l'après-midi prenait des teintes crépusculaires. Mue par une panique grandissante et le besoin de disparaître avant le retour de son mari, elle s'était enfuie sans se prémunir contre une longue errance. Elle n'avait même pas pris de manteau, alors que les nuits d'automne avaient cette froideur piquante qu'elle avait eu du mal à supporter, le premier soir, sous les branches basses d'un chêne vert, à proximité de la maison, puis le second, réfugiée sur un tapis de mousse entouré de hautes herbes. Quant à se nourrir, elle n'y avait pas songé, bien qu'elle se fût à peine restaurée dans les heures qui avaient précédé sa fuite. En chemin, elle avait trouvé quelques baies et deux patates douces, sans doute tombées d'une charrette à la suite d'une récolte. Après avoir nettoyé leur peau, elle les avait mangées crues, en songeant aux somptueux repas d'Oakley. Il ne lui était cependant pas possible de faire la difficile.

Lentement elle balaya du regard les ombres profondes qui l'entouraient et rendaient le paysage étrange. Dans tout ce noir et ce gris, elle ne pouvait se repérer. Elle se trouvait sans doute à des kilomètres de la plantation, ou bien même dans un autre monde, après ces heures innombrables passées à fuir, en trébuchant à travers les bois, sans cesse piégée par les ronces. Mais elle s'étonnait d'avoir échappé à l'état de stupeur dans lequel l'avait plongée la vision de Jeff, debout dans ce box semblable à une mare de sang.

D'une main lasse, elle rejeta en arrière les mèches, alourdies de brindilles et de feuilles mortes, qui collaient à ses joues. Sa chevelure défaite l'avait contrainte plus d'une fois à s'arrêter afin de l'arracher à une branche ou à des épines. Comme elle regrettait de porter encore ses longs cheveux ! A la vue de ses doigts égratinés, elle se dit qu'elle aurait dû écouter son envie de les couper, quelques semaines plus tôt.

Si elle avait préparé sa fuite, elle aurait demandé à Tizzy de natter ses cheveux. Or il s'était passé tout le contraire. Pressée d'être seule et de se coucher, elle avait renvoyé sa chambrière et simplement brossé ses boucles auburn. Mais, hélas, elle s'était mise à repenser aux événements de la nuit précédente. Fatiguée, elle avait craint que Jeff, en revenant de sa chevauchée, ne vînt lui faire préciser avec insistance ce qu'elle avait réellement vu. Craignant ce harcèlement, elle s'était sauvée dans un moment de panique, sans se soucier de prendre des provisions ni même de se changer.

Raelynn tenta de se repérer en interrogeant le ciel. Bien sûr, ayant vécu dans un hôtel particulier de Londres, entouré d'arbres hauts et feuillus, elle n'avait guère eu l'occasion d'observer les étoiles et la trajectoire de la lune. L'astre nocturne lui sembla cependant plus bas que la dernière fois qu'elle avait levé les yeux, et elle en conclut qu'il devait être très tard. En songeant qu'elle était peut-être bien loin d'Oakley, elle éprouva soudain une étrange mélancolie qui lui donna envie d'épancher son chagrin. Seul le hululement d'une chouette, en la rappelant à la prudence, la retint de sangloter éperdument.

Elle se savait perdue dans la nature, sans avoir la moindre idée du genre d'animaux sauvages qui risquaient de la prendre pour proie. Sans parler du meurtrier sur lequel elle pouvait tomber au détour d'un sentier, et qui était peut-être en quête d'une autre victime. Car si Jeff était innocent, comme il l'avait clamé, alors le coupable était probablement encore en liberté, et peut-être dans les parages. Une forêt n'offre-t-elle pas la meilleure des cachettes quand on a un shérif à ses trousses ? Olney s'était vanté haut et fort d'être capable d'échapper à la loi en se réfugiant dans les bois et les marais. D'autres que lui partageaient sans doute son état d'esprit et ses ruses de renard.

D'un autre côté, si Jeff s'était rendu coupable de la mort de Nell dans un accès de colère, alors elle devait faire face à une énorme supercherie. Le vaillant chevalier qu'elle avait cru deviner en son mari semblait de plus en plus appartenir à un rêve de jeune fille. L'image qu'elle avait eue de lui était trop parfaite, trop belle, trop noble, trop admirable pour être vraie. Néanmoins, en dépit de sa suspicion, Raelynn sentait son cœur protester, lui dire qu'elle se trompait, que Jeff était bien tel qu'elle l'avait imaginé et mieux encore, et qu'enfin elle avait mille fois tort de douter de lui.

Mais la scène sanglante resurgit une fois de plus à son esprit en la faisant frémir d'horreur. La nausée l'envahit et provoqua de tels spasmes qu'elle crut un moment vomir. Elle tomba à genoux et se pencha. Une fois apaisée, elle se redressa, affaiblie, en portant une main tremblante à son front couvert de sueur. L'humidité glacée qui montait du sol la pénétrait et la faisait frissonner. Si elle s'attardait ainsi sans bouger, elle risquait d'attraper la mort. Comment avait-elle pu partir sans se changer ? se reprocha-t-elle encore une fois.

Par un bel effort de volonté, elle réussit à se relever, et, bien qu'elle ignorât totalement où elle se trouvait, elle s'appuya contre un arbre, le temps d'essayer de se repérer. Si elle voulait survivre, elle devait trouver un moyen ou un autre de sortir de ces broussailles et de retourner à la civilisation.

Quelle direction emprunter ? Là était le problème essentiel que son esprit tourmenté ne risquait pas de résoudre facilement. Pour autant qu'elle pût en être certaine, deux choix rationnels s'offraient à elle : chercher à atteindre soit Charleston, soit Harthaven, à l'opposé. Entre les deux se trouvait Oakley, plus prêt de la plantation voisine que de la ville. Si elle allait à Harthaven, ce serait pour s'en remettre à la bonté et à la compréhension de son beau-frère et de sa belle-sœur. Elle savait que Brandon et Heather possédaient ces deux qualités, mais elle les mettrait évidemment dans une situation délicate en leur demandant refuge afin d'échapper à Jeff.

Maintenant, si Charleston devenait sa destination, elle se retrouverait alors complètement seule dans une ville où elle ne pouvait compter sur personne. Il lui faudrait trouver un travail, un toit, et survivre tant bien que mal, comme elle s'était attendue à le faire en arrivant d'Angleterre. Elle ne posséderait plus le privilège d'être la femme de l'un des hommes les plus fortunés de la région. On la rejetterait peut-être, on risquait de blâmer son audace et de la mépriser pour avoir quitté la maison de son mari. En outre, ceux qui verraient en Jeff l'assassin de Nell ne seraient même pas les derniers à se conduire ainsi avec elle. Oui, une épouse déloyale, désobéissante, devait s'attendre à des manifestations de dédain. Toutefois, Raelynn pensait pouvoir affronter plus facilement ce risque que celui de créer une discordance dans le clan Birmingham, auquel elle avait été si heureuse et si fière d'appartenir.

Si elle opta finalement pour le chemin de Charleston, il lui restait encore à s'orienter. Pour la première fois de sa vie, elle regretta de ne pas avoir écouté ses préceptrices lorsque celles-ci tentaient de lui faire découvrir les points de l'horizon où se levait la lune en fonction du calendrier. Et ces regrets ne firent qu'ajouter à sa perplexité.

Elle fouilla dans sa mémoire en quête d'un indice qu'elle aurait inconsciemment relevé au cours des innombrables trajets qu'elle avait effectués avec Jeff. Bientôt elle se souvint d'un charmant intermède dans le landau qui les reconduisait à Oakley, après une visite chez son beau-frère. Jeff, d'humeur particulièrement amoureuse, n'avait pas attendu d'être de retour pour se livrer à des caresses intimes. Parmi les détails à jamais gravés dans sa mémoire, il y avait la lune, basse sur l'horizon, qu'elle apercevait par la fenêtre de droite. Le dos appuyé contre les coussins de velours installés à l'angle de la banquette, elle avait vu Jeff ouvrir son corsage et sa chemise, et ses seins se parer d'un éclat argenté sous la douce lumière.

Un petit cri heureux lui échappa tandis qu'elle pensait se tourner vers l'est. Si ses calculs étaient justes, alors elle regardait dans la direction de Charleston. De toute façon, elle n'avait d'autre choix que d'avancer et de vérifier en chemin la véracité de son hypothèse.

Elle marcha donc pendant un temps qui lui parut sans fin. Au moins eut-elle l'occasion de se réchauffer, malgré l'inconfort de ses petits escarpins, nullement destinés à ce genre d'exercice. Pratiquement neufs quand elle les avait mis, deux jours plus tôt, ils avaient aggravé l'état et le nombre d'ampoules qu'elle s'était faites au cours du bal. Les cloques avaient éclaté maintenant, la peau était à vif, et Raelynn éprouvait des brûlures lancinantes. Mais, en dépit de ces maux, elle s'efforçait d'avancer sur un chemin pourtant de plus en plus accidenté.

A partir du moment où elle avait pénétré dans les sous-bois, les buissons épineux lui avaient éraflé le cuir chevelu, déchiré son vêtement de mousseline et égratigné ses bras, comme ses doigts, jusqu'au sang. Elle s'était aussi souvent pris les pieds dans des racines rampantes, tombant parfois de tout son long. Mais le besoin urgent d'échapper à cette nature sauvage lui permettait encore de dominer son épuisement. Encore fallait-il qu'elle ne meure pas de faim avant de pouvoir sortir de cette forêt. Dans ce cas, il faudrait des semaines, peut-être des mois, avant que quelqu'un tombât sur son corps en décomposition.

Soudain, elle eut une exclamation de détresse en se rendant compte qu'elle avait dévié de son chemin. A trop vouloir éviter une végétation inextricable, elle en avait oublié de se guider sur la lune. Si elle la voyait maintenant sur sa gauche, cela signifiait qu'elle se trompait de direction depuis un bon moment.

Une fois de plus les larmes brouillèrent sa vue, et, le cœur serré, elle se demanda pendant combien de temps il lui faudrait revenir sur ses pas. Perplexe, elle s'aperçut également que la sourde cacophonie des bruits de la forêt avait cédé la place à un bourdonnement incessant. Elle comprit alors qu'en se trompant de chemin, elle avait pénétré dans une zone plus basse et marécageuse. L'air s'était d'ailleurs réchauffé, ce qui aurait pu la réconforter si elle n'avait songé brusquement qu'elle s'exposait désormais à un plus grand danger. Moins à cause des moustiques et des chauves-souris que des reptiles, plus nombreux et alertes dans une tiédeur humide.

Par crainte de céder à la panique, Raelynn se dit que son imagination devait lui jouer des tours, que cette impression de sentir glisser quelque chose sur ses escarpins n'était qu'une hallucination. Toutefois, quand elle baissa les yeux afin de s'en assurer, elle faillit hurler en découvrant un grand serpent en train de ramper sur ses chaussures. D'un coup de pied, elle l'envoya dans une flaque d'eau boueuse, mais cette réaction courageuse fut suivie de frissons convulsifs et d'un flot de larmes qu'elle laissa couler, trop fatiguée, trop désorientée pour qu'il en fût autrement.

Au bout d'un moment elle parvint à s'apaiser, elle avait

cependant la certitude d'être à bout de ressources. Exténuée, perdue, terrifiée par la présence des hôtes des marais, elle ne pouvait poursuivre sa route sans commettre une folie, sans aller à la catastrophe.

Percevant une autre ondulation suspecte dans un buisson, Raelynn n'hésita pas à se réfugier dans un arbre. Enfant, elle s'amusait à grimper le plus haut possible. Elle adorait ce jeu, et, se souvenant de la technique apprise à l'époque, elle réussit, malgré sa tenue, à atteindre une branche suffisamment haute pour se sentir en sécurité. De son perchoir, elle regarda le sol tandis que la lune commençait à disparaître derrière l'horizon. Mais, en dépit de la faible clarté, Raelynn semblait apercevoir, à l'endroit qu'elle venait juste de quitter, d'étranges mouvements sinueux sur la mousse.

Résolue à rester sur son arbre jusqu'au lever du jour, elle s'appuya contre le tronc à l'écorce rugueuse et ferma les yeux. Mais, comme dormir eût été le meilleur moyen de tomber, elle s'apprêta simplement à prendre un peu de repos.

A peine fut-elle ainsi installée qu'un battement d'ailes à deux doigts de son visage lui fit comprendre qu'elle ne connaîtrait aucun moment de répit. Accablée, elle observa le vol angoissant des chauves-souris qui tournoyaient autour d'elle et, la gorge nouée, pria silencieusement dans l'attente d'un jour nouveau.

Après avoir levé le camp, Jeff eut rapidement la certitude que Raelynn s'était enfoncée dans la zone marécageuse. L'endroit où elle avait visiblement bifurqué ne laissait malheureusement aucun doute.

Le lever du soleil dissipant la fraîcheur de la nuit, la température commença de monter résolument. Jeff vit se multiplier autour de lui les moustiques et les chauves-souris. Mais, en dépit de leurs attaques, Majestic continua de répondre vaillamment aux sollicitations de son cavalier.

Au cours de leur enfance, Jeff et Brandon avaient souvent parcouru les marais, qu'ils avaient ainsi appris à connaître et dont ils savaient se méfier. Les deux frères avaient découvert les meilleurs coins pour pêcher et chasser. Au fil du temps, ils avaient également rencontré ces hommes qui avaient choisi, pour une raison ou une autre, de vivre ici à l'écart de la société. L'un d'eux, connu sous le nom de Pete le Rouge, avait semblé à Jeff d'un grand âge quand lui n'était encore qu'un jeune adolescent. Il s'arrêta devant sa cabane et l'appela. L'endroit paraissait désert. Les reclus des marais se montraient toujours prudents et restaient cachés tant qu'ils n'étaient pas sûrs de ne prendre aucun risque. En attendant Pete, Jeff cueillit une herbe fine, qu'il mâchonna entre ses dents. Puis il perçut un léger mouvement derrière les arbres, au-delà de la cabane, et sut que Pete était bien là.

Le vieil homme, au visage ridé comme une pomme, émergea du sous-bois et regarda son visiteur, les yeux plissés, le regard circonspect. Portant un gilet savamment brodé sur de vieilles guenilles, le vieillard s'avança en boitant, appuyé sur une canne au pommeau perlé.

— Je pensais bien te voir un de ces jours, Jeffrey. Comment tu vas ?

En dépit des années, Pete le Rouge avait encore l'air très en forme, remarqua Jeff, et ses cheveux, qui lui valaient son surnom, gardaient toute leur couleur.

— Pas trop mal, répondit Jeff d'une voix traînante.

— Et ton frère ?

— Il va mieux que jamais. Dans quelques semaines, il aura un deuxième enfant.

— Grand bien lui fasse ! observa Pete avec un petit rire.

Il se gratta le torse à travers sa chemise.

— Il paraît qu'il s'est trouvé une belle petite Anglaise, ajouta-t-il, et toi aussi tu t'es fixé. Enfin, d'une certaine façon, non ?

Jeff leva les sourcils. La réserve exprimée par Pete lui laissait deviner que l'on parlait de sa situation présente jusque dans les marais. Mais il en était à peine surpris. En dépit de leur isolement, Pete le Rouge et ses congénères lui avaient toujours paru très bien informés de ce qui se passait dans Charleston et sur les plantations environnantes.

— Si je comprends bien, vous savez déjà que je suis à la recherche de ma femme, remarqua Jeff. Vous l'auriez aperçue, par hasard ?

Pete le Rouge cracha un long jet de salive imbibée de nicotine et secoua la tête.

— J'ai pas vu un seul de ses cheveux. Non. C'est Elijah que j'ai vu hier soir. Il pistait quelqu'un pour toi.

Jeff hocha lentement la tête.

— Je lui ai demandé de débusquer celui qui m'a volé un cheval. Il a trouvé quelque chose ?

— Je crois bien que oui. Il suivait la piste d'un nommé Hyde qui aurait laissé de belles traces, faciles à repérer, comme s'il avait eu peur de quelque chose. Et puis après, le fuyard aurait fait une chute, peut-être à trois ou quatre kilomètres d'ici. Le cheval se serait sauvé et Hyde aurait continué à pied, mais lentement, probablement blessé. Quand Elijah est passé, il suivait toujours la trace de ce type.

— On peut compter sur Elijah. Il va peut-être aussi tomber sur la jument qui ne doit pas être très loin. En attendant, si vous voyez ma femme, essayez de la retenir un peu. Le temps que je revienne.

Pete le Rouge acquiesça.

— Je ferai de mon mieux, Jeffrey. Est-ce qu'elle aime les crêpes de maïs, par hasard ?

— Je crois qu'elle les adore.

— Je lui en ferai des tonnes. Le temps qu'elle arrive ici, elle aura sûrement faim.

Après deux nuits passées dans les bois et une troisième

dans les marais, Jeff espéra que la faim était le seul problème de Raelynn. Il quitta Pete le Rouge sans autre commentaire, en le remerciant de sa sollicitude.

Les marais se refermèrent de nouveau sur Jeff, ralentissant son allure. Dans le bourdonnement des insectes et la chaleur croissante, Jeff s'obstina à avancer, ne consentant à s'arrêter de temps à autre qu'afin de permettre à Majestic de s'abreuver. Le soleil commençait à décliner quand enfin il perçut quelque raison d'espérer ne pas rentrer bredouille.

Tandis que l'aube se levait, Raelynn redescendit de son arbre. A la fois engourdie, percluse de douleurs, exténuée, elle était également assoiffée, au milieu d'eaux stagnantes auxquelles elle ne voulait pas toucher de peur de tomber malade. Elle ne pensa à la rosée retenue, au creux des feuilles, que beaucoup plus tard, quant tout se fut évaporé, à l'exception de deux ou trois gouttes qui ne pouvaient suffire à étancher sa soif. Quant à se nourrir, elle ne voulait même pas y songer. Pour profiter de l'abondance des végétaux autour d'elle, il lui eût fallu savoir distinguer les plantes comestibles des autres. La faim la tuerait peut-être, mais plus lentement qu'une plante vénéneuse.

Les heures passèrent en augmentant tous ses maux, et si la canopée la protégeait du soleil, la chaleur accablante lui donnait l'impression de se débattre dans une épaisse mélasse.

Néanmoins elle réussissait miraculeusement à avancer sur un terrain encombré de racines, lesquelles, à chaque pas, risquaient de la faire tomber. Ses ampoules faisaient de sa marche un calvaire. Afin de soulager un peu ses pieds meurtris, elle arracha du tillandsia aux branches basses d'un arbre et en tapissa ses chaussures. Elle prit également soin de se bander les chevilles avec des morceaux de son déshabillé de mousseline. Mais, en dépit de ces précautions, Raelynn était à bout de forces. Jamais elle n'avait été dans un tel état, et, faisant le compte de ses tourments, elle fut tentée de baisser les bras, de se laisser tomber par terre et d'éclater en sanglots. Mais ses os étaient si douloureux qu'elle doutait tout simplement de pouvoir changer de posture.

Elle avança obstinément à travers les marais avec pour unique consolation l'arrivée d'une légère brise, apportant un rien de fraîcheur et chassant les moustiques.

Enfin, au beau milieu de sa détresse, elle perçut le hennissement d'un cheval. Raelynn crut à une hallucination mais s'immobilisa tout de même et regarda autour d'elle avec, au cœur, le fol espoir d'avoir bien entendu. Se pouvait-il que quelqu'un vînt enfin la secourir ?

L'apparition de Fortuna fut pour Raelynn encore plus douce que la brise. A quelque distance, la jument broutait tranquillement l'herbe d'un monticule. Aussitôt, la jeune femme eut le sentiment d'échapper enfin à la menace des sombres marécages. Elle ignorait par quel miracle ce cheval se trouvait ici, mais cette vision lui procurait une joie indicible.

La jument chassa des insectes d'un mouvement brusque de la tête, regarda ensuite Raelynn puis, indifférente à cette présence humaine, recommença de brouter.

Doucement, la main tendue, Raelynn s'approcha de Fortuna en l'incitant à rester sur place, la suppliant d'être docile. A sa grande surprise, quand elle la toucha et se mit à lui caresser le garrot, la jument ne broncha pas.

— Oh, Fortuna ! Je ne peux pas croire que ce soit toi, murmura la jeune femme, des larmes de gratitude dans la voix. Que fais-tu si loin de la maison ?

Raelynn songea que si la jument était douée de la parole, elle lui retournerait sans nul doute sa question.

— Je sais, Fortuna. Nous nous sommes sauvées toutes les deux, et maintenant nous sommes prises au piège de cet infernal marécage. Je commence à me dire que j'étais tout de même mieux à Oakley. Et toi ?

Fortuna continuait à brouter, sans se soucier des déductions et des regrets humains. Passant une main douce sur son pelage, Raelynn vérifia qu'elle n'était pas blessée. En revanche, elle avait servi de festin aux moustiques et aux chauves-souris, comme le prouvait une véritable couche de plaies minuscules sous le pelage.

Pendant que Fortuna poursuivait son repas, Raelynn tira vers la jument un épais morceau de bois mort qu'elle comptait utiliser afin de se hisser sur son dos. Lui caressant l'encolure, en continuant à lui parler doucement, la jeune femme pria pour que la bête reste calme.

Fortuna se montra d'une docilité surprenante, mais, se souvenant des réticences de Jeff lorsqu'elle avait voulu la monter, Raelynn s'installa sur son dos avec précaution. L'absence d'une selle et le fait de monter le cheval en amazone n'avaient rien de confortable. Raelynn se contorsionna en tentant de protéger les zones les plus vulnérables de son corps avec sa chemise. Ce furent peut-être ses mouvements qui indisposèrent la jument, d'un naturel rétif. En tout cas, Raelynn ne tarda pas à constater que les appréhensions de Jeff étaient fondées. Brusquement, Fortuna commença à lancer des ruades en tournant sur elle-même et envoya sa cavalière dans une mare d'eau stagnante. Si l'eau putride évita à Raelynn de se blesser, l'odeur lui souleva le cœur. Qu'elle eût l'estomac vide s'avéra une aubaine en la circonstance ! Accablée, elle resta là, assise dans la flaque, les cheveux pleins de boue et des larmes sur les joues, son vêtement imbibé de cette eau nauséabonde dans laquelle elle trempait jusqu'aux hanches. A cet instant précis, elle fut certaine d'offrir l'image même de la répulsion.

— Mon Dieu, pourquoi ai-je quitté l'Angleterre ! gémit-elle avant d'éclater en sanglots.

Comme pour la consoler, Fortuna s'approcha et frotta son nez contre ses cheveux. Mais, après cette chute imméritée,

Raelynn laissa éclater sa colère plutôt que d'accepter ce réconfort.

— Va-t'en, méchant canasson ! Je me chargerai de te faire atteler à une charrue ! cria-t-elle à la jument entre deux sanglots.

Elle pensa un instant ne plus bouger, afin d'éviter d'aggraver ses douleurs. La faim et la soif furent cependant plus fortes que son abattement. Elle se releva lentement, en grimaçant, glissa, retomba, recommença, jusqu'à ce qu'elle parvînt finalement à s'extirper de ce trou fétide. Elle attrapa alors Fortuna par l'oreille et agita un doigt menaçant sous les yeux superbes de la jument.

— Maintenant, écoute-moi bien, Fortuna ! Je suis très fatiguée, complètement égarée et très en colère contre toi. Alors, si tu tiens à ta carcasse, je te conseille de me laisser te monter et de sortir de ce marécage malodorant. Tu as compris ?

La jument tenta de relever la tête, mais Raelynn la retint par l'oreille.

— Si tu ne changes pas d'attitude, je te promets que tu iras au labour, et crois-moi, ma jolie, tu n'aimerais pas du tout ça !

A parler ainsi à un cheval, Raelynn se demanda si elle ne perdait pas la tête, mais peu importait. Elle avait besoin d'un bon bain chaud et d'effluves parfumés.

Prenant la crinière du cheval à pleine main, elle fit retourner l'animal vers le morceau de bois, remonta dessus, se hissa de nouveau sur le dos de la jument, se cramponna et attendit un long moment pour voir si Fortuna recommençait à se livrer à des ruades intempestives. Quand elle fut assurée d'une relative docilité de sa monture, Raelynn lui fit prendre la direction qu'elle espérait être la bonne. Dès que la jument eut effectué un long parcours sans incident, Raelynn s'autorisa un peu de détente, sans pour autant relâcher la belle crinière de son coursier.

Après des heures interminables passées sur un terrain chaotique, Raelynn vit avec soulagement s'annoncer un parcours plus confortable. Elle appréciait la foulée fluide de Fortuna, le luxe de pouvoir reposer ses pieds et celui d'avancer en dominant les ronces et les épines de toutes sortes.

La brise s'était renforcée en apportant un rafraîchissement qui allégeait l'humeur de Raelynn. Elle en arrivait même à croire qu'elle survivrait à sa folle équipée quand elle s'aperçut, le cœur serré, que les marais devenaient de plus en plus sombres.

Tandis qu'elle cherchait à scruter le ciel à travers les feuillages, de nouvelles frayeurs la saisirent. Le vent qu'elle avait savouré poussait maintenant de gros nuages inquiétants au-dessus de sa tête, et elle était encore désemparée par cette mauvaise surprise quand un éclair zébra le ciel. Un instant plus tard, la pluie fouettait son visage.

Une exclamation de désespoir s'échappa de ses lèvres. D'un coup de talon, elle incita la jument à accélérer l'allure afin d'échapper à l'averse. Mais le sol lourd, collant, contraria l'effort de l'animal. Un peu plus loin, tout fut noyé dans une pluie torrentielle. En quelques instants, Raelynn fut trempée jusqu'aux os, le déshabillé de mousseline collé à son corps comme une seconde peau. Sa seule consolation fut de se dire qu'elle pouvait maintenant étancher sa soif. Restait à savoir si, dans toute cette eau, elle n'allait pas se noyer.

Elle chercha des yeux un abri et guida la jument vers le bouquet d'arbres le plus proche. Mais Fortuna, anxieuse, s'élança en avant et alla s'enfoncer dans de la tourbe.

Tandis que sa monture cherchait vainement à s'extirper de ce bourbier, Raelynn, accablée, refoula les larmes qui lui montaient aux yeux. Soudain, un éclair aveuglant déchira le ciel et vint frapper l'un des arbres sous lesquels elle avait voulu se réfugier. Dans une gerbe d'étincelles, la foudre fit éclater le tronc en deux, comme s'il n'avait été qu'une brindille. Terrorisée, Raelynn croisa ses bras devant son visage afin de se protéger des éclairs blafards. Elle vit quand même l'arbre s'abattre dans un grand fracas, entraînant dans sa chute les branches des arbres voisins. Avant même qu'il eût touché le sol, un coup de tonnerre assourdissant sembla ébranler la terre. Frissonnante de terreur, Fortuna tenta une fois de plus de s'arracher au marais.

— Doucement, ma fille, murmura Raelynn, les lèvres à demi figées par la frayeur.

La jeune femme se rendait compte que si la jument ne s'était pas embourbée, elles auraient toutes les deux été foudroyées.

— Du calme, Fortuna, du calme, ajouta-t-elle. Nous sommes encore en vie. Du moins pour le moment.

La jument s'apaisa un peu, bien qu'elle continuât à trembler dans le piège boueux. Prestement, Raelynn mit pied à terre, décidée à sortir sa monture de cette situation. Mais déjà, elle-même commençait à s'enfoncer dans la vase. Tendant le bras vers une branche basse, elle parvint à s'y accrocher et à atteindre ainsi un terrain un peu plus ferme. Mais sa gorge se serra quand elle se retourna et s'aperçut que la jument était prisonnière d'un creux où la nature meuble du sol avait été aggravée par l'orage. Plus Fortuna se débattrait, plus elle s'enfoncerait, comme dans des sables mouvants.

La panique s'empara de la jeune femme. Elle était en danger de mort tout autant que l'animal. Car si Fortuna ne s'en sortait pas, elle doutait sérieusement de pouvoir avancer dans la boue, que le déluge rendrait bientôt impraticable. Comment faire cependant pour sauver Fortuna sans s'enfoncer avec elle dans la vase ?

De plus en plus inquiète, Raelynn regarda autour d'elle, cherchant désespérément un moyen de se tirer d'affaire. Jamais elle n'aurait assez de force pour hisser, à mains nues, la jument hors de ce bourbier.

Soudain, elle pensa aux plantes rampantes contre lesquelles elle avait si souvent buté. Certaines étaient peut-être suffisamment solides pour servir de cordes, et ainsi tirer le cheval. Aussitôt, elle scruta les alentours sous la pluie battante et trouva finalement, enroulée autour d'un arbre, une racine aérienne qui lui parut convenir. Mais l'arracher au tronc, alors qu'elle jeûnait depuis plusieurs jours et que la pluie ne cessait de la fouetter, fut une tâche exténuante. Quand la plante se détacha enfin de l'arbre, Raelynn tomba à genoux au milieu des ruisselets qui sillonnaient le sol.

A bout de forces, elle retrouva néanmoins sa détermination, se releva sous le déluge et chercha la meilleure façon de harnacher la jument. La partie de la racine qui courait sur la terre y était encore fermement ancrée, mais il restait à trouver quelque chose qui servirait de poulie. Raelynn eut l'idée de faire glisser sa corde de fortune autour de deux jeunes arbres vigoureux. Puis, maintenant la racine bien tendue, elle s'approcha de Fortuna en évitant soigneusement la partie la plus molle du terrain. Fatiguée, la jument se débattait de moins en moins, et, si dans la demi-heure suivante elle n'était pas sauvée, elle perdrait courage et serait happée par le marécage.

Le visage ruisselant de pluie, des mèches dans les yeux, Raelynn entreprit de passer autour du cou de l'animal la longue racine qu'elle fixa à l'aide de lambeaux de tissu arrachés à son vêtement. Puis, retournant vers les arbres, elle concentra tout le reste de ses forces pour tirer sur la racine, incitant d'une voix douce Fortuna à s'avancer vers elle. La jument se montrant docile, Raelynn put gagner quelques centimètres sur la corde de fortune. Un instant plus tard, l'animal fougueux, déjà agacé par son licou, secoua violemment la tête. En lui échappant, la racine meurtrit les paumes de Raelynn. Obstinée, la jeune femme reprit sa corde, tira dessus par à-coups, suppliant la jument de coopérer. De nouveau Fortuna chercha à s'extirper de la vase et permit ainsi à Raelynn de lui faire gagner un peu de terrain. Malgré le déluge incessant, le tandem parvint à progresser suffisamment pour que Raelynn pût se dire, soulagée, que la jument était presque hors de danger.

— C'est bien, Fortuna, tu y arrives ! jubila-t-elle en recrachant de la pluie. Continue. Encore quelques efforts et tu seras libérée.

Comme si elle comprenait, la jument prit l'élan qui était à sa portée, et Raelynn tira sur la racine, convaincue qu'elles arrivaient au bout de ce cauchemar. Mais, une seconde plus tard, la corde, trop sollicitée par le poids de la bête, se rompit en envoyant Raelynn dans une mare et Fortuna au fond de son bourbier. S'efforçant de se relever, la jeune femme poussa un cri de défaite, les poings sur les tempes, horrifiée de voir la jument se débattre vaillamment dans la boue où elle ne faisait que s'enfoncer de plus belle. Sentant que le danger devenait mortel, Fortuna poussa des cris perçants et redoubla d'efforts, mais en vain.

En voyant Majestic s'immobiliser brusquement, les oreilles dressées, Jeff remonta sur son front son chapeau dégoulinant de pluie. Convaincu que l'étalon avait entendu, senti, ou vu quelque chose, il tenta de percer du regard le rideau de pluie et la lugubre grisaille crépusculaire qui l'entouraient. Ne remarquant rien d'anormal, il mit pied à terre et caressa l'encolure de l'étalon.

— Qu'y a-t-il, mon grand ? Qu'est-ce qui t'a effrayé comme cela ?

Majestic hennit doucement, les yeux rivés sur l'horizon

sylvestre. Jeff tendit l'oreille, mais, en dehors des légers craquements de la selle dus aux mouvements des muscles de son cheval, il n'entendit que des sons familiers. Il lui sembla néanmoins percevoir au bout de quelques secondes un son inhabituel, mais si lointain qu'il était incapable de le définir. Peut-être s'agissait-il d'un cri de cheval pris de panique ?

Majestic répondit au coup de talon de Jeff sur ses flancs et, guidé par son cavalier, galopa en direction du lieu d'où continuaient à émaner des bruits faibles et distants. Plus il s'en approcha et plus Jeff fut convaincu d'entendre les cris d'un cheval. Sans doute s'agissait-il de Fortuna. Mais, pour le moment, sa seule certitude était que l'animal était en péril.

Continuant à prendre les hennissements de détresse comme point de repère, Jeff se fraya un chemin à travers la forêt, en s'appliquant à éviter les zones les plus marécageuses. Dès qu'il déboucha dans la petite clairière d'où montaient les cris de frayeur, il vit la jument, embourbée jusqu'aux flancs, tenter désespérément de s'arracher au marécage, aidée par une corde de fortune. Regardant à l'autre extrémité de la longue racine attachée à un arbre, il découvrit, le souffle coupé, que cette vaillante tentative de sauvetage était tout bonnement menée par sa femme. Trempée jusqu'aux os, Raelynn essayait désespérément de resserrer la corde autour du tronc de l'arbre.

— Raelynn !

Bien que l'appel de Jeff semblât se noyer dans le déluge, la jeune femme tourna la tête d'un brusque mouvement, puis, s'abritant les yeux de la pluie, chercha à repérer son mari. Mais l'eau qui ruisselait de ses cheveux l'obligea plusieurs fois à battre des paupières avant de pouvoir distinguer clairement sa silhouette. Un mélange de peur, de honte et de soulagement s'empara d'elle devant la vision de Jeff, dressé sur la selle de Majestic, harnaché tel un guerrier. Elle voulut parler, ouvrit la bouche, mais resta sans voix. S'il était le meurtrier qu'elle avait cru fuir en quittant Oakley, qu'est-ce qui l'empêcherait ici, au cœur de ces sombres marécages, de la supprimer, sans risquer un seul jour d'être inquiété ?

Jeff baissa son chapeau sur son front, remonta le col de son ciré et descendit de cheval. S'épargnant de perdre son temps en reproches, il s'empressa de prendre la corde attachée à sa selle et fit un nœud coulant à une extrémité qu'il passa autour de l'encolure de la jument d'un seul lancer. De la même façon, il harnacha la croupe, puis fixa la corde au pommeau de sa selle. Remontant ensuite sur Majestic, il l'amena un peu à l'écart du marécage, en terrain plus solide.

Lorsque l'étalon sentit la résistance de la corde, il continua d'avancer en forçant sa foulée, les sabots solidement ancrés dans la terre. De son côté, Fortuna regimba tandis que la corde se resserrait autour de sa croupe, et, pendant quelques instants, la manœuvre parut vouée à l'échec. Puis, de façon presque imperceptible, la jument émergea lentement du bourbier. A la seconde où ses sabots rencontrèrent un terrain plus ferme, elle poussa un hennissement triomphal et agita sa queue, lourde de vase. Majestic n'eut plus qu'une foulée à effectuer pour la libérer totalement.

— Oh, merci, mon Dieu ! s'écria Raelynn.

Son soulagement fut tel qu'elle en tomba à genoux, secouée de sanglots. Enfouissant dans ses mains son visage baigné de larmes, elle pleura de joie devant ce double sauvetage. N'était-il pas évident qu'elle aurait fini elle aussi par mourir en essayant désespérément de sauver son cheval ?

La main qui se posa sur son épaule la fit sursauter de terreur. Elle leva les yeux et vit Jeff, penché sur elle. Dans la pénombre du sous-bois accentuée par le rideau de pluie, elle trouva à son regard une lueur sauvage. La gorge nouée et ne sachant qu'attendre de lui, elle eut un mouvement de recul.

— Que faites-vous donc par ici, madame ? gronda Jeff. Ignoriez-vous ce qui pouvait vous arriver ?

Raelynn refusa de répondre, préférant détourner les yeux. Puis elle se tassa sur elle-même, la tête dans les épaules, comme une enfant qui s'attend à une punition.

Jeff marmonna un juron avant de soulever sa femme dans ses bras et de la porter vers l'étalon. Il la reposa un instant sur le sol afin de l'envelopper dans une couverture, puis la hissa sur le dos de Majestic. Ensuite il retira la corde de la croupe de Fortuna, et, la lui laissant autour du cou, il en attacha l'extrémité à un anneau de métal à l'arrière de sa selle. Installé derrière Raelynn, un bras protecteur glissé autour de sa taille, il guida à travers l'épaisse forêt l'étalon que suivait docilement la jument.

13

La fureur de l'orage épuisée, la pluie s'était transformée en bruine. Luttant contre l'humidité persistante, le couple chevauchait en silence à travers les marais. Cependant, tandis que Jeff restait vigilant afin d'éviter l'embourbement, Raelynn ne pouvait s'empêcher de céder à la fatigue, tant physique que nerveuse. Ses paupières se fermaient, sa tête plongeait en avant, et elle se serait écroulée si Jeff n'avait pas retenu d'une main ferme son visage contre son épaule. Le front niché dans le cou de son mari, elle s'abandonnait donc à la somnolence, en songeant vaguement que si Jeff avait voulu la tuer, il l'aurait déjà fait.

A l'approche de la nuit, l'obscurité envahit la forêt profonde. Raelynn eut brièvement conscience que le vent s'était levé, chassant les nuages qui permettaient à la lune d'apparaître par intermittence. Des souffles d'air glacé traversèrent ses vêtements mouillés et provoquèrent des frissons que Jeff tentait d'apaiser en la protégeant de son imperméable. Privée de l'énergie qui lui eût permis de résister, elle se laissa aller contre son torse et rêva d'un havre de chaleur et de réconfort.

Beaucoup plus tard, émergeant difficilement de son sommeil, elle s'aperçut que Jeff avait immobilisé Majestic, et elle jeta un regard oblique par-dessus son épaule. Incapable d'estimer la distance parcourue, elle ne put situer l'endroit où ils se trouvaient. A la clarté de la lune, elle découvrit une petite clairière au fond de laquelle se trouvait une cabane en bois abritée par de grands sapins. De la cheminée s'échappaient des volutes de fumée, et l'on distinguait la douce lumière d'une lanterne briller derrière les vitres. Non loin passait un cours d'eau dont le chant mélodieux se mêlait au hululement feutré d'une chouette.

— Qui vit ici ? demanda Raelynn, la voix tout ensommeillée.

— Un ami qui répond au nom de Pete le Rouge, répondit Jeff en descendant de cheval.

Il attacha les rênes de Majestic à un poteau, jeta ses sacoches en travers de son épaule, puis regarda Raelynn.

— Pete le Rouge a été pasteur, poursuivit-il en réussissant à esquisser un sourire. Par conséquent, je vous recommande de vous conduire sagement, madame. Il n'est pas exclu que notre hôte ait envie de nous sermonner, l'un et l'autre.

— Il vit seul ici ?

— Il a eu une femme et un fils qui ont tous deux été victimes d'une épidémie. Depuis, il mène une vie de reclus.

Les bras tendus vers Raelynn, Jeff s'apprêtait à l'aider à descendre quand il la vit se braquer, l'air soudain inquiet, le regard fuyant.

— Si vous avez l'intention de passer la nuit sur cette selle, madame, sachez que vous serez seule, l'informa-t-il. J'ai bien l'intention, en ce qui me concerne, de changer de vêtements, de me restaurer et de m'accorder un repos bien mérité.

L'évocation d'un repas fit danser une lueur d'envie dans le regard de la jeune femme. Elle avait l'impression d'avoir l'estomac vide depuis un mois, et, déjà, elle salivait.

— Venez Raelynn, ordonna Jeff en la soulevant de la selle.

Ses joues creuses témoignaient de son long jeûne que seuls l'orgueil et la peur refusaient de rompre. Mais Jeff n'était pas décidé à la laisser plus longtemps poursuivre ses folles imprudences.

— Vous devez vous nourrir. Pour le bien de notre enfant.

Brusquement, Raelynn releva la tête, surprise de constater que son mari était au courant de sa grossesse.

— Comment savez-vous ?

— C'est Cora qui me l'a dit.

— Je m'étonne qu'elle le sache, murmura Raelynn, de plus en plus décontenancée. Je n'en ai parlé à personne.

— Certes, vous avez été une belle cachotière ! remarqua Jeff, d'un ton amer. Mais Cora a du flair. Quant à moi, madame, je vous présente mes excuses. J'étais trop avide de vous faire l'amour, chaque nuit, pour m'apercevoir de quelque chose.

La tête penchée, Jeff regarda attentivement sa femme.

— Depuis combien de temps êtes-vous enceinte ?

Croisant les bras sur sa poitrine, Raelynn détourna les yeux afin de se soustraire au regard pénétrant de son mari.

— Depuis un peu plus de deux mois, répondit-elle à mi-voix.

— Et cela ne vous a pas empêchée de vous sauver comme un lapin effrayé, railla Jeff, impitoyablement. Je vous ferai également remarquer que ce n'est pas la première fois que vous me condamnez sans me donner une chance de m'expliquer ou de vous prouver mon innocence.

Son ton caustique fit rougir Raelynn. Mais, en dépit de son épuisement et de sa faim, elle se découvrit un reste de fougue.

— Qu'aurais-je dû me dire en vous trouvant à côté du cadavre d'une femme, un couteau ensanglanté à la main, et les vêtements tout aussi couverts de sang ? Sans compter que vous aviez menacé Nell de l'étrangler si elle revenait à Oakley.

— Si vous me croyez capable d'un crime aussi odieux, rétorqua Jeff, emporté par la colère et la frustration, alors, madame, vous n'êtes que mépris à mon égard. Et d'une injustice que vous manifestez d'ailleurs pour la seconde fois. Quel magistrat, digne de ce nom, condamnerait quelqu'un sans un procès équitable ? Mais vous, assise à la place d'un juge, vous m'auriez déjà fait pendre !

Il faillit faiblir devant le beau visage de Raelynn qui reflétait soudain une émotion intense. Cependant, la curieuse logique de sa femme commençait à le lasser, et il ne lui laissa pas le temps de se justifier.

— Comme je comprends que vous n'ayez aucune envie de vous commettre avec un assassin, je vous laisse vous chercher vous-même un lit pour la nuit, lança-t-il.

Puis, pivotant sur ses talons, il attacha la jument à un poteau, s'arrêta près de Majestic pour prendre son fusil, et finalement se dirigea vers la cabane où il frappa du poing contre la porte aux planches grossièrement équarries.

— Pete ? Vous êtes là ?

N'obtenant pas de réponse, il entra, regarda autour de lui, traversa la pièce, jeta un coup d'œil dans la petite chambre, n'y trouva personne, et en conclut que la cabane était vide.

Revenu dans la pièce principale, il déduisit d'après ses observations que Pete était encore chez lui moins d'une heure auparavant. Peut-être même venait-il de sortir, pour se cacher, comme il le faisait quand il entendait quelqu'un approcher. Cependant, cette fois-ci, Pete ne semblait pas avoir disparu par prudence. Le vieil homme avait laissé derrière lui une ambiance chaleureuse et accueillante.

Dans l'âtre sommairement construit, un feu crépitait joyeusement sous une grande bouilloire de fonte. Une table fort rustique, accompagnée de deux chaises tout aussi rudimentaires, se dressait devant la cheminée. Dessus, on avait posé un grand bol de faïence au bord ébréché et une louche. A côté, sur la planche à découper, se trouvaient un couteau et un morceau de gibier fumé qui semblait attendre une bouche affamée. Près de lui, Jeff trouva une note rédigée d'une grande écriture hâtive : « Je serai peut-être absent plusieurs jours, Jeffrey. Fais comme chez toi. »

Jeff laissa tomber ses sacoches sur une chaise, enleva son ciré, et il regardait dans le bol de faïence quand il entendit la porte s'ouvrir.

— Vous aimez les crêpes de maïs, n'est-ce pas, Raelynn ? demanda-t-il sans même se retourner.

De nouveau, la jeune femme se sentit saliver en entendant parler de nourriture.

— Oui, dit-elle d'une voix qu'elle-même trouva bien menue.

Se débarrassant de la couverture mouillée qui l'enveloppait, elle rejoignit Jeff et jeta un coup d'œil à ce qui s'offrait sur la table.

— Votre ami va-t-il revenir bientôt, Jeffrey ?

— Non, répondit Jeff d'un ton brusque.

La colère continuait à l'habiter malgré lui, car il devinait que la présence de leur hôte eût permis à sa femme de se sentir plus à l'aise. Elle répugnait tellement à rester seule avec lui que si elle n'avait pas été à bout de forces et affamée, elle eût sans doute tenté de se sauver de nouveau. Cela dit, il n'aurait pas été d'humeur à la laisser faire.

D'un geste, il désigna le message laissé par Pete, en se disant que Raelynn pouvait aussi bien le lire elle-même. Elle n'avait nul besoin d'être dorlotée par un mari qu'elle prenait pour un assassin.

Elle déchiffra les mots inscrits sur le papier puis poussa un soupir accablé, tout en jetant autour d'elle un coup d'œil circonspect. L'absence du dénommé Pete le Rouge la contrariait profondément. Elle avait espéré qu'il servirait en quelque sorte de tampon entre elle et Jeff. Pour la première fois depuis leur mariage, ils se retrouvaient sous le même toit sans aucun entourage. Quelques jours plus tôt, une telle intimité l'aurait ravie, mais aujourd'hui il en allait tout autrement. Poursuivie par d'horribles souvenirs, elle se sentait, dans ce tête-à-tête, terriblement vulnérable.

Tandis qu'elle tentait de repousser les images qui lui revenaient à l'esprit, elle observa la pièce. Tout y témoignait d'un isolement quotidien.

— Qu'est-ce qui peut pousser un pasteur à vivre dans une telle solitude ? demanda-t-elle.

— Je n'ai jamais posé la question à Pete, répondit Jeff.

Contre son gré, il attarda son regard sur Raelynn. Un regard qui s'adoucit au fur et à mesure qu'il détaillait l'état dans lequel sa femme se trouvait. Néanmoins, sa fierté d'homme lui dicta de ne pas s'attendrir tant qu'elle continuerait à voir en lui un boucher. Sa suspicion le blessait jusqu'au tréfonds de son être.

Remarquant la Bible ouverte au bout de la table, Jeff en profita pour s'éloigner de Raelynn. Il prit le livre, l'approcha du feu et découvrit qu'il était ouvert au chapitre des Proverbes.

Un petit rire lui échappa.

— J'aurais dû me douter que Pete ne nous offrait pas son hospitalité sans nous donner une leçon.

— Quel genre de leçon ?

La voix profonde de Jeff résonna dans la quiétude de la cabane, et Raelynn écouta attentivement ce qu'il lui lisait.

— « Qui peut trouver une femme vertueuse ? Car le prix d'une telle femme est plus élevé que celui des rubis. Le cœur de son mari lui accorde toute sa confiance, si bien qu'il n'éprouve aucun besoin de la châtier. Elle ne lui apporte que du bien, jamais de mal, chaque jour de sa vie. »

Se sentant concernée, Raelynn rougit. Le pasteur qui vivait en reclus et qu'elle n'avait jamais rencontré semblait avoir voulu s'adresser directement à elle.

— Comment ce Pete le Rouge était-il au courant de nos affaires ? demanda-t-elle.

Jeff ferma la Bible et la reposa sur la table avant de se tourner vers sa femme.

— Ne soyez pas inquiète, ma chère, dit-il sur le ton de la dérision. Je suis passé par ici pendant que je vous cherchais. J'ai vu Pete. Je lui ai parlé. Mais, à vrai dire, il avait déjà appris ce qui était arrivé à Oakley.

— Savait-il également que je m'étais enfuie ?

Voyant Jeff hocher brièvement la tête, Raelynn s'étonna.

— Je ne comprends pas comment quelqu'un qui vit seul dans les bois peut être ainsi informé. Nous sommes encore à quelque distance d'Oakley, j'imagine, puisque nous nous sommes arrêtés ici pour la nuit.

— La plantation est encore loin, en effet. Mais par ici, les nouvelles sont portées par le vent. Peu de choses échappent à Pete le Rouge. D'ailleurs il sait toujours quand il doit s'éclipser. Si nous avons trouvé la cabane vide, ce n'est pas par hasard.

— Mais pourquoi votre ami a-t-il souhaité nous laisser son logis ?

Le sourcil levé, Jeff adressa à sa femme un regard pénétrant.

— Par bonté. Ou peut-être parce qu'il a assez de bon sens pour laisser en tête à tête un couple qui a besoin de mettre les choses au clair.

Raelynn sentit soudain le froid l'envahir, et, les vêtements toujours mouillés, elle serra ses bras autour de sa poitrine. L'idée de clarifier la situation avec Jeffrey Birmingham lui enlevait le peu de détermination qui lui restait.

— Non, murmura-t-elle en relevant le menton, telle une martyre blessée. En laissant sa Bible ouverte sur ces versets, votre ami a voulu vous faire comprendre ce qu'il pense de votre femme. Visiblement il se soucie peu de ce que son mari a pu faire.

Jeff ne put s'empêcher de se montrer caustique.

— Il est possible que Pete, contrairement à vous, répugne

à juger les hommes trop rapidement. Surtout lorsqu'il s'agit de quelqu'un qu'il connaît depuis longtemps.

S'approchant de l'âtre, Jeff s'accroupit pour attiser le feu, puis, ajoutant des bûches, il observa :

— Abstenez-vous de préjugés au sujet de Pete ou de ce qu'il pense. Le proverbe qu'il a choisi m'était assurément destiné.

Jeff se releva, se débarrassa des particules d'écorce qui collaient à ses mains et désigna le bol de faïence posé sur la table.

— Pour vous, il a laissé un autre message.

Raelynn suivit son geste du regard, mais fut incapable d'interpréter la signification de ses paroles. Exténuée, l'estomac vide, morte de sommeil, elle avait bien du mal à réfléchir et ne remarquait rien qui lui fût particulièrement destiné.

Observant sa confusion, Jeff s'approcha de la table, plongea la louche dans le saladier puis la ressortit pleine de pâte à frire.

— Pete le Rouge m'avait demandé si vous aimiez les crêpes de maïs. Il me semble que ce bol est pour vous. Le gibier aussi. Mais si vous n'en voulez pas, il reste ce que Cora a préparé pour nous deux.

— Oh ! dit simplement Raelynn, au bord de l'effondrement.

Jeff détourna son regard, soucieux de résister aux élans de galanterie que lui inspirait l'épuisement de sa femme. Il s'appliqua à retirer lentement sa veste et sa chemise, et à les suspendre au dos des deux chaises de la cabane, avec un soin particulier. Mais quand il crut pouvoir de nouveau se tourner vers Raelynn avec une certaine indifférence, et qu'il la vit vaciller de sommeil, il jura entre ses dents, conscient de perdre la bataille. A l'instant où elle lui sembla sur le point de s'écrouler, il n'hésita plus à la prendre par les bras.

Aussitôt il fut frappé de la sentir si mince, si délicate entre ses mains. Sachant qu'elle avait fui Oakley sans passer par les cuisines, il en conclut facilement qu'elle n'avait emporté aucune provision et devait jeûner depuis son départ. Il suffisait d'ailleurs pour en avoir la preuve d'observer sa pâleur, ses joues creuses, et les cernes violets sous ses yeux, qui semblaient enfoncés dans leurs orbites. Elle avait en fait un aspect si misérable, qu'il eut pitié et renonça à sa colère.

— Asseyez-vous, Raelynn, dit-il en lui proposant une chaise.

S'agenouillant devant elle, il lui prit le menton et regarda attentivement ses traits tirés et ses paupières lourdes de sommeil.

— Je vais conduire les chevaux à l'écurie et remplir leur mangeoire. J'en ai pour quelques minutes. A mon retour, je m'occupe de vous. En attendant, ne bougez pas. D'accord ?

Le front lisse de Raelynn se plissa légèrement, comme si Jeff lui avait demandé de s'acquitter d'une tâche difficile.

— D'accord, parvint-elle tout de même à articuler.

Jeff tint sa promesse en réapparaissant quelques instants plus tard. Il apportait avec lui un baquet qu'il avait trouvé suspendu sous l'avant-toit. Raelynn était restée assise, luttant difficilement contre le sommeil. Alors que Jeff installait le baquet devant l'âtre, elle se redressa et, les paupières clignotantes, chercha à fixer son attention sur lui.

— Que faites-vous avec ce récipient ? demanda-t-elle d'une voix endormie en montrant le baquet.

— Ce récipient, ma chère, va vous servir de baignoire.

Jeff enveloppa l'anse de la bouilloire en fonte dans un chiffon et versa son contenu dans le baquet. Puis il ajouta deux seaux d'eau froide qui venait du puits avant de remettre de l'eau à bouillir au-dessus du feu. Il sortit ensuite d'une de ses sacoches un morceau de savon et une serviette.

— Il faut toujours être prêt à affronter ce genre de

situation, remarqua-t-il en brandissant un bref instant les deux objets de toilette.

Mais son esprit de prévoyance échappa au regard endormi de sa jeune femme. Et quand il s'approcha d'elle, ce fut d'une voix éteinte qu'elle le supplia :

— Je vous en prie, Jeffrey. Laissez-moi me coucher.

Il lui arracha un grognement de lassitude en la forçant à se lever. Il chercha alors les boutons de son vêtement déchiré et quand le déshabillé fut entièrement déboutonné, il le fit glisser le long du corps de Raelynn en même temps que sa chemise et ses pantalons.

Retenant une exclamation, il découvrit avec stupeur le triste état des pieds de son épouse. Le tillandsia avec lequel elle avait voulu se protéger adhérait maintenant aux ampoules et à la peau ensanglantée.

— Je me demande comment vous avez pu marcher, marmonna-t-il.

— Comme vous le constatez, je me suis débrouillée, murmura-t-elle dans un morne soupir.

Elle ne chercha pas à se couvrir lorsque Jeff se redressa. Fourbue, elle en oublia même de rougir de confusion alors qu'il regardait la pointe de ses seins brunie par la grossesse. Et quand ses yeux se posèrent sur son ventre, elle resta toujours impassible, le regard brumeux.

Jeff constatait que le corps de sa femme avait changé de façon subtile mais néanmoins évidente si l'on était attentif. Or il avait été trop occupé à savourer le plaisir que lui valait l'accomplissement de son devoir conjugal pour y prêter attention.

— Votre bain est prêt, Raelynn, murmura-t-il doucement en lui tendant la main.

Les jambes flageolantes, elle accepta son aide, glissa sa main dans la sienne et se pencha contre lui au moment de tâter l'eau du bout de l'orteil. Le bain s'annonçait assez chaud pour la réconforter, mais ses ampoules lui firent mal dès qu'elle y plongea le pied. En dépit de son extrême fatigue, elle se souvint du bien-être que procurait un bain et espéra simplement ne pas s'y endormir.

Avec un long soupir de gratitude, elle se laissa glisser dans le baquet. Les yeux clos, savourant la douceur apaisante de l'eau tiède, elle fut soudain surprise par une éclaboussure et sursauta. Le savon qui lui avait échappé des mains rebondit sur son ventre, avant de tomber en zigzaguant au fond du baquet. Le regard brouillé par quelques gouttelettes, elle leva les yeux et découvrit que Jeff l'observait, penché sur elle, le sourcil levé.

— N'y passez pas la nuit, madame. J'aimerais moi-même prendre un bain et dîner avant de dormir.

— Voudriez-vous me donner une cruche d'eau chaude, s'il vous plaît, demanda-t-elle d'une voix blanche de fatigue, les cils ruisselants. Je dois me laver les cheveux.

Elle se frotta un œil avec son poing, à la manière d'une enfant qui a du mal à rester éveillée.

— Avez-vous besoin d'aide ?

— Je pense. J'ai tellement de mal à garder les yeux ouverts.

Ses paupières ne cessaient en effet de tomber.

— Voulez-vous que je vous savonne également ?

Le menton de Raelynn tomba sur sa poitrine, ses cheveux emmêlés couvrirent son visage, et un soupir d'extrême fatigue s'échappa de ses lèvres.

— Je suis trop exténuée pour me soucier encore de ce que vous pouvez faire, avoua-t-elle.

Pendant un long moment, Jeff observa sa jeune femme, avachie dans l'eau du bain comme une poupée de chiffon. Pris de pitié, il s'agenouilla à côté du baquet et passa son bras autour de ses épaules. S'abandonnant à ses soins, elle s'aperçut à peine qu'il lui lavait le visage et le corps. Mais, quand il glissa le gant de toilette entre ses cuisses, elle rouvrit brusquement les yeux et se releva aussi vite que possible. Bouche bée, elle rencontra son regard amusé.

— Vous êtes bien consciencieux ! remarqua-t-elle d'un ton outré.

— Ma mère m'a appris à l'être très tôt. Elle disait qu'il ne fallait rien négliger. Et puis, n'oubliez pas que je vous ai touchée en cet endroit un nombre incalculable de fois sans vous entendre me reprocher ma hardiesse. Je crois même me souvenir que vous y preniez un certain plaisir.

— Je me charge de laver cette partie de mon corps, Jeffrey. Occupez-vous plutôt de mes cheveux.

Raelynn se réinstalla dans le baquet pendant que Jeff soupirait avec ostentation.

— Vous êtes devenue prude en quelques jours, madame. Il y a peu de temps, vous me laissiez vous laver... partout.

— C'est du passé.

— Ainsi maintenant, on regarde mais on ne touche pas. C'est cela ?

— En quelque sorte. Au moins jusqu'à ce que les choses soient claires.

La fuite de sa femme et les heures passées à la rechercher dans la forêt avaient fortement émoussé la patience de Jeff. Après le soulagement de l'avoir retrouvée saine et sauve, avait succédé une nouvelle vague de ressentiment. Cette façon qu'elle avait eue de l'accuser dès la première seconde lui avait fait l'effet d'une gifle en plein visage. Soudain saisi d'amertume, il attrapa la cruche d'eau tiède et la renversa, sans crier gare, sur la tête de Raelynn. Suffoquée, elle s'empressa de mettre les mains sur son crâne afin de se protéger alors que Jeff empoignait un second pot.

Crachant de l'eau, elle leva la tête, regarda son mari à travers les mèches dégoulinantes qui étaient tombées sur ses yeux et lui cria :

— Auriez-vous conçu le projet de me noyer parce que je refuse vos attentions ?

— Je ne cherche qu'une chose : vous laver les cheveux, rétorqua sèchement Jeff.

Il frotta la tête de sa femme avec le savon qu'il fit ensuite mousser énergiquement.

— Pas si fort ! protesta Raelynn.

— Désolé, madame. Je ne connais pas ma force, apparemment, expliqua Jeff sans la moindre trace de compassion dans la voix.

— Vous allez m'arracher le cuir chevelu si vous continuez ainsi !

— Au moins vos cheveux seront propres. Enfin, je l'espère. Que vous est-il donc arrivé ? Seriez-vous tombée dans un marécage ? Il y a dans votre chevelure assez de débris et de bestioles pour nourrir un oiseau pendant un an.

— Des bestioles ? cria Raelynn, effrayée, en se levant à demi. Enlevez-moi tout ça !

— Un peu de patience. Je m'y applique.

— De quoi s'agit-il ?

Jeff ne put retenir un éclat de rire.

— Des choses visqueuses, comme on en trouve dans les marais. Et aussi quelques insectes.

Raelynn pesta, en se disant qu'elle ne se méfiait jamais assez de l'esprit taquin de son mari.

— Jeffrey Birmingham, si vous vous moquez de moi, si vous cherchez à m'effrayer, je ne vous adresserai plus jamais la parole.

Quand elle vit le petit scarabée que Jeff lui mettait sous le nez, elle se leva d'un bond en hurlant. Puis, comme une folle, elle tira sur ses cheveux, le corps agité de tremblements, tandis que Jeff s'étouffait de rire. Le gant de toilette qu'il reçut en plein visage le calma à peine.

— Laissez-moi vous rincer, madame, dit-il en pouffant.

Ensuite, s'il reste encore quelques bestioles, je les enlèverai avec le peigne.

— Non. Enlevez-les immédiatement ! Immédiatement !

— Chut ! Chut ! Apprenez la patience, ma chère. Chaque chose en son temps.

Bien qu'ils fussent mariés depuis seulement quelques mois, Raelynn avait déjà eu l'occasion d'observer combien Jeffrey Birmingham pouvait être intransigeant devant une requête qu'il n'approuvait pas. Il devenait une sorte de forteresse inattaquable. Nell en avait fait l'expérience. Jamais il n'avait cédé lorsqu'elle lui avait réclamé une pension pour son fils. Tous ses efforts de persuasion avaient été vains. Raelynn savait que Jeff resterait sourd à ses prières, comme avec Nell et quelques autres, et la sagesse voulait qu'elle évitât de le pousser dans ses derniers retranchements.

— Oh, Jeffrey ! Essayez de m'en débarrasser le plus vite possible, supplia-t-elle d'une voix radoucie.

Un nouveau frisson la parcourut malgré elle en pensant à la vermine qui s'accrochait peut-être encore à sa chevelure.

— Bien, mon ange, consentit Jeff. Asseyez-vous dans le baquet, en penchant la tête à l'extérieur.

Obéissante, elle se réinstalla dans l'eau et inclina le dos en arrière. Jeff se servit alors de son peigne pour nettoyer les longues mèches auburn. Mais, ce faisant, son regard tomba sur les seins superbes de Raelynn, et il n'eut pas la force de détourner les yeux. A la lumière dansante des flammes, il eut l'impression de voir deux melons dorés, fort appétissants, dont il se serait volontiers délecté s'il avait estimé une seule seconde que Raelynn le laisserait faire. Mais comment oublier qu'elle en était encore à se demander s'il était coupable ou innocent ?

Quand il eut débarrassé ses cheveux de tout ce qui s'y était incrusté, il les rinça, puis les sécha vigoureusement à l'aide d'une serviette. Ensuite, tandis qu'elle sortait du baquet et commençait à s'essuyer, Jeff, assis sur ses talons, l'observa pendant quelques instants. Et, soumis à une tentation qui devenait trop impérieuse, il se détourna et déroula son sac de couchage sur le plancher. En tâtant les vêtements qu'il avait suspendus au dossier des chaises, il constata que sa chemise était sèche.

— Vous pouvez mettre ceci pour le moment, proposa-t-il à sa femme. Je vais laver votre déshabillé et vos sous-vêtements et les étendre devant le feu. Après, j'essaierai de nous préparer un repas.

Raelynn leva les yeux vers lui, un petit sourire tremblant aux lèvres.

— Merci. C'est très gentil d'accepter de faire ce qui incombe habituellement à une femme.

— Vous êtes si fatiguée, madame, que vous vous endormiriez probablement en cuisinant. Et, en ce qui me concerne, je n'apprécie guère les mets brûlés. J'ajouterai que j'ai certainement plus de notions culinaires que vous. Brandon et moi avions appris à nous débrouiller quand nous allions chasser ou camper dans les bois. Croyez-moi, madame, je ne suis pas sans expérience en matière de cuisine.

— Je ne peux que m'en réjouir. Au moins l'un de nous deux est capable de faire quelque chose, admit Raelynn d'une petite voix qui trahissait son épuisement. Jamais je n'avais été aussi fatiguée de ma vie.

— C'est la leçon à retenir de votre fuite dans les marais, madame. On n'avance pas à travers des marécages comme en terrain ferme.

Il laissa de nouveau glisser son regard sur le corps de sa femme, bientôt complètement noyé dans sa propre chemise. Le vêtement lui tombait jusqu'aux mollets et, bien qu'elle en retroussât les manches, les épaules lui arrivèrent aux coudes. Mais elle n'en semblait pas moins heureuse d'avoir sur le dos autre chose que sa mousseline trempée.

S'efforçant de détourner son regard de ce tableau charmant, Jeff entreprit de laver les vêtements de sa femme. Il ne tenait pas à oublier trop facilement que Raelynn n'avait pas hésité à le considérer comme un assassin.

De son côté, la jeune femme appréciait sa nouvelle tenue plus qu'elle ne le laissait voir. L'odeur masculine qui imprégnait la chemise, les frôlements de la toile si douce sur ses seins nus lui rappelaient la passion qu'ils avaient partagée, comme la tendresse sans réserve que Jeff lui avait manifestée. Etait-il possible qu'un homme si bon, si attentionné, un amant si délicat, se fût métamorphosé en un criminel d'une sauvagerie ahurissante ?

Dès qu'il eut achevé la petite lessive, Jeff s'attaqua à la préparation du dîner. Il mit chauffer un poêlon avec un peu de graisse sur la grille installée au-dessus des flammes, puis y versa de la pâte à crêpes. Il entreprit ensuite de découper des tranches dans le gibier.

— Pete le Rouge ne quitte pas souvent sa cabane, dit-il, sans se retourner. Nous pouvons considérer que c'est un privilège de l'avoir tout à nous. Pete ne ferait pas cette faveur à n'importe qui. Lorsque Brandon et moi venions chasser par ici, nous partagions toujours le gibier que nous avions dans nos besaces avec le vieil homme. Peut-être a-t-il pensé que c'était pour lui une occasion de me remercier.

Une délicieuse odeur attira irrésistiblement Raelynn près de l'âtre où elle observa, fascinée, les bulles qui se formaient sur le pourtour de la pâte puis en son centre. Elle saliva tant qu'elle faillit en baver.

— J'ai une faim de loup, Jeffrey.

— Je n'en doute pas, murmura-t-il tout en retournant la galette. Vous n'aviez rien emporté.

— Je n'avais pas eu le temps de préparer mon départ, confessa timidement Raelynn. Je n'avais qu'une idée en tête : fuir avant que vous remontiez dans la chambre.

— Vous avez dû me prendre pour un ogre, remarqua Jeff, nullement surpris par les propos de sa jeune femme.

— La plupart du temps, j'ai continué à voir en vous mon chevalier à l'armure étincelante. Mais j'admets avoir eu des moments d'incertitude.

Jeff glissa une spatule sous la crêpe qu'il fit glisser sur une assiette.

— Voilà de quoi attendre la suite, dit-il en la présentant à Raelynn. Mais, attention, c'est très chaud.

L'avertissement vint trop tard. Raelynn s'était déjà brûlée en essayant de prendre la crêpe avec ses doigts. Elle souffla sur sa main et sur la galette, puis en prit bravement une bouchée. Sa saveur lui parut justifier la brûlure de son palais, et, les yeux clos, elle se délecta, en manifestant son appréciation. Elle prit alors une seconde bouchée avec gourmandise et la savoura à son tour.

Le sourcil levé, un sourire en coin, Jeff jeta à sa jeune femme un regard oblique

— J'ai l'impression que Pete savait ce qu'il faisait en remplissant le saladier.

— La prochaine bouchée est pour vous, proposa généreusement Raelynn.

Elle suivit attentivement les gestes de Jeff quand il détacha un morceau de crêpe, le porta à ses lèvres et se lécha les babines en anticipant son plaisir. Quelle ne fut pas alors sa surprise lorsque, au lieu de le manger, il lui glissa le petit bout de galette dans la bouche. Avec des rires de collégienne, elle s'essuya les lèvres puis, quand elle eut avalé, se plaignit gentiment :

— Vous allez me faire grossir !

— En ce moment, vous n'avez pas besoin de manger des crêpes pour prendre du poids, madame, la taquina Jeff.

Il se pencha vers elle et caressa son ventre sous la chemise.

— Dans quelques mois vous en serez réduite à vous dandiner, le ventre en avant, le long des corridors.

En levant les yeux, Raelynn découvrit le visage souriant de Jeff. Elle laissa ensuite son regard glisser sur sa silhouette. Bien qu'elle eût toujours été consciente de sa haute taille, elle n'avait jamais vu aussi grand que maintenant. Il lui apparaissait comme un géant, peut-être parce que son ombre s'allongeait jusqu'au fond de la pièce et atteignait le milieu du plafond voûté.

Comme ils s'étaient mariés en été, elle n'avait jamais eu l'occasion jusque-là de le voir à la chaude lumière d'un feu de bois. Sa peau bronzée resplendissait d'un éclat bien particulier tandis que les flammes lumineuses soulignaient la puissance de son corps musclé. Dressé au-dessus d'elle, dans toute sa magnificence virile, il donnait l'impression d'incarner un dieu de légende.

Raelynn fit un pas en arrière, troublée par les sensations que Jeff lui inspirait malgré les soupçons qu'elle nourrissait encore à son égard. Pendant qu'il s'affairait autour de la table, elle l'observa attentivement, à la recherche d'un indice. Si un criminel pouvait être physiquement parfait, qu'en était-il de son caractère ? Un être noble et remarquable en tout point pouvait-il changer, tel un caméléon, dans un moment de fureur, et devenir un sombre individu ?

Elle le vit mettre la viande et les dernières crêpes sur un plat et poser le tout sur la table.

— Le dîner est servi, madame.

Raelynn s'approcha de lui et, lasse de le considérer comme un monstre, l'implora doucement :

— Racontez-moi ce qui s'est passé l'autre nuit. Je veux dire, avant que je vous trouve près du corps de Nell.

Jeff sourcilla, l'air réprobateur.

— Auriez-vous finalement décidé de me laisser m'expliquer, madame ? Dois-je penser qu'étant seule avec moi vous seriez rassurée si vous pouviez trouver quelque raison de croire à mon innocence ?

— Tout ce que je peux vous dire, déclara Raelynn d'un ton désespéré, une main tremblante plaquée sur son front, c'est que j'ai été terrorisée par ce que j'ai vu dans les écuries. Or c'était vous qui étiez là, sur la scène du crime.

— Si vous tenez vraiment à ce que je vous raconte maintenant ce qui s'est passé, observa Jeff en présentant une chaise à son épouse, notre repas va refroidir. Et si vous n'êtes pas aussi affamée que moi, notre enfant doit l'être, en revanche.

Raelynn s'assit et regarda son mari contourner la table afin de s'installer en face d'elle.

— Allez-vous tout m'expliquer, Jeffrey ?

— Plus tard, peut-être. Pour l'instant, je ne tiens pas à me couper l'appétit en revoyant tout ce sang. Je suis certain que vous n'avez pas encore imaginé la détresse que j'ai éprouvée en découvrant moi-même le corps de Nell. Croyez-moi, madame, ce crime me hante autant que vous. Je ne peux y penser sans avoir envie de vomir.

Compréhensive, Raelynn changea de sujet.

— Où allons-nous dormir ?

— Nous devrons partager mon sac de couchage. A moins que vous préfériez prendre le lit de Pete.

— Non, pas du tout, s'empressa de répondre la jeune femme qui détestait l'idée de dormir dans le lit d'un étranger. J'imagine que vous-même, vous...

— Oh, il n'en est pas question ! Pete le Rouge prétend qu'à aucun endroit il n'est dit dans la Bible que la propreté du corps soit parente de la propreté de l'âme. D'après la poussière que j'y ai trouvée, je peux dire que le baquet de votre bain n'avait pas servi depuis une semaine, et je ne suis pas disposé à dormir dans la saleté d'un autre. Désolé, madame, mais je crains que vous soyez obligée de vous coucher à mes côtés. Ou alors vous devrez vous envelopper dans une couverture encore mouillée.

— Vous n'êtes pas très galant, murmura Raelynn.

Jeff eut un grognement dédaigneux.

— D'après vous, ne l'ai-je pas été en vous laissant m'interdire votre lit, alors que j'avais risqué ma vie pour vous arracher aux griffes de Gustav Fridrich ? A ce propos, sachez que ce genre de chose ne se reproduira plus. J'en ai décidé ainsi. Nous partagerons le même lit, madame, même si nous ne devons plus rien partager d'autre.

— Vous me forceriez... ?

— Grands dieux, Raelynn ! vociféra Jeff. Ne dites pas n'importe quoi. Mais comprenez bien que je ne vous laisserai désormais ni me faire sortir de notre lit ni vous réfugier dans votre chambre. J'ai vu mon frère au supplice, pendant des mois, parce que Heather ne partageait plus son lit. Je ne compte pas commettre la même folie. Aussi longtemps que nous vivrons sous le même toit, nous dormirons ensemble.

— Vous oubliez trop facilement les conditions que j'avais dictées en acceptant de vous épouser. Vous aviez alors accepté de me laisser le temps de...

— C'était avant que vous ne consentiez à des rapports intimes.

Penchant légèrement la tête de côté, Jeff regarda Raelynn en fronçant les sourcils.

— J'aimerais savoir une chose, madame. Que suis-je pour vous ? Une marionnette que vous faites danser selon votre bon plaisir, que vous rejetez dans un coin obscur de votre vie quand vous êtes lasse ou contrariée, et qui devrait attendre patiemment que l'envie vous reprendre de tirer les ficelles ? Je ne serai jamais le jouet d'une femme, quelle qu'elle soit. Même pas de vous, ma chère ! Ou bien vous vous conformez aux règles du mariage, ou bien il n'y a plus de mariage du tout.

Obstinée, Raelynn releva le menton.

— J'ai omis de vous dire, monsieur, que j'étais en route pour Charleston lorsque vous m'avez retrouvée.

Jeff lui décocha un regard glacé.

— Vous étiez plutôt en train de vous débattre dans un cloaque et en passe d'aboutir à un désastre, madame. La jument allait mourir et vous aussi.

— Je tiens toujours à gagner Charleston, s'entêta Raelynn.

— Il est trop tard pour considérer une annulation de notre mariage, étant donné que vous êtes enceinte. Et si vous ne voulez pas de cet enfant, moi je tiens à ce qu'il vienne au monde.

Une main sur la gorge, la jeune femme regarda Jeff, effarée.

— Je garderai mon bébé, où que j'aille.

— Vous oubliez que vous portez *notre* enfant. Nous avons sept mois devant nous pour parvenir à un arrangement si vous tenez vraiment à quitter ma maison. Vous qui pouvez à peine vivre par vos propres moyens, comment pourriez-vous faire vivre un enfant dans des conditions décentes ?

— Je pourrais travailler pour Farrell Ives, comme le faisait Nell. J'ai quelque talent de modéliste et de couturière.

Devant la dureté du regard de Jeff, Raelynn eut un mouvement de recul et s'interrogea. C'était peut-être ce regard-là que Nell avait juste avant d'être poignardée, cette même froideur, si intense qu'elle donnait l'impression d'être capable de couper du métal...

— Si tel est votre désir, madame, je ne prolongerai pas notre union contre votre volonté.

Les traits de Raelynn s'affaissèrent quand elle comprit qu'elle avait imprudemment provoqué la colère de Jeff. Il lui paraissait maintenant évident que cet homme, qu'elle avait cru bon et attentionné, ne supportait jamais d'être contrarié. Il avait un état d'esprit et une détermination qui lui interdisaient de fléchir devant qui que ce fût.

Jeff la regarda, le visage fermé, le regard toujours aussi froid.

— En attendant, madame, vous devriez essayer de manger quelque chose.

Raelynn se sentait la gorge serrée. A la confusion et à la frayeur qui l'avaient poussée à quitter Oakley et continuaient à la tenailler s'ajoutait maintenant une appréhension nouvelle : celle de voir Jeff décider tôt ou tard de la rejeter en demandant le divorce.

De toute façon il vivrait sans doute mieux sans elle, songea-t-elle soudain avec tristesse. Que lui avait-elle apporté jusque-là, sinon une succession d'ennuis ? Et rien ne permettait encore de savoir ce qui allait suivre. Depuis qu'il l'avait épousée, il avait été agressé, accusé d'être le père d'un enfant illégitime et, dernièrement, suspecté d'un assassinat... par sa propre femme.

Les paroles bibliques vinrent la hanter : « Elle ne lui apporte que du bien, jamais de mal, chaque jour de sa vie. »

— ... Du bien, jamais de mal...

Brusquement elle sursauta, se rendant compte qu'elle venait de parler à voix haute. Ennuyée, elle leva les yeux et constata que Jeff scrutait son visage comme pour y déchiffrer ses pensées.

D'une main tremblante, elle prit sa fourchette et détacha un morceau de crêpe. Le silence qui s'était installé entre eux devenait pesant. Sa nourriture lui parut insipide, et, en voyant le visage crispé de son mari, elle en conclut qu'il ressentait la même chose.

Le temps s'écoula lentement tandis qu'ils s'efforçaient d'achever leur repas. Sans dire un mot, Jeff débarrassa la table et Raelynn fit la vaisselle dans le petit baquet qui servait d'évier. Soudain, quand elle voulut prendre le gril qui était resté près du feu, elle laissa échapper un cri de douleur. Aussitôt Jeff s'approcha d'elle, saisit sa main et la plongea dans de l'eau froide. Au bout d'un moment, il la retira et l'aspergea d'une poudre blanche. Puis il déchira le bas de sa chemise, le trempa dans l'eau et en fit un bandage.

— Je ne m'étais pas rendu compte que le gril était encore chaud, expliqua Raelynn en grimaçant.

— C'est ce que j'ai cru comprendre, rétorqua Jeff.

D'un geste, il désigna le sac de couchage, tout en se dirigeant vers la porte.

— Vous serez plus en sécurité là-bas. Allez vous allonger et ne bougez plus.

— Pourquoi ressortez-vous ?

— Je vais puiser de l'eau. J'ai l'intention de prendre un bain. Avez-vous quelque objection à formuler, madame ?

Raelynn baissa les yeux et fixa son regard sur le bord déchiré de la chemise de son mari.

— Je ne pense pas que ce spectacle m'offusquera outre mesure.

— Vous risquez de l'être si vous m'observez longuement, répliqua Jeff sans une once d'humour. Je continue à me considérer comme un jeune marié.

— Si je risque de vous mettre mal à l'aise, je ne vous regarderai pas, dit Raelynn d'une voix menue.

— Me mettre mal à l'aise me semble une expression mal choisie, grommela Jeff. M'exciter serait plus juste.

— Même lorsque vous nourrissez des griefs à mon encontre ?

— Je doute d'être suffisamment contrarié pour oublier votre présence, ma chère. Un simple signe de votre part, et je m'empresserais d'y répondre.

— Je sèche mes cheveux et je vous attends dans le sac de couchage, répondit calmement Raelynn, à défaut d'avoir le choix.

— Vous n'avez plus peur de moi ?

Elle se tordit les mains, sans lever les yeux.

— Je reste sur mes gardes.

— Oh !

Déçu que sa femme éprouve encore quelque réticence à son égard, Jeff se dirigea de nouveau vers la porte. Raelynn ne put s'empêcher de sourire.

Assise sur le sac de couchage, elle démêla ses cheveux, d'abord avec ses doigts puis à l'aide du peigne de Jeff. Bien que gênée par son bandage, elle s'acharna et progressa, du moins jusqu'au moment où elle posa les yeux sur son mari. Oubliant sa chevelure, elle contempla la silhouette qui se dressait devant les flammes. Aux trois quarts tourné vers la cheminée, il leva une jambe afin de se débarrasser complètement de son pantalon, et, à cet instant précis, Raelynn estima son regard audacieux et en rougit. Elle n'avait jamais vu Jeff dans cette posture qui révélait pleinement sa virilité, à la lueur dansante des flammes.

Il ne put lancer son vêtement sur une chaise sans se retourner et lui faire face, aussi nu qu'à l'instant de sa naissance. Raelynn détourna les yeux quelques secondes avant de revenir à son mari, qui, semblant oublier sa présence, se mit à fouiller dans ses sacoches pour en sortir cette fois-ci un rasoir et un petit miroir d'argent.

— Vous avez un miroir ? s'écria Raelynn joyeusement.

Un jour, songea-t-elle, elle inspecterait les sacoches de Jeff, certaine d'y trouver de quoi la surprendre.

— Tout le monde ne s'aventure pas dans les bois sans bagage, ma chère, railla gentiment Jeff. Je vous donnerai le miroir quand je serai rasé. A moins que vous ayez envie d'avoir la peau écorchée par ma barbe cette nuit. Je me souciais tant de votre sort que j'ai oublié de me raser avant de partir.

— Merci. J'attendrai.

Enhardie par la façon dont Jeff exposait sa nudité avec le plus grand naturel, Raelynn laissa glisser son regard sur son corps. Jeff le remarqua, et quelques secondes suffirent à l'enflammer.

La réaction de la jeune femme fut immédiate.

— Puis-je vous demander ce que vous porterez cette nuit ?

A l'instant où il finit par lever les yeux, Jeff plongea un regard brillant dans le sien.

— Comme à mon habitude, madame, je dormirai nu.

— Pour une fois, vous devriez mettre votre pantalon.

— Redoutez-vous ce qui pourrait arriver si je ne portais rien ?

— Je redoute ce qui peut arriver. Point.

— Dans ce cas, rétorqua Jeff, nouez les pans de ma chemise entre vos cuisses, madame. Ce sera votre ceinture de chasteté. Il est hors de question que je dorme dans mon pantalon, simplement pour vous être agréable.

— Jeffrey ! s'écria-t-elle.

Mais elle le vit lever une main impatiente.

— Bon sang, Raelynn ! Que croyez-vous ? Que je vais vous violer ? Si tant est que l'on puisse parler de viol entre époux. Coiffez-vous et dormez. Je ne vous importunerai pas, à moins que vous ne me sollicitiez.

Agacé, Jeff retourna à ses préoccupations. Il se rasa et prit son bain pendant que les serviettes qu'avait utilisées Raelynn achevaient de sécher devant le feu. Puis il s'approcha de sa femme tout en se frottant vigoureusement le torse avec l'un de ces linges.

— Etes-vous certain que votre ami Pete ne reviendra pas cette nuit ? demanda Raelynn en jetant un regard anxieux vers la porte.

— Il tient toujours parole, assura Jeff.

Il passa la serviette par-dessus sa tête et se frotta le dos.

— Nous sommes seuls. Complètement seuls, insista-t-il.

Se tournant de nouveau vers lui, Raelynn s'accorda un bref regard sur son corps. L'image inoubliable de son mari éclairé par les flammes s'imprima aussitôt en elle. L'image d'une peau dorée, que semblaient faire briller des milliers de petits diamants.

— Où étiez-vous, la nuit dernière ? demanda Jeff en éteignant la lampe.

— Dans un arbre, avoua Raelynn, gênée. Mais avant de me reprocher ma conduite irréfléchie, Jeffrey, laissez-moi vous dire que je n'ai pas l'intention de recommencer. Jamais je n'avais passé une nuit aussi pénible.

— Qu'est-ce qui vous a poussée à grimper dans un arbre ? Un serpent ? demanda Jeff tout en étalant la couverture sur le sac de couchage.

— Comment le savez-vous ?

Jeff haussa les épaules.

— C'était facile à deviner. Ils sont nombreux par ici. Et il ne fait pas encore assez froid pour qu'ils hibernent.

— Ne me dites pas ça, Jeffrey. Je déteste les serpents.

— Comme la plupart des femmes. Mais ils ne sont pas tous venimeux. Et puis ici, dans cette cabane, vous n'avez rien à craindre.

— En êtes-vous si sûr ?

— Les serpents ont plus peur de nous que nous n'avons peur d'eux. Et puis, ajouta Jeff en souriant, ils ne peuvent pas ouvrir une porte.

— Non. Mais ils se glissent facilement dans le moindre interstice.

Un petit rire secoua les épaules de Jeff.

— C'est vrai. Alors serrez-vous contre moi, si vous avez peur. Je vous promets de vous protéger. Allez, il faut dormir, madame. Nous sommes aussi fatigués l'un que l'autre et devons absolument nous reposer.

Le vent choisit cet instant précis pour secouer la porte. Bientôt, la pluie se mit à tambouriner sur les planches. Raelynn frissonna, comme si elle avait dépassé le stade de l'épuisement et vivait sur ses nerfs.

— Va-t-il encore y avoir un orage ?

— C'est possible.

— Nous ne pourrons jamais rentrer s'il recommence à pleuvoir comme cet après-midi.

— Ne vous inquiétez pas. Nous resterons à l'abri jusqu'à ce que le temps s'améliore.

— Et si Pete revenait pendant la nuit ?

— Il ne le fera pas.

— En êtes-vous bien certain ?

— Allons, Raelynn. Reposez-vous, maintenant.

Jeff s'allongea sur leur lit de fortune et, prenant Raelynn dans ses bras, appuya sa tête sur son épaule.

Envahie par le soulagement et une sensation de sécurité, Raelynn en oublia de protester. Elle était au chaud, au sec, et ses frissons s'apaisèrent tandis qu'ils se serraient étroitement l'un contre l'autre. Jeff repoussa les mèches encore un peu humides qui balayaient le visage de son épouse et posa un baiser sur son front. Toute la fatigue de ces derniers jours devenant écrasante, Raelynn y succomba sans plus attendre.

Ce fut le vide, à l'exception du rêve qu'elle fit aux petites heures du jour. Redevenue une jeune enfant, elle jouait dans le jardin de la maison londonienne de ses parents. Tout lui paraissait très grand dans son rêve, peut-être parce qu'elle était toute petite. Dans le mur de brique qui entourait le jardin, un portail de fer forgé offrait une ouverture sur le domaine voisin. Tandis que des voix se faisaient entendre de l'autre côté de l'enceinte, le portail s'ouvrit soudain pour laisser passer un jeune homme. Il s'adressa à elle d'une voix charmante, lui tendit une fleur, et elle rit en le voyant s'incliner devant elle. Une pluie très douce se mit à tomber. Le jeune homme chercha à l'abriter, mais, peu à peu, la pluie balaya le rêve. Désespérément, Raelynn tenta de s'y accrocher. Il lui échappa cependant, à la manière des gouttes d'eau argentées qui glissaient entre ses doigts.

14

Jeff ne dormait pas. Déconcerté, il écoutait les murmures sourds qui s'échappaient de temps à autre des lèvres de sa femme. La tenant serrée dans ses bras, il s'efforçait de l'apaiser. Cependant, bien qu'il fût attentif à ses moindres mouvements, à ses moindres gémissements, au plus petit murmure, une barrière infranchissable se dressait entre elle et lui.

A un moment donné, visiblement prise de frayeur dans son sommeil, elle chercha à se débattre, les mains plaquées sur son torse. Puis, dans un sanglot étouffé, elle s'abandonna de nouveau à son étreinte pendant quelques instants, avant de se raidir. Il sentit sa tête ballotter contre son épaule, mais, quand il tenta de la rassurer, elle poussa un gémissement et s'écarta, comme s'il était devenu le diable lui-même. Il cessa alors de l'étreindre, se redressa à demi et, appuyé sur un coude, l'observa à la lueur des braises. A l'évidence, elle était toujours endormie, mais quand elle recommença à marmonner, il parvint cette fois-ci à comprendre qu'elle revivait le cauchemar qui l'avait poussée à fuir les écuries.

— Nell ! Oh, noooon ! Non, pas Jeffrey ! Oh, mon Dieu, faites que ce ne soit pas vrai... Je vous en prie... Aidez-moi... Tout ce sang, mon Dieu ! Que dois-je faire... ?

L'angoisse s'empara de Jeff. Qu'il fût l'assassin, le monstre, dans cette révoltante histoire, était décidément une idée bien ancrée dans l'esprit de sa jeune femme. Et pour l'instant il ne disposait d'aucun moyen pour la convaincre du contraire. Il était voué à l'impuissance tant que le vrai coupable ne serait pas arrêté et condamné.

Devait-il renoncer à la tenir dans ses bras ? Bien qu'il n'en eût aucune envie, c'était peut-être la seule façon de l'apaiser. Tourmentée comme elle l'était, elle ne s'abandonnerait plus à son étreinte avant qu'il eût enfin tué les démons qui la hantaient en apportant la preuve absolue de son innocence.

La pluie qui n'avait cessé de tambouriner sur le toit cessa finalement à l'aube, puis, peu à peu, le vent fouetta moins fort les branches des arbres. Soudain, un renard glapit à proximité de la cabane, et Raelynn, encore prisonnière de quelque cauchemar redoutable, ouvrit brusquement les yeux en laissant échapper un murmure incompréhensible. Jeff manifesta immédiatement sa présence et la vit se rapprocher de lui, avide de retrouver sa force protectrice. Heureux de cette réaction, il la serra de nouveau dans ses bras et s'autorisa enfin à somnoler tandis qu'elle semblait dormir plus calmement. Ce fut alors qu'il entendit hennir les chevaux.

Aussitôt il réveilla sa femme.

— Vite, Raelynn, habillez-vous ! Il y a quelqu'un dehors.

Sortant d'un sommeil profond, Raelynn s'extirpa laborieusement de la couverture pendant que Jeff se précipitait vers la chaise où il avait laissé les vêtements de son épouse. Il les lui lança puis s'empressa de saisir son pantalon. A l'instant où il prenait ses pistolets, quelqu'un ouvrit la porte d'un coup de pied. Raelynn poussa un cri, et, pendant que les planches mal équarries tapaient contre le mur en rondins, Olney Hyde franchissait le seuil de la cabane en boitant, le bras gauche dans une attelle de fortune, une déchirure béante à son pantalon de cuir et un grand pistolet à la main.

— Posez vos armes, nom de Dieu, ou je troue la tête de cette garce ! hurla le jeune voyou, son arme pointée sur Raelynn.

La jeune femme était encore assise sur le sac de couchage, la couverture remontée jusqu'au menton. A peine avait-elle eu le temps d'enlever la chemise de son mari et de passer la sienne.

— D'accord, dit Jeff en s'exécutant. Maintenant, cessez de viser ma femme.

— Pas avant que vous posiez aussi votre fusil sur cette table, comme un bon garçon, répliqua Olney, la voix trahissant ses douleurs.

Une fois que Jeff eut obéi, l'intrus désigna d'un mouvement du menton la lanterne suspendue à un crochet.

— Ecoutez-moi bien, que j'aie pas à me répéter. Je veux que vous allumiez pour que j'y voie un peu plus clair là-dedans. Après, faudra vous éloigner de cette table. Et faites bien attention à ne pas m'énerver.

L'œil méfiant, Olney suivit attentivement les mouvements de Jeff jusqu'à ce que ce dernier vînt se placer derrière Raelynn. Boitant jusqu'à la table, Hyde prit les deux pistolets de son adversaire et les glissa à sa ceinture. Coinçant le sien sous son bras, il recula ensuite lentement vers la cheminée où il plaqua le fusil contre la pierre, entre deux crochets.

— Il est bien là, pour le moment. Et si l'un de vous deux essaie d'y toucher, je lui fais sauter la cervelle.

Olney grimaça de douleur quand il reprit en main son propre pistolet. Rencontrant le regard de Jeff, il expliqua en maugréant :

— Votre foutue jument s'est frottée à un arbre en plein galop. Elle m'a éjecté d'un coup. J'en étais tout estourbi, et quand j'ai retrouvé mes esprits, cette tête de mule avait foutu le camp. Ah, ça valait mieux pour elle ! Parce que j'étais d'une humeur à la couper en rondelles. Je me retrouve maintenant avec une jambe pelée et un bras qui pend, comme M. Fridrich. Sauf que vous, vous allez me remettre ça en place, monsieur Birmingham.

— Moi ? railla Jeff. Je ne suis pas apte à ce genre de pratique. Il faut vous adresser au docteur Clarence.

— Il habite bien trop loin. J'ai mal, et si vous faites rien, je vous jure qu'une volée de plombs décoiffera votre femme.

La menace suffit à convaincre Jeff.

— Je ferai de mon mieux, Olney. Mais je vous avertis : je manque d'expérience et de connaissance en la matière.

— Eh bien, faudra vous appliquer ! La vie de votre femme est en jeu, c'est moi qui vous le dis. Vous m'avez bien compris ?

— Mais je vous répète...

— Oui, oui. Moi aussi, je vous le répète, monsieur Birmingham, insista Olney d'un ton dédaigneux. Vous m'arranger ça d'un coup, ou je vous promets que vous enterrerez votre femme.

— Soit ! Mais il me faudra prendre mon temps.

Olney respira profondément, comme soulagé d'avoir franchi un obstacle, mais l'instant d'après, un mouvement trop brusque le fit se tordre de douleur.

— J'ai besoin de quelque chose pour tuer ce mal, dit-il en grimaçant. Qu'y a-t-il à avaler dans cette cabane ?

— Je l'ignore. Je n'ai pas regardé.

— Eh bien, allez-y ! Cherchez ! hurla-t-il.

Raelynn sursauta et jeta à son mari un regard alarmé. Puis, nerveuse, elle reporta son attention sur l'intrus.

— Je vais voir ce que je peux trouver, Olney. Si vous me laissez m'habiller.

En dépit de sa douleur, Olney eut un petit sourire narquois avant de hocher la tête. Il observa ensuite Raelynn tirer la couverture sur sa tête avec un air ironique. Mais la tente improvisée joua son rôle en la soustrayant complètement à des yeux indiscrets.

— Pas la peine d'être si timide, lança Olney. J'ai pas déjà

eu l'occasion de voir ce que vous êtes en train de cacher ? Je parierais même que j'en ai vu plus que lui.

Raelynn ignora ces vantardises et, une fois qu'elle se fut levée en rejetant la couverture, elle tint à deux mains le dos de son vêtement.

— Je dois demander à mon mari de boutonner ma robe, annonça-t-elle à leur geôlier. Vous lui permettez de le faire ?

— Bien obligé ! J'ai qu'un bras, railla Olney.

Il avait un regard lubrique, qui ne pouvait cependant représenter une menace, la douleur lui interdisant d'apaiser certains besoins. En outre, il s'exposerait à un autre danger en abusant d'une femme que Gustav Fridrich convoitait. Satisfaire ses appétits charnels était une chose, courir au désastre en était une autre.

Exposée à ce regard malséant, Raelynn eut du mal à réprimer un frisson et à garder un visage impassible tandis qu'elle se glissait auprès de Jeff. Elle ne fit aucun commentaire quand elle sentit les doigts de son mari le long de son dos. Mais, ne constatant aucune hésitation, aucun tremblement, elle se dit que Jeff réussissait beaucoup mieux qu'elle à garder son sang-froid.

Quand Jeff eut terminé, Raelynn se mit en quête d'une bouteille de whisky ou d'un alcool quelconque susceptible de calmer cette brute d'Olney. Elle finit par trouver quelque chose dans un petit placard de la chambre et retourna aussitôt dans la pièce principale, où elle remplit à ras bord un gobelet de faïence. Olney le vida d'un trait puis en réclama un second. Mais dès qu'il vit Jeff s'approcher, le gredin brandit son pistolet.

— Attendez que je me sente mieux, ordonna-t-il entre deux gorgées d'alcool. Je voudrais pas me mettre à hurler devant votre femme comme M. Fridrich. Elle serait encore capable de faire l'un de ses sales petits commentaires ou quelque chose d'aussi stupide. Ça serait le meilleur moyen de m'énerver, et pour vous de perdre votre moitié. Et après vous rechignerez à me remettre le bras en place.

Sentant le voyou incapable de contrôler ses émotions, Jeff préféra le rassurer.

— Je vous donne ma parole que je procéderai avec la plus grande douceur possible, Olney. Il faut me croire. En échange, promettez-moi de ne pas tuer ma femme simplement parce que vous seriez en colère contre moi.

— Ah, quel gentilhomme vous faites, monsieur Birmingham ! Mais vous devez savoir une chose : M. Fridrich veut récupérer cette fille à tout prix. Il est prêt à payer cher. Comme je peux pas l'emmener avec moi cette fois-ci, à cause de mon état, c'est lui qui viendra la chercher. Et dans pas longtemps.

— C'est pour satisfaire Fridrich que vous avez tué Nell ? demanda Jeff en provoquant chez Raelynn une exclamation de surprise. Vous l'avez conduite à la plantation, probablement en espérant que votre crime me serait attribué et éloignerait ma femme de moi, n'est-ce pas ? Mais je ne comprends pas pour quelle raison vous vous êtes enfui avec la jument sans même prendre le temps de la seller.

— Salaud ! éructa Olney. Vous n'allez pas me mettre la mort de Nell sur le dos ! D'accord, j'ai amené cette petite traînée chez vous, pour vous mettre dans l'embarras et toucher les mille dollars à la place de Cooper Frye. Mais je savais pas que vous étiez décidé à la tuer. Elle m'a laissé attendre dans les écuries avec son gosse pendant qu'elle montait dans votre chambre pour discuter avec vous et vous prévenir que si vous refusiez de vous occuper de son petit bâtard, elle ferait voir à tous vos invités qu'il vous ressemblait drôlement. Votre foutue jument m'a presque piétiné quand j'ai voulu me glisser dans son box. Elle s'est mise à ruer et à faire tant de boucan que j'ai dû passer à côté avec le gamin de Nell sous le bras. Après, quand votre homme l'a sortie, j'ai cru que j'allais être tranquille dans son box en attendant Nell. Et puis je vous ai vu arriver avec la pauvre fille. Vous la traîniez, avec votre main sur sa bouche, en lui tordant le bras dans le dos. Heureusement que j'ai sauté dans le box voisin, parce que vous l'avez poussée dans celui de la jument où j'avais laissé le gamin.

— J'imagine que vous m'avez aussi vu la tuer, railla Jeff.

— Pour sûr ! dit Olney avec une grimace arrogante. Je vous observais à travers les planches. Je pensais que vous alliez violer la petite garce. Et puis j'ai vu votre couteau et j'ai entendu le cri de Nell, quand vous lui avez enfoncé le couteau dans le ventre.

Raelynn eut un haut-le-cœur et porta une main à sa bouche. Olney s'était interrompu en l'entendant. Il lui jeta un regard sarcastique avant de revenir à Jeff.

— Je me souviens pas de ce que j'ai fait. Une exclamation m'a peut-être échappé, ou quelque chose comme ça. En tout cas, vous êtes sorti du box en vitesse et je vous ai vu foncer sur moi. Vos longues jambes vous ont bien servi, parce que vous êtes arrivé à une vitesse que j'aurais pas imaginée. J'ai cru que vous alliez m'embrocher comme la pauvre Nell. Je me sauvais ventre à terre quand j'ai vu la jument dans l'enclos. Je me suis dit que c'était ma seule chance de survivre. A peine j'étais sur son dos que vous m'aviez rattrapé. Vous vouliez me faire tomber, mais j'ai donné un grand coup de pied à la jument. Elle a détalé et sauté d'un coup par-dessus la clôture. J'ai eu le temps de croire que j'avais eu de la chance, tellement elle galopait vite. Je me voyais déjà à Charleston en train de raconter votre crime à M. Fridrich. Ce qu'il aurait été content ! Mais ce crétin de cheval m'a éjecté, et me voilà ici.

— Voyons, Olney ! intervint Jeff. Vous avez voulu me piéger pour satisfaire votre rapacité. Mais cela a échoué. J'ai envoyé Elijah pister l'assassin, et il a dit à Pete le Rouge qu'il était sur votre trace.

— Je suis au courant, grogna Olney. J'ai eu ce maudit Elijah sur mes talons jusqu'au milieu de la nuit dernière. J'ai essayé de le semer mais j'ai pas réussi. Comme j'en avais assez de courir avec ma jambe blessée, je l'ai attendu dans les sous-bois. Il a pris une balle dans la jambe, et il est reparti chez lui sur son vieux canasson.

— Si je comprends bien, vous n'hésitez jamais à vous débarrasser de la première personne qui se met en travers de votre chemin, rétorqua Jeff, caustique. Mais, croyez-moi. En tirant sur Elijah, vous vous êtes mis un méfiant de plus sur le dos. Quand le shérif Townsend vous attrapera...

— S'il arrive à m'attraper, je lui raconterai comment vous avez tué Nell, lança Olney d'un ton hargneux. J'ai pas pu me tromper. C'était bien vous, sur votre trente et un, pour votre joli bal. Je peux pas dire que j'aime tellement le noir. Mais ça plaît aux gens comme vous. Et, l'autre soir, vous étiez le seul en noir, quand j'ai jeté un coup d'œil par votre fenêtre en arrivant avec Nell.

— Attendez une minute ! Tirons ça au clair. Lorsque vous m'avez vu dans les écuries, j'étais habillé de noir ?

— Ouais.

— Quand je suis sorti et que j'ai découvert Nell dans le box de Fortuna, il devait être environ une heure du matin. A cette heure-là, je portais une chemise blanche et un pantalon marron.

— Il était plutôt onze heures et demie.

Jeff eut un rire moqueur.

— C'est impossible. Elle avait encore un souffle de vie quand je l'ai trouvée. Or, avec toutes ses blessures, elle n'a pu survivre que quelques minutes. Certainement pas une heure et demie.

— Qu'est-ce que vous racontez ? C'est vous qui l'avez poignardée, et une seule fois pour sûr !

— Elle l'a été à trois reprises.

— Comment savoir ce que vous avez fait ? Vous êtes peut-être revenu pour l'achever. Tout ce que je peux affirmer, c'est que je vous ai vu entrer avec elle aux environs de onze heures.

— Et vous avez vu mon visage, distinctement, à ce moment-là ?

Voyant Olney acquiescer, Jeff le regarda, les yeux plissés.

— Dites-moi. Est-ce qu'une lanterne éclairait les écuries ? Normalement, tout est éteint. Et c'était le cas quand je suis descendu. J'ai pris une lanterne sur le porche après avoir entendu Nell crier.

— Je suis sûr que c'était vous. J'avais pas besoin de lumière pour vous reconnaître.

Le sourcil levé, Jeff s'étonnait manifestement des déclarations de son interlocuteur.

— Donc, il n'y avait pas de lumière, et il vous était impossible de distinguer mon visage. Dans ce cas, comment pouviez-vous m'identifier ?

— A votre taille. Personne n'aurait pu se tromper.

— Vous vous souvenez du shérif Townsend, n'est-ce pas ? Et de Farrell Ives ? Et de mon frère ? Vous les avez tous vus, non ?

— Vous savez bien que je les ai vus, le soir où vous avez tous déboulé dans l'entrepôt de M. Fridrich. Mais dans les écuries c'était pas un de vos acolytes. Celui qui est arrivé avec Nell était très grand et plutôt mince. Les autres, ils pèsent bien trente kilos de plus que vous. Et puis y a autre chose. L'assassin avait les cheveux noirs. Ça, sous la lune, je l'ai bien vu.

— Vous confondez peut-être noir et brun, ou auburn, ou toute autre couleur qui semblerait plus sombre la nuit.

— Je peux jurer que c'étaient des cheveux aussi noirs que je vois les vôtres maintenant.

— A l'heure où vous prétendez que le crime a eu lieu,

je dansais avec ma femme, Olney. Et les témoins ne manquaient pas.

Raelynn se mordit la lèvre plutôt que de contredire son mari devant le jeune voyou. Aux alentours de onze heures, ce soir-là, Jeff était sorti satisfaire un besoin urgent. Elle se souvenait d'avoir consulté une pendule au même moment, en se demandant si elle avait le temps de monter au premier avant son retour. Ce qu'elle aurait probablement fait, si Farrell ne l'avait invitée à danser. Peut-être alors aurait-elle trouvé Jeff dans leur chambre, avec Nell.

D'un pas prudent, Jeff s'approcha d'Olney.

— Je ferais mieux de m'occuper de votre bras, Olney. Le whisky a eu le temps de faire son effet.

Le jeune vaurien hocha la tête, et Jeff tira doucement le bras blessé vers lui de façon que la main d'Olney pût s'appuyer sur son épaule. Ce dernier blêmit sous l'effet de la douleur, mais serra les dents plutôt que de laisser échapper un cri. Cette première phase s'étant passée sans incident, Jeff, mentalement, poussa un soupir de soulagement et commença à imprimer au bras un infime mouvement circulaire. Cela suffit à faire frémir Olney, mais ne l'incita pas pour autant à desserrer le poing qui tenait le pistolet pointé sur l'estomac de Jeff.

— Je vais provoquer une petite secousse dans votre bras, avertit celui-ci. Avec un peu de chance, il va se remettre en place.

— Sinon ? s'inquiéta Olney d'une voix sourde, le regard rendu vitreux par la douleur.

— On continuera, jusqu'à ce que ça marche.

Raelynn s'approcha d'Olney, essuya son front couvert de sueur et lui proposa une autre gorgée de whisky.

— Non, refusa-t-il. Qu'on en finisse d'abord.

Prenant l'épaule d'Olney dans une main, il imprima de l'autre une lente secousse au poignet tout en essayant de guider le haut du bras vers l'articulation. Olney jura entre ses dents mais, l'instant d'après, il sentit son bras retrouver sa place. Presque aussitôt la douleur s'estompa et il soupira de soulagement.

— Je crois qu'on a réussi, annonça Jeff, plus détendu.

Olney haletait comme s'il venait de courir à toute vitesse.

— Eh ! Ça fait plus mal.

— Il faudrait quand même vous bander le bras pour que vous évitiez de trop le bouger tant que l'articulation est sensible, observa Jeff.

— Allez-y. J'ai pas envie de revivre ce genre de calvaire. J'ai faim, ajouta Olney en se tournant vers Raelynn. J'ai rien mangé depuis que j'ai enfourché cette jument.

— Il reste de la viande et des crêpes de maïs.

— Ça fera l'affaire.

— Vous allez manger en tenant votre pistolet pointé sur mon mari ? osa lui demander Raelynn.

— Il va s'asseoir dans un coin, comme un bon petit, pendant que je me remplis le gosier. Je vais avoir droit à une autre question idiote ?

Regardant Raelynn avec un petit sourire narquois, il ajouta en hurlant :

— Ça vient, ce repas ?

Offusquée par un tel ton, Raelynn se fit violence pour aller mettre sur un plat la viande et les crêpes. Elle eût volontiers arrosé le tout de sel ou de piment rouge, si elle n'avait cru ce vaurien capable d'exploser et de servir des trois pistolets qu'il avait à portée de main.

Dès que Jeff eut bandé son bras, Olney l'envoya dans un coin, au fond de la pièce. Assis sur ses talons, Jeff le regarda dévorer son repas, le pistolet à ses côtés, et il fut convaincu que s'il tentait de s'emparer de l'arme, Olney l'abattrait immédiatement.

Dans un rot sonore, le voyou se leva, se caressa la panse, puis fixa Jeff.

— Maintenant, il me reste plus qu'à vous emprunter votre étalon. Vous allez le seller pour moi. Et je vous conseille de surveiller vos gestes, parce que j'aurai mon pistolet braqué sur votre femme. C'est compris ?

— Assurément.

— Dans ce cas, allons-y, mon garçon. J'ai pas toute la matinée pour traîner.

Se trouvant drôle, Olney eut un petit rire satisfait, puis poussa Raelynn sans ménagement du bout de son pistolet.

— Suivez pas votre mari de trop près, ma jolie. Je voudrais pas vous réduire en miettes pour ça. Souvenez-vous. Je serai juste derrière vous, et petite comme vous êtes, j'aurais pas besoin de tirer deux fois pour vous faire sortir les tripes. Compris ?

— Oui, admit Raelynn, le regard noir.

— Vous êtes aussi mauvaise que quand vous étiez dans l'entrepôt de M. Fridrich, ricana Olney. Mais ça fait rien. Moi, j'ai pas envie de m'envoyer en l'air avec vous comme l'Allemand. Je préfère les filles plus dégourdies.

— Ça ne m'étonne pas, répliqua Raelynn, l'air hautain.

Elle vit le vaurien plisser les yeux.

— Qu'est-ce que vous voulez dire par là ?

— Simplement que vous êtes un animal.

Jeff fit signe à sa femme de se taire, mais Raelynn avait déjà suscité la colère d'Olney qui leva son arme en poussant un grognement horrible, prêt à la frapper en plein visage. Aussitôt Jeff s'élança vers lui. Le gredin pivota alors sur ses talons et le menaça de son pistolet.

— Noooon ! hurla Raelynn en saisissant le coude d'Olney. Ne le tuez pas ! Je vous en supplie. Je serai gentille. C'est promis.

Olney se libéra d'un mouvement sec et regarda Jeff d'un

air si mauvais que Raelynn en trembla d'appréhension, convaincue qu'il était capable de tirer sur Jeff, juste pour le plaisir de faire le mal. Du coin de l'œil, Olney rencontra son regard implorant et consentit soudain à détourner son pistolet.

— D'accord, petite. Pour cette fois, je lui laisse la vie sauve. Mais je vous préviens : si vous recommencez à m'injurier, vous creuserez sa tombe. C'est clair ?

Raelynn hocha vivement la tête.

— C'est clair.

Un petit sourire sardonique aux lèvres, Olney revint à Jeff.

— Elle tient plus à vous qu'à M. Fridrich, c'est sûr. Faut dire que lui, c'est pas l'homme le plus plaisant à regarder. Maintenant, ajouta-t-il en montrant la porte avec son pistolet, vous allez sortir bien gentiment, et peut-être que je vous laisserai en vie tous les deux.

Olney et Raelynn, derrière lui, Jeff prit la lanterne et sortit en se dirigeant vers l'abri où les chevaux avaient passé la nuit. Songeant au pistolet que Hyde braquait sur sa femme, il sella Majestic comme il convenait. Il aida même le gredin à s'installer sur la selle et le regarda s'éloigner avec le plus grand soulagement. Mais quand il posa une main sur l'épaule de Raelynn, il la vit se dégager aussitôt et retourner en courant dans la cabane. Il resta un long moment perplexe, puis regarda Fortuna, le sourcil levé.

— Je me demande quelle est la plus imprévisible de vous deux, marmonna-t-il à la jument qui dressa attentivement les oreilles. Ma femme pourrait bien être encore plus lunatique que toi. Mais tu risques de la battre, tout à l'heure, quand nous te monterons tous les deux à cru, et ce, jusqu'à Oakley.

Lorsqu'il rentra à son tour dans la cabane, Raelynn s'était déjà installée en position de défense, au bout de la table. Devant son regard circonspect, il jugea inutile de lui demander ce qu'elle avait.

Ils en étaient revenus à la situation dans laquelle ils se trouvaient avant de s'endormir.

— Eh bien, Raelynn ! Vous avez cru Olney lorsqu'il a raconté qu'il m'avait vu tuer Nell, n'est-ce pas ?

— J'ai encore des questions qui attendent une réponse.

— Par exemple ?

— Où êtes-vous allé, la nuit du bal, vers onze heures, quand vous m'avez annoncé que vous aviez besoin de vous rendre aux toilettes ? Cela vous a pris pas mal de temps, il me semble.

Ayant oublié cet épisode, Jeff soupira longuement.

— Je suis désolé, mais je ne sais plus.

— Ce qui vous arrange peut-être. Si vous n'avez pas, pendant ce laps de temps, tué Nell, pourquoi votre absence s'est-elle prolongée ?

— Parce que, madame, après m'être soulagé, j'ai parlé à quelques amis qui attendaient leur tour. Bon sang ! Aurais-je dû aller derrière le premier buisson venu et revenir au galop ? Cela aurait-il garanti votre confiance en moi ? Que comptez-vous faire ? Demander à mes amis s'ils m'ont vu aux toilettes ? Vous seriez rassurée ?

— Ne soyez pas vulgaire.

— Madame, vous ignorez à quel point j'aimerais l'être en cet instant précis. Ne vous est-il pas venu à l'esprit qu'Olney pouvait mentir afin de s'éviter la potence ou, plus vraisemblablement, dans le but de nous brouiller et de récolter ainsi ce que Gustav Fridrich a promis à Cooper Frye ? Auriez-vous si peu de considération pour moi que vous préféreriez croire à l'innocence de ce gredin plutôt qu'à la mienne ?

— C'est vous que j'ai vu près du corps de Nell, un couteau...

— Epargnez-moi ce refrain, ma chère, l'interrompit Jeff d'un ton sarcastique. Je sais parfaitement ce que vous avez vu. Souvenez-vous : j'étais présent ! Mais uniquement parce que j'avais entendu Nell crier. Consentez-vous à comparer les assertions d'Olney à la réalité ? Nell a été poignardée trois fois, et lui prétend qu'elle n'a reçu qu'un seul coup de couteau.

Raelynn haussa les épaules.

— Il ne voyait peut-être pas assez bien à travers les planches du box pour se rendre compte qu'on la poignardait plusieurs fois.

— Ah ! Mais dans ce cas, madame, comment Olney pourrait-il être certain de m'avoir reconnu ? Il a bien dit qu'il faisait noir dans les écuries. Avez-vous jamais été là-bas quand il n'y a pas de lanterne allumée ?

— Non.

— Eh bien, c'est peut-être une expérience que vous devriez faire ! Allez-y aux alentours de onze heures du soir, et vous constaterez qu'en l'absence de lumière, même un soir de pleine lune, on ne perçoit que des formes indistinctes, et qu'il est fort difficile de faire la différence entre une couleur claire et une couleur sombre. De plus, je me souviens que le ciel était nuageux, ce soir-là. Il est par conséquent très peu probable qu'Olney ait bénéficié de la clarté de la lune.

— Il n'en reste pas moins qu'il vous y a vu vers onze heures, observa Raelynn en refoulant des larmes. Et vous étiez précisément dehors à cette heure-là.

— Nell a été poignardée plus tard, souligna Jeff d'un ton sec. Sinon elle aurait eu le temps de se vider de son sang. Il était une heure du matin quand j'ai entendu son cri et que je l'ai découverte moribonde, mais cependant encore capable de me demander de retirer le couteau de sa chair et de la tenir dans mes bras. Deux choses que j'ai faites, madame, ce qui explique le sang sur ma chemise. Voilà pourquoi la personne qui aurait dû avoir confiance en moi plus que toute autre a vu là la preuve de ma culpabilité.

— Nous nous connaissons à peine. Nous sommes pratiquement des étrangers l'un pour l'autre, remarqua Raelynn, obstinée, en se tordant les mains.

Jeff eut un sourire sarcastique.

— Peut-être à vos yeux, mais pas aux miens. J'ai tout de suite vu en vous ma moitié, ma femme, mon âme sœur. Un même sang, un même cœur. Mais, à l'évidence, vous ne ressentez pas la même chose à mon égard. Même dans vos rêves, je suis le coupable. Par conséquent, je pense qu'il vaudrait mieux que vous alliez à Charleston.

Raelynn releva brusquement la tête et regarda Jeff, effarée.

— Souhaitez-vous que nous nous séparions définitivement ?

— L'avenir me le dira, madame. Pour le moment, nous nous contenterons peut-être de ne plus partager le même toit. Je resterai à Oakley, vous irez à Charleston. Mais il me semble que vous avez d'abord besoin d'un ou deux jours de repos à la plantation. Pendant ce temps, je préparerai votre installation en ville. Si vous avez des talents de couturière, je suis certain que Farrell Ives sera ravi de vous donner du travail. Vous pourriez peut-être loger chez Elizabeth ou chez Mme Brewster, si vous le préférez. L'une comme l'autre apprécierait quelque revenu supplémentaire, dont je me charge, naturellement, jusqu'à ce que vous choisissiez de ne plus dépendre de moi. Je puis vous assurer que je ne demande qu'à jouer mon rôle de père. Toutefois, si vous vous y opposiez, je ne contesterais pas votre choix. Je renoncerais à être présent dans la vie de notre enfant, si cela peut vous éviter d'être perturbée outre mesure.

— Vous me laisseriez partir... comme ça ?

La gorge nouée, Raelynn détourna son regard embué de larmes, le temps de se ressaisir un peu. Peut-être qu'après tout une séparation était souhaitable. Il suffisait en effet qu'ils fussent ensemble pour qu'un désastre s'abattît sur eux.

Jeff eut un soupir rêveur.

— Je ne puis supporter d'être considéré comme un assassin dans ma propre maison, et par la personne même qui devrait croire en moi. Vous pouvez être assurée que vous ne partirez pas sans avoir les moyens d'assurer votre confort. Vous pouvez emmener Tizzy avec vous et, bien entendu, tout ce que vous avez reçu depuis notre mariage vous appartient. Lorsque je vous aurai assuré un logement et que je serai intervenu auprès de Farrell afin qu'il vous embauche, Thaddeus vous conduira en ville. Ensuite, vous serez débarrassée du fardeau de ma présence.

15

Farrell Ives s'appuya au dossier de son fauteuil et, l'air pensif, contempla le bout rougeoyant du cigarillo qu'il s'accordait chaque matin, avant de se plonger dans le tourbillon de son travail. Puis, les yeux plissés, il regarda son visiteur matinal à travers les volutes de fumée. Ce dernier était assis sur le bras d'un petit canapé de cuir, l'un de ces meubles de prix dont le couturier aimait s'entourer dans ses appartements privés.

— Les gens trouveront fort curieux, Jeffrey, que ta femme s'installe chez Elizabeth et travaille pour moi, pendant que tu continues à vivre à Oakley.

Jeff haussa négligemment les épaules.

— Ce que l'on pensera m'importe beaucoup moins que ce qui se passe dans la tête de Raelynn, Farrell. Il faut que je lui laisse le temps et le loisir de réfléchir à mon sujet. Et je ne vois pas de meilleur moyen que de la laisser partir. Mieux que quiconque, tu sais que nous nous connaissions très peu lorsque nous nous sommes mariés, et, bien que je sois persuadé que nous soyons faits l'un pour l'autre, je ne peux l'en convaincre à tout prix. Elle doit arriver à ses propres conclusions par elle-même, et à son propre rythme.

Farrell secoua la tête, ébahi.

— Bon sang, Jeffrey, que s'est-il passé entre vous ? A chaque fois que je vous ai vus ensemble, Raelynn avait tout d'une femme follement amoureuse.

— Quand elle est arrivée aux écuries et qu'elle m'y a

trouvé l'arme du crime à la main, expliqua Jeff en regardant son ami droit dans les yeux, le choc a été trop rude pour elle. Elle n'a pas encore récupéré. La scène hante ses rêves. Je pense qu'en la libérant de ses obligations maritales, je lui permettrai d'apprendre à mieux me connaître et à comprendre que j'étais incapable de commettre une telle barbarie.

— Comment crois-tu que ce soit possible, si vous vivez à distance l'un de l'autre ? Tu ne t'es jamais aperçu qu'il y a quelques kilomètres entre Oakley et Charleston ? souligna Farrell, plein de sens pratique et non d'ironie. Et si Fridrich recommence à jouer les Attila, qui protégera Raelynn ?

— J'ai déjà pensé à cela, et j'en ai parlé à plusieurs personnes de confiance qui sont prêtes à garder un œil sur elle. Sa sécurité est une chose essentielle pour moi. Elijah, bien qu'actuellement handicapé par sa blessure, a accepté de surveiller la résidence d'Elizabeth depuis une fenêtre de la pension, située de l'autre côté de la rue. Mme Murphy est d'accord pour me louer la chambre d'où il exercera sa surveillance. S'il se passe quelque chose, il enverra le garçon de courses de la propriétaire me prévenir. Je crois avoir vu une lueur vindicative dans les yeux de Mme Murphy quand elle m'a assuré qu'elle ne demandait qu'à me rendre service. J'ai l'impression qu'elle déteste Fridrich depuis que ses hommes ont cassé l'ameublement de l'une de ses chambres. Ils n'avaient rien trouvé de mieux pour la convaincre de payer en échange de la protection de l'Allemand. Elle m'a montré l'arme dont elle s'est servie pour faire déguerpir ces voyous, et je comprends pourquoi ils ne sont jamais revenus. Crois-moi, elle avait tout d'un tromblon.

— Oh, je sais ! Cette chère vieille dame a une bonne dose de sang irlandais dans les veines, remarqua Farrell en riant. Mais, Jeffrey, poursuivit-il avec sérieux, as-tu pensé au temps qu'il faudra au messager pour te prévenir ? Ta femme aura déjà disparu avant que tu puisses faire quelque chose. Et tu sais très bien que tu ne te le pardonnerais pas.

— En fait, je ne compte pas rester à Oakley. Je vais moi aussi m'installer en ville, dans une maison près de mes entrepôts. Sans que Raelynn le sache, bien sûr. Je ne voudrais pas qu'elle pense que je l'espionne.

Penché en avant, Farrell fit tomber la cendre de son cigarillo dans le cendrier de cristal posé sur la table basse qui le séparait de Jeff.

— La situation sera assez contradictoire, Jeffrey. D'un côté, tu rends à Raelynn sa liberté, de l'autre, tu restes à proximité afin de la protéger. Elle voudra peut-être que tu sortes complètement de sa vie.

— Je la laisse libre d'en décider, souligna Jeff, non sans tristesse. Je ne serais pas surpris qu'elle reparte en Angleterre, d'ailleurs. Mais cette éventualité ne me réjouit pas.

Ne ratant jamais une occasion de parler franc, Farrell observa :

— Les gens vont en déduire le pire, Jeffrey. Tu le sais.

— Oui. Ils se diront que ma femme m'a quitté parce que j'ai tué Nell.

Farrell, pourtant endurci, frémit d'entendre Jeff admettre une conclusion si brutale. Mais, loin de chercher à la nier, il abonda au contraire dans son sens.

— Jeffrey, mon cher, as-tu bien réfléchi aux conséquences, si l'on t'accusait de l'assassinat de Nell en pareilles circonstances ? Le jury de ton procès serait forcément influencé par le fait que ta femme te croie coupable.

— Je n'ai pas vu si loin, reconnut Jeffrey en grimaçant.

S'il admettait que son ami avait raison, il refusa cependant de se laisser fléchir.

— Olney Hyde a affirme, non seulement qu'il était innocent, mais aussi qu'il m'avait vu poignarder Nell. Toutefois, il ne peut sortir de l'ombre sans que Rhys l'arrête pour tentative de meurtre sur ma personne. Nous savons, toi et moi, qu'il est capable d'avoir commis un tel crime. Il a réellement voulu me tuer avant que Raelynn soit enlevée. Reste cependant à prouver sa culpabilité, en ce qui concerne la mort de Nell. Le fait qu'il se soit enfui avec Fortuna témoigne de sa présence sur le lieu du crime, mais Elijah a également relevé d'autres empreintes en dehors des siennes. Elles ont été laissées par des bottes qui m'appartiennent et que Cora a retrouvées dans ma salle de bains, le lendemain du crime, avec de la boue encore fraîche. Etant donné que je ne les avais pas portées depuis une semaine, j'en conclus évidemment que l'assassin de Nell les avait aux pieds. Il faisait donc peut-être partie de nos invités.

Farrell écrasa son mégot dans le cendrier.

— Crois-tu que Cooper Frye soit venu à Oakley, ce soir-là ?

— Qui sait ? En fait, c'est à lui que Fridrich avait promis mille dollars s'il réussissait à nous séparer, Raelynn et moi. Le meilleur moyen d'y parvenir était évidemment de me mener à la potence, pour un crime que je n'avais pas commis. Mais il me semble avoir remarqué que Frye, comme Olney, a de très grands pieds. Plus grands que les miens. Donc, si ma mémoire est bonne, ni l'un ni l'autre ne pouvait porter mes bottes.

Renversé contre le dossier de son fauteuil, Farrell regarda les bottes de son ami.

— Je crois me souvenir qu'aucun d'entre nous n'a jamais pu entrer dans tes chaussures, Jeffrey. Impossible même d'y mettre nos orteils, tellement tu as les pieds plus étroits que les nôtres. Ce qui serait ennuyeux pour toi, si le coupable n'est pas arrêté.

— Mais s'il l'est, mes bottes le condamneront à coup sûr.

Farrell soupira, se leva et se mit à arpenter son salon. Puis, ayant réfléchi au plan de Jeff concernant Raelynn, il s'immobilisa et regarda son hôte.

— As-tu demandé à Brandon si Raelynn pouvait s'installer à Harthaven jusqu'à ce que ton innocence soit prouvée ? Elle serait beaucoup plus en sécurité chez lui qu'à Charleston, même si tu te trouves à proximité.

— Raelynn refuse d'impliquer Brandon ou Heather dans cette affaire.

— Pour quelle raison ? Etant donné la gravité de la situation, il me semble que tu devrais faire abstraction de ce genre d'attitude.

— Pas forcément. Je me considère comme un homme pratique. Si je veux regagner la confiance et l'estime de ma femme, je dois me comporter avec elle comme un soupirant. En restant dans la famille, elle se sentirait beaucoup moins libre à mon égard. Elle n'oserait guère me prier de sortir, quand je serais chez mon frère. Autrement dit, je tiens à ce qu'elle puisse se conduire avec moi comme elle l'entend. Quant à Fridrich, s'il croit que Raelynn a rompu, il se contentera peut-être de ronger son frein en attendant que la rupture soit officialisée, lui laissant ainsi la voie libre. Notre homme s'estimera sans doute magnanime en proposant à Raelynn de lui faire oublier l'échec, ajouta Jeff d'un ton sarcastique. Si elle allait à Harthaven, au contraire, il pourrait bien tenter un nouvel enlèvement. Mon frère interviendrait, bien sûr. Mais si l'on songe au nombre de voyous que Fridrich a à sa disposition, Brandon risquerait sa vie dans cette affaire.

— L'Allemand tentera peut-être un coup de force dans mon atelier, fit observer Farrell, non sans raison.

Sa remarque relevait moins de l'inquiétude que du désir d'exposer à son ami tous les risques auxquels Raelynn serait confrontée en l'absence de son mari.

— Si tu acceptes, je ferai venir ici deux hommes de ma

scierie et un autre de mes entrepôts, afin d'assurer la protection de ma femme. Elle ne pourra pas les reconnaître, et Fridrich non plus. Ils penseront l'un et l'autre que tu as engagé du personnel supplémentaire.

— J'en aurais bien besoin, en effet, remarqua Farrell, l'œil malicieux. Mais je ne pense pas que tu aies l'intention de m'envoyer des gens qui savent manier l'aiguille.

— Ah ! fit Jeff en riant. Si tu as tellement besoin d'aide, je peux recruter deux marins qui ont l'habitude de coudre des voiles.

— Pourquoi pas ? marmonna Farrell sans grand enthousiasme. Si la bonne bourgeoisie de Charleston se mettait en tête de se vêtir de voiles à bateaux, mon avenir serait assuré.

Quelques jours plus tard, Farrell Ives s'adressa à la jeune beauté qu'il avait fait entrer dans sa boutique avant l'heure d'ouverture.

— Je serai heureux de vous procurer du travail, madame Birmingham, lui assura-t-il.

Du fauteuil où elle attendait, Tizzy, la chambrière de Raelynn, voyait sa maîtresse assise, face au bureau du couturier. Tizzy avait pour mission de servir de chaperon, afin d'éviter les rumeurs. M. Ives étant célibataire, on ne se privait nullement de lui attribuer des aventures outrageantes. Si quelqu'un avait pris au sérieux tout ce que l'on racontait à son propos, il eût fallu le considérer comme le géniteur de la moitié des enfants de Charleston. Ce qui, en raison du temps qu'il consacrait à son commerce, eût constitué une prouesse extraordinaire.

D'un geste ample de la main, Farrell désigna les croquis de Raelynn que lui avait apportés Jeff. Il les avait étalés sur son bureau afin de mieux les étudier. Et plus il les avait examinés, plus son étonnement avait grandi.

— Ces croquis rendent très bien, madame Birmingham. Ils attestent magnifiquement vos talents.

Devant la perspective de leur collaboration, Farrell avait adopté un ton formel. Finis les prénoms. Cependant, ce n'était pas le souci d'instaurer des rapports de travail qui prédominait dans l'esprit de Farrell. Il se préoccupait surtout de garder en tête que cette ravissante jeune femme restait l'épouse de son meilleur ami. Il aurait pris un plaisir incontestable à la courtiser, s'il avait eu l'intention de trahir une amitié qui remontait à l'enfance.

— Vous serait-il possible de commencer dès maintenant ?

— Maintenant ? s'étonna Raelynn. Vous voulez dire aujourd'hui ?

— Oui. Par ailleurs, comme il me semble avoir compris que vous avez loué une chambre chez Elizabeth, nous pourrions également vous aider à vous installer, si vous n'avez rien prévu d'autre. Cela vous conviendrait-il ?

Raelynn se rejeta contre le dossier de son fauteuil, complètement abasourdie. En lui demandant ses croquis, Jeff avait stipulé qu'il les apportait au couturier afin que celui-ci se fît une opinion. Et bien sûr, si Farrell n'était pas satisfait, il lui trouverait un autre emploi que celui de modéliste. Elle pourrait par exemple aider Elizabeth à tenir les comptes et les dossiers de l'entreprise. Raelynn n'avait pas trouvé cette éventualité très exaltante, mais elle s'en serait contentée.

— Oh, oui, certainement, monsieur Ives ! répondit-elle, soulagée. Je ne vois pas ce qui pourrait m'en empêcher. Je n'ai rien d'autre de prévu.

Sentant sa gorge se serrer, elle se hâta de détourner la tête. Un peu plus tôt, lorsque Jeffrey l'avait aidée à monter dans le landau et l'avait regardée s'éloigner, elle avait éprouvé autant de peine qu'à la mort de ses parents. Elle avait eu le cœur aussi lourd que s'il avait été soudain bardé de chaînes.

— Quelque chose vous ennuie ? s'inquiéta Farrell.

Alors qu'il s'était attendu à une explosion de joie en avouant combien il appréciait les croquis, il sentait maintenant Raelynn prête à éclater en sanglots.

— Vous me semblez prise de détresse. N'avez-vous pas envie de travailler pour moi ?

— Si ! Bien sûr que si, monsieur Ives ! Je suis ravie que vous aimiez mes croquis.

Raelynn hésita, mal à l'aise, en se demandant si elle devait exposer en toute honnêteté les raisons de sa présence à la maison de couture.

— Vous trouverez peut-être cela étrange, monsieur, mais si j'ai cherché du travail, ce n'était pas par refus de jouer mon rôle d'épouse et de maîtresse d'Oakley. Et, je me sens effectivement un peu désemparée en songeant que je me suis éloignée de ce qui m'était devenu si cher. Je ne voulais pas cette séparation, mais je suis hantée par une scène horrible. Je ne cesse de revoir mon mari, près du corps de Nell, un couteau ensanglanté à la main, et je ne sais plus ce que je dois penser. Bien que je ne veuille pas croire à sa culpabilité, je continue à m'interroger.

Que Raelynn lui parlât aussi franchement de sa relation avec Jeff fut pour Farrell un soulagement. Cela lui permit d'espérer un arrangement entre son ami et sa femme.

— Ne vous tracassez pas outre mesure à ce sujet, madame Birmingham. Votre mari est très soucieux de votre bien-être et souhaite simplement vous permettre d'en finir avec vos frayeurs. Je connais Jeff depuis l'enfance, et je peux vous dire qu'il est plus aimable et plus attentionné avec les gens que Brandon, Rhys Townsend ou moi-même. Il est aussi très bon avec les animaux, parfois au grand regret du shérif, mais c'est une autre histoire. Je comprends que votre confiance en lui ait été ébranlée par ce que vous avez vu dans les écuries. Toutefois, vous devriez ne plus vous tourmenter. Je suis certain que le coupable finira par être démasqué ; vous comprendrez alors que Jeff ne pouvait commettre un tel acte. Si vous pensez que mon amitié pour votre mari m'aveugle, sachez que je n'ai pas hésité à menacer Emory Dalton, un ami qui m'était cher, de m'en prendre sérieusement à lui si je le revoyais maltraiter Elizabeth. Bien que je ne l'aie pas tué moi-même, sa mort m'a apporté autant de soulagement que de tristesse. Je tiens énormément à mon amitié pour Jeff, mais si j'étais persuadé une seule seconde de sa culpabilité, je serais le dernier à le défendre, même s'il devait être pendu.

— Suis-je une épouse déloyale, parce que j'hésite à me convaincre de son innocence ? demanda Raelynn d'une toute petite voix.

Redoutant d'apercevoir le moindre signe d'une condamnation sur le visage de Farrell Ives, Raelynn détourna la tête, un poing tremblant sur ses lèvres.

— Aimez-vous Jeffrey ?

D'un brusque mouvement, elle fit de nouveau face à son interlocuteur et le regarda comme s'il avait perdu l'esprit. Puis elle baissa les yeux, posa son regard sur les croquis, la bouche tellement sèche qu'elle ne put avaler sa salive.

— Oui, je l'aime, répondit-elle finalement avec assurance.

Elle tenta de refouler les larmes qui emplissaient déjà ses yeux, mais en vain.

— Je crois que je l'ai aimé dès qu'il m'a évité de passer sous cette voiture... Je l'ai trouvé si courageux, si noble... Incroyablement merveilleux...

Tout en parlant, elle redressa la tête, et la joie qui monta en elle illumina son visage. C'était cette même émotion radieuse qu'elle avait commencé à ressentir quelques instants avant d'aller vers les écuries, le soir du drame. Enfin elle pouvait identifier son bouleversement. Et c'était à elle-même, autant qu'à Farrell, qu'elle venait d'avouer cet amour.

— Oh, oui ! Je l'aime. Je l'aime énormément, murmura-t-elle, la voix menue et pourtant vibrante de sentiment.

Surpris par l'émotion que lui inspirait cette déclaration, Farrell se gratta la gorge. Eprouvant alors le besoin de passer à un sujet plus neutre, il se leva et revint à ce qui les réunissait.

— Si vous n'y voyez pas d'inconvénient, madame Birmingham, nous allons vous trouver un endroit pour travailler dans le hall. Ainsi, Elizabeth ou ses couturières pourront facilement vous demander conseil ou vous adresser les clientes qui souhaiteraient voir vos modèles. Je n'ai dessiné que partiellement la collection de printemps, et il reste beaucoup à faire si l'on veut contenter nos habituées en quête d'un modèle original. J'espère que votre assistance me permettra de satisfaire tout le monde.

— Je serai heureuse de faire le maximum, monsieur.

— De mon côté, j'ai bien l'intention de vous solliciter énormément, avertit Farrell en souriant. La plupart de mes clientes veulent avoir affaire directement à moi. Plus elles sont nombreuses, moins j'ai de temps à consacrer à la création de nouveaux modèles. Je compte sur vous pour prendre le relais.

Pensif, Farrell conduisit Raelynn dans l'entrée qu'il inspecta en se demandant où lui installer un bureau. Afin de faire le bon choix, il étudia l'éclairage en plusieurs endroits, pensa à la disposition du meuble par rapport au reste, et finalement choisit une place à proximité d'une porte-fenêtre qui donnait sur le jardin d'agrément dont il s'occupait lui-même.

— Vous ne verrez aucun inconvénient à être exposée à tous les regards, madame Birmingham ? demanda-t-il, souriant.

Raelynn hésita à lui rendre son sourire, ne sachant ce qu'il lui préparait.

— Je ne crois pas. A condition que je n'aie pas à répondre à des questions impertinentes. Je ne veux pas m'entendre demander pourquoi je suis ici, si je suis vraiment séparée de mon mari, ou encore s'il est le père de l'enfant de Nell.

— Ah ! s'exclama Farrell en riant. Ne vous inquiétez pas. J'ai un remède contre cela. Je couvrirai les curieuses de compliments. Vous verrez. Vous serez étonnée de constater combien certaines femmes adorent qu'un homme leur prête un peu d'attention.

Raelynn ne doutait pas que Farrell Ives pût réjouir une femme avec ses compliments. Elle-même y aurait certainement été sensible, si elle n'avait sans cesse pensé à Jeffrey Birmingham.

— J'ai l'impression que vous savez facilement être beau parleur, monsieur.

Farrell sourit sous sa moustache soigneusement taillée.

— Ma chère mère était une Irlandaise bon teint, je dois dire. Elle m'a beaucoup appris. Que Dieu ait son âme.

— Vous ne m'étonnez pas, reconnut Raelynn en riant.

Revenant à sa préoccupation immédiate, Farrell chercha à déterminer sous quel angle il allait installer le bureau dans le coin qu'il avait choisi. Il leva les yeux, regarda la paire de lustres en bronze la plus proche et décida de placer le meuble un peu en arrière, afin d'en favoriser l'éclairage. Et puis, ainsi, Raelynn aurait juste derrière elle la porte-fenêtre donnant sur le jardin.

— Voilà où vous allez travailler, madame Birmingham, annonça-t-il en se tenant à l'endroit précis qu'il venait de choisir. Une belle et élégante jeune femme, dans ce cadre charmant, attirera toute l'attention qu'elle mérite. Vous aurez dans votre dos le jardin et la lumière du jour, pendant que les lustres illumineront votre charmante présence. Personne ne manquera de vous voir, et, bien entendu, afin de venir vers vous, on devra passer entre les tables où sont exposés nos tissus les plus coûteux.

— Vous êtes très malin, monsieur Ives, observa Raelynn, amusée. Je devrai prendre soin de ne pas tomber dans le même piège que vos clientes.

Farrell adressa à Raelynn un sourire malicieux tandis qu'il lissait sa moustache et remuait les sourcils.

— Chère madame, vous ne croyez pas si bien dire.

Il se pencha vers elle, comme pour lui confier un secret savoureux.

— Vous allez servir d'appât pour mes clientes. Je vous ferai porter quelques-unes de mes plus belles créations, comme le fait déjà Mme Dalton.

Bien qu'elle n'eût aucun désir de décevoir le couturier, Raelynn jugea plus honnête de lui annoncer sa grossesse. Dans un mois, elle ne pourrait plus la cacher.

Une lueur espiègle dansa dans ses yeux clairs.

— Seriez-vous prêt à dessiner des modèles pour femmes enceintes, monsieur ?

Farrell fut tellement surpris que ses traits s'affaissèrent. Son regard se posa une seconde sur le ventre de Raelynn, puis, se ressaisissant, il s'éclaircit la gorge.

— Pardonnez-moi. Je ne savais pas. Jeffrey ne m'avait pas informé de votre état. J'imagine qu'il est au courant, ajouta Farrell, le regard curieux et attentif.

— Oui. Il sait que je porte un enfant, répondit très explicitement Raelynn.

Concevant parfaitement que Farrell pût être tenté de retirer son offre, elle lui tendit la perche.

— Dans ces conditions, souhaitez-vous revenir sur votre proposition ? Je comprendrais très bien que vous puissiez craindre la réaction de vos clientes en voyant une femme, dans ma situation, travailler chez vous.

Le sourire de Farrell ne fut que pure malice.

— Les femmes dans votre situation, madame Birmingham, ont besoin de cacher leurs rondeurs avec élégance. Il est grand temps que quelqu'un leur serve d'exemple, et je suis tout prêt à leur fournir les vêtements qui leur permettront de sortir au grand jour, sans embarras. J'ai suffisamment habillé de vieilles filles et de matrones pour me réjouir de vêtir maintenant des femmes qui ont été pleinement honorées par leur mari.

Tout en rougissant, Raelynn éclata de rire dans le hall.

— Vous avez vraiment l'esprit retors, monsieur Ives !

Avec un sourire polisson, les sourcils de nouveau en mouvement, Farrell s'exclama :

— Oh, certes, madame ! Certes !

16

Elizabeth Dalton fit son apparition, très en avance sur les autres employées. Elle s'approcha aussitôt de Raelynn avec un sourire radieux qui dénotait son plaisir d'avoir la jeune femme comme pensionnaire.

— Votre chambre est prête, madame Birmingham. Votre cocher ayant insisté pour monter vos bagages, vous pouvez dès maintenant demander à Tizzy d'aller s'en occuper, si vous le désirez. Flora, ma chambrière, lui montrera vos chambres. Ainsi, quand nous sortirons d'ici, ce soir, tout sera prêt, et nous n'aurons plus qu'à dîner tranquillement. Le repas est fait et la table mise lorsque je rentre. Le samedi et le dimanche, il vous faudra cependant supporter ma cuisine. Nous pourrons faire les courses ensemble, si vous le souhaitez. Jake adorerait ! Et ce serait un très plaisir pour moi de vous permettre d'achever votre découverte de Charleston. Je suis sûre que vous apprendrez à aimer cette ville autant que je l'aime.

— Je vous en prie, Elizabeth, supplia Raelynn avec un sourire gracieux. Soyez moins formelle, et je me sentirai plus à l'aise. De plus, si vous continuez à m'appeler madame Birmingham, vous allez intriguer les clientes. Elles vont me regarder comme si j'étais une curiosité dans cette boutique.

Dans un éclat de rire, Elizabeth prit la main de la jeune femme.

— D'accord, Raelynn. Vous avez gagné. Cependant je dois vous avertir que devant notre familiarité, M. Ives va lever les sourcils plus qu'à l'ordinaire. Mais il est vrai que ce n'est pas désagréable à voir. Je dirais même que la contrariété donne à notre employeur un charme diabolique.

Les deux femmes se mirent à rire comme des collégiennes et attirèrent immédiatement la curiosité du couturier, affairé à l'autre bout de la salle. Comme Elizabeth l'avait prédit, aussitôt il leva les sourcils. Les petits rires redoublèrent, et, de plus en plus intrigué, Farrell se dirigea vers ses deux employées, qui, promptement, se séparèrent. Raelynn gagna son bureau tandis qu'Elizabeth allait dans le premier box vérifier que le travail avait bien avancé. Farrell s'approcha et, le regard curieux, attendit qu'Elizabeth daignât se retourner.

— Vous avez besoin de quelque chose, monsieur ?

Farrell admira la vision enchanteresse qu'offrait Elizabeth, vêtue de l'une de ses créations : une robe rose dont le col plissé s'évasait joliment sous le visage fin. La teinte délicate rehaussait la blancheur de la peau tout autant que le noir lumineux des cheveux, savamment noués, ce matin-là, en un lourd chignon sur la nuque. Soudain, Farrell prit conscience d'être séduit par la beauté de son employée au point d'en oublier ce qui l'avait amené vers elle.

— Euh... oui... Ah ! En fait, je me demandais simplement ce que vous et Mme Birmingham trouviez si amusant.

— Oh, rien, en vérité ! répondit Elizabeth en secouant malicieusement la tête. En tout cas, rien qui puisse vous faire rire. Ce n'étaient que des propos comme les femmes en échangent volontiers entre elles.

— Entre elles ?

Voyant revenir la mimique de Farrell, Elizabeth eut du mal à étouffer les éclats de rire qui lui montaient à la gorge. Murmurant une excuse, elle sortit précipitamment du box, au risque de frôler Farrell, et se sauva dans le jardin en direction des commodités, discrètement dissimulées derrière un buisson ornemental. Farrell dut reconnaître qu'il n'avait d'autre choix que de renoncer à trouver une explication, du moins auprès de cette ravissante personne.

Pivotant sur ses talons, il posa son regard d'un bleu céruléen sur sa nouvelle recrue, qui, brusquement, se mit à fouiller dans ses tiroirs. Un instant plus tard, quand elle releva la tête et aperçut le sourcil levé de Farrell, incapable de retenir son envie de rire, elle s'enfuit à son tour dans la direction empruntée par Elizabeth.

Décontenancé, Farrell s'interrogea. Ces deux femmes se conduisaient comme des vierges qui gloussent dès qu'elles voient un homme. Mais, vierges, elles ne l'étaient point. Alors, que diable ! Qu'avaient-elles à se comporter ainsi ?

Farrell alla se regarder dans le premier miroir en pied. Sa cravate était en place, et, grâce à Dieu, son pantalon ne le serrait pas. Bien que la mode fût aux pantalons moulants, il continuait à considérer comme extrêmement vulgaire de se promener avec un vêtement dessinant les attributs masculins. Pour lui, seule la subtilité était de bon goût.

Il poursuivit son inspection, mais ne parvint à aucune conclusion. Peut-être les rires des deux femmes n'avaient-ils rien à voir avec son apparence, après tout. Elles avaient très bien pu échanger des généralités au sujet des hommes, se moquer de toute la gent masculine, pendant que lui se sentait personnellement concerné. D'ailleurs, quel homme ne se sentirait pas sur la sellette quand deux femmes partagent des petits rires de gamines ?

Que lui restait-il à faire ? Quelle conduite devait-il adopter avec ces deux complices ? Les ignorer eût été la solution s'il n'avait eu besoin de leur assistance. Il pouvait essayer de leur faire des reproches, mais il risquait dans ce cas un retour de manivelle. Leur joli nez en l'air, elles le snoberaient, et il n'en finirait pas de fulminer. Devait-il les couvrir de compliments, comme ces petites excentriques qui se prenaient pour les plus grandes élégantes du siècle ? S'il ignorait ce qu'en penserait

Raelynn, en revanche il savait qu'Elizabeth le croirait devenu fou. Finalement, il choisit de faire comme si de rien n'était, en se disant qu'il n'avait pas d'autre moyen de s'en sortir.

Quand toutes deux furent revenues, Raelynn demanda à Elizabeth d'une voix hésitante :

— M. Ives vous a-t-il expliqué pourquoi je suis ici ?

— Oui. Il m'a mise au courant de votre situation. Mais il n'a rien dit aux autres employées. Il me semble qu'il n'y a aucune raison de les informer. Vous pouvez compter sur la discrétion de M. Ives, et sur la mienne, bien entendu.

— Vous êtes très gentille, Elizabeth.

Elizabeth secoua la tête, un doux sourire aux lèvres.

— Non, Raelynn. Je suis simplement une femme qui a elle-même traversé des épreuves. Un jour, peut-être, je vous les raconterai, mais, pour le moment, buvons une tasse de thé. Puis je vous présenterai à nos collègues. J'imagine qu'elles seront intriguées, après vous avoir vue ici avec M. Birmingham.

Travaillant pour Farrell Ives depuis plusieurs années, les autres employées avaient appris la discrétion. Elles manifestèrent à peine leur étonnement en constatant la présence parmi elles de l'épouse de Jeffrey Birmingham. Elizabeth, quant à elle, choisit d'égayer l'atmosphère de ces présentations en rapportant un échange aussi divertissant qu'authentique entre le couturier et Jeffrey Birmingham.

— Quand M. Ives appris que Mme Birmingham avait des talents de styliste, il a demandé à M. Birmingham s'il pouvait lui emprunter sa femme.

Elizabeth s'interrompit, le temps de partager le rire des couturières devant l'audace d'une telle proposition.

— En fait, reprit-elle, les affaires marchent si bien que M. Ives a du mal à satisfaire tout le monde. Comme vous le savez, de nombreuses clientes lui demandent de s'occuper d'elles personnellement. Il lui reste donc peu de temps pour ses créations. Par conséquent, au nom de l'amitié qui lie son époux à notre patron, Mme Birmingham s'est proposé de l'aider, au moins pendant quelques semaines. Nous avons de la chance d'avoir parmi nous une personne si talentueuse, n'est-ce pas ?

A en juger par les applaudissements et les rires qui suivirent, les explications d'Elizabeth convinrent parfaitement aux employées. Il se trouva cependant une personne, une grande femme d'un certain âge aux yeux gris et au regard aimable, pour soulever l'air de rien le vrai problème. Elle hésita d'abord à prendre la parole, puis sembla poussée à le faire malgré elle.

— C'est bien épouvantable ce qui est arrivé à cette pauvre Nell. J'ai connu sa mère, une veuve, quand la jeune fille n'était pas plus haute que trois pommes. Et puis sa mère est morte, et la petite a été recueillie par l'une de ses tantes. Mais celle-ci ayant déjà huit enfants, elle n'a pas eu beaucoup de temps à consacrer à sa nièce. Enfin, quoi qu'elle ait pu faire, Nell n'était pas une mauvaise mère pour son petit. Un bébé adorable, et beau comme un ange. J'espère qu'on lui trouvera rapidement une gentille famille. Ce serait une grande honte que ce petit bonhomme grandisse sans l'amour d'un père et d'une mère.

A peine eut-elle fini de parler que la femme, apparemment éberluée par sa propre audace, resta bouche bée, une main tremblante sur ses lèvres. Ses collègues, au courant de ce qui se disait au sujet de Jeffrey Birmingham et de l'enfant, ne purent cacher leur gêne.

Raelynn parvint à sourire et n'hésita pas à mettre tout le monde à l'aise en parlant elle-même de la situation du petit garçon.

— A l'heure actuelle, c'est Mme Fergus, la femme de l'intendant de mon mari, qui s'occupe de Daniel. Elle a beaucoup de tendresse pour les enfants, et le petit est bien soigné. En attendant que l'on trouve son père ou qu'une bonne famille accepte de le prendre, il restera avec les Fergus.

Sans que son regard vacillât une seule seconde, Raelynn ajouta :

— Cette femme s'occupe de Daniel comme elle l'aurait fait pour n'importe quel autre enfant que l'on aurait trouvé à Oakley, dans des circonstances similaires. Mon mari se soucie du bien-être du bébé, en dépit des rumeurs que nous connaissons tous. Il ne lui est pas venu à l'esprit de se débarrasser d'un orphelin à cause des commérages. C'est un vrai gentilhomme.

Le fait d'avoir donné ces précisions apporta à Raelynn un soulagement tangible. Certes, il était facile de deviner ce que les cinq femmes présentes pensaient réellement. Mais Raelynn, en dépit de ses incertitudes, avait réussi à exprimer sa confiance en son mari, en réfutant calmement les accusations qui faisaient de lui le géniteur de Daniel et l'homme impitoyable qui avait abandonné la jeune fille qu'il avait séduite. Il ne lui restait plus qu'à espérer que ce fût vrai.

Même si Farrell Ives exigeait une grande discrétion de la part de ses employées, les déclarations de Raelynn feraient le tour de Charleston avant le coucher du soleil, et elle était la première à le savoir. D'autres ragots allaient bientôt circuler, et on se demanderait si la jeune femme croyait sincèrement que son mari n'était pas le père de Daniel. On continuerait également à s'interroger sur les raisons de sa présence dans la boutique d'un célibataire, dont la séduction n'était pas loin d'égaler celle de Jeffrey.

Tout au long de la matinée, les clientes se succédèrent sans discontinuer. Devant ce déluge, Farrell engagea une nouvelle petite main, un valet et un portier. Les deux hommes jeunes et costauds ne demandaient qu'à travailler dur. Le plus beau avait un accent irlandais, l'œil pétillant, la parole facile, et semblait prêt à manifester une constante amabilité. Farrell le choisit donc comme portier, certain que ses clientes l'adoreraient. On trouva un tissu d'un vert profond, semblable à celui de la porte de la boutique et, sur-le-champ, une couturière entreprit la confection d'un pimpant uniforme. Farrell envoya ensuite le portier chez son coiffeur et son chapelier préférés pour une bonne coupe et l'achat d'un haut-de-forme.

On habilla également le valet de vert, mais avec plus de simplicité. S'il était le plus timide des deux, il prouva néanmoins rapidement qu'il ne manquait ni d'enthousiasme ni d'habileté. En peu de temps, il lava les grandes vitres qui occupaient l'avant et l'arrière de la maison de couture, fit reluire les lanternes de cuivre suspendues de chaque côté de l'entrée, redonna également du lustre à tous les autres cuivres ornant l'intérieur et l'extérieur de l'établissement, y compris l'enseigne qui identifiait le commerce et son propriétaire : « Maison de couture, Farrell Ives. » Impressionné, Farrell envisagea aussitôt d'engager les deux hommes définitivement s'ils s'avéraient aussi compétents l'un que l'autre.

Au beau milieu de tout ce remue-ménage créé par l'incessant défilé des clientes et le recrutement de nouveaux employés, l'apparition de Mme Brewster passa inaperçue, jusqu'à ce que Farrell la vît surgir devant lui. Il venait juste de montrer ses derniers croquis à Isabeau Wesley, une jeune et jolie veuve décidée à abandonner ses vêtements de deuil.

— Par exemple, monsieur Ives... minauda la plantureuse modiste en feignant le reproche. Je n'aurais jamais cru que vous présenteriez aussi vite vos derniers modèles à Mme Wesley. Mais il est vrai que la fortune qu'elle vient d'hériter de son vieux mari ne peut que l'inciter à satisfaire ses envies...

Farrell esquissa un sourire. A peine une charmante veuve

était-elle partie qu'il se retrouvait devant une autre, cependant beaucoup moins avenante que la première. Ni jeune ni belle, et d'une indiscrétion flagrante. En fait, une vraie épine dans le pied.

— Bonjour, madame Brewster...

— Thelma, s'il vous plaît ! l'interrompit la modiste avec un rire qui se voulait engageant.

Battant des cils, elle laissa flotter son regard. Bien des fois elle avait réclamé à Farrell moins de formalisme sans qu'il parût l'entendre. Mais elle prenait cette attitude pour une simple distraction, bien compréhensible pour un homme si occupé.

Sur le point de reporter son regard sur le couturier dont la séduction l'enchantait, Thelma Brewster aperçut, assise à un bureau au fond du hall, quelqu'un qu'elle reconnaissait. Eberluée, elle retint une exclamation. Depuis que la nouvelle de la mort de Nell était parvenue en ville, certaines rumeurs allaient bon train. On disait que Jeffrey Birmingham était peut-être le père du bébé de Nell, et qu'il aurait tué la jeune femme afin de s'assurer son silence. Toute la ville était sur des charbons ardents, dans l'attente d'un prochain développement de cette affaire. On parlait de l'arrestation de Jeffrey et de ses aveux, ainsi que d'histoires morbides concernant la vie de Raelynn à Oakley. Depuis quelques jours, les rues de Charleston résonnaient de suppositions sur le sujet. Par conséquent, voir Raelynn assise calmement à un bureau, absorbée par un travail, soulagea l'anxiété de Mme Brewster tout en faisant surgir un lot de nouvelles questions.

Sa généreuse poitrine en avant, la veuve se dirigea droit vers Raelynn, bien décidée à réconforter définitivement la jeune beauté, en lui assurant que le monde où elle était entrée n'était pas aussi fou qu'il semblait l'être parfois, et que les vrais coupables, sans qu'elle osât les nommer, seraient bientôt châtiés comme ils le méritaient. Mme Brewster se tenait toujours prête à aider quiconque dans le besoin, et cette pauvre, pauvre petite avait vraiment le plus grand besoin de son aide.

— Grands dieux, mon enfant ! Que faites-vous donc ici, à cette heure encore matinale ?

Raelynn leva les yeux de son travail, mais, avant qu'elle ait pu ouvrir la bouche, la modiste se lança dans une série d'insinuations.

— Ma chère, vous allez bien ? Croyez-vous que vous devriez être ici ? Si vous me le permettez, je vous ferai remarquer que je vous trouve pâlotte. Bien entendu, je peux comprendre que vous ayez vos raisons, avec tout ce qui vient de se passer à Oakley, et avec tous ces gens autour de vous qui accusent M. Jeffrey de...

Connaissant le manque de tact de sa voisine, Farrell n'avait fait qu'un bond, bien décidé à l'interrompre.

— Voyons, voyons, madame Brewster ! Vous ne devriez pas croire à toutes les horreurs que vous entendez. Mme Birmingham m'a gentiment proposé de réaliser quelques nouveaux modèles pour moi, à un moment où je suis surchargé. Si elle vous semble un peu pâle, c'est peut-être parce qu'elle n'est pas...

Du coin de l'œil, Farrell observa que Raelynn paraissait tout à la fois abasourdie et déconfite par les propos de la modiste. Il espéra sincèrement qu'elle lui pardonnerait de révéler son secret, seul moyen à ses yeux de distraire l'accusatrice.

— ... elle n'est pas tout à fait elle-même ces jours-ci, reprit-il. Son état et tout...

Thelma Brewster plaqua une main sur sa forte poitrine, et le regarda, bouche bée.

— Voudriez-vous dire que...

L'effarement de son interlocutrice permit à Farrell de hocher la tête avec le plus grand naturel. Cependant, il faillit grimacer en pensant à la vitesse avec laquelle se répandrait la nouvelle de la grossesse de Raelynn.

— Je veux dire, en effet, que M. Birmingham et son épouse vont avoir un enfant.

Soudain tout excitée par la nouvelle, la modiste s'éventa de la main comme si elle était au bord de l'évanouissement.

— Oh, Seigneur ! C'en est trop pour moi. Mme Birmingham travaille dans votre boutique alors qu'elle est... Oh, mais ça ne se fait pas ! Que va-t-on penser ? Cher monsieur Ives, je vous en prie, dites-moi que je rêve. Je ne peux pas croire que M. Jeffrey permette...

— Et pourtant, c'est ainsi ! rétorqua Farrell. Au nom de notre amitié, il a trouvé tout à fait naturel d'autoriser sa femme à mettre ses talents de modéliste à mon service pendant un certain temps.

Incrédule jusqu'au vertige, Mme Brewster porta la main à son front.

— N'ai-je pas dit que l'heure était matinale ? Peut-être suis-je encore endormie, et victime de mon imagination. J'ai cru vous entendre m'annoncer que Mme Birmingham attendait un bébé, et qu'elle allait quand même travailler ici. Et que M. Jeffrey, bien que connaissant son état, la laisse faire. C'est bien cela ?

— Oui, madame Brewster. Ce n'est pas un rêve, assura Farrell à la modiste d'un ton sec.

— Ce n'est pas un rêve... répéta lentement la jeune veuve, en pleine confusion. Je devrais peut-être aller m'allonger, réfléchir et essayer d'y voir plus clair.

Bien qu'il se souciât d'éviter la grossièreté en poussant sa voisine dehors, Farrell la conduisit vers la sortie tout en faisant mine d'écouter son verbiage décousu et ses recommandations au sujet de la future mère. Quand, enfin, il eut refermé la porte sur elle et se retourna, Elizabeth était là, devant lui, et lui tendait une tasse de café.

— J'ai l'impression que vous en avez besoin, dit-elle avec un sourire compatissant.

— Seigneur, évitez-moi la présence de cette femme ! marmonna Farrell avant d'avaler le café d'un trait.

Puis, penché vers sa fidèle collaboratrice, il murmura, ébahi.

— Vous avez entendu ce que cette horrible femme a insinué devant l'épouse de mon meilleur ami ? Si on se fiait à cette mauvaise langue, on aurait vite fait d'attraper Jeffrey et de le pendre au premier arbre.

Elizabeth sourit.

— Malgré votre agacement, vous avez arrangé les choses avec beaucoup de calme et de doigté, monsieur Ives.

Le compliment d'Elizabeth, formulé d'une voix très douce, apaisa si bien la colère de Farrell qu'il regarda son assistante d'une façon particulièrement chaleureuse.

— Merci, Elizabeth. Grâce à vous, je me sens déjà mieux. Venez avec moi réconforter Raelynn.

— Raelynn ? s'étonna Elizabeth. Pas Mme Birmingham ?

La main puissante de Farrell caressa les épaules de la jeune femme avec tant de légèreté qu'elle crut rêver.

— Entre nous trois, ma chère, il n'y aura que des prénoms. C'est le privilège de l'amitié. N'êtes-vous pas d'accord ?

— Si, bien sûr, monsieur Ives.

— Farrell, s'empressa-t-il de corriger gentiment. Nous avons traversé trop d'épreuves côte à côte pour nous embarrasser de ce genre de convention. Souvenez-vous, je faisais les cent pas devant votre porte, comme n'importe quel père, pendant que vous mettiez Jake au monde.

— Je ne l'ai jamais oublié, Farrell, avoua Elizabeth avec une lueur d'adoration dans les yeux. Par la suite, je me suis rendu compte que je ne vous avais jamais remercié suffisamment pour ce que vous aviez fait ce soir-là. J'aimerais enfin que vous sachiez combien je vous suis reconnaissante. Si Emory avait été vivant, il n'aurait pas été présent comme vous l'avez été.

— Emory était un idiot, ma chère. Je ne supportais pas sa façon de vous maltraiter, observa Farrell.

Se reprochant aussitôt une telle franchise, il ajouta :

— Pardonnez-moi, Elizabeth. Je n'aurais pas dû dire cela.

— Ne vous excusez pas, Farrell, murmura Elizabeth, les yeux baissés. Vous avez toujours manifesté à mon égard plus de bonté qu'Emory. Il n'avait qu'un souci en tête : devenir riche et raffiné, et cela afin de vous ressembler. Mais il a échoué, et ce fut son malheur.

Farrell laissa échapper un soupir pensif et décida qu'il était temps de révéler ce qu'il gardait secret depuis des années.

— S'il était jaloux de moi, Elizabeth, c'était réciproque.

Pendant quelques minutes, la jeune femme le regarda, sincèrement surprise.

— Mais pour quelle raison ? Emory n'arrivait même pas à nous faire vivre avec sa ferme, tandis que vous aviez tout ce que vous désiriez. Je ne vois pas comment vous pouviez l'envier.

— Il avait quelque chose que je convoitais sans espoir.

De plus en plus étonnée, Elizabeth plissa le front.

— De quoi voulez-vous parler ?

— De vous.

Le regard de la jeune veuve refléta l'effarement.

— Moi ?

Résolu cette fois-ci à ne plus se dissimuler la vérité, à rire de tous les efforts qu'il avait faits pour éviter de penser à Elizabeth, Farrell avoua :

— Il y a longtemps que je vous aime. Presque depuis la première fois où je vous ai vue. Mais je me voulais loyal envers Emory, si bien que je me suis tu. Pourtant, à l'époque, vous n'étiez pas encore mariés. Ensuite, il était trop tard. Je me suis demandé souvent s'il n'aurait pas été mieux, pour nous trois, que je vous révèle mes sentiments dès le début. Emory n'a jamais su se satisfaire d'avoir une femme telle que vous. Il voulait tout. Je ne pourrais pas dire comment il s'en était aperçu, mais il avait fini par comprendre combien je souhaitais vivre avec vous.

— Vous ne m'en avez jamais rien dit. Même après sa mort.

— Je n'arrivais pas à vous en parler. Je croyais que vous me haïssiez.

— Jamais je ne vous ai haï, Farrell. J'avais simplement peur de moi-même et de ce que je risquais de faire si je baissais la garde.

Elizabeth s'interrompit un instant afin de se ressaisir et de surmonter l'émotion qui menaçait de l'étrangler.

— Vous savez, j'étais amoureuse de vous bien avant d'épouser Emory.

Ce fut au tour de Farrell de s'étonner.

— Vous n'en avez jamais rien laissé paraître.

— Tout comme vous.

Farrell pressa tendrement l'épaule d'Elizabeth.

— Ne croyez-vous pas qu'il serait temps que Jake ait un père ? Je n'ai jamais cessé de vous aimer.

— Serait-ce une demande en mariage, monsieur Ives ? interrogea Elizabeth, la tête penchée sur son épaule, un doux sourire aux lèvres.

— Oui, madame Dalton. Je vous demande de m'épouser. Dans une heure, dans une semaine, dans un mois. Quand vous voulez. Mais j'espère que je n'aurai pas à attendre l'année prochaine.

Quand toutes les couturières, les nouveaux employés et le garçon de courses furent partis, Farrell suspendit à la porte la petite pancarte annonçant la fermeture de la boutique. Puis, dans un soupir de soulagement, il tourna la clef dans la serrure. La journée avait été particulièrement chargée, et le couturier se sentait épuisé. Il en avait vraiment assez de ces petites personnes trop gâtées et insipides, et de ces douairières hautaines qui s'imaginaient faire de lui ce qu'elles voulaient dès l'instant où elles agitaient leur bourse sous son nez. Une journée comme celle-là lui donnait envie de retrouver le temps où il se livrait à la boxe avec bonheur. Mais ce genre de loisir n'était plus de l'âge d'un homme qui avait dépassé la trentaine. Il devait maintenant se contenter de se mesurer de temps à autre à ses amis.

Raelynn avait travaillé à son bureau presque sans discontinuer, à l'écart du flot des clientes. Parmi elles, elle avait reconnu plusieurs invitées du bal d'Oakley et quelques autres personnes, rencontrées au cours des soirées où Jeff l'avait emmenée. Mais ces femmes avaient paru trop embarrassées pour venir la saluer. Les bribes de conversations qu'elle avait surprises lui avaient révélé que la nouvelle de sa présence chez Farrell circulait déjà en ville. Un certain nombre de clientes étaient venues à la maison de couture dans le seul but de vérifier le bien-fondé d'une rumeur si incroyable. Après l'avoir observée, elles étaient ressorties, dans tous leurs états, pressées de colporter ce qu'elles avaient vu. Le fait que l'épouse du séduisant et fortuné Jeffrey Birmingham eût pris un emploi dans une boutique de la ville devait faire d'elle une sorte de Cendrillon, préférant une vie modeste au palais d'un prince charmant. Mais, en l'occurrence, rien n'était plus éloigné de la réalité.

Bien qu'elle fût reconnaissante à Farrell de lui avoir permis de rester à l'écart de l'agitation, Raelynn savait que cet isolement ne pourrait durer. Elle commençait également à se soucier des conséquences de sa présence sur le commerce de Farrell, surtout à partir du moment où sa grossesse deviendrait évidente. Quand le couturier vint vers elle avec Elizabeth et se mit à examiner les croquis qu'elle avait réalisés au cours de la journée, elle lui fit de nouveau part de ses scrupules. Mais Farrell persista à la rassurer.

— Ne vous préoccupez pas de la clientèle, Raelynn. Nous nous arrangerons au fur et à mesure. Quant à ceci, poursuivit-il en désignant les croquis, je n'avais encore jamais vu quelque chose de la sorte. Votre style est remarquable. Prenons cette robe, dit-il en s'emparant du dessin, elle soulignerait à merveille la perfection d'une silhouette. Mais elle avantagerait aussi une femme moins favorisée par la nature.

— Je n'y avais pas pensé, admit Raelynn, charmée par l'enthousiasme du couturier. Je voulais une robe fluide, c'est tout.

— Vous savez vraiment donner de la vie à ces croquis.

Farrell se pencha sur un autre dessin représentant une femme vêtue d'une robe de bal et entraînée dans le tourbillon d'une valse. La jupe suivait le mouvement des hanches, et l'on apercevait une cheville sous les ondulations de l'ourlet.

— Là, on a le sentiment que cette robe est portée par quelqu'un qui s'en réjouit.

Raelynn n'ignorait pas que ses croquis sortaient de l'ordinaire. Les autres modélistes ne dessinaient jamais la femme. Ils ne présentaient que le modèle, de dos et de face. Mais, aux yeux de Raelynn, la vie, le mouvement manquaient dans leur travail, et le modèle n'était pas mis en valeur. C'est pourquoi elle avait décidé de dessiner de belles jeunes femmes en action, en train de vivre un moment ou un autre de leur vie.

— Il m'a semblé, expliqua-t-elle, que ce serait plus intéressant de présenter les robes telles qu'elles peuvent être portées.

Farrell reposa le croquis et regarda Raelynn dans les yeux.

— J'aime cette idée. Il ressort de vos œuvres une atmosphère qui permet d'inventer un contexte, une histoire autour de la robe. Par exemple, ici, on peut imaginer le chevalier servant de la jeune femme... Je vous en prie, continuez ainsi. Je crois que je vais moi-même adopter cette technique.

Se retournant, Farrell sourit à Elizabeth, qui examinait les croquis par-dessus son bras.

— Etes-vous de mon avis, ma chère ?

Cette marque d'affection spontanée fit rosir les joues de la jeune femme. Longtemps, trop longtemps, elle avait envié les clientes auxquelles le couturier accordait son attention, et elle ne pouvait s'empêcher maintenant de savourer ce moment de plaisir secret, sous la chaleur de son regard.

— Je pense que dans un futur proche, ce genre de croquis s'imposera. Ils incitent en effet à imaginer de merveilleux événements.

— Vous êtes d'une extrême perspicacité, Elizabeth, et c'est l'une des raisons pour lesquelles je vous admire depuis des années.

Les beaux yeux noirs d'Elizabeth sourirent.

— Je crois que vous m'avez caché bien des choses, monsieur Ives.

— Certes, reconnut Farrell, un sourire en coin. Mais il faut reconnaître qu'il m'était difficile de deviner vos sentiments. Vous me laissiez dans le brouillard, Elizabeth.

Le regard de Raelynn alla de l'un à l'autre. Il y avait un tel magnétisme entre le couturier et son assistante qu'elle fut envahie par le souvenir de l'exaltation que Jeff avait toujours suscitée en elle. Presque aussi brusquement, elle ressentit avec violence le regret que lui inspirait ce qu'elle avait perdu. Une profonde tristesse l'étreignit, et elle s'appliqua à penser à ses croquis, un pâle sourire aux lèvres. La joie rayonnante qui avait illuminé tout son être pendant des mois avait cédé la place à la sombre morosité que provoquait en elle le sentiment d'un trésor perdu.

Elizabeth habitait une modeste maison d'un étage, au crépi d'un jaune pâle, située en retrait de la rue, derrière une grille de fer forgé peinte en blanc. Un grand chêne vert ombrageait en partie un joli jardin fleuri. Les encadrements des fenêtres, les persiennes et la balustrade de la véranda étaient également peints en blanc, ce qui donnait un aspect très frais à l'ensemble de la maison. Quant à l'intérieur, il était tout aussi charmant.

— C'est un enchantement, Elizabeth, déclara Raelynn, enthousiasmée.

Ce qu'elle découvrait lui confirmait que son hôtesse possédait plus d'un don.

Elizabeth regarda autour d'elle, comme si elle essayait de redécouvrir sa demeure à travers les yeux d'une autre personne.

— J'ai apporté beaucoup d'améliorations en quatre ans. Maintenant, je crois que je vis dans le décor que j'avais imaginé en achetant cette maison.

— Vous avez tout fait vous-même ? s'étonna Raelynn.

Cette idée amusa Elizabeth.

— Oh, non ! Seule, je ne serais pas allée loin. Farrell s'est chargé des plus gros travaux de restauration, en échange de quelques repas, de l'entretien de son appartement et de la promesse qu'à l'avenir je lui confectionnerais toutes ses chemises. Maintenant, il me rémunère pour ce travail, en plus de mon salaire. En revanche, c'est moi qui ai tapissé les murs et effectué les petites réparations.

Un petit garçon d'environ quatre ans fit irruption dans la cuisine en courant, et il allait ressortir par la porte de derrière quand Elizabeth l'attrapa par le bras et le serra contre elle en faisant mine d'être mécontente.

— Voici mon fils, Jake, annonça-t-elle.

Puis elle posa ses mains sur les épaules de l'enfant qui se tournait vers leur invitée.

— A quatre ans, il sait déjà compter jusqu'à vingt.

— Je peux vous montrer ? demanda le petit en regardant Raelynn avec un sourire timide.

— Bien sûr. Je t'écoute, dit Raelynn en s'accroupissant devant lui.

Fièrement, Jake compta, puis recommença à sourire timidement en entendant Raelynn le complimenter. Il leva alors ses grands yeux bleus vers sa mère afin d'observer sa réaction.

— C'est parfait, Jake, remarqua Elizabeth, un sourire affectueux aux lèvres. Je crois qu'il faudrait maintenant que je t'apprenne la suite. A mon avis, ajouta-t-elle en glissant tendrement ses doigts dans les cheveux blond vénitien de l'enfant, tu sauras très vite compter jusqu'à cent.

Le visage du garçonnet s'illumina. Il serra un instant la jambe de sa mère à travers sa jupe puis retourna jouer. Tandis qu'il se précipitait à l'arrière de la maison, vers la palissade qu'un autre enfant était en train d'escalader, Raelynn le suivit du regard en songeant qu'elle serait ravie d'avoir un fils comme Jake et un père pour son enfant...

— J'imagine qu'il a dû être difficile pour vous d'élever Jake toute seule, dit-elle.

Aborder ce sujet la contraignit à dominer le découragement qui ne manquait pas de la saisir dès qu'elle songeait qu'elle s'était séparée de son mari.

— Parfois, admit Elizabeth. Mais, heureusement, Farrell n'était pas loin. Je ne saurais compter toutes les heures qu'il a consacrées à Jake. Il a vraiment été d'un grand soutien pour nous. Le dimanche, quand j'étais occupée à la maison, il emmenait le petit à la pêche, ou bien se promener à cheval... enfin partager l'un ou l'autre de ces loisirs que les hommes apprécient. Sans lui, Jake n'aurait eu aucune image paternelle dans sa vie. Il en aurait beaucoup souffert. Il me demandait souvent pourquoi il n'avait pas un papa comme les autres. Un jour, il m'a même demandé si Farrell était vraiment son père.

Raelynn regarda Elizabeth, étonnée, en pensant aussitôt aux cheveux du petit, de ce blond-roux identique à celui du couturier. Mais, refusant de se montrer indiscrète, elle s'abstint de tout commentaire.

Elizabeth haussa les épaules machinalement.

— Cette idée lui était venue à cause de la remarque d'un couple de personnes âgées qu'il avait rencontré avec Farrell au cours d'une de leurs sorties. Ces gens les avaient arrêtés pour demander leur chemin et, avant de repartir, avaient dit à Farrell qu'il avait un beau petit garçon. Je ne sais pas très bien pour quelles raisons, mais en tout cas Farrell ne les a pas détrompés. Ce bref échange a eu sur Jake beaucoup d'effet. Il était tout en émoi quand il est rentré. Plus tard, dans la soirée, il a voulu savoir si c'était vrai. J'ai regretté de le décevoir, mais je me devais de lui dire la vérité.

Elizabeth soupira avant de poursuivre.

— Jake est bien le fils de mon défunt mari. Le fait est qu'il tient de sa grand-mère, Margaret Dalton, une femme délicieuse dont la disparition me chagrine encore. Je l'aimais énormément. Le jour de sa mort, elle était encore belle, bien que ses cheveux eussent perdu depuis longtemps leurs reflets roux. Le bleu de ses yeux avait pâli également, mais elle avait conservé un regard très doux... En ce qui concerne son fils, mes souvenirs sont moins heureux. Emory était un joueur invétéré, et quand il perdait, ce qui arrivait souvent, il passait sa fureur sur moi.

« Un jour, après avoir assisté à une scène de ce genre, Farrell a menacé Emory de le tuer s'il recommençait. Emory s'est moqué de cet avertissement, mais je n'ai rien dit à Farrell, de peur qu'il passe à l'acte. Je l'avais vu tellement en colère contre mon mari... Il ne l'aurait peut-être pas tué, mais il lui aurait au moins administré un sévère châtiment. Peu d'hommes ont les poings de Farrell, même encore aujourd'hui. Je l'ai assez souvent entendu dire par ses amis pour en être persuadée. Maintenant c'est par jeu qu'il se bat, mais il a été un boxeur redoutable.

Elizabeth détourna la tête afin de cacher ses joues rougissantes.

— Le soir où Farrell a menacé Emory, je me suis surprise à souhaiter la mort de mon mari, avoua-t-elle finalement. Par moments, j'en arrivais à le haïr, tellement il me faisait du mal. Et puis, quelques jours plus tard, mon vœu a été exaucé. J'en ai éprouvé tant de remords que j'ai refusé l'aide de Farrell alors que j'avais déjà perdu les eaux. Je voulais mourir en accouchant, pour avoir osé souhaiter la mort de mon mari.

Elizabeth s'efforça de sourire en se tournant de nouveau vers Raelynn, mais son sourire fut pâle et tremblant à l'instant où elle rencontra le regard compatissant de son invitée.

Cherchant à la rassurer, Raelynn posa gentiment la main sur son bras.

— Je n'en parlerai à personne, murmura-t-elle.

— Merci, dit Elizabeth en serrant la main rassurante de Raelynn. Maintenant vous connaissez mon horrible secret, poursuivit-elle après un soupir. Et vous êtes la seule. Vous me sembliez si affectée par votre situation que j'ai pensé vous aider un peu en vous révélant ce que je cachais depuis des années.

— Vous n'êtes pas la seule femme à avoir souhaité la mort d'un homme. Lorsque j'ai cru qu'Olney avait tué Jeff, je me suis sentie incapable de pardonner. Au contraire, j'ai moi aussi souhaité un sort semblable, à la fois pour Gustav et Olney. Comme vous le voyez, Elizabeth, je suis également capable de nourrir des envies de revanche.

— Ce n'est pas très réjouissant, tout de même, pour une femme de se rendre compte qu'elle hait un homme au point de vouloir sa mort. Mais vous, au moins, ajouta Elizabeth avec un sourire fragile, vous ne détestez pas votre mari.

Raelynn eut un rire tendu.

— Non, bien au contraire ! Si Jeffrey devait m'exclure de sa vie à jamais, je crois que mon cœur se dessécherait et s'arrêterait de battre.

— Jeffrey paraît très épris, Raelynn. Je n'arrive pas à croire qu'il puisse vraiment s'éloigner de vous.

Même si cela s'était passé de façon discrète, il en avait pourtant été capable, dès les deux premières semaines de leur mariage. Mais cela, Raelynn ne put l'avouer.

— Le temps nous le dira, murmura-t-elle tristement. Mais j'ai déjà pu observer qu'il n'hésite pas une seconde à prendre des mesures dramatiques s'il l'estime nécessaire. Il demandera le divorce si nous ne parvenons pas à nous réconcilier.

Devant tant de morosité partagée, Elizabeth eut un sursaut. Et cela pour son bien, comme pour celui de sa pensionnaire.

— Et si nous montions au premier étage, maintenant ? proposa-t-elle d'un ton alerte. J'aimerais vous montrer votre salle de bains.

Au cœur de la nuit, fatiguée de se retourner dans son lit depuis des heures, Raelynn renonça à la bataille qu'elle menait dans l'obscurité et la solitude et laissa Jeffrey envahir sa mémoire. Que son humeur eût été grave, sensuelle, contrariée ou ludique, et en n'importe quelles circonstances, il s'était toujours montré tendre et chevaleresque à son égard. Dans les marais, il lui avait vraisemblablement sauvé la vie, et dans la cabane de Pete, même lorsqu'il avait été furieux de se trouver de nouveau confronté à ses soupçons, il s'était conduit en mari attentionné, soucieux de son bien-être.

Elle repensa aussi à cet après-midi, environ une semaine après leurs épousailles, où ils s'étaient rendus au mariage d'un ami de Jeff. D'autres amis, parmi les invités, avaient pris son mari à l'écart pour lui reprocher, en plaisantant, de s'être marié sans leur consentement. Tandis que les reparties de Jeff provoquaient des explosions de rire, Raelynn avait alors commencé à se sentir tenue à distance par son époux dans certaines occasions comme celle-là. Cette impression avait été si forte qu'elle s'était abstenue de le rejoindre et était restée seule, intimidée, avec son verre de punch à la main. Rapidement, les vautours s'étaient abattus sur elle. Trois admiratrices de Jeff, déçues par son mariage, étaient venues la harceler de questions narquoises, dont la plus insidieuse avait été formulée ainsi : « Comment avez-vous donc réussi à piéger Jeffrey Birmingham ? »

Son visage avait si bien dû refléter sa détresse que Jeff avait quitté ses amis pour venir à la rescousse. Avec un sourire débonnaire, qui avait joliment creusé ses fossettes, il avait pris une attitude ostensiblement possessive en glissant un bras autour de sa taille. Penché sur son oreille, il lui avait alors murmuré : « Souhaitez-vous que je vous arrache à ces sorcières malveillantes, ma chère ? » Elle n'avait pas manqué d'acquiescer aussitôt en souriant.

Galamment, il avait baisé sa main avant de la glisser sous son bras et de se tourner vers les trois femmes en les priant de les excuser. A cet instant-là, il avait été l'image même du chevalier à l'armure étincelante. A peine une heure plus tard, au moment de monter dans le landau, elle avait de nouveau été l'objet des regards inquisiteurs des trois sorcières. Alors, dès qu'ils avaient été installés dans la voiture, Jeff avait tiré devant les vitres les rideaux qui laissaient cependant un espace entre le bois et l'ombre. Tandis que les femmes se tordaient le cou en essayant de voir ce qui se passait à l'intérieur, il l'avait attirée contre lui et embrassée avec une sensualité démonstrative. D'un côté, elle s'était réjouie de son comportement, mais, de l'autre, elle avait eu à en subir les conséquences dans son lit virginal où l'avait poursuivi l'émoi qu'il avait déclenché. Aujourd'hui, elle se rendait cependant compte que cet émoi avait été peu de chose à côté des désirs tumultueux qui la torturaient à présent. Des désirs que Jeff savaient si bien apaiser qu'elle n'ignorait rien désormais de ce qui lui manquait cruellement.

Un homme qui s'était montré si attentionné, si tendre avec elle pendant la période difficile de leur abstinence pouvait-il se transformer brusquement en un criminel sans pitié, capable de tuer une jeune mère, avec son bébé à côté d'elle ? La question surgit sans crier gare dans son esprit, comme pour l'accuser de l'irrationnelle condamnation de son mari. Maintenant, si Jeff avait réellement commis un tel acte, n'était-il pas alors un homme tourmenté au tréfonds de lui-même par le démon qui se cachait derrière sa façade de noble gentilhomme ? Dans ce cas, n'aurait-elle pas surpris quelque manifestation de ce mal insidieux, à l'occasion d'un instant de relâchement ? Etait-il un acteur accompli au point de dissimuler parfaitement sa vraie nature ? Bien qu'il se fût emporté contre Nell en exprimant un désir de l'étrangler, était-il plus mauvais que celui qui eût fait la même chose, sous l'emprise d'une fureur identique, mais sans en penser un seul mot ?

Soudain Raelynn comprit qu'elle ne pouvait considérer un homme de l'intégrité de Jeff comme un épouvantable assassin sans y laisser sa logique. Un homme comme lui ne pouvait pas posséder ce côté obscur, infâme. C'était tout simple. Très clair. Et elle avait commis une folie, dès le premier instant où elle avait douté de lui.

17

Les jours suivants, Raelynn participa de plus en plus aux discussions de Farrell et d'Elizabeth concernant le choix des tissus et des garnitures qui conviendraient le mieux à ses modèles. Cette activité journalière compensait, dans une certaine mesure, la solitude qui l'assaillait la nuit. Bien entendu, personne ne savait à quel point Jeff lui manquait, tandis que lui semblait oublier de se soucier de son sort. S'il l'avait fait, ne serait-il pas déjà venu la voir ? Tout laissait supposer qu'il ne tarderait pas à mettre un terme à leur mariage.

Un vendredi après-midi, en levant les yeux de son travail, Raelynn vit entrer Gustav Fridrich, l'air toujours aussi dédaigneux et arrogant. Le portier, qui cherchait à lui demander poliment les raisons de sa présence dans une boutique où ne venaient guère que des femmes, fut le premier à subir son mauvais caractère. Raelynn, n'ayant pas le temps de s'éclipser, fit mine de se concentrer sur ses croquis.

Ayant remarqué très vite la présence de l'Allemand, Elizabeth informa Farrell. Aussitôt, le couturier s'excusa auprès de sa cliente, Isabeau Wesley, et se dirigea vers l'entrée en faisant signe au portier de s'éloigner. Cependant, Fridrich avait déjà repéré Raelynn et, après avoir enlevé son chapeau d'un geste cérémonieux, s'avançait vers elle.

Farrell intervint sur un ton si glacial qu'il eût réfrigéré n'importe qui en plein été.

— Pardonnez-moi, monsieur Fridrich, mais cette maison de couture étant réservée à une clientèle féminine, puis-je vous demander ce qu'un homme, et de surcroît célibataire, vient faire ici ? J'espère que vous n'avez pas l'intention d'importuner de nouveau Mme Birmingham. Je ne voudrais pas que mes clientes soient contraintes d'assister à une scène de violence. Mais s'il faut en arriver là, ajouta Farrell après un sourire crispé, je n'hésiterai pas.

Vexé par les menaces du couturier, Gustav Fridrich toisa son interlocuteur. Ce dernier étant plus grand, il fut obligé de relever la tête. Le regard noir, les lèvres serrées, il pinçait le nez comme devant une odeur putride.

— Je ne vois pas pourquoi ma visite devrait vous inquiéter. Je veux simplement parler à *Frau* Birmingham. Ecartez-vous de mon chemin, je vous prie.

Le ton dédaigneux de l'Allemand exaspéra Farrell. Gustav Fridrich ne faisait nullement partie des personnes qu'il était prêt à tolérer dans ses murs.

— Mme Birmingham est occupée, remarqua-t-il. Elle est en train de dessiner des modèles que je réserve à une très bonne cliente. Je ne tiens pas à ce qu'elle s'interrompe maintenant.

— Ce que j'ai à lui dire est bref, rétorqua Fridrich. Permettez...

Puis, comme il était plus que quiconque prompt à manier la menace, il avertit Farrell :

— Je ne souhaite pas être déplaisant. Ni avec *Frau* Birmingham, ni avec vous. Toutefois, je ferai une scène si vous m'empêchez de lui parler.

La fureur s'empara de Farrell, et rien ne lui aurait fait plus plaisir que d'empoigner l'intrus par le col et le fond de la culotte pour le jeter dehors. Mais il lui vint à l'esprit que s'il passait à l'acte, Fridrich irait relancer Raelynn chez Elizabeth, et, même si Jeff faisait surveiller la maison, ses hommes pourraient pour une raison ou une autre ne pas intervenir à temps.

Se tournant vers le coin de la salle où travaillait sa nouvelle recrue, il observa que le valet s'était rapproché de Raelynn et qu'il faisait la poussière sur les étagères et les meubles autour d'elle pour la seconde fois dans la même journée... Il était vrai qu'avec un garde du corps de cette carrure, Raelynn ne risquait pas grand-chose de la part de Fridrich, qui n'avait pas encore retrouvé l'usage de son bras blessé.

— Je ne vous accorde que quelques instants pour dire à Mme Birmingham ce que vous avez à lui dire, déclara-t-il sèchement. Ensuite, monsieur, vous disparaîtrez le plus vite possible.

Faisant un pas de côté, Farrell laissa passer Fridrich. Raelynn, qui avait jugé plus prudent de rester derrière son bureau en cas de face-à-face avec Fridrich, leva lentement les yeux de son travail quand ce dernier s'immobilisa devant le meuble large et massif. Elle rencontra son regard puis, le visage impassible, reposa les yeux sur son ouvrage.

— Etes-vous venu ici dans un but précis, monsieur ?

— Je voulais simplement voir comment vous alliez, *Frau* Birmingham.

— Pour quelle raison ?

Dérouté par la question simple mais brutale, l'Allemand chercha ses mots.

— Ce qui s'est passé à la plantation de votre mari est terrible. Cette petite... assassinée dans des conditions horribles... Je craignais que vous soyez vous aussi en danger. Et puis j'ai appris que vous étiez à Charleston. Je comprends parfaitement que vous ayez eu envie de quitter votre mari.

— D'après lui, vous ne seriez pas étranger à la mort de Nell, observa Raelynn en relevant la tête afin d'étudier la réaction de Fridrich. Etes-vous d'une façon ou d'une autre impliqué dans ce drame, monsieur ?

— Votre mari essaie de s'innocenter de cet acte méprisable en m'accusant, lança l'Allemand, indigné, une lueur mauvaise dans les yeux, mais je n'ai rien à voir dans cette affaire.

Rejetée contre le dossier de sa chaise, Raelynn plongea son regard dans celui de Fridrich.

— Franchement, je vous crois beaucoup plus capable que mon époux d'assassiner une jeune fille. Vous savez, je n'ai pas oublié que vous étiez prêt à laisser Olney tirer sur moi, quand le docteur Clarence, croyant mon mari mort à cause de vous, refusait de soigner votre épaule.

— Oh ! Mais ce n'était qu'une façon d'obliger ce brave médecin à changer d'avis. Je n'aurais jamais laissé Olney vous tuer, *mein Liebchen*.

Raelynn releva le menton.

— Si vous espérez que je vais vous croire, railla-t-elle, vous vous trompez complètement. Je ne suis pas dupe. Vous pensiez ce que vous disiez, j'en suis sûre.

Le haut-de-forme soudain plaqué sur la poitrine, Fridrich implora Raelynn.

— Je vous assure, *Frau* Birmingham, ce n'était qu'une ruse destinée à convaincre le docteur Clarence de changer d'avis. Comment pourrais-je vous le prouver ?

Posant sa plume d'oie, Raelynn haussa négligemment les épaules.

— Commencez donc par oublier que j'existe.

— Oh là là ! répondit Fridrich en voulant démontrer qu'il considérait la proposition de Raelynn comme une plaisanterie. Vous n'êtes pas de celles que l'on oublie facilement, *mein Liebchen*.

— Si vous le prenez ainsi, cessons cette discussion. Je dois me remettre au travail.

Raelynn reprit sa plume, se pencha sur son croquis et essaya désespérément de s'absorber dans sa tâche.

— Je suis payée pour travailler, ajouta-t-elle, pas pour discuter avec les gens.

— Dans ce cas, je vous demande la permission de venir vous rendre visite à votre nouvelle adresse, *Frau* Birmingham.

Raelynn s'abstint de relever la tête.

— Ce ne serait pas très sage, monsieur Fridrich.

— Pourquoi ?

L'Allemand ricana puis tenta de faire admettre à Raelynn le bien-fondé de sa requête.

— Vous êtes seule. Et moi aussi. Ne serait-ce pas une bonne idée de nous réconforter mutuellement ? De partager notre solitude ?

Une nouvelle fois, Raelynn consentit à le regarder. Les coudes sur le bureau, elle appuya son menton sur ses mains :

— Monsieur Fridrich, dois-je vous rappeler que je suis mariée ? observa-t-elle. Ce serait tout à fait inconvenant de ma part d'accepter la visite d'un homme tant que je porte cette bague.

Elle agita sa main gauche afin d'attirer l'attention sur le gros diamant qui brillait à son annulaire. Tant que Jeffrey n'exigerait pas qu'elle le lui rendît, tant que tout ne serait pas fini entre eux, elle continuerait à le porter en signe d'espoir.

— Maintenant, si vous voulez bien m'excuser, je dois reprendre mon travail. Adieu, monsieur.

Ainsi congédié, Gustav Fridrich s'éloigna, furieux, et il allait sortir quand le portier ouvrit la porte afin de laisser passer Jeff.

Il était extrêmement rare de voir ce dernier sortir de chez lui sans être d'une parfaite élégance, en particulier lorsqu'il venait en ville. Cependant, pour une fois, il avait tout d'un homme que l'on vient d'interrompre dans son travail. Sans cape ni chapeau, le gilet ouvert, en manches de chemise retroussées jusqu'aux coudes, il avait même de l'encre sur un doigt. Raelynn n'en fut pas moins frappée, comme lors de leur première rencontre, par la beauté de ses traits. Le petit signe de tête qu'il échangea avec le jeune costaud qui referma aussitôt la porte après son passage lui parut certes mystérieux, mais elle fut vite distraite par les battements de son cœur.

Rougissante, elle espéra que Jeff se dirigerait vers elle. Mais il ne chercha qu'à attirer l'attention de Fridrich, les poings sur les hanches, l'œil noir, le sourcil levé.

L'Allemand le regarda et lança, dédaigneux :

— Ce fut un plaisir de revoir votre femme, *Herr* Birmingham. Je ne dirai pas la même chose en ce qui vous concerne.

— Réciproquement, *Herr* Fridrich, rétorqua Jeff, la mâchoire serrée.

— Venez-vous également rendre visite à votre épouse ?

— Si vous alliez sortir, *Herr* Fridrich, je ne voudrais surtout pas vous retarder, même si j'avais une raison de vous expliquer ma présence ici... Au revoir.

Jeff se détourna de son interlocuteur et, ce faisant, ignora la présence de sa femme. Jamais rien ne lui avait paru plus difficile cependant. Il éprouvait un tel désir d'aller vers elle qu'il dut faire appel à toute sa volonté pour ne voir que Farrell qui venait l'accueillir.

Raelynn perdit le sourire que l'espoir avait fait naître lorsque son mari serra la main du couturier. Envahie par un mélange de gêne et de honte, elle se pencha sur son croquis, les yeux embués de larmes. Mais tandis qu'elle cherchait, la main sur son front, à dissimuler son visage, ses pleurs se mirent à couler sur son dessin.

Elle se leva précipitamment, tourna les talons et passa devant le valet pour se diriger vers la porte-fenêtre du jardin. La tête basse, elle ne remarqua pas les yeux émeraude qui s'étaient tournés vers elle et suivaient chacun de ses pas.

Réfugiée dans les toilettes, derrière l'écran de verdure, elle laissa éclater les sanglots qui menaçaient de l'étouffer. Elle avait le sentiment que sa vie s'était engloutie dans un précipice, à deux pas de l'enfer. Bien qu'elle ignorât ce que Jeff était venu faire chez Farrell, il semblait évident qu'il n'avait pas songé à elle. Il n'avait même pas eu envie de la saluer !

Le couturier, également témoin de la fuite de Raelynn, se tourna vers Jeff, l'air profondément préoccupé.

— Tu ne crois pas que tu exagères, Jeffrey ? Je me trompe peut-être, mais je crois que ta femme est en pleurs.

Jeff soupira. Il n'était pas insensible aux larmes de son épouse, bien au contraire, et il avait dû se rappeler fermement le but essentiel de sa visite pour ne pas succomber à l'émotion. En la voyant ainsi se précipiter dans le jardin, seule et désemparée, il avait eu l'impression qu'on lui arrachait les tripes.

— Il est nécessaire que Raelynn comprenne ce qui l'attend si nous prenons des chemins différents, expliqua-t-il stoïquement. Je dois donc lui donner le sentiment que c'est déjà ce qui nous arrive, aussi douloureux que cela puisse être pour nous deux. Quelques jours de séparation ne suffiraient pas. Pour que l'expérience porte ses fruits, il faut attendre une bonne quinzaine de jours, sinon un mois. Sans cette visite de Fridrich, je ne serais jamais venu ici aujourd'hui.

Farrell avait éprouvé un immense soulagement en voyant arriver son ami. Mais quelque chose l'intriguait.

— Tu as été d'une rapidité étonnante. Comment diable as-tu pu apprendre si vite que ce crapaud était chez moi ?

Jeff esquissa un sourire.

— Les hommes à qui j'ai demandé d'exercer une surveillance se sont relayés entre la boutique et mon bureau. Quand le portier a signalé la présence de Fridrich au vendeur de journaux, celui-ci a sifflé pour prévenir le charpentier qui travaille un peu plus bas dans la rue, ainsi de suite jusqu'à ce que le cocher que j'ai engagé pour un mois vienne me chercher.

— Je vois que tu te donnes beaucoup de mal pour cacher tes préoccupations et laisser croire à Raelynn que tu te soucies peu d'elle. Tu vas finir par la persuader qu'il n'y a plus d'espoir, et elle risque un de ces jours de repartir en Angleterre.

— Bien que je redoute cette perspective, je ne puis faire autrement.

— Je peux dire que tu es l'homme le plus têtu que je connaisse. Après moi, bien entendu, ajouta Farrell. Et maintenant, tu vas repartir, comme ça, sans parler à ton épouse ?

— Absolument.

Sans autre commentaire, Jeff quitta son ami. A peine fut-il sorti que le portier laissa entrer un autre homme ; un aristocrate anglais, en l'occurrence. Farrell reconnut sur-le-champ le chevalier servant qui accompagnait Mme Brewster, le soir du bal à Oakley. Cependant il soupira, craignant de ne jamais trouver le temps de rejoindre sa cliente.

— Bonjour, lord Marsden, dit-il d'un ton aimable, en dépit de son agacement. Que puis-je faire pour vous ?

L'Anglais inclina brièvement la tête.

— Eh bien, voyez-vous, je me demandais si vous consentiriez à me rendre un service...

— Avec plaisir, affirma Farrell, quelque peu surpris. Mais de quelle manière ?

— Je serais ravi que vous me donniez l'adresse de votre tailleur, monsieur. J'ai été réellement impressionné par l'habit que vous portiez au bal des Birmingham.

Lord Marsden se redressa sur ses talons, le menton relevé, le regard songeur.

— Ce soir-là, je me suis rendu compte qu'il était temps pour moi de changer de garde-robe. Je crois que je consentirais volontiers à rentrer en Angleterre avec l'aspect d'un homme nouveau... sur le plan vestimentaire, je veux dire. Seriez-vous disposé à m'aider, monsieur ?

— Mais certainement, assura Farrell.

Cependant un petit rire lui échappa. Lord Marsden pouvait

changer de tailleur, mais pas de visage, et le sien était bien ingrat.

Farrell fit signe à Elizabeth de venir le rejoindre.

— Voudriez-vous, s'il vous plaît, noter le nom et l'adresse de mon tailleur pour lord Marsden, ma chère ?

L'aristocrate sourit, satisfait.

— Je n'oublierai jamais votre amabilité, monsieur.

— Vous rendre service est un plaisir, lord Marsden.

Regardant avec curiosité autour de lui, l'Anglais observa :

— J'ai l'impression que votre commerce est florissant, monsieur Ives. Ces dames semblent avides de découvrir vos dernières créations. Au restaurant, pendant que je déjeunais, j'ai surpris une conversation à une table voisine. On y faisait votre éloge.

Farrell commençait à perdre patience. Rendre service à lord Marsden lui importait moins que de rassurer une cliente qui devait se croire abandonnée. Combien de temps Isabeau Wesley consentirait-elle à patienter encore avant de claquer la porte en se jurant de ne jamais revenir ?

Pour comble d'infortune, après s'être éclairci la gorge, lord Marsden trouva le moyen de requérir une autre faveur.

— Me serait-il permis, monsieur, de vous demander également si c'est le même tailleur qui confectionne vos chemises ? J'ai remarqué leur perfection lorsque vous avez enlevé votre veste et votre gilet avant de vous engager dans une lutte à mains plates avec le shérif, au bal de Birmingham. A ce propos, j'ai été également impressionné par vos prouesses.

— Je vous remercie, lord Marsden. Vous êtes très aimable. En ce qui concerne mes chemises, je ne peux que vous décevoir. Voyez-vous, c'est Mme Dalton qui me les confectionne, et je crains de lui donner trop de travail à la boutique pour qu'elle ait encore le temps de faire des chemises pour un autre que moi.

— Mme Dalton, dites-vous ? N'ai-je pas entendu, en ville,

que Mme Birmingham aurait pris pension chez une dame de ce nom ?

— Et cette dame est mon assistante, répondit Farrell.

Au lieu de satisfaire la curiosité de son visiteur, il entoura de son bras les épaules d'Elizabeth qui revenait avec l'adresse du tailleur, et ajouta :

— Elle est aussi ma fiancée.

Comprenant qu'il n'aurait pas d'autre explication, lord Marsden prit la note que lui tendit Elizabeth et conclut :

— Je ne vous retiendrai pas plus longtemps, monsieur Ives. Je sais combien vous êtes occupé.

— J'ai une cliente qui m'attend, reconnut Farrell en jetant un coup d'œil en direction de Mme Wesley.

Bien qu'Elizabeth l'eût fait patienter en lui montrant leurs derniers croquis, il était pressé de la rejoindre.

Lord Marsden releva de nouveau la tête d'un air hautain et, comme à son habitude, se redressa sur ses talons en regardant autour de lui.

— Je crois savoir, déclara-t-il, que Mme Birmingham travaille pour vous en ce moment. Je crains qu'elle ne me prenne pour un grossier personnage si je repars sans lui présenter mes hommages.

— Pour l'instant, elle est légèrement souffrante et dans l'impossibilité de parler à qui que ce soit. Vous ne la voyez d'ailleurs pas à son bureau.

— Dans ce cas, voudriez-vous l'assurer de mon amitié ? Au revoir, monsieur.

Dès que la porte se referma sur Marsden, Farrell poussa un soupir de soulagement et alla retrouver Isabeau Wesley. A son plus grand plaisir, il apprit que la jeune veuve avait sélectionné en son absence plusieurs créations de sa nouvelle modéliste.

Occupé à montrer les tissus qui conviendraient le mieux à la réalisation des modèles tout en rehaussant la beauté de la veuve, Farrell en oublia Raelynn. Elle était déjà revenue depuis un bon moment lorsqu'il la remarqua ; ses larmes avaient laissé leurs traces sur son visage. Il eût aimé la rassurer, lui dire combien son mari pensait à elle, mais, étant donné l'attitude que Jeff entendait maintenir, il ne put se résoudre à le trahir. Il s'ingénia alors à distraire Raelynn en l'incitant tout au long de l'après-midi à réaliser sans cesse de nouveaux croquis.

Deux semaines passèrent au même rythme, sans que Raelynn eût le temps de s'ennuyer. Farrell la surchargeait si bien de travail qu'elle s'endormait le soir avant d'avoir pu se morfondre. Ses modèles enchantaient le couturier, et les clientes passaient commande. Un matin, après avoir choisi avec Farrell et Elizabeth les tissus qui seraient utilisés pour ses dernières créations, elle venait de se rasseoir à son bureau et achevait un croquis lorsqu'elle reconnut une voix féminine, pétillante de bonne humeur. Son cœur sauta de joie, et elle éprouva un immense soulagement à l'idée qu'elle avait eu tort de se croire frappée d'ostracisme par les Birmingham. Levant aussitôt les yeux de son travail, elle aperçut sa belle-sœur, que la haute silhouette et la carrure de Farrell dissimulaient presque entièrement. Mais en dépit de ce simple aperçu, Raelynn put constater qu'Heather dissimulait pudiquement son ventre rond sous une cape et qu'elle portait un élégant chapeau à plumes, aux rubans noués de façon charmante sous son joli menton.

Les plumes suivirent le mouvement de Heather, lorsqu'elle secoua la tête pour répondre à Farrell :

— Non, absolument rien pour l'instant, étant donné mon état, monsieur Ives.

Bien que Farrell fût un ami proche de son mari et de son beau-frère, Heather affichait le formalisme qu'elle jugeait de rigueur quand des oreilles étaient aux aguets et les langues prêtes à déformer les choses.

— Merci tout de même, ajouta-t-elle.

— Alors, si vous n'êtes pas venue pour faire appel à mon talent, plaisanta Farrell, j'imagine que vous voulez voir votre ravissante belle-sœur.

Le couturier ressentit un pincement au cœur en pensant que ces derniers jours il avait consacré un temps infini à des femmes acariâtres et avares au lieu de profiter de la compagnie d'amis charmants, au premier rang desquels il comptait les Birmingham. Cela dit, il appréciait grand nombre de ses clientes, et parmi elles Mme Wesley, qui savait ignorer les ragots la qualifiant de veuve impudente. Il préférait cent fois sa présence à celle de Mme Brewster. Au moins Isabeau Wesley était-elle capable de dépasser les conventions et leur stupidité quand quelque chose lui plaisait vraiment. Rien n'était cependant plus agréable que d'avoir affaire à deux femmes d'une grande beauté, qui se souciaient davantage de leur famille que de luxe, comme Heather et Raelynn. Et, à la lumière de cette réflexion, il se dit qu'il n'était nullement surpris de voir Heather dans sa boutique.

La petite femme hocha la tête, l'œil malicieux.

— Vous ne vous trompez pas, monsieur. Oserais-je vous demander de me laisser bavarder avec elle ? Est-elle ici en ce moment ?

Cordialement, Farrell désigna d'un geste ample le domaine de sa dernière recrue.

— Elle est ici et n'attend que vous, madame.

Raelynn se leva et s'avança vers Heather, un rien surprise par la nervosité qui l'envahissait. Elle n'en remarqua pas moins que sa belle-sœur conservait, malgré sa grossesse avancée, sa grâce, son élégance et sa bonne humeur habituelles. Elle était même rayonnante au point qu'elle devait faire bien des envieuses et littéralement subjuguer ces hommes d'ordinaire attirés par l'entrain de certaines femmes enceintes, dont elle était le plus bel exemple.

Dans de joyeux éclats de rire, Heather serra Raelynn contre elle puis, s'écartant, la regarda et poussa un énorme soupir de soulagement.

— Grâce au Ciel ! On ne dirait jamais que l'on vous a traînée à travers les marais.

Raelynn faillit grimacer en constatant que sa belle-sœur était au courant de sa fugue stupide.

— On ne m'a pas exactement traînée, Heather. Ce fut moins violent que cela.

— Oui, je veux bien le croire, admit la jeune femme, le regard pétillant. Jeffrey a toujours été beaucoup plus civilisé que Brandon. Je frémis en imaginant la façon dont mon mari aurait réagi dans les mêmes circonstances. Une fois, il m'est arrivé de m'enfuir. Mais c'était avant notre mariage, et je n'ai jamais eu le courage de recommencer. Si j'avais eu comme vous l'audace de m'aventurer dans les marais, ce que j'aurais entendu aurait sûrement été pire que de recevoir des coups de fouet.

Heather mima un frissonnement, convaincue qu'elle aurait provoqué chez Brandon une fureur noire, si elle avait manifesté un tel irrespect pour sa propre vie.

— Je serais curieuse de savoir, Raelynn, ce qui vous a poussée à fuir ainsi. Si vous le voulez bien, nous pourrions sortir et aller bavarder tranquillement devant une tasse de thé.

Si sa belle-sœur semblait oublier allègrement son statut d'employée, Raelynn se sentit incapable de l'imiter.

— C'eût été avec plaisir, Heather. Mais j'ai un travail à terminer...

Surprenant sa réponse, Farrell abandonna ce qu'il était en train de faire à deux pas du bureau et l'interrompit.

— Ne dites pas de bêtises ! Je ne veux pas vous entendre refuser l'invitation de ma cliente préférée. Il est près de midi et, quand on attend un bébé, on doit songer à s'alimenter. Ne me faites pas passer pour un négrier. Mon commerce s'en ressentirait.

Heather adressa au couturier un sourire éblouissant.

— Au moins, je sais maintenant que je suis appréciée.

— Madame, répondit Farrell en s'inclinant devant sa chère cliente, laissez-moi vous assurer que je vous porte une indéfectible estime. Sans votre beauté et votre grâce pour mettre en valeur mes modèles, je n'en serais pas où j'en suis aujourd'hui. Puis-je renchérir en vous faisant remarquer que j'ai en ce moment même dans ma boutique trois des plus jolies femmes de la contrée, et que chacune d'elles, par son goût et son élégance, a attiré une cohorte de clientes chez moi ?

Heather s'amusa à regarder Farrell d'un air hautain.

— Je me sentirais beaucoup plus flattée par vos compliments, monsieur, si vous n'étiez un grand charmeur. Cependant, étant irlandaise moi-même, je ne peux m'en plaindre.

Le geste chevaleresque, Farrell plaqua sa main sur son cœur, comme s'il prêtait serment.

— De telles paroles me procurent un soulagement immense, madame. Mais soyez certaine qu'en ce qui vous concerne, vous et les deux autres ravissantes jeunes femmes, je n'oserais formuler des appréciations mensongères.

Puis, sans plus attendre, il prit les deux belles-sœurs par le bras et se fit un plaisir de les conduire jusqu'à la porte. Raelynn eut à peine le temps de saisir son chapeau et sa cape avant qu'il leur ouvrît le grand battant vert sombre.

— Amusez-vous bien, mesdames.

Tandis que la porte se refermait derrière elle, Raelynn s'exclama :

— Seigneur ! Je pourrais croire qu'il avait envie de me mettre dehors, s'il n'avait déjà réalisé plusieurs de mes modèles avec empressement. J'ai eu de la chance que ma robe ne se soit pas prise dans la porte, ajouta-t-elle en en examinant le bas. Il l'a refermée si vite !

Amusée, Heather glissa en riant son bras sous celui de Raelynn, et les deux femmes se dirigèrent vers le salon de thé.

— J'espère que vous ne m'en voulez pas de m'appuyer un peu sur vous, dit Heather. Je jurerais que ce bébé essaie de sortir avant l'heure. Mais je n'en parle pas à Brandon. Il m'ordonnerait de rester alitée.

Raelynn lança à sa belle-sœur un regard inquiet.

— N'est-ce pas imprudent de vous trouver si loin de Harthaven, à quelques jours de l'accouchement ?

— J'ai peut-être pris un risque, admit Heather. Mais il fallait que je vous parle au sujet de vos rapports avec Jeffrey. Quand l'enfant sera là, j'aurai plus de mal à m'absenter.

— Est-ce Jeffrey qui vous envoie ? demanda Raelynn, anxieuse de s'entendre dire que son mari ne l'oubliait pas.

— Certes, non, ma chère ! répondit sa belle-sœur, visiblement surprise. Si vous connaissiez mieux votre époux, vous sauriez qu'il ne laisse personne s'occuper de ses affaires. Il n'a besoin ni de moi ni de son frère. Jeffrey se débrouille toujours seul, même si nous ne demandons qu'à l'aider.

— Mais alors, comment avez-vous appris que je m'étais enfuie dans les marais ?

— Je l'ai su par Cora. C'est également elle qui m'a dit que vous étiez enceinte.

Contrariée, rougissante, Raelynn observa :

— Si ça continue, elle va le raconter au crieur public.

Heather pouffa, et, son rire se révélant contagieux, les deux femmes attirèrent de plus belle la curiosité des passants. Leur présence dans les rues de la ville avait déjà été remarquée par plus d'une personne. Des matrones toisaient cette femme sur le point d'accoucher qui osait apparaître en public. D'autres affichaient leur cynisme, en pensant que l'on laissait en liberté une famille qui comptait sans doute un meurtrier en son sein.

Quelques-uns semblaient sincèrement effrayés par la complicité des deux femmes, alors que tout le monde savait que Jeff et Raelynn avaient bien l'intention de mettre fin à leur mariage. Si les regards qu'elles attiraient ne préoccupaient nullement Heather, en revanche, Raelynn ne parvenait pas à adopter la même attitude. Après tout, c'était son mariage qui échouait et son mari que les gens condamnaient.

Tandis qu'elles pénétraient dans le salon de thé, Raelynn ne put s'empêcher d'avouer son irritation.

— Comment se fait-il que dans une ville aussi grande et aussi active, la population ait l'esprit aussi étroit ?

— N'allez pas penser que vous soyez la seule victime des ragots, ma chère, lui fit observer Heather. Les gens sont tout aussi intéressés par Mme Wesley et son récent veuvage, par Farrell et Elizabeth et un tas d'autres personnes, y compris Brandon et moi. La plupart ont des vies si ternes qu'ils s'amusent à répandre des rumeurs et des hypothèses, sans souci de la moindre vérité. Cela se retrouve dans toutes les villes du monde. Charleston ne fait pas exception à la règle.

La propriétaire du salon de thé accueillit Heather avec la chaleur réservée aux clientes de choix et installa les deux femmes à une table bien abritée des regards. Puis elle prit leur commande, disparut et, quelques instants plus tard, revint avec du thé et un plateau de petits sandwichs.

Heather retira ses gants et remplit les tasses. Elle choisit ensuite un sandwich à la dinde et au cresson qu'elle commença à grignoter, tout en observant attentivement sa belle-sœur.

Puis elle se décida à rompre le silence.

— J'ai l'impression que vous ne savez à quoi vous en tenir, avec Jeff. Y a-t-il une confidence que vous aimeriez faire à quelqu'un de confiance ?

Pendant qu'elle réfléchissait à l'invitation de sa belle-sœur, Raelynn prit à son tour un sandwich. Elle l'abandonna sur son assiette, continua de réfléchir, et finit par pousser un soupir songeur.

— Avant tout, Heather, je tiens à ce que vous sachiez que j'aime profondément Jeffrey.

— Mais, ma chère, vous ne m'étonnez pas ! Depuis que je suis l'épouse de Brandon, j'ai souvent surpris des rumeurs au sujet des sentiments que Jeffrey inspire aux femmes. Toutes, jeunes ou vieilles, l'adorent. Mme Brewster est dans tous ses états dès qu'elle le voit. Il la fascine depuis toujours, et jamais elle ne l'aurait soupçonné de pouvoir faire le mal. Du moins avant l'histoire de Nell. En fait, je ne saurais expliquer comment Jeffrey s'y est pris pour ne pas devenir l'homme le plus choyé de la terre.

Heather eut un sourire affectueux en rencontrant le regard de Raelynn.

— Alors, ma chère, qu'avez-vous l'intention de faire ?

Les yeux soudain humides, Raelynn battit des paupières.

— Si la situation actuelle devait se prolonger, je redoute que Jeff demande le divorce. Cette idée m'empêche de dormir.

— Mettons les choses au clair, avant que je ne perde complètement pied, dit Heather, visiblement perplexe. Cora m'a expliqué que vous aviez fui peu de temps après l'assassinat de Nell. Sans être parfaitement au courant de tous les détails, elle avait aussi l'impression que c'était vous qui aviez décidé de vous installer à Charleston. Or maintenant vous me dites craindre une demande de divorce de la part de Jeffrey. Franchement, Raelynn, si c'est vous qui êtes partie, pouvez-vous lui donner tort ?

— C'est lui qui m'a demandé de m'en aller, avoua Raelynn d'une voix timide.

La voyant jouer nerveusement avec sa fourchette, Heather posa une main compatissante sur celle de sa belle-sœur.

— Pardonnez-moi. Je l'ignorais. Je croyais, d'après les propos de Cora, que vous étiez partie de votre propre chef.

— Une première fois, oui. Quand je me suis enfuie dans les marais, je veux dire. Mais c'était uniquement parce que je ne cessais d'imaginer Jeff en train de poignarder Nell. Après, quand il m'a retrouvée, nous sommes allés nous réfugier dans la cabane de Pete le Rouge. Là, Olney Hyde est arrivé. Il nous a tenus au bout de son pistolet, a prétendu qu'il avait assisté à l'assassinat de Nell et que le coupable n'était autre que Jeffrey. Que devais-je me dire ? Je le connais, ce gredin. J'ai été en danger de mort à cause de lui, et c'est lui que j'aurais volontiers accusé. Mais il affirmait avoir assisté à la scène avec une totale conviction !

Heather comprenait les incertitudes de Raelynn, mais elle avait une expérience personnelle à lui faire partager.

— Il y a quelques années, Brandon a été suspecté de l'assassinat de Louisa Wells, l'ancienne propriétaire d'Oakley. Rhys Townsend est même venu l'arrêter. Moi, après plus d'un an de mariage, je connaissais le mari attentionné, le père si tendre avec son fils, et j'étais sûre qu'il n'avait pu commettre un acte pareil, même sous l'empire de la colère. Vous et Jeffrey, vous n'avez pas eu le temps de vous connaître suffisamment. Autrement, vous seriez comme moi convaincue que Jeffrey est incapable de tuer, sinon pour défendre sa vie ou celle d'un membre de sa famille. Il n'a pas tué Nell, je le sais. Une telle chose ne lui ressemble pas. C'est un être trop noble.

— Oui, admit Raelynn d'une voix morne. Trop noble... et si beau, si charmant, si compréhensif, si...

— Si Jeffrey ? suggéra gentiment Heather en tapotant la main de Raelynn. Mon beau-frère est doté du caractère le plus remarquable que je connaisse. Il n'est ni fanfaron ni timoré, ne manifeste ni arrogance ni anxiété, connaît sa valeur mais ignore l'égocentrisme. C'est un être serein. Ce qui ne veut pas dire pour autant, précisa la jeune femme en levant l'index, qu'il ne soit pas capable de prendre des décisions qui nous laissent tous pantois. Ce n'est pas un saint, mais il ne fait pas partie de ces individus qui vous exploitent puis sont aux petits soins pour vous, le temps de se faire pardonner. Il a sa fierté, et il est vrai que si vous ne parvenez pas à lui accorder votre confiance, vous en aurez à subir les conséquences. Après tout, c'est un homme, et il peut être aussi dur qu'un cuir mal tanné. Mais c'est ce qui me fait l'aimer et l'admirer encore plus.

— Depuis qu'il m'a épousée, soupira Raelynn, il n'a eu que des ennuis. J'ai constamment à l'esprit que tout cela a commencé à cause de moi, parce que je ne pouvais tolérer de devenir la catin de Fridrich.

— Mais non, ma chère ! Les ennuis ont commencé le soir où Nell s'est glissée dans le lit de Jeffrey. Et c'était bien avant qu'il ne vous rencontre.

Scrutant le beau visage de sa belle-sœur, Raelynn ressentit l'envie de l'interroger au sujet de cet incident.

— Jeffrey vous a-t-il expliqué ce qui s'était passé ?

— Non. Jamais.

— Dans ce cas, comment... ?

Heather sourit.

— Cora me raconte beaucoup de choses, ma chère. Elle a grandi à Harthaven. Le jour où Jeffrey a eu besoin d'une gouvernante de confiance pour garder la maison en son absence, nous lui avons envoyé Cora, aussi sûre que le sel de la terre. Le fameux soir où Nell a voulu séduire Jeffrey, il semble que toute la maison ait été réveillée lorsque Jeff a sorti Nell de sa chambre, vêtue d'une simple couverture. Il a envoyé Kingston chercher Cora, qu'il a chargée d'habiller Nell et de faire sa valise. D'après ce que j'ai compris, Jeffrey a donné plusieurs ordres puis est retourné dans sa chambre en laissant les serviteurs s'occuper de la jeune fille. Kingston l'a mise dans une voiture et Thaddeus l'a conduite à Charleston, où il lui a loué une chambre avec de l'argent remis par Jeff.

— Le bébé de Nell ne laisse pas mon mari indifférent, murmura Raelynn.

— Oh, très chère ! Dites-vous que Jeffrey n'aurait jamais agi de la sorte simplement vis-à-vis des serviteurs. Cora m'a juré qu'elle ne l'avait jamais vu si en colère. Quand elle est arrivée dans la maison, Jeffrey maugréait quelque chose au sujet de « cette gamine qui devait encore jouer à la poupée ». Nell a pénétré dans sa chambre alors qu'il dormait. Par conséquent, une fois dans son lit, pas besoin de vous expliquer ce qu'elle a fait pour provoquer sa fureur. A mon avis, elle ne s'est pas contentée de l'embrasser.

Que Cora eût menti à Heather, Raelynn ne l'imaginait pas une seule seconde. Les choses avaient bien dû se passer telles qu'elle les avait racontées. Et puis il y avait Kingston : Raelynn l'avait entendu sévèrement réprimander Nell au sujet de ce qu'elle avait fait un an plus tôt.

Obsédée par un homme aussi séduisant que Jeff, Nell s'était probablement révélée d'une audace singulière en le trouvant entièrement nu dans son lit, songea soudain Raelynn. Son mari avait en effet l'habitude de dormir ainsi, et Nell avait dû céder à toutes ses tentations, du moins tant que Jeff dormait encore.

Brusquement, la jeune femme regretta de s'être séparée de son époux à cause de cette petite et l'avoua à sa belle-sœur.

— J'ai honte de l'admettre, Heather, mais je n'ai pas manifesté à Jeff la confiance que doit avoir une femme envers son mari. J'ai laissé les accusations de Nell s'immiscer entre nous. Je me suis permis de le considérer comme un criminel. Maintenant que j'ai eu le temps de réfléchir à ce que j'ai vu dans les écuries, je m'aperçois que je me suis enfuie sans donner à Jeff l'occasion de s'expliquer. Je conçois qu'il ait parfaitement le droit de se sentir insulté par mon manque de confiance.

— Il m'est arrivé, à un moment donné, de croire que je haïssais mon mari, révéla Heather en posant une main réconfortante sur celle de Raelynn. Et pendant un certain temps j'ai vraiment eu peur de lui.

Raelynn regarda sa belle-sœur, effarée. Heather et Brandon donnaient tant l'image d'un couple passionnément amoureux, qu'il semblait inconcevable qu'ils eussent connu le moindre désaccord.

— Je l'ignorais, dit-elle.

— Je le prenais pour un tyran, expliqua Heather en souriant à l'évocation de ce souvenir. Puis, une fois que nous avons quitté l'Angleterre pour venir ici, il m'est apparu comme l'homme le plus magnifique du monde. Néanmoins, par orgueil, j'ai continué à garder une certaine distance. Et ce n'est que plusieurs mois après la naissance de Beau que les barrières sont enfin tombées. Les problèmes que vous avez avec Jeff en ce moment ne sont pas plus graves que ceux que nous avons connus, Brandon et moi. Je me demande si ce genre de chose n'est pas en train de devenir une tradition familiale... Si c'est le cas, ajouta Heather en tapotant sur son ventre, je plains ceux qui suivront nos traces.

Raelynn retint un frisson à l'idée qu'une malédiction pût peser sur la famille.

— Je préfère croire que jamais l'un de nos êtres chers ne sera à son tour suspecté de meurtre comme Jeffrey et Brandon.

A peine Heather eut-elle acquiescé qu'elle passa à un sujet moins déprimant.

— En attendant que les choses s'arrangent entre Jeff et vous, je souhaiterais sincèrement que vous veniez à

Harthaven, Raelynn. Vous pourrez rester tant que cela sera nécessaire.

Bien que profondément touchée par l'invitation de sa belle-sœur, la jeune femme hocha la tête.

— Merci, Heather. Mais je ne peux pas. Jeffrey ne pourrait venir vous voir sans être mal à l'aise. De plus, je n'ai aucune envie de vous mêler à cette affaire.

— Mais c'est une affaire de famille, ma chère. Elle nous concerne déjà.

— C'est vrai. Néanmoins, je ne veux pas me retrouver entre Jeff et son frère.

— Brandon m'avait prévenue que vous refuseriez, murmura tristement Heather, l'air vaincu. Mais j'ai quand même voulu essayer.

18

Trois jours plus tard, en fin d'après-midi, Tizzy fit irruption dans la boutique en criant, affolée :

— Madame 'aelynn ! Madame 'aelynn ! Le cocher de missié B'andon est a"ivé chez Mme Elizabeth, Mme Heather est en t'ain d'accoucher, et elle demande si vous pou'iez veni' l'aider.

D'un bond, Raelynn se leva, et elle cherchait Farrell du regard afin de lui demander la permission de s'absenter quand elle le vit accourir vers elle.

— Allez-y ! ordonna-t-il en lui montrant la porte. Laissez votre bureau comme il est. Elizabeth se chargera de le ranger. Restez là-bas aussi longtemps que ce sera nécessaire. Si on a quelque chose à vous demander, on saura où vous trouver. Allez prendre vos affaires ! Vous avez un long chemin à parcourir.

— J'ai fait vot'e valise, madame 'aelynn, précisa Tizzy. Au cas où le bébé p'end'ait son temps. Elle est dans le landau de missié B'andon. Vous pouvez vous mett'e en 'oute tout de suite, si vous voulez.

— Merci, Tizzy.

Raelynn saisit son manteau au passage, mais ne prit même pas le temps de l'enfiler avant de sortir.

Quelques secondes plus tard, elle franchit la porte que le portier tenait ouverte pour elle. Le cocher, garé le long du trottoir devant la maison de couture, l'attendait, la portière ouverte.

— Bonsoi', madame 'aelynn, dit-il en portant la main à son haut-de-forme. J'espè'e que ça vous dé'ange pas si on se dépêche. Missié B'andon se fait des cheveux, à cause du bébé. Il m'a dit de 'eveni' au galop.

— Je vous remercie d'être venu me chercher jusqu'ici, James. J'aurais regretté de ne pas être là-bas pour l'accouchement.

Raelynn offrit sa main délicate au cocher en gants blancs. Dans sa hâte, ses pieds touchèrent à peine les marches de la voiture. Puis ce fut au tour du cocher de grimper précipitamment sur son siège. Il fit alors avancer le landau avant même que la jeune femme ait eu le temps de s'asseoir.

Dès qu'ils furent sortis des faubourgs de la ville, James, à coups de cravache, fit accélérer l'allure de son attelage, au point que les sabots des chevaux se perdirent dans des tourbillons de poussière. A l'évidence, le cocher suivait à la lettre les ordres de son maître.

Le crépuscule était tombé quand James s'engagea dans la longue allée de chênes qui menait à Harthaven. Au bout, les fenêtres illuminées de la maison annonçaient une atmosphère et un accueil chaleureux. Bientôt la voiture s'arrêta devant le perron. Brandon sortit avec tant de précipitation qu'il ouvrit la portière du landau à la seconde où Raelynn se penchait en avant pour descendre.

— Je suis enchanté que vous ayez pu venir, dit-il, visiblement soulagé qu'elle ne se fût pas posé de questions.

La tenant galamment par le coude, il lui fit traverser la véranda.

— Si j'ai bien compris ce que m'a dit Heather, elle considère que vous êtes aussi proches l'une de l'autre que nous le sommes, mon frère et moi. Et elle s'est mis en tête de requérir votre présence. Impossible de la faire changer d'avis, assura Brandon avec un petit rire gêné. J'avais demandé à James de vous amener de force, s'il le fallait. Mais il m'a assuré en riant que ce ne serait certainement pas nécessaire d'en arriver à cette extrémité.

— Heather n'est pas en danger, n'est-ce pas ? s'inquiéta Raelynn.

Le regard tourné vers son beau-frère, elle fut frappée par sa haute taille. Puis elle se souvint qu'il n'était pas plus grand que Jeffrey. Mais il était vrai qu'elle n'avait pas vu son mari depuis trois semaines.

— D'après Hatti, tout se passe comme il se doit.

Brandon marqua une pause, puis laissa échapper un soupir.

— Ce qui peut signifier un tas de choses, ajouta-t-il. Si bien que je ne trouve pas ces propos bien réconfortants.

Une violente contraction secouait Heather quand ils entrèrent dans la chambre. Elle voulut sourire, mais ne put dissimuler complètement sa souffrance. La contraction terminée, elle rejeta la tête sur l'oreiller et, régulant sa respiration, se reposa quelques instants avant qu'un franc sourire éclairât son visage. Malgré la fraîcheur ambiante, ses cheveux étaient mouillés, et des gouttelettes de sueur recouvraient son front. Elle parut cependant tout oublier lorsque, la main tendue vers Raelynn, elle l'invita à s'approcher d'elle.

— Pardonnez-moi. J'aurais aimé vous réserver un autre accueil. Mais ce bébé réclame obstinément mon attention. Les premières contractions ont commencé il y a déjà quelques heures. Je pense donc que ce ne sera plus très long.

— James a fait en sorte que j'arrive ici le plus tôt possible, expliqua Raelynn, le sourire tremblant en serrant la petite main de sa belle-sœur dans la sienne. Je n'avais jamais vu un attelage filer à cette vitesse, ajouta-t-elle en essayant, malgré sa préoccupation, d'adopter un ton amusé.

— Je ne lui avais pas demandé de vous effrayer, grands dieux ! s'écria Heather en feignant l'indignation. J'aurais attendu une demi-heure de plus s'il l'avait fallu.

— Mais peut-être pas notre enfant, observa Brandon.

Il contourna le lit, alla s'asseoir à côté de sa femme et lui prit la main.

— Vos contractions étaient sévères lorsque j'ai envoyé James chercher Raelynn à Charleston. Et maintenant elles sont de plus en plus rapprochées. Franchement, madame, j'ignore si je vais plus longtemps supporter cette épreuve.

Les deux jeunes femmes sourirent de ce mot d'esprit. Puis Heather caressa tendrement le bras de son mari.

— Ça ira, rassurez-vous.

— Tout de même. Quand je pense que je me suis engagé à rester à vos côtés jusqu'au bout, mes genoux en tremblent, confessa Brandon.

— Je ne vous ai rien imposé, le taquina Heather. Je peux me débrouiller sans vous.

Brandon posa une main tendre sur le drap gonflé par le ventre de la future mère.

— Qui est responsable de la naissance de ce bébé ?

— Nous deux, reconnut Heather en souriant.

— Eh bien, nous serons ensemble quand il viendra au monde, affirma Brandon.

Les yeux dans ceux de sa femme, il baisa sa main avec une affection passionnée.

— Maintenant, ma chérie, dites-moi comment vous vous sentez.

— Bien. Et vous ? demanda Heather en scrutant le visage de son mari.

Brandon lâcha la main de sa femme et tendit la sienne devant elle.

— Vous voyez, loin de trembler, je me sens aussi solide qu'un roc.

— Et moi, je suis la mère de mon oncle, plaisanta Heather en reprenant la main de son époux.

Moins d'une demi-heure plus tard, une servante tapa

doucement à la porte. Brandon alla ouvrir, et une jeune Noire annonça d'une voix feutrée :

— Missié Jeff'ey vient d'a"iver. Il est en bas.

— Merci, Melody. Dis-lui que je descends tout de suite.

Brandon referma la porte, se retourna et rencontra le regard de Raelynn. La voyant brusquement nerveuse et ne sachant comment l'aider, il haussa négligemment les épaules.

— Farrell a dû le faire prévenir.

— Et en si peu de temps, son messager a pu aller jusqu'à Oakley ?

— Non. Jeff réside en ce moment à Charles...

Brandon s'interrompit soudain en se rendant compte qu'il trahissait la confiance de son frère. Devant la confusion grandissante de Raelynn, il trouva une explication qui n'était somme toute pas très éloignée de la vérité.

— Jeff a énormément de travail en ce moment, avec sa compagnie de navigation. Il a préféré s'installer provisoirement en ville, dans la maison d'un ami, afin d'éviter le trajet quotidien entre son bureau et Oakley.

Raelynn ouvrit la bouche puis renonça à parler en s'apercevant qu'elle avait les larmes aux yeux. Le fait que la plantation fût à une heure de route de Charleston lui avait permis de se dire que Jeff, toujours très occupé, n'avait guère le temps de venir la voir. Mais, maintenant, comment pouvait-elle encore croire qu'il ne l'avait pas délibérément évitée depuis qu'elle travaillait chez Farrell ?

Craignant de s'effondrer, elle s'éclaircit la gorge et rassembla son courage.

— Il est à Charleston depuis longtemps ? demanda-t-elle.

— Je ne sais pas exactement. Une quinzaine de jours, me semble-t-il. Mais vraiment je n'ai pas en mémoire de date précise.

Brandon semblait se dérober, mais il était sincère. A tant

se tracasser pour sa femme à l'approche de l'accouchement, il en avait oublié presque tout le reste.

— Brandon, l'appela Heather.

— Oui, mon amour.

Il revint vers elle, soulagé par son intervention. Il devina aussitôt qu'elle avait en tête quelque chose qui ne devait pas le concerner.

— Descendez accueillir votre frère, Brandon, dit-elle avec un tendre sourire. J'aimerais rester seule un moment avec Raelynn.

Heather avait apparemment l'intention d'exposer à sa belle-sœur l'entière vérité. Par conséquent, il valait mieux qu'il se retirât que d'être témoin des larmes, si prévisibles de Raelynn.

— Que rien ne se passe en mon absence ! ordonna-t-il gentiment à sa femme. J'ai dit que je voulais rester auprès de vous du début à la fin, et je tiens toujours parole.

— Même si vous devez vous évanouir ? répliqua Heather en lui tendant la joue afin de recevoir un baiser.

Brandon se redressa.

— Moi, m'évanouir ? s'étonna-t-il.

En voyant sa femme sourire et hocher la tête, il donna l'image d'un homme indigné.

— Vous devriez avoir honte, madame. Jamais je ne ferais une chose pareille.

— Je le sais, admit Heather d'une voix douce.

Puis elle serra un instant sa main dans la sienne avant de le laisser partir.

Quand il eut refermé la porte derrière lui, elle fit signe à sa belle-sœur de venir s'asseoir près d'elle. Mais, à peine assise, Raelynn s'inquiéta de voir Heather brusquement grimacer, et lui prit la main.

— Puis-je faire quelque chose ? demanda-t-elle, anxieuse et surprise par la force avec laquelle la jeune femme serrait sa main.

Submergée par la douleur, Heather fut incapable de répondre. Elle haleta jusqu'à la fin de la contraction puis, reprenant une respiration plus lente, se ressaisit et sourit à Raelynn.

— Ce sera bientôt fini.

— Vous vouliez me parler, Heather ?

— Oui. Je tenais à ce que vous sachiez que Jeffrey s'est installé à Charleston à cause de vous.

— A cause de moi ?

Raelynn trouva cette idée si absurde qu'elle en rit. Elle se sentait à la fois en pleine détresse et profondément indignée.

— Je ne l'ai vu qu'une fois depuis que j'ai quitté Oakley. Il est passé à la maison de couture, sans même me regarder.

— Ce qui ne signifie pas qu'il ne se soucie pas de vous. Des hommes à lui s'assurent de votre sécurité. J'ignore où ils sont postés, mais je crois qu'ils se tiennent tout près de la boutique et de la maison d'Elizabeth. Et si Jeffrey reste à Charleston, c'est pour être en mesure d'intervenir au plus vite, s'il le faut.

— Se veut-il toujours un homme d'honneur ? rétorqua Raelynn. Ou est-ce que je lui sers d'appât pour coincer Fridrich ?

— Raelynn, ma chère, je suis convaincue que Jeffrey se soucie de vous. Autrement...

Raelynn interrompit sa belle-sœur, d'une voix mal assurée.

— Qu'attend-il donc pour venir me voir ? A mon avis, s'il me protège comme vous le dites, c'est par orgueil. Il ne voudrait pas être accusé de laisser une femme seule face à Fridrich et à sa bande de voyous.

Prise d'une nouvelle contraction, Heather se crispa, les mains plaquées sur son ventre.

— Il vaudrait mieux appeler Hatti, dit-elle au bout de quelques instants. Je crois que la tête du bébé veut sortir.

Raelynn se précipita hors de la chambre et descendit l'escalier quatre à quatre en appelant la gouvernante. Brandon quitta son bureau comme un fou et courut vers l'escalier, tandis que Raelynn s'immobilisait en voyant Jeff pénétrer dans le hall.

Leurs regards se rencontrèrent. Jeff inclina la tête en guise de salut et, d'un pas nonchalant, s'approcha des marches. Tandis qu'autour d'elle les servantes s'agitaient, allant et venant avec des linges et des seaux d'eau, Raelynn ne vit plus que son mari. Soudain, elle se rendit compte que Hatti était déjà montée au premier étage depuis quelques minutes.

— Oh ! Heather va se demander où je suis passée ! s'exclama-t-elle.

Relevant ses jupes, elle se retourna, remonta l'escalier au plus vite et ne s'aperçut qu'elle tremblait des pieds à la tête qu'après avoir refermé la porte derrière elle. Appuyée contre le battant, elle crut que ses jambes ne pouvaient plus la porter et eut l'impression qu'on allait entendre ses dents claquer. Elle s'en voulut d'être si vulnérable devant Jeff. Totalement effarée par l'effet qu'il produisait sur elle, elle s'efforça de s'avancer vers le lit malgré ses genoux flageolants et ce cœur qui tapait à tout rompre contre sa poitrine.

De toutes ses forces, Heather aidait son bébé à venir au monde. Les doigts mêlés à ceux de sa femme, Brandon, apparemment aussi solide que son physique le laissait supposer, lui prodiguait des encouragements en essuyant son front humide. Mais Raelynn remarqua que la main qui tenait le mouchoir tremblait comme une feuille.

— Tout va bien, tout va bien, assura Hatti en préparant les linges pour le nouveau-né.

Heather rejeta sa tête sur l'oreiller au premier moment de répit et haleta comme si elle était à bout de forces. Puis, se ressaisissant, elle regarda autour d'elle et remarqua la présence de sa belle-sœur au pied du lit. Elle tendit alors la main vers elle. Raelynn la prit en tentant de refouler des larmes d'anxiété. Entre Jeffrey et Heather, elle avait vraiment de quoi ne plus jamais être la même.

Ce fut Heather qui la rassura en trouvant le courage de sourire.

— Ça se passe bien, et ce sera bientôt fini. N'ayez crainte.

L'instant d'après, avec une grimace de douleur, Heather recommençait à pousser. La tête du bébé finit par apparaître, et aussitôt un vagissement de colère résonna dans la chambre et provoqua un éclat de rire général.

— Missié Beau avait c'ié plus fo't, commenta Hatti. Il me semble que ce sont les petites demoiselles qui c'ient comme ça. Dans peu de temps, madame Heathe', vous au'ez vot'e fille sous les yeux.

Le buste à demi redressé, Heather fut de nouveau secouée par les douleurs de l'accouchement. Mais, bientôt, on entendit la vieille gouvernante crier de joie :

— La voilà ! Avec de jolis cheveux noi's. Et c'est une v'aie petite beauté.

— Oh, oui ! s'extasia Raelynn en riant et sentant son cœur s'envoler.

Hatti posa le bébé vagissant sur le ventre de sa mère et se chargea des dernières tâches. Emerveillé, comme la première fois, par le miracle de la naissance, Brandon glissa un doigt dans le petit poing serré de sa fille, encore luisant de sang. Aussitôt, l'enfant cessa de crier pour faire entendre un bruit de succion.

— Eh bien ! On sait au moins que notre petite chérie va bientôt réclamer, commenta Brandon, ravi.

Hatti emporta le bébé dans un coin de la chambre, le lava, l'emmaillota et, dès qu'elle eut fini, le redonna à sa mère.

— Elle est superbe, observa Raelynn avec fierté.

Heather regarda le petit visage ridé et cramoisi.

— C'est l'amour d'une tante qui parle ! dit-elle en riant.

— Je vais chercher Beau et Jeff, annonça Brandon. Ils veulent voir Suzanne eux aussi.

La mère s'absorba dans l'examen de sa petite fille, afin de s'assurer de l'absence de toute anomalie, Hatti et Melody rangèrent la chambre, apportèrent le berceau près du lit, et personne ne s'aperçut du départ de Raelynn. Redescendue au rez-de-chaussée, elle sortit par l'arrière de la maison et courut vers les toilettes. Elle ne voulait pas que Jeff la vît dans l'état de nervosité dans lequel elle était. A la simple idée de se retrouver face à lui, elle s'était remise à trembler. Et puis, sa grossesse aidant, elle avait également eu besoin d'aller se soulager.

Mais, quand elle ressortit, Jeff l'attendait. L'embarras la fit rougir. D'un geste nerveux, elle lissa sa jupe.

— Je suis désolée. Je ne savais pas que vous attendiez la place, dit-elle.

— C'est vous que j'attendais, madame, rectifia Jeff. Comme vous êtes venue ici avec James, je me demandais si vous accepteriez de retourner à Charleston dans ma voiture. Cela éviterait à James de refaire un aller et retour.

La façon dont Jeff présentait les choses laissait peu le choix.

— Tizzy m'avait préparé une valise, au cas où je resterais ici pour la nuit. Je vais demander à ce qu'on la redescende.

— James me l'a remise il y a quelques instants. Elle est déjà dans ma voiture. Dès que j'aurai vu le bébé et sa mère, je serai prêt à partir. Cela vous convient-il ?

Devait-elle regretter que Jeff eût anticipé sa réponse ou bien se réjouir de son efficacité habituelle ? Elle n'en savait rien.

— Cela me convient parfaitement, affirma-t-elle néanmoins.

N'osant la toucher par crainte de soulever une tempête, Jeff désigna l'allée étroite qui conduisait à la maison.

— Après vous, madame.

Raelynn avança d'un pas rapide, tout en sentant dans les ombres du crépuscule le regard de Jeff sur son dos. Ses longues jambes lui ayant permis de la suivre de très près, il n'eut qu'à tendre le bras, au bout de l'allée, pour lui ouvrir la porte.

— Merci, dit Raelynn en levant les yeux vers lui.

Nerveuse, elle attarda son regard sur son mari et avança si distraitement qu'elle se heurta au bord anguleux de la porte. Le choc la fit vaciller en arrière, et elle en fut si mortifiée qu'elle regretta de ne pas être tombée dans un puits sans fond, quelque part dans le jardin.

— Ça va ? demanda Jeff.

D'un geste plein de sollicitude, il lui releva le menton afin d'examiner les traces de l'impact.

Les joues rouges, la main sur la bosse qui enflait sur son front, elle se dit que rien n'était plus justifié que son désir de disparaître sous terre. Pendant ce temps, Jeff essayait vainement de voir quelque chose à la blessure.

— Je n'ai rien ! assura-t-elle, trop embarrassée pour le laisser faire.

— C'est faux, protesta-t-il. Du sang coule sur vos doigts.

Aussitôt elle retira sa main d'un mouvement brusque et la regarda, abasourdie. Elle était effectivement maculée de sang et, pour comble d'inconfort, le corsage de sa robe commençait à être taché.

— Oh, ma robe ! Elle va être fichue...

— C'est un miracle que votre tête ne le soit pas, rétorqua Jeff.

A l'aide d'un mouchoir, il se mit à tamponner doucement la plaie au-dessus de l'arcade sourcilière, essuya le sang sur le visage de Raelynn, puis sur son corsage.

Sous les doigts de Jeff, la jeune femme sentit aussitôt durcir les pointes de ses seins. Plus il s'appliquait à enlever les taches, plus elle en oubliait les élancements provoqués par la blessure. Sa dignité en péril, incapable d'ignorer la réaction de son corps, elle plaqua une main sur sa poitrine.

— Je vous en prie, Jeffrey, laissez-moi tranquille.

— Je dois soigner votre front, madame. Toute la maisonnée est occupée en ce moment. Il n'y a que moi qui puisse le faire.

— Je peux me débrouiller seule.

— Comment ? Vous ne voyez pas votre tête.

— Bon ! Allez-y !

A la manière d'une enfant irascible, elle se laissa tomber sur le tabouret qui se trouvait à côté d'elle et renversa la tête.

— Allez-y ! Soignez-moi !

Jeff alla puiser de l'eau, en versa un peu dans un gobelet de métal qui pendait à un crochet et revint vers elle.

— Ne prenez pas cet air offensé, Raelynn, dit-il en humectant son mouchoir. J'ai déjà fait beaucoup plus que de vous toucher les seins.

Elle se dit soudain qu'elle devait paraître sérieusement ridicule, avec sa main plaquée sur sa poitrine, comme si elle craignait d'être violentée. Se tortillant maladroitement sur son siège, elle finit par poser sa main sur ses genoux. Mais, aussitôt, elle surprit le regard de son mari sur son corsage et chercha ce qui semblait tant l'intéresser. Les pointes de ses seins, encore durcies, étaient visibles sous le tissu de la robe. Mortifiée, elle marmonna et croisa prestement ses bras sur son buste. Le petit rire de Jeff acheva de la décontenancer.

— On dirait que vous n'avez jamais rien vu, lui lança-t-elle.

— J'ai besoin de me rafraîchir la mémoire. Ça commence à faire longtemps...

Elle voulut répliquer, mais, les mots lui manquant, elle se contenta de laisser Jeff nettoyer la plaie et lui faire un pansement. Puis, avant même de remonter avec son mari dans la chambre de Heather, elle prit son manteau et s'en couvrit.

Quand ils entrèrent, Beau, assis sur son lit à côté de sa mère, le regard fixé sur le petit être que son père tenait entre ses mains, interrogeait ses parents sur la mystérieuse façon dont sa petite sœur était venue au monde. Brandon finit par installer le nouveau-né au creux de sa paume et posa sa main libre sur le ventre de Heather, encore bien visible sous la couverture.

— Voilà d'où Suzanne est venue. Comme toi, mon fils.

Beau resta un moment songeur puis regarda de nouveau son père.

— Mais comment on est entrés là ?

Jeff étouffa un rire, le poing sur les lèvres, tandis que son frère se tournait vers lui avec un air dérouté.

— C'est l'amour qui vous a mis là, toi et ta sœur, expliqua-t-il finalement.

— L'amour ? s'étonna Beau. Qu'est-ce que tu veux dire ? C'est comme quand Hatti dit qu'elle aime le poulet grillé ?

Cette fois-ci, Jeff pouffa, la tête renversée, et son rire se révéla si contagieux que toute la chambre résonna d'une gaieté partagée.

La nuit était tombée quand Jeff et Raelynn se mirent en route pour Charleston. Le trajet était long, et Raelynn n'aurait pas demandé mieux que de faire étape à Oakley jusqu'au lendemain ; mais, apparemment, Jeff n'en avait pour sa part aucune envie.

D'abord tendue, nerveuse, après tous les événements de l'après-midi, elle ne tarda pas à somnoler. Ayant renoncé à mettre son chapeau de crainte de le tacher si la plaie recommençait à saigner, son front fut exposé aux chocs quand sa tête dodelinante effleurait la cloison du landau. Soudain elle s'éveilla en sursaut et, plus mortifiée que jamais, se redressa, consciente du regard insistant que son époux posait sur elle dans la clarté lunaire.

Mais bientôt ses yeux se refermèrent. Elle ne sut jamais à quel moment Jeff l'attira contre lui, nicha son front au creux de son épaule, et ne sentit même pas le baiser qu'il posa sur son front. La fatigue avait eu raison d'elle.

Un peu plus tard, elle eut le vague sentiment qu'on lui faisait traverser une profonde pénombre. Elle entendit le bruit d'une porte qui se ferme, puis des voix sourdes qui semblaient monter d'un puits. Quelque part derrière elle, une lanterne se balança en projetant à travers des corridors et des plafonds obscurs de longs rais de lumière. Des gonds grincèrent quand une lourde porte fut ouverte puis fermée. Elle reconnut un autre grincement à l'instant où elle sentit qu'on la posait sur un lit. La voix endormie de Tizzy se fit entendre, et elle chercha à ouvrir les yeux ; mais une voix bien plus grave ordonna à la jeune servante de retourner dans sa chambre. On la déshabilla doucement et, dans un soupir de contentement, elle appuya sa joue sur l'oreiller tandis que son bébé se retournait dans son ventre. La sensation qu'il provoqua sembla lointaine, vague, irréelle, tout comme la chaleur bienfaisante de la main qui s'était posée sur son ventre. Une chemise de nuit glissa sur son corps, une couverture l'enveloppa, puis on éteignit une lanterne au bout d'un long corridor. La nuit se referma sur elle alors qu'elle s'enfonçait avec bonheur dans une spirale de rêves.

19

Quinze jours plus tard, peu avant l'heure de la fermeture, un homme poussa la porte verte de la maison de couture et retira son haut-de-forme en avançant vers le bureau qui trônait devant les portes-fenêtres donnant sur le jardin. Raelynn était occupée à ranger ses derniers croquis dans un tiroir quand l'ombre de la silhouette tomba sur elle. Elle leva les yeux, croyant que son employeur venait lui poser une question au sujet d'un dessin.

Quand son regard rencontra son mari, elle fut submergée par une avalanche d'impressions qui lui rappelaient singulièrement celles qui l'avaient conduite à accepter sa demande en mariage, moins d'une heure après leur première rencontre. Sa troublante séduction, son sourire engageant, ses délicieuses fossettes, la lumière de ses yeux verts : rien n'avait changé. La seule différence venait d'elle. Jamais son cœur n'avait battu de la sorte, même lorsqu'il l'avait soulevée dans ses bras à l'instant où une calèche allait la renverser. Aucune frayeur n'aurait pu lui donner un tel vertige ; et ses joues étaient si rouges qu'elles en devenaient brûlantes.

— Comme nous n'avons pas pu nous parler quand je vous ai raccompagnée depuis Harthaven, murmura Jeff, je suis venu prendre de vos nouvelles. Votre front va mieux ? Je ne vois pas de cicatrice.

Il la regarda de la tête aux pieds tandis qu'elle contournait le bureau. Malgré la charmante robe d'un écossais vert foncé et bleu clair, dont l'ampleur voulait dissimuler son état, on voyait qu'elle était enceinte. Il se souvenait d'ailleurs du petit ventre arrondi qu'il avait surpris en la déshabillant dans sa chambre, chez Elizabeth. Il avait aussi remarqué de légers mouvements et avait alors posé la main sur cette douce rondeur afin de sentir leur enfant bouger en son sein.

— Non. Vous voyez. Mon front va très bien, répondit-elle en tentant de calmer son trouble. Et moi aussi.

S'il y avait maintenant un peu plus d'un mois qu'elle avait quitté Oakley, elle avait maintes fois eu l'impression d'être partie depuis un an. Ses longs débats intérieurs, où elle se demandait s'il fallait croire à l'innocence ou à la culpabilité de Jeff, ne lui avaient pas laissé présager combien elle finirait par regretter leur séparation. Elle n'avait pas vu venir cette anxiété qui la rongeait, cette crainte de ne jamais le revoir qui s'était ancrée dans son cœur. Elle avait découvert combien l'on peut se sentir dépérir quand l'être aimé est absent. Si Nell avait souffert du silence de Jeff autant qu'elle, alors elle comprenait finalement les revendications de la jeune fille.

— Vous ne souffrez pas de ces petits inconforts qui accompagnent généralement une grossesse ? s'enquit Jeff.

— Non. Pas vraiment. Je suis simplement surprise par des envies de dormir que mon travail m'empêche de satisfaire.

— Evidemment...

— Comment va Heather ? Et le bébé ? J'aurais voulu aller les voir, mais nous avons eu tant de commandes en prévision du printemps que nous avons à peine eu le temps de respirer.

— Elles vont bien. A plusieurs reprises, Suzanne a réussi à dormir du crépuscule à l'aube, pour le plus grand plaisir de ses parents. Se lever toutes les quatre heures, nuit après nuit, doit être exténuant. Et même s'il fait des efforts, le père ne peut remplacer la mère.

Non sans hésiter, Raelynn aborda le sujet qui la tourmentait depuis quelque temps.

— J'ai surpris des commentaires dans une boutique qui

m'ont laissé entendre que nous alimentons plus que quiconque les commérages, annonça-t-elle, les yeux baissés, tout en redessinant du bout du doigt un petit mannequin de mode qui décorait son bureau. Et j'ai appris que vous aviez demandé à votre avocat d'entamer une procédure de divorce.

Jeff eut un grognement moqueur qui refléta les sentiments que lui inspirait ce genre de rumeur.

— Ne croyez pas tout ce que vous entendez dire, ma chère, ni même certaines attitudes de ma part. Je n'en arriverai jamais là, à moins que vous ne le souhaitiez.

Il l'observa attentivement et attendit de rencontrer son regard.

— Le souhaitez-vous ? demanda-t-il alors.

— Non, bien sûr que non, s'empressa d'affirmer Raelynn avec un petit rire tendu. Je craignais plutôt que ce soit votre désir, étant donné la fureur que vous a inspirée ma fuite.

— Vous le craigniez ? s'étonna Jeff, en se demandant si elle ne s'était pas trompée de verbe.

— Oui, j'éprouvais de la crainte, de la peur, de l'angoisse... comme vous préférez.

— Dois-je comprendre que vous redoutiez cette perspective ?

Raelynn soupira et hocha la tête d'un mouvement sec.

— Oui.

— Mais qu'en est-il de vos soupçons à mon égard ?

Bien que cette question brutale lui fit monter les larmes aux yeux, Raelynn plongea son regard dans celui de son mari.

— Je ne suis pas encore parvenue à une conclusion définitive au sujet de ce qui s'est passé le soir du crime, si c'est ce que vous voulez savoir. Il m'arrive de me dire qu'il est complètement absurde de vous croire coupable d'un acte si barbare. Et puis, je recommence à faire ce cauchemar où je vous vois changer d'apparence devant moi. Vous devenez un démon qui me fait reculer de terreur.

Jeff n'avait pas oublié la nuit où, dans la cabane de Pete le Rouge, il l'avait entendue gémir et se tourmenter en rêvant. Alors, il jugea plus sage de changer de sujet que de raviver les plaies.

— Je ne suis venu ici, madame, que pour vous inviter à dîner avec moi.

— A Oakley ?

Voulait-il donc cesser de la tenir à distance et lui permettre de franchir de nouveau le seuil de sa maison ? Retenant son souffle, elle attendit sa réponse, comme s'il s'agissait d'une sentence dont sa vie dépendait.

— Non. Dans un restaurant. En ville, lui expliqua-t-il.

Aussitôt il eut l'impression de voir se ternir l'éclat de son regard, et il se demanda si son imagination ne lui jouait pas des tours.

— Si ma proposition vous convient, je vous raccompagnerai chez Elizabeth après le dîner. En voiture, si vous ne tenez pas à marcher. J'en louerai une, car je ne n'ai pas mon landau ; j'ai dû envoyer Thaddeus me chercher deux ou trois choses à Oakley.

Pensant à sa tenue, Raelynn regretta de n'avoir pu prévoir cette invitation.

— Il faudrait que je me change, observa-t-elle.

— Mais pas du tout, ma chère ! Vous êtes aussi ravissante que d'habitude dans cette robe.

Sensible au compliment de son mari, Raelynn n'en resta pas moins sceptique. Jeff avait dû être plus galant que sincère.

— N'exagérons rien, Jeffrey, dit-elle avec un rire dubitatif.

— Vous avez un manteau ? demanda-t-il en regardant autour de lui. L'air est particulièrement humide, et je ne serais pas étonné que nous ayons du brouillard ce soir.

Raelynn désigna le portemanteau auquel elle avait accroché sa cape.

Sur la commode, elle prit un béret qui venait d'être confectionné et alla le mettre devant un miroir. Lorsqu'elle l'eut posé un peu de biais sur sa chevelure, elle s'empressa de se retourner vers son mari afin de s'assurer qu'il était encore là et toujours disposé à se montrer avec elle en public. Jeff n'avait pas disparu. Il la regardait tout en décrochant la cape du portemanteau. Rassurée, elle ne songea qu'à sourire et en oublia qu'elle était en train d'enfoncer une longue aiguille à chapeau dans le velours bleu du béret. En ressortant, l'aiguille se ficha dans son index. Elle poussa un cri et jeta aussitôt l'aiguille par terre. Serrant son doigt au creux de sa main afin d'éviter des taches de sang sur sa robe, elle grimaça de douleur.

— Quelle maladresse ! se lamenta-t-elle.

— Laissez-moi voir ce vous vous êtes encore fait, dit Jeff en accourant vers elle.

Le rouge aux joues, elle marmonna. Pourquoi lui fallait-il être si maladroite quand son mari était là ?

Jeff prit la main dans la sienne et l'entraîna vers la bassine en porcelaine, très utile quand Raelynn dessinait au charbon. Il versa un peu d'eau dans le récipient, prit du savon, lava la main de sa femme puis l'essuya avec le mouchoir immaculé qu'il venait de sortir de la poche de son manteau.

— Vous devriez faire plus attention à vous, Raelynn, implora-t-il.

Troublée par son contact, la jeune femme porta une main tremblante à son front dans l'espoir de dissimuler sa rougeur. Sa maladresse, le sang sur le doigt, elle les oubliait dans l'émoi que lui procurait la proximité de Jeff. Elle s'aperçut même que son corps s'embrasait de nouveau. Ses seins réclamaient non seulement les caresses de ses mains, de sa bouche, mais aussi les frottements lents et rythmés de son torse qui accompagnaient les rites intimes de l'amour. Se ressaisissant, elle s'efforça d'ignorer l'envie folle qu'elle éprouvait d'être unie à lui et de se laisser emporter vers ces sommets de volupté qu'il lui avait fait atteindre tant de fois. Calme-toi, se dit-elle. Si lui-même se languissait de ces moments de passion, il serait venu bien plus tôt.

De son côté, Jeff était pris du désir impétueux de serrer sa femme dans ses bras et de l'embrasser avec toute la fougue qu'il retenait depuis son départ. Il eût sans doute mis fin à ce calvaire s'il n'avait été surpris par un bruit de pas précipités, dans l'escalier qui reliait la boutique à l'étage. Elizabeth et Farrell arrivèrent bientôt dans la pièce, ne lui laissant pas d'autre choix que d'étouffer l'ardeur qui venait de s'emparer de lui.

— Que s'est-il passé ? s'enquit la jeune femme en venant vers eux. Vous allez bien, Raelynn ? Il me semble vous avoir entendu crier.

— Je me suis enfoncé une épingle à chapeau dans le doigt, expliqua cette dernière, un peu gênée. Mais heureusement Jeffrey était là et a fait le nécessaire.

— Je n'en doute pas, répondit Elizabeth d'une voix joyeuse.

Elle avait remarqué les joues rouges de Raelynn et, s'efforçant de garder son sérieux, elle recula et fit signe à Farrell de la suivre.

— Nous retournons à nos affaires, dit-elle.

Jeff fit volte-face et rencontra le regard pétillant de la jeune veuve.

— J'emmène ma femme dîner en ville, annonça-t-il. Inutile de veiller en l'attendant, Elizabeth. Elle risque de rentrer tard.

— Oh ! Bien sûr ! Je comprends, fit la jeune femme d'un ton ravi. N'ayez aucun souci. Passez une bonne soirée.

— C'est bien notre intention, répondit Jeff, tout sourire.

Dès qu'Elizabeth et Farrell se furent éloignés, Raelynn se

hissa sur la pointe des pieds et murmura à l'oreille de son époux :

— Elizabeth a invité Farrell à dîner chez elle. Si j'en crois ce que j'ai observé ces derniers temps, je pense qu'ils seront heureux de goûter à un peu d'intimité. Et je me réjouis de ne pas les importuner en ayant l'air de tenir la chandelle.

— Mais le fait que ce soit moi qui vous serve de chevalier servant ne vous ennuie pas ?

Raelynn plongea ses yeux pétillants dans ceux de Jeff.

— Je n'aurais accepté aucune autre compagnie, monsieur.

La nuit tomba rapidement tandis que le couple marchait dans les rues de la ville. Des volutes de brouillard venues des docks s'insinuèrent dans les venelles qu'ils eurent l'occasion d'emprunter. Puis, rapidement, la brume devint plus dense, s'enroula autour d'édifices imposants et donna aux jardins un aspect fantomatique. Quant aux lampadaires et aux lampions, ils apparurent, de loin, comme de vagues auras lumineuses.

Jeff avait choisi un élégant restaurant français où le maître d'hôtel les conduisit dans un coin tranquille, au fond de la salle. Leur irruption avait surpris, mais Raelynn, plus sûre d'elle, prit un certain plaisir à saluer gracieusement, au bras de son mari, tous ceux qui les regardaient avec des yeux arrondis par la stupéfaction.

— Cette table vous convient-elle, monsieur Birmingham ? demanda le maître d'hôtel.

— C'est parfait, Gascon. Merci.

Le chef de rang était accouru. Il attendit patiemment que Jeff lui tendît la cape de Raelynn puis la porta aussitôt au vestiaire. Le maître d'hôtel les aida ensuite à s'installer avant de laisser un serveur à leur disposition. Jeff commença par demander une bouteille de vin et des amuse-bouche.

Prenant la main de Raelynn, il s'apprêtait à l'entretenir

d'une affaire qui lui tenait à cœur quand un homme brun, de haute taille, osa s'imposer.

— Veuillez me pardonner, monsieur Birmingham. Je ne sais si vous vous souvenez de ma présence à votre bal, mais je suis lord Marsden. Puis-je m'asseoir un moment ? ajouta l'Anglais en désignant la chaise libre, à côté de Raelynn. Si vous n'y voyez pas d'inconvénient, j'aimerais vous entretenir de cette affaire qui m'a fait traverser l'Atlantique pour venir jusqu'ici.

Bien qu'il se fût préparé à courtiser sa femme, Jeff ne put décemment refuser la requête de lord Marsden. Dissimulant sa contrariété, il invita l'intrus à s'asseoir à sa table.

— Je vous en prie. Soyez mon invité.

Le serveur qui revenait avec le vin fut prié d'apporter un troisième verre. Lord Marsden goûta le nectar choisi par Jeff, dégusta la timbale de crevettes et d'épinards que Raelynn avait soustraite pour lui de son assiette, puis complimenta son hôte pour l'excellence de son choix en matière de vin.

— Ce n'est certainement pas un cru que l'on trouve partout, dit-il. Je n'en ai jamais bu d'aussi bon ici.

— Il faut savoir où aller, observa Jeff. J'ajouterai que j'importe moi-même de France la plupart des vins que l'on sert dans cette ville.

— Ah ! Je comprends pourquoi vous connaissez si bien les meilleures caves de Charleston. J'apprécie également beaucoup la cuisine française. Les sauces sont délicieuses. J'ai découvert tout cela à l'époque où je servais de messager entre la cour d'Angleterre et le roi de France. Et puis, il y a eu cette horrible révolution. Les paysans ont détruit tout ce que j'aimais là-bas. Maintenant, les Français ont un Premier consul qui entend devenir empereur. L'année dernière, à peine avions-nous signé un traité de paix avec lui qu'il recommençait à nous faire la guerre. Il ne manque pas d'audace, et l'on raconte même qu'il a des espions jusque dans l'entourage du roi. Parle-t-on de tout cela, ici, dans les colonies ?

— Dans nos Etats de Caroline du Nord et du Sud, vous voulez dire ? corrigea Jeff, avec un bref sourire. Nous ne considérons plus ces territoires comme soumis à la loi britannique.

— Oh ! C'est vrai ! Pardonnez mon étourderie.

— Et pour répondre à votre question, lord Marsden, je vous dirai qu'en conséquence nous nous sentons étrangers à ce qui peut se passer à la cour d'Angleterre.

— J'ai pourtant cru comprendre que votre épouse était anglaise. N'avez-vous pas entendu parler de certaines trahisons, madame ?

— Raelynn a beaucoup souffert à cause de ce genre de choses, précisément, s'empressa de répondre Jeff.

Prenant la main de sa femme, il ne fut pas surpris de la sentir trembler dans la sienne.

— C'est encore pour elle un sujet douloureux, poursuivit-il. Voyez-vous, mon défunt beau-père a été accusé de trahison et est mort, emprisonné, alors qu'il attendait d'être jugé.

— Oh ! Je suis navré d'avoir abordé ce sujet. J'espère, madame, ne pas vous avoir offensée en parlant de la sorte. Sinon, je vous prie humblement de me pardonner.

— Vous pouviez difficilement être informé de ma détresse, murmura aimablement Raelynn, un pâle sourire aux lèvres. Après tout, vous ne me connaissez que sous le nom de Mme Birmingham. Mon défunt père s'appelait James Barrett, comte de Balfour.

Lord Marsden s'affaissa sur sa chaise, bouche bée, mais, se reprenant aussitôt, s'empressa d'affirmer :

— Chère madame, bien que je n'aie jamais rencontré votre père, j'éprouvais pour lui beaucoup d'estime. Je n'ai jamais compris qu'on ait pu l'arrêter. Les charges qui pesaient contre lui étaient à mon avis parfaitement infondées. C'était un homme admiré et respecté par ses pairs.

— Néanmoins, l'interrompit Raelynn d'une voix tremblante, il se trouvait parmi eux des hommes capables de lui tendre un piège. Mon père avait en sa possession, disait-il, la preuve de leur culpabilité, et il comptait l'exposer au grand jour lors de son procès. Hélas, il est mort dans sa cellule avant d'avoir eu la moindre chance de se justifier.

Le regard de Raelynn s'assombrit au souvenir des derniers jours de son père. Soucieux de leur sécurité, il avait fait savoir à sa femme et sa fille qu'il ne voulait pas de visite et qu'elles devaient rester prudemment à l'abri. Pour la première fois, son épouse lui avait désobéi. Elle était finalement allée voir l'homme qu'elle avait toujours respecté et chéri. A cette occasion, elle l'avait trouvé pâle et las, mais nullement de façon inquiétante. Pourtant, le lendemain, il était mort. On avait attribué ce décès à un refroidissement qui avait finalement provoqué une inflammation des poumons.

— Mais après la disparition de votre père, ne pouviez-vous pas faire établir son innocence, grâce à cette pièce à conviction dont il avait parlé ? demanda lord Marsden.

Ne voulant pas entrer dans les détails, Raelynn se contenta d'exprimer sa conviction, à savoir que le bien finissait toujours par triompher.

— Je ne doute pas un seul instant que l'intégrité de mon père, comme sa loyauté au roi George seront reconnues tôt ou tard, lord Marsden.

— Eh bien, il me semble que je vous ai poussée à de nobles platitudes, remarqua sèchement Marsden. Je vous prie une fois de plus de me pardonner d'avoir abordé le sujet des difficultés entre l'Angleterre et la France. J'avais oublié qu'ici l'on ne se réfère pas plus à l'Angleterre qu'au pays voisin.

— Certes. Nous faisons les choses à notre manière, affirma

Jeff. Maintenant, lord Marsden, voudriez-vous me faire part de ce dont vous souhaitiez discuter avec moi ?

— Oh ! Certainement. Je me suis égaré, en effet... Peut-être vous souvenez-vous que je cherchais un terrain à offrir à ma fille en cadeau de mariage. Son fiancé a peu de chance d'hériter du titre de son père, si bien qu'il a décidé de venir ici, où son frère cadet est déjà installé. Je serais venu vous voir plus tôt, mais, comme j'ai pu le constater, vous êtes absent de chez vous depuis un certain temps. Et, par ailleurs, je n'ai pas réussi à venir jusqu'à vos bureaux, comme je comptais le faire. Seriez-vous en mesure de m'aider dans ma recherche, monsieur ?

— Pourrions-nous nous rencontrer demain ? Je vous conduirai auprès de certaines personnes qui savent mieux que moi ce qui est à vendre dans la région.

— C'est entendu, monsieur Birmingham. En attendant, accepteriez-vous, ainsi que votre charmante épouse, d'être ce soir mes invités ? Je serais honoré de dîner en votre compagnie.

— Je vous remercie infiniment, lord Marsden, mais j'avais l'intention de passer la soirée en tête-à-tête avec ma femme.

— Oh, bien sûr ! Que je suis étourdi !

L'Anglais se leva aussitôt, blessé par le refus de son hôte.

— Je vais m'efforcer de dîner tout aussi agréablement à une autre table.

Tandis qu'il s'éloignait, toujours imbu de lui-même, Raelynn le suivit des yeux avec une petite grimace.

— Je crois qu'il vous en veut, Jeffrey.

— Jamais je ne lui aurais permis de gâcher notre soirée par sa présence. S'il nous avait invités quelques jours plus tôt, c'eût été différent. Je n'ai pas apprécié la façon dont il a voulu s'imposer.

— Vous ne le reverrez peut-être pas.

Jeff haussa les épaules d'une manière indolente.

— Peu m'importe, madame. Son titre n'a guère de valeur ici. Je ne me sens pas tenu de céder à ses désirs, simplement parce qu'il est un pair du royaume britannique.

Prenant une boucle de cheveux de Raelynn entre ses doigts, Jeff en admira la texture soyeuse.

— Comme je le lui ai dit, ma chère, je n'ai qu'une envie : être seul avec vous.

Troublée par les accents rauques de sa voix, Raelynn se sentit fondre. Afin de se donner une contenance, elle tenta d'arranger sa coiffure et récupéra la mèche qu'il continuait à caresser.

— Je dois me faire remarquer, avec mes cheveux en bataille.

— Oh, certes ! On vous remarque, madame.

Jeff laissa son regard brûlant glisser sur le visage et le buste de sa femme. Il but sa beauté des yeux, comme s'il en avait été privé pendant une éternité. Jamais il n'avait été réticent à l'idée de la revoir. Bien au contraire. Souvent, il s'était retrouvé en train d'arpenter la maison qu'il avait louée en ville, las d'être séparé d'elle, et contraint de se rappeler le but qu'il poursuivait pour ne pas courir la rejoindre. Dès le début, il avait décidé de se tenir à distance pendant une longue période, afin de lui permettre de découvrir les véritables sentiments qu'elle entretenait à son égard. Il n'avait pas ignoré cependant qu'il risquait de la perdre à jamais en jouant à ce jeu. Et si sa volonté avait triomphé, après une si longue séparation, il eût trouvé intolérable de laisser quelqu'un, fût-ce un aristocrate anglais, troubler leur intimité.

Raelynn se délecta des mets autant que de la compagnie de Jeff. Mais son plaisir culmina lorsqu'on lui apporta du pudding, généreusement nappé de chantilly. C'était divin. Fermant les yeux à chaque bouchée, elle entendit les petits éclats de rire de Jeff, qui n'avait pas souhaité de dessert et s'amusait du ravissement de sa délicieuse jeune femme.

Toutefois, il finit par la mettre en garde.

— Si vous continuez à manger de la sorte, madame, notre bébé sera trop gros pour venir au monde.

— Vous n'auriez pas dû m'exposer à une tentation à laquelle je ne pouvais me soustraire, Jeffrey. C'est votre faute. Vous m'avez amenée dans un restaurant où chaque bouchée est un régal. Comment vouliez-vous que je résiste ? Il ne me restera plus, demain, qu'à mourir de faim si je veux rétablir l'équilibre.

— Je devrais peut-être me tenir à distance, si mon influence sur vous est si mauvaise.

Jeff vit l'expression de Raelynn s'assombrir sur-le-champ.

— Vous vous êtes suffisamment tenu à distance, Jeffrey. Je commençais à penser que je ne vous reverrais jamais.

Surprenant un trémolo dans sa voix, Jeff savoura un instant d'espoir en se disant que leur mariage n'était peut-être pas condamné au naufrage. Néanmoins il s'inventa une excuse qu'il souligna d'un geste des mains.

— Je le regrette, madame. Mais j'ai été constamment occupé.

— Certainement. Trop occupé pour prendre le temps de voir votre femme.

Raelynn soupira et repoussa son assiette, l'appétit et l'entrain brusquement coupés. Luttant contre un impérieux besoin de pleurer, il lui fallut un petit moment pour retrouver son calme et la force de regarder Jeff.

— Si vous voulez partir, je suis prête.

Jeff attira aussitôt l'attention du serveur et lui demanda l'addition. Quand elle lui fut apportée, il ne lui jeta qu'un coup d'œil et laissa une somme qui lui valut un large sourire.

— Merci, monsieur Birmingham. Merci beaucoup.

Une fois dehors, Jeffrey marqua une pause, le temps de serrer la cape de Raelynn autour de son cou. Puis il regarda le brouillard qui les entourait. Il était si dense qu'on y voyait à peine.

— J'ai l'impression d'être à Londres, observa Raelynn en frissonnant.

— Heureusement que je connais le quartier. On se croirait dans la chantilly de votre dessert.

Jeff glissa le bras de sa femme sous le sien et suivit le trottoir à l'allure d'un promeneur. Ici et là, à la hauteur d'un restaurant ou d'un salon de thé, des bruits de pas résonnaient dans le brouillard. Au moment où ils quittèrent ce quartier animé, Jeff s'immobilisa, tendit l'oreille un instant, puis repartit en accélérant l'allure.

— Jeffrey, que se passe-t-il ? Pourquoi marchons-nous si vite ?

Raelynn échouait à calquer son pas sur les grandes enjambées de son mari.

— Je serai tout essoufflée quand nous arriverons au bout de ce trottoir.

— Nous y sommes presque, la rassura Jeff sans ralentir.

Raelynn tenta vainement de se repérer, mais le brouillard semblait dresser un mur autour d'eux.

— Vous en êtes certain ?

— Oui, madame. Faites-moi confiance.

En effet, comme Jeff l'avait annoncé, ils atteignirent bientôt le coin du pâté de maisons. Mais quand Raelynn voulut descendre du trottoir pour traverser, Jeff la retint. Etonnée, elle se retourna et le vit lui faire signe de se taire.

— Une charrette est derrière nous, murmura-t-il, penché sur son oreille. Vous l'entendez ?

Elle écouta attentivement, reconnut les cliquetis d'un harnais et, sur les pavés, le martèlement des sabots. Mais n'entendait-on pas également des pas précipités ? Ou n'était-ce qu'une illusion créée par le brouillard ?

Remarquant que Jeff restait sur ses gardes, elle se serra

contre lui, de plus en plus inquiète. Le conducteur de la charrette arriva à vive allure, le fouet à la main, pour tourner juste à l'endroit où ils se trouvaient, au risque de les frôler.

Dès qu'il fut passé, Jeff reprit Raelynn par la taille et lui arracha un cri de surprise en la soulevant de terre pour lui faire traverser la rue au pas de course. Puis, de l'autre côté, il la poussa contre un mur et la protégea de son corps tandis que quelqu'un arrivait en courant vers eux. Des brumes épaisses sortit tout à coup une haute silhouette, menaçante, la tête encagoulée. On eût dit une énorme chauve-souris surgissant des tourbillons de vapeurs fantomatiques. Le démon en habits noirs brandit tout à coup au-dessus de sa tête un grand couteau à la lame brillante et, dans un étrange sifflement, fondit sur eux.

Le cri de Raelynn se perdit vite dans l'épais brouillard, mais Jeff, aussi leste que son agresseur, lui attrapa le poignet et le lui tordit dans le dos. On entendit un hurlement de douleur, la lame qui tombait sur le trottoir. Parvenant à se libérer, le monstre lança son coude dans l'estomac de Jeff et repoussa durement son adversaire contre le mur. Ce dernier eut à peine le temps de retrouver son souffle et de se redresser qu'un revers de main le plaqua de nouveau contre le mur. Estourbi, il ne put empêcher l'homme à la cape noire de se jeter sur le couteau. Ce fut alors que Raelynn, son épingle à chapeau à la main, se précipita sur lui. Elle n'allait tout de même pas laisser leur agresseur commettre un assassinat sans tenter quelque chose.

Son élan lui donna la force d'enfoncer l'épingle jusqu'à la tête dans le derrière de l'individu, qui poussa un hurlement et se redressa d'un bloc. Enragé, il fit volte-face, le couteau dans le poing, la vapeur de son souffle sortant des trous pratiqués dans la cagoule au niveau des narines.

— Tu vas enfin mourir, sale garce ! siffla-t-il. Comme ça,

tu ne pourras plus rien découvrir et on n'aura plus de mouron à se faire.

Retrouvant ses esprits, Jeff s'aperçut du danger que courait son épouse. Il se redressa d'un bond et frappa l'agresseur d'un coup d'épaule dans les côtes. Mais si l'homme retomba sur les pavés, il eut aussitôt le réflexe de disputer l'arme à Jeff. Tournant autour d'eux, Raelynn en profita pour tenter de lui replanter l'aiguille dans la chair.

Chacun luttant pour sa vie, ils ne prêtèrent pas attention au bruit de pas précipités qui s'approchaient d'eux.

— Mais que se passe-t-il donc ici, bon sang ? hurla alors quelqu'un dans le brouillard.

Immédiatement, Jeff reconnut la voix d'un ami.

— Rhys ! A l'aide ! cria-t-il.

Mais, tandis qu'il cherchait à se saisir de l'homme à la cape noire, celui-ci le frappa au menton et d'un geste violent, l'envoyant heurter un lampadaire. La tête ayant porté contre le métal, Jeff s'écroula, inconscient.

Le gredin s'avança vers Raelynn, prêt à lui enfoncer son couteau dans la poitrine. Elle hurlait de terreur quand un coup de feu retentit, projetant l'arme hors de la main de l'individu. Son hurlement fut tel que Raelynn en frémit. Tenant sa main dégoulinante de sang, l'homme la regarda, comme s'il voulait tenter une nouvelle fois de l'agresser. Puis, se tournant vers le shérif qui continuait à le viser, il ne songea plus qu'à déguerpir, laissant Raelynn s'occuper de son mari. Rhys se lança aussitôt à sa poursuite. La jeune femme posa la tête de Jeff sur ses genoux et se mit, à l'aide de sa robe, à éponger le sang qui coulait de son front.

Au bout d'un moment, quand le shérif revint, il s'écroula à côté de Jeff, puis s'assit, haletant.

— Ce coquin court vite. Il m'a semé en un clin d'œil, expliqua-t-il, à bout de souffle.

Levant les yeux, il s'aperçut alors que Raelynn était en larmes.

— Non, ne pleurez pas, la rassura-t-il. Jeff a le crâne aussi dur que du granit.

Toutefois, Rhys pressa un doigt sur l'aorte de son ami afin de s'assurer que le sang continuait à battre. Appuyé sur un genou, il mit ensuite deux doigts dans sa bouche et siffla si fort que Raelynn en sursauta. Bientôt, elle vit émerger du brouillard la charrette qui, un peu plus tôt, avait failli les frôler. Le conducteur, un robuste gaillard, immobilisa son cheval et regarda la scène qui s'offrait à ses yeux.

— Vous avez un blessé, shérif ?

— Oui, Charlie. Aide-moi à hisser M. Birmingham sur la charrette.

— Vous voulez que je l'emmène jusqu'à Oakley ?

— Non, intervint Raelynn. Vous pouvez le conduire chez Mme Dalton. Ensuite, j'aimerais que vous ayez la gentillesse d'aller chercher le docteur Clarence.

20

— Doux Jésus, Raelynn ! s'écria Farrell en ouvrant la porte de la modeste demeure d'Elizabeth.

Raelynn, en pleurs, conduisait une étrange procession. Juste derrière elle, l'adjoint du shérif arrivait avec les genoux de Jeff coincés sous les bras. Le shérif suivait en soutenant son mari sous les bras. La façon dont la tête de Jeff dodelinait contre Rhys laissa Farrell dans l'incertitude. Jeff était-il mort ou vivant ?

— Diable ! Qu'est-il donc arrivé ?

Raelynn s'effaça pour laisser entrer les deux hommes.

— Nous avons été attaqués par un inconnu. Dans la bagarre, Jeff s'est heurté la tête à un lampadaire, et il a perdu connaissance.

Tout en refoulant des sanglots, Raelynn se précipita derrière Rhys, que son adjoint entraînait dans l'escalier avec leur fardeau commun. Elle se ressaisit suffisamment pour indiquer d'une voix ferme :

— Ma chambre est sur la gauche.

Dès que le blessé fut sur le palier, elle alla leur ouvrir la porte. S'empressant de retirer le couvre-lit, elle mit un linge sur l'oreiller.

— Doucement, dit-elle quand ils s'apprêtèrent à déposer Jeff sur le lit.

Son mari était si grand qu'il tenait à peine sur cette couche qu'elle avait pourtant trouvée immense quand elle s'y blottissait, au cœur de sa solitude.

Rhys s'efforça de reprendre sa respiration puis s'adressa à son adjoint.

— Va chercher le docteur Clarence. Et ne traîne pas, s'il te plaît.

Tandis que Charlie décampait, Elizabeth apparut dans l'embrasure de la porte avec Farrell.

— Je peux faire quelque chose ? demanda-t-elle avec sollicitude.

— Le docteur Clarence va venir, Elizabeth. Il aura besoin de bandages. Si vous pouviez trouver quelques linges dont vous ne vous servez plus, Tizzy se chargera de les déchirer.

— Il est inutile de la réveiller. Je peux le faire moi-même. En un rien de temps.

Elizabeth s'éclipsa aussitôt, et, en son absence, Farrell s'approcha du shérif en désignant Jeff.

— Il serait plus à l'aise sans ses vêtements, Rhys. Aide-moi à le déshabiller.

Pendant que les deux hommes s'affairaient, Raelynn versa de l'eau dans une cuvette qu'elle porta sur la table de nuit. Elle descendit ensuite chercher des plantes médicinales et des onguents. Quand elle remonta, un drap et une couverture avaient remplacé les vêtements de Jeff.

Farrell nettoyait doucement la plaie sur le front de son ami.

— Qui lui a fait ça, Raelynn ? demanda-t-il, impatient de trouver une explication. Vous le savez ?

— Non. Je n'en ai aucune idée, répondit-elle.

Puis, d'une voix tremblante, elle s'efforça de décrire l'agresseur.

— Cet homme portait une longue cape et une cagoule noires. Il avait une voix curieuse, sourde, sifflante, qui ne donnait pas l'impression d'être naturelle. Il m'a semblé grand, plus grand encore que Jeffrey.

— Il m'a semé facilement, intervint Rhys, qui s'était installé dans un fauteuil. Ce qui me laisse supposer qu'il n'était pas simplement rapide. Il doit avoir de longues jambes. J'ai également le sentiment qu'il aime courir. Dès qu'il a eu de l'avance, il s'est retourné et m'a mis au défi de le rattraper en me disant : « Les jeunes ne savent pas courir. »

— Ça ne ressemble pas à Fridrich. Ni à Hyde, conclut Farrell.

— Non. Cet individu était plus grand qu'eux. Et s'il m'a considéré comme un jeune, Hyde serait un bébé à ses yeux.

— Mais pourquoi s'est-il attaqué à Jeff et à Raelynn ?

— Je peux me tromper, suggéra Raelynn, mais je crois que c'est moi qu'il voulait tuer.

— Vous ? Pour quelle raison ? s'étonna Farrell.

Il vit Raelynn hausser les épaules, embarrassée. Si elle avait été la vraie cible de l'agresseur, cela signifiait qu'une fois de plus Jeff souffrait à cause d'elle, et cette idée n'avait rien de réconfortant.

— Je l'ignore totalement. Mais ce personnage m'a menacée une première fois avec son couteau, en me disant que j'allais mourir ; et il a ajouté... Je m'en souviens très clairement : « Comme ça, tu ne pourras plus rien découvrir et on n'aura plus de mouron à se faire. » Il pensait vraiment me tuer à ce moment-là.

— Il essayait encore quand je lui ai fait lâcher son arme, affirma Rhys.

— Oui. C'était la deuxième fois. Mais, comme il avait commencé par s'en prendre à Jeffrey, je me demande s'il n'avait pas l'intention de supprimer d'abord un obstacle avant de s'attaquer à moi. En tout cas, jusqu'à ce que notre agresseur soit arrêté, nous ferons attention à ne plus emprunter de rues sombres et peu passantes.

— Pardonnez ma question, dit Rhys, en marquant une certaine hésitation. Mais bien qu'il se dise votre oncle, ne s'agissait-il pas de Cooper Frye ?

— Non. Certainement pas. Frye est beaucoup plus lourd

et bien moins agile que notre agresseur. Et si cela peut vous soulager, sachez que je ne le considère nullement comme mon oncle.

— Vous me l'aviez dit. Je m'en souviens. Mais je pensais que vous aviez peut-être eu l'occasion de changer d'avis.

Elizabeth revenait avec des bandages tout prêts, et le docteur Clarence sur ses talons.

Quand ce dernier eut examiné la blessure de Jeff, le médecin demanda d'une voix bougonne :

— C'est encore l'œuvre de Fridrich ?

— Non, docteur, répondit Raelynn, la gorge serrée. L'agresseur était cette fois-ci beaucoup plus dangereux. Il avait bien l'intention de nous tuer tous les deux, et il aurait sans doute réussi si le shérif n'était venu à la rescousse.

Le docteur Clarence leva les yeux par-dessus ses lunettes et fixa le shérif en hochant la tête.

— Il est toujours rassurant d'apprendre que nos représentants de la loi garantissent la sécurité des habitants de notre bonne ville. Mais il est vrai que je n'ai jamais eu l'occasion de mettre en doute le dévouement de Rhys.

Encouragé par l'appréciation du médecin, le shérif expliqua finalement comment son intervention avait eu lieu.

— Mon adjoint faisait sa ronde quand il s'est rendu compte qu'un homme suivait les Birmingham. Il est venu aussitôt me chercher. Mais en raison du brouillard, nous n'avons pas réussi à les retrouver tout de suite. Je suis alors descendu de la charrette et j'ai continué à pied pendant qu'il cherchait de son côté.

— Charlie a très probablement sauvé Jeffrey de la mort, observa le médecin. Sans sa vigilance, vous l'auriez retrouvé trop tard.

— Et Raelynn également, ajouta Rhys.

Devant la surprise du docteur Clarence, il poursuivit :

— L'agresseur a également tenté de la poignarder. Je lui ai

fait lâcher son arme en lui tirant une balle dans la main. Et Raelynn vient de nous expliquer qu'il en était à ce moment-là à sa seconde tentative. J'ignore si je l'ai sérieusement blessé, précisa-t-il en haussant les épaules, mais si c'est le cas, il risque de venir vous voir ou d'aller consulter un autre médecin. Soyez sur vos gardes.

— Je vais avertir mes collègues. Mais le gredin essaiera peut-être de se soigner seul.

Quand il eut achevé de bander soigneusement la tête de Jeff, le docteur Clarence conclut avec gravité :

— Je ne peux rien faire de plus. Il ne reste qu'à attendre qu'il reprenne conscience. Le coup a été sévère, et je pense qu'il souffre d'une commotion cérébrale. Fort heureusement, ce n'est pas une commotion majeure. Toutefois, il risque de rester comme ça un certain temps. Puis, quand il reviendra à lui, il aura l'impression que sa tête est sur le point d'éclater. Mais s'il se repose, ça passera... du moins, je l'espère. Faites en sorte qu'il reste alité, recommanda-t-il à Raelynn en brandissant un doigt pour souligner ses propos. Empêchez-le de courir après votre agresseur comme il l'a fait avec Fridrich, et même d'aller à Oakley. Si quelque chose arrivait, il serait trop loin pour que j'intervienne. Demandez à Elizabeth s'il peut rester ici. Donnez-lui beaucoup d'eau à boire. Si la douleur est intense, ajoutez un peu du laudanum que je vous laisse sur la table de nuit. Mais attention, seulement quelques gouttes à la fois.

— C'est entendu, docteur Clarence. Je vous suis très reconnaissante d'être venu si vite.

Raelynn s'avança vers la commode sur laquelle se trouvait son réticule.

— Si vous voulez bien attendre un instant. Je vais vous régler votre visite.

— Il n'en est pas question, mon enfant ! s'écria le médecin. Je verrai avec Jeffrey lorsqu'il sera remis sur pied. Jamais je ne me fais payer tant que je ne suis pas certain d'avoir pu être utile. Maintenant, je m'en vais. Ne vous dérangez pas.

Le shérif se leva.

— Charlie et moi-même allons vous raccompagner, docteur.

— Merci, Rhys. Je n'ai plus mes yeux de vingt ans. Et avec ce fichu brouillard...

Rhys suivit le docteur Clarence hors de la chambre. Avant de sortir à son tour, Farrell s'approcha de Raelynn.

— Jeffrey a besoin de vous. Restez ici demain. Même si vous allez me manquer, je préfère vous savoir auprès de lui.

— Merci, Farrell. Je me sentirai également mieux si je reste ici.

Raelynn se retourna afin de dissimuler les larmes qui lui montaient aux yeux.

— Même si j'allais travailler, ajouta-t-elle, la voix nouée par le chagrin, je serais incapable de me concentrer. J'espère qu'il n'a rien de grave.

— Allons, allons, Raelynn, ne pleurez pas, murmura Farrell, soucieux de la consoler. Jeffrey se remettra très vite.

Il posa affectueusement une main sur l'épaule de la jeune femme, tout en souhaitant ne pas se tromper. Il estimait la force de Jeff inébranlable, mais avait-il raison ? Son amitié brouillait-elle son jugement ?

— Je sais, par expérience, que Jeff ne se laisse pas facilement abattre. Il y a longtemps que je connais sa force d'âme. Ne vous en faites pas. Demain il se portera comme un charme.

Raelynn prit son mouchoir et essuya ses larmes.

— Je l'espère, dit Raelynn d'une voix sourde. S'il mourait, je ne pourrais lui survivre.

— Chassez ces idées de votre tête. Jeffrey n'est pas près de mourir. Et, pour l'heure, vous êtes son meilleur baume. Restez ici et prenez soin de lui.

Raelynn se tourna vers Farrell en laissant échapper un soupir tremblotant.

— Je regrette de n'avoir pas pu planter un couteau dans le derrière de notre agresseur ; je n'avais qu'une épingle à chapeau sous la main.

Farrell crut avoir mal compris et tenta vainement de se représenter la scène. Une jeune femme distinguée pouvait-elle vraiment réagir de la sorte ?

— Pardonnez-moi, Raelynn. J'ai dû mal entendre. Pourriez-vous répéter ce que vous venez de me dire ?

Devant son regard inquisiteur, Raelynn rougit.

— Oh ! Non. Oubliez cela, Farrell. Ce n'est qu'un détail.

— N'avez-vous pas dit que vous aviez planté une épingle à chapeau dans le derrière de votre agresseur ? insista-t-il, un sourire amusé aux coins des lèvres.

— Je vous en supplie, ne le répétez à personne.

Dans un éclat de rire, Farrell refusa cette requête.

— Oh, Raelynn ! Ce que j'apprends est trop divertissant pour que je le garde secret. Je vous félicite de votre présence d'esprit.

Farrell découvrait, ravi, que Raelynn était capable de venir en aide à son mari quand il était en danger, et il s'empressa d'exprimer son admiration.

— Je ne connais pas beaucoup de femmes qui auraient eu l'idée d'une revanche de la sorte... Mais ne vous inquiétez pas. Je ne le raconterai qu'à nos plus proches amis. Maintenant, si vous voulez bien m'excuser, je dois rejoindre le docteur Clarence avant qu'il ne s'en aille. Cette histoire va le réjouir. Il en rira encore en arrivant chez lui.

— On dirait que vous vous préparez à devenir notre prochain crieur public, observa Raelynn, l'air mutin.

— Mais certainement, madame, certainement, répondit Farrell, hilare.

La jeune femme eut envie de claquer la porte derrière le

couturier mais se retint en pensant à Jeffrey. Elle la ferma donc doucement, puis commença de se déshabiller. Sans trop savoir pourquoi, elle choisit de porter sa plus jolie chemise de nuit, celle qu'elle n'avait pas mise une seule fois depuis son départ d'Oakley. Etait-ce ridicule ? Elle se le demanda, soupira, puis éteignit lentement la lampe jusqu'à ce que la chambre fût plongée dans l'obscurité. Elle se glissa alors dans le lit.

Elle resta un bon moment allongée sur le dos, le regard levé vers le plafond, tandis qu'elle s'efforçait de résister à l'envie de se blottir contre son mari. Bientôt la tentation devint irrésistible et, se tournant sur le côté, elle se serra contre ce grand corps viril, un bras en travers de sa cuisse, comme elle en avait pris l'habitude auparavant. Un instant plus tard, sa main remonta le long de son bras, glissa sur son torse et vint caresser langoureusement un mamelon. La respiration de Jeff resta la même. Alors Raelynn s'enhardit et laissa sa main descendre au-delà du ventre plat et musclé.

Si elle avait espéré faire ainsi sortir Jeff de sa torpeur, elle s'aperçut vite de son erreur. Lui qui avait toujours réagi à ses caresses, même lorsqu'il était plongé dans le plus profond sommeil, restait cette fois-ci inerte. Son esprit demeurait visiblement hors d'atteinte, et cette constatation inquiéta Raelynn au plus haut point.

Submergée brusquement par les idées les plus noires, elle se mit à trembler d'anxiété. Elle redouta le pire : la mort de Jeff, un coma interminable, la démence... Ou encore...

— Assez ! murmura-t-elle, furieuse contre elle-même. Mon mari vivra ! Il doit vivre !

Elle était redevenue une enfant. Derrière elle, les grandes portes-fenêtres du bureau de son père étaient ouvertes, et tandis qu'elle jouait avec ses poupées sur le perron de marbre, profitant de l'ambiance sereine du jardin, les voix étouffées de ses parents lui parvenaient. Tout près, des oiseaux volaient entre les buissons et les arbres, hors de portée de Coquine, sa chatte, qui les suivait du regard avec intérêt.

Elle rassembla ses poupées et traversa le perron en trottinant, suivie de Coquine qui bondissait, ici et là, sur la première feuille ou le premier insecte qu'elle trouvait sur son passage. La petite allée qu'elle avait empruntée conduisait à un banc de pierre, dans un coin isolé du jardin, à l'ombre d'un arbre. Elle s'y hissa pour jouer et appela sa chatte, qu'elle voulait habiller d'une robe de poupée. Mais comme Coquine l'ignorait, elle redescendit du banc et se dirigea vers l'endroit où celle-ci avait disparu. Juste devant elle se dressa le portail de fer forgé qui délimitait la propriété familiale. Derrière, quelque chose l'attirait, une chose mystérieuse dont elle ne savait rien.

Le portail n'était pas fermé à clef. Il s'entrouvrit en grinçant de ses gonds dès qu'elle pressa son visage contre les barreaux de fer. Ravie, elle le franchit en riant et se retrouva dans un autre jardin. Un papillon multicolore vola tout près d'elle. Elle courut après lui, la main tendue, dans l'espoir de l'attraper. Il lui échappa d'abord en s'envolant très haut, puis en décrivant un arc de cercle à sa hauteur, mais à distance de sa petite main.

Une voix profonde et rieuse se fit entendre.

— Vous n'attraperez jamais un papillon de cette manière, petite demoiselle.

Elle se retourna et rencontra des yeux vert émeraude et un sourire qui l'enchantèrent. Fascinée par le jeune homme aux cheveux noirs, elle s'approcha de lui et renversa la tête afin de plonger ses yeux dans les siens. Comme le portail, il était si grand qu'il lui semblait toucher le ciel.

— Venez. Il faut rentrer avant que vos parents s'inquiètent de ne plus vous voir.

De ses bras puissants il l'installa sur ses épaules. Son

perchoir lui parut si haut qu'elle poussa un petit cri de frayeur et s'agrippa aux cheveux du jeune homme. Mais elle ne risquait rien. Il la ramenait chez elle en la tenant d'une main ferme.

Une pluie légère, une douce bruine, se mit à tomber, mouillant ses boucles et les cheveux noirs, mêlés à ses doigts.

Raelynn se réveilla en ayant vaguement conscience qu'une main s'était glissée sous sa chemise de nuit. Croyant d'abord rêver, elle sentit bientôt la main s'insinuer entre ses cuisses. Un soulagement de joie fit bondir son cœur tandis que l'on suscitait savamment l'ardeur de sa chair.

Dans l'obscurité, elle tourna sa tête sur l'oreiller.

— Jeffrey ?

— Oui, madame, répondit une voix familière, aux inflexions rauques. Je suis ici.

— Comment vous sentez-vous ?

— Excité.

— Je parlais de votre tête, dit-elle, rieuse.

— Pas moi.

A tâtons, Jeff chercha sa main, puis la posa sur sa chair tumescente.

— Je vois ce que vous voulez dire, ronronna-t-elle, les lèvres contre son cou. Je vous trouve... en pleine forme... très agréable... tout chaud...

— Vous l'êtes aussi, souffla Jeff en continuant à la caresser. Mais je vous préférerais moins habillée.

Raelynn s'empressa de s'asseoir et de retirer sa chemise de nuit, en se soulevant d'un côté, puis de l'autre. Ensuite, dès qu'elle l'eut passée par-dessus sa tête, elle la lança d'un grand geste au hasard, dans la mer d'obscurité où ils baignaient.

— C'est beaucoup mieux, murmura Jeff en la reprenant dans ses bras.

Elle glissa ses doigts dans ses cheveux pendant qu'il faisait courir ses lèvres sur sa gorge. Il entendit étouffer une exclamation quand sa bouche prit la pointe d'un sein. Puis il la sentit parcourue de frissons de la tête aux pieds tandis qu'il cédait goulûment à sa faim, comme s'il voulait épuiser tout le nectar de sa poitrine.

Quand il se souleva pour s'appuyer sur un coude, elle ne put s'empêcher de lui faire observer que le lit grinçait malencontreusement.

— La chambre d'Elizabeth est juste en dessous. Que va-t-elle penser si elle nous entend ?

— Elizabeth est veuve, mon amour, murmura Jeff contre ses lèvres. Elle peut comprendre les besoins d'un mari après une si longue abstinence.

Se laissant promptement convaincre, Raelynn prit l'initiative d'un baiser lent et provocant, comme une danse sexuelle. Mais quand elle voulut se glisser sur Jeff, le lit grinça de nouveau.

— Oh, non ! Demain, je n'oserai pas regarder Elizabeth en face. C'est certain qu'elle saura ce que nous avons fait ce soir.

Dans un soupir de frustration, Jeff laissa retomber sa tête sur l'oreiller. Avec les doubles-rideaux soigneusement tirés, l'obscurité était totale dans la chambre. L'expression de sa femme lui échappant, il se demanda soudain si Raelynn se préoccupait vraiment de l'opinion d'Elizabeth, ou si elle commençait à douter à son sujet.

— Voulez-vous que nous arrêtions, Raelynn ?

— Non ! Surtout pas ! Non ! Jamais !

Elle étendit sa jambe sur la hanche de Jeff et se cambra, offerte.

— J'ai envie de vous. Je veux être votre femme, votre maîtresse, votre partenaire pour la vie. Je veux vous sentir à l'intérieur de moi, ne faire qu'un avec vous, porter vos enfants, vous posséder comme vous me possédez, vous toucher autant que je le souhaite, vous sentir durcir entre mes mains. J'ai besoin de vous, Jeffrey. J'ai le plus grand besoin de vous.

Sa main glissée entre eux, elle prit fermement le sexe de son mari dans sa paume. Surpris par la douce brutalité de son geste, il retint un instant son souffle. Puis il sentit sa bouche attiser son désir, tandis qu'elle entreprenait de savants mouvements de séduction, avec tout l'art qu'il lui avait enseigné. Il faillit bientôt se laisser emporter par la fièvre qu'elle avait suscitée en se livrant à un tel corps-à-corps.

Il prit alors sa bouche pour un baiser rapace qui acheva d'enflammer leur étreinte. Sa main retrouva le cœur de sa féminité, tout offerte à son intrusion, toute prête à recueillir l'épanchement de ses ardeurs. Raelynn se cambra, tendit ses seins vers lui, le corps ondulant dans le tumulte engendré par ses caresses d'une lenteur provocante.

— Oh ! Vous m'avez tellement manqué, souffla-t-elle, incapable d'attendre plus longtemps de le sentir en elle.

Elle se souleva au-dessus de lui, le guida, puis se redressa et haleta, tandis qu'un plaisir inouï s'emparait d'elle. La tête renversée, baignant dans l'extase, elle s'immobilisa, avide de jouir pleinement de la merveilleuse sensation de ne faire plus qu'un avec lui. Les mains de Jeff caressaient son corps avec une lenteur envoûtante, mais rien n'était plus délectable que de le sentir bouger en elle : une sensation de moiteur brûlante la faisait vibrer de façon étrange.

— Vous me procurez des sensations plus délicieuses encore que dans mon souvenir, observa-t-elle d'une voix suave.

— Vous pouvez me chevaucher autant que vous le souhaitez, mon ange. Quel que soit le jour ou l'heure.

Raelynn prit les mains de Jeff, leur offrit ses seins, et frissonna de volupté quand il caressa les pointes durcies. Enfouissant bientôt son visage dans sa poitrine, il parut soudain se déchaîner quand il prit la douce chair dans sa bouche, comme un homme possédé par une faim insatiable. La jeune femme se mit à pétrir les épaules de son mari tandis qu'elle entamait un lent et voluptueux va-et-vient. Jeff ne tarda pas à imprimer à ses hanches un rythme plus rapide. Il l'entendit gémir quand la sève commença à se répandre, puis la sentit frissonner quand le plaisir extrême déferla.

Si elle fut vaguement consciente que le lit grinçait de plus belle, elle ne put rien arrêter. L'obscurité pétilla de myriades de points lumineux, scintillements de l'extase qui les propulsait très au-delà de la galaxie, dans un tout autre univers.

La réalité reprit ses droits, lentement, très lentement, bien après que l'émerveillement se fut dissipé. Ils restèrent longtemps allongés côte à côte, les doigts mêlés, la jambe de Jeff repliée sous les hanches de Raelynn, la tête de la jeune femme posée au creux de son épaule.

— Je vous aime, murmura-t-elle.

Jeffrey sembla se figer, comme s'il n'était pas certain d'avoir bien entendu.

— Et vous m'avez beaucoup, beaucoup manqué.

— Accepteriez-vous de revenir vivre avec moi à Oakley ?

— Oh, oui. Dès que vous serez remis.

— Je le suis, madame.

Se tournant sur le côté, Raelynn étendit le bras en travers du torse de son mari et se frotta le nez contre son cou musclé.

— Le docteur Clarence a dit que l'on ne devait pas vous transporter tout de suite.

— Je n'ai pas besoin d'assistance pour retourner à Oakley, protesta Jeff.

— Nous n'en resterons pas moins ici tant que je n'aurai pas l'assurance que vous ne souffrez d'aucune suite de cette agression.

— C'est ce fichu lampadaire qui m'a agressé, répliqua Jeff.

— De toute façon, rétorqua Raelynn, je vous considère

maintenant comme mon prisonnier, cher mari. Et je vous demanderai de combler mes désirs jusqu'à ce que vous ne puissiez même plus remuer... le petit doigt.

Dans l'obscurité ambiante, Jeff sourit. Lui que l'on avait toujours considéré comme un homme de fer ne demandait plus qu'à se plier aux exigences présentes et futures de sa femme.

— Nous pourrons rester ici un jour ou deux. Je ne pense pas que ce pauvre lit résiste plus longtemps. Elizabeth devra même en racheter un quand nous partirons.

Raelynn nicha sa tête sous son bras.

— Et moi qui craignais que vous ne soyez indécis...

Le silence s'installa dans la chambre obscure, et, comme il se prolongeait, les paupières de la jeune femme se fermèrent.

— Raelynn ?

Tout endormie, elle se blottit contre son mari.

— Oui, Jeffrey ?

— Moi aussi, je vous aime.

Pendant un long moment, Jeff attendit une réaction. Quand finalement il entendit un reniflement d'une femme en pleurs, il se souleva, toucha la joue de Raelynn et fut stupéfait de sentir couler des larmes.

— Vous pleurez, madame ?

— Oui, avoua-t-elle, la gorge serrée.

— Mais pour quelle raison ?

— Parce que je suis heureuse.

Jeff se laissa tomber sur le lit, perplexe. Parviendrait-il un jour à connaître suffisamment la ravissante créature qu'il avait épousée pour distinguer enfin chez elle l'expression de la joie et celle de la peine ?

Deux jours plus tard, un samedi matin, Raelynn se trouvait dans la cuisine, en compagnie de son hôtesse.

— Oh, Elizabeth ! Je suis si heureuse pour vous !

Raelynn se sentait particulièrement honorée d'être la première à apprendre le prochain mariage de la beauté brune et de Farrell Ives. Elizabeth lui était devenue une amie aussi chère que sa belle-sœur, Heather, et ce témoignage de complicité lui allait droit au cœur.

— Vous avez fixé une date ?

— Non. Pas encore. Il faut d'abord que j'en parle à mon fils. Il aime beaucoup Farrell, mais personne ne peut prévoir la réaction d'un enfant lorsqu'il apprend que sa mère va se remarier, surtout s'il n'a que quatre ans. J'espère néanmoins que ce mariage aura lieu rapidement. Nous avons vécu assez longtemps séparés. Il est temps de rattraper les années perdues.

Elizabeth était d'autant plus convaincue de la justesse de ses propos qu'elle avait été plusieurs fois éveillée par les grincements du lit de sa pensionnaire. Sentant se réveiller en elle des désirs inassouvis, elle s'était demandé quel était le moyen le plus décent d'en parler à Farrell. Depuis qu'il lui avait proposé de fixer elle-même la date de leur mariage, il n'était plus revenu sur le sujet et ne lui avait fait aucune autre suggestion quant à leur intimité. Sans doute était-il plus simple de ne rien planifier en dehors d'une union officielle.

— Nous voulons une cérémonie discrète, juste avec nos proches amis, expliqua-t-elle. Farrell a pour Jeffrey la plus grande estime et souhaite qu'il soit son témoin. Et moi, j'aimerais que vous jouiez ce rôle pour moi, Raelynn.

— Oh, avec le plus grand plaisir !

Raelynn commençait-elle à connaître Elizabeth aussi bien qu'elle-même ? Elle avait le sentiment que son amie eût aimé se marier sans plus attendre et, comme il était peu probable que Jake fût difficile à convaincre, elle n'eut qu'une envie : lui parler franchement, même au risque de se montrer trop directe.

Elle se mordit les lèvres, hésita un instant, puis se décida, convaincue par le regard rêveur d'Elizabeth.

— Tenez-vous vraiment à perdre encore du temps en préparant ce mariage, alors que vous pourriez vous unir ce soir même ?

Elizabeth se laissa tomber sur une chaise en soupirant.

— Dieu ! Comment pourrais-je annoncer à Farrell que je veux me marier sur-le-champ ?

— Ne croyez-vous pas qu'il n'attende que cela, lui aussi ? Je sais comment il vous regarde. On a l'impression qu'il va vous dévorer à distance. Si vous le voulez, quand Jeffrey se réveillera, je peux lui demander de pousser Farrell à accélérer les choses.

— Jeffrey a-t-il moins de maux de tête ?

— Le laudanum le soulage en le faisant dormir. Mais il faut que je le mette dans sa nourriture. Autrement il refuserait de le prendre, avec un entêtement de taureau. Ce matin, il avait tellement mal, qu'il a à peine touché à son petit déjeuner. J'avais mis les gouttes dans ses œufs, et je l'ai menacé de dormir sur le canapé s'il ne mangeait pas. Ne lui en voulez pas si jamais il se plaint de votre cuisine... J'espère que nous rentrerons demain, mais nous devons être sûrs qu'il supportera le trajet.

— Vous allez me manquer.

Raelynn gratifia Elizabeth d'un sourire malicieux.

— Pas si Farrell est dans votre lit.

La main sur la bouche, Elizabeth étouffa un éclat de rire. Du coin de l'œil, elle jeta un regard pétillant à son amie et fit mine de lui donner un coup de torchon.

— Comment pouvez-vous dire des choses pareilles ? Vous devriez avoir honte.

— Je suis peut-être mariée, Elizabeth, mais pas pour autant aveugle, expliqua Raelynn, portée par la joie d'avoir retrouvé Jeff. Et je trouve Farrell tout aussi beau que mon Jeffrey.

Approuvant les propos de son amie, Elizabeth se souvint à cet instant-là d'un incident, encore capable de la faire rougir. Mais elle se sentait si libre avec Raelynn qu'elle avait le sentiment de pouvoir tout lui confier sans encourir de condamnation.

— Moi aussi, je le trouve beau. Je me le suis souvent dit, mais je ne voulais pas trahir mon admiration, comme ces fofolles qui ne viennent à la boutique que pour le regarder, bouche bée. Cela m'est tout de même arrivé, je dois dire, il y a environ six mois, quand je suis venue mettre un peu d'ordre chez lui. Je le croyais occupé à traiter une affaire avec un marchand de tissus. La porte de sa salle de bains était ouverte, et je suis entrée sans me méfier. Il sortait au même moment de son bain pour prendre une serviette. J'étais tellement abasourdie que je me suis figée, le regard fixé sur lui, la bouche ouverte.

« La nature n'avait pas généreusement doté mon mari, confessa-t-elle encore, en achevant de s'empourprer, mais je n'avais connu que lui, et j'ignorais... qu'un homme pouvait être beaucoup plus... avantagé. Quand j'ai retrouvé mon souffle, je me suis aussitôt enfuie. Plus tard, j'ai rassemblé tout mon courage, et j'ai demandé à Farrell de m'excuser. Il a eu la courtoisie de s'accuser de négligence : il savait que je venais faire le ménage, et il avait oublié de me prévenir de sa présence. Mais il m'a donné l'impression que l'incident était sans aucune importance. Moi, je ne l'ai jamais oublié.

— Eh bien ! Voilà encore une bonne raison pour vous marier au plus vite. Sinon vous risquez de vous retrouver dans le même lit avant la cérémonie. Et gare aux commérages si cela s'apprend !

— Maman ! Maman !

Le petit Jake entra en courant dans la cuisine où les

femmes, avant d'échanger des confidences, avaient préparé un gâteau.

— Devant la grille, y a un homme qui a l'air méchant !

Redoutant une nouvelle agression, les deux amies échangèrent un regard inquiet. Elizabeth se leva d'un bond pendant que Raelynn soulevait le bas de ses jupes et se précipitait vers les fenêtres de devant.

— Gustav Fridrich !

L'Allemand s'apprêtait à entrer, un bouquet de fleurs à la main.

— J'ai l'impression, observa Elizabeth d'une voix tendue, que M. Fridrich vient faire sa cour.

Elle fit signe à son fils de s'approcher et lui donna ses instructions.

— Monte demander à Tizzy de courir chercher M. Farrell. Et qu'elle se dépêche !

— Oui, maman, acquiesça aussitôt l'enfant en traversant le salon comme une flèche.

Une main tremblante sur la gorge, Raelynn regarda Fridrich ouvrir le portail, pénétrer dans le jardin, puis refermer la grille derrière lui.

— Qu'allons-nous faire ? Il arrive.

Tout aussi tremblante que son amie, Elizabeth lui prit le bras.

— Il y a le pistolet d'Emory au premier étage, annonça-t-elle, la voix à demi étouffée. Je vais essayer de le tenir à distance en attendant l'arrivée de Farrell.

— Vous vous sentez capable de tirer sur quelqu'un ?

— Je n'ai jamais eu à le faire, avoua Elizabeth en tentant de garder son calme.

— Allez le chercher, dit Raelynn, sur le point de claquer des dents. Sachant ce que cet individu peut faire si on ne le retient pas, je crois que je pourrais moi-même me servir de cette arme.

Fridrich avait atteint la véranda lorsque Elizabeth redescendit avec le pistolet. Elle le donna à Raelynn qui le regarda, perplexe.

— Comment peut-on savoir s'il est chargé ?

Constatant l'inexpérience totale de son amie, Elizabeth lui reprit l'arme.

— Au moins, ça, je sais : je viens de le charger. Cachez-vous derrière la porte. S'il ne vous voit pas, et si j'arrive à le décourager, il nous laissera peut-être tranquilles.

Avant de frapper, Fridrich coinça le bouquet sous son bras invalide ; il retira son couvre-chef, le posa sur une chaise de la véranda, puis reprit les fleurs dans sa main.

Elizabeth ne lui ouvrit qu'après avoir caché prudemment le pistolet dans son dos. S'efforçant de sourire, elle rencontra le regard de son visiteur : un regard d'un bleu de glace qui la fit frissonner.

— Monsieur Fridrich, je présume ? dit-elle d'une voix inhabituelle.

Désignant le bouquet, elle s'éclaircit la gorge avant de demander :

— Pour qui sont ces fleurs ?

— Je viens présenter mes respects à *Frau* Birmingham, déclara solennellement Fridrich.

— Est-ce qu'elle vous attend ?

— Je veux lui parler, insista l'Allemand, le menton relevé, le regard agressif. Allez me la chercher.

— Je doute que Mme Birmingham ait envie de vous voir.

Elizabeth songea que si elle parvenait à maîtriser ses tremblements, elle avait peut-être une chance de s'en sortir sans trahir sa frayeur.

— Vous semblez oublier, poursuivit-elle courageusement, que vous avez un jour osé l'enlever à son mari. Qui nous dit que vous ne cherchez pas à la piéger de nouveau ?

Si elle avait remarqué que le regard de Fridrich s'était

progressivement durci, Elizabeth n'en fut pas moins surprise par le hurlement qui résonna soudain dans son entrée, la faisant sursauter.

— Allez chercher *Frau* Birmingham avant que je perde patience, espèce d'idiote ! Allez la chercher immédiatement !

Devant une telle fureur, Elizabeth recula précipitamment et se heurta à Raelynn, qui sortait de sa cachette. Le choc la fit vaciller en avant. Réussissant à se redresser et à retrouver sa détermination, elle s'apprêta finalement à répondre mais se trouva sans voix. Se raclant aussitôt la gorge, elle fit un nouvel essai et parvint à déclarer :

— Monsieur, je ne permets à personne de crier de cette façon chez moi. Ou vous vous calmez, ou je vous fais immédiatement sortir.

L'Allemand ricana dédaigneusement.

— Me faire sortir ? Mais qui s'en chargera ? L'homme de la maison ?

— C'est fort possible ! tonna une voix masculine.

Arrivant à grands pas, Farrell dressa son imposante silhouette dans l'encadrement de la porte et toisa l'intrus, les poings sur les hanches. Bien qu'il n'eût participé à aucun tournoi de boxe depuis plus de six ans, Farrell avait gardé la forme en affrontant des amis. Si la situation se gâtait, il se savait donc capable de jeter à la rue cet arrogant personnage.

— Que cherchez-vous, cette fois-ci, Fridrich ?

En entendant l'étranger hurler sous le nez de sa mère, le petit Jake s'était réfugié derrière une chaise en tremblant. Désormais rassuré par la présence de Farrell, il quitta sa cachette et vint tout bonnement lancer un coup de pied dans le mollet de Fridrich.

— Allez-vous-en ! On ne vous aime pas !

— Sale morveux ! riposta Fridrich. Je vais te couper en petits morceaux et je te jeter aux requins.

L'enfant fit un bond en arrière, les yeux ronds. Farrell posa une main rassurante sur son épaule, l'attira vers lui et lui sourit en ébouriffant gentiment ses cheveux.

— Ne t'inquiète pas. Je suis ici.

Le petit se retourna vers lui et s'agrippa à sa jambe.

Au premier étage, Jeff avait été réveillé par les éclats de voix. Bien qu'ignorant ce qui se passait exactement, il avait aussitôt enfilé son pantalon pour sortir sur le palier, sans chemise ni chaussures. Il y découvrit Tizzy, trépignant de frayeur.

— Que se passe-t-il ?

— C'est missié F'id'ich, chuchota-t-elle en montrant l'entrée. Il est tout endimanché, comme pou'veni'voi' une dame. Je c'ois bien qu'il voud'ait fai'e la cou' à Mme 'aelynn.

— Oh ! Vraiment ?

En dépit de son mal de tête et sans se soucier de sa tenue, Jeffrey s'apprêtait à régler son compte à l'Allemand. La rage le tenait, et il comprenait maintenant ce que Brandon avait dû éprouver le jour où, peu de temps après la naissance de Beau, il avait failli réduire en miettes l'homme qui s'était permis d'embrasser Heather.

Raelynn l'attrapa par le bras lorsqu'elle le vit se diriger vers le perron.

— Je vous en prie, Jeffrey. Laissez faire Farrell. Vous n'êtes pas en mesure de vous colleter avec Fridrich.

Il lui sourit, lui prit la main et la porta à ses lèvres, les yeux plongés dans les siens.

— N'ayez crainte, madame. Je serai prudent.

A proximité de la porte, Elizabeth recula pour le laisser passer. L'apercevant du coin de l'œil, Farrell s'interposa entre lui et Fridrich, peu décidé à laisser intervenir un homme qui sortait d'une commotion cérébrale et qui, en outre, était sans chaussures.

— Ah ! Je constate que ce brave shérif n'a pas encore fait son travail, railla Gustav Fridrich, à l'adresse de Jeff. Personne n'avait plus de raisons que vous de tuer Nell, *Herr* Birmingham. Et tout le monde sait qu'elle est morte dans vos écuries. Mais vous voilà, toujours aussi libre que le vent ! Ça sert à quelque chose d'être un ami du shérif Townsend, pas vrai ? *Ja* ! *Ja* !

— Et moi, je constate que vous prétendez encore me prendre ma femme, *Herr* Fridrich. Que doit-on faire pour vous convaincre que Raelynn m'appartient ?

Fridrich ricana, l'air hautain, mais non sans détailler la haute silhouette à demi nue de son ennemi. Birmingham ne se contentait pas d'être plus jeune et plus grand, il était aussi plus musclé et nullement affligé d'une panse comme celle qu'il traînait désespérément depuis l'âge de trente ans.

— Votre femme ne tardera pas à être veuve, *Herr* Birmingham. On va vous pendre pour l'assassinat de Nell.

Jeff faillit éclater de rire.

— Ah ! Vraiment ? Si j'étais vous, je ne retiendrais pas mon souffle en attendant que cela arrive, Fridrich. Vous risquez d'aller en enfer avant l'heure.

— C'est vous qui irez en enfer, *Herr* Birmingham ! Moi, je n'ai tué personne.

— Non. Vous ne voudriez pas avoir du sang sur vos mains grasses et moites. Vous chargez vos sbires de faire les sales besognes à votre place. J'ai entendu dire que vous aviez proposé mille dollars à Hyde et Frye pour vous débarrasser de moi. Ce serait intéressant de savoir lequel des deux a tué Nell, précisément dans ce but. Il se peut aussi que vous soyez responsable de l'agression dont nous avons été victimes, l'autre soir. Ne soyez pas surpris si le shérif Townsend vous pose quelques questions à ce sujet. Je serais moi-même curieux d'entendre ce que vous avez à dire.

A l'idée de revoir le shérif inspecter son entrepôt, l'Allemand explosa de rage.

— Je n'ai rien fait ! hurla-t-il.

— Vous en avez trop fait, au contraire, rétorqua Jeff. Y compris effrayer des femmes et un enfant. A mes yeux, cela justifie amplement que je vous renvoie d'où vous venez.

— Je suis venu faire la cour à Raelynn, c'est tout.

— Elle est mariée ! explosa Jeff. Elle est mon épouse ! Maintenant, décampez avant que je vous traîne sur le derrière jusqu'au portail.

— Je sais être patient quand il le faut, *Herr* Birmingham, riposta Fridrich, la moue dédaigneuse. J'attendrai votre mort pour reprendre Raelynn. Croyez-moi. Comme on dit, je vous passerai sur le corps s'il le faut.

Il jeta les fleurs d'un air méprisant aux pieds de Jeff avant de remettre son haut-de-forme d'un geste nerveux. Pivotant sur ses talons, il quitta alors la véranda. Sans avoir pris la peine de refermer le portail derrière lui, il héla le cocher qui l'attendait dans la rue et, avant de s'installer dans la voiture, brandit son poing à l'intention de Jeff. Il disparut ensuite en regardant droit devant lui.

— Je suis heureuse que l'incident soit clos, avoua Elizabeth avec un soupir de soulagement, laissant retomber sa main encore crispée sur le pistolet. Alors que les deux hommes rentraient, Farrell remarqua l'arme et la retira lentement à Elizabeth.

— Vous n'aurez désormais plus besoin de défendre ainsi votre maison, madame. Si vous n'y voyez pas d'inconvénient, je vais de ce pas chercher un prêtre afin de régler une fois pour toutes la question de notre mariage.

La jeune femme poussa un cri de joie et se jeta au cou de Farrell. Dans son enthousiasme, elle faillit lui couper la respiration, et l'on entendit un petit rire étouffé monter de la gorge du couturier.

— Grands dieux, madame ! Laissez-moi respirer.

— Oh, pardonnez-moi... murmura Elizabeth.

Rougissante d'embarras, elle recula. Mais, incapable de

résister davantage, elle se hissa sur la pointe des pieds et effleura les lèvres du couturier. Puis, décontenancée par sa propre témérité, elle allait faire un pas de côté quand Farrell la retint et prit sa bouche. Depuis qu'il l'avait demandée en mariage, il avait évité de l'embrasser, sachant pertinemment qu'il lui serait difficile de s'en tenir là. Cependant, jamais il n'aurait imaginé tout le tumulte intérieur provoqué par ce premier baiser, qui trahissait une fougue si longtemps retenue.

Tandis que Raelynn venait se blottir dans ses bras, Jeff regarda le couple en riant, et il aurait cédé à la tentation de les imiter s'il n'avait pas déjà remarqué l'effarement de Tizzy. Il ne tenait pas à embarrasser plus encore la jeune servante.

— Dois-je comprendre que j'ai votre agrément ? demanda Farrell à sa fiancée en l'entraînant à l'écart.

— Oh, oui, Farrell ! Oui !

— Dans ce cas, je ne vais pas m'attarder, annonça-t-il avec un sourire triomphant. Relevant le menton d'Elizabeth, il ajouta doucement :

— Mettez votre plus belle robe, mon amour, et préparez ce dont vous aurez besoin pour la nuit. Raelynn et Tizzy accepteront sans doute de garder Jake jusqu'à demain matin. Maintenant, j'y vais. Et je serai très vite de retour.

— Mais où allons-nous passer la nuit ?

— Chez moi, madame. Bien entendu.

Avant de sortir, Farrell s'arrêta près de Jeff.

— Si tu veux être mon témoin, je te conseille de t'habiller un peu plus, mon cher Jeffrey. C'est la première fois que je me marie, je manque d'habitude, mais je crois néanmoins qu'un simple pantalon n'est pas vraiment une tenue de circonstance.

Soudain, Jeffrey se rendit compte que ses maux de tête s'étaient envolés.

— Je vais voir ce que je peux faire, bel ami. Tu aurais peut-être une chemise propre à me prêter ?

Raelynn glissa son bras sous celui de son mari.

— Ne vous inquiétez pas. La vôtre est dans la chambre, lavée et repassée par Tizzy.

— Je ressens un léger vertige, annonça Jeff avec un sourire qui creusa ses charmantes fossettes. J'aurais besoin, il me semble, que l'on m'aide à remonter à l'étage et à m'habiller.

La tête sur son épaule, Raelynn leva vers lui un regard brillant.

— Je peux vous prêter assistance si cela s'avère nécessaire. Moi-même, je dois me préparer. Nous le ferons ensemble.

— Vous au'ez besoin de moi, madame 'aelynn ? demanda la jeune servante.

— Pour me coiffer, oui, Tizzy. Mais commencez par aider la mariée si elle le souhaite. Je suis sûre qu'elle serait ravie d'avoir une charmante coiffure pour la cérémonie.

Raelynn se tourna vers Elizabeth, qui acquiesça aussitôt.

— Vous voyez, Tizzy, vous êtes très demandée, dans cette maison. Occupez-vous de mon amie, je vous appellerai le moment venu.

Raelynn regagna le premier étage au bras de son mari. La porte de la chambre à peine fermée, Jeff la prit dans ses bras et l'embrassa, longuement, ardemment, la laissant un peu étourdie quand il abandonna ses lèvres.

— Vous ne pouvez pas savoir à quel point notre séparation m'a paru longue, madame, murmura-t-il. Chaque jour, j'avais envie de courir vous retrouver et vous supplier de revenir. Mais je craignais que vous me repoussiez, comme vous l'avez fait chez Pete le Rouge, au cours de la nuit.

— Oh, Jeffrey ! Il ne s'est pas passé un seul soir que je ne m'endorme dans les larmes en me demandant ce qui nous arrivait. Vous sembliez tellement contrarié par les doutes que j'entretenais à votre égard. Je peux le comprendre, bien sûr, mais j'étais en pleine confusion. D'un côté, je redoutais un divorce, de l'autre, je restais hantée par l'idée que vous n'étiez peut-être pas aussi noble que vous le paraissiez... Aujourd'hui, je me dis que si vous aviez été capable de ce crime odieux, vous ne m'auriez jamais inspiré un amour sincère, si profond.

— J'aurais dû me montrer plus patient avec vous. Vous aviez subi un tel choc !

— Tout cela est fini, maintenant.

Tandis que Jeff reprenait sa bouche, Raelynn glissa ses bras autour de son cou, se hissa sur la pointe des pieds et se serra étroitement contre lui. Partageant avec lui un désir évident, elle pressa ses seins aux pointes durcies contre son torse.

— Nous ferions mieux de nous habiller, mon amour, murmura Jeff. Je connais Farrell. Il ne tardera pas à revenir, et si nous continuons ainsi, je vais faire grincer ce vieux lit comme jamais.

En dépit du petit grognement de frustration qui lui échappa, Raelynn se détacha de son mari et défit sa robe. L'attirant vers lui, Jeff glissa une main sous sa chemise, prit son sein en titillant la pointe rose. Elle l'interrogea du regard en souriant, toute prête à poursuivre cet intermède, mais, quand elle se pressa de nouveau, il soupira.

— Assez, fit-il d'une voix aux inflexions rauques. Si l'on ne se dépêche pas, Farrell va bientôt tambouriner à la porte.

Bien qu'il mourût d'envie de prendre un bon bain chaud, Jeff dut admettre qu'il n'avait que le temps de se rafraîchir dans le baquet. Ce qui ne lui permettait ni de détendre ses muscles qui restaient douloureux depuis sa confrontation avec l'homme cagoulé, ni de partager un moment de plaisir avec sa femme. Au cours de leur séparation, il l'avait revue souvent assise entre ses jambes, dans la baignoire. Hanté par cette vision, il avait retenu une envie folle d'aller se jeter à ses pieds. Quel soulagement de se dire qu'il y aurait d'autres bains de la sorte dans l'avenir !

Pendant qu'il commençait à faire sa toilette, Raelynn disposa les vêtements de son mari sur le lit. Elle s'installa ensuite sur un tabouret pour mettre ses bas. Soudain, elle leva les yeux et découvrit Jeffrey nu devant le miroir, prêt à se raser. Elle fixa sur lui un regard si intense qu'il se retourna vers elle.

— Seriez-vous obsédée par certaines parties de mon corps, madame ? plaisanta-t-il. Si vous continuez à me fixer de cette manière, je ne pourrai jamais boutonner mon pantalon.

— Jeffrey, si vous vous compariez à d'autres hommes, que diriez-vous ?

— D'où vous vient ce genre d'idée ?

— Simple curiosité, répondit-elle.

Elle lui sourit, puis leva la jambe afin d'ajuster son bas sur sa cuisse. Etant donné les conversations sans fard qu'ils avaient eues parfois après l'amour, elle ne se sentait nullement gênée de parler avec lui de ses attributs masculins.

— Alors ? Vous me répondez ?

Son insistance le fit rire.

— Sachez, madame, que je n'ai pas pour habitude de me comparer aux autres. Si c'est de mensurations que vous voulez parler, je ne m'intéresse guère à ce genre de chose.

Penché vers le petit miroir rond, Jeff passa la lame du rasoir sur ses joues et coupa les pattes qui avaient eu le temps de s'allonger depuis qu'il était dans cette chambre. Quand il se fut rincé le visage, il s'essuya à l'aide d'un linge humide et chaud, puis regarda Raelynn.

Elle offrait un tableau qui réjouissait Jeff. Le dos bien droit, assise sur la pointe des fesses, les genoux repliés sous son menton, elle n'avait cependant rien de guindé avec sa petite chemise qui cachait mal ses seins ronds dont les pointes semblaient prêtes à traverser le fin linon.

— Si Fridrich vous voyait, mon amour, il se jetterait sur la première épée à portée de main et tenterait de se débarrasser de moi définitivement.

— Oh, non ! Ne parlez pas de ce gredin ! Je le hais.

Sentant qu'il réagissait au regard insistant de Raelynn, Jeff fit une suggestion :

— Auriez-vous envie de batifoler un peu avec votre mari ? Si c'est le cas, je trouverai bien une excuse à notre retard.

Raelynn imagina sans difficulté les regards curieux qui les accueilleraient au rez-de-chaussée.

— Le lit fait trop de bruit, Jeffrey...

— Bien. Alors je vais vous emmener à la maison, où le lit ne grince pas, madame. Et je vous garderai jusqu'à ce vous me suppliiez de vous laisser partir.

— Promis ? demanda Raelynn, radieuse.

— Vous avez ma parole, madame.

21

Gustav Fridrich marchait sans prêter la moindre attention aux passants stupides pour encombrer le trottoir. Bien qu'il eût le visage cramoisi et la respiration laborieuse, il n'envisagea pas un seul instant de ralentir le pas. C'eût été à ses yeux le signe d'une faiblesse qui lui inspirait autant d'aversion que le monde qui l'environnait.

Avec un rictus de dérision, il observa la façon dont flânaient certains couples, élégamment vêtus. Comme s'ils n'avaient strictement rien à faire, bougonna-t-il intérieurement avec mépris. Les crétins ! Les pauvres et répugnants crétins !

Selon lui, Charleston n'était qu'un cloaque où l'on se laissait aller, où l'on ne songeait qu'à se distraire, et qui ne méritait que son dédain. En dépit de la fortune qu'il avait acquise ici grâce à divers trafics de contrebande et quelques affaires qui lui donnaient pignon sur rue, il détestait les gens de Charleston et de ses environs. Toute cette populace ne s'intéressait qu'aux plaisirs simples de la vie, privilégiait la convivialité, et oubliait de s'acharner au travail et d'amasser de l'argent. Le shérif le répugnait particulièrement. Sans ce Rhys Townsend, il aurait pu garder Raelynn. La tenir sous sa coupe eût soulagé à merveille la blessure de son bras. Jamais il n'avait eu une femme comme elle, si différente de ces catins qui s'allongeaient avec le premier venu pour une pièce ou deux. Celles dont il s'était servi depuis qu'il avait le bras en écharpe ne lui avaient procuré que honte et frustration. Elles avaient déguerpi les unes après les autres, apeurées par ses propos cinglants et ses rugissements de fureur.

Il se consolait en se disant qu'avec Raelynn tout serait différent. L'imaginer dans son lit suffisait à le sortir de l'apathie où l'avaient laissé toutes ces prostituées, en dépit de leur savoir-faire. D'une merveilleuse beauté, bien éduquée, élégante et suffisamment jeune pour être encore malléable, Raelynn lui apparaissait comme un morceau de choix.

Mais, pour l'instant, la convoitise qu'elle lui inspirait ne lui avait valu qu'un insupportable handicap qui lui enlevait l'envie de se regarder dans un miroir. A sa corpulence, qui ne cessait d'augmenter d'un mois à l'autre, s'ajoutait ce bras mort, aussi mort que ce qu'il avait dans le pantalon, qui lui rappelait constamment la haine qu'il entretenait à l'égard de Jeffrey Birmingham. Et, pour comble d'infortune, le shérif n'avait pas encore jugé bon d'arrêter l'assassin de Nell.

Tout en ressassant son amertume, Gustav prit brusquement un raccourci pour rejoindre la voiture qui l'attendait. Sans prêter attention aux deux marins qui, après avoir échangé un hochement de tête, se mirent à le suivre dans la venelle, il foula les pavés d'un pas furieux, absorbé par sa haine et ses pensées rageuses.

Soudain, on l'attrapa par le bras, et on le plaqua face au mur avec une violence qui faillit lui casser le nez. Dès qu'il tenta de regarder derrière lui, une main puissante s'écrasa sur sa nuque.

— Eh ! gronda-t-il. Qu'est-ce que ça veut dire ?

Il y eut un ricanement, puis, dans un souffle fétide, une voix rauque lança :

— Tu sors ta bourse ou je te tranche la gorge.

A l'appui de sa menace, le marin mit un couteau sur le cou de sa victime et appuya suffisamment la lame pour faire couler un filet de sang.

Peu disposé à perdre son temps, l'autre s'accroupit devant

l'Allemand et commença de lui faire les poches. Déçu, il fouilla le manteau, découvrit un renflement autour de la taille et sortit à son tour son couteau. En un clin d'œil, il coupa les bretelles de Fridrich et tira sur son pantalon. Ce dernier se retrouva en caleçon, démuni de sa ceinture bourrée d'argent que le marin jeta sur son épaule.

— Ça nous fera un hiver ou deux, annonça-t-il joyeusement à son compère en lui tapant sur l'épaule.

— Et lui, qu'est-ce qu'on en fait ?

— Tu lui tranches le gosier, pardi !

Habitué comme il l'était à infliger aux autres la peur, la douleur ou la mort, Fridrich se voyait brusquement condamné au rôle de victime par deux matelots de bas étage, bien capables de lui faire la peau. Le cœur battant à se rompre, il haletait, indifférent tout à coup à l'argent qu'on lui volait, en dépit de sa rapacité ordinaire. C'était sa vie qu'il voyait défiler devant lui : les hommes qu'il avait ruinés, ceux qu'il avait fait assassiner, les femmes qu'il avait avilies, les vieux qu'il avait escroqués en les réduisant à la mendicité, les enfants qu'il avait écartés de son chemin d'un coup de pied, les mendiants qu'il avait envoyés promener d'un revers de la main. Quelques-unes de ses victimes lui avaient servi à acquérir sa fortune et son pouvoir, d'autres n'avaient été que des êtres jugés inutiles, qu'il avait piétinés sans aucun scrupule après avoir assis sa puissance. Maintenant, alors qu'il se trouvait dans cette bien mauvaise posture, au bord du précipice qui sépare la vie de la mort, les visages de ses victimes revenaient le hanter. Et, au premier plan, il y avait celui de Nell. N'avait-il pas promis mille dollars pour qu'on le débarrassât de l'obstacle que représentait Jeffrey Birmingham entre Raelynn et lui ? Et où cela avait-il conduit, sinon à la mort d'une jeune mère ?

Ce n'est pas ma faute, criait son visage au juge en robe noire et à la tête de squelette qui se dressait au-dessus de lui.

Mais le marteau tomba et avec lui la sentence : « Coupable. Sur toute la ligne. La mort est ta punition. »

Gustav, qui n'avait pas prié depuis l'âge de six ans, tentait de raviver ses souvenirs quand il entendit le mathurin, prêt à lui trancher la gorge, pousser un grognement. L'autre leva son bras, le couteau à la main, mais eut le souffle coupé aussitôt : une longue lame venait de lui percer les tripes. Il s'écroula lentement, tandis que l'arme ensanglantée tombait par terre.

— Vous pouvez remonter votre pantalon, monsieur Fridrich, annonça une voix familière. Ces deux-là ne peuvent plus vous faire de mal.

— Olney ? s'étonna Gustav qui s'ingénia aussitôt à se rhabiller au plus vite.

— Ouais ! C'est bien moi.

L'Allemand remit sa ceinture et se reboutonna, en faisant peser un regard noir sur le petit voyou qui venait pourtant de lui sauver la vie.

— Où étais-tu passé ? Il y a des semaines que je t'attends.

— Fallait que je sauve ma peau. J'étais blessé au bras, et j'ai attendu que ça guérisse avant de me montrer. J'ai eu le shérif et les hommes de Birmingham sur les talons, et j'ai bien failli me retrouver dans la tombe. Pas moyen de se reposer quelque part, de prendre un bain, ou de coucher avec une femme depuis un mois. J'ai pas rigolé, c'est sûr. J'en ai ma claque, de courir comme ça à travers les bois et les marais ; j'ai décidé d'aller me cacher dans ce bordel où j'ai trouvé le vieux Cooper la dernière fois que je l'ai vu. Oui, monsieur, je vais voir ce qu'elles valent, les cocottes. J'y allais justement quand je vous ai vus, vous et vos deux copains, tourner dans la ruelle. Mais dites-moi, ajouta Olney, qu'est-ce qu'on a fait de Birmingham ? On l'a arrêté ?

— Non ! Ce crétin de shérif refuse de le faire. Tu as tué Nell pour rien.

Olney eut un rire sarcastique.

— Mais je l'ai pas tuée, cette fille ! C'est Birmingham l'assassin. Je l'ai vu faire.

— Tu mens, Olney. Tu l'avais emmenée là-bas en te promettant de mettre Birmingham dans l'embarras. Et puis j'ai appris qu'elle était morte. Pourquoi aurait-il pris la peine de la tuer, quand il avait une si belle femme ?

Olney haussa les épaules.

— Nell était allée le menacer de montrer à tout le monde que le gosse lui ressemblait. Que c'était bien lui qui l'avait engrossée. Peut-être qu'après ça, il est devenu fou de rage. Je pense qu'il ne voulait pas avoir honte devant ses amis. Y a des hommes comme ça. Ils pensent plus à leur réputation qu'à respecter les gens et la loi, et Birmingham n'est pas comme nous deux, hein, monsieur Fridrich ? Nous, la loi, on connaît pas, de toute façon.

Se moquant de cette allusion à sa vie de criminel, Gustav poursuivit son raisonnement.

— Bien que j'aimerais te croire, j'ai du mal à imaginer que Birmingham ait commis cette stupidité. Tu as dû te tromper, Olney. Tu as peut-être vu l'assassin, mais ce n'était pas Birmingham.

— Je serais prêt à jurer devant un juge que c'était bien lui. Mais ça risque pas d'arriver, parce que si je me montre, le shérif m'arrêtera aussitôt. Et je me retrouverai derrière les barreaux pour un bon bout de temps. Ah, si c'est ce que vous attendez de moi, je me contenterai pas de vos mille dollars ! Vous pourrez vous les garder.

Les yeux d'un bleu glacé se plissèrent, tandis que Gustav se demandait ce qui pourrait convaincre le gredin.

— Que dirais-tu de trois mille dollars ?

Olney se racla la gorge.

— Avant ça, faudrait que vos hommes se chargent de raconter partout que je suis de retour et que j'ai vu

Birmingham tuer la fille. Faudrait qu'ils montent les gens contre le shérif en disant qu'il est du côté de son ami Birmingham. Et puis ensuite, je veux qu'on me suive jusque chez Townsend pour l'empêcher de me boucler.

— C'est faisable. Pour quand veux-tu qu'on organise ça ?

— J'ai besoin d'un bain, d'une fille et de dix mille dollars.

— Dix mille dollars ? Tu es malade ! Je ne donnerai jamais une telle somme.

Olney haussa les épaules, apparemment prêt à tout laisser tomber.

— Comme vous voulez, monsieur Fridrich. Mais je ferai rien à moins. Si je dois passer quelques années en prison, je veux d'abord pouvoir investir un petit magot, et vivre comme un Birmingham quand je ressortirai.

— Tu vaux pas mieux qu'un bandit de grands chemins !

Olney éclata de rire.

— Eh ! C'est ce qu'était mon grand-père, justement. Je dois avoir ça dans le sang. Mais le plus voleur de nous deux, c'est peut-être bien vous, monsieur Fridrich. J'ai toujours fait ce que vous me demandiez. Je vous en ai toujours donné pour votre argent. Trois ans ou plus en taule, ça vaut autre chose que la misérable somme que vous proposez. Je ne ferai rien si vous ne me donnez pas ce que je demande.

Gustav braqua sur Olney un regard circonspect.

— Tu me garantis que Birmingham sera arrêté si j'accepte ?

— Je vous le garantis.

— Bon. Tu auras dix mille dollars pour son arrestation. Si ça ne marche pas, on te retrouvera dans la rivière, la gorge tranchée. Ça, je te le promets.

— Salut, shérif !

Rhys Townsend fit volte-face, la main sur son pistolet. Cette voix, il ne l'avait pas oubliée une seule seconde. Elle l'avait hanté nuit et jour tandis qu'il se creusait la tête en essayant de localiser ce sale rat d'Olney. Or voilà que le misérable osait franchir allègrement le seuil de son bureau, pour venir s'appuyer nonchalamment au chambranle de la porte ! Et il fallait le voir, avec son manteau à gros carreaux, sa chemise rouge, et son pantalon serré dans des bottes de daim qui avaient vu des jours meilleurs...

— Qu'est-ce que tu mijotes, Olney ? lui lança Rhys, tout en jetant un coup d'œil dans la rue.

Des gens s'étaient massés devant le poste. Quelque chose se préparait. Il le sentait jusque dans ses tripes.

Le sourire aux lèvres, Olney haussa négligemment les épaules et s'avança vers lui avec l'air d'un type qui tient le monde entre ses mains.

— J'ai pensé qu'il était temps que je passe vous présenter mes respects, shérif. Vous y voyez quelque chose à redire ?

Quand le jeune vaurien fut à un pas de lui, Rhys fronça le nez et se détourna, dégoûté, comme si un coup de vent s'était engouffré dans son bureau, chargé d'une odeur de putois.

— Bon sang, tu t'es inondé de parfum !

La tête renversée en arrière, Olney hurla si bien de rire qu'il réveilla l'adjoint du shérif, en train de somnoler dans une cellule. Le vieux policier se leva d'un bond et s'approcha d'un pas vacillant derrière les barreaux.

— Qu'est-ce qui se passe ? demanda-t-il, le regard brumeux.

— Rendors-toi, Charlie, fit le shérif d'un ton sec.

Tandis que son adjoint retournait s'allonger, Rhys observa avec méfiance le jeune renard qui se pavanait sous son nez.

— Eh bien, shérif ! Mes nouvelles fringues vous plaisent pas ? interrogea Olney avec un sourire narquois.

— Je les trouve un peu voyantes. A chacun ses goûts. Mais comment as-tu obtenu de l'argent de Fridrich pour te les payer ?

— Ah, ça recommence, shérif ! Faut toujours que vous mettiez mon honnêteté en doute.

Rhys ricana haut et fort.

— Toi, tu parles d'honnêteté ?

— Qu'est-ce que vous croyez, shérif ? rétorqua vivement Olney, visiblement vexé.

Il s'avança vers Rhys en le menaçant du doigt, espérant ainsi lui faire renoncer à ses sarcasmes.

— De l'honnêteté, moi, j'en ai à revendre.

— Sans blague. Et pas les autres ?

Olney poussa un soupir bruyant et secoua la tête, comme s'il regrettait terriblement d'être venu.

— Je suis ici pour vous aider à arrêter un assassin, et vous trouvez le moyen d'être désagréable avec moi.

Le voyou désigna la foule qui grossissait dans la rue.

— Je suis sûr que tous ces gens, là, dehors, demandent pas mieux que d'entendre ce que j'ai à raconter sur la mort de Nell, même si vous, vous ne voulez pas savoir.

Songeur, Rhys s'avança vers la fenêtre. Physionomiste comme il l'était, il reconnut facilement, parmi la foule, des hommes qu'il avait déjà vus le soir où il avait fait irruption avec son adjoint et ses amis dans l'entrepôt de Fridrich.

— Je ne sais pas pourquoi, Olney, mais j'ai le sentiment que tu as mis tous ces gens dans le coup. Un coup que j'imagine facilement. Tu vois, je parierais que ça te démange de me donner le nom d'un supposé assassin. Et tu veux que j'essaie de deviner à qui tu penses ?

Mimant la réflexion, Olney tira sur le lobe de son oreille, en grimaçant.

— Ouais, si vous voulez, je vous donne droit à un essai.

— Quand je vois que tu as amené toutes ces personnes avec toi, dit Rhys en montrant la rue d'un mouvement de la tête, sans doute dans le but de me forcer la main, j'imagine que ta bonne action consiste à venir dénoncer Jeffrey Birmingham.

Olney se gratta sous le nez en ricanant.

— Vous savez quoi, shérif ? Y a des moments où je pourrais tomber sur le derrière tellement vous me surprenez. Au fond, vous devez pas être aussi crétin que vous en avez l'air.

— Merci. Bien que ça vienne de toi, je prends ça pour un compliment, rétorqua Rhys sèchement.

— J'ai vu Birmingham tuer la fille, shérif. Je mens pas, insista le gredin avec colère.

Rhys le regarda de la tête aux pieds.

— Tu n'as pas pu t'acheter ce que tu as sur le dos sans que Fridrich t'ait déjà payé pour venir me faire des révélations et te laisser enfermer par la même occasion.

— Ça se pourrait bien, shérif. Comme je savais que vous étiez pressé de me mettre sous les verrous, j'aurais pas eu l'idée de débarquer dans votre bureau sans une petite cagnotte pour me faire oublier que je vais perdre mon temps en taule. Maintenant je pourrai en ressortir avec mon avenir assuré. Quand j'ai dit à M. Fridrich ce que j'avais vu, il a trouvé normal que je vienne ici pour que justice soit faite.

Olney ne put s'imaginer en justicier sans un petit rire de dérision. Puis il poursuivit :

— Il a quand même fallu mille dollars pour me pousser à franchir votre seuil. Mais me voilà, shérif, prêt à tout vous avouer. Et mes péchés, et ceux de vos amis.

— Tu sais, Olney, en général, je mens quand on me ment, et quelque chose me dit que je ferais mieux de ne pas avaler ce que tu me racontes. Certaines personnes mentent par plaisir parce qu'ils ont quelque chose de pourri en eux. Un prêtre dirait peut-être qu'ils sont habités par le diable. Et tout le monde sait déjà que le Malin t'a déjà mis dans son sac, et qu'il cherche déjà un autre mécréant. Ce que je veux expliquer, mon garçon, c'est que tu n'arriveras pas à me convaincre. Tu ferais mieux d'économiser ta salive si tu ne veux pas aggraver ton cas. L'assassin, je finirai par le coincer, avec ou sans ton aide.

— Je sais ce que j'ai vu, shérif, répondit platement le gredin. Et c'est la vérité, que ça vous plaise ou non. Alors, vous allez m'écouter, maintenant ? Ou est-ce que je dois dire à tous ces gens, dans la rue, que vous voulez pas que je dise de mal de votre grand ami ?

— Oh, je ne refuse pas d'écouter ta version des faits, Olney ! Mais comprends bien que je réserverai mon jugement au sujet de Birmingham tant que rien ne permettra de confirmer tes dires. Tes conclusions peuvent très bien te paraître vraies, sans qu'elles s'avèrent exactes au bout du compte. Avant que tu ne me rapportes ce que tu prétends avoir vu, j'aimerais savoir une chose. Connais-tu l'homme qui t'a pourchassé hors des écuries de Birmingham, après l'assassinat de Nell ?

— Par exemple ! Comment savez-vous ça ?

— J'ai des informateurs, expliqua Rhys, le sourire narquois. Si tu es parti avec le jument, c'était pour échapper à celui qui te poursuivait, n'est-ce pas ?

Bouche bée, Olney fut soudain saisi d'un soupçon.

— Vous tenez tout ça de Birmingham lui-même ?

— Non.

Rhys baissa les yeux pour regarder les bottes du voyou. Il ne put s'empêcher de sourire.

— Dans l'enclos, à côté des écuries, tu as laissé des empreintes aussi visibles que celles d'un cheval de labour. Si tu ne l'as pas encore remarqué, mon garçon, tu as une très large pointure et l'habitude de marcher les pieds en dehors. Tes empreintes sont parfaitement reconnaissables.

Le scepticisme demeurait dans le regard qu'Olney fixait sur le shérif.

— Et comment pouvez-vous dire que j'étais poursuivi ?

— Sur le même parcours, d'autres empreintes ont été laissées par des bottes plus étroites et mieux confectionnées que les tiennes. Dans l'enclos, tes traces s'arrêtent là où tu es monté sur la jument. Les autres indiquent que la personne a fait demi-tour pour retourner aux écuries. Tu as donc surpris l'assassin de Nell, puis tu as décampé avec la jument comme si tu avais le feu au derrière. D'après Elijah, la jument t'a éjecté dans les bois ; là, tu as dû continuer à pied sur une certaine distance. Tu es souvent tombé. Tu devais avoir beaucoup de mal à marcher, ajouta Rhys en scrutant le visage de son interlocuteur. Je pense que tu t'es blessé au moment de la chute.

Olney, qui était venu en croyant tenir au shérif la dragée haute, restait pantois devant la façon dont Townsend avait retourné la situation. Ce dernier semblait prendre un malin plaisir à l'énerver en racontant à sa place ce qu'il avait vu et fait.

— Ouais, j'ai pris la jument, marmonna-t-il finalement, s'efforçant de sortir de sa déconfiture. Mais cette sacrée bête a aussi failli me tuer. J'ai eu le bras démis quand elle m'a éjecté. Ensuite j'ai trouvé Birmingham chez Pete le Rouge. Il était tout seul avec sa dame. Je l'ai forcé à me remettre l'épaule en place. Il a essayé de me faire croire que c'était pas lui qui avait tué Nell. Et même qu'il a prétendu qu'on avait poignardé la petite trois fois. Ça alors ! Je n'ai vu qu'un seul coup, moi.

— Birmingham disait la vérité, Olney. La victime a reçu trois coups de couteau.

— Ça veut dire qu'il est retourné l'achever.

Rhys réfléchit un instant.

— Si je comprends bien, tu es en train de me dire que l'assassin a terminé sa besogne une fois que tu étais parti...

— Je dis pas autre chose.

— As-tu vu le visage du criminel ?

— Ce que j'ai vu, c'est un homme sur son trente et un, et qui me dépassait d'une demi-tête.

— Et tu affirmes que tu as pu l'identifier sans avoir distingué son visage ?

— Je le reconnaîtrais n'importe où, shérif. C'était Birmingham, et personne d'autre. Il a failli mourir de peur en me poursuivant comme il l'a fait. Sûr qu'il a bien failli m'attraper. Si cette fichue jument s'était pas trouvée là au bon moment, je serais maintenant aussi refroidi que la pauvre Nell. J'avais jamais vu quelqu'un courir si vite. Et pourtant, je dois avoir dix ans de moins que le bonhomme.

Rhys eut un regard qui reflétait autant la surprise qu'un soudain éclaircissement.

— Tu dis que tu as vu un homme très grand ?

— Aussi grand que Birmingham, ouais, affirma Olney d'un ton agacé. Grand comme vous, et comme votre dandy de copain qui habille les dames. Je serais pas surpris qu'il se mette ses fanfreluches chez lui, en douce, avant de les vendre.

Le regard de Rhys vira soudain à l'incrédulité.

— Ecoute. Il vaudrait mieux que tu saches que, d'une part, Farrell Ives sait encore se servir de ses poings, et que d'autre part, il est la meilleure gâchette de la région. Ça fait dix ans que personne n'arrive à le détrôner. A soixante pieds, il pourrait te faire gicler les yeux de leurs orbites sans que tu aies le temps de battre des paupières.

— Ah ça ! On peut dire que vous les défendez vos amis, shérif ! ricana le vaurien. Mais maintenant, je peux y aller ? Vous allez écouter ce que j'ai à dire sur Birmingham ou pas ?

— Je vais répondre, Tizzy ! cria Raelynn à la jeune servante qui baignait Jake. Continuez ce que vous faites.

— Oui, madame 'aelynn.

Jetant un coup d'œil par la fenêtre afin de s'assurer qu'elle ne risquait rien, Raelynn eut la surprise de voir Rhys et s'empressa d'ouvrir la porte.

— Que faites-vous donc ici, Rhys ? demanda-t-elle.

Soudain, ses yeux s'agrandirent lorsqu'elle aperçut la foule amassée devant la maison, avec au premier rang Olney, les menottes aux mains. Elle devina alors le motif de la visite du shérif. Le voyou était finalement venu accuser son mari.

— Jeffrey n'est pas le coupable que vous recherchez, Rhys, déclara-t-elle sans se poser de question.

Elle était maintenant convaincue que Jeff ne pouvait avoir commis un crime aussi horrible. Il possédait trop de droiture et de noblesse pour tuer qui que ce fût d'une telle manière.

— Je n'ai plus aucun doute, Rhys, insista-t-elle.

— J'aimerais lui parler, Raelynn, annonça le shérif d'un ton solennel. Il est ici ?

— Oui.

Elle ouvrit la porte toute grande et s'effaça afin de laisser passer le visiteur.

— Jeffrey a eu de nouveau mal à la tête tout à l'heure, et j'ai mis du laudanum dans sa nourriture pour le faire dormir. Il devrait être en train de se réveiller.

— Je vous serais reconnaissant de lui annoncer ma visite.

— Allez vous asseoir dans le salon pendant que je le préviens.

— Merci, Raelynn... Puis-je savoir s'il y a quelqu'un d'autre avec vous ?

— Seulement ma servante et Jake. Elizabeth et Farrell viennent de se marier et passent la nuit chez lui.

Un grand sourire illumina le visage de Rhys.

— Heureuse nouvelle ! Il y a longtemps qu'ils auraient dû en arriver là.

— Je vais voir Jeffrey. Il vous faudra peut-être attendre un petit moment qu'il descende. Le temps qu'il s'habille...

— Très bien, Raelynn. Je ne suis pas pressé.

Quand elle pénétra dans la chambre, Jeff était debout et se rafraîchissait le visage. Sans se retourner, il désigna la fenêtre dont il avait tiré les doubles-rideaux.

— Que se passe-t-il, dehors ? demanda-t-il en s'essuyant. Que font tous ces gens devant la maison ?

— Regardez plus attentivement, mon amour, et vous verrez Olney Hyde parmi eux. Rhys Townsend est en bas. Il veut vous parler. Bien qu'il ne m'ait pas dit grand-chose, j'ai cru comprendre qu'il venait vous arrêter.

Jeff poussa un soupir et jeta la serviette sur la cuvette de porcelaine.

— J'ai intérêt à m'habiller.

Raelynn laissa glisser sur le corps de Jeff un regard privé de son habituelle lueur d'admiration.

— Certainement, dit-elle. Rhys ne serait pas particulièrement choqué s'il vous voyait descendre ainsi. Mais il n'en irait pas de même pour Tizzy.

— Pourrait-elle me faire du café ? Je me sens encore un peu assommé.

Jeff se frotta le front, comme s'il cherchait à combattre un esprit toujours brumeux.

— Je me demande bien pourquoi je dors tant en ce moment.

— J'ai appris à faire le café chez Farrell, annonça Raelynn plutôt que de lui dévoiler la vérité. Je vais vous en préparer un comme il l'aime : fort.

Jeff ne tarda pas à descendre, correctement vêtu d'une chemise, d'un pantalon, et chaussé de bottes qui s'arrêtaient aux chevilles. Il pénétra dans le salon, salua Rhys puis se tourna vers sa femme, qui arrivait avec un plateau chargé d'une cafetière en porcelaine et de deux tasses posées sur des soucoupes fleuries. Ressentant un besoin urgent de s'éclaircir les idées, il s'avança vers elle et se servit. Mais le café, encore brûlant, l'obligea à boire à petites gorgées.

— Vous voulez un café, Rhys ? demanda Raelynn.

— Oui, merci. Sans lait, comme Jeffrey, répondit Rhys en prenant la tasse et en s'appuyant au fond de son fauteuil.

Jeff s'installa sur le petit canapé et fit signe à Raelynn de le rejoindre. D'un sourire, elle acquiesça, posa le plateau sur la table et prit place à côté de lui.

— Il est délicieux ! estima Rhys en hochant la tête. C'est juste ce qu'il me fallait.

— Merci, murmura Raelynn.

Elle sourit de nouveau, bien qu'elle eût du mal à se sentir à l'aise. Elle savait qu'elle risquait, dans un petit moment, d'assister à l'arrestation de Jeff.

— C'est Elizabeth qui m'a appris à le faire, ajouta-t-elle.

— Eh bien, vous pouvez toutes les deux me faire du café quand vous voulez. En fait, vous devriez venir donner des conseils à ma femme. Le café de Mary n'a aucun goût. Et tout ça parce qu'elle cherche sans cesse à économiser par-ci, par-là. Son sang écossais l'incite à la frugalité, et, pour un homme qui a besoin d'un bon café, rien n'est plus frustrant.

Le silence qu'observaient les Birmingham trahissait une attente qu'aucune diversion ne pouvait tromper. S'en rendant compte, Rhys s'éclaircit la gorge et, finalement, en arriva à l'objet détestable de sa visite.

— J'imagine, Jeff, que tu as vu la foule dans la rue...

Rhys prit encore le temps de boire une autre gorgée de café, tant ce qu'il allait dire le répugnait.

— Olney s'est assuré des renforts avant de venir me voir. Il jure qu'il a vu l'assassin de Nell...

— Je sais ce qu'il pense, Rhys, mais il se fourvoie, protesta Jeff. Je n'ai pas tué Nell. Je t'ai raconté ce qui s'était passé, et sans le moindre mensonge.

— Jeffrey n'a pas pu la tuer, intervint Raelynn à la grande surprise de son mari.

Elle prit la main que Jeff lui tendait et poursuivit sans hésiter :

— Rhys, vous connaissez suffisamment Jeff pour savoir, mieux que quiconque, qu'il était incapable de faire une chose pareille.

— Raelynn, Jeff, je vous en prie, dit Rhys, la main levée. Laissez-moi finir. Je vous dis tout de suite que j'ai un autre suspect en tête. Mais, pour ta sécurité, je vais être obligé de t'emmener avec moi. Si je ne t'arrêtais pas, ces gens risqueraient de te lyncher. Les sbires de Fridrich les ont montés contre nous. Cette foule est persuadée que je ne t'ai pas arrêté parce que tu es mon ami. Cela dit, j'aimerais pour l'instant que tu réfléchisses à l'homme qui vous a agressés tous les deux. En dehors du fait qu'il est grand, qu'il court rapidement et qu'il est assez costaud pour envoyer contre un lampadaire un homme de ta taille, aurais-tu remarqué autre chose ? As-tu fait attention à ses pieds ?

Jeff regarda son ami comme si celui-ci avait perdu la tête.

— Tu m'as déjà posé la même question au sujet d'Olney, et la réponse est encore non. J'étais occupé à sauver ma peau et celle de ma femme. Aurais-tu aperçu quelque chose de particulier en le poursuivant ?

Rhys haussa les épaules.

— Il aurait fallu que je coure plus vite... Non, je me demandais simplement si tu lui aurais vu des pieds assez étroits pour mettre tes bottes.

Rejeté contre le dossier du canapé, Jeff regarda Rhys avec perplexité.

— Tu veux parler des bottes pleines de boue que Cora a trouvées dans ma salle de bains, le jour où tu es venu enquêter ?

— Exactement.

— Mais pourquoi l'assassin de Nell chercherait-il à me tuer ? demanda Jeff, les idées encore confuses. Il me paraît plus vraisemblable que l'on ait commis ce crime dans l'espoir de me faire pendre, ajouta-t-il en se frottant la tempe. Excuse-moi, Rhys, mais j'ai du mal à m'y retrouver. Je me demande si ce coup sur la tête ne m'a pas rendu idiot.

— Oh, à ta place, je ne me ferais pas de souci de ce genre ! C'est le laudanum qui fait son effet.

Comprenant soudain qu'il venait de commettre un impair, Rhys s'interrompit, grimaça et implora silencieusement le pardon de Raelynn en rencontrant son regard soucieux.

Bien qu'un peu étourdi, Jeff ne fut pas dupe et se tourna vers sa femme.

— Vous me donnez du laudanum ?

Devant son regard incrédule, Raelynn laissa ses épaules s'affaisser, comme une enfant qui a envie de rentrer dans sa coquille.

— Je voulais soulager vos maux de tête, Jeffrey. Vous savez bien qu'ils vous donnaient la nausée.

— Mais je vous avais dit que je refusais ce médicament ! Je préfère les migraines à un esprit vaseux. Vous pouvez constater que je n'arrive même pas à saisir clairement ce qu'on me dit.

— Pardonnez-moi. Je ne recommencerai pas, promit-elle en levant vers Jeff un regard éloquent.

Toute l'exaspération de Jeff se dissipa aussitôt devant l'évidente contrition de sa femme.

— Ah, madame ! Vous pourriez gagner le cœur du diable lui-même, murmura-t-il, sous le charme.

Il la prit par les épaules et l'attira contre lui. Leur séparation avait été trop douloureuse pour qu'il se permît de la tourmenter de nouveau. Il posa un baiser sur son front.

— Ne vous en faites pas, mon amour, susurra-t-il contre ses cheveux, je ne puis supporter de vous savoir tourmentée.

Arborant le sourire heureux que le couple lui inspirait, Rhys reprit du café.

— Si je me trompe, tout se passe bien maintenant ? observa-t-il. N'est-ce pas, Jeff ? Enfin, à part le fait que je vais devoir t'arrêter...

Son regard se posa un instant sur la taille de Raelynn. Le soir de l'agression, dans le tumulte du moment, il n'avait rien remarqué.

— J'ai l'impression que vous aurez de nouvelles occupations familiales, l'année prochaine, dit-il. Mary et moi également, mais je suppose que cela arrivera d'abord chez nous. Eh oui, Jeff ! Un jour nous serons grands-parents sans l'avoir vu venir !

— Oh, oh, doucement ! s'écria Jeff dans un éclat de rire. Laisse-moi avoir quelques autres enfants avant de marier celui-là. Je ne suis pas si vieux que ça.

— Certes non, puisque tu trouves le moyen d'avoir deux ans de moins que moi ! Tu sais, Mary aimerait que nous soyons une famille nombreuse. Mais alors il faudrait qu'elle attende un enfant chaque année, pendant huit ans. Sinon, à cinquante ans, je serais encore en train d'élever notre progéniture. Mary, elle, restera éternellement jeune, du moins à mes yeux.

— Si nous revenions à notre agresseur, Rhys ? Je me demande ce que tu as appris sur lui pour croire qu'il est peut-être aussi l'assassin de Nell.

— Quand Olney m'a raconté qu'il avait été poursuivi par un homme qui courait extrêmement vite, je me suis souvenu que c'était aussi le cas de l'homme cagoulé. Evidemment, ça ne suffit pas pour établir un lien certain entre les deux incidents, mais c'est tout de même curieux qu'Olney et moi ayons été aussi stupéfiés l'un que l'autre par la rapidité, et de l'assassin et du type de l'autre soir. Je me souviens des courses que nous faisions quand nous étions gamins. Tu les gagnais souvent, Jeff, mais jamais tu ne m'as impressionné comme cet individu. Je ne peux que croire... et espérer... que nous avons affaire à un seul et même homme. Ce qui simplifierait beaucoup de choses. Je serais à la recherche d'un seul individu au lieu de deux.

— Mais ni Olney ni toi ne savez à quoi il ressemble, observa Jeff. Si Olney a cru se trouver devant moi, c'est peut-être tout simplement parce qu'il savait que Nell était venue dans ma chambre. Il m'a dit avoir vu un homme grand, aux cheveux noirs, en tenue de gala ; ce qui, effectivement, pouvait correspondre ce soir-là à ma description. Comment vas-tu retrouver quelqu'un, sur ces seules indications, parmi tous les habitants de Charleston, alors que moi-même je serais incapable de te dire qui, parmi mes invités, correspondait à ce témoignage ?

Rhys fit la moue puis souffla longuement, tandis qu'il réfléchissait.

— Ça, mon cher Jeffrey, c'est, comme le dirait notre ami Farrell, le genre de problème à emmêler la queue d'un chat.

On entendit frapper à la porte. Raelynn se leva, mais, d'un geste, Rhys l'incita à se rasseoir.

— Ce doit être Charlie qui vient me prévenir que les gens s'impatientent.

Le shérif se leva et alla ouvrir.

— Oui, Charlie ?

— Shérif, Olney excite la foule. Vous voulez que je le bâillonne ?

Rhys marmonna un juron puis, d'un d'air agacé, répondit à son adjoint :

— Dis-leur de se retenir à leurs pans de chemise. Je vais bientôt sortir avec M. Birmingham.

Retournant vers son fauteuil, Rhys s'immobilisa et chercha le regard de Jeff.

— Il vaudrait mieux qu'on y aille. Sinon Olney va pousser la foule à tout casser dans cette maison.

— Pourquoi nous as-tu amené ce vaurien, Rhys ? Tu aurais dû te douter qu'il mettrait la pagaille.

— Ecoute, nous avions deux ou trois choses à réparer au poste, et, comme d'habitude, Charlie a lambiné. Cette fois-ci, ce sont les portes des nouvelles cellules qui sont à arranger. Je vais précipiter le mouvement. Mais, en attendant, je ne pouvais pas laisser Olney seul. Après le mal que je me suis donné pour essayer de le coincer, je ne vais pas le laisser me filer entre les mains.

Se levant à son tour, Jeff s'approcha de Rhys et lui présenta ses poignets.

— Ces gens attendent de me voir avec les menottes, Rhys. Fais ce que tu dois faire.

Le shérif grogna.

— Eh bien, mon garçon, ils peuvent toujours attendre ! ça n'arrivera pas, tant que je serai leur shérif.

— Je prends mon manteau, annonça Raelynn, la gorge serrée. Alors qu'elle se levait, les jambes tremblantes, elle vit Jeff hocher la tête et le regarda sans comprendre.

— Restez ici, Raelynn. On ignore ce dont ces gens sont capables. Je ne voudrais pas que vous soyez blessée. Je vous en prie. Restez à l'abri.

— Mais Jeffrey, implora-t-elle, les larmes aux yeux, je veux être avec...

— Non, mon amour, je m'y oppose, insista Jeff, sa propre voix chargée d'émotion. Vous ne bougez pas. Je tiens à ce que vous soyez en sécurité. Point final.

Mal à l'aise, Rhys se gratta la gorge, tandis que Raelynn, aveuglée par les larmes, se dirigeait en titubant vers la salle à manger. Jeff pesta entre ses dents contre cette situation invraisemblable. En outre, la perspective de laisser sa femme seule, sans aucune protection que celle de Tizzy et d'Elizabeth ne le réjouissait pas vraiment. Rattrapant Raelynn dans la pièce adjacente, il l'enlaça et l'entraîna dans un coin discret. Les lèvres de la jeune femme avaient le goût salé de ses larmes. Elles s'ouvrirent sans réserve sous l'ardeur de son baiser. Bientôt, il la sentit se plaquer contre lui, comme si elle cherchait la fusion absolue de leur chair et de leur esprit.

Quand Jeffrey finit par s'écarter d'elle, tremblante de la tête aux pieds, Raelynn crut qu'elle allait s'écrouler. Faiblement, elle s'appuya contre lui et ferma les paupières. Les joues baignées de larmes, elle sentit les lèvres de Jeff s'attarder sur son front. Quand il l'entendit renifler, il recula avec un tendre sourire, sortit un mouchoir de sa poche et, comme un père, essuya ses pleurs en l'invitant doucement à se moucher.

— Je vais chercher votre manteau, dit-elle, le regard voilé par un regain de larmes. L'air est vif, aujourd'hui.

Quelques instants plus tard, le shérif Townsend escortait son ami d'enfance jusqu'à la charrette qui les attendait. La foule était composée en grande partie de gens qui ne le connaissaient pas plus qu'ils ne connaissaient Jeff. Si l'on en croyait leur tenue, ils venaient des quartiers les plus pauvres de la ville, ce qui laissait entendre qu'on les avait payés pour jouer les justiciers. Ils couvrirent le shérif de quolibets, en l'accusant de favoriser ses riches amis au détriment des pauvres travailleurs comme Olney. Quant à Jeff, il s'entendit qualifier de « violeur de jeune fille », de « sale criminel », et fut couvert de crachats. Sous les insultes et les cris de haine, on vit son teint bronzé virer à l'écarlate.

Debout près de la fenêtre, Raelynn laissait couler ses larmes. Elle qui aurait voulu, quelques semaines plus tôt, que le shérif arrête son mari sans attendre, commençait maintenant à lui en vouloir d'être passé à l'action ; d'autant qu'il ne croyait nullement à la culpabilité de Jeff et n'agissait que sous la contrainte d'une foule haineuse.

Lorsque Jeff arriva près du véhicule, Olney était déjà dans la charrette, surveillé par l'adjoint de Rhys, perché sur l'un des montants. Quand Rhys s'aperçut que son ami allait s'installer à côté du voyou, il le pria de venir s'asseoir à l'avant, avec lui. Ce qui provoqua aussitôt un regain de sarcasmes et de sifflets parmi la foule agglutinée autour de la charrette.

— Vous l'emmenez hors de la ville pour le laisser filer, pas vrai, shérif ? lança une grosse voix, tandis que les deux hommes montaient sur le siège du cocher.

L'accusation incita Rhys à scruter les visages et à soutenir plus d'un regard hostile.

— Vous croyez que vous m'avez contraint à arrêter un criminel, gronda-t-il. Eh bien, vous vous trompez ! Je me contente de soustraire Jeffrey Birmingham à votre hargne. De m'assurer qu'il ne lui arrivera rien à cause de vous. Je ne crois pas du tout qu'il soit l'assassin de Nell...

Le silence qu'il avait imposé en prenant la parole fut rompu par de nouvelles huées, et Rhys leva la main pour les faire cesser. Puis, en dépit des marmonnements qui persistèrent çà et là, il poursuivit :

— Le moment venu, vous reconnaîtrez votre erreur. Mais, en attendant, écoutez bien ce que j'ai à vous dire. Si la violence se déchaîne ici, ou dans n'importe quel autre quartier de cette ville, vous aurez affaire à moi. J'ai vu vos visages et je ne les oublierai pas : je poursuivrai jusqu'au dernier d'entre vous s'il le faut. Je ne tolère pas qu'une foule prête au lynchage veuille faire régner sa loi. J'ai demandé du renfort aux collègues des villes voisines, et je vous garantis que l'ordre et la loi seront respectés. Vous croyez avoir raison, mais je peux vous assurer que vous avez tort. Je vais tout faire pour que vous en ayez la preuve dans les prochains jours. Mais pour l'instant, je vous mets en garde. Mon ami, Jeffrey Birmingham, n'a jamais tué personne.

Rhys s'interrompit, laissa le silence se prolonger afin de

ménager ses effets, puis, avec un bref silence, acheva sa déclaration :

— ... mais moi, si !

Pendant qu'il prenait les rênes, Charlie s'installa près d'Olney, en se disant qu'il s'alignait sans réserve sur son chef. Il savait depuis longtemps que personne n'avait intérêt à vouloir se mesurer à Rhys Townsend. L'homme faisait les choses à sa manière et, par quelque étrange hasard, il s'avérait qu'il avait toujours raison.

22

D'un coup d'épaule, Cooper Frye ouvrit la porte de l'entrepôt de Gustav Fridrich. Il découvrit aussitôt l'Allemand assis derrière son bureau massif. Depuis quelques semaines, ce dernier ne sortait plus beaucoup. Son bras en écharpe avait dû le faire renoncer à ses déambulations dans le quartier interlope qui jouxtait l'entrepôt, ainsi qu'au vacarme des bordels où il avait l'habitude de se vautrer dans le stupre pendant des heures. En raison de la fortune dont il disposait, les prostituées lui coûtaient trois fois rien et il en prenait plusieurs en même temps. Il avait cependant dû constater, lors de ses dernières visites, qu'elles ne parvenaient pas à dissiper son humeur sombre. Néanmoins, en dépit de ce climat troublé, Frye débarquait avec l'intention de soulager l'homme d'une partie de ses richesses.

Les yeux bleus de glace quittèrent les livres de comptes pour se poser sur l'Anglais. Au cours de leur brève association, Gustav Fridrich avait eu l'occasion de se divertir en écoutant Cooper Frye lui raconter ses histoires ; l'Anglais était d'une rare malice quand l'alcool lui laissait ses facultés. C'était également sans aucun doute aussi un parfait escroc. Gustav n'avait pas oublié qu'il devait aux ruses de Frye la perte de Raelynn et, en conséquence, celle de son bras. Un jour, à coup sûr, il lui ferait regretter amèrement sa traîtrise.

Appuyé au dossier de son fauteuil, un sourire narquois aux lèvres, Gustav tapota le dessus de cuir de son bureau du bout de sa plume d'oie.

— Alors, Cooper Frye, qu'est-ce qui me vaut ta visite cette fois-ci ? Je t'ai rarement vu aussi sobre. Ce doit être quelque chose d'important. Y aurait-il du nouveau ? Ou est-ce une question d'argent, comme d'habitude ? Sûrement. Tu ne sais guère parler d'autre chose. Qu'as-tu l'intention de me proposer aujourd'hui pour obtenir quelques pièces ?

Sans y être invité, Cooper s'installa sur une chaise, face à l'Allemand.

— J'ai gardé mes oreilles grandes ouvertes et je suis resté à l'affût des événements de la région. Cet après-midi, j'ai entendu dire qu'on avait arrêté Jeffrey Birmingham pour le meurtre de Nell et je me suis donc dit que vous vous sentiriez obligé de me donner ce que vous m'aviez promis la dernière fois qu'on s'est parlé.

— En échange de quoi ? demanda Gustav avec le plus grand scepticisme. Pourquoi t'es-tu permis d'entrer ici ? Tu ne vois pas que je fais mes comptes ? Tu devrais savoir que je n'aime pas qu'on me dérange quand je travaille.

Cooper prit un air dédaigneux. Importuner Fridrich ne le gênait guère.

— Si j'avais pas tué Nell, Jeffrey Birmingham serait pas en prison à l'heure qu'il est. Or vous m'avez promis mille dollars si j'arrivais à séparer ma nièce de son dandy de mari.

Cédant à la fureur, l'Allemand se leva d'un bond et abattit sa main sur le bureau.

— Tu mens ! J'ai parlé avec Olney. Il a vu Birmingham tuer cette fille. Qu'essaies-tu de faire ? De m'extorquer de l'argent ?

Le seul fait d'entendre le nom de son rival provoqua le mépris de Frye. Il retrouvait sans cesse ce jeune voyou sur son chemin dès qu'il essayait de gagner quelques pièces.

— Olney s'est trompé, comme d'habitude. C'est pas Birmingham qui a tué Nell.

— Raconte-moi donc ce qui s'est passé ! tonna l'Allemand,

furieux. Olney me dit une chose, toi une autre. Je veux savoir qui de vous deux cherche à me duper.

— Je pense que j'ai de quoi satisfaire votre curiosité, annonça Frye.

Il n'avait jamais apprécié Gustav Fridrich, et s'il n'avait pas été intéressé par sa fortune, il aurait trouvé le moyen de se débarrasser de ce tyran.

— Ecoutez. Je m'étais laissé dire qu'Olney allait emmener Nell chez les Birmingham, le soir de leur bal, pour faire du tapage si mon cher neveu par alliance refusait encore de coopérer. Alors j'ai décidé d'aller faire mon petit tour sur place. Seulement, j'ai eu du mal à me trouver un transport : tout ou presque était loué par les invités de Birmingham. Quand je suis finalement arrivé, le bal était fini. J'ai quand même cherché à savoir s'il s'était passé quelque chose. C'est comme ça, en fouinant avec ma lanterne dans les écuries, que je suis tombé sur Nell et son bébé. Elle avait déjà reçu un coup de couteau dans le ventre. Elle allait mal, ça c'est sûr, mais elle aurait très bien pu s'en remettre avec un petit coup de pouce d'un toubib.

« J'ai cru d'abord qu'Olney l'avait frappée avec le couteau qui se trouvait par terre, à côté d'elle. Mais Nell m'a dit que c'était un étranger qui lui avait fait ça. Elle voulait essayer de prévenir Birmingham une dernière fois que s'il l'aidait pas, elle ferait un scandale. Mais quand elle s'est glissée dans sa chambre, c'était pas lui qui y était. Y avait un étranger qui furetait dans un coffret sur son bureau. Nell a voulu s'enfuir, mais le type l'a attrapée et lui a mis un couteau sous la gorge ; il l'a menacée de la lui trancher si elle criait. Il avait plu, et dehors c'était plein de boue. Alors, comme le type voulait pas salir ses chaussures, il a traîné Nell jusqu'au lit et il s'est assis sur elle, le temps d'enfiler des bottes à Birmingham.

— Pourquoi ne l'a-t-il pas tuée dans la chambre de *Herr* Birmingham ? Ça lui aurait simplifié la vie, me semble-t-il.

— Si c'était un invité, il voulait pas qu'on la trouve pendant qu'il était encore dans la maison.

Le menton en avant, Gustav se mit à réfléchir à l'hypothèse de son interlocuteur. Puis il fit un signe péremptoire de la main.

— Continue.

— Il l'a emmenée dans les écuries et lui a enfoncé son couteau dans le ventre. Au même moment, il a entendu du bruit. C'était Olney qui sortait du box voisin. Le type l'a poursuivi, mais quand Nell a entendu un cheval galoper, elle s'est dit que Hyde avait réussi à se sauver. Quand l'étranger est revenu, elle a joué la morte, et il est tombé dans le panneau. Moi, en écoutant ça, j'ai repensé aux mille dollars que vous m'aviez promis pour séparer les jeunes mariés. Et c'est comme ça que j'ai achevé Nell. Elle a crié quand elle a compris ce que j'allais faire, précisa Frye en ricanant, mais j'ai pas marché. Seulement, le temps m'a manqué pour la faire taire complètement : j'ai vu une lanterne s'approcher. J'ai donc éteint la mienne, et je me suis caché dans un autre box. Et là, j'ai vu Birmingham lui-même qui venait jeter un coup d'œil dans les écuries. Evidemment il est tombé sur la pauvre Nell. Elle vivait encore, et elle s'est mise à geindre en lui disant qu'elle l'aimait et qu'elle regrettait d'avoir menti en racontant qu'il était le père de son enfant. Juste après, ma nièce est arrivée. Elle cherchait son mari. Mais en le découvrant auprès de Nell, elle l'a prise pour l'assassin et s'est enfuie comme si le feu s'était mis dans ses jupons.

— Bon. Et alors, Frye ? Tu te rengorges en prétendant que tu as séparé Birmingham de ta nièce. Seulement voilà : je l'ai trouvée avec lui quand je suis allé chez *Frau* Dalton.

— C'est pas ce qui compte, rétorqua Frye avec un geste de rejet. Si je m'étais pas trouvé là-bas, Nell serait encore en vie et Birmingham serait pas en prison à l'heure qu'il est. Nell aurait raconté que c'était pas lui qui l'avait poignardée et qu'il n'était pas non plus le père de son gosse. Elle en pinçait pour ce richard, et elle aurait pas aimé le voir derrière les barreaux.

— Et toi, si je comprends bien, tu viens te faire payer pour ton intervention, observa Gustav d'un ton sarcastique.

— Oui. Je veux mille dollars, comme promis, monsieur Fridrich. Autrement, le shérif saura qu'il s'est trompé de bonhomme en arrêtant le mari de ma nièce, et qu'il lui faudrait chercher du côté des invités de Birmingham.

Gustav fit la grimace tandis qu'il réfléchissait à la menace de l'Anglais. Il avait déjà donné mille dollars à Olney pour l'arrestation de son rival. Désormais c'était chose faite, et si l'on tenait compte de l'hostilité qui régnait à l'égard de Birmingham, sa pendaison ne tarderait pas. Raelynn serait donc bientôt une veuve éplorée, et elle finirait bien par lui tomber dans les bras. En attendant, Frye risquait de tout gâcher, et cela, il n'en était pas question !

— Je vais te donner mille dollars pour que tu te taises, Frye.

Le sourire satisfait, le voyou regarda l'Allemand sortir un petit coffre-fort d'un tiroir de son bureau, l'ouvrir et compter mille dollars en pièces d'or.

— Je sais que si je n'accédais pas à ta demande, commenta Gustav, tu mettrais ta menace à exécution.

— Sa femme est ma nièce, après tout, et les liens du sang, ça existe.

Dès qu'il eut mis les pièces dans une petite sacoche de cuir, Frye se leva, se dirigea prestement vers la sortie et, après un bref signe de la main et un petit sourire, se glissa dans la rue.

— Misère de misère ! vociféra Fridrich en tapant du poing sur son bureau.

Puis il pivota sur ses talons et se précipita vers les sombres allées de son entrepôt.

— Où sont-ils passés ? Morgan ? Chenez ? Muffat ? Où êtes-vous ?

N'obtenant pas de réponse, il s'enfonça dans une allée d'où lui parvenaient les ahans des hommes qui regroupaient des caisses pleines de fusils.

— Morgan, où es-tu ?

— Ici, monsieur, en train de préparer le chargement d'armes qui doit remonter la rivière.

— Oublie ça pour le moment, ordonna Gustav. J'ai un travail plus important à te confier. Cooper Frye vient de sortir d'ici. Il devient encombrant. Nos affaires sont menacées... Je veux que... ah... Comment dire ? Que tu lui évites de se fourvoyer ? Il a sur lui un sac de pièces d'or. Si vous vous débrouillez comme il faut, vous aurez tous les trois votre récompense sous la main. Vous la partagerez comme vous voudrez. Peu m'importe de savoir qui se sera chargé de le réduire au silence. L'essentiel, c'est que ce soit définitif. Tu as compris ?

Cooper Frye s'éloigna de l'entrepôt, imbu du sentiment de supériorité que lui valaient ses mille dollars. Depuis qu'il avait cessé de descendre hardiment toutes ces quantités d'alcool qui lui brouillaient la cervelle, il devait reconnaître qu'il faisait du bon travail. Et il avait déjà en tête le plan qui lui permettrait d'ajouter encore un millier de dollars à son magot. Pour cela, il devait s'arranger pour rencontrer une vieille connaissance qu'il évitait soigneusement depuis un certain temps. Il s'agissait de quelqu'un d'infiniment plus dangereux que l'Allemand, mais s'il gardait l'esprit clair et vif, il était certain de réussir son coup. Après tout, n'était-ce pas son jour de chance ?

Un jour de chance qui le menait, le long de Meeting Street, vers le meilleur hôtel de la ville. Quand il s'y aventurait parfois, on le regardait comme s'il était une épave tout juste rejetée par la mer. Jusqu'à présent, il était toujours ressorti de cet hôtel fortement déprimé, et d'autant plus porté à se noyer dans l'alcool. Aujourd'hui, il avait au moins de l'argent dans sa bourse, quoique la somme fût insuffisante pour qu'il songeât à s'attarder au milieu de tout cet étalage de luxe qui semblait lui faire un clin d'œil.

Une petite pièce glissée dans la main d'une jeune et jolie servante lui permit d'être à peu près certain que le message qu'il venait de lui remettre serait transmis à son destinataire, dans l'une des suites de l'hôtel. Néanmoins, par prudence, il suivit la servante afin de s'assurer qu'elle ne se tromperait pas. Une fois le pli remis au maître d'hôtel du client, la jeune femme revint sur ses pas pour reprendre son travail. Elle chantonnait joyeusement, lorsqu'elle eut brusquement le souffle coupé. Une grosse main venait de se glisser sans vergogne entre ses fesses. Elle fit volte-face, le regard incendiaire et, avant que Cooper Frye ait le temps de reculer, saisit sa braguette et serra si fort qu'elle le vit se dresser sur la pointe des pieds.

— Tu recommences jamais ça, espèce de fripouille, siffla-t-elle entre ses dents. Ou je te les arrache. Compris ?

A l'appui de ses menaces, elle resserra sa poigne jusqu'à ce que Frye se confondît en promesses et supplications.

— Compris ?

Il hocha prestement la tête afin de l'assurer qu'il était prêt à tout pour qu'elle le libérât. Quand enfin elle y consentit, il poussa un énorme soupir. La jeune femme eut un petit rire satisfait et se frotta les mains, comme si le fait d'intimider ce voyou avait rempli sa journée.

— Salope ! marmonna Frye sans trop élever la voix.

Il fixa sur elle un regard meurtrier, tandis qu'elle s'éloignait, ses jupes se balançant au rythme de ses pas légers. Puis il se redressa en grimaçant, saisi par la crainte d'être définitivement handicapé.

Quand il eut retrouvé son aplomb et lissé comme il pouvait ses vêtements miteux, il prit l'air d'un homme des plus fortunés, regagna le hall et ressortit retrouver l'air piquant de cette fin d'après-midi. Dans son esprit il n'y avait aucun doute : son associé serait au rendez-vous, et cela dans son propre intérêt. Bien entendu, par mesure de prudence, Frye avait pris soin d'éviter de choisir un lieu désert.

Jeff se retourna d'un seul bloc vers le shérif qui s'était rejeté contre le dossier de sa chaise, les pieds sur le bureau.

— Bon sang, Rhys, laisse-moi partir ! A cette heure-ci, plus personne n'ignore que j'ai été arrêté, et par conséquent ma femme est en danger. Fridrich, notre agresseur, ou peut-être les deux en même temps doivent se dire que je ne risque plus de me mettre en travers de leur chemin.

— Tu n'es pas enfermé, Jeffrey, remarqua le shérif, non sans raison.

D'un geste de la main, il montra la seule cellule qui fût effectivement occupée. Maintenant que les réparations étaient faites, il était sûr de garder son jeune prisonnier sous les verrous.

— Olney est enfermé. Pas toi.

Rhys désigna cette fois-ci le bureau dont son ami arpentait l'espace d'un pas furieux.

— Je me dis même que si tu ne cesses pas tes allées et venues, tu vas finir par faire un sacré trou dans mon plancher.

— Ce que je voudrais faire, c'est un trou dans ta tête de mule, mon vieux. Peut-être qu'alors tu saisirais ce dont je parle. Tu ne comprends donc pas que ma femme est pratiquement seule chez Elizabeth ? Ce n'est pas sa servante et un enfant de quatre ans qui pourront lui porter secours en cas de danger. Fridrich est déjà venu la relancer. Et je ne parle pas de ce que ce démon cagoulé risque d'entreprendre en mon absence. Je te le répète, Rhys, tu dois me laisser sortir d'ici.

— Du calme, du calme, Jeffrey ! J'ai la situation en main.

Elijah surveille la maison d'Elizabeth. Au moindre incident, je serai prévenu.

— Ce n'est pas cela qui peut me rassurer. Pas en ce moment ! Pas pendant que je suis ici !

Rhys soupira, agacé par l'entêtement de Jeff.

— Ecoute, Jeffrey. Pourquoi n'irais-tu pas faire un petit somme dans ta cellule ? Ça te ferait du bien, et ensuite tu réfléchirais à ce que je vais te dire. Si je te laissais partir, tu finirais probablement au bout d'une corde. Et je ne vois pas en quoi cela pourrait aider ta femme.

Voyant son ami devenir songeur, Rhys crut à tort qu'il allait céder à ses arguments.

— Je pourrais très bien ouvrir la porte et m'en aller, dit finalement Jeff. Tu ne m'as pas mis derrière les barreaux, car tu sais pertinemment que je suis innocent. Par conséquent, j'ai tout d'un homme libre.

Joignant le geste à la parole, Jeff attrapa son manteau et se dirigea vers la porte.

— Charlie ! cria Rhys en se levant précipitamment.

Il renversa sa chaise et parvint de justesse à retenir son ami.

— J'arrive, shérif, répondit son adjoint en sortant de la pièce attenante au bureau.

Devant le regard menaçant de Jeff, Rhys sentit le froid lui passer sur la nuque. Il avait devant lui un homme de sa taille et de son poids qui conservait toutes les forces de la jeunesse. Le shérif savait que Jeffrey Birmingham pouvait être extrêmement plaisant, et qu'il prenait même volontiers la vie du bon côté, mais il n'en était pas moins un homme de fer. En un éclair, il comprit pourquoi il valait mieux ne pas provoquer la colère des Birmingham. S'ils ne pouvaient compter sur leurs yeux d'émeraude pour vous transpercer le cœur, en revanche, ils ne désarmaient jamais avant qu'un ennemi fût pendu haut et court, à partir du moment où il s'avérait être un criminel.

— Menotte M. Birmingham à sa paillasse, Charlie.

— Comment ? hurla Jeff, dont la fureur ne cessait de grandir. Bon sang, Rhys, tu ne vas pas me faire ça ! Pas quand ma femme est en danger.

La main plaquée sur l'épaule de son ami, Townsend tenta de l'écarter de la porte.

— Va dans ta cellule.

— Non ! rétorqua Jeff, le poing en avant.

Ce fut cependant Rhys qui frappa le premier. Jeff reçut un léger coup sur la tête, mais suffisant, étant donné sa récente commotion cérébrale, pour qu'il perdît connaissance et s'écroulât. Le shérif fit alors signe à son adjoint de venir l'aider, et à eux deux ils réussirent à transporter le corps inerte dans la cellule où ils l'allongèrent sur le lit.

— Comme ça, M. Birmingham va rester tranquille pendant un moment, pas vrai, shérif ? Vous voulez toujours que je le menotte ?

— Non. Ça va aller. Sinon il serait capable de tout casser en se réveillant. Contentons-nous de fermer la porte à clef pour l'empêcher de filer. Ah, si on arrive à s'en sortir indemnes, ajouta-t-il en secouant la tête, l'air lugubre, ça ne sera certainement pas grâce à M. Birmingham !

— Hé ! shérif !

Rhys se tourna vers l'occupant de l'autre cellule. Ce jeune voyou d'Olney donnait l'impression de se prélasser sur son lit de camp et ne ratait pas une occasion de le harceler.

— Qu'est-ce que tu veux ?

Tout en se grattant le menton, le vaurien se retourna sur son oreiller et sourit au shérif.

— Je crois bien qu'il vous fait peur, M. Birmingham. En tout cas, ça en a tout l'air.

Rhys laissa échapper un soupir pesant.

— Tais-toi, Olney.

Cooper Frye prolongea d'une heure et demie son attente au Provost Dungeon, ancien bureau des douanes utilisé comme prison par les Britanniques pendant la guerre. Après avoir longuement pesé le pour et le contre, il avait pensé que l'endroit convenait parfaitement à son rendez-vous ; il estimait cependant qu'il ne servirait à rien de s'y attarder plus longtemps. A l'évidence, celui qu'il attendait ne viendrait pas.

Il quitta Exchange Street pour prendre la direction de Market Street, où il commença par s'acheter une pomme. Mais à peine s'était-il appuyé contre un arbre, prêt à croquer dans le fruit, qu'une ombre tomba sur lui. L'instant d'après, il sentit un couteau lui caresser les côtes.

— Salut, Coop, fit une voix rauque à son oreille.

— Morgan ? s'étonna Cooper.

Il voulut se tourner vers son interlocuteur, mais la pointe du couteau l'en dissuada aussitôt.

— Qu'est-ce que tu fais par ici ? demanda-t-il.

— Tu as vraiment fâché M. Fridrich, ce coup-ci. Il nous a envoyés après toi. Mais comme je t'ai trouvé le premier, je pense que je garderai la récompense pour moi.

— Quelle récompense ? se renseigna Cooper, en essayant de glisser un regard vers Morgan.

— Celle que tu portes sur toi. Je vais la prendre, si ça te dérange pas.

— Si je te la donne maintenant, les gens vont croire que tu me voles et vont appeler la police.

Morgan prit une seconde pour réfléchir. A n'en pas douter, Fridrich ne serait pas plus heureux que lui si le shérif Townsend mettait son nez dans cette histoire.

— Rapprochons-nous de la baie. Y aura moins de monde.

Frye hésita, mais la lame chatouilla son bourrelet à la taille.

— Allez, bouge avant que je perde patience.

Cooper Frye obtempéra de mauvaise grâce. Mais plus loin, dès qu'ils furent seuls, il retira lentement son manteau et, sur le point de s'en défaire complètement, les doigts crispés sur le manche, frappa Morgan en plein dans les yeux. Déséquilibré, ce dernier fut déporté en arrière, les yeux brûlants, son couteau s'envolant dans les airs. Aussitôt, Cooper s'empara de l'arme blanche et la plongea dans la panse de son adversaire. Quand il la retira, Morgan émit un gargouillis, s'effondra sur les genoux, puis acheva de s'écrouler aux pieds du criminel. Celui-ci afficha un bref sourire avant de jeter un coup d'œil autour de lui. L'endroit était désert. C'était décidément son jour de chance, estima-t-il en s'enfuyant sans encombre.

Il venait à peine de s'endormir quant il fut réveillé en sursaut par un drôle de bruit, une espèce de râle tellement sinistre qu'un frisson lui parcourut l'échine. Hébété, il roula les yeux jusqu'à ce que son regard rencontrât quelque chose d'une énormité monstrueuse qui se dressait au-dessus de lui. La forme n'avait pas de visage, mais seulement un masque noir avec deux cavités à la place des yeux. Il crut d'abord rêver, avant d'en arriver à une conclusion beaucoup plus angoissante. S'il ne s'était jamais particulièrement inquiété d'être un homme de peu de conscience, un avorton en la matière, en revanche, il avait l'imagination vive et une grande peur des esprits. Or la forme qu'il voyait au-dessus de lui avait toutes les apparences d'un spectre sorti de l'enfer.

— Un fantôme... murmura Frye, la voix trop étranglée pour hurler de peur.

Il pensa aussitôt à Morgan. Après tout, il n'y avait que deux ou trois heures qu'il l'avait tué... Mais peut-être s'agissait-il d'un esprit venu d'un passé plus lointain, celui d'un homme rencontré autrefois, et qu'il aurait envoyé dans le monde des trépassés pour raison pécuniaire... Et de ces esprits-là, il y en avait toute une liste.

Comme si cette hypothèse n'était pas suffisamment

effrayante, l'esprit en ébullition de Cooper en dénicha une autre, plus horrible encore. Cette silhouette noire enveloppée dans son manteau ne venait-elle pas lui annoncer sa propre mort ?

S'accrochant de son mieux à la tête de son lit, il se redressa et bafouilla :

— Vous êtes la fée noire ? Je crois bien que j'ai entendu votre cri de mauvais augure.

— Réveille-toi donc ! Tu n'as rien entendu que le miaulement d'un chat de gouttière, ironisa une voix réfrigérante.

Puis un ricanement impitoyable acheva de plonger Frye dans le mystère et la terreur.

— Cependant, reprit la voix, j'en connais quelques-uns qui ont eu, à juste titre, l'occasion de me prendre pour l'envoyé de Satan.

Tandis que Frye essayait d'activer son cerveau encore embrumé par le sommeil, un flot de panique resurgit et lui glaça le cœur. Un rayon de lune faisait briller la lame d'un couteau sous son nez. De sa gorge nouée s'échappa un faible cri quand il sentit l'acier sur sa trachée-artère.

— Je te conseille de ne pas bouger, le prévint l'étrange apparition d'une voix doucereuse. Même si je ne tremble pas, tu n'es pas à l'abri d'un accident.

Frye balbutia un acquiescement précipité, et le sinistre intrus ricana de nouveau.

— Dis-moi. Sais-tu qui je suis ? As-tu une petite idée ?

Malheureusement, Frye ne savait que trop maintenant à qui il avait affaire. Il s'agissait de l'assassin de Nell. N'osant hocher la tête, il battit des paupières.

— Et tu sais pourquoi je suis ici ?

— Je... je vous ai laissé un message, camarade. Mais vous n'êtes pas venu au rendez-vous.

— Je ne suis pas l'un de tes pleurnichards de copains. Alors ne m'appelle pas camarade, tu veux ?

La voix était mauvaise et la lame du couteau de plus en plus menaçante.

— Je vous appelle comment ? Milord ?

— C'est mieux.

La lame s'enfonça légèrement sur la gorge de Frye.

— Comment as-tu appris que j'étais ici, dans les colonies ? demanda l'homme en noir. Et comment m'as-tu trouvé ?

L'esprit tout occupé par le couteau qui menaçait sa vie, Frye avait du mal à penser à autre chose.

— S'il vous plaît, laissez-moi respirer. Je peux pas vous répondre comme ça.

Un sifflement railleur sortit du masque noir pendant que la pression de la lame se relâchait un peu.

— Fais attention à ce que tu vas dire, Frye. Je ne tolérerai aucun mensonge.

— Je sais, milord. Eh bien, faut d'abord que je vous dise que Nell vivait encore quand je l'ai trouvée dans les écuries. Sûr que c'est moi qui ai fini votre travail. Mais avant, elle m'a raconté qu'elle était tombée sur un étranger, dans la chambre de Birmingham, en train de tailler dans le coffret de ma nièce. Je me suis dit que c'était forcément un des trois types qui s'intéressaient à son contenu. J'ai pensé à vous, parce que vous êtes le plus... malin. Et comme je sais que vous êtes un homme de goût, je vous ai cherché dans le meilleur hôtel de la ville.

— Cesse donc de me raconter que la fille de Barrett est ta nièce et arrête de prendre de grands airs avec moi. Tu n'es qu'un pauvre péquenaud, Frye. Un mathurin quelconque qui n'a pour lui qu'une bonne mémoire quand il est sobre, et qui a eu un jour la chance de faire équipe avec le vrai Cooper Frye, avant que celui-ci passe par-dessus bord et se noie.

Le vieux marin gloussa.

— Ah ! Ouais ! Le jeune Cooper aimait parler de sa famille, c'est sûr. Et j'en ai profité, au bout du compte. Je connaissais assez ses histoires de famille pour être capable de tromper sa propre sœur. Ça oui !

Son interlocuteur eut un rire caustique.

— En effet. Malheureusement, tu l'as aussi poussée à venir ici.

— J'avais toujours eu envie de m'installer dans cette partie du monde, mais je pouvais pas embarquer seul. Vu son déshonneur et celui de sa fille après la mort de son mari, j'ai pas eu beaucoup de mal à convaincre lady Barrett des avantages de la vie dans les colonies. Je pouvais pas trouver de meilleur moyen de venir ici que de l'accompagner en lui demandant de me prêter l'argent du voyage.

— Et c'est en te voyant partir que l'on a commencé, mes compagnons et moi, à se demander si l'on pouvait vraiment te faire confiance. Dès que j'ai eu de sérieux doutes, j'ai fait la traversée à mon tour. Après tout, c'était à cause de moi que la missive était tombée entre les mains de Barrett. Mon serviteur, ce crétin, l'avait pris pour l'homme qu'il devait rencontrer. Et Barrett a été tout aussi stupide en se trouvant au mauvais endroit, au mauvais moment. Il est mort, mais grâce à toi, l'important est maintenant de retrouver le parchemin qu'il avait caché en attendant son procès. Si l'on tient compte du nombre d'intermédiaires par lesquels ce document serait passé avant qu'il fût remis au roi, je comprends que Barrett ait eu peur qu'il ne tombe dans de mauvaises mains. Après ce qu'on lui avait fait, il ne pouvait qu'être méfiant, y compris à l'égard de ceux qui voulaient l'aider. Il avait refusé toute visite avant la tienne, et sans cette dispute entre vous, au sujet de ta parenté avec sa femme, il t'aurait remis le document ; mes compagnons et moi aurions alors été arrêtés. Pour cela, nous pouvons te remercier, mais maintenant je me demande ce que tu mijotes. Si tu as trouvé le parchemin et que tu essaies de t'en servir contre nous, dis-toi que je sais me charger des individus de ton espèce. Alors, je te le demande : qu'attends-tu de moi ?

— J'ai bien trouvé le document que vous voulez récupérer, et en le lisant j'ai compris que c'était tout bonnement la vie que vous aviez peur de perdre s'il parvenait à la Cour. C'est sûr qu'il aurait été utile aux ennemis de l'Angleterre, vu qu'il signalait, entre autres choses, la faiblesse du système de défense militaire du royaume. L'embêtant pour vous, c'est qu'il porte votre signature et celle de vos amis. Sans ça, bien sûr, vous vous donneriez pas tout ce mal pour le récupérer.

— Méfie-toi, Frye. De telles informations risquent de te coûter la vie.

— Oh, ça, je le sais, pour sûr ! C'est pourquoi j'en ai parlé à personne, milord.

— Mais tu as pris ton temps pour m'avertir, Frye ! Plus d'un mois s'est écoulé, depuis la mort de Nell.

— Fallait que je trouve le courage de le faire. J'ai quand même quitté Londres sans vous prévenir. Je voulais pas de votre couteau dans le ventre. Et puis, finalement, je me suis décidé à prendre des risques pour vous parler, parce que je suis un honnête homme.

Lord Marsden ne se priva pas d'un éclat de rire désobligeant.

— Je reste sceptique, Frye. Tu sais autant que moi que l'honnêteté n'est pas ton fort.

— Pourquoi j'aurais cherché à vous voir, si je voulais pas vous remettre le parchemin ?

Bien que soupçonnant une intention inavouée, Marsden se montra curieux.

— Où se trouvait-il ? Dans le coffret de Barrett, comme je le pensais ?

— Oui. C'était bien vu. Mais il a pas suffi que j'ouvre ce coffret pour tomber sur ce document. J'ai dû me gratter la tête pendant un paquet d'heures pour trouver le truc. Heureusement que j'ai eu tout le voyage pour y arriver. Pas loin de deux mois et demi. Mais ce fichu machin était bien là, tout au fond de la boîte. J'ai fait ce que vous avez essayé de faire avant de suriner la pauvre Nell.

Marsden se tourna vers la fenêtre et contempla un instant l'extérieur baigné par la clarté lunaire.

— Je pensais bien qu'il était là, murmura-t-il, songeur. Mais après avoir provoqué l'arrestation de Barrett pour cause de haute trahison, au grand dam de plusieurs de ses pairs et de certaines personnes dans l'entourage direct du roi, je n'osais même pas m'approcher de chez lui, de peur que la maison ne fût surveillée par ses amis. Tu étais mon dernier recours, et quand tu as été introduit dans sa cellule, en te présentant comme son beau-frère, j'espérais que tu trouverais enfin ce que nous cherchions.

La silhouette noire et menaçante fit de nouveau face à Frye, et la voix sifflante redevint sarcastique.

— Je ne m'attendais pas que tu échoues si lamentablement, en le tuant avant d'avoir le parchemin en poche.

— Comment j'aurais pu savoir que le poison agirait si vite ? Je croyais avoir tout le temps de l'interroger. Je lui avais versé dans un peu de vin, juste comme vous m'aviez dit de le faire, et puis, pour suivre encore vos conseils, je lui ai annoncé que j'étais venu avec un contrepoison et que je lui en donnerais quand il m'aurait remis le parchemin, ou au moins expliqué où je pourrais le trouver. Mais le poison lui est descendu dans le ventre, et il est mort. Comme ça, en un rien de temps, ajouta Frye en claquant des doigts.

— Ce qui ne t'empêche pas d'être un fieffé escroc. Tu trahis tes amis aussi bien que tes ennemis. Mes compagnons et moi-même ignorions qu'il était impossible de te faire confiance, quand tu nous as proposé une solution après nous avoir surpris en train de parler de notre dilemme. Tu as pris notre argent, et ensuite tu t'es tourné vers lady Barrett pour l'encourager à partir. Tu n'as pas d'excuses...

— Elle serait partie de toute façon, déclara précipitamment Frye. Elle pouvait pas supporter les insultes de ses voisins. Je sais pas comment ils étaient avec elle, mais y en a un qui m'a lancé un chou-fleur quand je suis allé la voir. Même que j'ai failli tourner de l'œil. Je me suis drôlement bien débrouillé quand même. Est-ce que j'ai pas persuadé lady Barrett que j'étais son frère ? Faut pas croire que ça a été facile.

Frye était animé d'un tel besoin de convaincre que les larmes lui montèrent aux yeux, tandis que son menton en galoche se mettait à trembler.

— Y a si longtemps que je me fais appeler Cooper Frye que je me souviens même plus de mon nom.

— A ce propos, comment t'appelles-tu réellement ? Tu ne me l'as jamais dit, et je ne t'ai jamais posé la question.

— Fenton... Oliver Fenton.

Marsden enregistra machinalement la véritable identité du marin, même si cela lui importait en fait aussi peu que son premier haut-de-forme.

— Eh bien, Fenton, où est le parchemin, maintenant ?

Le voyou sortit alors sa dernière carte.

— Comme j'ai compris que vous y teniez bougrement, à ce parchemin, je me suis dit qu'on pourrait s'entendre sur une petite somme si vous voulez le récupérer.

— Je te préviens. J'ai pas l'intention de me laisser escroquer une nouvelle fois par un gredin de ton espèce.

— Moi, je vous ai... ?

— Prescott, Havelock et moi-même t'avons déjà payé pour que tu nous rapportes le document. La somme était rondelette, et nous t'avions promis un supplément. Cet argent, poursuivit Marsden en durcissant sa voix, tu l'as bu en Angleterre, sans avoir en échange apaisé nos craintes. Je me demande donc bien ce que tu oses encore attendre.

— Seulement ce que vous m'aviez promis, milord, et un petit peu plus pour que je m'achète un pub.

— Comment ? s'écria l'Anglais avec mépris. Tu voudrais encore une fois boire notre argent ? Où est le parchemin ?

— En lieu sûr, milord.

La lame du couteau revint appuyer sur la gorge de Fenton, et, cette fois-ci, un filet de sang se mit à couler.

— Dis-moi où il est, sacrebleu !

— Si vous me tuez, milord, vous ne le trouverez jamais. Je l'ai remis à quelqu'un qui l'apportera à la fille de Barrett... je veux dire Mme Birmingham, si l'on apprend que je suis mort.

— Que diable me racontes-tu ! vociféra Marsden. Pour quelle raison voudrais-tu que sa fille le récupère ? Je me suis laissé dire qu'elle et son Yankee de mari t'ont interdit de remettre les pieds chez eux, et encore moins de les approcher ici, à Charleston.

— Je dois bien ce service à une fille qui a plus de père à cause de moi et que j'ai laissée dans la misère. En plus, si je meurs, j'ai plus besoin d'argent. Je peux bien faire une bonne action avant de disparaître, observa Fenton en ricanant. Surtout que c'est pas elle et son monsieur qui me tueraient. Eux, c'est des gens comme il faut.

Saisissant la logique de ce raisonnement, lord Marsden comprit que cette fois-ci Fenton camperait sur ses positions. En la circonstance, il avait la main haute et n'avait aucune raison de ne pas en profiter. Si la fille de Barrett entrait en possession du document, elle le ferait évidemment parvenir à Londres par l'intermédiaire d'avocats de confiance, lesquels se chargeraient ensuite de disculper son père, de faire condamner les responsables de son arrestation et, du même coup, les véritables coupables de la trahison imputée à Barrett.

— Alors ! Combien veux-tu, et comment vas-tu procéder afin que notre confiance réciproque ne soit aucunement déçue ?

— J'exige au moins cinq mille dollars de plus.

Un long silence lui répondit, tandis que Marsden s'éloignait lentement du lit.

— Continue, dit-il enfin.

— Maintenant je sais que si je tiens pas parole, vous me chercherez pour me tuer. Y a pas de meilleure garantie de ma bonne conduite. Alors je veux que vous envoyiez un de vos hommes avec l'argent à l'adresse du bordel que je vais vous indiquer. Là, on lui donnera d'autres instructions pour se rendre ailleurs. Quand j'aurai les cinq mille dollars en main, je lui remettrai le parchemin dans une boîte en bois qui sera scellée par précaution. Puis je renverrai votre homme dans une voiture.

— Tout cela ne me garantit pas d'avoir le document une fois que tu seras en possession de l'argent. Il doit exister une meilleure façon de mener cette affaire.

— Vous faites pas de souci. Je sais ce que vous êtes capable de faire avec votre couteau. Et puis je sais aussi que vous aimez courir. A ce propos, j'avais jamais vu ça avant. Probable que c'est ce qui vous garde en forme, ajouta Fenton avec un petit rire. Vous pouvez parier que je compte pas traîner longtemps par ici quand j'aurai l'argent sur moi. Vous en faites pas. Vous aurez pas de regrets, cette fois-ci. Vous aurez pas envie de chercher à me dénicher, avec votre grand couteau à la main.

— Ah ! Il se pourrait, après tout, que je te laisse le temps de me prouver que tu ne te moques pas de moi, Fenton. Mais fais en sorte de tenir parole. Autrement, je ne connaîtrai pas le repos avant d'avoir vu les marais engloutir ta carcasse.

Sur cette déclaration, le visiteur aux allures de fantôme quitta la pièce. Olivier Fenton relâcha enfin la tête de lit et poussa un long soupir de soulagement. Il alla ensuite se verser un verre d'alcool qu'il avala d'un trait, avant de regarder ses mains trembler sous la lampe. A l'évidence, il devenait bien trop vieux pour supporter de pareilles frousses.

Un bruit de pas suivi d'un trébuchement résonna dans le corridor. Aussitôt Fenton se figea : se pouvait-il que Marsden ait changé d'avis et revienne pour l'achever ? Non. La voix de l'inconnu qui passait devant sa porte n'était autre que celle d'un individu imbibé d'alcool, à la recherche d'un lit pour passer la nuit.

Pour la seconde fois, Fenton manifesta son soulagement. N'ayant cependant aucun désir de partager sa chambre, il alla jeter un coup d'œil dans le couloir, puis referma la porte. Toutefois, il n'eut pas le temps de tourner la clef dans la serrure : une épaule massive poussa brutalement le battant. Reculant dans une exclamation de surprise, Fenton regarda les deux individus qui s'approchaient de lui, armés de couteaux. Un cri à glacer le sang commençait à lui échapper, quand une lame lui trancha la gorge. Les yeux agrandis de terreur, il eut encore le temps de se dire qu'il s'était sérieusement trompé en croyant vivre le jour le plus heureux de sa vie. Un flot de sang lui envahit bientôt la bouche ; il se renversa en avant et s'écroula.

Dans la cour, l'homme enveloppé dans sa cape noire s'était retourné en entendant le hurlement de terreur emplir la nuit. Il chercha du regard la chambre qu'il venait de quitter et, saisi d'une anxiété grandissante, vit deux individus s'enfuir par la fenêtre et s'éloigner à quatre pattes sur le toit. Tandis que l'un se débarrassait d'un objet qui avait tout d'un couteau, l'autre sauta à terre. Quelques minutes plus tard, ils avaient tous deux disparu.

Un cri de femme déchira le silence nocturne.

— Allez chercher le shérif ! On vient de tuer Cooper Frye !

La silhouette s'empressa de s'éloigner en claudiquant. L'homme savait ce qu'il lui restait à faire.

23

En ce début d'après-midi dominical, le jardin de son oncle était encore imprégné de rosée, et la maison, aussi silencieuse qu'une tombe. Le déjeuner terminé, la famille s'était réunie dans le salon et jouait au whist. En ce qui le concernait, il ne s'était jamais beaucoup intéressé aux jeux de cartes. Il regarda son frère aîné qui s'était installé dans la bibliothèque, puis, ne trouvant rien qui pût le divertir, il sortit faire un tour dans le jardin. La propriété appartenait à la famille depuis des générations. Le simple portail de fer forgé, qui la séparait du domaine voisin et attestait de l'amitié indéfectible liant les deux propriétaires, lui permettait d'apercevoir de temps à autre une petite fille aux cheveux auburn. Elle jouait souvent avec ses poupées et sa chatte, qui se glissait volontiers à travers la grille pour venir satisfaire sa curiosité. Doté d'une luxuriante fourrure grise, le félin aimait fourrer son petit nez rose ici et là, dans le but de trouver un coin agréable. Cette fois-ci, la chatte vint renifler autour de ses bottes de cavalier, puis se frotter contre le cuir souple en ronronnant, comme si elle lui demandait de la prendre dans ses bras. Ce qu'il fit sans tarder, et, comme si elle était l'un de ses propres chats, il la gratta derrière l'oreille. Un petit grincement métallique lui fit soudain relever les yeux : un sourire timide aux lèvres, la fillette l'observait par l'entrebâillement du portail. Une seconde plus tard, un papillon vint lui frôler les cheveux ; poussant des cris de joie, elle essaya de l'attraper.

— On n'attrape pas les papillons de cette façon, petite demoiselle, remarqua-t-il en riant.

En l'entendant, la fillette sursauta, se retourna et le regarda avec curiosité. Mais quand elle eut constaté que sa chatte ronronnait dans ses bras, la confiance fit briller ses yeux d'un bleu-vert limpide.

— Viens. Je vais te ramener chez toi avant que tes parents s'inquiètent et te cherchent, dit-il en la soulevant pour l'installer sur ses épaules.

Si haut perchée, elle laissa échapper un petit cri, et se rassura en s'agrippant à ses cheveux. Une boucle auburn tomba sur son col de dentelle, tandis qu'elle baissait la tête pour le regarder, le sourire timide.

Une douce bruine se mit à tomber. Une bruine qui mouilla les boucles de l'enfant et le visage souriant levé vers elle.

Jeff se redressa sur sa paillasse, brusquement arraché à ses rêves. Aussitôt, sa tête lui fit mal.

— Oh, bon sang ! marmonna-t-il.

Puis, pressant ses mains sur ses tempes, il vociféra :

— Rhys ! Que m'as-tu donc fait ?

Un ricanement proche l'incita à se tourner vers la lanterne qui brillait d'une clarté aveuglante dans le passage entre les cellules. Plissant les yeux, il scruta la pénombre au-delà du cercle lumineux, jusqu'à ce qu'il eût repéré le jeune vaurien qui était à l'origine de cette invraisemblable situation.

— Salut, Birmingham, dit Olney avec un sourire suffisant. Comment vous sentez-vous ? Vous le savez peut-être pas, mais vous êtes resté un bon bout de temps dans le cirage. Le shérif a dû se dire que vous dormiriez sûrement toute la nuit et que c'était pas la peine de rester là à vous surveiller.

— Tais-toi donc, Olney !

En dépit des élancements qui lui martelaient le crâne, Jeff inspecta les lieux du regard et dut se rendre à l'évidence : à part Olney et lui, il n'y avait personne. La tête prête à exploser, il alla néanmoins jusqu'à la porte de sa cellule, mais alors qu'il s'apprêtait à l'ouvrir, il eut la surprise de constater qu'elle était fermée à clef. Furieux, il la secoua violemment. Puis, le front appuyé contre les barreaux, il scruta l'étroit couloir qui menait à l'arrière du bâtiment.

— Bon Dieu, Rhys, viens ouvrir cette porte ! hurla-t-il. Tu n'as pas le droit de me retenir ici !

Olney ricana, se redressa sur le lit de camp pour s'adosser au mur et prit une posture nonchalante.

— Y a un moment que le shérif et son adjoint sont partis, expliqua-t-il. Quelqu'un est venu au pas de course les prévenir qu'un homme avait eu la gorge tranchée dans un bordel. On n'est plus que tous les deux, Birmingham. Je pense que le shérif s'est mis en tête de vous montrer qui était le vrai patron.

— Eh bien, je vais lui prouver le contraire !

S'apercevant que les clefs étaient suspendues à un crochet sur le mur, face à sa cellule, Jeff retourna vers son lit de misère, le souleva et le jeta sur le sol en brisant un pied de bois. Il arracha les autres, puis en prit un qu'il utilisa pour démanteler plus facilement le cadre du sommier.

Olney en avait abandonné sa pose nonchalante. Assis sur le bord de sa paillasse, il ricana.

— J'ai toujours su que vous étiez un violent, Birmingham.

— Et tu n'as pas tout vu, Olney.

Jeff réussit à arracher l'un des bords du cadre, d'une longueur qui, dépassant légèrement sa propre taille, lui parut suffisante pour atteindre le trousseau. Il le fit alors glisser à travers les barreaux en le tenant d'une main, puis de l'autre main, manœuvra l'extrémité de sa perche improvisée de façon à l'amener à la hauteur du crochet. Au bout de quelques minutes, il parvint à glisser la perche dans le cercle métallique qui servait de porte-clefs. Avec lenteur et précaution, il finit alors par le décrocher. Un large sourire éclaira son visage quand il vit le trousseau glisser le long de sa perche et venir lui tomber dans les mains.

Après l'avoir observé, bouche bée, Olney s'approcha des barreaux de sa cellule à l'instant où Jeff sortait enfin de la sienne. Avide de l'imiter, le vaurien se lécha les babines, comme s'il goûtait déjà sa liberté retrouvée. Il restait à convaincre Jeff de le libérer.

— Hé ! Birmingham ! Si vous me laissiez sortir, moi aussi, ce serait pas une mauvaise idée. J'ai rien fait qui justifie que je sois enfermé pendant des années.

— Tu oublies ta tentative de meurtre, répliqua Jeff sèchement. Comme peut en témoigner mon maître d'hôtel, tu as tenté de me tuer le soir où tu t'es introduit chez moi avec les autres sbires de Fridrich.

— Oh, c'était qu'un accident, Birmingham ! S'il vous plaît, ajouta Olney, la main tendue vers Jeff. Faut me comprendre. Je voulais pas vous tuer. Le coup est parti tout seul !

Indifférent au ton implorant d'Olney, Jeff visa le crochet sur le mur et envoya le trousseau de clefs retrouver sa place. Puis, les mains sur les hanches, il secoua la tête avec un air désolé, comme s'il se reprochait la précision de son geste.

— Je ne voulais vraiment pas faire ça, mon vieux. Je suis désolé. C'est un accident, si les clefs ont atterri sur le crochet.

Le grognement d'Olney fit penser au barrissement d'un éléphant.

— Mais oui ! C'est ça ! Vous êtes un foutu menteur, Birmingham !

Constatant que ses maux de tête s'étaient estompés, Jeff s'estima suffisamment en forme et satisfait de lui-même pour prendre le temps de gratifier le mécréant d'un sourire en passant devant sa cellule.

— Un menteur comme toi, Olney. N'est-ce pas ?

Sa chatte avançait à ses côtés en bondissant allègrement le long d'un massif dont les fleurs étaient plus hautes qu'elle. Dans le jardin voisin, un orchestre jouait devant de nombreux invités, et elle ne pouvait résister à l'envie de s'approcher de la grille en fer forgé. A travers les entrelacs finement travaillés, elle suivit du regard les couples qui valsaient sur la terrasse de marbre de l'élégante demeure, fascinée comme peut l'être un enfant par les contes de fées, les robes de bal et les chevaliers à l'armure étincelante. Tandis que son petit corps se balançait au rythme de la musique, la chatte se frotta contre sa jupe en ronronnant. Puis, soudain curieuse, elle franchit le portail, avec une grâce toute féline. La petite fille la vit renifler la terre fraîchement retournée d'un massif de fleurs, avant de s'avancer prudemment vers le groupe d'invités assis dans un coin de la terrasse.

Soudain, un aboiement retentit bruyamment, et un énorme chien fonça à travers les dalles de marbre. La chatte poussa un cri de frayeur avant d'aller se réfugier dans un buisson. Le chien, qui ne pouvait se glisser aisément entre les branches, chercha frénétiquement une ouverture, jusqu'à ce que quelqu'un le sifflât avec énergie. La petite vit apparaître un jeune homme aux cheveux noirs très courts qui ordonna à la bête de retourner vers la maison, où un serviteur l'attacha aussitôt au bout d'une laisse. Accroupi devant le buisson, l'inconnu incita la chatte à sortir de sa cachette pour la prendre dans ses bras. Sous ses caresses lentes, longues et douces, l'animal se mit à ronronner.

Tout en jetant un coup d'œil vers le portail, le gentilhomme cueillit une fleur avant de s'approcher en souriant de la fillette aux yeux bleu-vert. Plongeant son regard dans le sien, il ouvrit la grille, la franchit, posa la chatte par terre et, incliné devant la petite, lui offrit la fleur.

Avec un timide sourire, elle accepta le cadeau du jeune chevalier. Penchée sur la fleur afin d'en respirer le parfum, elle sentit les pétales la chatouiller. Elle fronça le nez et laissa échapper de petits éclats de rire. Elle leva ensuite la tête et regarda le jeune homme qui la dominait de sa haute taille. Le soleil de l'après-midi brillait derrière lui et dessinait un halo autour de ses cheveux noirs. Eblouie, elle se frotta les yeux en bâillant, puis baissa la tête et toucha délicatement les pétales de la jolie fleur.

— J'ai l'impression que c'est l'heure de ta sieste, petite demoiselle, remarqua le beau chevalier en riant. Je devrais te reconduire auprès de tes parents avant que tu t'endormes ici.

Il se pencha, souleva l'enfant dans ses bras et suivit l'allée qui serpentait vers la demeure de ses voisins. Après un second bâillement, la fillette se mit à chanter. Son grand chevalier l'accompagna d'une voix très agréable, apaisante, et, valsant soudain tout en continuant à avancer, provoqua une cascade de petits rires ravis.

Quand ils furent à proximité des massifs de fleurs où la mère de l'enfant achevait de confectionner un bouquet multicolore, le jeune homme reposa la petite par terre. Mais alors qu'il s'apprêtait à redescendre l'allée, elle lui prit la main et lui sourit jusqu'à ce qu'il s'accroupît devant elle. Jetant ses bras autour de son cou, elle posa un baiser sur sa joue, avant de s'enfuir en riant vers sa mère. Ayant surpris la scène, cette dernière invita son voisin à prendre une tasse de thé. Le jeune homme refusa en expliquant qu'il devait retourner auprès des invités de son oncle. Sur ce, il repartit d'un pas pressé.

Dodelinant de la tête, la fillette chantonna un petit refrain, tandis que le soleil lui souriait et qu'un papillon frôlait son épaule.

Raelynn se réveilla en sursaut, sans trop savoir ce qui l'avait si brusquement arrachée à ses rêves. Immobile, elle resta aux aguets. Au bout de quelques instants, elle perçut un bruit sourd et lourd. Tremblante d'appréhension, elle tendit l'oreille de plus belle, en espérant que le bruit venait de la maison voisine.

Il se renouvela, suivi d'un raclement de chaise sur un plancher. Maintenant certaine que ces bruits venaient du rez-de-chaussée, elle se leva aussitôt et chercha à tâtons sa robe de chambre parmi les couvertures qu'elle venait de rejeter à la hâte. Elle la trouva au pied du lit et, malgré les tremblements qui la traversaient de la tête aux pieds, la passa au plus vite. Elle enfila ensuite les mules sur lesquelles elle venait de marcher dans l'obscurité, tout en se demandant ce qu'il convenait de faire. Si ces bruits étaient provoqués par une présence humaine, en aucun cas elle ne pouvait nourrir l'espoir de tomber sur Jeff. Avant de l'emmener, Rhys lui avait bien spécifié qu'il jugeait nécessaire de mettre son mari à l'abri pendant un certain temps. Quant à se figurer qu'il pouvait s'agir d'Elizabeth ou de Farrell, ce n'était pas la peine. Les jeunes mariés s'étaient éclipsés en précisant qu'ils ne reviendraient pas avant dimanche soir ; et l'on n'était que dimanche matin...

Dans l'obscurité qui l'enveloppait, Raelynn se dirigea sans bruit vers la porte, tourna la poignée et ouvrit en évitant de provoquer le moindre craquement. Grâce à Dieu, un rayon de lune, qui filtrait à travers la fenêtre au fond du couloir, lui permit de se repérer facilement. Pensant à Tizzy et à Jake, elle se glissa d'abord dans la chambre de sa servante, chercha à discerner l'emplacement du lit dans les ombres denses de la pièce, s'en approcha et, penchée sur la jeune femme, lui mit la main sur la bouche afin de prévenir un cri de frayeur.

La servante se redressa vivement dans un cri étouffé et regarda autour d'elle, les yeux agrandis par la peur. Dès qu'elle vit sa maîtresse, la frayeur céda la place à l'effarement.

— Ne fais pas de bruit, murmura Raelynn à son oreille. Il y a quelqu'un en bas. Alors écoute-moi bien, et surtout garde ton calme. Passe ta robe de chambre, réveille Jake, et attends-moi sur le palier. Je vais aller chercher le pistolet de Mlle Elizabeth dans sa chambre. Ensuite, je vais tenter d'attirer le rôdeur le plus loin possible de la cuisine. Assure-toi bien que le passage est libre avant de descendre. Regarde bien et écoute attentivement pour savoir où se trouve cet individu. Tu sortiras par la porte de derrière, et tu iras à l'appartement de M. Farrell le prévenir que je suis seule dans la maison et qu'il y a un rôdeur. Tu as compris ?

— Oui, madame 'aelynn, murmura Tizzy le regard anxieux. Mais si c'est missié F'id'ich, vous êtes en g'and danger. Vous dev'iez me laisser l'éloigner de la po'te de de"iè'e, et vous, vous allez avec Jake chez missié Fa"ell. Comme ça vous êtes sû'e d'êt'e saine et sauve.

— Ne discute pas, Tizzy. Fais ce que je te dis. M. Fridrich ne me tuera pas. Il tient trop à me récupérer. Allez, lève-toi, et dépêche-toi ! Si je peux sortir d'ici sans être vue, je le ferai. Mais en attendant, je tiens à ce que toi et Jake soyez en sécurité.

Tizzy poussa un soupir contrarié mais, n'ayant pas le choix, elle s'empressa d'obéir. Quelques instants plus tard, elle était sur le palier, une main bâillonnant la bouche de l'enfant, tandis que sa maîtresse commençait à descendre l'escalier à pas de loup.

Raelynn se figea un instant quand elle entendit une marche craquer sous son poids. Presque aussitôt elle perçut un bruit mat provenant de la salle à manger. En l'absence d'Elizabeth, les doubles-rideaux du petit salon n'avaient pas été tirés, et, d'un seul coup d'œil, elle put constater que la pièce était déserte. Elle s'empressa d'aller s'y réfugier.

— Qui est là ? osa-t-elle demander.

Seul un nouveau bruit lui répondit.

— Je sais qu'il y a quelqu'un ! s'écria-t-elle d'une voix qu'elle ne put empêcher de trembler. Qui êtes-vous ?

Un raclement étrange, comme celui d'une chaussure que l'on traîne sur un parquet, la fit sursauter et porter une main à sa gorge. Il n'y avait plus aucun doute : un rôdeur se trouvait bel et bien dans la maison.

— Gustav, est-ce vous ? Je vous préviens, j'ai un pistolet chargé à la main, et je n'hésiterai pas à m'en servir s'il le faut.

Du coin de l'œil, elle vit Tizzy et Jake traverser rapidement le hall et, de crainte que l'intrus ne les entendît, elle poursuivit :

— Vous n'auriez jamais dû entrer dans cette maison, Gustav. Cette intrusion vous vaudra d'être arrêté par le shérif Townsend. Cette fois-ci, vous ne pourrez pas vous prétendre innocent.

En entendant le bruit d'une chaise que l'on heurte, Raelynn faillit prendre les jambes à son cou et remonter l'escalier quatre à quatre. Il lui fallut faire appel à tout son courage pour résister, en dépit de tremblements incontrôlables.

Quand une grande ombre noire émergea de la salle à manger, elle se rendit compte qu'elle n'avait pas affaire à Gustav Fridrich, mais à l'homme cagoulé qui les avait déjà agressés, Jeff et elle. Oubliant son arme, elle se précipita dans le hall en hurlant de terreur. Mais, alors qu'elle s'attendait à être rattrapée par l'homme dont la rapidité avait époustouflé le shérif, elle s'aperçut que l'intrus semblait traîner la jambe.

Désormais convaincue d'être en danger de mort, Raelynn s'engouffra dans la cuisine en cherchant à se diriger vers la porte donnant sur l'extérieur. Elle réussit à contourner la cheminée, mais se heurta à une chaise. Se sentant partir en avant, elle pensa à son bébé et chercha à éviter une chute sur le ventre. Si elle parvint à faire un mouvement de côté, elle oublia la grande jarre posée sur le bord de la cheminée. Sa tête heurta la poterie avec une violence suffisante pour l'étourdir.

Sonnée mais toujours déterminée à se mettre à l'abri, elle

put ramper derrière la table où elle se cacha, recroquevillée dans l'ombre. Quelques secondes plus tard, l'homme à la sombre silhouette entra en trébuchant dans la cuisine et s'immobilisa, surpris de ne pas la voir. Il se glissa lentement jusqu'à la porte et l'ouvrit d'un geste si brutal que Raelynn sursauta en plaquant une main sur sa bouche.

Le souffle suspendu, le cœur cognant dans sa poitrine, Raelynn attendit, repliée sur elle-même. La respiration sifflante, malaisée de l'homme lui parut bien singulière pour quelqu'un qui avait fait preuve d'une étonnante vélocité. Comment le simple fait de passer d'une pièce à l'autre pouvait-il l'essouffler à ce point ? Et puis, pourquoi traînait-il ainsi une jambe ? Tout cela correspondait peu au portrait du sportif brossé par Rhys quand leur agresseur de l'autre soir l'avait semé dans les ruelles de Charleston. Pourtant, elle reconnaissait la cape et la cagoule.

Toujours recroquevillée sous la table, elle commença à calculer ses chances d'atteindre la salle à manger avant qu'il eût repérée et pût lui barrer le passage. Visiblement, il avait du mal à se déplacer, son pas était lourd, et elle pourrait probablement en profiter.

Soudain, dans le silence de la maison, elle entendit la porte d'entrée s'ouvrir. Les pas du visiteur, étouffés par le tapis du hall, ne lui permirent pas de l'identifier, mais, en revanche, elle vit l'homme sortir un couteau de sa cape. Pivotant sur ses talons, il se dirigea vers la salle à manger en claudiquant.

Aussitôt elle songea que le nouveau venu ne pouvait être Farrell. Il ne pouvait pas avoir eu le temps d'arriver jusqu'ici. Elle crut alors qu'il s'agissait finalement de Jeffrey et, quittant son refuge, s'élança vers le corridor tout en essayant de faire sauter le cran de sécurité du pistolet qu'elle avait à la main. Mais l'entreprise s'avéra si laborieuse qu'elle maudit l'arme, tandis que, rassemblant son courage et son énergie, elle tentait de devancer le rôdeur masqué. Quand elle atteignit la porte du salon, l'homme sortait à peine de la salle à manger.

Alerté par le pas de course de Raelynn, Rhys Townsend regarda dans sa direction et ne vit pas l'intrus surgir dans la pièce, en brandissant son couteau.

— Rhys ! Attention ! lui cria Raelynn.

Le shérif voulut esquiver le coup, mais il était trop tard. Le poignard qui s'enfonça dans sa poitrine lui coupa le souffle et le fit vaciller. Il s'écroula contre une chaise puis glissa lentement vers le sol où, se maintenant assis, il tenta de retirer le couteau fiché dans sa chair.

Pris par son jeu meurtrier, l'agresseur s'approcha de Rhys avec une curieuse façon de sauter d'un pied sur l'autre. Se penchant en avant, il retira le poignard sans ménagement, avec l'intention de le replonger dans la poitrine du shérif, dont le hurlement de douleur venait de résonner dans la maison. Raelynn, la mâchoire crispée, tira alors sur le criminel. La balle traversa sa main. Le monstre rugit tandis que le couteau lui échappait. Tenant sa main blessée, il se tordit de douleur avant de se tourner vers Raelynn en trébuchant. Quand la clarté lunaire qui entrait par les fenêtres du salon fit briller les deux fentes de la cagoule à la hauteur des yeux, Raelynn crut voir le diable en personne.

— Garce ! hurla la bête cagoulée. Toi aussi, je vais te tuer !

Tout en s'avançant vers elle, il sortit un mouchoir et pansa sa blessure. Puis elle le vit prendre son élan et comprit qu'elle n'aurait ni le temps de lui échapper, ni même celui d'essayer de recharger son arme. Alors, les dents serrées, elle leva le pistolet au-dessus de sa tête et le lança au visage de son ennemi.

Atteint à la joue, il jura et apparut plus menaçant que jamais. Cette fois-ci, Raelynn sut qu'il ne lui restait qu'à sortir de la maison au plus vite si elle voulait rester en vie. Elle se retourna et repartit en courant vers la cuisine, où elle prit soin d'éviter la chaise qui avait provoqué sa chute un peu plus tôt. S'empressant d'ouvrir la porte, elle entendait résonner derrière elle le pas lourd du meurtrier. Quand elle lança un coup d'œil par-dessus son épaule, elle le vit franchir à son tour le perron. Une seconde plus tard, en pleine course, elle se heurta à un obstacle. Un obstacle dont la solidité lui fit penser à un arbre, mais qui avait des bras, de longs bras qui se refermèrent sur elle. Elle poussa un cri de terreur, persuadée qu'elle n'était pas la proie d'un fou, mais de deux.

— Raelynn !

La voix était en même temps familière et parfaitement inattendue, mais, en tout cas, mille fois bienvenue. Cependant, un démon s'apprêtait à fondre sur eux, un couteau à la main.

— Jeffrey ! Attention ! Il a déjà poignardé Rhys !

Jeff avait quitté la prison sans la plus petite arme sur lui. Poussant Raelynn derrière lui, il s'apprêta alors à affronter l'adversaire à mains nues. Le voyant brandir le poignard, prêt à le lui plonger dans la poitrine, il l'attrapa par sa cape et lui asséna un coup de genou dans le bas-ventre. L'assaillant se plia en deux en grognant de douleur. Jeff lui porta un second coup, histoire de faire bonne mesure.

L'individu s'effondra sur le sol. En un tour de main, Jeff lui arracha sa cagoule qui lui secoua la tête. Puis, bien décidé à lui infliger ce qu'il méritait, il le saisit par le col, le remit sur pied et lui lança son poing dans la figure. Estimant qu'il n'était plus question de s'en tenir là, il continua de frapper jusqu'à ce que l'individu perde connaissance et fût réduit à un tas sombre sur le sol. Ce fut seulement à ce moment-là que Jeff tourna le visage de l'agresseur vers la lune.

— Lord Marsden en personne ! railla Jeff avec le plus grand mépris.

— Marsden ! répéta Raelynn, effarée, en s'approchant de son mari. Mais pourquoi ? Que lui avions-nous fait ?

— Je crois, mon amour, qu'il faut plutôt mettre en cause

ce qu'il a fait à votre père. C'est un pair du royaume britannique, n'est-ce pas ? Lui-même a avoué être au courant des ennuis qui ont coûté la vie à votre père, et il était sans doute à votre poursuite quand il est venu ici. Il devait avoir l'intention de récupérer la missive attestant de l'innocence de votre père et qui, du même coup, révèle sa culpabilité. Ce qui explique que quelqu'un, ou Marsden lui-même, ait forcé le compartiment secret. Quand je l'ai découvert, il ne contenait plus rien. Mais peut-être Frye s'était-il déjà emparé du document lorsque le coffret était en sa possession.

— Vous aviez trouvé le double-fond ?

— Oui. La nuit où vous vous êtes sauvée.

Raelynn réfléchit un instant.

— Il n'est pas impossible, en effet, que Cooper Frye ait découvert le parchemin pendant la traversée.

— Il faudra lui poser la question. Quant à Marsden, il était parmi nos invités le soir du bal. Peut-être même dans notre chambre quand Nell est venue pour me menacer. Et dans ce cas, il se serait assuré de son silence en la poignardant. Comme nous en avons fait l'expérience, cet homme aime les couteaux.

— Rhys en sait aussi quelque chose.

Soudain, l'adjoint du shérif fit son apparition à un angle de la maison, haletant et armé d'un pistolet. Apercevant deux silhouettes parmi les ombres, il se mit en position de tir.

— Ne bougez plus ! cria-t-il.

— Baissez votre arme, Charlie, avant que vous ne fassiez du grabuge, tonna Jeff.

— Monsieur... monsieur Birmin... gham, bégaya Charlie, incrédule. Je... je croyais que... vous étiez derrière les... barreaux.

— Je me suis libéré moi-même, l'informa brièvement Jeff. Attachez-moi ce sac d'os, ajouta-t-il en montrant Marsden. Je vais aller voir où en est Rhys. Ma femme vient de m'apprendre que ce démon l'a poignardé.

— Il a... poignardé le shé... rif Townsend ? s'inquiéta l'adjoint, la voix étranglée.

Jeff désigna de nouveau son adversaire, toujours inconscient.

— Si ce tas de boue remue, soyez assez gentil pour l'assommer avec la crosse de votre pistolet de façon à l'envoyer en enfer, une bonne fois pour toutes. Vous nous rendriez à tous un grand service.

Tourné vers Raelynn, Jeff glissa son bras autour de ses épaules et l'attira contre lui.

— Vous allez bien, mon amour ?

— Oui, Jeffrey. Je me sens simplement un peu secouée.

Rien n'était plus agréable que de se retrouver à l'abri, dans les bras de son mari. Mais la tension avait été si forte qu'elle fut incapable de retenir ses larmes.

— Oh, Jeffrey, cet horrible individu m'aurait tuée si vous n'étiez pas arrivé à temps. J'ai voulu prévenir Rhys quand je l'ai vu dans le corridor. J'avais un pistolet à la main, mais je n'ai pas réussi à l'armer assez vite. Marsden a plongé son poignard dans la poitrine de notre ami. Il se peut qu'il ait succombé, maintenant.

— Allons voir ce qu'il en est, dit Jeff d'une voix voilée par l'émotion.

Il savait que la mort de Rhys représenterait la perte douloureuse d'un ami fidèle depuis l'enfance.

Quand il eut refermé la porte de la cuisine derrière eux, Jeff guida Raelynn grâce au semblant de lueur qu'émettaient les toutes dernières braises rougeoyant faiblement dans l'âtre. Puis ce fut la clarté de la lune parvenant des fenêtres du petit salon qui leur permit de contourner la table de la salle à manger. Au même moment, une voix familière tonna :

— Bon sang ! Où sont-ils tous passés ?

Jeff et Raelynn échangèrent un regard surpris, puis se précipitèrent dans la pièce voisine, où Rhys avait réussi à se caler contre le bras d'un fauteuil.

— Vous êtes vivant ! s'écria Raelynn dans un joyeux éclat de rire.

— Evidemment ! gronda Rhys, la main placée sur son torse ensanglanté. Mais ce n'est pas grâce à celui qui m'a porté ce coup de couteau. Pourrais-je savoir comment tu t'es débrouillé pour sortir de ta cellule ? ajouta-t-il en adressant à Jeff un regard soupçonneux. Je t'avais pourtant enfermé à double tour, il me semble.

— Ce n'était qu'une illusion, plaisanta Jeff. Tu vois, je suis ici pour te le prouver.

— Et ce crétin d'Olney s'est aussi échappé ? demanda Rhys, furieux.

— Ecoute, moi, je l'ai laissé dans sa cellule. Et s'il n'est pas le roi des contorsionnistes, il doit encore s'y trouver.

— Ça vaudrait mieux pour toi. Sinon, je me sens capable de te botter le...

Rhys s'interrompit brusquement, regarda Raelynn et s'éclaircit la gorge avant de se reprendre.

— ... de te faire sauter la cervelle.

— Que penses-tu de ta blessure ? lui demanda Jeff en s'agenouillant près de lui.

— Le coup a été assez violent pour que j'en tombe sur le derrière, marmonna Rhys.

Il grimaça de douleur tandis que Jeff essayait de lui retirer son manteau.

— Eh ! Doucement ! Tu as tout le temps de constater les dégâts. Ils ne sont pas près de disparaître.

— Excuse-moi, murmura Jeff.

Raelynn était allée chercher des linges et des serviettes et s'empressait maintenant d'allumer plusieurs lampes dans le salon. Elle en posa une près de Rhys, pendant que Jeff achevait d'ouvrir sa chemise. Le coup avait été porté sous l'épaule, à bonne distance du cœur et des poumons, mais la blessure était assez profonde pour exiger l'intervention d'un médecin.

S'asseyant sur ses talons, Jeff grimaça.

— Il faut que le docteur Clarence te soigne, Rhys. Es-tu venu avec d'autres hommes que Charlie ?

— Oui. Ils ne doivent pas être loin. Je les ai laissés dans la rue quand je suis rentré pour voir ce qui se passait. D'autres sont à l'entrepôt de Fridrich. C'est là qu'Elijah m'a trouvé. Il avait vu entrer un homme avec une cape noire, mais il n'a pas tout de suite su où j'étais. Si je n'avais pas dû me rendre dans ce bordel où m'attendait un cadavre, j'aurais pu intervenir bien plus tôt.

Rhys adressa un regard navré à la jeune femme qui se tenait près de lui.

— Je suis désolé, Raelynn, mais je dois vous apprendre que votre oncle s'est fait trancher la gorge.

Les deux époux eurent le même regard effaré.

— Vous voulez parler de Cooper Frye ? demanda Raelynn.

— Oui. Et j'ai tout de suite eu le sentiment que Fridrich était pour quelque chose dans ce meurtre. En début d'après-midi, on avait trouvé le corps de l'un de ses hommes ; j'ai pensé à un règlement de comptes. A partir de là, j'ai réuni mes troupes, et on a investi l'entrepôt de l'Allemand. Et cette fois-ci on a pris ce démon de Fridrich la main dans le sac. On a pu lui confisquer un tas de caisses de fusils et de munitions. Maintenant on a suffisamment de charges contre lui pour l'arrêter. En dehors de l'assassinat commandité de Frye, Dieu sait combien il a d'autres morts sur la conscience ! Quant aux armes, il en faisait le trafic depuis plusieurs années, mais cette fois, il n'a pas eu le temps de les faire disparaître. Je crois qu'on va trouver de quoi l'envoyer à la potence sous peu.

— En attendant, Rhys, on va faire prévenir le docteur

Clarence. Tiens ça pendant que j'envoie quelqu'un, ajouta Jeff en laissant Rhys presser une serviette sur sa plaie.

Une lampe à la main, Jeff sortait de la véranda quand il vit arriver en courant un Farrell sans chemise et pieds nus, offrant un spectacle étonnant. Il fallait ordinairement que l'élégant couturier pratiquât la boxe pour se soucier si peu de son apparence. Sans nul doute, il avait considéré que rien n'était plus important que de se porter au plus vite au secours de Raelynn.

— Jeff ! s'exclama-t-il, ahuri, en s'immobilisant au bas du perron. Tizzy vient de m'expliquer que tu avais été arrêté et que Raelynn se trouvait seule ici avec un intrus. Elle n'a rien ?

— Non. Mais Rhys est blessé.

— Grands dieux ! Qu'est-il arrivé ?

— Notre agresseur est revenu. Il a voulu tuer Raelynn, et finalement il a poignardé le shérif.

— Sa vie est menacée ? demanda Farrell d'une voix faiblissante.

— Notre agresseur, lord Marsden, a fait de son mieux pour tenter de l'éliminer, mais il devrait s'en sortir si le docteur Clarence ne tarde pas trop.

— Lord Marsden ? Pourquoi... ?

— C'est une longue histoire que je te raconterai plus tard, quand nous aurons le temps.

— Il a de nouveau réussi à s'enfuir ?

— Non. Charlie le surveille dans la cour. Je vais envoyer quelqu'un prendre le relais. Rhys a des hommes dans le coin. J'espère qu'ils vont se montrer dès qu'ils nous reconnaîtront.

Farrell repoussa Jeff d'un geste de la main.

— Je vais les trouver. Rentre. On a besoin de toi ici.

— Merci, mon ami.

Deux heures s'écoulèrent avant que Charlie pût conduire à la prison le docteur Clarence, un lord Marsden contusionné et un shérif au torse bandé. Rhys avait en effet tenu à s'assurer d'abord que Fridrich et ses hommes, y compris les deux assassins présumés de Frye, étaient sous les verrous. Il trouva tout ce joli monde enfermé dans la cellule précédemment occupée par Jeff. Olney, qui se tenait prudemment le plus loin possible de Fridrich, ouvrit de grands yeux étonnés lorsque Rhys et Charlie arrivèrent avec leur nouveau prisonnier. On installa dans sa cellule un second lit sur lequel Marsden, toujours sonné, s'allongea avant que le docteur Clarence entreprît de soigner les coupures et les bleus que portait son visage.

— Trouve un meilleur endroit pour suspendre les clefs, Charlie, demanda Rhys à son adjoint. Je ne voudrais pas que M. Fridrich ou l'un de ses hommes nous refassent le coup de M. Birmingham. Même si j'imagine mal une de ces crapules se montrer aussi astucieuse que mon ami, ajouta-t-il en regardant Gustav droit dans les yeux.

L'Allemand eut un grognement dégoûté face à la situation dans laquelle il se trouvait.

— C'est vous le *Dummkopf*, shérif Townsend, si vous croyez que vous allez me garder ici. Je suis un homme très fortuné. J'ai de quoi louer les services des meilleurs avocats.

— Etant donné ce que vous avez volé, monsieur Fridrich, la majeure partie de votre argent servira à rembourser vos victimes.

— Vous ne pouvez pas me faire ça !

— Oh, ce n'est pas moi qui vais vous soulager de votre argent ! C'est le juge, dès que je lui aurai transmis les preuves que je détiens contre vous. Voyez-vous, je serais surpris que vous soyez encore en vie au-delà de la fin de l'année.

L'Allemand perdit son teint fleuri et se dirigea en tremblant vers un coin de la cellule, où il se laissa lentement tomber par terre. C'était l'unique endroit où l'on pouvait s'asseoir et... méditer.

Avec une grimace de douleur, Rhys se détourna de la cellule et, la main sur sa blessure, alla sortir d'un tiroir de son bureau une flasque de whisky. Il avait l'habitude de l'utiliser pour nettoyer les petites plaies, ou calmer les douleurs des blessures plus conséquentes, dont il avait largement eu sa part depuis qu'il occupait le poste de shérif. Après avoir bu deux doigts d'alcool, il ouvrit un autre tiroir et chercha le petit objet qu'il conservait soigneusement depuis plusieurs semaines. A chaque geste, son épaule le faisait souffrir, et il sentait qu'il ne tiendrait plus très longtemps sur ses jambes. Il lui restait cependant une dernière chose à faire ce soir, avant de rentrer chez lui.

Il retourna vers les cellules, attendit devant celle d'Olney que son adjoint lui ouvrît de l'intérieur, puis entra et s'approcha de la paillasse où le docteur Clarence soignait Marsden.

— Comment va votre nouveau patient, docteur ?

Le médecin se redressa, le front soucieux.

— Je n'en sais rien, Rhys.

— Comment ça ? Milord n'a que quelques égratignures sur le visage. Qu'est-ce qui vous laisse perplexe ?

— Lord Marsden a une forte fièvre.

— Vous voulez dire qu'il est malade ?

— Apparemment, oui.

— Que c'est regrettable... répondit Rhys d'un ton doucereux.

Aussitôt Marsden releva la tête en grimaçant de douleur.

— Vous jubilez, n'est-ce pas, shérif ? remarqua-t-il.

— Pourquoi devrais-je jubiler ?

— Ne suis-je pas responsable de votre blessure ?

— Certes.

— Et Birmingham n'est-il pas votre ami ?

— Sans aucun doute, reconnut le shérif avec une immense fierté. Nous sommes même d'excellents amis.

— Alors vous avez toutes les raisons de triompher.

— Je crois que vous êtes dans le vrai, rétorqua Rhys.

— Vous, dans les colonies, vous êtes tous les mêmes, lança Marsden avec mépris. Des petits rigolos, et rien de plus.

Rhys échangea un regard entendu avec le docteur Clarence.

— C'est peut-être mieux, au fond, que d'être un crétin arrogant, répliqua-t-il finalement.

Soudain Rhys remarqua quelque chose sur le sol de la cellule. Bravant la douleur, il se pencha pour la ramasser.

— Qu'est-ce que c'est ? demanda-t-il en montrant le petit objet au médecin. C'est à vous, docteur ?

Marsden lui arracha aussitôt la tabatière des mains.

Comprenant immédiatement son erreur, Marsden se tut et rendit la tabatière au shérif.

— Pardonnez-moi. Je me suis trompé. Cet objet ne m'appartient pas.

— Oh, mais si, milord ! lança Rhys avec un sourire ironique. Vous l'aviez même perdu dans la chambre de Jeffrey Birmingham, le soir où vous avez emmené Nell dans les écuries pour la poignarder.

Effaré, le docteur Clarence regarda l'Anglais avec un dégoût subit.

— C'est pas lui, contredit soudain Olney en s'asseyant sur sa paillasse. Il peut même pas marcher droit, et il court aussi lentement que la mélasse fond en plein hiver.

— Maintenant, admit le shérif, mais il y a quelques semaines, il courait si vite qu'il a failli t'attraper avant que tu détales sur la jument.

Rhys montra d'un geste méprisant une cicatrice sur la main de Marsden.

— Tu vois ça ? C'est moi qui l'ai blessé quand il a tenté de poignarder la femme de mon ami, la semaine dernière. Et il courait encore si vite qu'il a réussi à me semer. Mais depuis il doit être handicapé par une autre blessure, infligée, celle-là, par Mme Birmingham.

Un brusque éclaircissement se fit soudain dans l'esprit du docteur Clarence. Il se souvint subitement que Farrell lui avait raconté en hurlant de rire comment Raelynn avait planté une épingle à chapeau dans le derrière de son agresseur. Il se pencha alors vers Marsden en fronçant les sourcils.

— Si vous avez un problème avec cette blessure, vous feriez mieux de me le dire. Une infection peut expliquer votre fièvre, et si vous restez sans soins, vous risquez fort de mourir.

Pris de panique, l'Anglais se recroquevilla sur le lit de camp. Il ne lui restait plus qu'un filet de voix lorsqu'il avoua que sa hanche était enflée.

— Votre hanche ? Savez-vous pourquoi ? lui demanda le médecin.

— Je me suis assis sur une épingle à chapeau.

S'abstenant de demander des détails, le docteur Clarence pria Marsden de lui montrer ses reins. De mauvaise grâce, l'Anglais s'allongea avec précaution sur le ventre, sans plus savoir ce qui de sa tête ou de son arrière-train devenait le plus inquiétant. Les Birmingham l'avaient joliment abîmé, et en haut et en bas !

Dès que le médecin eut baissé le pantalon de son patient, il retint une exclamation de surprise en découvrant une blessure purulente d'où partaient des stries rouges des plus inquiétantes. Ensuite, un examen plus approfondi lui permit de se rendre compte que la fesse et la hanche étaient plus volumineuses du côté de la blessure : l'infection était donc sérieuse, et la solution problématique. Car s'il avait pratiqué plus d'une amputation au cours de sa carrière, il n'avait jamais eu à enlever une fesse.

— Je vais vous appliquer un cataplasme, en espérant ainsi

faire sortir le pus. Mais je dois vous avertir qu'il est peut-être trop tard pour enrayer l'infection.

— Trouvez un remède ! Vous ne pouvez pas me laisser mourir.

— Je ferai ce que je peux, lord Marsden, mais sans en garantir le résultat.

Les jambes flageolantes, Rhys demanda à Charlie de le conduire chez lui. Les deux hommes étaient prêts à partir, quand le médecin annonça qu'il avait appliqué le cataplasme sur la blessure de Marsden et que, ne pouvant faire mieux pour le moment, il allait aussi rentrer chez lui. Lorsque la voiture s'arrêta devant la maison de Rhys, il prit cependant le temps d'aller rassurer Mary. La plaie de son époux ne risquait pas de s'infecter, et il pourrait reprendre ses activités après une semaine de convalescence. Quand Rhys lui fit observer qu'il n'avait pas le loisir d'attendre si longtemps, la douce Mary promit au médecin que son mari respecterait le temps de repos nécessaire à sa guérison.

Une bonne partie de la matinée s'était déjà écoulée lorsque la prostituée, Trudy Vincent, parvint enfin à trouver la maison d'Elizabeth. Elle fit alors savoir qu'elle devait remettre un petit paquet à Raelynn Birmingham. Retenant difficilement ses larmes, elle en expliqua la provenance à la jeune femme.

— Votre oncle Cooper m'avait dit que si quelque chose lui arrivait, il fallait que je vienne vous donner ça. Il l'avait trouvé dans une boîte à votre père et tenait à ce que ça vous revienne. Il a dit aussi que vous aurez ainsi le moyen de prouver l'innocence de votre papa et de faire arrêter les vrais coupables.

Stupéfaite, Raelynn remercia vivement la messagère en serrant le précieux document sur son cœur. Puis elle demanda à Jeff de lui donner une pièce d'or qu'elle remit à

Trudy. C'était le moins qu'elle pût faire, en signe de gratitude, devant un tel cadeau.

Jamais la prostituée n'avait gagné une pièce d'or de sa vie, et, reconnaissante, elle abandonna toute réticence pour prodiguer le reste des informations que lui avait transmises l'homme qu'elle avait connu sous le nom d'Oliver Fenton.

— Il m'a demandé aussi de vous dire que c'était lord Marsden qui avait tué Nell, et que votre vrai oncle Cooper s'était noyé en mer. Oliver Fenton avait navigué avec lui quand il était tout jeune. C'est pourquoi il savait beaucoup de choses sur le vieux Cooper. Tout ça, il vous l'a pas écrit, parce qu'il était pas très doué pour manier la plume.

Se sentant à son tour particulièrement enclin à la générosité, Jeff donna à la femme une seconde pièce d'or.

— Mon épouse et moi-même vous remercions, mademoiselle...

— Appelez-moi Trudy, dit la prostituée avec un sourire ravi. C'est comme ça que tout le monde m'appelle. Mais c'est surtout moi qui dois vous remercier.

Serrant les pièces sur sa poitrine, elle poursuivit :

— Cooper... je veux dire Oliver Fenton et moi, on s'entendait bien. On pensait monter dans le nord et ouvrir un pub. Il disait que c'était risqué de vivre ici, avec M. Fridrich et ses hommes qui cherchaient tout le temps à lui faire du mal. Ça pouvait pas être plus vrai, ajouta Trudy en soupirant. Quand on voit comment on lui a tranché la gorge, c'est presque pire que ce que Marsden a fait à Nell.

Trudy soupira de nouveau en pensant à l'horrible mort de la jeune femme. Puis elle regarda Jeff.

— Je connaissais bien Nell. Je dirais même qu'on était vraiment amies. Une fois, j'ai essayé de lui faire comprendre qu'elle devait arrêter de penser à vous. Si elle avait pas été amoureuse de vous, elle aurait jamais laissé le capitaine irlandais venir dans son lit. Elle trouvait qu'il vous ressemblait beaucoup ; mais il fallait qu'il reparte en mer. Ils se sont si peu connus qu'il doit pas savoir qu'il lui a fait un enfant. Il se peut bien qu'un jour son bateau revienne par ici, et ce jour-là, je lui dirai qu'ils ont eu un beau petit.

Raelynn tendit à Trudy une main amicale.

— Merci d'être venue jusqu'ici, Trudy, murmura-t-elle tandis que la prostituée prenait sa main, ébahie par ce geste amical. Grâce à vous, nous pouvons enfin comprendre plus d'un mystère. Je vous suis plus reconnaissante que je ne saurais vous le dire. Il m'était arrivé de soupçonner une part de vérité, mais une part seulement. Je ressens un immense soulagement en sachant que quelqu'un connaît la vérité et peut l'expliquer en détail. Merci pour tout, du fond du cœur.

— De rien, madame Birmingham.

— Si nous vous accompagnions chez le shérif, seriez-vous prête à lui répéter ce que vous venez de nous dire ? demanda Jeff. Cela facilitera son enquête.

Trudy réfléchit un instant puis hocha la tête.

— Je peux faire ça, monsieur Birmingham. Je serais heureuse de voir toutes ces crapules de meurtriers derrière les barreaux, au lieu de savoir qu'ils se promènent en liberté et font du mal à des gens bien, comme vous et votre jolie dame.

Si Raelynn retrouva Oakley inchangé, en revanche, elle ne sentait plus la même femme. Elle revenait riche de toutes sortes d'aspirations et d'attentes nouvelles. En ce qui concernait l'affaire Marsden, elle était certaine qu'une fois la lettre remise à l'entourage du roi George, tout serait mis en œuvre pour réhabiliter son père et inculper de haute trahison le vieil Anglais et ses complices, lords Prescott et Havelock.

Grâce à Trudy, tout Charleston commençait à savoir que Marsden était l'assassin de Nell, et non Jeffrey Birmingham, comme beaucoup l'avaient cru. Trudy se chargeait également de faire connaître l'identité du père du petit orphelin, ce qui mettait également un terme à la rumeur qui faisait de Jeffrey le géniteur de Daniel.

Ces révélations soulageaient Raelynn d'un poids immense. Elle se réjouissait aussi de pouvoir se dire qu'elle était sans conteste la maîtresse d'Oakley et l'épouse chérie de Jeffrey Lawrence Birmingham, propriétaire d'une plantation et homme d'affaires exceptionnel. L'idée de porter son enfant l'enchantait, et elle se préparait à lui donner une abondante descendance dans les années à venir. Si le destin leur était clément, ils vieilliraient ensemble et verraient grandir leurs petits-enfants. Mais, pour l'instant, le bonheur qu'elle éprouvait lui suffisait largement.

Quelques jours après leur retour à Oakley, le couple avait été informé que Rhys Townsend avait repris son travail et que, si la blessure le faisait encore souffrir, on pouvait dire qu'il se portait fort bien. En revanche, il n'en allait pas de même pour lord Marsden, que sa forte fièvre, due à une infection galopante, avait fait sombrer dans le coma. Fridrich et ses hommes continuaient à partager la même cellule, et Olney, à se tenir plus près d'un Marsden inoffensif que de toute cette bande de dangereux malfaiteurs. Enrichi par les dix mille dollars que Fridrich lui avait donnés pour aller témoigner contre Jeffrey Birmingham, Olney tenait à rester en vie. Il allait probablement passer quelques années en prison pour avoir blessé le propriétaire d'Oakley, mais il en sortirait libéré de Fridrich, que l'on allait pendre pour tous les crimes commis sur ses ordres ; crimes auxquels Olney n'avait jamais participé. Oh, certes, il avait poignardé les matelots qui menaçaient la vie de Fridrich ! Mais il n'en parlerait jamais et espérait que l'Allemand aurait oublié cet incident, à défaut de savoir manifester une gratitude dont il semblait totalement dépourvu.

Les jeunes mariés Farrell et Elizabeth étaient venus rendre visite à leurs amis et avaient fait à Raelynn une excellente proposition. Si elle continuait à travailler pour eux à chaque nouvelle saison, tout en restant à Oakley, ils s'engageaient, après son accouchement, à lui renouveler sa garde-robe quatre fois par an. Non seulement sa collaboration leur était précieuse, mais elle serait en outre la meilleure ambassadrice de leur maison de couture. Jeff laissa sa femme prendre seule sa décision, non sans remarquer avec humour que si elle acceptait, il aurait le plaisir de la voir s'habiller à la dernière mode sans sortir sa bourse. Ravie, Raelynn accepta la proposition de ses amis qui la persuadaient d'allier un travail qu'elle aimait à la joie de vivre à Oakley.

Un soir du début novembre, alors qu'ils achevaient de dîner, Kingston vint leur annoncer l'arrivée de plusieurs roulottes devant la maison.

— Il y a deho's des ét'angers, missié Jeff'ey, des gitans, comme eux-mêmes s'appellent, je c'ois. Ils voud'aient savoi' si vous les auto'isez à passer la nuit sur le domaine. Ils disent qu'ils sont en 'oute pou' la Géo'gie. Ils veulent 'ien fai'e de mal. Deux de leu's enfants sont malades pa'ce qu'ils ont mangé des baies fe'mentées, et les cahots des chemins leu' donnent mal au cœu'. Ils joue'ont de la musique pou' vous avant d'installer leu' camp. Ils vous assu'ent qu'ils ont honnêtes, qu'ils sont pas ici pou' voler ou fai'e du mal aux gens. Ils jouent de leu's inst'uments, c'est tout, et puis ils vont do'mi'.

— Oh, ce serait charmant de les entendre ! s'écria Raelynn en prenant la main de son mari. Consentez-vous à les laisser s'arrêter sur vos terres, Jeffrey ?

— Je ne vois pas d'inconvénient à accepter, madame. Si ce n'est que pour une nuit.

Raelynn glissa son bras sous celui de son époux.

— Alors, sortons sur la véranda, Jeffrey. Nous les entendrons mieux.

Bras dessus, bras dessous, ils traversèrent le hall où Kingston attendait avec un châle dont Jeff enveloppa les frêles épaules de sa femme. Puis il offrit de nouveau son bras avant de pénétrer sur la véranda. A leur grande surprise, ils découvrirent un ensemble de dix musiciens réunis sur la pelouse. Un seul savait suffisamment s'exprimer dans une langue qui lui était étrangère pour se faire à peu près comprendre. Mais si Jeff et Raelynn durent tendre l'oreille, ils oublièrent vite leurs efforts dès que l'homme prit son violon, dont les accents suaves s'accordèrent à ceux des guitares, des flûtes et des autres violons. La musique des gitans leur parut aussi douce qu'une pluie de pétales de roses. Leurs cœurs s'emplirent de joie et d'admiration et, tantôt apaisantes, tantôt vives, les mélodies engendrèrent un plaisir tel que Jeff entraîna bientôt sa femme dans une valse qui les fit tourbillonner tout autour de la véranda.

Les étoiles brillaient à travers les branches des grands chênes verts qui se balançaient gracieusement sous la brise. Les parfums de l'automne provoquaient une douce et irrésistible ivresse. Dans les bras l'un de l'autre, Jeff et Raelynn se sentaient heureux, satisfaits et merveilleusement vivants.

— Mon Dieu, monsieur ! Vous savez faire tourner la tête d'une femme, murmura Raelynn, émerveillée. Je n'avais pas été aussi fascinée par un homme depuis l'âge de trois ans.

— Que vous est-il donc arrivé à cet âge, mon amour ?

— Je ne me souviens pas de tout, mais je me revois dans un jardin avec ma chatte et mes poupées, alors qu'il commence à pleuvoir. Ce sont rarement des averses, en Angleterre, mais plutôt une sorte de bruine. Sans doute est-ce la raison pour laquelle les jardins anglais sont si beaux.

Raelynn eut un rire soudain et secoua la tête en pensant à ses souvenirs d'enfant.

— Parfois je me demande si ce n'est pas un simple rêve.

L'éclat des grosses lanternes qui brûlaient à l'entrée de la maison fit briller les yeux de Jeff dans les tourbillons de la valse.

— Mon oncle possédait une propriété à Londres, dit-il en évoquant ses propres souvenirs, et lorsque j'étais beaucoup plus jeune, nous allions le voir régulièrement. Je me souviens que la différence de climat entre ici et Londres me surprenait toujours. Il pleuvait presque chaque jour.

— C'est vrai, admit Raelynn dans un doux éclat de rire.

Mais brusquement un souvenir précis lui revient à la mémoire.

— Curieusement, j'ai rêvé de ce jardin il y a peu de temps, avoua-t-elle.

Puis elle se tut, désireuse de retrouver une vision passagère, ou plus exactement une simple sensation. Elle était redevenue une enfant, toute petite, dans un jardin, et quelqu'un l'avait soulevée, très haut...

— C'est curieux que vous me parliez de cela, mon amour, murmura Jeff.

— Pourquoi, Jeffrey ? C'est un rêve comme un autre. Il y en a de toutes sortes.

— Certes. Mais ce que vous évoquez a... a quelque chose de familier... Moi-même, j'ai rêvé de Londres récemment.

— Vous en gardez un bon souvenir malgré le climat ? demanda Raelynn d'un air taquin.

— Sans doute. Je me souviens que ma mère était enthousiasmée par le jardin de mon oncle parce qu'il était ceint d'un grand mur. Elle apportait même des plantes de Harthaven quand nous allions là-bas.

— Nous avions aussi un jardin fermé comme cela. C'était mon lieu préféré sur le domaine de mon père. J'y ai connu des aventures magnifiques quand je partais à la recherche de fées et de lutins. Et j'y ai même rencontré mon prince charmant, ajouta Raelynn avec un petit rire amusé.

— Ah ! Vraiment ? Devrais-je être jaloux, ou n'était-ce qu'un brave petit écureuil ?

— Non. Vous pouvez être jaloux. C'était un jeune homme, et je suis tombée amoureuse de lui.

Jeff leva les sourcils, le sourire en coin.

— Eh bien, parlez-moi de ce coquin qui a volé votre cœur ! Etait-il beau, au moins ?

— Il avait une beauté et des manières princières.

— Qu'est-ce qui vous a le plus séduit chez ce dandy, sans nul doute imbu de lui-même ?

La main sur la nuque de Jeff, Raelynn resta un instant songeuse.

— Il me semble qu'il avait des cheveux noirs. Un portail de fer forgé permettait de passer de notre jardin au sien. Un jour, à la recherche de ma chatte, je l'ai franchi. Le jeune homme m'a vue et m'a ramenée chez moi. Je me souviens que j'ai eu un peu peur quand il m'a installée sur ses épaules. Et au cas où vous vous poseriez la question, ajouta-t-elle, tandis que la scène qu'elle évoquait la faisait sourire, eh bien, il s'est mis à pleuvoir...

Devant le regard soudain très intrigué de son mari, Raelynn s'empressa de préciser :

— Il n'était pas vraiment mon prince charmant, Jeffrey. Mais j'étais si jeune que j'y ai cru.

— Dites-moi, madame. Ce prince charmant vous a-t-il offert une fleur ?

— Comment pouvez-vous savoir cela, Jeffrey ?

— Il y a plusieurs années, au cours d'un printemps londonien particulièrement pluvieux, j'ai rencontré une petite fée ensorcelante qui ne cessait de s'aventurer dans le jardin de mon oncle. Elle était si ravissante que ses visites m'enchantaient, mais j'ai tout de même essayé de la convaincre de ne pas trop s'éloigner de ses parents. Elle a acquiescé d'une façon charmante, mais à la condition...

Partagée entre l'émerveillement et la stupéfaction, Raelynn acheva la phrase de Jeff :

— A la condition que vous dansiez avec elle... Alors vous m'avez soulevée dans vos bras. J'ai chanté une chanson, vous m'avez accompagnée, et nous avons dansé. C'est un souvenir magnifique qui m'est encore très cher, après toutes ces années. Mais le lendemain vous êtes parti, et je ne vous ai jamais revu.

— Mon oncle est mort. Nous n'avions plus aucune raison de retourner à Londres, expliqua Jeff d'une voix douce, en revoyant Raelynn, petite fille, dans son jardin londonien.

La jeune femme contempla amoureusement le visage de son mari. Depuis tout ce temps il n'avait cessé d'être à ses yeux son galant idéal, son prince, son chevalier, et sans le savoir elle s'était languie de lui au long des années, et au mépris de l'océan qui les séparait.

— Etes-vous convaincu que nous étions faits l'un pour l'autre dès le début ?

Jeff sourit.

— Je croyais qu'aucune femme ne pourrait satisfaire les élans de mon cœur. Pourtant, lorsqu'un jour, à Charleston, vous êtes brusquement entrée dans ma vie, j'ai eu le sentiment que vous sortiez d'un rêve que je nourrissais depuis toujours. La joie m'a submergé à l'idée d'avoir enfin trouvé ma bien-aimée.

Les yeux brillants, Raelynn plongea son doux regard dans celui de son mari.

— Jeffrey, vous êtes le seul homme que j'aie jamais aimé. Je n'étais qu'une enfant lorsque vous étiez déjà mon prince charmant, et, depuis notre mariage, vous êtes le bonheur de ma vie. Je suis si heureuse d'être votre femme.

— Pardonnez-moi, fit une voix masculine dans l'étroite allée, devant la maison.

Arrachés à leur émerveillement partagé, Jeff et Raelynn s'écartèrent l'un de l'autre et regardèrent autour d'eux. Un homme séduisant, de haute stature et de belle carrure, s'avança vers eux, le chapeau à la main.

— Etes-vous monsieur Birmingham ? demanda-t-il à Jeff avec un fort accent irlandais.

— Je suis Jeffrey Birmingham. Mais mon frère, Brandon, répond au même patronyme. Il vit à quelques lieues d'ici, précisa Jeff en indiquant l'ouest.

— Je pense que je m'adresse à la bonne personne, monsieur.

— Puis-je connaître votre nom ?

— Capitaine Shannon O'Keefe. Trudy m'a envoyé vers vous.

Le visage de Jeff s'éclaira.

— Seriez-vous le père de Daniel ?

— Sans doute, monsieur. Nell était une jeune fille innocente lorsque je l'ai rencontrée, et je n'ai aucune raison de penser qu'elle se soit jetée, dès mon départ, dans les bras d'un autre homme.

— Etes-vous de passage ?

— Je suis venu chercher mon fils pour lui donner un nom et l'emmener chez ma sœur, qui l'élèvera comme son propre enfant. Elle ne peut en avoir, voyez-vous, et comme je n'ai pas de femme, elle sera heureuse de prendre soin de Daniel, jusqu'à ce qu'il soit en âge de naviguer avec moi.

Jeff s'avança vers le capitaine irlandais, la main tendue.

— Nous sommes ravis de vous voir, monsieur. Nous nous faisions du souci pour l'avenir du petit. C'est un soulagement d'apprendre qu'il aura une famille et qu'il sera aimé.

Raelynn chercha à se blottir étroitement contre son mari, jusqu'à ce qu'elle pût partager son oreiller.

— Vous êtes-vous demandé si vous préférez une fille ou un garçon ?

Jeffrey caressa le ventre de sa femme.

— Si j'avais le choix, je voudrais au moins une fille et un garçon.

— Mais pas en même temps ! protesta Raelynn en riant. Elle laissa son doigt jouer délicatement sur l'une des charmantes fossettes de Jeff.

— J'aimerais avoir un fils qui vous ressemble.

— Sans conteste, Beau ressemble à Brandon, songea Jeff à haute voix, en haussant les sourcils. Alors pourquoi mon fils ne me ressemblerait-il pas ? En revanche, si c'est une fille, je voudrais qu'elle ait les traits de sa mère.

Raelynn prit la main de Jeff et lui fit sentir les mouvements de leur bébé.

— Vous le sentez bouger ?

— Oh, c'est un petit écureuil bien actif ! remarqua Jeff, heureux.

— Tant mieux. Au moins, ainsi je sais que tout va bien, observa la jeune femme avec un soupir de contentement.

Jeff posa un baiser très affectueux sur son front.

— Oui, tout va bien. Vous êtes exactement là où vous devriez être depuis toujours : dans mes bras, madame.

— Le monde est vraiment enchanteur quand nous sommes ensemble, n'est-ce pas, Jeffrey ?

— Sans nul doute, Raelynn. Sans nul doute.

Composition et mise en pages réalisées
par ÉTIANNE COMPOSITION
à Neuilly-sur-Seine.

Achevé d' imprimer par GGP Media en Allemagne
en novembre 2001
pour le compte de France Loisirs, Paris

N° d' éditeur: 36034
Dépot légal: octobre 2001
Imprimé en Allemagne